श्रेष्ठ बाल कहानियाँ

श्रेष्ठ श्रेष्ठ कहानियाँ

सम्पादक

बालशौरि रेड्डी

भारतीय भाषा परिषद, कलकत्ता
की ओर से

लोकभारती प्रकाशन

भारतीय भाषा परिषद्, कलकत्ता
की ओर से

लोकभारती प्रकाशन
पहली मंजिल, दरबारी बिल्डिंग, महात्मा गांधी मार्ग
प्रयागराज-211 001

वेबसाइट : www.lokbhartiprakashan.com
ईमेल : info@lokbhartiprakashan.com

शाखाएँ : 1-बी, नेताजी सुभाष मार्ग, दरियागंज
नई दिल्ली-110 002
अशोक राजपथ, साइंस कॉलेज के सामने
पटना-800 006
1, अनमोल सोराबजी संतुक लेन, धोबी तलाव,
मरीन लाइंस, मुम्बई-400 002

पहला संस्करण : 1993
दसवाँ संस्करण : 2025

मूल्य : ₹ 1495

विकास कंप्यूटर्स एंड प्रिंटर्स
ट्रॉनिका सिटी-201 102
द्वारा मुद्रित

SHRESHTHA BAAL KAHANIYAN
Edited by Balshauri Reddy

ISBN : 978-81-8031-023-2

श्रेष्ठ बाल कहानियाँ

- असमिया
- उड़िया
- उर्दू
- कन्नड़
- गुजराती
- तमिल
- तेलुगु
- पंजाबी
- बंगला
- मराठी
- मलयालम
- हिन्दी

(चुनी हुई श्रेष्ठ 131 कहानियाँ)

भारतीय बाल-कथा साहित्य

डॉ० बालशौरि रेड्डी

कहानी सुनने और सुनाने की प्रवृत्ति जन्मजात है। शिशु माता के गर्भ से जब पृथ्वी पर अवतरित होता है, तब उसको विश्व के नैसर्गिक कार्य-कलाप विचित्र प्रतीत होते हैं, उसके भीतर कौतूहल जागृत होता है। नील गगन में तारों का टिमटिमाना, सूर्य-चन्द्रमा का उदित एवं अस्त होना, पक्षियों का उड़ना, चहचहाना, उसे आह्लाद कारक लगता है। नैसर्गिक क्रिया कलाप उसके अन्दर जिज्ञासा को प्रवृत्त करते हैं परिणाम स्वरूप प्रश्न-चिह्न बुनते हैं क्यों? कैसे? फिर। यहीं पर कहानी का बीज वपन होता है। क्यों और कैसे का समाधान ही कहानी की बुनियाद है।

संध्या के समय नील आकाश तले दादी, नानी या माता के अंक में पलंग पर लेटे शिशु के बाल-मन में प्रश्न तरंगें हिलोरें मारने लगती हैं—उसकी जिज्ञासा रूपी क्षुधा को शांत करने के लिए नानी-दादी अमृत वर्षिणी कथा बुनती है—

'एक था राजा' से लेकर प्रश्न और उत्तर के क्रम में कथा की यात्रा का श्रीगणेश होता है कथा का सूत्रपात लोरियों से होता है—क्रमशः लोककथा, लोकगीत, राजा-रानी की कथाएँ, परी कथाएँ, पशु-पक्षियों की कहानियाँ, पुराण, इतिहास की गाथाएँ कथा क्रम और शृंखला को आगे ले चलती हैं। शिशु की आयु के बढ़ने के साथ कथा का इतिवृत्त, कथा-कथन और स्वरूप में परिवर्तन होता जाता है।

भारतीय भाषाओं में बाल साहित्य

बाल साहित्य पर विचार करते समय हमें पॉल हजार्ड की अमर कृति 'बुक्स चिल्ड्रेन एण्ड मैन' के कतिपय वाक्य स्मरण करने योग्य हैं।

वे लिखते हैं—'मैं ऐसी पुस्तकों को पसन्द करता हूँ जो इतिहास की आत्मा के प्रति वफादार होती हैं, जो बच्चों के लिए सहज और प्रत्यक्ष ज्ञान का द्वार खोल देती हैं, जो बच्चों में महान मानवीय संवेदनाओं की अनुभूति कराती हैं, जो ज्ञानवर्धक और नैतिक गुणों से युक्त होती हैं।'

हमारे देश में बाल साहित्य उपेक्षित रहा है। पाश्चात्य देशों में बाल साहित्य के सृजन, प्रकाशन, रचना-प्रक्रिया, स्तर, उपयोगिता, मनोवैज्ञानिकता इत्यादि विभिन्न पहलुओं पर जो चिन्तत, मनन और जो प्रयोग हुए हैं वे भारतीय भाषाओं में इतने व्यापक तथा वैविध्यपूर्ण नहीं हैं। विदेशों में जहाँ मूर्धन्य साहित्यकारों ने इस विधा को साहित्य का एक अभिन्न अंग मानकर उसके विकास में स्पृहणीय योगदान दिया, वहाँ पर भारतीय भाषाओं के बाल साहित्य के उन्नयन में सराहनीय प्रयत्न नहीं हुआ है। बच्चों के लिए वहाँ पर हजारों की संख्या में

पत्रिकाएँ और पुस्तकें प्रकाशित होती हैं, विशेष प्रकार के शिक्षालय, स्वास्थ्य के केन्द्र, कीड़ा-स्थल और फिल्म आदि बनायी जाती हैं। ज्ञान-कोष और संग्रहालय निर्मित हैं। उन देशों ने यह अनुभव किया है कि बच्चों की प्रगति और उनके योग-क्षेम पर ही उस जाति का भविष्य निर्भर है।

बहुत समय पूर्व, हमारे राष्ट्र-नेता पंडित नेहरू ने अनेक देशों के पर्यटन के पश्चात, यह अनुभव किया था कि पाश्चात्य और रूस आदि पूर्वी देशों में भी बच्चों के प्रति जो विशेष ध्यान दिया जाता है, उनके लिए विशिष्ट प्रकार के साहित्य का सृजन होता है, सुधारात्मक शिक्षा के साथ बच्चों के सर्वांगीण विकास के लिए विभिन्न प्रकार के प्रयास किए जाते हैं। यही कारण है कि उनकी वर्षगाँठ १४ नवम्बर को बाल-दिवस के रूप में मनायी जाती है।

स्वाधीनता के पूर्व विश्वकवि रवीन्द्रनाथ टैगोर (ठाकुर), प्रेमचन्द, सत्यजित राय, राजाजी, सोहनलाल द्विवेदी, सुकुमार राय, सुब्रह्मण्य भारती, बुद्धदेव बसु आदि महान लेखकों ने बाल-साहित्य की रचना में विशेष रुचि ली और सुन्दर पुस्तकें प्रस्तुत कीं। स्वतंत्रता के पश्चात्, हमारे देश में भी बाल साहित्य के सृजन व प्रकाशन में विशेष धन दिया जाने लगा है।

बाल साहित्य पर विचार करते समय हमें तीन बिन्दुओं पर अधिक ध्यान देना होगा—सृजन, प्रकाशन और उपलब्धि। बाल साहित्य के लेखकों में बच्चों के मनोविज्ञान को समझे बिना जो साहित्य प्रस्तुत किया जाता है, उसके द्वारा हमें वांछित फल प्राप्त नहीं होते।

यह बात सभी लोग स्वीकार करेंगे कि बाल साहित्य रोचक, सरल, सरस और उपादेय हो। पर इसके साथ ही उसकी भाषा सरल और बोधगम्य होनी चाहिए। आज के बालक का बौद्धिक स्तर क्रमशः ऊँचा होता जा रहा है। आयु-वर्ग की दृष्टि से भी साहित्य भिन्न हो सकता है। प्रारम्भ में हम बच्चों को ऊँचे बौद्धिक स्तर का साहित्य दें तो वे पूर्ण रूप से हृदयंगम कर उसका लाभ उठा नहीं पायेंगे, इसलिए प्रारम्भिक बाल साहित्य में कुतूहल और जिज्ञासा की पूर्ति करने वाली सामग्री भरपूर हो और साथ ही मनोरंजन के साथ ज्ञानवर्द्धक भी हो।

हमारा लक्ष्य बच्चों को उत्तम भावी नागरिक बनाना है। इसलिए उन्हें अपने परिवार, समाज और राष्ट्र के प्रति दायित्व का बोध कराने वाला साहित्य देना परमावश्यक हो जाता है। अतः हम जो साहित्य उन्हें देते हैं वह बच्चों के भीतर साहस, पराक्रम, नैतिक बल, स्वावलंबन, चरित्र-निर्माण, देश-भक्ति, सेवा भाव, आत्मरक्षा आदि गुणों का पोषण करने वाला हो। परन्तु वह साहित्य उपदेशात्मक न हो। उसमें अंधविश्वास के बजाय तार्किक बुद्धि, विवेकशीलता और दृढ़ता पैदा करें—ये गुण नितांत आवश्यक हैं। क्योंकि बच्चों की अवस्था के बढ़ने के साथ उनकी कल्पना और भावना शक्ति भी बढ़ती जाती है। साथ-ही-साथ उनमें हेतुवाद का समान्तर रूप में जागृत करने का प्रयास होना चाहिए।

विश्व की समृद्ध भाषाओं में जो लोकप्रिय ग्रंथ हैं, जिन्हें बच्चों ने बहुत ही रुचि के साथ पढ़ा है, उन पुस्तकों में बालकों का मनोरंजन करने की असीम शक्ति के साथ अपूर्व रोचकता

भी थी। विश्व की महान् कृतियों में पंचतंत्र, गुलीवर की कहानियाँ, राबिन्सन क्रूसो, ट्रेजर अभिलैण्ड, ईसप की कथाएँ, एलिस इन द वन्डरलैण्ड आदि महत्वपूर्ण स्थान रखती हैं। इन कृतियों के पात्र पशु-पक्षी और बच्चे हैं। ये कृतियाँ बहुत पुरानी हैं, फिर भी आज भी बच्चे बड़ी रुचि के साथ पढ़ते हैं। उपर्युक्त कृतियों में नीति, उपदेश, साहस, अनोखी सूझ-बूझ समयस्फूर्ति तथा अन्य शाश्वत मूल्यों के गुण विद्यमान हैं। उनमें ऐसे भी तत्व हैं जिनमें उन बातों पर चिंतन हुआ है जो जीवन और जगत् से जुड़े हुए हैं। इन कृतियों की लाखों प्रतियाँ बिक चुकी हैं और विश्व की अधिकांश भाषाओं में इनका रूपान्तर हो चुका है।

विश्व-कथा साहित्य के अध्ययन से हमें यही विदित होता है कि प्रारम्भ में श्रेष्ठ लेखकों ने बाल साहित्य की रचना करने में संकोच का ही अनुभव किया था। स्वयं चार्लेस लुडविंग डाग्शन ने जो आक्सफोर्ड यूनिवर्सिटी में गणित शास्त्र के प्रोफेसर थे, 'लुई कैरोल' उपनाम से अपनी कहानियाँ प्रकाशित की थीं, जो मैकमिलन कंपनी से १८६४ में छपी थीं।

भारतीय भाषाओं में भी विश्व की इन महान कृतियों के अनुवाद हुए। पंचतंत्र के साथ हितोपदेश, कथा सरित्सागर, बेताल कथाएँ, विक्रमादित्य की कहानियाँ, जातक कथाएँ, अरेबियन नाइट्स, सोहराब और रुस्तम, सिन्दबाद की कहानियाँ, परी कथाएँ, लोक कथाएँ, बीरबल, तेनाली राम जैसे विनोदी प्रकृति के हाजिर जवाब, सभा-चतुर विवेकशील व्यक्तियों की कहानियाँ, पुराण, महाकाव्य, संस्कृति के प्रसिद्ध नाटकों की कहानियाँ, उपनिषद की कहानियाँ प्रायः सभी भारतीय भाषाओं में पुनर्लिखित हुई हैं या अनूदित हुई हैं। ये सारी कहानियाँ बच्चों में बहुत लोकप्रिय भी हुई हैं। डॉ० हरिकृष्ण देवसरे के कथनानुसार, पौराणिक और प्राचीन साहित्य की कथाओं का आज के संदर्भ में पुनर्लेखन होना चाहिए। पर साथ ही हमारे प्राचीन कथा साहित्य भण्डार से पहले बच्चे अवगत हो जाएँ और उनसे अपनी कल्पना शक्ति और भावना की परिपुष्टि करें तब अपने मानसिक विस्तार के अनुरूप ज्ञान-विज्ञान तथा जीवन से जुड़े हुए अन्यान्य क्षेत्रों की समस्याओं से सम्बन्धित कहानियों तथा साहित्य की अन्य विधाओं का ज्ञान प्राप्त करें तो अधिक उपयुक्त होगा।

भारतीय भाषाओं में रचित बाल-साहित्य का समग्र रूप में अनुशीलन करना इस छोटी-सी भूमिका में संभव नहीं है, अतः अति संक्षेप में उस पर विचार किया जा सकता है।

असमिया :

भारत की पूर्वांचलीय भाषाओं में असमिया भाषा का साहित्य किसी भी दृष्टि से अन्य भारतीय भाषाओं की तुलना में कम समृद्ध नहीं है। प्रारंभिक अवस्था में असमिया भाषा में भी परी-कथाओं, लोक-कथाओं और देश-विदेश की लोकप्रिय बाल-कथाओं की भरमार पायी जाती है। किन्तु क्रमशः वहाँ के बाल साहित्यकारों का दृष्टिकोण युग के अनुरूप बदलता गया। सर्वश्री नवकांत बरुआ, प्रेमधर दत्त, डॉ० वाणी कांत काकति, प्रफुल्लदत्त गोस्वामी, महादेव शर्मा, वेणुधर शर्मा, महेश्वर नेओग; सैयद अब्दुल मलिक, निर्मला, हेमन्त कुमार शर्मा, अनंतदेव शर्मा, श्रीमती सुमिता गोस्वामी, डॉ० भूपेन्द्रनाथ, सत्य-रंजन कलिता, प्रभा रघुनाथ चौधरी, कीर्तिनाथ हाजरिका, नरेन्द्रनाथ शर्मा, यतीन्द्रनाथ गोस्वामी, सतीशचन्द्र चौधरी,

अतुलानन्द गोस्वामी प्रभृति ने आधुनिक युगबोध के अनुरूप उत्तम बाल साहित्य प्रस्तुत किया है।

बालकों को वैज्ञानिक साहित्य प्रदान करने के विचार से असमिया के लेखकों ने आधुनिक आविष्कारों को सरल एवं सरस भाषा में बालकोपयोगी बनाने की दिशा में महत्वपूर्ण भूमिका अदा की। ऐसे लेखकों में द्वीपेन्द्र नाथ शर्मा, शांति राम दास, लक्ष्मीशेखर बरुआ इत्यादि का प्रयास अभिनन्दनीय है। उनके द्वारा विरचित कृतियों में ''महाकाश अभियान'', ''विज्ञान अरू वैज्ञानिक,'' ''इलेक्ट्रिसिटी'' वगैरह रचनाएँ उल्लेखनीय हैं।

असमिया भाषा में बाल नाटकों के कृतित्व के साथ विविध विधाओं पर भी पुस्तकें रची गयी हैं। बाल नाटककारों में कीर्तिनाथ हाजरिका, हिरण्यमयी देवी, प्रेमनारायण, मुक्तिमाल बरदलै, नलिनीबाला देवी के नाटक मंच पर भी सफलतापूर्वक अभिनीत हुए हैं।

अन्य विधाओं की रचना में रघुनाथ चौधरी कृत ''मानव सभ्यता,'' लक्ष्मीनंदन बरा द्वारा रचित ''गौवरे स्वर्ग रचो,'' अनिल कुमार शर्मा की ''जीव जन्तुर साधु,'' क्षेमचन्द्र द्वारा विरचित ''सागरिका,'' निर्मलेश्वर की ''आमार इह पृथिवीरतन'' आदि स्मरणीय है।

असमिया में बाल पत्र-पत्रिकाओं का अभाव खटकता है, पर वहाँ के दैनिक, साप्ताहिक एवं मासिक पत्रों में बच्चों के वास्ते बाल-स्तंभ के अन्तर्गत बालकोपयोगी रचनाएँ प्रकाशित होती हैं। विशेषकर बच्चों के लिए प्रकाशित होने वाली पत्रिकाओं में ''दीपक'' और ''जोन बांहें'' नामक इस संदर्भ में गणनीय हैं।

उड़िया :

स्वतंत्रता प्राप्ति के पूर्व उड़िया में जो बाल साहित्य रचा गया, वह आज की कसौटी पर अति उच्च-स्तरीय कहा नहीं जा सकता। पर पाँचवीं दशक में जो बाल-साहित्यकार उभर आये, उनमें कविताओं के क्षेत्र में गोपाल महाराज, नन्दकिशोर बल, मधुसूदन दास, मृत्युंजय रथ, पद्मवरण पटनायक, द्विजेन्द्रलाल बशू, उपेन्द्र त्रिपाठी, लक्ष्मीकांत महापात्र, कुंजबिहारी दास, अनंतचरण शतपथी आदि हस्ताक्षर आदर के साथ लिये जा सकते हैं। स्वाधीनता के पश्चात् उड़िया के श्रेष्ठ कलाकारों ने बाल साहित्य के प्रति अपने दायित्व का अनुभव किया और बच्चों के लिये सुन्दर पुस्तकों की रचना की। इस समय की रचनाओं में मनोवैज्ञानिकता और प्रयोगवादिता के साथ शैली की सरसता भी दृष्टिगोचर होती है। प्राचीन एवं पौराणिक साहित्य को भी नये संदर्भ में प्रस्तुत करने का प्रयास हुआ। इस प्रकार की कृतियों में महामानव, मिनिर मनकथा इत्यादि गणनीय है। सौर जगत, दूर देश की कथा, आविष्कार और उद्भावना इत्यादि वैज्ञानिक कृतियों के साथ मनोवैज्ञानिक, भौगोलिक, सांस्कृतिक और राष्ट्रीय भावनाओं से ओतप्रोत बाल साहित्य भी प्रस्तुत हुआ है। कविता के क्षेत्र में गोदावरीश कृत छविर कविता, उपेन्द्र त्रिपाठी द्वारा रचित पिलांक पशु-पक्षी पुराण तथा निशा राक्षसी, निकुंज, कानूनगो कृत ''इन्द्रधनु,'' विश्वनाथ पाइक राय का ''राष्ट्रीय संगीत'' इस दिशा में उल्लेखनीय कृतियाँ हैं। कहानी के क्षेत्र दर्जनों लेखकों ने नये-नये प्रयोग किये हैं। उदयनाथ पडंगी की मांकडर देश भ्रमण, ''बडकिए,'' जगन्नाथ महांति की ''नयी मडीला,'' दुर्गा

प्रसाद पटनायक की "मोखाट घोड़ा," "कथाकहे" इत्यादि आदर के साथ ली जा सकती है। अन्य लेखकों में गणेश्वर महापात्र, लोकनाथ नन्द, रघुनाथ राउत, श्रीकांत कुमार राउत राय, सुरेश चन्द्र जैना, डा० कुलमणि महापात्र, अपूर्व रंजन राय, जगन्नाथ रथ, श्रीमती विजय लक्ष्मी महांति विविध विधा की रचना के लिए प्रसिद्ध हैं।

वैज्ञानिक सम्बन्धी रचनाएँ करने में गोकुलानन्द, महापात्र शांतनुकुमार आचार्य, वासुदेव त्रिपाठी के नाम आदर के साथ लिये जा सकते हैं।

बाल एकांकी की रचना में योगेन्द्रनाथ पटनायक, सूर्यचन्द्र नन्द जहाँ प्रसिद्ध हैं वहीं बाल उपन्यास के क्षेत्र में डॉ० जयकृष्ण महांति और चन्द्रशेखर महापात्र लोकप्रियता प्राप्त कर चुके हैं।

कन्नड़ :

प्रारम्भ में कन्नड़ बाल साहित्य के क्षेत्र में मैकमिलन कंपनी मद्रास, बाल-साहित्य मंडल मंगलूर ने प्रशंसनीय कार्य किया है। ए० एस० कामत ने बच्चों के लिए कई नाटक लिखे। डी० के० भरद्वाज भी नाटक के क्षेत्र में आदर के साथ स्मरण किये जाते हैं। अन्य बाल साहित्य के विशिष्ट लेखकों में डॉ० शिवराम कारंत का योगदान अविस्मरणीय है। इन्होंने बच्चों के वास्ते कहानियों के साथ गीतों की भी रचना की है। मंगलकूट नाम से बालकों के लिए एक संस्था स्थापित कर उन तीन भागों में इन्होंने एक सुन्दर विश्व-कोश भी प्रस्तुत किया है। मैसूर की चिल्ड्रेन बुक कौंसिल संस्था के द्वारा भी प्रशंसनीय कार्य हुआ है।

अन्य बाल साहित्यकारों में सर्वश्री जी० पी० राजरत्नम, होईसलजी, आर० के० नारायण इत्यादि के नाम अविस्मरणीय हैं। कन्नड़ में बालकों के लिए उपन्यास भी कम नहीं रचे गये हैं। वैसे विज्ञान सम्बन्धी बाल साहित्य भी कन्नड़ में भी उपलब्ध है, किन्तु अधिकांश साहित्य या तो अंग्रेजी से अनूदित है, अथवा अनुकरणात्मक है। साउथ इण्डियन बुक ट्रस्ट द्वारा भी बच्चों के लिए कन्नड़ की पुस्तकें प्रस्तुत हुई हैं, किन्तु उनमें अधिकांश इतर भाषाओं से अनूदित है। अन्य लेखकों में गणेश वी० भरतनहल्ली, पंजेमंगेश राव, मिर्जी अन्नाराव, टी० एम० आर० स्वामी, कृ० नारायण राव, सम्वटूर विश्वनाथ, सिमुसंगमेश, टी० एस० नागराजशेट्टी, सरोजा नारायण राव, एम० आर० शिवशंकर, बी० एस० रुक्कम्मा।

श्री डी० के० मूर्ति ने "मक्कल पुस्तकमाला" द्वारा बच्चों के लिये पर्याप्त पुस्तकें उपलब्ध करायी हैं।

तमिल :

तमिल में भी प्रारम्भ में अन्य भाषाओं की भाँति प्राचीन कथा साहित्य पर बालकों के लिए पुस्तकें रची गयी हैं। प्राचीनकाल में तमिल की प्रसिद्ध कवयित्री अब्बैयार ने गीत शैली में बच्चों के लिए बहुत ही रोचक पुस्तकें प्रस्तुत की थीं तो आधुनिक युग में महाकवि सुब्रह्मण्य भारती ने "नयी आत्ति चूँडि," "पापा पाट्टु" तथा "ओडि विलैयाडु पाप्पा" जैसे बाल गीतों की रचना करके सुन्दर एवं स्वस्थ बाल साहित्य की नींव डाली। अन्य श्रेष्ठ बाल साहित्यकारों में नमः शिवाय मुदलियार, भारती दासन, देशिक विनायकम पिल्ले,

वल्लियप्पा के नाम अत्यंत आदर के साथ लिये जा सकते हैं। इन महानुभावों ने शत-शत गीत और कविताएँ रचकर न केवल तमिल बाल साहित्य के भण्डार को समृद्ध किया, अपितु भावी बाल साहित्यकारों के लिए सुन्दर पाठक वर्ग भी तैयार किया। उपर्युक्त कलाकारों की रचनाएँ केन्द्रीय तथा राज्य सरकारों के द्वारा भी पुरस्कृत हैं। वल्लियप्पा को ''कुलंदै कविङ्गर'' यानी बालकों के कवि नामक उपाधि से भी विभूषित है। पेरियस्वामी तूरन, पी० आर० चूड़ामणि, कोत्तमंगलम सुब्बु, तर्णिकै उलगनाथन, भरतन, तंबि, श्रीनिवासन, तमिलगन, तिरुच्चि वासुदेवन, पिच्चुमूर्ति, नारा० नाच्चियप्पन, ति० दण्डपाणि, अखिलन की सेवाएँ इस दिशा में सदा अविस्मरणीय रहेंगी। श्रीलंका के तमिल बाल कवियों में, नवालियूर सोमसुन्दर पुलवर वगैरह विशेष रूप से लोकप्रिय हैं।

गद्य साहित्य में राज चूड़ामणि का योगदान प्रशंसनीय रहा है। अन्य बाल साहित्य के विशिष्ट कलाकारों में राजाजी का योगदान सदा स्मरणीय रहेगा। तमिल के चोटी के कलाकारों ने भी बालकों के लिए अनेक स्तरीय पुस्तकें लिखकर तमिल बाल साहित्य को समृद्ध बनाने में महत्त्वपूर्ण भूमिका अदा की है। ऐसे महानुभावों में ती० जा० रंगनाथन, कल्कि, कि० वा० जगन्नाथन, अकिलन, तुमिलन के नाम तमिल बाल साहित्य के क्षेत्र में गर्व के साथ लिये ज. सकते हैं। बाल साहित्य की अन्य विधाओं के रचनाकारों में सर्वश्री पी० एन० अप्पुस्वामी, वानमामलै, नागराजन, कल्वि गोपालकृष्णन, एम० एल० वरदराजन, श्रीमती शांता लक्ष्मी प्रभृति ने गणनीय कार्य किया है।

तमिल बाल साहित्य के क्षेत्र में श्री पेरियस्वामी तूरन के सम्पादकत्व में कई खण्डों में प्रस्तुत, बालरलैवकल चियम, यानी ''बाल विश्वकोश'' एक महत्वपूर्ण मील का पत्थर है।

तेलुगु :

इसी सदी के दूसरे दशाब्द में तेलुगु में बाल साहित्य लेखन का शुभारंभ हुआ। प्रारम्भ में संस्कृति तथा अंग्रेजी की उत्कृष्ट बाल कृतियों का या तो रूपांतर हुआ अथवा उनको आधार बनाकर लेखकों ने अपनी भाषा में पुस्तकें प्रस्तुत कीं। साथ ही परी-कथाएँ, लोककथाएँ अधिक संख्या में रची गयीं। किन्तु तेलुगु की प्रथम उल्लेखनीय कृति डॉ० गिडुगु सीतपति द्वारा विरचित बालानन्दम् है जो तेलुगु भाषा समिति द्वारा पुरस्कृत भी है। तेलुगु के विख्यात कवि गुरुजाड अप्पाराव श्री श्री आदि ने भी बच्चों के लिए सुन्दर रचनाएँ की हैं। श्री कवि रावु, बी० वी० नरसिंहराव, नंडूरि राममोहन, अलपति वगैरह बच्चों के लिए गीत लिखने में विशेष प्रिय हुए हैं। ये सब अपनी बालकृतियों के लिए भारत सरकार तथा प्रांतीय सरकार द्वारा भी पुरस्कार प्राप्त कर चुके हैं। बी० वी० नरसिंहराव ''बाल बंधु'' नाम से विख्यात हैं। वैज्ञानिक ढंग पर लिखी गयी इनकी रचनाएँ, बच्चों की मानसिकता के अनुरूप में है। ऐसे गीत समूहों में ''बालहृदयमु'', ''आवु हरिश्चन्द्र'' प्रसिद्ध है। कवि राव कृत ''बोम्मरिल्लु'' (घरौन्दे) गीत कथाएँ पर्याप्त लोकप्रिय हैं। तेलुगु की बालकृतियों में दो दर्जनों से अधिक केन्द्रीय शासन द्वारा पुरस्कृत हैं। मागंटी बापिनीडु ने बच्चों के लिए छोटा सा विश्वकोश ही तैयार किया था। चिंता दीक्षितुलु ने ''सूरी-सीता-बेंकीं'' पात्रों के माध्यम से बहुत सुन्दर कहानियाँ प्रस्तुत की हैं। अन्य उल्लेखनीय साहित्यकारों में नार्ल चिरंजीवी, वेंकटरामचन्द्र मूर्ति, न्यापति राघवराव दंपति, शशांक, टी० रामचन्द्र राव, के० एल० नरसिंहराव, श्रीवास्तव

के० सभा, एल्लोरा, दाशरथि, नारायण रेड्डी, रावूरि भरद्वाज, सी० यस० राव, तुरगा जानकी राणी, वे० सांबशिव राव, सी० ब्रेदवती, गंगीशेट्टि, बालशौरि रेड्डी, शिवकुमार, कवि राय इत्यादि की रचनाएँ विशेष लोकप्रिय हुई हैं। बाल उपन्यास के लेखकों में सर्वश्री बलिवाड कांताराव, अन्ने उमामहेश्वर राव, दिगवल्लि शेषगिरि राव प्रसिद्ध हैं। डॉ० वेलगा वेंकटप्पया चौधरी का योगदान अविस्मरणीय है।

तेलुगु में विज्ञान सम्बन्धी भी पुस्तकें बच्चों के लिए पर्याप्त मात्रा में रची गयी हैं। विज्ञान सम्बन्धी प्रायः हर विषय का स्पर्श करते हुए बेमराज़ भानुमूर्ति, बसन्तराव वेंकटराव, कोडवंटिगंटि कुटुम्बराव ने सराहनीय कार्य किया है। एकांकी के क्षेत्र में भी तेलुगु भाषा पीछे नहीं है। बच्चों के लिए रचित अनेक मौलिक एकांकी सफलतापूर्वक मंचित हुए हैं। ललित कलाओं पर भी सुलभ शैली में बच्चों के वास्ते पुस्तकें उपलब्ध करायी गयी हैं।

आन्ध्र प्रदेश सरकार बच्चों के वास्ते अन्तर्राष्ट्रीय बाल वर्ष के संदर्भ में पचास लाख रुपये व्यय करके एक विश्वकोश सोलह जिल्दों में प्रस्तुत करने की योजना बना चुकी है। विभिन्न रंगों में छपने वाले इस कोश की पच्चीस हजार प्रतियाँ पाठशालाओं में मुफ्त में वितरित की जायेंगी, यह तेलुगु भाषा-भाषी बच्चों के लिए एक विशेष उपलब्धि कही जायेगी।

पंजाबी :

पंजाबी में बाल साहित्य का लेखन और प्रकाशन बड़े ही विलम्ब के साथ हुआ। वैसे 'बालक' नाम से एक पत्रिका तीस-चालीस वर्ष पूर्व ही निकली, जिसके माध्यम से कथा, कहानियाँ व गीत बच्चों के लिए उपलब्ध होने लगे। परन्तु पाँचवें दशक में प्रकाशित दूर दुराडे देश इत्यादि बहुत ही लोकप्रिय हुई। पंजाबी भाषा के बाल लेखकों में सर्वश्री प्यारा सिंह सहराई, ओमप्रकाश, गुरुदयाल सिंह, बलवन्त सिंह, जसवन्त सिंह, करतार सिंह, दर्शन सिंह, गुल चौहान, अमृता प्रीतम, अमरगिरी, हरनामदास आदि जाने-माने लेखक माने जाते हैं। कथा साहित्य के लेखन में ओमप्रकाश (सुनो-सुनाओ), राजदुलारे (कर भला सो हो भला), गुरुदयाल सिंह (टुक्क खौह लए कांबा) नामी लेखक माने जाते हैं। पंजाबी में ज्ञान सम्बन्धी भी रचनाएँ बच्चों के लिए रची गई हैं, जिनमें शमशेर सिंह, अनवन्त कौर, अवतार सिंह, दीपक की कृतियाँ बच्चों में विशेष प्रचलित हैं।

हास्य और व्यंग्य के क्षेत्र में बलवन्त सिंह शीतल और प्यारा सिंह दाता का योगदान प्रशंसनीय है।

बंगला :

बंगला बाल साहित्य के उत्थान में वहाँ के विशिष्ट कवि, कलाकार एवं मनीषियों ने स्पृहनीय योगदान दिया है। मोहित घोष का कविता संग्रह 'टापुर टुपुर' (रिमझिम), निर्मलेन्दु गोस्वामी 'खेलार राज्ये,' मंजिल सेन की 'पडुआ' इत्यादि कविता पुस्तकें न केवल लोकप्रिय हुईं, बल्कि भारत सरकार द्वारा पुरस्कृत भी हैं।

बंगला के यशस्वी कथाकार प्रेमेन्द्र मित्र ने बच्चों के लिए आधे दर्जन के करीब उत्कृष्ट बाल कृतियाँ प्रस्तुत कीं, जिनमें कुछ पुस्तकें पुरस्कृत भी हैं। इनकी बाल पुस्तकों का

कथानक, 'धनादा' है जिस पात्र के नाम से प्राय: इनकी सारी पुस्तकें लोकप्रिय हुई हैं। 'धनादार गल्प' इनकी सर्वोत्तम कृति है। नारायण गंगोपाध्याय बाल साहित्यकारों के सिरमौर हैं। इनकी रचनाओं के दो विशेष पात्र हैं—पैला और टेनिदा। इनकी रचनाएँ हास्य रस के उत्कृष्ट नमूने कहे जा सकते हैं। अन्य लेखकों में श्रीमती लीला मजूमदार, सत्यजित राय, शिवराम चक्रवर्ती, शरदिन्दु बन्द्योपाध्याय, इन्दिरा देवी, रवीन्द्रनाथ ठाकुर, प्रशांत चौधरी, योगेन्द्रनाथ सरकार, विभूषित भूषण बन्द्योपाध्याय, आशापूर्णा देवी, बुद्ध देव बसु, नृपेन्द्र कृष्ण चट्टोपाध्याय, ताराशंकर बन्द्योपाध्याय, सुनील गंगोपाध्याय, कल्याण गंगोपाध्याय, शीर्षेन्दु मुखोपाध्याय, वाणीव्रत चक्रवर्ती, होमनीश गोस्वामी, आशीष सान्याल, निहाररंजन गुहा, श्रीमती महाश्वेता देवी आदि विशिष्ट हस्ताक्षर हैं। संभवत: किसी भारतीय बाल साहित्य के क्षेत्र को ऐसे महान कलाकारों का योगदान उपलब्ध नहीं हुआ है। प्रेमेन्द्र के 'धनादा' की भाँति सत्यजित राय का 'प्रोफेसर शंकू' का पात्र अपनी विशेषता के लिए बेजोड़ है।

बंगला में बच्चों के लिए जितनी और जैसी उत्तम पत्रिकाएँ छपती हैं सम्भवत: अन्य भाषाओं में उतनी नहीं।

मराठी :

मराठी का बाल-साहित्य पर्याप्त समृद्ध है। उस भाषा में आयु वर्ग की दृष्टि से शिशु, बाल और किशोरों का वर्गीकरणात्मक साहित्य प्रस्तुत हुआ है। मराठी के अधिकांश बाल साहित्यकारों का ध्यान सदैव इस बात की ओर रहा है कि हम क्या लिख रहे हैं? हम किसके लिए लिख रहे हैं? यही कारण है कि इस भाषा में रचित बाल साहित्य में वैविध्य के साथ व्यापकता भी दृष्टिगोचर होती है।

मराठी भाषा के प्रारम्भिक बाल साहित्यकारों में सर्वश्री गोपीनाथ तलवलकर, वा० रानडे, कवि मायादेव आदि के नाम सादर लिये जा सकते हैं।

बाल साहित्य के सृजन प्रकाशन के क्षेत्र में ही नहीं अपितु प्रोत्साहन की दृष्टि से भी महाराष्ट्र सरकार ने जो उत्साह दिखाया, वह प्रशंसनीय है। इस भाषा में बाल साहित्यकारों की संख्या इतनी अधिक है, सबका नामोल्लेख करना भी सम्भव नहीं है, परन्तु सर्वश्री ग० दि० माडगूलकर परांजपे, श० र० देवले, मंगल वेढेकर, म० रा० भागवत, मंगेश पाड गाँवकर, दाणेकर, भैयासाहब ओकर, चि० वि० जोशी, श्रीमती दुर्गा भागवत, कल्याण इनामदार, सौ० गिरिजा कौर, भा० वि० खड़ये, आनन्द सहस्त्र बुद्धे, श्री सुधाकर प्रभु, सौ० मृणालिनी केलकर आदि ने बाल साहित्य की समृद्धि में जो योगदान दिया है वह सदा अविस्मरणीय है।

मराठी की बाल पत्रिकाओं ने भी स्तर व उपादेयता की दृष्टि से बच्चों के दिलों में अपना अमिट स्थान बना लिया है। मराठी बाल साहित्य को महिलाओं का योगदान भी प्रचुर मात्रा में उपलब्ध हुआ है। बाल लेखक व लेखिकाओं ने अल्पायु में ही बाल साहित्य का सृजन कर इस क्षेत्र में अनूठा मानदण्ड स्थापित किया है। ऐसे साहित्यकारों में माधुरी पासनीस विशेष रूप से उल्लेखनीय है। आपने अपनी छ: वर्ष की आयु में ही कविताएँ रचकर अपनी अपूर्व प्रतिभा का परिचय दिया है।

मराठी भाषा में बच्चों के लिए विविध विधाओं की पुस्तकों एवं पत्रिकाओं के साथ उत्तम श्रेणी के विश्वकोश का भी निर्माण हुआ है।

गुजराती :

इस भाषा में भी प्रारम्भ में बच्चों के वास्ते नीति, उपदेश व सदाचार पर पुस्तकें रची गईं और विश्वगाथा साहित्य भण्डार को रूपांतरित किया गया, पर स्वतन्त्रता की प्राप्ति के पश्चात् बाल साहित्य की ओर अधिकांश लेखकों का ध्यान आकृष्ट हुआ।

गुजराती बाल साहित्य में अन्य विधाओं की अपेक्षा कहानी सर्वाधिक लोकप्रिय माध्यम रही। इस विधा की समृद्धि में हाथ बँटाने वाले कलाकारों में जयभिक्खु जीवराम जोशी, श्रीकांत त्रिवेदी, यशवन्त मेहता, हरीश नायक, गिरीश गणात्रा, देवेन्द्र कुमार पण्डित वगैरह के नाम अग्रिम पंक्ति में गिने जा सकते हैं।

कविता के लेखन में सुरेश दलाल, जतीन आचार्य, बाल मुकुन्द दबे, रमणलाल सोनी, त्रिभुवन व्यास जहाँ प्रसिद्ध हैं वहीं नाटकों की रचना में यशवन्त पण्ड्या, धराणी, इन्द्र बसावड़ा, हिम्मतलाल दबे ने अपने नाम को प्रतिष्ठित किया है।

अन्य विधाओं के साहित्यकारों में शिशुभाई त्रिवेदी, सोमलाल शाह गणनीय हैं।

हिन्दी :

संख्या की दृष्टि से हिन्दी में बाल साहित्य प्रचुर मात्रा में रचा गया है। स्तरीय बाल साहित्य का भी हिन्दी में अभाव नहीं है, किन्तु हिन्दी के शीर्षस्थ लेखकों ने इस विधा की समृद्धि में कोई विशेष अभिरुचि नहीं दिखाई, इस विधा को जिन लेखकों ने अपनाया उनमें कवियों की संख्या अधिक है। ऐसे कलाकारों में सर्वश्री सोहनलाल द्विवेदी, द्वारका प्रसाद माहेश्वरी, निरंकार देव सेवक, राष्ट्रबन्धु, चन्द्रपाल सिंह यादव, रामावतार चेतन, चिरंजीत, मनोहर वर्मा, विनोद चन्द्र पाण्डेय, बालशौरि रेड्डी, रामचन्द्र तिवारी, कपिल, धर्मपाल शास्त्री, रघुवीर सहाय शरण मित्र, रामेश्वर दयाल दुबे के नाम विशेष रूप से उल्लेखनीय हैं।

वैसे हिन्दी के यशस्वी लेखक इलाचन्द्र जोशी, वृन्दावनलाल वर्मा प्रभृति ने ऐतिहासिक कथाएँ प्रस्तुत करके हिन्दी बाल साहित्य के एक बहुत बड़े अभाव की पूर्ति में प्रशंसनीय योगदान दिया है।

हिन्दी में अनुवाद साहित्य पर्याप्त मात्रा में उपलब्ध है। प्राय: सभी प्रकाशकों तथा सरकारी व अर्ध सरकारी संस्थानों में विविध प्रकार की रचनाएँ प्रकाशित कर बाल साहित्य के भण्डार को समृद्ध किया, परन्तु यहाँ उनका नामोल्लेख तक सम्भव नहीं है। लोक कथाएँ, पौराणिक कथाएँ, नीति-कथाएँ, हास्य-व्यंग्य की रचनाएँ हजारों की संख्या में रची गयी हैं। बाल पाकेट बुक्स के नाम पर सैकड़ों पुस्तकें बाजार में आयीं, परन्तु गुणात्मक बाल साहित्य के लेखन में प्रख्यात लेखकों में सर्वश्री विष्णु प्रभाकर, मनोहर वर्मा, डा० हरिकृष्ण देवसरे, व्यथित हृदय, विराज, शिवमूर्ति सिंह, योगराज थानी, मनहर चौहान, डा० मस्तराम कपूर, सुदर्शन, रमेश वर्मा, हिमांशु श्रीवास्तव, जयप्रकाश भारती, कन्हैयालाल नन्दन, स्वदेश कुमार,

उमाशंकर, विमला लूथरा, कमल शुक्ल, सरस्वती कुमार दीपक, बालस्वरूप राही, राबिन शा पुष्प, गोविन्द सिंह, सत्य प्रकाश अग्रवाल, डा० कृष्णा नागर, कमला चमेला, हसन जमाल, आलम शाह खान, शम्भु प्रसाद श्रीवास्तव, विष्णुकांत पाण्डेय, दामोदर अग्रवाल, श्रीप्रसाद, शकुन्तला शर्मा, शकुन्तला सिरोठिया, सावित्री परमार, अनन्त कुशवाहा, डॉ० उषा यादव, अलका पाठक, केशवदेव इत्यादि ने कहानी, उपन्यास एवं नाटकों के क्षेत्र में पर्याप्त यश अर्जित किया है।

हिन्दी में बच्चों के लिए बड़ी संख्या में पत्रिकाएँ निकलीं, पर बानर, बालसखा, शिशु जैसी कुछ अच्छी पत्रिकाएँ काल कवलित हो गयीं। आज जो पत्रिकाएँ विशेष रूप से बच्चों में लोकप्रिय हैं, वे हैं—बाल भारती, नन्दन, पराग, चन्दा मामा, चम्पक, बालक।

उर्दू :

उर्दू में अन्य भाषाओं की तुलना में बाल साहित्य अल्प मात्रा में उपलब्ध हैं, किन्तु जो भी रचनाएँ आयीं वे गुण की दृष्टि से सराहनीय हैं। सर्वप्रथम डॉ० जाकिर हुसैन ने ही बच्चों के वास्ते प्रेरणादायक कहानियाँ लिखकर इस विधा का श्रीगणेश किया। उनकी प्रायः सारी कहानी देश-भक्ति और राष्ट्रीय भावना से ओतप्रोत है। 'अब्बूखाँ की बकरी और चौदह और कहानियाँ' इसका सुन्दर उदाहरण है। जनाब हुसैन ने अंग्रेजी नाटकों के आधार पर बच्चों के लिये नाटक भी रचे जो बच्चों के द्वारा खेले भी गये।

अन्य बाल साहित्यकारों में जनाब मुहम्मद शफीउद्दीन का नाम आदर के साथ लिया जाता है। इनका 'गाँव सुधार गीत' विशेष लोकप्रिय है और इसके अनेक संस्करण हाथोंहाथ बिक गये हैं। अन्य कथाकारों में सर्वश्री जमील अरशद, तस्कीन जैदी, अतया परवीन, खुशरू यतीन, सलाम बिन रज्जाक, निशात उल ईमान, मिममिम राजेन्द्र।

उर्दू के ख्यातनामा लेखक किशनचन्दर ने बच्चों के वास्ते चिड़ियों की 'अलिफ लैला' और 'उल्टा दरख्त' नाम से दो सुन्दर पुस्तकें लिखीं।

उर्दू की अन्य मशहूर किताबों में सालिब आबिद हुसैन के नाटक, अबरार मुहसन की 'डाकू की गिरफतारी,' सैयद वशीर हुसैन कृत 'दुनिया के बसने वालों' ज्यादा चाव से पढ़ी जाती है।

मलयालम :

मलयालम भाषा में प्रारम्भ से ही बाल साहित्य के उन्नयन की दिशा में अग्र-श्रेणी के कवियों तथा साहित्यकारों का योगदान रहा है। मलयालम के महाकवि आशान उल्लूर वल्लतोल आदि ने इस विधा का सूत्रपात किया तो महाकवि जी० शंकर कुरूप जैसे महान कलाकारों ने इस विधा को सर्वगुणसंपन्न बनाया।

अन्य विशिष्ट साहित्यकारों में सर्वश्री सेतुनाथ, गोपाल कृष्णन, टी० वी० जोण, परमेश्वरन, वेल्लायण अर्जुनन आदि तरुण पीढ़ी के कवियों ने अपनी रचनाओं द्वारा परिपुष्ट बनाया।

मलयालम बाल साहित्य की विविध विधाओं को समुज्ज्वल रूप प्रदान करने वाले श्रेष्ठ रचयिताओं में सर्वश्री मात्यु एम० कुलवेलु, सुकुमारन, रामकृष्ण नायर, ओ० पी० नम्बूदरीपाद, ए० पी० तानु, अनन्तु वगैरह का योगदान प्रशंसनीय है।

केरल की साहित्यिक संस्थाओं तथा प्रकाशकों ने भी बाल साहित्य के लेखन व प्रकाशन में विशेष प्रेरणा एवं प्रोत्साहन प्रदान किया। नेशनल बुक केरल साहित्य अकादमी के द्वारा भी महत्त्वपूर्ण बाल साहित्य प्रकाश में आया है। अनेक बाल साहित्यकार अपनी उत्कृष्ट रचनाओं के लिए भारत सरकार, प्रान्तीय सरकार, अकादमी तथा अन्य संस्थाओं के द्वारा पुरस्कृत एवं सम्मानित हुए हैं।

उपर्युक्त सर्वेक्षण के पश्चात हम इस निर्णय पर पहुँच जाते हैं कि भारतीय भाषाओं में बाल साहित्य का सृजन पर्याप्त मात्रा में हो रहा है। विशेषतः अन्तर्राष्ट्रीय बाल वर्ष के सन्दर्भ में समस्त भारतीय भाषाओं के लेखकों ने बाल साहित्य के सृजन के प्रति अपने दायित्व का अनुभव किया है। अतः भारतीय बाल साहित्य के भविष्य के प्रति हम आशान्वित हैं।

अनुक्रम

असमिया

- असमिया बाल-साहित्य : एक परिचय
- अनिमा की पूसी
- जन्म दिवस का उपहार
- प्यार
- कोयल का कूजन
- नयी रोशनी
- टुनटुन और बुलबुल
- टोमी का दुख
- वह रुपया
- ऐ बगुला सफेद टीका देता जा.....
- डिंगडंग

असमिया बाल-साहित्य : एक परिचय

बालक की बुद्धि-वृत्ति तथा रुचि के विकास में साहित्य का एक विशेष स्थान होता है। ऐसा असमिया साहित्य के प्रकांड पंडित डॉ० सत्येन्द्रनाथ शर्मा ने 'असमिया साहित्य का समीक्षात्मक इतिहास' नामक अपने ग्रन्थ में कहा है। दादी-नानी द्वारा बच्चों को कहानी सुनाने की परम्परा प्राचीन काल से है। ये कहानियाँ लोरियों तथा कथाओं के रूप में सुनायी जाती थीं। प्रचीन काल में हमारे देश के बच्चे को पंचतंत्र, हितोपदेश तथा जातक कथाओं द्वारा नैतिकता की शिक्षा दी जाती थी। इससे बच्चों में नैतिकता का ही नहीं, मानसिक तथा बौद्धिक विकास भी होता था।

बालक-मन हमेशा कल्पना की हवा में उड़ता रहता है। बच्चे काल्पनिक जगत के किसी अज्ञात देश में विचरण कर सुख पाते हैं। कल्पना की उड़ान में वह चाँद-सितारों से अपना नाता जोड़ते हैं, फूलों से बातें करते हैं, मनुष्येतर जीव-जन्तु, पेड़-पौधों तथा चिड़ियों के साथ बातचीत करते हैं। यह कल्पना केवल कल्पना ही नहीं रह जाती, अपितु उससे बच्चों का मानसिक तथा बौद्धिक विकास तेज होता है।

असमिया बाल-साहित्य का प्रारम्भ पन्द्रहवीं सदी को ही माना जाना चाहिए। संत शंकर देव, माधव देव, महाकवि राम सरस्वती और श्रीधर कन्दलि आदि ने कई बालोपयोगी ग्रंथ रचे। शंकर देव की शिशुलीला, माधव देव की 'चोरधरा', पिम्परा गुचीवा, राम स्वरस्वती का 'भीम चरित' तथा श्रीधर कन्दलि का 'कान खोवा' (कान खाने वाला) समकालीन श्रेष्ठ शिशु काव्य हैं। इन सभी काव्यों का मूलाधार श्रीकृष्ण तथा महाभारत महाकाव्य है। अंतिम दो काव्यों में हास्य-व्यंग्य का सुन्दर चित्र अंकित किया गया है। 'चोरधरा' तथा 'पिम्परा गुचीवा' (चींटी हटाना) दोनों नाटकों का रस युवा तथा वृद्ध समान रूप से ले सकता है।

वैष्णव काल के बाद करीब कई सौ वर्ष तक असमिया में बाल साहित्य की रचना बिलकुल नहीं हुई। उन्नीसवीं सदी में ईसाई मिशनरियों द्वारा 'अरुणोदय' नामक एक पाक्षिक पत्रिका का प्रकाशन शुरू हुआ। इस पत्रिका में बालोपयोगी बाइबिल की विभिन्न कथाएँ तथा नैतिकतापूर्ण कहानियाँ छपती थीं। सन् १८४६ में प्रकाशित इस पत्रिका में ब्राउन, ब्रन्सन तथा कट्टर ने अनेक बाल-कहानियाँ लिखीं, जिनमें से आफ्रिकार साधु, सुन्दर मोमाइ, माउरी छोवाली, बाइबेलर साधु, सरू कालर धर्म, इगलर बाँह मिशनरियों द्वारा प्रकाशित बाल पुस्तकें हैं।[१]

असाम्प्रदायिक विषय को लेकर रचित प्रथम शिशु ग्रंथ है स्व० आनन्द राम ढेकियाल फुकन रचित 'असमिया लागर मित्र' इसे स्कूली पाठ्य पुस्तक के रूप में भी रखा गया था।

---

१. आफ्रिकार साधु=अफ्रीका की लोक कथाएँ। सुन्दर मोमाइ=सुन्दर मामा। माउरी छोवाली=मातृहीन लड़की । बाइबेलर साधु=बाइबिल की कथाएँ। सरू कालर धर्म=बचपन का धर्म । इगलर बाँह (इगल का बसेरा)।

साहित्यरथी लक्ष्मीनाथ बेजबरुवा ने असमिया साहित्य के अन्यान्य अंगों की तरह बाल साहित्य को भी समृद्ध किया था। उनके द्वारा रचित प्रहसनों को भी बाल साहित्य की पंक्ति में रखा जा सकता है। 'नोमल' और 'पाँचनी' उनके द्वारा रचित दो उल्लेखनीय बालोपयोगी प्रहसन हैं। इनके अतिरिक्त इन्होंने 'कका देउता आरु नाति लारा' (नाना और नाती), 'बुढ़ी आइर साधु' (दादी की कहानियाँ), 'जुनुका' (झुनझुना) उल्लेखनीय हैं। प्राचीन लोक कथा पर आधृत ये कहानियाँ बच्चों के लिए केवल रोचक ही नहीं, शिक्षाप्रद भी हैं।

प्रत्येक वरिष्ठ साहित्यिक उस समय के बच्चों के कुछ-न-कुछ उपयोगी साहित्य प्रस्तुत करते ही थे। ऐसा साहित्य प्रायः गीत साहित्य हुआ करता था। डॉ० विरिंचि कुमार बरुवा, डॉ० महेश्वर नेओग, श्री देवकांत बरुवा तथा स्व० मित्रदेव महंत का नाम इस क्षेत्र में स्मरणीय है । इस क्षेत्र में ठोस कार्य करने वालों में स्व० विषयचन्द्र विश्वासी को 'सोनतरा' तथा स्व० दंडिनाथ कलिता के 'रहघरा' का नाम उल्लेख किया जा सकता है। फिर स्व० बलदेव महन्त, सुलेमान खाँ, दुर्गा प्रसाद मजिन्दर बरुवा, आनन्द चन्द्र आगरवाला का नाम भी स्मरणीय है।

असमिया में देशी हो, चाहे विदेशी—लोक-कथा को 'साधु कथा' कहा जाता है। 'साधु कथा' का अर्थ 'साधु' द्वारा कही जाने वाली कथा' भी लगा सकते हैं। किन्तु यहाँ 'साधु' शब्द की उत्पत्ति 'साउद' यानी सौदागर से मानते हैं। इस प्रकार की 'साधु कथा' का एक विशाल भण्डार असम में है। इस भण्डार का द्वार पहले तो स्व० लक्ष्मीनाथ बेजबरुवा ने खोल दिया था। इसके बाद बीसों ऐसे संग्रह प्रकाशित होते रहे। विष्णुप्रिया देवी की 'साधु कथा', आनन्दचन्द्र जगती की 'साधुकथार जोलोङ', त्रैलोकेश्वरी देवी की 'संधियार साधु', शरतचन्द्र गोस्वामी की 'असमिया साधु कथा', कुमुदेश्वर बरठाकुर का 'साधु कथार मराल' आदि प्रमुख संकलन हैं। इन 'साधु कथाओं' द्वारा बच्चे, बूढ़े, जवान सभी को रस तो मिलता ही है—साथ-साथ बच्चों को मानसिक तथा बौद्धिक विकास की अनमोल सामग्री भी मिल जाती है।

आगे चलकर असम तथा भारत के इतिहास की घटनाओं केआधार पर अनेक बालोपयोगी कहानियाँ लिखने की परंपरा चली। इनके द्वारा बालकों में देश-प्रेम और देश के लिए आत्मोत्सर्ग करने की भावना प्रसारित होने लगी। ऐतिहासिक बालोपयोगी कहानीकारों में स्व० बेणुधर शर्मा, डॉ० वार्णाकांत काकति का नाम स्मरणीय है। शर्मा का 'रांगपाता' तथा काकति का 'पंकिल' दो मुख्य देन हैं।

दो समकालीन शिशु ग्रन्थों ने असमिया बाल पाठकों में तहलका मचा दिया था। ये ग्रन्थ हैं—स्व० हरिप्रसाद बरुवा के 'मइना' तथा 'बिरचतियार देश' । ये दोनों ग्रन्थ उपन्यास शैली में लिखे गये थे ।

इन दिनों कई बाल पत्रिकाएँ प्रकाशित होती रहीं । 'मौ' (मधु), मइना, पारिजात, अकन इनमें प्रमुख थीं । इन पत्रिकाओं के द्वारा बच्चों के बौद्धिक तथा मानसिक विकास के साथ-साथ अध्ययन वृत्ति को भी प्रोत्साहन मिला।

द्वितीय विश्वयुद्ध के बाद अन्यान्य साहित्यांगों की तरह बाल-साहित्य में भी एक परिवर्तन आ गया। विज्ञान, मनोविज्ञान तथा राजनैतिक चेतना के साथ-साथ इसका प्रभाव साहित्य पर भी पड़ा—बाल साहित्य के इस परिवर्तन की पताका उठाने में बाल साहित्यकार कविवर श्री नवकांत बरुवा भी थे। इन्होंने पुरानी परम्परा को छोड़ एक नये चेतनायुक्त, नयी शैली तथा नवीन विषयों के साथ बाल साहित्य की रचना की—जिसमें बच्चों के बौद्धिक विकास के प्रति ही नहीं, शैक्षिक दिशाओं के प्रति भी ध्यान दिया गया। 'शियाली पालेगै

रतनपुर' (गीदढ़ पहुँचा रतनपुर) 'आखरर जखल' (अक्षरों की सीढ़ी), 'माखनर कुकुरा पोवाली' (माखन की मुर्गी के बच्चे) आदि उनके बालोपयोगी ग्रन्थ हैं। उसी प्रकार डॉ० निर्मल प्रभा बरदलै का 'असमिया ओमलगीत', गगन चन्द्र अधिकारी का 'टकात एकोटा हाटी', योगेन शर्मा का 'सूरुज उठा देशऱ पिने', 'जल कुँवरीर देशत' और 'सपोनर कुक-भा' श्रेष्ठ बाल ग्रन्थ (उपन्यास की शैली में) हैं। बाल कविता संकलनों में श्री नवकांत बरुवा के अतिरिक्त प्रेमधर दत्त की 'सियालर सिंग' (गीदड़ का सींग), 'रंग बेरंग' का स्थान भी असमिया साहित्य में उल्लेखनीय है।

बौद्ध जातक, पंचतंत्र, हितोपदेश तथा अरबियन कहानियों का अनुवाद विभिन्न लेखकों द्वारा विभिन्न रूप से बहुत काल पूर्व से अब तक प्रकाशित होता आया है। उसी प्रकार चीन, जापान तथा यूरोपीय देशों की लोक कथाओं का व्यापक अनुवाद असमिया भाषा में होता आया है। वैज्ञानिक, शिकार, भ्रमण तथा आविष्कार की कहानियों का अनुवाद भी असमिया साहित्य में प्राप्त होता है।

असमिया बाल नाटकों की रचना भी बहुत पूर्व से होती आयी है। मित्रदेव महंत आदि ऐसे कई नाटककार हुए, जिन्होंने प्राचीन भारतीय काव्य पर आधृत अनेक नाटकों की रचना की। अत्याधुनिक विषय वस्तु को लेकर डॉ० भवेन्द्रनाथ शइकीया ने काफी कुछ किया है। पद्मधर चलिहा कृत 'केने मजा', कीर्तिनाथ हाजरिका कृत 'फुटुकार फेन', प्रेमनारायण दत्त कृत 'कंठरोल' आदि महत्वपूर्ण है।

बालक के जीवन को गढ़ने के लिए जीवनी ग्रन्थों की आवश्यकता बहुत है। आदर्श पुरुषों की जीवन गाथाओं से हमारे भावी पुरुषों को बहुत कुछ सिखाया जा सकता है। विश्व तथा देश के सत्पुरुषों की जीवनी ग्रन्थों का खासकर बच्चों के लिए—अभाव नहीं है। इस क्षेत्र में असम के भूतपूर्व मुख्यमन्त्री गोपीनाथ बरदले द्वारा रचित महात्मा गांधी, श्री रामचन्द्र, हजरत मुहम्मद तथा बुद्धदेव का नाम हमें लेना ही चाहिए। इस क्षेत्र में स्व० हरेन्द्रनाथ शर्मा का 'शिवाजी' महादेव शर्मा का 'बापू जी', नीलिमा दत्त का 'महंत लेकर लॉरालि काल', प्रेमधर दत्त का 'अकनिर शंकर देव' चित्र महंत का 'अकनिर मनिराम देवान', 'अकनिर पियलि फुकन', 'लोकप्रिय गोपीनाथ बरदलै' उल्लेख्य हैं। अन्य अनेक जीवनी ग्रन्थ बालकों के लिए लिखे गये थे। इन ग्रन्थों में विश्व के महापुरुषों, राजनीतिक नेताओं, समाज सुधारकों, साहित्यकारों, संस्कृति सेवियों तथा दार्शनिकों और देश के लिए अपने जीवन बलिवेदी पर समर्पित करने वालों के संघर्षमय जीवन की कहानी रूपायित है।

असमिया बाल साहित्य के क्षेत्र में साहित्याचार्य अतुलचन्द्र हाजरिका का नाम स्मरणीय है। इन्होंने विदेशी कहानी के आधार पर 'नीला चराइ' सहित कई ग्रन्थ रचे थे। स्व० ज्ञानादाभिराम बरुवा, बेणुधर शर्मा, डॉ० महेश्वर नेओग, हरेन्द्रनाथ शर्मा, हरिनार रसीद, प्रवीण शइकीया, डॉ० रोहिणी कुमार बरुवा, डॉ० प्रफुल्ल दत्त गोस्वामी ने कई विदेशी बाल साहित्य का अनुवाद किया था। योगेश दास ने जिम कारवेट की शिकार कहानी (बने बने) तथा विराज चौधुरी का 'कुमायूँ का आदमखोर' (कुमायुनर मानुहरतोवा बाघ) बालकों के लिए अच्छा उपहार है।

स्व० अतुलचन्द हाजरिका तथा अन्यान्य कई लेखकों ने भारतीय तथा असमिया धर्म-ग्रन्थों के बालोपयोगी संस्करण का प्रणयन तथा प्रकाशन किया है।

आधुनिक चिन्तन युक्त विषय और शैली को लेकर असमिया में भी अनेक ग्रन्थों का प्रकाशन हुआ। इस दिशा में नवकांत बरुवा तथा अन्यान्य कई ग्रन्थकारों का नाम पहले ही

कहा जा चुका है। अब हम उपन्यास तथा कहानी के संबंध में कहना चाहते हैं। स्व० प्रेमनारायण दत्त को हम बालोपयोगी उपन्यास लेखकों का अगुवा मान सकते हैं। इन्होंने 'पोहरर बाटते' यानी 'रोशनी राह में' नामक एक सुन्दर उपन्यास की रचना की थी। नवकांत बरुवा और प्रेमधर दत्त का नाम पहले ही लिया जा चुका है। इस क्षेत्र में एक नाम विशेष रूप से उल्लेखनीय है—वह है स्व० अनन्तदेव शर्मा का। इन्होंने बाल कविताओं से भी अधिक बाल कहानियों के लेखन पर बल दिया था। ऐसे कहानी संग्रहों में जन्म दिनर उपहार (जन्म दिन का उपहार), 'रंडान रॉद आनोगै बल' (चलो लाल धूप ले आवे), 'काँचमणि', जोलोडार मेकुरी' (झोले की बिल्ली) आदि बारह पुस्तकें हैं। कुल मिलाकर बालकों के लिए अकेले ही बीस से अधिक पुस्तकों की रचना की है। इनके अतिरिक्त श्री अतुलानन्द गोस्वामी, सत्यरंजन कलिता, रंजु हाजरिका, डॉ० लीला गर्ग, गगन चन्द्र अधिकारी, रत्न ओजा, सतीशचन्द्र चौधुरी, डॉ० हेमन्त कुमार शर्मा आदि अनेक लेखकों ने असमिया बाल साहित्य को सम्पन्न किया है।

विज्ञान विषय को लेकर पुस्तक लिखने वालों में डॉ० विजय कृष्ण शर्मा, डॉ० दिनेश गोस्वामी, डॉ० सोनेश्वर शर्मा, डॉ० महेन्द्र बरा आदि लोकप्रिय हैं।

असमिया बाल साहित्य में रूपकाँवर, ज्योति प्रसाद आगरवाला का एक विशिष्ट स्थान है। इन्होंने अनेक विख्यात तथा चिरंतन बाल कविताएँ लिखीं—जिनमें 'कुम्पुर सपोन' (कम्पु का सपना), 'भूत पोवाली' (भूत का बच्चा), 'अक्कन मानि लॉरा' (छोटा सा बच्चा), 'माक आरू सोन' (माँ और सोना) विख्यात हैं। 'ज्योति रामायण' जैसा रामायण किसी भी भारतीय भाषा में दुर्लभ है।

असमिया बाल पत्रिकाओं में सबसे प्रथम स्व० करुणाभिराम बरुवा द्वारा सम्पादित 'लॉरा बंधु' (बाल बंधु) है। इसके पश्चात कई और पत्रिकाएँ प्रकाशित हुईं। स्वतंत्रता से पहले, इसके पश्चात भी अरुणा, पारिजात, कांचि जोन, परितल, रंगघर, दीपक, जोनबाइ नाम की कई बाल पत्रिकाओं के प्रकाशित होने पर भी बाल पत्रिकाओं में 'सँफुरा', 'मुकुता' तथा 'मौचाक' नामक पत्रिकाओं की ही यहाँ धाक है। असम विज्ञान समिति द्वारा प्रकाशित 'विज्ञान जेउति' तथा अन्य एक संस्था द्वारा प्रकाशित 'जिज्ञास' से आधुनिक जगत से परिचय पाने युक्त दो अच्छी बाल पत्रिकाएँ हैं।

विगत दो वर्षों से असम सरकार ने 'ऑपरेशन ब्लैक बोर्ड' योजना के अन्तर्गत बाल पुस्तक प्रकाशित करने की व्यापक व्यवस्था की है।

तुलनात्मक दृष्टि से असमिया बाल साहित्य बड़ा सम्पन्न नहीं है, तथापि इसकी गति अत्यन्त आशाप्रद है।

प्रस्तुत संग्रह में असमिया की श्रेष्ठ बाल कहानियाँ ही संकलित की गयी हैं। कम समय में संकलन तथा अनुवाद करना पड़ा, इसी कारण इसमें कोई त्रुटि रह सकती है—जिसके लिए हम क्षमा प्रार्थी हैं।

—चित्र महंत

अनिमा की पूसी

श्री नवकांत बरुवा

पूसी को लेकर अनिमा बड़ी आफत में पड़ गयी। बरफ की तरह सफेद रोमवाली यह पूसी कितनी सुन्दर है। अनिमा जब उसे गोद में लेती तो वह दोनों आँखें मूँदकर म्याऊँ-म्याऊँ करने लगती। पूसी नटखट तो नहीं है लेकिन कभी-कभी वह घर के सभी लोगों को तंग कर देती है। इसी कारण, घर के सभी लोग इस बिल्ली से नफरत करते हैं। कभी माँ के तो कभी दीदी के सामान नष्ट करती रहती है।

माँ कहती है, 'अनिमा, अपनी बिल्ली को अच्छी तरह संभालो। मेरे करघे के सारे धागे तोड़ दिये उसने।' अनिमा बैठी-बैठी करघे के धागे जोड़ने लगती।

दीदी कहती, 'तेरी बिल्ली ने मेरे वूल का बाल नष्ट कर दिया।' अनिमा पूसी को एक हल्का-सा चपत लगाकर अपनी दीदी के वूल के बाल ठीक करने बैठ जाती है। काम कर चुकने के बाद चुपके-चुपके पूसी को गोद में लेकर पूछती, 'तुझे चोट लगी है न पूसी, तू इतनी नटखट क्यों है रे?' पूसी दोनों आँखें मूँद लेती है, 'म्याऊँ-म्याऊँ।'

यहाँ तक तो करीब ठीक ही था। उसे सहा जा सकता था, किन्तु एक रोज पूसी ने गजब कर दिया। उस दिन अनिमा के पिताजी की मेज पर रखे ग्लोब के साथ वह खेल रही थी। अपने हाथ से ही वह ग्लोब को घुमा देती, फिर उस ग्लोब का घूमना वह अपने हाथ ही से बन्द कर देती। अनिमा को भी इसमें बड़ा मजा आता था। इस तरह वह बराबर खेलती रहती। खेलते समय एक दिन एक कांड हो गया। मेज पर रखी दवात गिर पड़ी। दवात में रखी काली स्याही से पिताजी की सारी किताबें तथा कापियाँ खराब हो गयीं। फिर उस दवात की स्याही मेज के नीचे जमीन पर जा पड़ी और सब गन्दा कर दिया। अनिमा उसे छिपाना चाहती थी, पर इतने में माँ वहाँ पहुँच गयी।

शाम को अनिमा के पिताजी ने आफिस से आकर ये सब करतूतें देखीं और वे गम्भीर हो गये। उनकी बहुत मूल्यवान किताबें नष्ट हो गयी थीं।

तथापि उन्होंने किसी से कुछ नहीं कहा। शाम को बिल्ली को ले जाकर बहुत दूर छोड़ आये। अनिमा रोती-रोती सो गयी।

जाड़े की रात थी। दरवाजे तथा खिड़कियाँ सभी बन्द। अचानक अनिमा के गाल पर किसी के कोमल हाथ की छुअन का-सा अनुभव हुआ। उसकी आँखें खुल गयीं तो देखा पूसी है। उसने कुछ ऊँचे स्वर में कहा, 'पूसी तू आ गयी।' पिताजी जग गये उन्होंने सोचा, 'बेचारी सपने में बड़बड़ा रही है। हठात उनकी आँखें दरवाजे पर पड़ीं। देखा कि दरवाजा खुला है। यह कैसे हुआ। सोते समय उन्होंने अच्छी तरह उसे बन्द कर रखा था। वह उठ बैठे। छाया की तरह कोई निकल गया-सा लगा। वह चिल्ला उठे, 'चोर-चोर।'

अड़ोस-पड़ोस के लोग आकर इकट्ठे हो गये। चोर तो घुसा था, लेकिन कुछ ले नहीं सका। खिड़की का लोहा टेढ़ा कर चोर भीतर घुसा और उसके बाद दरवाजा खोल लिया होगा। शायद पूसी तब तक किसी तरह रास्ता पहचानते-पहचानते आकर वहाँ रुकी हुई थी। दरवाजा खुला पाकर वह भीतर घुस गयी होगी।

अनिमा के पिता उसके कमरे में पहुँचे और उसके हाथ से पूसी को अपनी गोद में लेकर कहने लगे, 'मेरी अच्छी पूसी, तेरे कारण आज हम बच गये।'

अनिमा की आँखों के आँसू सूख गये।

जन्म दिवस का उपहार

श्री अनन्तदेव शर्मा

साड़ी और ब्लाउज में रीता आज बहुत ही सुन्दर लग रही थी। इस पोशाक में वह बड़ी लड़की सी लगी। वह इधर से उधर नाचती-फुदकती घूम रही थी। कभी देखती कि वह इस पोशाक में कैसी लग रही है। फिर अपने आप हँसने लगती। वह आज मानो अपने को पहचान नहीं पा रही थी। इससे पहले रीता फ्राक और जाँघिया ही पहनती थी। स्कूल भी वह

फ्राक पहन कर ही जाती थी। फ्राक पहनकर रीता को तितली की तरह उड़-उड़कर घूमने का मन करता है। इस अनजान भावना को लेकर ही उसे हँसी आ गयी।

आज रीता का जन्म दिवस है। रीता के माँ-बाप हर वर्ष यह दिन मनाते हैं। उसके लिए यह बड़ा ही आनन्द का दिन है। जन्म दिवस पर प्रति वर्ष उसके लिये नये-नये फ्राक पहनने को मिलते हैं। इस वर्ष रीता की माँ को कुछ नयापन सूझा। उसका यह देखने का मन हुआ कि साड़ी और ब्लाउज में रीता कैसी लगेगी। रीता को भी इसमें बड़ा आनन्द आया। यह दिन मानो उसके लिए प्यार पाने का दिन है। इस दिन नये-नये फ्राकों, जाँघियों के साथ-साथ नये चप्पल भी मिलते हैं। खाने-पीने की चीजों की तो बात कहनी ही नहीं है। उसकी सभी सखी-सहेलियाँ आकर उसे घेर लेती हैं। आनन्द मनाती हैं। इन सबको रीता की माँ बड़े लाड़-प्यार से खिलाती-पिलाती हैं। विदा होते समय रीता को नाना प्रकार के उपहार तथा शुभाशीष मिलते हैं।

आज वह स्कूल के चौथे घंटे में ही छुट्टी लेकर आ गयी है। अपनी प्रिय दीदी उषा, साधना तथा प्रतिमा को वह दावत देती आयी थी। अपनी कक्षा की सभी लड़कियों को भी उसने बुलाया है। ये शाम को आएँगी। आज उसके लिए समय मानो आगे बढ़ता ही नहीं है। उसकी माँ और चाची रसोई बनाने में लगी हुई हैं। उसके पिताजी बैठकं को सजाने और आवश्यक सामग्रियों को जुटाने में लगे हुए हैं।

शाम तक तीनों दीदियाँ आ गयीं। उसकी कक्षा की सहपाठिनें भी एक-एक कर प्रायः सभी आ गयीं। उनके साथ सारा समय आनन्द में बिताया और खाने-पीने के बाद सभी चली गयीं। इन सहेलियों से उसे बहुत-बहुत उपहार मिले। किसी ने कलम दिया तो किसी ने अँगूठी, किसी ने कीमती फ्राक के कपड़े दिये। इस प्रकार के उपहारों से उसकी मेज भर गयी।

साँझ होने को आई। उसकी सभी साथिनें चली गई थीं। अन्त में उसकी कक्षा की सबसे शान्त सुशील लड़की अणिमा आयी। अणिमा और रीता एक ही कक्षा में पढ़ती हैं, पर उनमें न बहुत दोस्ती और न दुश्मनी ही है। अणिमा की पोशाक भी साधारण है। चप्पल बहुत कम पहनती है। कक्षा में हो चाहे कक्षा के बाहर, वह बहुत कम बातें करती है। पढ़ने में तेज न होने पर भी बिलकुल खराब भी नहीं है। मध्यम है। रीता ठहरी बड़े घर की बेटी। इसी कारण रीता का अणिमा के साथ सम्पर्क कम है। हाँ, बड़े घर की बेटी होने का उसको कोई अभिमान नहीं है।

अणिमा अकेली आयी है। उसका घर रीता के घर से बहुत दूर नहीं है। अणिमा को आती देख, रीता आगे बढ़ गयी और उसे पकड़ कर एकदम अपने कमरे के भीतर ले गयी। रीता की माँ भी उसे जानती है। माँ ने प्यार से उसे जन्म दिन की मिठाइयाँ खिलाई। उसने भी आनन्द से खाया।

विदाई के समय संकोच के साथ कागज से लपेटी हुई एक किताब अणिमा ने उसे दिया। उसने कहा,'देखो, मैं एक गरीब घर की लड़की हूँ तुम्हारे जन्म दिन पर एक कीमती उपहार देना चाहिए था, लेकिन हमारे बारे में तो तुम जानती ही हो। मन होने पर भी धन नहीं है। इसी कारण एक साधारण-सी वस्तु तुम्हारे लिए लाई हूँ। सहेलियों के बीच इसी संकोच के कारण मैं नहीं आ पाई। उन लोगों ने तो कितने ही कीमती उपहार दिये हैं, तुम्हें। मेरे लिए तो यह सम्भव नहीं। इसी कारण उनके साथ न आकर, मैं अब आई हूँ। फिर यह पुस्तक लाई हूँ। आशा है, तुम इसे प्यार से ग्रहण करोगी। इसे तुम मेरी प्यार की निशानी समझना। इतना कहती हुई रीता के हाथ में उसने वह किताब थमा दिया। रीता ने कहा, 'धत् अणिमा, तुम भी क्या कहती हो। उसने किताब के ऊपर के कवर का लपेटन खोल दिया। किताब का नाम था, 'किशोरों की कहानियाँ' एक विख्यात बाल-साहित्यकार की लिखी हुई। यह किताब पाकर रीता खुशी से कूदने लगी। कीमती उपहार पाकर वह इतना खुश नहीं थी, जितना इस किताब को पाकर हुई। रीता ने अणिमा को गले लगा लिया और कहा, 'अणिमा, मुझे कौन-सा उपहार चाहिए, तुम्हीं ने समझा। अणिमा जानती हो, किसी ने भी मुझे किताब का उपहार नहीं दिया, इसी कारण मैं आज बहुत खुश नहीं थी! किताब पढ़ना मुझे कितना पसंद है, इसे तुम्हें मैं समझा नहीं सकती, अणिमा। तुम्हारी किताब पाने के बाद मुझे लगा कि असली उपहार मुझको अब मिला है। जानती हो अणिमा, लड़कियाँ प्राय: केवल कपंड़े और अलंकार पहचानती हैं, किताब नहीं, ये लड़कियाँ अपने को सजाने में ही लगी रहती हैं, किताबों में छिपे ज्ञान से ये अनजान हैं। इसी कारण लड़कों की तुलना में हम लड़कियाँ आज भी पिछड़ी हुई हैं। खैर, तुमने आज मुझे एक अच्छा उपहार दिया, सबसे अच्छा। आज के उपहारों में तुम्हारा उपहार ही सबसे प्यारा है। इस कारण मैं तुम्हें बहुत-बहुत धन्यवाद देती हूँ, अणिमा।'

रीता की बातें सुनकर अणिमा की आँखें छलछला आयीं।

——✦——

प्यार

डॉ० हेमन्त कुमार शर्मा

बहुत समझाया गया, लेकिन बापन का रोना बढ़ता ही गया। बीच-बीच में चिल्लाता है, 'बिकुट दो, बिकुट दो!' जिका फुली ने समझाया, 'बेटे, बिस्कुट खराब चीज है। उससे बीमारी होती है, उसे मत खाओ, मेरे बेटे!' लेकिन वह कहाँ मानता है! आखिर जिका फुली ने कहा, 'बेटे, मेरे पास तो एक पैसा भी नहीं है। तेरा बाप मजदूरी के लिये बरमा गया है। आज पन्द्रह दिन हुए, उसकी कोई खबर तक नहीं। मैं पैसा कहाँ से पाऊँ, बेटे! तेरा बाप जब आएगा तब पैसा ले आएगा। उस समय तुम जितना चाहे बिस्कुट खाना। अब तो मत रोओ बेटा।'

बापन छै साल का है। माँ की बात वह कहाँ समझता है। बिस्कुट न पाकर माँ की पीठ पर एक मुक्का जोर से लगाकर, घर के एक कोने में जा रोता रहा।

बकुली जिका फुली की पहली संतान। करीब दस साल की होगी। बापन का रोना सुनकर उसने अपनी माँ से कहा, 'माँ तुमने तो परसों चावल का पीठा बनाया था। होगा तो उनमें से उसे एक दे दो न।'

पीठा का नाम सुनकर बापन बिस्कुट की बात भूल गया और पीठा दो कहकर रोने लगा। जिका फूली रसोई घर में गयी। बापन भी माँ के पीछे-पीछे गया। जिका फूली ने रसोई घर के आले से मिट्टी का घड़ा उतार लिया। उसने बड़ी आशा से घड़े का ढकना हटाकर उसमें टटोलकर देखा, लेकिन उसमें कुछ नहीं मिला। एक भी पीठा नहीं है। केवल पीठे के कुछ टुकड़े ही मिले। माँ ने उससे कहा, 'देखो बेटा, इसमें एक दो पीठा होगा, ऐसा सोचा था। ये टुकड़े ही खा लो बेटा। जब तेरे बाप लौट आयेंगे, तब तू जितना चाहेगा, उतना दूँगी। अब मत रो बेटा।

पीठा न मिलने के कारण बापन का रोना और बढ़ गया। उसने पीठे के टुकड़े माँ की ओर फेंक दिये और घड़े पर एक लकड़ी धम से मारा। वह घड़ा टुकड़े-टुकड़े हो गया। बापन दौड़कर बाहर भागा। जिका फुली का

धीरज खो गया। 'ठहरो बदमाश' कहती हुई वह बापन को खदेड़ने लगी। बापन रास्ते की ओर भागा, जिका फुली ने भी पीछा नहीं छोड़ा।

कुछ दूर तक खदेड़ने के बाद जिका फुली ने देखा कि उसी गाँव का चरवाहा मंगलराम हाथ में एक लाठी लिये आ रहा है। वह चिल्लायी, 'मंगला, बापन को पकड़ो न। जिका फुली की बात सुनकर मंगल ने डराते हुए कहा, 'ठहरो ठहरो, कहाँ भागोगे तुम। अभी पुलिस बुलाता हूँ।' वह भी दौड़ता हुआ पास पहुँचा। मंगलराम को देखकर बापन जोर-जोर से चिल्लाने लगा, 'मुझे बचाओ, बचाओ।' कहकर पीठ की ओर से माँ से लिपट गया। जिका फुली ने बापन को पहले तो एक धक्का दिया फिर गोद में उठा लिया और अपने घर की ओर लौट पड़ी।

लेकिन बापन की जिद इतने पर भी नहीं छूटी। अपने ताऊजी के लड़के धन के हाथ में गुड़िया देखकर, 'गुड़िया दो, गुड़िया दो' कहकर रोने लगा।

आज सुबह से ही वह यह चाहिए, वह चाहिए कह माँ को तंग करता रहा। और फिर जब गुड़िया माँगने लगा तो जिका फुली को रोना आ गया। वह अपने नसीब को धिक्कारते हुए रोने लगी, 'मैं मर क्यों नहीं जाती। इन्हें मैंने जन्म दिया, लेकिन एक भी चीज दे नहीं पाती। कहाँ जाऊँ, क्या करूँ।' जिका फुली रोने लगी।

माँ की हालत देखकर बकुली को बहुत दुख पहुँचा। अब वह समझदार बनती जा रही थी। उसने सोचा, भाई को अड़ोस-पड़ोस के घरों में घुमाने ले जायें तो शायद गुड़िया की बात भूल जायेगा। वह बापन का हाथ पकड़कर रास्ते की ओर चली। कुछ दूरी पर उसने कुछ आदमियों को इकट्ठे होते देखा। वह बापन को लेकर उसी ओर चल पड़ी। उसने वहाँ देखा कि पीले रंग की पगड़ी पहने बड़ी-बड़ी मूँछवाला एक आदमी घूम-घूम कर पूंगी बजाकर साँपों को नचा रहा है। साँप देख कर बापन का रोना बन्द हो गया।

कुछ समय बाद उसने देखा, उसका साथी मण्टुल अपनी माँ की गोद में बैठा है। उसे भी अपनी माँ की याद आ गयी। दीदी, मेरी माँ कहाँ है। 'घर में है मुन्ना।' बकुली ने कहा।

इस बार उसने नयी माँग उठाई, 'मुझे माँ दो। मुझे माँ दो।' कहकर बकुली को तंग करने लगा। आखिर बकुली को अपने घर की ओर खींचने लगा।

'ठहरो न, यह खेल खतम होने दो!' बकुली ने खिन्न होकर कहा। लेकिन वह कहाँ मानने वाला। वह चिल्लाता रहा, 'मुझे माँ दो, मुझे माँ दो।' बकुली के सामने कोई चारा न रहा और वह बापन को लेकर फिर घर पहुँची।

घर आकर देखती है कि उनकी माँ घर में नहीं है। घर का दरवाजा बन्द है। भीतर की ओर से शलाका लगाया हुआ है। कभी-कभी जिका फुली इस तरह से भीतर से दरवाजा बन्द कर जाती है। आज भी शायद किसी काम से बाहर गयी होगी। नहीं तो दिन में भीतर से दरवाजा बन्द नहीं किया जाता। भीतर होती तो अभी तक जरूर बोलती। बकुली बापन को लेकर फिर सपेरे के यहाँ जाना चाहती थी, लेकिन बापन कहाँ मानता। 'माँ कहाँ है, माँ कहाँ है' कह कहकर वह जोर-जोर से चिल्ला-चिल्लाकर रोने लगा। बकुली रुक गयी। उसने समझाने के स्वर में कहा, 'माँ अभी आएगी, मुन्ना। तू चुपचाप रह।' लेकिन बापन नहीं माना। 'माँ कहाँ है, माँ कहाँ है' कह कर रोता ही रहा।

बकुली के ताऊजी बुधिराम दूकान से आ रहे थे। बापन का रोना सुन उसके घर की ओर चले आये। उन्होंने बापन को, 'मत रोओ बेटा!' कह अपनी थैली से एक बिस्कुट निकालकर दिया। लेकिन बापन ने उसे फेंक दिया। कहने लगा, 'मुझे बिकुट नहीं माँ दो, मुझे माँ दो।' फिर चिल्ला-चिल्ला कर रोने लगे। बुधिराम चुपचाप चला गया।

बुधिराम की पत्नी बताही बड़ी भली औरत थी। बहुत समय से बापन का रोना सुन बताही ने दो तिल-पीठा लाकर बापन के हाथ में दिया, लेकिन उसने दोनों जमीन पर फेंक दिया और चिल्ला-चिल्ला कर रोने लगा, 'मेरी माँ कहाँ है, कहाँ है।' बताही जानती थी कि जिका फुली कभी-कभी गाँव में किसी का घर साफ करने, कपड़े बुनने, धान काटने आदि का काम कर बदले में कुछ चावल अथवा पैसे के लिए चली जाती थी। आज भी शायद उसी काम से बाहर गई हुई है। इसी कारण जिका फुली के लिए सोचना बेकार समझकर और बापन को एक गुड़िया देकर शान्त करने की बात सोची। बताही ने अपने लड़के के पूजा के समय कई गुड़ियाँ खरीदी थीं उनमें से एक लाकर बापन के हाथ में दे दिया। लेकिन बापन ने गुड़िया को भी फेंक दिया,'मुझे गुड़िया नहीं, माँ दो, माँ दो!' कहकर रोने लगा। बापन को शान्त करना बकुली-बताही के लिए असंभव हो गया।

हाथ में एक पोटली में थोड़ा-सा चावल लेकर हाँफते हुए जिका फुली आ रही थी। अचानक बापन का रोना सुन चिल्ला कर पूछने लगी, 'बकुली, बापन इतना रो क्यों रहा है, रे!'

अपनी माँ की आवाज सुनते ही बापन रास्ते की तरफ दौड़ पड़ा और 'माँ-माँ' कह अपनी माँ के गले लग गया। जिका फुली ने हाथ की पोटली फेंककर बापन को गोद में उठा लिया

——✦——

कोयल का कूजन

श्री अतुलानन्द गोस्वामी

परिवार का सबसे नटखट लड़का सबुल सभी को चकित कर इस बार आठवीं श्रेणी की परीक्षा में प्रथम आया। दिन के ज्यादातर समय खेलकूद में लगे रहने वाले सबुल के लिए पढ़ने का समय ही कहाँ? लेकिन जो थोड़ा बहुत वह पढ़ता है, उसी से परीक्षा में अच्छा नम्बर ले लेता है।

उसने अपने भैया तथा पिताजी से कह रखा था कि यदि इस बार की परीक्षा में वह प्रथम आया तो उसे टेपरिकार्डर देना होगा। भैया तथा पिताजी जानते थे कि वह प्रथम नहीं आ सकेगा। सबुल के कहने पर कह दिया, 'आँ-हाँ, क्यों नहीं—जरूर टेपरिकार्डर दे देंगे।' अब जब रिजल्ट निकला और उसने जो कहा था, करके दिखा दिया तो रिकार्डर दिये बिना चैन कहाँ।

सबुल को एक छोटा-सा टेप-रिकार्डर खरीद दिया गया। वह नटखट जरूर था, लेकिन साथ-साथ यह भी था कि वह जिस काम को करना तय कर लेता था उसे करके ही दिखा देता था। लगनशीलता ही तो सफलता की कुंजी है। इसी कारण उसे घर के सभी सदस्यों से प्यार भी मिलता था।

टेप-रिकार्डर के आ जाने के प्रथम दस दिन तो उसने सभी को तंग कर रखा था। वह अपने घर की किसी भी बात को टेप द्वारा पकड़ लेता तथा उसे बड़े स्वर में सभी को बजा-बजा कर सुनाता। इससे घर का चैन ही समाप्त हो गया। हाँ, उससे कभी-कभी बड़ा आमोद भी मिलता था। इस तरह

आमोद के नाम पर सारे घर में ऊटपटांग मचा रखता था। कभी-कभी अपने पिताजी के गुस्से तथा गालियाँ भी टेप करके अपने भैया-भाभी और माँ को सुना, आनन्द देता था। एक दिन उसकी माँ ने यह बात हँसते-हँसते अपने पति से कही। बाप ने गुस्सा होकर सबुल को वह टेप वापस देने को कहा, नहीं तो वह उसे तोड़ डालेंगे।

एक दिन उसकी दादी ने सबुल को एकांत में बुलाकर समझाया ‘वह इस तरह बेकार बैटरी-सेल क्यों खर्च करता है। उससे अच्छा होगा अच्छे-अच्छे गाने, बड़े-बड़े नेताओं के भाषण, किसी बड़े आदमी की वाणी को अपने टेप में पकड़ रखने की कोशिश करे, फिर विभिन्न जीव-जन्तुओं पशु-पक्षियों की बोलियों को ही अच्छी तरह रिकार्ड कर ले तो कितना अच्छा हो। पकड़ सकोगे सबुल—सुबह की चिड़ियों का मधुर कूजन?’ दादी ने पूछा था।

सबुल को यह बात अच्छी लगी। किसी ने सोचा ही नहीं था कि सबुल ऐसे काम के लिए तैयार हो जाएगा।

परीक्षा का फल अभी-अभी निकला ही था। कक्षाएँ तक शुरू नहीं हुई थीं। यह तो बच्चों के लिए आराम का समय था।‘बिहू’के बाद से ही तो अच्छी तरह पढ़ाई शुरू होती है और ‘बिहू’ के पहले ही कोयल कूकने लगती है।

चिड़ियों को अपने घोसले तक लौटने का जब समय होता तो कोयल की कुहू-कुहू उसे सुनाई देती। उसकी दादी कह उठती, ‘वाह-वाह, सुनो न कोयल का कूजन कैसी मीठी है।’ सबुल झट बाहर निकलता, किन्तु वह कोयल को देख न पाता, न ही वह कोयल को पहचानता। हाँ, उसने यह जान लिया कि कोयल जंगल के बड़े-बड़े पेड़ों पर रहती है। उसको याद है, किसी ने एक बार कहा था कि कोयल आम के पेड़ों पर रहती है।

घर में एक नौकर है—नाम है मदन। उम्र में सबुल से एक-दो साल का बड़ा होगा। वह सबुल का साथी है। काम से थोड़ी फुर्सत मिलते ही वह सबुल के इर्द-गिर्द घूमता रहता है।

एक रोज सुबह ही सबुल अपने घर से निकल गया। हेम बरुआ के घर के पिछवाड़े एक बाग है। वहाँ कई आम के पेड़ भी हैं। देखभाल न होने के कारण अब वह बाग नहीं, जंगल ही बन गया है। सबुल वहाँ चला गया। साथ में वह नया टेप रिकार्डर भी था। लेकिन सबुल के वहाँ पहुँचते ही

चिड़ियों को पता चल गया और वे हवा हो गयीं। फिर भी सबुल ने सारे जंगल को छान मारा। वह आम का पेड़ पहचानता था। वहाँ एक बहुत बड़ा आम का पेड़ था। उस जंगल में कुल कितने पेड़ हैं, इसकी गणना उसने कर ली। एक आम का पेड़ उसे बड़ा अच्छा लगा। उसमें एक निशान लगाकर वह घर चला आया।

सबुल के पिता अपने काम के लिए महीने में कम-से-कम एक बार दो-चार दिनों के लिए गुवाहाटी जाया करते हैं। उन दिनों बच्चे स्वतंत्र हो जाते हैं। सबुल ऐसे मौके के इन्तजार में था। आज उसे वह मौका मिल गया।

शाम को उसने मदन को यह कह रखा था कि वह आज रात को कहीं जाएगा और उसे भी उसका साथ देना होगा। कब और कहाँ यह सब उसने नहीं बताया। केवल एक ही बात कही कि भूख लगने से खाने के लिए चार-पाँच पैकेट लोजेंस ले लेगा।

अवसर देख कर उसने अपनी दीदी बन्ती का स्कूल बैग छिपा लिया था। अपनी माँ की एक छोटी-सी टार्च भी उसने रात को घड़ी में समय देखने के लिए ले ली थी। रसोई घर के बड़े से चाकू को भी किसी बहाने हथिया लिया। एक पानी की बोतल भी दोपहर को ही भरकर रख दी। पिछवाड़े बरामदे में कपड़े सुखाने के लिए एक नाइलान की रस्सी थी, उसने उसे लेने की सोच लिया था।

खाने-पीने के बाद, सोने के पहले सबुल ने मदन को इशारे से तैयार रहने को कहा। अपने मझले भैया के साथ सबुल एक ही कमरे में सोता था। वैसे सोने के साथ ही सबुल को नींद आ जाती है, पर उस दिन वह जागता ही रहा। उसके मन में छटपटाहट थी। इसी कारण उसको नींद नहीं आई। उसको यह मालूम होता रहा कि रसोई का काम समाप्त कर मनोबाई तक सभी सो गये हैं। मदन बरामदे में सोता है। सभी के सोने का इन्तजार करते-करते उसकी आँख भी लग गई थी। हठात उसकी आँखें खुल गयीं तो वह उठ बैठा।

उसने पहले से ही तैयार रखे हुए दीदी के बैग तथा खटिया के नीचे रखे कपड़े के जूते उठा लिये। कमरे का दरवाजा इस तरह खोला कि किसी को कुछ पता ही नहीं चल सका।

मदन गहरी नींद में था। सबुल ने जब उसे जगाने के लिए हिलाया तो वह चौंक उठा। नसीब अच्छा था। उसके द्वारा कौन है कहकर चिल्लाने से

पहले ही सबुल ने उसके मुँह पर हाथ रख कर कहा, 'मदन मैं हूँ, मैं सबुल। दोनों चुपचाप वहाँ से चल दिये। फाटक के बाहर सबुल ने अपना जूता पहन लिया।

कपड़े सुखाने के लिए बरामदे में टँगी हुई नाइलान की रस्सी को भी बैग में ले लिया। कंधे पर लटका कर लिया हुआ बैग भी काफी वजनदार बन गया था।

अँधेरी रात थी। मदन सबुल के पीछे-पीछे जा रहा था। अचानक उसके पैर रुक गये। सबुल की पीठ पर हाथ रखकर उसे थमने के लिए कहा। कहीं से आया हुआ एक स्वर उसे सुनाई पड़ा था। सबुल ने उसे नहीं सुना था। मदन को उसने रुक कर आगे बढ़ने को कहा।

हेम बरुआ के बाग तक तो उनके घर के सामने से ही जाना पड़ता था, लेकिन सबुल ने बाग में घुसने के लिए दूसरी एक पगडंडी दिन ही में देख ली थी।

बैग से अपनी माँ की टार्च लाइट निकाल कर वह आगे बढ़ता चला जा रहा था। जंगल का गंभीर-सा रूप देखकर मदन को कुछ डर लग रहा था। सबुल ने उसे डाँटा तथापि मदन सबुल के ऐसे साहस को अच्छा नहीं मान रहा था।

पग-पग चल कर दोनों उस आम के पेड़ के नीचे पहुँच गये। इशारे से सबुल ने मदन को समझा दिया कि उसका काम उसी पेड़ के नीचे है। दोनों जमीन पर बैठ गये। मदन ने हाथ में टार्च देकर रोशनी देते रहने को कहा। इसके बाद बैग से एक-एक कर लाई चीजें निकालीं। एक पैकेट चॉकलेट मदन को दिया और जेब में रखे रहने के लिए बोला।

सबुल को पेड़ पर चढ़ने की आदत है। लेकिन रात को चढ़ने की आदत उसकी नहीं थी। फिर झोली कंधे पर लटका कर, पैर का जूता खोल सबुल पेड़ पर चढ़ने को तैयार हुआ। 'न-न यह पेड़ तो बहुत बड़ा है। दोनों हाथों में पकड़ने से भी पकड़ में नही आता।' मदन को मदद के लिए कहा। मदन दोनों हाथों से पेड़ को पकड़ कर खड़ा हो गया। सबुल को उस पर पैर रखकर ऊपर चढ़ने को कहा। सबुल ने हाथ ऊपर उठाकर पेड़ की डाल पकड़ पाने की कोशिश की, लेकिन संभव नहीं हुआ। मदन ने इस बार कंधा दिया। सबुल ने कंधे पर चढ़कर फिर कोशिश की। मदन के कंधे पर एक पैर रखकर दोनों हाथों से पेड़ को पकड़ लिया। उसने एक पैर उठा दिया।

वह सरक आया। मदन ने सोचा था कि शायद सबुल ने डाल पकड़ लिया। लेकिन सरक आने के बाद मदन ने देखा कि सबुल लटका हुआ है। मुँह से कुछ बोल भी नहीं सकता, शायद कोई सुन ले। बहुत देर तक झूलते रहने के बाद किसी तरह एक छोटी-सी डाल पकड़ में आई। उसे पकड़े हुए कुछ देर तक लटका रहा फिर शरीर का सारा बल लगाकर थोड़ा और ऊपर उठ गया। इतना करने के बाद वह हाँफने लगा। थोड़ी देर रुककर दूसरी एक डाली उसकी पकड़ में आ गयी। तब कुछ और ऊपर उठ सका। अब वह उस डाली पर बैठा, जैसे घोड़े पर आदमी सवार होता है।

नीचे कुछ भी दिखता नहीं है। मदन क्या कर रहा है, यह भी मालूम नहीं हो रहा था। पेड़ पर चढ़ते समय सबुल सिर्फ यह कह कर आया था कि वह बाघ देखने पर भी मुँह से कुछ न बोलेगा। हाँ यह जरूर सच है कि हेम बरुआ के बाग में बाघ नहीं हो सकता। हाँ, एकाध सियार कहीं दिखाई दे जाये, यह बात अलग है।

अच्छी तरह बैठने के बाद सबुल को लगा कि उसके घुटनों में दर्द-सा हो रहा है। हाथ से छूकर देखा तो मालूम हुआ, उसका चमड़ा छिल गया है। ऐसा कुछ होगा, उसने सोचा भी न था, नहीं तो एक मलहम भी साथ ले आता। कोई उपाय न देख मुँह का थूक हाथ में लेकर पैर पर लगा दिया। इसके बाद कंधे पर लटके बैग को पेड़ की डाली पर बाँध लिया। बैग के भीतर ही टार्च लाइट जलाकर उसमें से रस्सी निकाल ली। चाकू से उसके तीन टुकड़े बना दिये। पानी की बोतल, चाकू और माँ की चद्दर को एक-एक डाली पर रस्सी से बाँध लिया। उसके बाद टेप रिकार्डर निकाल कर रिकार्डिंग के लिए तैयार हो गया। उस समय टार्च को वह मुँह से पकड़े रहा।

अब चिड़ियों के कूजन के लिए इंतजार करना था। इस तरह कितना समय बीता होगा, मदन नीचे क्या करता रहा होगा, उससे बोल कर पूछने का भी अवसर नहीं था। कहीं कोई जग जाये तो गजब हो जायेगा।

इस प्रकार पेड़ के ऊपर बैठे-बैठे उसको झपकी लग गयी थी। उसने माँ की चद्दर से अपने को पेड़ की डाली पर मजबूती से बाँध लिया था। हाथों से पेड़ को भी पकड़े रहा। दूसरी बार उसे फिर झपकी लगी, लेकिन हठात एक चिड़िया का स्वर सुनाई पड़ा तो वह सजग हो उठा।

आँखें खुलीं तो वह चौंक गया। यह तो सुबह है। अपने टेप रिकार्डर का स्विच उसने आन कर दिया। चारों दिशाओं में आँखें दौड़ायीं। दाहिनी ओर

पूरब है। सूरज तब तक उगा नहीं था। सारा आकाश लाल था। पक्षीगण अपने सुरीले स्वर से मानो सूरज को जगा रहे थे। एक कोयल का स्वर हवा में तैरता हुआ सुनाई पड़ा। पेड़ के नीचे कीड़े-मकोड़े अपने-अपने कामों में लग गये। इतनी सुबह अपने घर में कोई आदमी जगता नहीं है। लेकिन इस सुनसान माहौल में इतनी लगनशीलता। समय मानो यहीं रुक जाने वाला है। चारों ओर के पेड़ों से नाना रंग की, नाना आकार की चिड़ियाँ उड़ती-उड़ती इधर-उधर मंडरा रही हैं। जाते समय दूसरी चिड़ियों से मानो विदा लेती जा रही हैं। सबुल जिस पेड़ पर चढ़ा था, उस पर भी किसी पक्षी का बसेरा था। उसमें कई छोटे बच्चे भी थे। उनकी चिल्लाहट बहुत तेज थी। कोई चिड़िया मानो सूरज को ही खदेड़ती हुई आ रही है, ऐसा लगा सबुल को। शायद उसी कारण सूरज एक बार जब निकलता है तो अपनी किरणों से सारे संसार को जगा देता है।

सबुल बिलकुल अपने को खो बैठा। टेप का स्विच आन किया हुआ था। वह यह भी भूल गया कि वह यहाँ क्यों आया था। अब चारों ओर अच्छी तरह प्रकाश फैल गया था। पेड़ के नीचे उतर आने के लिए, वह अपने को तैयार करने लगा। एक-एक कर सारा सामान झोली में भरने लगा। लेकिन ज्योंही नीचे की ओर देखा, डर के मारे वह काँप गया। मदन वहाँ था, किन्तु इतने नीचे। अब वह कैसे उतरे। रस्सी के टुकड़ों को जोड़कर उसमें झोले को बाँध उसने नीचे उतार दिया। मदन ने उसे पकड़ लिया। लेकिन ज्योंही उसने उतरना चाहा तो वह जड़-सा बन गया! वह उतर नहीं सकता। डर के मारे उसकी आँखों में आँसू आ गये।

ऐसा होना ही था। चढ़ते समय उत्साह के बल पर चढ़ा जाता है, किन्तु उतरते समय अनेक मुश्किलें आ पड़ती हैं।

इधर घर में क्या हुआ? हर रोज की तरह सबुल की माँ बिस्तर छोड़ते ही मदन को जगाने लग जाती हैं। लेकिन आज देखती हैं कि मदन की खटिया खाली है। माँ को कुछ शक हुआ। वह सबुल के कमरे में जाकर देखती है कि उसकी भी खटिया खाली पड़ी हुई है। माँ ने दो-एक बार सबुल को पुकारा। लेकिन कहीं से जवाब नहीं आया। इस प्रकार समय बीतने के साथ माँ सोच में पड़ गई। औरों को भी माँ ने जगा दिया। सभी को चिंता हुई लोग चारों ओर खोजने लगे।

उधर सबुल ने कोई चारा न देख मदन को घर भेज दिया। मदन जंगल से तो निकल आया, लेकिन घर लौटने का साहस नहीं जुटा पाया। रास्ते के

किनारे ही बैठा रहा।

सबुल को खोजते-खोजते मदन मिल गया और उसी से सारी बातें मालूम हुईं। सब लोग हेम बरुवा के बाग की ओर दौड़ पड़े। हेम बरुवा के नौकर द्वारा उसे पेड़ पर से नीचे उतरवाया गया। किसी ने उसे डाटा-डपटा नहीं। घर में माँ ने केवल इतना ही कहा कि अपने पिताजी को लौट आने दो। उसकी दीदी ने उसके हाथ से अपनी झोली झपट कर ले ली। सबुल ने अपना टेप किसी तरह निकाल लिया, लेकिन चाकलेट झोली में ही रह गयी।

उसके पिता उसी दिन घर वापस लौट आये। आते ही किसी ने कुछ नहीं कहा। चाय-नाश्ते के बाद बैठक में सबुल की माँ ने सबुल की सारी कहानी सुनाई। सारी रात वह पेड़ पर बैठा रहा। 'साँप आदि कुछ काट लेता तो।' माँ ने कहा, 'आप कैसी-कैसी अशुभ बातें करते हैं जी।' असल में उनके मन में अभी-अभी ऐसी बातें आने लगी थीं।

पिताजी ने सबुल को टेप रिकार्डर ले आने को कहा। सबुल भय से काँप रहा था—यदि पिताजी टेप रिकार्डर ही तोड़ दें। 'क्या रिकार्ड किया, सुनाओ!' पिताजी ने आदेश दिया। एक बड़े अपराधी की तरह वह टेप बजाने को प्रस्तुत हुआ। इसी बीच माँ-दीदी-भैया-भाभी सभी कुर्सी-मूढ़ा आदि पर बैठ गये। शाम होने वाली थी। सबुल के टेप से चकित करने वाले स्वर निकलने लगे।

किसी के मुँह में जबान नहीं थी। वातावरण रात के घने जंगलों की तरह हो गया। डर के मारे वह आँखें ही नहीं उठा पा रहा था। टेप का स्वर ऊँचा उठ गया। कमरे के किसी कोने से कोयल की कुहू-कुहू का स्वर निकल आया। सभी ने सिर उठाकर एक ही दिशा की ओर देखा। परिवेश भूलकर सबुल चिल्ला उठा, यह कोयल है, कोयल।

कौन-सी चिड़िया की कौन-सी बोली है, वह तो जान ही नहीं पाया। अलग-अलग चिड़ियों की चहक से घर के भीतर का परिवेश ही बदल गया।

सबुल को तो पिताजी सजा देने वाले थे, पर इस परिवेश में वह उसे भूलकर आनन्द विभोर हो चिल्ला उठे। पिताजी के चेहरे पर एक मीठी मुस्कान दौड़ गयी। सबुल के भैया ने लाइट का एक स्विच आन कर दिया।

सभी को सहज रूप में देखकर सबुल शरमा गया। पिताजी ने पूछा, 'वह घर से कब निकल गया था?' लेकिन सबुल को यह याद नहीं था। काश उसके हाथ में घड़ी होती....।

अगले वर्ष प्रथम श्रेणी में पास होगे तो उसे भी दे दूँगा। कह कर पिताजी खड़े हो गये। दीदी मुँह टेढ़ा कर सबुल की ओर देख कर और बोली, 'कुहू-कुहू।'

इसके बाद जब भी उसके घर में कोई मेहमान आता तो सबुल की माँ चिड़ियों की चहक सुनाना नहीं भूलतीं। ऐसा करते समय सबुल की माँ का मुँह उज्ज्वल हो उठता।

नयी रोशनी

श्री अनन्तदेव शर्मा

माँ ने उसे कितना समझाया और पिता ने कितनी गालियाँ दीं, लेकिन इसका कुछ भी असर उस पर नहीं पड़ा। अमल को दुबारा स्कूल नहीं भेजा जा सका। उसकी इच्छा ही सब कुछ है। एक बार यदि उसने 'न' कह दिया तो उसके मुँह से 'हाँ' निकलना कतई संभव नहीं है। इसी दोष के कारण माँ और बाप ने उसे कई बार पीटा भी, फिर भी वह अपनी जिद पर हमेशा अड़ा रहा।

अमल हाईस्कूल की सातवीं कक्षा की परीक्षा में पास न हो सका। एक बार पास न हुआ तो क्या हुआ, परीक्षा में पास-फेल तो होता ही है। फिर से अच्छी तरह पढ़ कर परीक्षा में बैठना चाहिए था लेकिन नहीं, वह अब और पढ़ने के लिए स्कूल नहीं जाएगा। किसी ने कुछ कहा तो चुप्पी साध लेता। इससे उसे हिला पाना किसी के लिए भी संभव नहीं है। इस कारण उसके माता-पिता बड़े दुखी थे। उसे लेकर माँ-बाप ने कितने ही रंगीन सपने देखे थे, पर सभी बेकार गये। पिता का दुख, माँ के आँसू का उसके लिए कोई मतलब नहीं। माँ-बाप ने आखिर यही सोच लिया था कि अमल अब और नहीं पढ़ेगा। इस तरह उन्होंने अमल की पढ़ाई की आशा छोड़, भाग्य पर ही

सभी कुछ समर्पित कर दिया था।

अमल के मन में भी बड़ा दुख था, जरूर। वह सोचता, मैंने तो अपनी पढ़ाई ठीक ही की थी, लेकिन मुझे याद ही नहीं रहता, क्यों। पड़ोस का परमेश्वर एक बार जो पढ़ता है, वह उसे याद हो जाता है। मैं समझ गया, मेरे भाग्य में विद्या है ही नहीं। बेकार पढ़ते रहने से पिताजी का पैसा ही खर्च होगा। मेरे सभी साथी पास होकर अगली कक्षाओं में चले गये। अब शायद मुझसे वे बातें भी करना नहीं चाहेंगे। उनको शायद घमंड हो गया होगा। अब मुझे अपने से छोटे लड़कों के साथ पढ़ना होगा। नहीं, नहीं, अब और नहीं होगा। मैं और नहीं पढ़ूँगा। यहाँ से कहीं भाग जाऊँगा। गाँव के लोग मुझे देख नहीं पायेंगे। वह यही सब सोच-सोच कर उदास-सा रहता था। भाग जाना तो वह चाहता है। पर इसे वह पूरा नहीं कर पाता। भाग जाने का साहस ही उसमें नहीं जुटता। माँ-बाप को छोड़कर जाने की हिम्मत ही उसमें न होती। किसी अनजानी-अनदेखी जगह जाकर वह कहाँ किस विपत्ति में फँसे इसका क्या भरोसा। अमल ने मन की सारी चिन्ताएँ छोड़कर, पिता के बताये रास्ते पर ही चलना तय किया।

एक दिन की बात है कि अमल की बुआ का लड़का मदन बहुत दिनों बाद उनके घर आया। मदन भैया से शर्म के मारे वह दूर-दूर भागता फिरा। एक बार दोनों मिले, लेकिन आपस में बातें नहीं हुईं। मदन ने इस पर ध्यान नहीं दिया, कारण घर आने के बाद से ही मदन अपने मामा-मामी के साथ बातें करता रहा।

शाम को चाय नाश्ते के बाद अमल के पिता नवीन बरुवा और मदन की बैठक फिर लगी। दोनों अपने-अपने गाँवों के दोस्तों-मित्रों के तथा रिश्तेदारों के सुख-दुख आदि की बातें करने लगे। पनबट्टे में पान-सुपारी लेकर अमल की माँ उनकी बातचीत में हिस्सा लेने लगीं। अमल के पढ़ने और सोने का कमरा उसके पिताजी के कमरे के पास ही था। एक कमरे में हो रही बातचीत दूसरे कमरे में आसानी से सुनी जा सकती थी। अमल भी हाथ-पैर धो, चाय-पानी कर अपने कमरे में आकर बैठा। अपने कमरे में बैठे-बैठे वह पिताजी के कमरे में हो रही बातचीत सुनने लगा।

पिताजी और मदन की बातचीत चलती रही। मदन भी अपनी बातें कहने लगा। मदन ने इस बार बी० ए० किया है। अब एम० ए० पढ़ने की मन में साध है। कुछ दिन बाद ही जालुकवारी के गुवाहाटी विश्वविद्यालय में

दाखिला होगा। सब इन्तजाम हो चुका है। पिताजी को मदन से कहते सुना, जो भी हो बेटे, अपनी कोशिश के बल पर आखिर तक तुमने एम० ए० कर ही लिया। एक दिन तुम बी० ए० भी पास कर लोगे, इसका मुझे पूरा विश्वास है। तुमने एम० ए० पास कर लिया यह सुनते ही मैं और तुम्हारी मामी कितने खुश हुए थे कि कह नहीं सकता। तुम्हारी मामी ने तो उस दिन मुहल्ले भर के लड़कों को चाय-नाश्ता करा दिया। अब बी० ए० करो ताकि तुम्हें लेकर हम भी गर्व कर सकें। मामाजी की इतनी बातें सुनने के बाद मदन ने कहा, 'मामाजी, मैं कभी किसी काम से निराश नहीं होता। लगातार कोशिश करते रहने से एक-न-एक दिन उसे फल मिलेगा ही। आप तो जानते ही हैं कि मैं बी० ए० में दो बार असफल रहा था। दूसरी बार की असफलता के बाद घर के सभी लोगों ने मेरे बी० ए० पास करने की आशा छोड़ दी थी। यहाँ तक कि पिताजी ने भी। मेरी दशा देखकर पास-पड़ोस के लोग, दोस्त-रिश्तेदार सभी दुखी हुए थे। लेकिन मामाजी, इतना होने पर भी मेरा धीरज खोया नहीं था। मैंने अपने मन में इस बात की शपथ खाई थी कि मुझे किसी भी हालत में बी० ए० की परीक्षा पास करनी ही होगी, चाहे इसके लिए दस बार ही परीक्षा क्यों न देनी पड़े। कर्म का फल जो मिलता है, इसका प्रमाण मैं खुद बन गया हूँ। तीसरी बार ही सही, मैंने बी० ए० में सफलता हासिल कर ली। 'मामाजी, आज मैं आपको यह वचन देता हूँ कि मैं एम० ए० की परीक्षा भी पास कर लूँगा।' मदन की बातें सुनकर मामाजी ने कहा, 'क्यों नहीं बेटे, जरूर पास करोगे—तुम्हारे पास जो साहस और मनोबल है। फिर कोशिश तो है ही। पढ़ने के लिए जो जरूरी गुण चाहिए, वे सभी तुम्हारे पास हैं। भगवान से प्रार्थना है कि तुम्हारे मन की मुराद पूरी करें।' इतना कह कर बरुवा प्रसन्नतापूर्वक हँस पड़े।

दूसरे कमरे में बैठे हुए अमल ने सारी बातें सुनीं। उसने मन ही मन ठान लिया कि बात तो सभी सही है। मनोबल, साहस और कोशिश बिलकुल ठीक है।

दूसरे दिन सवेरे चाय नाश्ते के बाद मदन अपनी मामा-मामी से विदा ले चला गया। बरुवा तथा बरुवानी के मुख पर हल्की मुस्कान उतर आई। भांजे ने बी0 ए0 पास तो किया ही है, एक दिन बी० ए० भी होकर रहेगा। इसी बात को लेकर उनके मन में आनन्द था।

देखते-देखते दिन निकल आया। करीब नौ बजे होंगे। अमल के पिताजी ने नहा-धोकर दफ्तर जाने की तैयारी कर ली थी। माँ भी खाना पका चुकी

थी। स्कूल छोड़ने के बाद से अमल खाना देर से खाता था। अपने पिताजी के दफ्तर चले जाने के बाद ही वह नहा धोकर खाना खाता था। लेकिन उस दिन पिताजी से पहले ही वह नहा-धोकर आ गया। इसी बीच पिताजी ने नहाने का काम खत्म किया। अमल ने आवाज दी, 'माँ,मेरे लिए भी खाना लगाओ। मैं भी अभी खाना खाऊँगा।' अमल की बातें सुनकर माँ चकित हुई और पूछा, 'क्यों, आज तुम इतनी जल्दी खाना क्यों खाओगे। आज फिर तुम्हें क्या हुआ रे!' अमल ने कहा, 'कुछ नहीं, मैं अभी खाना खाऊँगा। मुझे भी खाना दो!' अमल ने पिता के पास ही बैठकर खाना खाया। उसके बाद स्कूल जाने वाले कपड़े सन्दूक से निकाल कर पहने। फिर हाथ में किताबें और कापियाँ लेकर बाहर आ माँ और पिताजी की ओर देखते हुए कहा, 'पिताजी, माँ मैं स्कूल जा रहा हूँ। देर हो गयी है, ऐसा लगता है।' इतना कहते हुए बड़ी तेजी से वह स्कूल की ओर चल पड़ा।

अमल का यह मानसिक परिवर्तन देखकर पहले तो माता-पिता कुछ चकित हुए, फिर स्कूल जाते अमल को देख दोनों ने मुस्करा दिया।

रास्ते पर चलते समय अमल ने अनुभव किया कि कच्ची धूप से आज यह रास्ता मानो अधिक प्रकाशमान बन गया है।

टुनटुन और बुलबुल

श्री नरेन्द्रनाथ शर्मा

पिछले साल पूजा के समय आइनु को पिता ने एक गुड़िया ला दी थी। इसे पाकर आइनु की खुशी की हद नहीं थी। उसे वह हर वक्त गोद में लिए रहती, लोरियाँ सुनाती और उसके रूप, गुण बखानती—इसके बाल घुँघराले हैं, इसकी नाक अपनी माँ की-सी है आदि। वह हमेशा एक बिल्ली का बच्चा गोद में और एक फूल हाथ में लिए रहती थी।

हाँ, आइनु का इस गुड़िया के प्रति बहुत प्यार था, लेकिन एक दिन जब उसने अपनी सहेली मस्मी की गुड़िया देखी तो उसकी धारणा बदल गयी। वह समझने लगी कि उसकी गुड़िया बिलकुल अच्छी नहीं है। बैठा देने से

उसकी गुड़िया बैठ नहीं सकती, हाथ-पैर भी वह इधर-उधर नहीं कर सकती। मेरे पिता यह क्या गुड़िया उठा लाये वह सोचती।

एक दिन आइनु अपने पिताजी के पास जाकर रोने लगी कि उसे भी हाथ-पैर चलाने वाली एक गुड़िया चाहिए—ठीक वैसी ही जैसा मस्मी के पिता ने अपनी बेटी को लाकर दी है।

आइनु अपने पिता की लाडली बिटिया है। अपनी बेटी को भला वह क्यों दुखी करेगा। उसी दिन वैसी ही गुड़िया बेटी को ला दी। अब इस पुतले को आइनु कभी छोड़ती ही नहीं। वह तो आइनु की बहन है। आइनु ने उसका नाम टुनटुन रखा। सोते समय भी आइनु टुनटुन को तकिये पर सुलाए रखती है। उसके बिना आइनु को रात को नींद नहीं आती है। सुबह बिस्तर से उठते ही यह अपने साथ-साथ टुनटुन का मुँह-हाथ भी धुला देती है। कभी-कभी बिस्तर पर छोड़ आती है। थोड़ी देर बाद जाकर गुस्सा दिखाती हुई टुनटुन को जगाने लगती है, 'उठ-उठ, कितना सोती है। सुबह जो हो गया, मालूम नहीं। पढ़ने-लिखने का काम कब करेगी।'

खाने की मेज पर जाकर वह अपने लिए और टुनटुन के लिए सुबह का खाना माँगती है। खाना आ जाने से खुद भी खाती है और टुनटुन के मुँह में भी घुसेड़ देती है। भोजन के समय अपनी माँ से कहती है, 'माँ टुनटुन खाना नहीं खाती, कोई बीमारी है क्या, माँ इसे ?'

सुबह और शाम टुनटुन को वह घुमाने ले जाती है। टुनटुन को लेकर मीनू के साथ वह दूल्हा-दुल्हन का खेल भी खेलती है।

मीनू आइनु की सहेली है। वह बरुवा की लड़की है। कुछ दिन पहले मीनू को एक बहन मिली है। उसका नाम बुलबुल। अब बुलबुल चार महीने की हो गयी है। वह अब हँसती है। आइनु उसके पास से दूर हटना नहीं चाहती। कभी-कभी उसे गोद में उठा लेना चाहती है। लेकिन उसकी माँ उसे कैसे गोद में देती। इतनी छोटी-सी बच्ची है। कहीं गिरा देगी तो।

लेकिन आइनु कहाँ छोड़ने वाली थी। अपनी माँ को बार-बार तंग करती। आखिर एक दिन उसे गोद में लेकर ही मानी। एक-बार जब गोद में लिया तो आगे क्या बात। आइनु रोज अपने घर से चुपचाप बुलबुल के पास चली जाती। कभी उसे गोद में उठाकर रास्ते तक लाती। इसमें मीनू भी शामिल रहती है।—माँ को इसका पता भी न लगता।

कभी-कभी उसे याद आती—वह तो पहले टुनटुन को भी इसी तरह प्यार करती थी।

—बुलबुल उससे बहुत अच्छी है। बुलबुल हँस सकती है—टुनटुन नहीं। —हाँ, टुनटुन भी बहुत बुरी नहीं थी। टुनटुन को लेकर वह खेलती थी, घूमती थी। उसे इधर-उधर की चीजें दिखाती थी। एक दिन उसने टुनटुन को अपनी मेज के नीचे पड़ी हुई देखा। उसे बुरा लगा। उठा लेने का मन भी करता था, लेकिन गोद में बुलबुल थी। उसे उठा नहीं सकी। वह बुलबुल को लेकर बाग में घूमने चली गयी। टुनटुन को भूल गयी।

रात को आइनु ने सपने में देखा कि टुनटुन मेज के नीचे पड़ी हुई है। आइनु को उधर जाते देख हाथ-पैर नचा नचा कर कहा, 'मैं यहाँ पड़ी हूँ। तुम मुझे क्यों नहीं उठा लेती। मुझे क्यों प्यार नहीं करती।'

आइनु नींद में ही चिल्ला उठी, 'री मेरी प्यारी, मैं तुझे जरूर उठा लूँगी ?' कह बिस्तर से झटपट उठ बैठी और खटिया के नीचे कुछ खोजने लगी। उसके बाद मेज के नीचे देखने लगी और गुड़िया को झटपट छाती से लगा बार-बार चूमने लगी।

कुछ दिन बाद आइनु ने उस गुड़िया को बुलबुल को दे दिया। आजकल वह बुलबुल के हाथ में टुनटुन को देकर उसे घुमाने ले जाती है। बुलबुल टुनटुन उसके सामने एक से बन गये हैं।

——✦——

टोमी का दुख

श्रीमती सुमित्रा गोस्वामी

उस दिन वह सो रहा था। उसका सोना भी क्या! उसकी तबीयत आज कई दिनों से ठीक नहीं चल रही थी। घर के लोगों ने उसकी चिकित्सा में किसी तरह की कमी नहीं की। कभी खाने के लिए गोलियाँ देते हैं तो कभी सुई लगाते हैं। ये सब दवा-दारू करना उसे बिलकुल पसन्द नहीं है। लेकिन मालिक कहाँ मानते। आजकल खाने-पीने में भी उसकी रुचि नहीं हैं। लेकिन खाना तो पड़ता ही है। नहीं तो जियेगा कैसे ? उसको बड़ा दुख है

कि आजकल वह अपनी ड्यूटी अच्छी तरह नहीं कर पाता, बीमारी के कारण। हाँ, वह यह भी जानता है कि उसके मालिक भी उसकी बीमारी के कारण चिंतित हैं।

वह गर्मी का मौसम था। टोमी चुपचाप सो रहा था। घर के लोग भी सोये हुए थे। केवल घर की नौकरानी मालती घर के पिछवाड़े पानी के नल पर कपड़े धो रही थी। अचानक दरवाजे की घंटी बज उठी। टोमी नींद से जगकर खड़ा होने की कोशिश कर रहा था—जो संभव नहीं हुआ। उसकी तबीयत तो खराब थी ही, साथ ही साथ आलस्य और थकावट भी थी। बैठे-बैठे उसको लगा कि कोई आ रहा है। टोमी की भौं-भौं सुनकर मालिक बाहर निकल आये। मालिक ने आने वाले को बड़े उत्साह से बरामदे में बैठने दिया। उन्होंने अपनी पत्नी को आवाज लगाई, 'ओ जी, सुनती हो। इधर आओ तो, प्रताप हमारे लिए क्या लाया, देखो!' टोमी को समझ में आ गया कि प्रताप का मतलब है वह आने वाला आदमी!' इसी बीच मालकिन आ गयीं। मालिक ने प्रताप की ओर इशारा करते हुए कहा, 'प्रताप, दिखा दो न दीदी जी को, तुम हमारे लिए क्या लाये हो!' प्रताप ने अपने कंधे पर लटकी झोली से एक भूटानी पिल्ला निकाला 'कितना सुन्दर है यह पिल्ला।' मालकिन ने खुश होकर कहा।

'हाँ-हाँ, कितना सुन्दर है यह।' उसे मालिक ने अपने हाथों में उठा लिया। उसने प्रताप को उस पिल्ले का मूल्य देकर विदा किया।

'यह प्रताप बड़ा अच्छा लड़का है। मेरे कहते ही वह कहाँ से इस पिल्ले को हमारे लिए उठा लाया ?' मालिक ने अपनी पत्नी से कहा।

'ठीक कहा आपने। टोमी की तरह इसे भी सिखाना समझाना होगा। हाँ, एक बात, इसे टोमी के साथ नहीं रखेंगे।' इस प्रकार बातें करते हुए मालिक घर के भीतर चले गये। टोमी अपनी जगह से सारी बातें सुन रहा था। आज उसकी ओर नजर दौड़ाने वाला भी तो कोई नहीं है। सभी उस पिल्ले के साथ लगे हुए हैं।

टोमी ने सोचा, शाम तक मुन्ना बाबू आकर शायद उसका हाल-चाल पूछेगा। टोमी का खाना-पीना, दवा-दारू की खबर तो वही रखता है।

दोपहर के बाद शाम, फिर रात आयी। पर आज मुन्ना बाबू दिखाई ही नहीं दे रहे हैं। शाम का खाना आज नौकरानी ने ही दिया। खाने की इच्छा तो बिलकुल नहीं थी—फिर भी थोड़ा-सा खाकर लेटा रहा।

रात को सात बजे फाटक खुलने की आवाज आयी तो टोमी भों-भों करने लगा। उसने सोचा था-यह जरूर मुन्ना बाबू ही होगा। हाँ, हाँ, उसका अनुमान बिलकुल सच निकला। वह मुन्ना बाबू ही हैं। आज वह देर से घर पहुँचे हैं, इसी कारण वह उसके पास न आकर सीधे घर के भीतर चला गया। मुन्ना बाबू के घर पहुँचते ही घर का चेहरा बदल गया। मालकिन उन्हें घसीटकर पिल्ले के पास ले गयीं, यह देखो मुन्ना, प्रताप ने कैसा एक सुन्दर पिल्ला हमारे लिए ला दिया। माँ ने पिल्ले को उठाकर मुन्ने के हाथ में थमा दिया। पिल्ले को देखकर मुन्ना भी खुश हुआ।

टोमी समझ गया कि अब इस घर में उसके लिए कोई स्थान नहीं होगा। उसकी आँखों से आँसू निकल आये। टोमी ने अपनी कमजोर देह पर नजर दौड़ाई। उसे उन दिनों की याद आई जब वह भी इस घर में एक बड़ी आशा लेकर आया था। उसे मालिक के किसी नौकर ने कुछ पैसों के बदले ला दिया था। उस समय मुन्ना एकदम छोटा था। उन दिनों उसे भी इसी तरह प्यार मिला था। वह भी इस घर का एक सदस्य बन चुका था।

उन दिनों उसके खाने-पीने तथा दवा-दारू की खबर सभी करते थे। जिस प्रकार मालिक अपने बच्चों की रखते हैं। हाँ उसने भी कभी अपनी ड्यूटी में कमी नहीं की किन्तु आज! आज तो उसे घर से निकल भागने की इच्छा हो रही थी। उसके बदले आज एक नया जो आ गया है।

टोमी आज दूर तक सोचने लगा था। पाँच-साल पहले के मुन्ना बाबू का मुखड़ा। उसे याद आ गया। उस समय उसे बिना पिलाए दूध भी नहीं पीता था। एक बिस्कुट का आधा तो टोमी को ही मिल जाता था। आज टोमी की ढलती उम्र है। इसी बीच मुन्ना भी बड़ा हो गया है। उसकी नाक के नीचे और होंठ के ऊपर छोटे-छोटे रोएँ उग आये हैं। उसकी बोली भी बदल गयी है। लेकिन टोमी के प्रति उसके प्यार में कोई परिवर्तन नहीं आया। ऐसा मालिक तो नसीब से ही मिलता है। जबसे इस घर में आया, तबसे उसने अभाव क्या चीज है, जाना ही नहीं। टोमी के ऊपर सारे परिवार की नजर टिकी रहती थी।

टोमी ने भी कभी अपने मालिक से विश्वासघात नहीं किया। आज उसे एक सुन्दर अतीत की बात याद आने लगी। यह चार साल पहले की बात है। मालकिन के मायके में किसी की शादी थी। परिवार के सभी लोग वहाँ चले गये। घर के नौकर के साथ केवल टोमी ही रह गया था। उस दिन रात

घर में चोर घुसा। चोर दरवाजा तोड़कर घर के भीतर पहुँचा ही था कि टोमी ने ऐसा हल्ला मचाया कि वह तुरन्त भाग गया। केवल इतना ही नहीं, चोर के पैर से मांस का एक टुकड़ा भी उसने काट लिया। इसी बीच घर के नौकर की चिल्लाहट से आस-पड़ोस के लोग इकट्ठे हो गये और चोर को रंगे हाथ पकड़ लिया। टोमी के कारण ही चोर पकड़ा गया। सभी ने टोमी की सराहना की। टोमी भी आनन्द से फूला नहीं समाया। मालिक जब लौटे और टोमी के साहस और कर्त्तव्यबोध की बात सुनी तो उसे छाती से लगा लिया। टोमी के हृदय में वह बात आज भी रंगीन है।

टोमी के जीवन में ऐसी-ऐसी घटनाएँ बहुत घटीं। अतीत की उन बातों को याद कर उसे कितना अच्छा लगता है। पुरानी बातों के इन टुकड़ों ने आज टोमी को जहाँ एक ओर आनन्दित किया, वहीं दूसरी ओर वेदना भी दी।

टोमी के आनन्द का दिन आज नहीं रहा। आज तो उसका जी चाहता है कि छाती पीट-पीट कर रोये। उस दिन की वह बात तो और दर्दभरी है। मालकिन कह रही थीं, 'टोमी अब बूढ़ा हो गया है। उसे कहीं छोड़ आओ। अब पिल्ले की ही अच्छी तरह देख-भाल करनी है। इसे भी टोमी की तरह शिकारी बनाना है।' उस समय टोमी मुन्ने के जवाब के लिए इंतजार करता रहा। साथ ही उसने यह भी सोचा था कि शायद मुन्ना बाबू उसे कहीं छोड़ आने की व्यवस्था करें। अपनी माँ से वह कहे कि माँ तुम इसे मत सोचो। मैं कल तक उसे कहीं छोड़ आऊँगा। लेकिन मुन्ना बाबू ने ऐसा जवाब नहीं दिया। उसके उत्तर ने तो उसे चकित ही कर दिया। उसने अपनी माँ से कहा, 'माँ, ऐसा कभी नहीं हो सकता। एक नया कुत्ता आया तो टोमी को घर से निकाल देने की बात तुम कैसे सोच सकती हो। टोमी कहीं नहीं जायेगा, यहीं रहेगा।'

सचमुच आदमी कितना स्वार्थी जीव है। जब उसका अपना स्वार्थ पूरा हो जाता है तो वह अपनी जिम्मेदारी तथा प्यार को भूल जाता है। आदमी यह भी भूल जाता है कि एक जानवर और आदमी में क्या भेद है। पशु-पक्षियों में भी प्यार-मुहब्बत हो सकती है, ऐसी बात आदमी ने कभी नहीं सोची। मालकिन के प्यार से वंचित होकर टोमी आज बहुत दुखित है। बार-बार अपने आपसे उसने पूछा, 'क्यों उसका बुढ़ापा आ गया? पहले की तरह आज उसमें उत्साह नहीं है।' उसने आज अपने को बहुत धिक्कारा। आज वह कमजोर है या बेकार जरूर बन गया है, पर उसने धर्म का पथ तो

कभी नहीं छोड़ा। अपने मालिक के प्रति उसमें हमेशा श्रद्धा रही और वह आज भी है। जीवन में उसने भी ऐसा काम नहीं किया जो मालिक को बुरा लगे। बुढ़ापे के कारण मालिक उस पर खर्च करना बेकार समझने लगे। इसी कारण से उसे घर से निकाल भगाना चाहते हैं। ठीक है, घर छोड़कर यह चला जाएगा। जीवन के शेष दिन अपनी बिरादरी वालों के साथ बिताएगा—वह सोचने लगता है। उसकी छाती पर मानो पत्थर जम जाता है। वह कैसे इस घर की माया छोड़कर चला जाएगा। किस तरह इस घर के प्यार को भूल जायेगा। न, न, ऐसा नहीं होगा। वह प्रभु भक्त प्राणी है। वह मालिक को झुठलाकर नहीं जा सकता। वह मालिक के काम में कभी झूठ नहीं बोला। आज वह कैसे इस घर के मालिक की अनुमति के बिना चला जायेगा।

कल सुबह के सूरज ने आकर उसके मुँह को चूम लिया, उसे पता नहीं था। रात का आलस्य हटाने के लिए वह खड़ा हो गया। यह उसके सुबह के खाने का समय है। उसने देखा कि घर की नौकरानी उसका खाना लेकर आ रही है। उसने तय कर लिया कि जीवन के शेष दिन मान-अपमान की बातें सोचे बिना यहीं बिता देगा—जब तक कि मालिक उसे यहाँ से भगा नहीं देता।

वह रुपया

डॉ० भवेन्द्रनाथ शइकीया

मनु और तनु की माँ को उस दिन सुबह ही बहुत गुस्सा आ गया। आये भी क्यों नहीं। ऐसी स्थिति में किसी को भी गुस्सा आना स्वाभाविक है। फिर जब अपने बच्चों की बुरी आदत दिखाई पड़ेगी, तब तो कहना ही पड़ेगा। बिचारी को सुबह बिस्तर छोड़ने के बाद ही थोड़ी देर के लिए फुरसत मिलती है। घर को साफ करना, नल से पानी भरना, खाना पकाना आदि कितने ही काम करने पड़ते हैं। ऐसे काम के बीच-बीच में 'मनु, तनु को जगाना, अरे, उठो-उठो भई दिन कितना निकल आया है। तुम्हें शर्म नहीं आती क्या। रोज इस तरह तुम्हें चिल्लाकर जगाना पड़ता है। तुम लोग सुन

नहीं रहे हो, राखाल और मंटू किस तरह चिल्ला-चिल्ला कर कविता याद कर रहे हैं। तुम लोग पड़े-पड़े सुनते रहते हो। छि:-छिः तुम्हें बुरा नहीं लगता, अब तक सोते रहना'। इस तरह वह बक-बक कर इधर-उधर चलती रहती है।

कितने काम हैं इनके। नहाना-धोना है। नहाने के कपड़े साफ करने हैं। उन्हें सुखाना है। मंदिर जाकर दीपक जलाना है, प्रार्थना करनी है। इसके बाद सबके लिए चाय-नाश्ते की व्यवस्था। बहुत काम हैं। इतने पर, ये दोनों लड़के माँ के कामों को बढ़ाते रहते हैं। आज की ही बात लो। नाश्ते के लिए घर में कुछ नहीं है। बच्चे तो छोड़ेंगे नहीं। इसी कारण माँ ने पीठा के लिए कुछ चावल ही भिगो रखा था। नहाने धोने के बाद पीठा बनायेगी। इतने कामों के बीच पीठा बनाना क्या आसान काम है? इधर साढ़े नौ बजे मनु-तनु को स्कूल तथा उसके बाप को कार्यालय भेजना है। उनके लिए भोजन की तैयारी करनी होगी। माँ पीठा बनाने बैठी ही थी, कि मनु ने कहा, 'माँ मुँह धोने को पानी दो।' फिर तनु ने कहा, 'माँ, मुझे भी मुँह धोने को पानी दो।'

माँ तो गुस्से में थी ही। फ़िर इनकी चिल्लाहट सुनकर कहा, 'खुद ले लो। इतने बड़े हुए हो, मुँह धोने का पानी भी मुझे लाकर देना पड़ता है।'

मनु ने कहा, 'हाँ, तुम ला दो।' थोड़ी देर बाद फिर तनु ने कहा, 'ला दो न पानी माँ।'

'मैं काम कर रही हूँ। अपने से ले नहीं सक़ती। खुद बाथरूम से पानी लाकर मुँह धो लो, नहीं तो बैठे रहो। तुम्हारे पिताजी आते ही होंगे। तुम्हें इस तरह बैठे हुए देखेंगे तो बस हो जायेगा।' कहती हुई माँ पीठा बनाने में लग गयीं।

माँ ने ठीक ही कहा था। उनके पिताजी रोज पौ फटते ही टहलने जाते थे। करीब छै मील तक पैदल चल कर घर लौटते थे। आज घर आते ही झपकी लेते बैठे दोनों लड़कों को देख कर पूछा, 'क्या हुआ तुम लोगों को।'

माँ ने रसोईघर से ही चिल्लाकर कहा, 'इन्हें मुँह धोने के लिए पानी मुझे ला देना है।'

सुनते ही पिता ने बड़ी-बड़ी आँखें निकालीं तो नहान घर तक दोनों भाइयों को दौड़ते ही बना।

इससे तनु-मनु की माँ को झटका-सा लगा। इससे पहले भी ऐसी बातों को लेकर उसे बुरा लगा था। मनु-तनु को वह इतना प्यार करती है कि इन्हें रसोई बनाकर खिलाकर स्कूल भेजना तो है ही, सोते वक्त मच्छरदानी लगा देना, उसे ठीक-ठाक कर उन्हें सुला देने का काम भी वही करती है। अपने बच्चों की भलाई के लिए वह क्या कुछ नहीं करती। लेकिन ये बच्चे उसकी किसी भी बात की परवाह नहीं करते। पर जब भी उनके बाप एक शब्द भी बोलते हैं तो वे चुप हो जाते हैं। इसी बात का उसे दु:ख है।

चाय-नाश्ते के समय फिर दोनों ऊधम मचाने लगे। माँ ने उन्हें बराबर-बराबर पीठा खाने को दिया। लेकिन तनु के पीठे के बीच का भाग कुछ फूला हुआ था। बस, दूसरे को भी ठीक उसी तरह का पीठा चाहिए। यदि ऐसा पीठा नहीं है तो तनु का पीठा ही उसे देना पड़ेगा। इस बार भी उनके पिताजी की लाल आँखें ही काम आयीं। उन्होंने कुछ गंभीर शब्दों में कहा, 'खाना नहीं है तो चले जाओ, किताब पढ़ो जाकर, जाओ।'

मनु सर नीचा कर चाय पीने लगा।

इनका उपद्रव माँ से सहन नहीं होता। रेडियो लगाने हेतु भीतर जाकर जब बिस्तर की हालत देखी तब और धीरज रखना संभव नहीं हुआ। वह आग बबूला हो गयी। बिस्तर की ओर देखकर चिल्लाई, 'यह किसका काम है।'

'आज ही नया बिस्तर-चद्दर बिछाया था, इस पर कीचड़ लगे चार-पाँच पैरों के निशान।' इस पर माँ का नाराज होना स्वाभाविक है।

चाय के बाद और भोजन से पहले तनु-मनु की माँ रोज बिस्तर ठीक-ठाक करती हैं, कल ही धोबी के यहाँ से कपड़े आये थे। आज ही ये कपड़े बिछाये गये थे। करीब साढ़े आठ बजे जब माँ भीतर पहुँची तो पलंग पर यह कांड देखा।

'बिस्तर पर कौन चढ़ा था?' माँ ने गरज कर पूछा।

मनु ने कहा, 'मैं नहीं चढ़ा।'

तनु ने कहा, 'मैं नहीं चढ़ा।'

'तब कौन आया?' माँ ने धमकी दी।

इनके अलावा बिस्तर पर चढ़ने के लिए कौन आ सकता है। पैरों के आकार से भी इसे समझा जा सकता है कि मनु या तनु के पैरों के दो निशान

हैं। इस घर में और है ही कौन? माँ-बाप तथा ये दोनों बच्चे ही तो हैं।

लेकिन इन दोनों में से किसके पैरों के निशान हैं ये?

मैं जिस दिन की बात कह रहा हूँ, उस दिन उनकी उम्र आठ साल दो महीने चार दिन की थी। दोनों जुड़वा भाई हैं। दोनों की ऊँचाई भी एक-सी है। मोटे-तगड़े और देखने में भी एक से हैं। कुल मिलाकर दोनों में भेद करना आसान नहीं है। अब कीचड़ सने पैरों का निशान किसका हो सकता है। माँ को कुछ समझ में नहीं आया।

असमंजस में पड़ कर फिर माँ ने पूछा, 'बताओ मनु तुम चढ़े थे बिस्तर पर ?'

मनु ने कहा, 'मैं नहीं चढ़ा, माँ।'

फिर तनु से पूछती है, 'तुम चढ़े थे ?'

उसने भी कहा, 'ना माँ, मैं नहीं चढ़ा हूँ।'

गुस्से में माँ चिल्लाने लगी। बच्चों के पिता बगीचे में पौधों की देखभाल कर रहे थे। पत्नी का स्वर सुनकर वह आये और आँखें लाल करते हुए बोले 'तू चढ़ा था ?'

मनु, नहीं, कह कर रोने लगा। कुछ दूरी पर खड़े तनु से पूछा भी नहीं था कि वह भी जोर-जोर से रोने लगा। यही मुश्किल है कि किसी एक के रोने से दूसरा भी रोने लगता है।

मनु-तनु के पिताजी मिजाजी आदमी हैं। किसी बात पर लग जायें तो आसानी से उसे छोड़ते नहीं हैं। उन्होंने बच्चों को धमकी देकर कहा, 'ठीक है। आज तुम लोग स्कूल नहीं जाओगे। आज ही क्यों, कभी भी तुम लोगों को स्कूल जाना नहीं होगा। यदि तुम लोगों ने सच बोलना ही नहीं सीखा तो स्कूल जाकर क्या होगा? दूसरे लड़कों को भी झूठ बोलना ही तो सिखाओगे। नहीं, मैं ऐसा होने नहीं दूँगा। जब तक तुम लोग सच नहीं बोलोगे तब तक स्कूल नहीं जाओगे।'

मनु-तनु के पिता को सचमुच बड़ी तकलीफ पहुँची थी। इन दोनों या इन दोनों में से एक तो जरूर बिस्तर पर चढ़ा था। लेकिन ये अपना दोष स्वीकार नहीं करते। इसका मतलब यह हुआ कि दोनों या दोनों में एक ने झूठ कहा।

ये छोटे बच्चे यदि अभी से झूठ बोलने लगें तो आगे क्या होगा—यह बड़े दुख की बात है।

समय पर वे आफिस चले गये, लेकिन बड़े दुख के साथ।

मनु-तनु सचमुच स्कूल नहीं गये। तनु ने दोपहर को अपनी माँ से कहा, 'मैं सचमुच बिस्तर पर नहीं चढ़ा था, माँ।'

कुछ ही दूरी पर मनु था, उसने भी माँ के पास पहुँचकर कहा, 'मैं भी सचमुच बिस्तर पर नहीं चढ़ा था माँ।' उस दिन रात को मनु और तनु जब एक साथ सो रहे थे तो तनु ने मनु से कहा, ''मैं तो बिस्तर पर उठा ही नहीं था। तू सच क्यों नहीं बोलता। मैं तो जानता हूँ तू ही बिस्तर पर चढ़ा था। तेरे झूठ बोलने के कारण ही तो पिताजी ने आज खाना नहीं खाया। माँ ने भी एकदम थोड़ा-सा खाया है। कल हमें पिताजी जरूर पीटेंगे।'

मनु ने कहा—'मैं भी उठा नहीं था।'

'वाह क्या मैं नहीं जानता!' तनु ने कहा।

'तूने क्या देखा था?' मनु ने पूछा।

'नहीं देखा तो क्या हुआ। जब मैं उठा ही नहीं, 'तो तू ही जरूर उठा होगा।' तनु ने कहा।

बिस्तर पर असल में मनु ही उठा था। लेकिन तनु ने जब कहा कि वह बिस्तर पर नहीं उठा तो मनु भी उसी को दोहरायेगा। बिस्तर पर लेटे-लेटे मनु-तनु के माँ-बाप अपने बच्चों की इस बुरी आदत के बारे में ही सोच रहे थे। उन्होंने तय किया कि किसी तरह इनमें दोषी कौन है, स्वीकार करवाना ही होगा। यदि आज इस दोष को छोड़ दें तो आगे बड़े-बड़े झूठ बोलने लगेंगे। आखिर लड़कों के बाप को सूझा कि जो अपना दोष मान लेगा उसे एक रुपया इनाम दिया जाएगा। तब शायद मान जायें। रुपये के लोभ से सच बोलने पर उन्हें पकड़ा जा सकेगा।

दूसरे दिन इनके बाप ने कैलेंडर में एक रुपया लटकाकर रख दिया और दोनों लड़कों को पास बुलाकर कहा, 'जो सच बोलेगा, उसी को यह रुपया मिलेगा।'

उस दिन सुबह बिस्तर छोड़ने के बाद से तनु बड़ा गंभीर लग रहा था। पिछली रात को मनु को तो गहरी नींद आ गयी, पर तनु बहुत देर तक जगता रहा। वह सोच रहा था कि उनके माँ-बाप ने उसे खराब लड़का समझ

लिया है। झूठ बोलने के कारण उनके पिता बगैर कुछ खाये आफिस चले गये। स्कूल के साथी यदि हमसे स्कूल न आने का कारण जान जायें तो उन्हें कितना लज्जित होना पड़ेगा। इन बातों को सोच-सोचकर उसे बहुत बुरा लगा। नींद से पहले ही उसने यह निश्चय कर लिया था कि मनु ने तो झूठ बोल ही दिया है सो वह अपने ऊपर ही यह दोष ले लेगा। वही कहेगा कि बिस्तर पर मैं ही चढ़ा था। तब माँ-बाप का मन बदल जाएगा। ये फिर स्कूल जा सकेंगे। हो सकता है माँ-बाप यह पूछें कि उस पर क्यों चढ़ा था। और पहले क्यों झूठ बोला था ? यह कहकर वे मुझे पीट भी सकते हैं। पीट लें, उससे मुझे डरना नहीं चाहिए।

सुबह जब कैलेंडर में एक रुपया लटकाकर इस बारे में पिता कह रहे थे तब तनु ने इसकी ओर ध्यान नहीं दिया था। जैसा उसने रात को सोचा था, उसी तरह धीरे से बोला, 'बिस्तर पर मैं चढ़ा था, पिताजी !'

पास खड़े मनु ने चिल्लाकर साथ-साथ कहा था, 'नहीं, कीचड़ लगे पैरों से मैं ही बिस्तर पर चढ़ा था। मैं चढ़ा था, पिताजी !'

तब तनु ने कहा, 'हाँ, यह तो ठीक है कि तू ही बिस्तर पर चढ़ा था, पर मेरे कहने के बाद तू सच बोल रहा है, पिताजी रुपया तो मिलना ही चाहिए।

तनु की बात सच है। पिता जब रुपये के बारे में कह रहे थे, तब मनु अपनी पढ़ाई की मेज पर यों ही बैठा था। उसके मुँह में जबान नहीं थी। तनु के मान लेने के बाद ही उसने अपने को दोषी मान लिया।

मनु-तनु की बातों पर पिताजी को हँसी आ गयी।

उस रुपये को लेकर भी वे मुश्किल में पड़ गये। अब इस रुपये का क्या होगा? इन दोनों में से यह रुपया किसको दें। तनु ने बिस्तर पर चढ़े बिना ही मान लिया कि बिस्तर पर वही चढ़ा था। उसके मान लेने के कारण मनु ने कहा कि वही बिस्तर पर चढ़ा था। सचमुच वही बिस्तर पर चढ़ा था।

मनु-तनु के बाप आज भी तय नहीं कर पाये हैं कि रुपया किसको दिया जाये, वह रुपया आज भी उस कैलेंडर पर टंगा हुआ है।

ऐ बगुला, सफेद टीका देता जा......

श्री सतीशचन्द्र चौधुरी

मुर्गे की बाँग के साथ-साथ सुशील जग उठा। उस समय बाहर बूँदा-बाँदी हो रही थी। उसने बगीचे के फूलों की ओर देखा। बगीचा फूलों से लदा हुआ है। आज रामू और चीमू फूल बटोरने नहीं आये। सुशील सोचने लगा, इसका कारण क्या हो सकता है? देर करने से पिताजी यहाँ पहुँच जायेंगे। पिताजी ने उन्हें फूल बटोरते हुए देख लिया तो गालियाँ देने लगेंगे। पहले भी कभी-कभी ऐसा हुआ है। रामू और चीमू को सुशील रोज इस तरह इंतजार करता था। आज भी उसने यही किया। लेकिन आज उनके आने के आसार ही नहीं दीखते। अब तो उसके स्कूल जाने का समय हो जायेगा। जब वे नहीं आये तो सुशील स्कूल जाने को निकल पड़ा। पैंट के जेब में रामू और चीमू के लिए दो टुकड़े रोटी लेता गया। रामू और चीमू का घर उसके स्कूल जाने के रास्ते में पड़ता है।

रामू-चीमू रोज फूल बटोरने यहाँ आते थे। उस समय सुशील उन्हें रोज रोटी खाने को देता था। रोटी खाकर वे मारे खुशी के नाचने लगते थे। लेकिन आज वे क्यों नहीं आये। यह समझ में नहीं आया। वह बहुत से कारण सोचने लगा। रामू-चीमू की बात वह बार-बार भूलना चाहता है—लेकिन कहाँ भूल पाता है। उसे बार-बार उस दिन की बात याद आती है जिस दिन उनसे उसका परिचय हुआ था।

उस दिन वह अपने दादा के साथ नदी किनारे घूमने गया था। वहाँ से जब लौट रहा था तो दादा ने कहा, 'मुन्ना, उन दो बच्चों को तो देखो!'

सुशील ने घूमकर देखा कि दो लड़के आकाश में उड़ते हुए बगुलों से कुछ कह रहे हैं।

'बगुला ऐ, टीका देता जा।'

'कौन-सा टीका भाई ?'

'सफेद टीका लगा जा।'

दोनों फिर एक साथ गा गाकर बगुलों को बुलाते हैं।

'बगुला ऐ, सफेद टीका लगा जा
हमारी बातें सुनता जा
बगुला ऐ, सफेद टीका लगा जा।'

सुशील को ये लड़के बहुत अच्छे लगे। वह उनके पास जा पहुँचा। बच्चों का नाम पूछा गया तो रामू और चीमू बताया। कुछ ही दिनों में सुशील के साथ उनकी दोस्ती हो गयी। इनसे दोस्ती के कारण सुशील के पिता ने अपने बेटे को बहुत भला-बुरा कहा। लेकिन सुशील कभी भी इनसे दोस्ती न छोड़ सका, बल्कि दोस्ती बढ़ती ही गयी।

रामू और चीमू यहाँ के नहीं थे। अपने रोजगार के लिए यहाँ आकर बस गये थे। इनके माँ-बाप मरे हुए जानवरों की हड्डी इकट्ठी करते और बाहर के बाजार में बिक्री करते थे। इसी व्यवसाय से किसी तरह गुजारा चलता था। रामू की माँ रोज भगवान की पूजा करती थी और इसीलिए रामू और चीमू फूल लाकर माँ को दिया करते थे। इन्हीं फूलों को लाने हेतु दोनों भाई रोज पौ फटते ही आकर यहाँ से फूल बटोर-बटोर कर ले जाते थे। लेकिन आज क्या हुआ! आज वे क्यों फूल बटोरने नहीं आये? सुशील को इस विचार ने तंग कर रखा था।

इस तरह सोचता-सोचता सुशील उनके घर के नजदीक जाकर रुक गया। सुशील ने पूछा कि आज फूल बटोरने वे क्यों नहीं आये? लेकिन उनमें से किसी ने कुछ नहीं कहा। इतने में रामू के माँ-बाप आगे आये और कहने लगे कि हम लोग आज यह जगह छोड़कर जा रहे हैं। रामू और चीमू भी चले जाएँगे। सुशील को इस बात से बहुत दुख हुआ। लेकिन रामू की माँ ने उसे बताया 'हाँ, छोटे बाबू, हमारा हड्डी उठाने का काम फिलहाल यहाँ खत्म हो गया। अब नई जगह की तलाश में यह स्थान छोड़ रहे हैं दूसरी जगह हम हड्डी उठाने का काम करेंगे। इस बात से सुशील को बड़ा कष्ट पहुँचा। वह रामू और चीमू की ओर देख रहा था। वे भी सुशील की ओर एकटक देख रहे थे। उनकी आँखों से आँसू टपक रहे थे।

अंत में रामू अपने माँ-बाप के साथ जाने लगा। उसके बाबा ने गाड़ी में घोड़े जोत दिये। रामू और चीमू ने सुशील से विदा ली। दोनों फूट-फूट कर

रोने लगे। सुशील भी रो रहा था। उनकी गाड़ी चलने लगी। पहले आहिस्ता-आहिस्ता, फिर तेजी से।

उस चलती हुई गाड़ी की ओर सुशील एकटक देखता रहा। हठात उसको रामू और चीमू के लिए लाये हुए रोटी के टुकड़ों की याद आई। उसने उसे अपनी जेब से निकाला। लेकिन तब तक गाड़ी बहुत दूर पहुँच चुकी थी। रोटी के टुकड़े हाथ में लेकर गाड़ी के पीछे वह दौड़ना चाहता था कि पीछे से किसी ने उसे गोद में उठा लिया। मुड़ कर देखा तो उसी के दादाजी हैं। वह दादाजी की छाती में चिपककर फफक-फफक कर रोने लगा। दादाजी के मुँह से निकला, 'शिशु भगवान होता है। उसके सामने जाति-धर्म-भाषा की कोई दीवार नहीं होती।'

सुशील बार-बार दोहराने लगा—

ऐ बगुला, सफेद फूल लेता जा।

ऐ बगुला, सफेद टीका देता जा।........

डिंगडंग

श्री सत्यरंजन कलिता

उसका नाम था डिंगडंग। लेकिन यह उसका असल नाम नहीं था। वह कुछ दबंग प्रकृति का था। इसी कारण लोग उसे इस नाम से पुकारते थे। हाँ, यों डिंगडंग का भी कोई माने नहीं है। डिंगडंग था तो नटखट, पर बड़ा साहसी था। कितना भी ताकतवर लड़का हो किसी से वह डरता नहीं था। किसी से दबता भी नहीं था। ऐसा कि भूत-प्रेत से भी वह डरता नहीं था। वह कहता था कि भूत तो भ्रम का नाम है। उसकी बातें सुनकर बड़े लोग भी दंग रह जाते थे। एक दिन एक ने तो कह ही दिया, 'छोटे मुँह बड़ी बात।'

उसके गाँव के पास एक कब्रिस्तान था और एक श्मशान भी। वहाँ मुसलमानों को दफनाया तथा हिन्दुओं को जलाया जाता था। उसी से सटा

हुआ एक बड़ा जंगल था। उस जंगल में जानवरों के सिवा कोई आदमी कभी घुसता ही नहीं था। लोगों का मानना था कि वहाँ जो जाता है, वापस नहीं आ पाता। इसे लेकर कितनी ही कहानियाँ हैं। इसे लोग भूत नगरी भी कहा करते थे।

एक दिन की बात है। डिंगडंग के पिता कहीं दूर चले गये थे। और वह रात तक आने वाले नहीं थे। ऐसे ही किसी दिन की ताक में था डिंगडंग। उस दिन डिंगडंग ने माँ के पास जाकर कहा—'माँ, मैं मामा के घर जाऊँगा।' माँ ने पूछा, 'किसके साथ जाओगे।' 'माँ, मैं अकेले ही चला जाऊँगा, तुम डरो नहीं। मैं तो अब बड़ा हो गया हूँ।' माँ ने उसको दिन ही में वहाँ जाने को कहा, 'पहुँचते-पहुँचते साँझ हो जाएगी तो तुम्हें डर लगेगा।'

डर की बात सुनकर उसे हँसी आ गयी। डर क्या चीज है, वह जानता ही नहीं था। फिर भी माँ की बात मानकर वह घर से दिन ही में चल पड़ा।

वह गया लेकिन मामा के घर नहीं, भूत के घर। रास्ते में एक-दो ने पूछा, कहाँ जा रहे हो।' उसने सीधा बता दिया, 'भूत के घर।' किसी ने कहा, उस पर भूत सवार हुआ है। फिर किसी ने इसे उसका पागलपन कहा, लेकिन जब सचमुच मरघट की ओर उसे जाते देखा तो लोग चिंतित हुए।

जंगल में जाकर एक आम के पेड़ पर वह चढ़ गया। उस पेड़ में से पके आम तोड़कर खाने लगा। उसे बड़ा आनन्द आया। इस तरह पेड़ से तोड़कर फल खाने का आनन्द और ही होता है। आम के पेड़ पर ही साँझ हो गयी, उसको इसका पता नहीं चला। धीरे-धीर पेड़ के ऊपर से उतर आया। लेकिन बाहर निकल आने का रास्ता ही उसे नहीं सूझा। अब चारों ओर से जंगली जानवरों की डरावनी आवाजें वह सुनने लगा। कई बार कई चिड़ियाँ अपनी बोली बोलकर उसके सिर पर से ही मानों उड़ गयीं, कहीं से कुछ अजीब-सी आवाजें वह सुनने लगा।

ऐसे में एक जलती हुई आग उसके पास दौड़ती हुई आयी और चली गयी। वह सोच में पड़ गया। क्या यही भूत है ! नहीं तो यह क्या है ! क्या ये आवाजें भी भूतों की ही हैं, उसे थोड़ा-सा डर लगा।

इसके बाद वह देखता है कि उसकी पीठ पर किसी ने हाथ रखा। डिंगडंग ने पूछा, 'तुम कौन हो ।' उस हाथ रखने वाले ने कहा, 'मैं भूतराज का दूत हूँ। तुम्हें हमारे राजा ने निमन्त्रण दिया है।'

'किस बात का निमंत्रण ! कैसा निमन्त्रण ?' डिंगडंग ने पूछा।

भूत ने जवाब दिया, 'भूत नगरी में आज महोत्सव है, उसका निमंत्रण है। चलो आदमी, मेरे साथ-साथ चलते रहो।'

उसको कहीं कुछ भी दिखाई नहीं दिया, लेकिन किसी का हाथ पकड़कर वह आगे बढ़ता रहा।

वह भूतनगरी पहुँच गया। वहाँ के राजा से उसकी मुलाकात हुई। उस नगरी के सारे लोग कंकाल ही हैं। वह देखता है कि यहाँ के लोगों में से कोई पैरों के बल पर चलता है तो कोई हाथ पैरों के बल, तो कोई सिर के बल पर चलता है।

भूतराज से डिंगडंग ने पूछा, 'तुम कैसे भूत हुए हो ?' एक ने जवाब दिया, 'मरने के बाद कुछ लोग इस तरह भूत होते हैं।' डिंगडंग ने फिर पूछा, 'तुम लोगों में हिन्दू-मुसलमान-ईसाई का भेद नहीं है क्या ?' भूतराज ने कहा, 'ऐ मानव बच्चा, आदमी अपने को हिन्दू-मुसलमान और ईसाई मानकर लड़-झगड़ कर मरते हैं। जन्म से पहले जैसे कोई हिन्दू-मुसलमान-ईसाई नहीं होता, मरने के बाद भी हिन्दू-मुसलमान-ब्राह्मण-चाण्डाल नहीं होता। हमारे भूतों में जाति भेद नहीं है।

परिचय पर्व के बाद नाचने-गाने का प्रोग्राम शुरू हुआ। भूतों का नृत्य देखकर डिंगडंग कुछ डर ही गया था। भूतराज ने डिंगडंग से भी नाचने का अनुरोध किया। नाचने का कार्यक्रम खत्म हुआ तो खाने-पीने का इन्तजाम हुआ। तरह-तरह की चीजों सहित खाना परोसा गया।

सुबह होने पर डिंगडंग ने वापस आना चाहा। भूतराज ने कहा, 'नहीं भाई, आप हमारे मेहमान हैं। आपको इस तरह जाने नहीं दिया जायेगा। हम आपको आपके घर के बिस्तर पर छोड़ आएँगे।'

डिंगडंग भूतराज के रथ पर बैठकर आने लगा। उसे बड़ा आनन्द आया। इतने में माँ चिल्लाने लगी, 'मुन्ना बेटे उठो, काफी देर हो गयी—तुम्हें पढ़ना है न, उठो बेटे।' जागकर देखता है कि डिंगडंग अपने बिस्तर पर ही सोया हुआ है।

उड़िया

- उड़िया बाल कथा साहित्य का विकास
- सती सुकन्या
- शौकीन धोबी
- आलसियों का स्वर्ग
- सियार की बुद्धिमानी
- सोने की चिड़िया
- कहानी तीन अंधों की
- मूर्ख भी विद्वान बन सकता है
- साधु और साँप
- आलसी मोर
- अक्लमन्द बिल्ली

उड़िया बाल कथा साहित्य का विकास

स्वतंत्रता प्राप्ति के पूर्व उड़िया में जो बाल-साहित्य रचा गया, वह आज की कसौटी पर अति उच्च स्तरीय कहा नहीं जा सकता। पर पाँचवें दशक में जो बाल साहित्यकार उभर कर आये, उनमें कविता के क्षेत्र में गोपाल महाराज, नन्दकिशोर बल, मधुसूदन दास, मृत्युंजय रथ, पद्मवरण पटनायक, द्विजेन्द्रलाल बशू, उपेन्द्र त्रिपाठी, लक्ष्मीकांत महापात्र, कुंजबिहारी दास, अनंतचरण शतपथी आदि हस्ताक्षर के नाम आदर के साथ लिये जा सकते हैं। स्वाधीनता के पश्चात उड़िया के श्रेष्ठ कलाकारों ने बाल साहित्य के प्रति अपने दायित्व का अनुभव किया और बच्चों के लिये सुन्दर पुस्तकों की रचना की। इस समय की रचनाओं में मनोवैज्ञानिकता और प्रयोगवादिता के साथ शैली की सरसता भी दृष्टिगोचर होती है। प्राचीन एवं पौराणिक साहित्य को भी नये संदर्भ में प्रस्तुत करने का प्रयास हुआ। इस प्रकार की कृतियों में महामानव, मिनिर मनकथा इत्यादि गणनीय हैं। सौर जगत, दूर देश की कथा, आविष्कार और उद्‌भावना इत्यादि वैज्ञानिक कृतियों के साथ मनोवैज्ञानिक, भौगोलिक, सांस्कृतिक और राष्ट्रीय भावनाओं से ओतप्रोत बाल साहित्य भी प्रस्तुत हुआ है। कविता के क्षेत्र में गोदावरीश कृत छविर कविता, उपेन्द्र त्रिपाठी द्वारा रचित पिलांक पशु-पक्षी पुराण तथा निशा राक्षसी, निकुंज, कानूनगो कृत ''इन्द्रधनु'', विश्वनाथ पाइक राय का ''राष्ट्रीय संगीत'' इस दिशा में उल्लेखनीय कृतियाँ हैं। कहानी के क्षेत्र में दर्जनों लेखकों ने नये-नये प्रयोग किये हैं। उदयनाथ पडंगी की ''मांकडर देश भ्रमण'', ''बडकिए'', जगन्नाथ महांति की ''नयी मडीला'', दुर्गा प्रसाद पटनायक की ''मोखाट घोड़ा'', ''कथाकहे'' इत्यादि आदर के साथ ली जा सकती हैं। अन्य लेखकों में गणेश्वर महापात्र, लोकनाथ नन्द, रघुनाथ राउत, श्रीकांत कुमार राउत राय, सुरेशचन्द्र जैना, डॉ० कुलमणि महापात्र, अपूर्ति रंजन राय, जगन्नाथ रथ, श्रीमती विजय लक्ष्मी महांति विविध विधा की रचना के लिए प्रसिद्ध हैं।

वैज्ञानिक सम्बन्धी रचनाएँ करने में गोकुलानन्द, महापात्र शांतनु कुमार आचार्य, वासुदेव त्रिपाठी के नाम आदर के साथ लिये जा सकते हैं।

बाल एकांकी की रचना में योगेन्द्रनाथ पटनायक, सूर्यचन्द्र नन्द जहाँ प्रसिद्ध हैं वहीं बाल उपन्यास के क्षेत्र में डॉ० जयकृष्ण माहंती और चन्द्रशेखर महापात्र लोकप्रियता प्राप्त कर चुके हैं।

सती सुकन्या

रामकृष्ण नन्द

प्राचीन काल में शर्याति नामक एक राजा थे। उनकी पुत्रियों में सबसे गुणवंती थी सुकन्या। इसलिए राजा उसे अधिक प्यार करते थे। एक दिन सुकन्या पिताजी से बोली— 'पिताजी, कई दिन हो गये, मैं झील देखने नहीं गयी। मुझे झील देखने की बड़ी इच्छा है। जब आप शिकार खेलने जाएँ, मुझे अपने साथ अवश्य ले जाएँ।'

कुछ दिन के बाद महाराज शिकार खेलने गये। उन्हें सुकन्या की बात याद थी। उसे भी अपने साथ जंगल में ले चले। जंगल में एक स्थान पर पड़ाव डाला। झील उसके पास ही थी। वह झील देखने को बड़ी उतावली थी। इसलिए किसी से कुछ कहे बिना अकेली झील देखने चली गयी। झील के किनारे घूमते-घामते उसने एक अद्‌भुत दृश्य देखा। दूर से मिट्टी के ढेर के समान कुछ दिखाई दिया। उसका कौतूहल बढ़ा। क्योंकि उस ढेर पर दो वस्तुएँ चमक रही थीं। वह कुछ आगे बढ़ी तो मालूम हुआ कि वह एक वल्मीक है। उसके मन में जिज्ञासा पैदा हुई कि वे दो चमकदार चीजें क्या हैं—दो काँच के टुकड़े या कीमती पत्थर या जुगनू? खोदने से जरूर मालूम होगा। यही सोचकर उसने दो पतली लकड़ियाँ लीं और वहीं चुभाई जहाँ से चमक आती थी। वल्मीक के भीतर से उफ् ... उफ् की आवाज निकली। सुकन्या घबराई। मनुष्य के जैसा स्वर कहाँ से निकला? वह डर के मारे भागी। पड़ाव में आकर देखा कि वहाँ के लोगों की हालत खराब है। जो लोग राजा के साथ शिकार खेलने आए थे सब के सब भीषण यंत्रणा से छटपटा रहे हैं। सबको कैसे अचानक एक प्रकार का कष्ट भोगना पड़ा, यह बात किसी की समझ में नहीं आयी। राजा शिकार खेलने का कार्यक्रम रद्द करके, सबको राजधानी ले आये। महाराज ने तत्काल मंत्री और पंडितों की बैठक बुलवाई। सब सुनने के बाद एक दरबारी पंडित बोले, 'झील के किनारे महर्षि च्यवन का आश्रम है। उनकी तपस्या में किसी ने विघ्न तो नहीं डाला?' शिकार पर गये हुए लोगों से पूछा गया। परन्तु सबने इनकार कर दिया।

सुकन्या तब तक चुप थी। पण्डित जी की बात सुनकर उसके मन में आशंका पैदा हुई। उसने पिताजी को सारी घटना बता दी। राजा बेहद चिंतित हो गये। उसने रो-रोकर यह भी बताया कि वल्मीक के भीतर से उसने मनुष्य के स्वर में उफ्‌…उफ्‌ का शब्द भी सुना है। उसने डर के मारे किसी से बताया ही नहीं। वह अपने को सारे अनर्थ की जड़ मानने लगी।

सही घटना का पता लगाने के लिए राजा शर्याति जंगल में गये। झील के किनारे उन्होंने देखा तो उन्हें प्रतीत हुआ कि दरबारी पण्डित की बात सही थी। वही थे च्यवन महर्षि। वल्मीक के भीतर मिट्टी के ढेर के समान दिखाई दे रहे थे। महाराज घोड़े से उतरकर उनके पास गये। उन्होंने देखा कि महर्षि अंधे हो गये हैं। हाथ जोड़कर उन्होंने महर्षि से क्षमा-याचना की।

च्यवन महर्षि ने पूछा—'बेटा, तुम कौन हो ?' राजा ने उत्तर दिया, 'मुनिवर मैं राजा शर्याति हूँ। मेरी पुत्री ने आपकी आँखों को जुगनू समझ उसमें लकड़ी बेध दिया। आप अंधे हो गये हैं। वह एक अबोध बालिका है। उसका अपराध क्षमा करें आपके अभिशाप से मेरे दरबारी भीषण कष्ट भोग रहे हैं। आदेश कीजिए, मैं प्रायश्चित करने के लिए तैयार हूँ।'

'मैं अंधा हूँ। मेरी सेवा में एक व्यक्ति का होना जरूरी है।' मुनिवर बोले।

'एक व्यक्ति नहीं, सौ दास-दासियों का प्रबन्ध शीघ्र ही करा दूँगा।' राजा ने तत्काल उत्तर दिया।

किन्तु महर्षि बोले—'मुझे इतने सारे लोगों की आवश्यकता नहीं है। मैं चाहता हूँ कि तुम्हारी पुत्री यहीं रहकर मेरी सेवा करे।'

महाराज के सिर पर मानो वज्र टूट पड़ा। एक वृद्ध और अंधे ऋषि के पास अपनी जवान लड़की को कैसे छोड़ दें? किन्तु दूसरा उपाय भी न था। उधर सैकड़ों दरबारी भीषण यंत्रणा में छटपटा रहे थे। तत्काल किसी निर्णय तक वे नहीं पहुँच सके। भारी मन से अपनी राजधानी लौट आये।

महाराज के वन से लौटने का समाचार पाकर सुकन्या दौड़ती हुई आयी। उसने देखा कि राजा पहले से भी अधिक चिंतित दिखाई दे रहे थे। सहमते-सहमते पूछा, 'पिताजी, आप जंगल में गये थे, आपने कुछ देखा?'

'कुछ नहीं' कहकर राजा ने लम्बी साँस ली। सुकन्या बोली, 'आप जरूर किसी संकट से गुजरे हैं। आपसे सुने बिना मैं यहाँ से जाऊँगी ही नहीं।'

'यदि तुम सुनना चाहती हो तो सुनो', राजा ने कहा, 'उस दिन तुमने जो वल्मीक देखा था उसके भीतर महर्षि च्यवन तपस्या रत हैं। तुमने उनकी आँखें फोड़ दी हैं। इतना ही नहीं, उनकी इच्छा है कि तू सदा के लिए उनके पास रहकर उनकी सेवा करे।'

सुकन्या सहर्ष बोली, 'जरूर करूँगी। आप जरा भी चिंता न कीजिए।' राजा बोले, 'असंभव। तेरी समान पुत्री को जान-बूझकर .... ऐसा नहीं कर सकता।'

परन्तु सुकन्या विनम्रता पूर्वक बोली, 'असंभव नहीं पिताजी, संभव है। आपने तो मुझे कई बार कहा है कि मनुष्य का रूप-यौवन अस्थायी है। सत्य, सेवा, धर्म आदि शाश्वत वस्तुएँ हैं। चलिए राजदरबार में।' यह कहकर वह पिता का हाथ पकड़कर दरबार कक्ष में ले गयी। राजा शर्याति जड़मूर्ति बन गये थे। मूर्ति की तरह सुकन्या के पीछे-पीछे चल पड़े।

सुकन्या सबके सामने घुटने टेक कर बैठी। हाथ जोड़कर बोली, 'मैं माता दुर्गा के नाम पर शपथ खाकर कहती हूँ कि मैं च्यवन महर्षि से विवाह कर जीवन पर्यन्त उनकी सेवा करूँगी।'

सुकन्या के मुँह से प्रतिज्ञा के शब्द निकलते ही सबकी यंत्रणा दूर हो गई। आश्चर्य से सभा में उपस्थित सभासद एक-दूसरे का मुँह ताकने लगे। राजा अवाक् होकर अपनी पुत्री को देख रहे थे।

महर्षि का अभिशाप कट गया। सबने शांति की साँस ली। पर उसके लिए भारी कीमत चुकानी पड़ी। वचन तो निभाना पड़ेगा। राजा ने तत्काल पुत्री को च्यवन महर्षि के आश्रम में पहुँचाने का प्रबन्ध कर दिया। दास-दासी, अपरिमित धन-संपत्ति सहित मुनिवर के आश्रम में पहुँचे।

किन्तु महर्षि च्यवन ने कोई दहेज स्वीकार नहीं किया। केवल सुकन्या को छोड़ शेष सब कुछ लौटा दिया। सुकन्या ने अपने शरीर के सारे आभूषण उतार दिए। वह बोली, 'यह सब ले जाओ। मैं तो अब ऋषि पत्नी हूँ। यह मेरे किस काम का?' भारी हृदय से राजा पुत्री को आश्रम में छोड़कर वापस गये।

सुकन्या के पतिदेव वृद्ध, अंधे और अक्षम। इसलिए हमेशा उनके निकट रहकर उसने तन-मन से उनकी सेवा की। मुनिवर को खाने-पीने, घूमने-फिरने में कोई असुविधा महसूस होने नहीं दिया। दिन का सारा कार्य समाप्त कर पति को शय्या पर सुलाकर वह सोया करती थी।

कुछ दिनों के बाद—

एक दिन सुकन्या नहाकर आश्रम लौट रही थी। रास्ते में दो सुन्दर युवक उसके सामने खड़े होकर बोले, 'हम दोनों स्वर्ग के चिकित्सक हैं और हमारा नाम अश्विनी कुमार है। तुम कौन हो, देवी या मानवी ?'

स्वर्गपुरी के चिकित्सक मेरे पति की आँखें ठीक कर सकते हैं—यही सोचकर सुकन्या ने दो पल रुक कर उनके प्रश्नों का उत्तर दिया, 'मैं च्यवन महर्षि की पत्नी सुकन्या हूँ। लेकिन मेरा दुर्भाग्य है कि वे अंधे हैं।' अश्विनी कुमार बोले, 'तुम्हारे पिता बड़े निर्दय हैं। वरना एक अंधे बूढ़े से तुम्हारा विवाह न करते। जो हुआ सो हुआ। हम दोनों में से किसी से विवाह कर लो, सुखी रहोगी।'

सुकन्या अत्यन्त क्रोधित हो गयी। क्रोध के मारे उसका चेहरा लाल हो गया। वह बोली, 'तुमने सुना कि नहीं, मैं बता चुकी हूँ कि मैं च्यवन महर्षि की पत्नी हूँ। किसी देवता के मुँह से ऐसी घृणित बात नहीं निकलती। मेरे रास्ते से हट जाओ, नहीं तो मेरे अभिशाप से भस्म हो जाओगे।'

अश्विनी कुमार बोले, 'सुनो, सुकन्या ! हम तो तुम्हारी परीक्षा ले रहे थे। तुम्हारे व्यवहार से हम संतुष्ट होकर वर देना चाहते हैं। तुम्हारे पति को उनकी आँखें और यौवन पुनः प्राप्त होंगे। परन्तु एक शर्त है।'

'क्या?' सुकन्या ने पूछा।

अश्विनी कुमार बोले, 'वे स्वयं आकर हमारे बीच खड़े होंगे और तुम हमारे बीच से उन्हें पहचानकर अलग कर लोगी।'

उन्हें कुछ समय प्रतीक्षा करने के लिए कहकर, वह पति के पास गयी और सारी बातें बताईं। च्यवन वहाँ जाने को राजी हो गये।

महर्षि के आने पर अश्विनी कुमार बोले, 'सुकन्या अपने पतिदेव को झील में ले चलो हम तीनों पानी में डूबकर स्नान करेंगे।' सुकन्या किनारे पर प्रतीक्षा करती रही। तीनों पानी में डूबकर निकले तो सबकी सूरत-शक्ल एक सी थी और तीनों उसकी तरफ देख रहे थे।

सुकन्या की अक्ल मारी गयी। वह कैसे अपने पति को पहचाने। व्याकुल होकर दुर्गामाता का स्मरण किया। शून्य में आकर दुर्गा माता ने कहा, 'पुत्री, ठीक से देख तो, वह तेरे पति हैं जिनकी पलकें डोलती हैं।' सुकन्या ने अपने पति को पहचानकर उनका हाथ पकड़ लिया। अश्विनी कुमार बोले, 'सती

सुकन्या ! तुम धन्य हो। तुमने देवताओं को भी जीत लिया। अपने पति के साथ सुख से जीती रहो।' उसके बाद दोनों ओझल हो गये।

च्यवन ऋषि में जवानी का तेज फूट पड़ा, बोले, 'सुकन्या, तुम धन्य हो। तुम्हारे ही कारण मुझे नया जीवन मिला। बोलो, तुम्हारी खुशी के लिए मैं क्या कर सकता हूँ।'

'नाथ ! मैं बहुत खुश हूँ। मेरी एक प्रार्थना है। मैं पिताजी के दर्शन करना चाहती हूँ।' सुकन्या बोली।

'तुम्हारी इच्छा शीघ्र ही पूरी होगी।' महर्षि बोले।

उसी समय आश्रम के बाहर कोलाहल सुनाई पड़ा राजा शर्याति अपनी सेना और सामंतों सहित आश्रम पधार रहे थे। महर्षि च्यवन को देखकर वे आश्चर्य में पड़ गये। च्यवन के रूप में भी ऐसा परिवर्तन हो सकता है, ऐसा उन्होंने कभी सपने में भी नहीं सोचा था। आश्चर्य और खुशी से वे उन्हें एकटक ताकते रह गये। सुकन्या दौड़ी हुई आयी और पिता का पाँव छुआ। सारा वृत्तांत सुनकर राजा बोले, 'बेटी, तुम जैसी पुत्री का पिता होकर मैं धन्य हो गया। तुम भारतीय समाज की गर्व और गौरव हो।'

सुकन्या कुछ भी बोल न सकी उसकी आँखों के आँसू पिता के चरणों पर टपक रहे थे।

---✦---

शौकीन धोबी

जगन्नाथ रथ

बेचैनपुर नाम के गाँव में एक धोबी रहता था, जिसका नाम शौकीन था। सचमुच वह एक शौकीन आदमी था। हमेशा पान खाना, फूल की माला पहनना, बीड़ी-सिगरेट पीना उसकी आदत-सी बन गयी थी। इसके बिना उसे चैन नहीं मिलता था। उसके कपड़े भी साफ-सुथरे रहते। कभी किनारेदार धोती पहनता तो कभी धोती के साथ मलमल का कुर्ता। सिर्फ पहनावे में ही नहीं, खान-पान, तौर तरीके, बातचीत में भी उसका ढंग निराला था। मौज-मस्ती की जिन्दगी ने उसे निकम्मा बना दिया था। काम-

काज से बचकर रहता था। उसके जीवन में एक ही बात रह गई थी कि आराम से जीओ, खीर-खिचड़ी, पुलाव-पकवान, चाट-चटनी जो भी मिले समय पर खाओ और खेलो-सोओ। उसके घर की हालत बिगड़ गयी थी। दो जून बासी रोटी का भी ठिकाना न था। बिना डोले एक दाना भी मिलने वाला न था। इसलिए मजबूरन वह गाँव के अच्छी हैसियत वालों के कपड़े साफ करता था। शौकीन साहब खुद कपड़े नहीं ढोते थे। उसने एक गधा पाल रखा था। कपड़े लेने-पहुँचाने के लिए वह गधे पर सवार होकर चलता था। उसकी गृहस्थी इसलिए चलती थी कि उसकी पत्नी बड़ी अच्छी औरत थी। वरना जाने कब की साहब की मिट्टी खराब हो चुकी होती।

एक बार भयानक आँधी आयी और लगातार दो हफ्ते तक लोग अपनी-अपनी जगह से हिल नहीं सके। आँधी-तूफान ने सब कुछ तहस-नहस करके रख दिया। धोबी की आमदनी ठप्प हो गयी। घर में कुछ था ही नहीं। उसके बाल-बच्चे भूख के मारे तड़पने लगे। जब बारिश कुछ थमी तो धोबिन बोली, 'अजी, बच्चे पिछले तीन रोज से भूखे हैं। ऐसे हाथ-पैर धरे बैठने से कैसे होगा। घर में एक दाना भी नहीं है। लो यह बकरी, ले जाओ और बाजार में बेचकर कुछ सामान लाओ। इससे हफ्ते भर का दाना-पानी तो मिल ही जाएगा।'

पत्नी की बात सुनकर धोबी बोला, 'बोलना तो आसान होता है, पर करना कितना कठिन। बाजार यहाँ पास में तो है नहीं, पूरे दस किलोमीटर दूर है। इतनी दूर जाना क्या आसान है !'

धोबिन बोली, 'तो क्या बच्चे ऐसे ही मरेंगे ?'

शौकीन ने बीवी के और बच्चों के चेहरे देखकर सोचा कि वह ठीक कह रही है। अगर वह नहीं जाएगा तो सचमुच बच्चे भूख से तड़पकर मर जाएँगे। कहा, 'अच्छा, जाऊँगा। पर सवेरे बिना कुछ खाए-पिए कैसे जा सकता हूँ। ऊपर से बीड़ी, पान, खैनी भी चाहिए।' धोबिन सब कुछ का जुगाड़ करने को राजी हो गयी। उस दिन उसे रात भर नींद नहीं आयी। शौकीन सोचता रहा कि वह बाजार कैसे जाएगा !

दूसरे दिन सुबह उसके कहने के अनुसार धोबिन ने खाना तैयार कर दिया। शौकीन ने भर-पेट खाना खाया। बीड़ी, पान, खैनी आदि का इंतजाम भी हो गया। अब सवाल उठा—शौकीन साहब चलेंगे कैसे ? वह तो पैदल चलने वाले आदमी न थे। गधे पर सवार होकर चलते हैं। गधे पर चलेंगे तो

बकरी कैसे जाएगी ? सोचते-सोचते एक अक्ल सूझी। वह गधे पर बैठ जाएँगे और गधे की दुम में बकरी बाँध दी जाएगी। गधे के पीछे-पीछे बकरी चलेगी। बकरी के गले में एक घंटी बाँधी जाएगी जो चलने के साथ-साथ टन्-टन् की आवाज देगी। उससे यह पता चलेगा कि बकरी पीछे-पीछे आ रही है। पीछे मुड़कर देखने की जरूरत ही नहीं पड़ेगी। सचमुच शौकीन धोबी ने ऐसा ही किया। उसने बकरी की गर्दन में घंटी बाँध दी और बकरी को गधे की दुम में। एक पान खाया। बाकी पान, बीड़ी, तम्बाकू अंगोछे के किनारे में बाँध दिया। अंगोछा सिर पर बाँधकर शौकीन बाजार की तरफ बढ़ा। गधे की चाल कौन नहीं जानता ? गधा कदम गिन-गिनकर चलता था। और उसके पीछे-पीछे चलती बकरी की गर्दन की घंटी टन्-टन् बजती रहती थी।

रास्ते में एक पेड़ के तले चार आदमी बैठे थे जो सब के सब ठग थे। शौकीन को गधे की पीठ पर बैठे और उसकी दुम में बंधी बकरी देखकर उन्होंने बकरी मार लेने की सोची। एक ने कहा कि बकरी छीनने की जिम्मेदारी उसकी है। दूसरे ठग ने कहा, 'अगर तुम बकरी छीन लोगे तो मैं उसका गधा छीन लूँगा।' तीसरे ठग ने वायदा किया कि वह उसके कपड़े छीनेगा। चौथा बोला, 'तो मेरे लिए क्या बचेगा, तुम लोग जब सारा सामान छीन लोगे तो मैं उसके घर से कपड़े मारूँगा।' यही तय करके चारों ने अपना-अपना काम शुरू कर दिया।

पहला ठग कुछ आगे जाकर एक झाड़ी में छुप गया। शौकीन ने झाड़ी पार किया ही था कि ठग ने बकरी की गर्दन से घंटी उतार कर गधे की पूँछ में बाँध दी और बकरी को ले भागा। शौकीन गधे पर डंडे पर डंडा बरसा रहा था और गधा सरपट भाग रहा था। गधे की पूँछ पर बँधी घंटी से टन्-टन् की आवाज आती थी। फिर वह पीछे मुड़कर क्यों देखने लगा ? कुछ दूर जाने के बाद पेशाब करने के लिए धोबी नीचे उतरा तो उसे मालूम हुआ कि बकरी गायब है। वहीं बैठकर माथा पीट-पीट कर रोने लगा।

दूसरा ठग एक भले आदमी की तरह उसके पास आया और रोने का कारण पूछा। जैसे वह सचमुच में कुछ जानता ही न हो। बोला, 'अरे पागल काहे को रोता है!' धोबी ने रो-रोकर सारा किस्सा सुनाया। ठग ने झूठ-मूठ की सहानुभूति जताई। बोला, 'मैंने रास्ते पर एक आदमी को देखा है। वह भूरे रंग की एक बकरी को खींच-खींच कर ले जा रहा था। क्या मालूम वह

तेरी है या नहीं?' शौकीन धोबी खिल उठा और पूछा, 'तुमने उसे कहाँ देखा। वह भूरे रंग की बकरी मेरी है।'

'अब तक लगभग तीन किलोमीटर दूर वह चला गया होगा। ओह, उस बदमाश ने तेरे साथ धोखा किया। उसे धोखाधड़ी के लिए कोई दूसरा नहीं मिला? हाय्.....हाय्....उसे इस गरीब इन्सान को ही लूटना था। तुम चिंता मत करो। मैं उसे पकड़ लूँगा। बचकर वह जाएगा कहाँ?' —ठग बोला।

उसकी बातों से धोबी को कुछ तसल्ली मिली। उसने उससे विनती की, 'भाई, मेरे लिए कुछ करो'।

'अरे, औरों को मदद करने के लिए ही तो मैं पैदा हुआ हूँ। मुझसे हाथ जोड़ने की जरूरत नहीं। तू न भी बोलता तो मैं खुद-ब-खुद चला जाता। तुम यहीं बैठे रहो। मैं एक घंटे के अंदर ही तुम्हारी बकरी ला रहा हूँ।'

दूसरा ठग गधे पर सवार होकर बकरी ढूँढ़ने चल दिया। जो गया सो गया। धोबी घंटों तक बैठे-बैठे ऊब गया। आखिर वह खुद गधे की तलाश में उस ओर चला जिस ओर दूसरा ठग गया हुआ था?

गधे की तलाश में चलते वक्त उसकी तीसरे ठग से भेंट हुई। वह एक कुएँ की जगत पर बैठकर फूट-फूट कर रो रहा था। शौकीन धोबी ने उसके पास जाकर पूछा, 'अरे भाई इस तरह क्यों रो रहे हो?' पहले तो उसने कोई जवाब नहीं दिया। बार-बार पूछने पर बोला, 'भैया, क्या बताऊँ? मेरी किस्मत ही ऐसी है। जमींदार साहब की रुपयों की थैली लेकर जा रहा था कि मुझे बड़ी प्यास लगी। इस कुएँ को देख कर रुक गया। झुक कर यही अंदाजा लगा रहा था कि पानी कहाँ है और कैसे पिया जाये कि इतने में कंधे की थैली कुएँ में गिर गयी। आज ही लगान भरने की तारीख है। कचहरी में रुपये जमा करने थे। अगर आज रुपये जमा नहीं हुए तो जमींदार मेरे पूरे खानदान को उजाड़ कर रख देगा। मैं पानी में डूबना नहीं जानता। नहीं तो खुद डूबकर थैली निकाल लेता। अगर कोई थैली निकाल लेगा तो मैं उसे सौ रुपये इनाम दूँगा। क्या तुम डुबकी लगाना जानते हो?'

शौकीन धोबी सौ रुपये की लालच में फँस गया। बोला, 'मेरे पास अंगोछा नहीं है। क्या पहनकर पानी में उतरूँ ? मैं तो एक ही डुबकी में थैली निकाल लूँगा।'

ठग बोला—'मेरा गमछा ले लो। इसे पहनकर उतरो। कोई एतराज तो नहीं?'

'क्यों नहीं··· क्यों नहीं?' धोबी ने हामी भरी।

धोबी ने ठग का फटा-पुराना गमछा पहना और अपने कपड़े उतार कर कुएँ की जगत पर रख दिया। उसके कुएँ में उतरते ही सारे कपड़े बगल में दबा कर ठग फरार हो गया। धोबी कुएँ में रुपये की लालच में बार-बार डुबकी लगाता रहा। परन्तु थैली-वैली का कहीं पता ही नहीं चला। काफी देर तक पानी में रहने के कारण उसे सर्दी लग गयी—नाक बहने लगी। आँखें लाल हो गयीं। जाड़े से शरीर ठिठुरने लगा। विवश होकर वह कुएँ से बाहर निकला। उसने देखा, 'न वहाँ कोई आदमी था और न उसके कपड़े। सर्दी के मारे उसे बुखार भी चढ़ गया। उसने वहीं जगत पर बैठकर हाय···हाय की पुकार मचाई।

उस वक्त चौथा ठग वहीं आ पहुँचा। धोबी से आश्वासन भरे शब्दों में बड़े आत्मीय ढंग से पूछा, 'बेटा तुम इस हालत में यहाँ क्यों पड़े हो?'

धोबी ने सारी राम कहानी सुनाई। ठग ने उसे धीरज बंधाया और बोला—'तुम्हारे साथ जो हुआ उसे भूल जाओ। जान है तो जहान है। जान बची तो सब कुछ मिल सकता है। अब इतना सोचो कि प्राण कैसे बचेंगे। चलो, मैं तुम्हारे घर छोड़ आता हूँ।'

धोबी काँपते हुए बोला, 'अब तुम्हीं बताओ कि इस हालत में मैं घर कैसे जाऊँ? ठण्ड के मारे सारा शरीर काँप रहा है। बुखार से माथा गरम है। अगर एक-दो सूखा कपड़ा मिल जाता तो ओढ़कर तुम्हारे सहारे आहिस्ता-आहिस्ता चल पड़ता।'

'अरे भाई, मेरे पास कपड़े कहाँ ? अगर होता तो तुम्हें क्या कहना पड़ता। क्या करूँ, मेरा घर भी आस-पास नहीं है। नहीं तो अपने घर से कपड़े ला देता।'

धोबी ने उसका समर्थन किया, हाँ-हाँ, तुम्हारा घर तो दूर है। पर मेरा घर यहाँ से नजदीक है। मेरी बीवी से माँग कर कपड़े ला देते तो तुम्हारा बड़ा एहसान मानता।'

ठग बिलकुल यही चाहता था। उसने सहानुभूति के स्वरों में कहा, 'अरे, क्या कहते हो? जीवन में क्या दुर्गति की ऐसी घड़ी नहीं आती?'

शौकीन बोला, 'लो यह ताबीज। यह दिखाने से मेरी बीवी को विश्वास हो जाएगा और कपड़े दे देगी। ठग ताबीज लेकर धोबी के घर पहूँचा और

धोबिन को ताबीज दिखाकर चार-पाँच अच्छे-अच्छे कपड़े चुनकर ले लिए। इधर धोबी ने काफी देर तक उसका इंतजार किया। जब वह न आया तो वह लड़खड़ाते हुए घर की तरफ चल पड़ा। आधीरात को आँगन में कदम रखा। धोबिन उसकी दुर्गति देखकर सिर पटक-पटक कर खूब रोई, खूब चिल्लाई।

उस दिन से शौकीन धोबी के सारे शौक मटियामेट हो गये।

उधर चारों ठग अपनी-अपनी शरारत एक-दूसरे को सुनाकर खुश हो रहे थे और बकरी का मांस खाकर मस्ती कर रहे थे।

यही दुनिया का असली रूप है।

आलसियों का स्वर्ग

डॉ० कुलमणि महापात्र

प्राचीन काल में हमारे देश में धन्वंतरि नामक एक राजा थे। वे बड़े न्यायप्रिय और प्रजापालक थे। अपनी प्रजा के हित के लिए हमेशा सोचते रहते थे। परन्तु लोगों का कहना था कि वे बड़े मनमौजी व्यक्ति भी थे। रुपये-पैसे के मामले में वे एक आदर्श राजा थे। अपने ऐशो-आराम के लिए वे एक पैसा भी खजाने से नहीं लेते थे। देश का धन केवल प्रजा की सुख-सुविधा के लिए व्यय किया जाता था। इसलिए सभी उनकी सराहना करते थे।

संयोग से उस समय देश में बहुत आलसी थे। राजा धन्वंतरि ने देश के आलसियों को इकट्ठा कर एक अजायबघर में रख दिया। अजायबघर के चारों ओर लोहे की सलाखों के बाड़े लगवा दिये, ताकि कोई बाहर निकल न सके। उनका कहना था कि आलसी देश का शत्रु होता है। आलस एक छुआछूत की बीमारी है। आलसी की संगति से दूसरे लोग भी आलसी बन जाते हैं। इन्हीं लोगों के कारण देश की कोई भी योजना सफल नहीं होती। आलसी आदमी कुछ नहीं करता, सिर्फ दूसरों के नाम बेकार की गप्पें

लड़ाता है। ऐसों से मेल-जोल करने से अक्लमंद भी बुद्धू बन जाता है। आलसी पशु के बराबर होता है।

राजा धन्वंतरि के आदेश का विरोध भला कौन कर सकता है? सभी बेवकूफ की तरह चुप थे। किसी की समझ में यह नहीं आता था कि क्या किया जाये। अंत में महाभालू नाम का एक नागरिक आगे आया जो स्वभाव से बिचौलिया था। उसने जनता को उकसाया। लोगों से कहा, 'राजा आदमी को पशु मानता है। कितना पाखण्डी है ! आइए, सब चलें और माँग करें कि हमारे सब आलसी भाई रिहा कर दिए जाएँ। आलसी हुए तो क्या हुआ, आखिर वे भी हमारे भाई हैं।'

लगातार अथक प्रयास से एक सभा का आयोजन किया गया। आलसियों के स्वागत के लिए अलग से एक मण्डप बना। देश के सभी आलसी इकट्ठे हुए। आलसियों की सभा देखने के लिए लोगों की जोरदार भीड़ थी। सर्वश्रेष्ठ आलसी से अध्यक्षता करने के लिए अनुरोध किया गया। अध्यक्ष की कुर्सी पर मोटा गद्दा रखा गया। गद्दे पर बैठते ही अध्यक्ष महोदय को नींद लग गई। सभा के आयोजक महाभालू जी बड़े संकट में फंस गये। अध्यक्ष जी तो मीठी नींद में थे। सभा का संचालन कौन करेगा ? आयोजक ने एक आदमी को अध्यक्ष के पीछे बिठाया और उसको एक नुकीला काँटा थमा दिया। इसलिए कि जब अध्यक्ष जी ऊँघने लगें तो वह पीछे से काँटा चुभा देगा, ताकि उसकी नींद उचट जाए।

महाभालू ने अपना भाषण शुरू किया, 'मित्रो, आपका राजा बड़ा पाखण्डी है। उसने आदमी को पशु कहकर, मानव जाति का अपमान किया है। ऐसा अपमान सहन करना पाप है। आप लोग इसका खुला विरोध कीजिए।' वह सिर्फ इतना ही बोला था कि अध्यक्ष जी की नाक गरजने लगी। कुछ आलसियों के सिर कंधे की ओर लुढ़क गये। उनके खुले मुँह से घरर्...घरर् का गाना शुरू हो गया। कुछ आलसियों के मुँह पर तो मक्खियाँ भी भिनभिनाने लगीं। जो आदमी अध्यक्ष के पीछे काँटी लेकर बैठा था उसकी पलकें भी भिंच गयी थीं। महाभालू ने पीछे से उसे एक लात मारी। उसने चौंक कर जोर से अध्यक्ष की पीठ पर काँटी चुभा दी। 'मर गये... मर गये।' चिल्लाकर अध्यक्ष उठ खड़े हुए।

महाभालू ने अध्यक्ष से अनुरोध किया कि वे वक्ताओं को अपने-अपने विचार रखने के लिए सादर बुलाएँ। अध्यक्ष ने वक्ताओं को बुलाया। पर कोई नहीं आया। अंत में बड़ी जबर्दस्ती करने पर एक आदमी खड़ा हुआ और

चारों ओर नजर घुमाकर बोला, 'वाह, क्या खुशी का दिन है आज ? जाने कितने लोग खड़े हैं। वाह कितना सुन्दर स्थान है यह !' उसे बैठने के लिए मजबूर किया गया। उसके बाद एक और व्यक्ति खड़ा हुआ और बोला, 'भाइयो, हमारा मकान इतना छोटा है कि सोने के लिए भी स्थान नहीं है। दिन के बारह बजे तक चैन से सोना कभी संभव नहीं होता। यहाँ तो राजा साहब ने हम लोगों पर बड़ी कृपा की है। सब को एक-एक खाट दी गयी है। कुत्ते, बिल्ली घुसकर कहीं नींद न हराम कर दें, इसलिए चारों तरफ लोहे के बाड़े भी लगवा दिये हैं। सचमुच महाराज कितने दयालु हैं। कैसे आभार प्रकट करूँ, शब्द नहीं मिल रहे हैं !' उसने इतना ही कहा था कि उसे बैठने के लिए मजबूर किया गया। आलसियों के भाषण सुनकर लोग ठठाकर हँसते और उछलते थे। हँसी-ठहाके के बीच दोनों वक्ता गहरी नींद में परमानन्द प्राप्त करने लगे।

महाभालू जी खूब शर्मिन्दा हुए। उन्होंने एक और आदमी को उठाया। वह बिगड़ कर बोला। 'कैसे बदमाश आदमी हो तुम। हम तो अपनी सभा में आराम कर रहे हैं। तुम कौन होते हो जी हमारी नींद बिगाड़ने वाले? हमें सभा-वभा से कोई मतलब नहीं, हटो।' इतना कहकर वह भी उसी वक्त खर्राटे लेने लगा।

उस समय यह देखा गया कि स्वयं महाराज द्वार पर उपस्थित हैं। सभी चुपचाप किनारे हो गये, सभा के आयोजक महाभालू चुपके से खिसक गये। महाराज बोले—'तुम लोगों की आम धारणा यह है कि मैं इन्हें ऐसे ही कैद करके रखना चाहता हूँ। परन्तु यह नहीं है। इनके आलस रोग के उपचार के लिए मैंने विदेश से विशेषज्ञ बुलवाए हैं। उन पर लाखों का खर्च होगा। मैं प्रजा की भलाई के लिए खर्च की परवाह कभी नहीं करता। आप लोग देखेंगे कि ये लोग देश के सच्चे सपूत बनकर निकलेंगे।'

अकस्मात् कहीं से शोरगुल की आवाज सुनाई दी। 'क्या हुआ ····क्या हुआ।' सब के मुँह से निकला। एक आदमी सही जानकारी के लिए भाग कर गया। उसने लौटकर सभा को बताया कि कोई खास घटना नहीं है। अजायबघर में आलसी सो गये हैं, यह उनके खर्राटों का शोर है। महाराज आगे कुछ बोले नहीं, सिर्फ मुस्कराए। जब वे जाने लगे, जनता ने उनका जय-जयकार किया—'महाराज धन्वंतरि की जय, महाराज धन्वंतरि की जय।

सियार की बुद्धिमानी

जगन्नाथ महांति

'बसना' नामक गाँव का नारु बेहेरा एक गरीब किसान था। पहाड़ की तलहटी के जंगलों में उसकी जमीन थी। वह रोज सुबह उठकर अपने हल-बैल लेकर पौ फटने से पहले ही अपने खेत पर चला जाता था। किरण फूटने से पहले ही वह अपने काम पर जुट जाता था।

नारु के हाथ में हमेशा एक सोटा रहता था। लेकिन उसके बैल थे बड़े ढीठ। वे हमेशा एक-दूसरे से खींचा-तानी करते रहते थे। सीत टेढ़ा-तिरछा हो जाता था। नारु बैलों की हरकतों से कभी-कभी क्रोधित हो जाता था। सोटे चलाते, चिल्लाते उसकी हालत खराब हो जाती थी। एक दिन बिगड़ कर बोला, 'भेड़िया इन्हें खा जाता तो मुझे खुशी होती।'

जंगल के झुरमुट में भेड़िया उसकी बात सुन रहा था। उसके साथ एक सियार भी था। उसने भी नारु की बात सुनी। दोनों नारु की बात सुन कर खूब हँसे। भेड़िया बोला, 'आओ, किसान के पास चलें और उसको उसी की बात की याद दिलाएँ।'

लेकिन दोनों बैलों में उसके बाद बहुत सुधार आ गया और हल खींचने लगे। बारह बजा। नारु ने बैलों को खोल दिया। दोनों घर की तरफ भागने लगे। भेड़िया ने उनका रास्ता रोका। भेड़िया को सामने देखकर नारु भी डर गया। उसने बैलों को दूसरी तरफ हाँक दिया। भेड़िये ने जोर से कहा, 'कहाँ ले जा रहे हो? तुम उन्हें बचा नहीं सकते। वे तो मेरे हैं।'

नारु चुप था। उसके तेवर से वह डर गया था। उसका शरीर काँपने लगा। रुआँसा होकर बोला, 'जी, ये बैल तो मेरे हैं। तुम मेरा रास्ता क्यों रोक रहे हो ? मैंने तो तुम्हारा कुछ भी नहीं बिगाड़ा।'

भेड़िया बोला, 'ये बैल तुम्हारे कैसे ? तुमने तो इन्हें मुझे दे दिया है। हल चलाते वक्त जो कहा था क्या वह तुम्हें याद नहीं है।—इन्हें भेड़िया खा जाता तो खुशी होती—क्या तुमने नहीं कहा था ? इसीलिए उन्हें लेने मैं आ गया हूँ। अब तुम्हारी परेशानी हमेशा के लिए मिट जाएगी।'

नारु धैर्य बटोर कर बोला, 'आदमी गुस्से में आकर न जाने क्या-क्या बोल देता है। गुस्सा उतरा कि वह सब भूल जाता है। मेरी बात और किसी ने सुना है? मैंने लिखकर तो नहीं दिया।'

भेड़िया बिगड़ कर बोला, 'ख्याल करो, तुम यह बोले थे या नहीं ? जो अपने वायदे को भूल जाता है, उसे धिक्कार है।'

'इसका गवाह कौन है?'

भेड़िया ने ठठाकर हँसते हुए कहा, 'गवाह चाहते हो, अच्छा, मेरा गवाह सियार है।'

नारु बड़ी मुसीबत में फँस गया। चोर का गवाह शराबी। उसने पूछा, 'तुम्हारा गवाह कहाँ है?'

सियार वहीं छिपकर बैठा था। अपनी जरूरत जानकर धीरे से सामने आ गया। वह दुःखी होकर बोला, 'हाय, क्या करूँ, ऐसे मामले में मुझे आज गवाह बनना पड़ा। लेकिन मैं तब तक कुछ नहीं बोलूँगा जब तक तुम दोनों राजी नहीं हो जाते कि तुम दोनों मेरी बात मानोगे।'

भेड़िया बोला कि तुमने तो खुद सुना है कि भेड़िया बैलों को खा जाता तो मुझे खुशी होती।

नारु ने आपत्ति उठाई। वह बोला, 'मैंने सच में भेड़िये को बैल दे देने की बात नहीं कही। मैंने तो यूँ ही कुछ कह दिया था इन बैलों को डराने के लिए।'

सियार ने नारु को एक तरफ बुला कर कहा, 'दोस्त, गलती मत करो। बैलों पर भेड़िये का हक हो गया है, पर मैं तुम्हारी मदद जरूर करूँगा।' नारु ने डरते हुए हाथ जोड़कर कहा, 'भाई साहब, मुझे इस आफत से बचाओ। गरीब पर दया करो।'

सियार ने भेड़िये की ओर देखकर कहा, 'क्या सचमुच तुम बैलों की यह जोड़ी पाने की आशा करते हो ? तुम पागल तो नहीं हो गये हो।'

'मैं पागल हूँ क्या तुमने खुद नहीं सुना है कि इसने क्या कहा है !'

सियार बोला, 'हाँ, मैंने सुना है लेकिन यह एक गरीब किसान है। उसका इतना नुकसान मैं नहीं कर सकता। किसान को बैल वापस मिल सकते हैं, लेकिन एक शर्त है, वह हम दोनों को पनीर खिलाएगा।'

भेड़िये ने कभी पनीर नहीं खाया था। आश्चर्य से पूछा, 'वह क्या चीज है?'

सियार बोला, 'अरे, तुमने कभी पनीर नहीं खाया। क्या चीज है पनीर ! नरम और हल्की ! कितनी मीठी ! पूनम के चाँद की तरह बड़ी चीज है। खाते रहो, खाते रहो कभी खत्म ही नहीं होती। किसमत से ही मिलती है।'

'तो मुझे पनीर खिलाओ।' भेड़िया बोला।

संध्या का समय था। पूनम का चाँद आसमान में उग गया था। सियार भेड़िये को घने जंगल के बीच ले गया। उसने सोचा था कि वह भेड़िये को सबक सिखायेगा।

आखिर भेड़िये ने पूछा, 'अरे, तुमने तो मुझे घुमाते-घुमाते तंग कर दिया। पहले बताओ, पनीर कहाँ है?'

तब तक दोनों जंगल पार कर एक गाँव के छोर पर आ चुके थे। चाँद चाँदी की थाली की तरह चमक रहा था। गाँव के छोर पर एक कुआँ था। कुएँ के अंदर साफ पानी में चाँद की छाया खूब दिख रही थी।

सियार ने भेड़िये से कहा, 'यार, जरा झाँक कर देखो, कुएँ के अंदर क्या है। वह देखो, पानी के सतह पर सफेद पनीर पड़ा है। किसान ने बड़े जतन से यहाँ पनीर छुपाकर रखा है।'

भेड़िये ने कुएँ की जगत पर सामने वाली टाँगें जमा कर कुएँ के अन्दर झाँका। उसके मुँह से लार टपकने लगी। बोला, 'सचमुच एक बढ़िया चीज है। सच में मुलायम स्वादिष्ट पनीर के सामने बैल का मांस कुछ भी नहीं।' भेड़िया ने होंठ चाटे। वह बोला, 'सियार भैया तुम अंदर जाओ। इस रहट में दो बाल्टियाँ लगी हैं। तुम एक बाल्टी में बैठ जाओ। दूसरी बाल्टी मैं पकड़ यहीं बैठता हूँ।

सियार एक बाल्टी में बैठकर अंदर गया।

सियार देर तक बाहर नहीं निकला। बहाना करके बोला, 'पनीर बहुत भारी है। अकेले उठाना मुश्किल है। मैं तो अकेले उठा नहीं पाता। तुम भी अंदर आ जाओ। दोनों उठाएँगे। यहीं दोनों थोड़ा खाएँगे। हल्का हो जाने पर ऊपर ले जायेंगे।'

खाने की बात सुनकर भेड़िया सब्र नहीं कर सका। वह झम से दूसरी बाल्टी पर बैठ कर कुएँ के अंदर जा पहुँचा। भेड़िये के रहट से नीचे चले

जाने से रस्सी में फँसी दूसरी बाल्टी ऊपर चढ़ गयी। सियार बाल्टी से कूद कर कुएँ के ऊपर खड़ा हो गया।

भेड़िया परेशान होकर बोला, 'अरे, मैं तो तुम्हारी मदद के लिए कुएँ के अंदर आया और तुम ऊपर चले गये। क्या तुम पागल हो गये हो।

सियार हँसते हुए बोला, 'इसी का नाम दुनिया है। दूसरों की चीज लूटना चाहो तो खुद लूट लिए जाओगे। बेचारे गरीब किसान का एक जोड़ी बैल मारकर खा जाना चाहते थे न ? खाओ, अब खूब पनीर खाओ।

मीठा पनीर खाओ
सियार का गुन गाओ।

सोने की चिड़िया

रघुनाथ राउत

एक रियासत थी। उस रियासत के लोग बड़े कंजूस और आलसी थे। वे लोग हमेशा यही सोचा करते थे कि काश उनके घर सोने से भर जाते। भले ही उन लोगों के मन में सोने की प्रबल लालसा थी, परन्तु उस रियासत में रत्ती भर भी सोना नहीं था।

किसी दिन जाने कहाँ से उस रियासत में एक सोने की चिड़िया आ पहुँची। चिड़िया बहुत ही सुन्दर थी। उसे देखकर आँखें चौंधिया जाती थीं। जब वह अपने पंखों को लहराते-लहराते एक पेड़ से दूसरे पेड़ पर जा बैठती और गाना गाने लगती तो उसे देखकर लोग आश्चर्य करते। उसे पकड़ने के लिए कितने ही उपाय किए गये, लेकिन सोने की चिड़िया बड़ी होशियार थी। उसे अंदेशा हो गया था कि अगर वह पकड़ी गयी तो सोने के ये लालची लोग उसे जरूर जान से मार डालेंगे। इसलिए वह उस रियासत को छोड़कर कुछ दिनों के लिए और कहीं भाग गयी।

कंजूस लोग उसे ढूँढ़ते-ढूँढ़ते थक गये।

एक दिन की घटना है। सुबह का समय था। सुनहली धूप सोने के हिरन की तरह चारों ओर कूद कर बिखरी थी। सोने की चिड़िया उसी समय चोंच में एक सोने का फल दबाए फिर उसी रियासत में दिखाई पड़ी। वह आँगनों में घूम-घूमकर मधुर स्वर में गाना गाने लगी।

मैं हूँ चिड़िया सोने की
मैं हूँ चिड़िया सोने की
पंख झारूँ तो पर गिरेगा
सोने का, पर किसे मिलेगा?
भला आदमी मेरा प्यारा
सोने का फल होगा तेरा

सोने की चिड़िया का गाना सुनकर लोगों में सोने का फल पाने के लिए प्रतियोगिता शुरू हो गयी। सब ने अच्छे-अच्छे काम का बहाना करके, भले आदमी बनने और सोने का फल जीतने के लिए कोशिशें कीं। चिड़िया से हरेक ने अनुरोध किया, 'मैं ही भला आदमी हूँ, मैं हूँ, सोने का फल पाने के योग्य। मुझे फल दो।' भले आदमी का दावा करने वाले लोग आपस में झगड़ने लगे। चिड़िया से फल पाने के लिए उसके पीछे-पीछे दौड़ने लगे।

सोने की चिड़िया सोने का फल चोंच में दबाकर पेड़ों की डालियों पर फुदकती फिरती रही। उसकी नजर में एक भी भला आदमी उस रियासत में दिखाई नहीं दिया।

एक दिन उड़ते समय उसने देखा कि वैसाख के महीने की जलती हुई दुपहरी में लगभग अस्सी बरस का एक फटेहाल किसान खेत में कुदाल चला रहा है और पसीने से तर-बतर है। उस खेत के नजदीक के एक ठूँठे पेड़ पर बैठकर चिड़िया ने सुरीले ढंग से अपना प्यारा गाना गाया—

मैं हूँ चिड़िया सोने की
मैं हूँ चिड़िया सोने की
चोंच फैलाकर बड़े प्रेम से
नदी का पानी पीती हूँ
भला जानकर सोने का फल
बड़े प्यार से देती हूँ।

उसने बड़े प्रेम से अपने गाने को कई बार दोहराया। लेकिन उस बूढ़े ने अपना काम छोड़कर एक बार भी उसकी तरफ नहीं देखा। सोने की चिड़िया को बड़ा आश्चर्य हुआ। आश्चर्य है, उसके मन में तो जरा-सा भी लोभ नहीं है। उसके पास जाकर वह बोली, 'दादाजी, नमस्ते। सिर्फ एक मिनट काम रोककर मेरी बात सुनोगे?'

बूढ़ा कमर सीधी करके खड़ा हुआ और उसकी तरफ देखकर बोला, 'क्या कहती है, जल्दी कह, देर होती जा रही है। कितना सारा काम बाकी है।'

सोने की चिड़िया ने पूछा, 'क्या तुम्हें मेरे आने की बात नहीं मालूम। सोने के फल की बात तुमने नहीं सुनी ?'

बूढ़ा अपने पोपले मुँह से मुस्कराते हुए बोला, 'सब मालूम है। परन्तु उस फल का लोभ मेरे मन में नहीं है। इसी खेत में मेहनत करके मैं हर साल सोने की फसल उगाता हूँ। मेरे बाल-बच्चे उसे खाकर खुशी से दिन गुजार लेते हैं। इससे वह सोने का फल क्या ज्यादा कीमती है?'

बूढ़े की मीठी-मीठी बातें सुनकर चिड़िया का मन खुश हो गया। फिर वह कुछ बोली नहीं। बूढ़े के सामने सोने का फल गिराकर वह न जाने कहाँ उड़ गयी।

बूढ़ा बड़ी दुविधा में फँस गया। सोचा, 'मुझे तो खाने-पीने की कमी नहीं है। मैं जैसा हूँ वैसा ही ठीक हूँ। अमीर बनने की चाह मेरे मन में नहीं है। इस सोने के फल को बेचकर अमीर बन भी गया तो उससे ज्यादा खुशी की बात भला और क्या होगी? इस मुल्क में तो जाने कितने गरीब हैं। मैं अकेले अमीर बन भी गया तो क्या लाभ होगा। इसे मिट्टी में गाड़ देना ही बेहतर होगा। पेड़ हो जाने पर बहुत फलेगा। सोने का फल पाकर मैं भी अमीर बनूँगा और मुल्क के और लोग भी।'

यही सोचकर बूढ़े ने एक बड़ा-सा गढ़ा खोदकर सोने का उसमें फल गाड़ दिया। कुछ रोज बाद सोने का अंकुर निकला और धीरे-धीरे एक पेड़ खड़ा हो गया। सोने के फल, फूल, पत्ते से वह पेड़ लद गया। उस मुल्क के लोग उससे फल तोड़कर ले जाने लगे और अपने-अपने घरों में सोने के अंबार खड़े कर दिये। सभी ने बूढ़े की तारीफ की। उस मुल्क का नाम पड़ा, 'सोने का मुल्क।'

लेकिन सोने के मुल्क में रहकर भी बूढ़े का मन खुश न था। वह हमेशा उदास रहता था। लोगों की सराहना को अनसुना करके वह दिन-रात सिर्फ उस सोने की चिड़िया की याद किया करता था। उसी की वजह से सारा मुल्क अमीर बना है। यही सोचकर वह फूला नहीं समाता था। उसका दिल चाहता था कि यदि उस चिड़िया से भेंट हो जाती तो बड़ी श्रद्धा से उसकी पूजा करता। खाने को मीठे-मीठे फल देता। अपने हाथ से कटोरे से दूध पिलाता।

सचमुच एक दिन वह चिड़िया उस मुल्क में आ गयी, मानो बूढ़े के मन की बात वह जान गयी हो। यह देखकर उसे बेहद आश्चर्य हुआ कि अबकी बार किसी ने उसकी ओर आँख उठाकर भी नहीं देखा। केवल वह बूढ़ा उसकी राह देख रहा था। उसने बूढ़े के पास जाकर पा-लागन किया और पूछा, 'दादाजी; सब कुशल-मंगल तो है!'

बूढ़ा सोने की चिड़िया को देखते ही खुशी से नाच उठा। मानो उसे आसमान का चाँद मिल गया हो। बड़े प्यार से अपने पास बिठाया और बोला, 'सब कुछ ठीक है। मेरे पड़ोसी मजे में हैं। सभी मिल जुलकर बड़े प्रेम से रह रहे हैं। उनकी खुशियाँ देखकर मैं भी खुश हूँ। लेकिन एक बात ने मेरी नींद हराम कर दी है। मेरा मन बहुत दुःखी है।'

चिड़िया बोली, 'कहो, क्या बात है ? मुझे बताओगे नहीं?

बूढ़े ने कहा, 'मैं तो बूढ़ा हो चला। मेहनत-मजूरी करना अब संभव नहीं होता। यूँ ही बैठे-बैठे दूसरों की कमाई खाना मुझे अच्छा नहीं लगता। यह तो हराम का खाना है।'

सोने की चिड़िया मुस्करा कर बोली, 'समझी, तुम अब मरना चाहते हो। ठीक है। अब मैं चली।' इतना कहकर चिड़िया फुर्र हो गयी।

कुछ समय बाद एक फल चोंच में दबाये हुए आई। वह फल लाल रंग का था। बोली, 'लो यह जहर का फल है। इसे खाने से तत्काल बड़े आराम से मरोगे। मरने में कोई तकलीफ नहीं होगी।' यह कहकर चिड़िया ने बूढ़े के हाथ पर फल रख दिया और फुर्र हो गयी।

अब बूढ़ा खूब खुश था। बड़े अनुग्रह के साथ उसने वह फल खाया। पर यह क्या ? कुछ समय बाद उसने अनुभव किया कि मरने के बजाये उसका शरीर बदलता जा रहा है। वह बीस-बाईस साल का एक जवान बन गया है। उसकी बाँहों में दुगनी ताकत आ गई है। सोने की चिड़िया ने जहर

के फल के बदले अमृत का फल खिला कर उसे ठग दिया है।

'बूढ़ा जवान बन गया'—यह खबर सारे मुल्क में तत्काल फैल गयी। उसे देखने के लिए दिन-रात भीड़ लगी रही। बूढ़े के जवान रूप को देखकर लोगों की आँखें खुल गयीं। सभी ने अनुमान लगाया कि चिड़िया ने बूढ़े को क्यों सोने का फल खिलाकर जवान बनाया है। यह समझ आ जाने के बाद लोगों के मन से लोभ-लालच दूर हो गयी सब लोग कड़ी मेहनत करने लगे। दिन-ब-दिन उनका सुख बढ़ता गया। सारा का सारा मुल्क सुखी हो गया।

——✦——

कहानी तीन अंधों की

सुरेश चन्द्र जेना

एक गाँव में शंकर नामक एक ब्राह्मण रहता था। उसका दिल साफ था और वह खूब होशियार था। दिन भर अपने यजमानों के यहाँ पूजा-पाठ करता रहता था। हालाँकि उसको स्कूली शिक्षा नहीं मिली थी, पर उसने धार्मिक ग्रन्थों, पुराणों के अनेक छन्द याद कर लिये थे। वह यजमानों के घर पूजा-पाठ कर दक्षिणा के रूप में अच्छी कमाई कर लेता था, ऊपर से उसे उपहार, भेंट आदि भी मिल जाते थे।

शंकर की पत्नी का नाम था धनवंती। वह गृहस्थी के सब प्रकार के काम-काज में बड़ी निपुण थी। शंकर का पाँच प्राणियों का छोटा-सा परिवार धनवंती के परिश्रम और चतुराई से आराम से जीता था। वह अपने पति को रोज काम पर भेज देती थी।

एक दिन की घटना है, जब शंकर को कुछ रुपयों की जरूरत पड़ी। पर उस दिन उसके पास एक फूटी कौड़ी भी न थी। क्या करे, क्या न करे—वह इसी चिंता में डूब गया। जब और कोई उपाय न सूझा, उसने हाथ जोड़कर, आँखें मूँदकर ईश्वर से प्रार्थना की, 'हे भगवन, यदि तुम मुझे सौ रुपये दिला दो तो मैं दस रुपये गरीबों को दान कर दूँगा।' जब उसने आँखें खोलीं तो उसके सामने सौ रुपये का एक नोट रखा था। उसने बहुत खुश होकर धनवंती को सारी घटना बताई। वह दौड़कर घर से बाहर निकल आया।

सड़क पर एक अंधा भिखारी मिला जो जोर-जोर से कह रहा था, 'बाबा, अंधा सूर को पैसा दो, दो पैसा।'

शंकर को अंधे की करुण पुकार सुनकर बड़ी दया आयी। दस रुपये निकालकर उसके हाथ पर रख दिया, और बोला, 'लो बाबा, यह दस रुपये हैं।'

अंधे को बड़ा आश्चर्य हुआ। एक दाता से दस रुपये उसे कभी मिले ही न थे। एक साथ दस रुपये उसने कभी छुआ ही न था। शंकर को दुआ देते हुए उसने पूछा, 'महाराज, आप ने इतने रुपये क्यों दिये भीख में?' पहले तो शंकर सकपकाया। पर जाने क्या सोचकर उसने अंधे को सारी बात बता दी। उसकी बातें सुनकर अंधे के मन में लोभ पैदा हुआ। वह शंकर से अनुनय-विनय करने लगा। वह बोला, 'महाराज, मुझ पर एक और दया कीजिए। मेरी एक कामना पूरी कर दीजिए।' मेरे लिए तो सौ रुपये सपना है। जीवन में कभी सौ रुपये पाने की आशा ही नहीं है। मुझे वे सौ रुपये देकर मेरी अधूरी कामना पूरी कर दीजिए। मैं सदा आपका गुणगान करता फिरूँगा।'

लेकिन शंकर ने अंधे की बातें अनसुनी कर दीं। अंधे ने जोर-जोर से चिल्लाते हुए कहा, 'बचाओ .... बचाओ, कोई हो तो आ जाओ। यह आदमी मेरे रुपये छीन कर भाग रहा है। चारों ओर से लोग आकर वहाँ इकट्ठे हो गये। शंकर को घेर लिया। उसने असलियत बताने की कोशिश की, परन्तु कोई सुनने को तैयार न था। लोगों ने उल्टा उसे डाँटकर कहा, 'अरे पण्डित, तेरी नीयत इतनी छोटी है। तुझे शर्म नहीं आती कि एक अनाथ अंधे की जीवन भर की कमाई पर हाथ मार रहा है। तेरा सब धरम-करम नष्ट हो गया।' कुछ लोगों ने उत्तेजना में शंकर के गाल पर दो-चार चपत भी लगा दिया। शंकर ने विवश होकर अंधे को सारे रुपये दे दिये। घर लौटकर धनवंती को सारी घटना बतायी।

धनवंती अपने पति को समझाते हुए बोली, 'तुम उसकी परवाह मत करो। उस अंधे से प्रतिशोध लेना ही लेना है। उसे अच्छा सबक पढ़ाऊँगी। धनवंती ने फुसफुसाकर शंकर के कान में कुछ कहा।

जब रात को सोने के लिए अंधा मसजिद में गया तब शंकर भी उसके पीछे-पीछे गया। अंधे ने उन रुपयों में से कुछ निकाले और झोली में डाल दिये। बाकी रुपयों को एक मिट्टी की छोटी-सी हाँडी में रख मसजिद के बाहर एक कोने में गाड़ दिया, और चुपचाप सो गया। शंकर ने चुपके से

वहाँ जाकर हाँडी को खोद निकाला और वापस घर गया। उसमें सिर्फ पचास रुपये मिले।

शंकर ने पत्नी से कहा, 'कुल पचास रुपये ही वापस मिले। बाकी का क्या करेंगे? धनवंती ने एक उपाय और बताया।

सवेरे उठकर अंधे ने सबसे पहले रुपये निकालने की सोचा। मिट्टी खोदकर हाँड़ी टटोली। न वहाँ हाँड़ी थी और न गाड़े गये रुपये। अंधा पैसे न पाकर जोर-जोर से रोने लगा। ठीक उसी वक्त मसजिद के अंधे मुल्ला साहब एक छड़ी लिए रास्ता नापते अंधे के पास पहुँचे। उन्होंने अंधे से रोने का कारण पूछा। अंधे से सब कुछ सुनकर मुल्ला ने कहा, 'यह तो तुम्हारी ही गलती है। रोज हजारों लोग मसजिद आते-जाते हैं। ऐसे स्थान पर क्या रुपये रखना चाहिए ?'

मुल्ला साहब की बात सुनकर अंधे ने पूछा, 'तो मैं क्या करूँ ? आप ही बताइए। उन रुपयों को कहाँ रखूँ?' मुल्ला जी खिल उठे और आग्रह से बोले, 'मेरी इस छड़ी के अंदर पोल है। इसके अंदर डाल दो। मैं इसे हमेशा पकड़े रहता हूँ। इस बीच मेरी इस छड़ी की तरह तुम भी एक छड़ी तैयार करा लो। तब तक तुम्हारे रुपये अमानत के रूप में मेरे पास जमा रहेंगे। रुपये सुरक्षित रखने का इसके अलावा दूसरा उपाय नहीं है।'

शंकर छुपकर सारी बातें सुन रहा था। दूसरे ही दिन मुसलमान के वेश में वह मसजिद के एक कोने में जा बैठा। अंधा भिखारी अपने रुपये मुल्ला की छड़ी में डालकर खुश था। मसजिद में नमाज शुरू होते ही अंधा मुल्ला छड़ी नीचे रखकर नमाज अदा करने लगा। शंकर एक दूसरी छड़ी वहाँ रखकर मुल्ला की छड़ी उड़ा लाया।

नमाज समाप्त होते ही मुल्ला साहब ने छड़ी उठाई और अपने घर आ गये। खुश होकर बीवी से बोले, 'देखो, आज तुम्हारे लिए कितने रुपये लाया हूँ। इससे तुम्हारे लिए जेवर आ जाएँगे।' उन्होंने छड़ी के मुँह पर लगी चाँदी का ढक्कन निकाल दिया और पलटकर फर्श पर ठोंकने लगे। लेकिन उसमें से रुपया निकला ही नहीं। मुल्ला साहब अपनी बीवी के सामने खूब शर्मिन्दा हुए। मुँह से बात निकली ही नहीं। जोर-जोर से साँस चलने लगी। धीरे-धीरे उनके मुँह से निकला, 'या खुदा, गजब हो गया। वे रुपये गये कहाँ ?'

मुल्ला साहब का नाटक देखकर उनकी बीवी बोलीं आप मेरे साथ क्या मजाक कर रहे हैं? अरे, आप जैसे मामूली मुल्ला को इतने रुपये कौन देना

चाहेगा। अगर किसी के पास पैसे होंगे तो वह 'हज' करने जाएगा, धरम-करम करेगा कि आप जैसे अंधे मुल्ला को दे देता। जी, मैं साफ-साफ कहे देती हूँ, अगर फिर कभी मेरे साथ ऐसा मजाक किया तो अच्छी बात नहीं होगी।'

अपना-सा मुँह लेकर मुल्ला रास्ता खोजते-खोजते मसजिद में आ पहुँचे। अंधे भिखारी को पास बुलाकर उसे सारी वारदात सुनाई। दोनों मिलकर खूब रोए। मसजिद में दो पीर रहते थे। वे भी अंधे थे। एक पीर मुल्ला जी की रोने की आवाज सुनकर लाठी टेकते हुए वहाँ पहुँच गया। मुल्ला और भिखारी ने बारी-बारी से सारी घटना सुनाई।

भिखारी ने रुआँसा होकर कहा, 'अब मैं क्या करूँ? मेरे पास कुल बीस रुपये ही बचे हैं। अगर यह रकम भी लुट गयी तो मैं गुजारा कैसे करूँगा! पीर साहब ने उसको ढाँढस देते हुए कहा, 'अरे, कई उपाय हैं। तुम्हारे पैसे सही सलामत हैं। मैं वायदा करता हूँ। मेरी पतलून के पल्लू काफी मोटे हैं। तुम अपने रुपये मुझे दे दो। अपनी धोती में रुपये बाँध कर मैं इसे पहन लूँगा। रुपये जाने की गुंजाइश ही नहीं रहेगी।

अंधे भिखमंगे ने तुरंत अपने बीस रुपये अंधे पीर के हवाले कर दिये। पीर ने रुपयों को पतलून में बाँध कर रख दिया। उसके बाद शंकर ने अपना काम शुरू कर दिया। वह एक छोटी-सी बोतल में चींटियाँ भर कर लाया था। धीरे से जाकर पीर साहब के ऊपर बोतल की चींटियाँ झार दिया। जब चींटियाँ काटने लगीं तो पीर ने हाय अल्लाह-हाय अल्लाह चिल्लाते हुए सारे कपड़े उतार दिये और बदन खुजलाने लगा। शंकर पीरजादा की पतलून उठाकर फरार हो गया। पति-पत्नी अपनी सारी रकम पाकर खुश हो गये।

तीन अंधों ने राजा के पास शिकायत की कि मुल्क में चोर-उचक्कों का राज हो गया है। यहाँ तक कि साधु-संत, फकीर-मुल्ला, अंधे-लँगड़ों का जीना भी दूभर हो गया है। राजा ने अंधों को आश्वासन दिया कि जिस चोर ने उन्हें ठगा है, उसे पकड़कर कड़ी-से-कड़ी सजा जरूर दी जाएगी। राजा ने सोचा—'यह जरूर किसी अक्लमंद आदमी का काम है। मुल्क में घोषणा कर दी कि यदि चोर आकर खुद अपना अपराध स्वीकार करेगा तो उसे क्षमा कर दिया जायेगा।

राजा की घोषणा सुनकर शंकर दरबार में जा पहुँचा और राजा को शुरू से अंत तक सारी घटना बता दी। वह बोला, 'इसमें मेरी कोई देन नहीं है।

मेरी पत्नी की बुद्धिमानी से हमें अपने पैसे वापस मिले हैं।' राजा धनवंती की बुद्धिमानी से खूब प्रभावित हुए और उसे दरबार में पुरस्कृत किया गया। अंधे भिखारी को जेल की सजा मिली।

———✦———

मूर्ख भी विद्वान बन सकता है

अपूर्व रंजन राय

एक बालक अपने जीवन से बहुत निराश हो गया था। उसकी निराशा का कारण यह था कि एक दिन उसके गुरु ने सबके सामने कह दिया कि उससे पढ़ाई होगी ही नहीं। गुरु ने यह भी कहा, 'मूर्ख पशु के समान होता है।' बालक उस दिन से हमेशा सोचता ही रहा कि वह पशु की तरह जीता ही क्यों रहे। इससे बेहतर तो होगा कि वह आत्महत्या कर ले। सचमुच एक दिन उसने आत्मघात करने का पक्का निश्चय कर लिया।

आत्महत्या के अनेक उपाय उसने सोचा। आत्महत्या का सबसे आसान उपाय कुएँ में कूद कर मरना था। भविष्य की सब आशाएँ त्यागकर आत्महत्या के लिए एक कुएं के पास वह जा पहुँचा।

आत्महत्या के पूर्व उसने बहुत कुछ सोचा। गलती कहाँ है? वह तो खेलकूद में ज्यादा समय बरबाद नहीं करता। जो कुछ भी पढ़ाई होती है, उसे ध्यान से सुनता है। उसके सहपाठी गण पाठ याद कर लेते हैं, पर वह नहीं कर पाता। दूसरों की तुलना में वह मेहनत भी ज्यादा करता है। उसके सहपाठी उसके अनाड़ीपन के कारण उसका खूब मजाक उड़ाते हैं। पर वह करे भी तो क्या करे ? गुरु जी के मन में उसके लिए चिंता है। विद्यार्थी उसे गलत समझते हैं। गुरु जी ने कहा भी, 'वोपदेव जैसा सीधा लड़का लाखों में एक है। वह अध्यवसायी है। बाहरी दुनिया से उसको कोई सरोकार नहीं, केवल पढ़ाई...... पढ़ाई .... पढ़ाई। फिर भी दिमाग का कच्चा है।'

गुरुजी की नाराजगी कभी क्रोध में बदल जाती तो सबके सामने फूट पड़ती और वोपदेव शर्मिन्दा हो जाता। उसी के कारण गुरु जी का गुरुकुल

बदनाम हो जाए, वोपदेव यह कभी नहीं चाहता था। रोज सुनते-सुनते वोपदेव पत्थर की मूर्ति बन चुका था। व्याकरण का एक-एक सूत्र वह हजारों बार रटता, नीति के श्लोक गुनगुनाता रहता पर दूसरे ही क्षण सब दिमाग से गायब।

गुरु जी इतने निपुण अध्यापक थे कि उनके अध्यापन की वाहवाही की चारों ओर धूम मची हुई थी। गधे से गधा भी पण्डित बन जाता था। पर वोपदेव गधे से बदतर बालक था जिसके दिमाग में कुछ ठहरता ही न था।

आत्महत्या के पूर्व वोपदेव ने फिर सोचा, 'धन्य हो गुरुदेव, आपको कोटि-कोटि प्रणाम। मेरे समान नाचीज विद्यार्थी के लिए आपने क्या कष्ट नहीं सहा ! अध्यापन की नई शैली का आविष्कार किया। पुत्र-सा स्नेह दिया। मुझ पर विशेष कृपा करके अन्न-वस्त्र भी दिये फिर भी मैं वही का वही रहा।

वोपदेव के सभी सहपाठी आगे निकल गये। इसी बीच दस साल व्यतीत हो चुके थे। परन्तु पाषाण की तरह वह वहीं का वहीं पड़ा था। गुरु जी कई वर्षों से पढ़ाते आ रहे थे। उनके जीवन में कभी वोपदेव की भाँति शिष्य नहीं मिला जो इतना परिश्रम करते हुए भी कुछ स्मरण नहीं कर पाता।

आज तक वह गुरुजी के क्रोध पर नाराज नहीं हुआ। सहपाठियों के व्यंग्य सुनकर खिन्न नहीं हुआ। मानो सब कुछ पी जाता था। पढ़ाई में ध्यान देता था और अपने भाग्य को रोता रहता था। अंत में एक दिन गुरुजी भारी गले से बोले, 'बेटा, मैं विवश हूँ। आज तक जो किसी शिष्य को नहीं कहा, वही कहने वाला हूँ। जब तुम्हारी भाग्य रेखा में लिखा ही नहीं तो तुम कैसे पढ़ सकते हो। तुम मेरी पाठशाला से चले जाओ।'

वोपदेव ने आत्महत्या का निश्चय किया।

वोपदेव ने कुएँ में झाँककर अंदर देखा। वह एक पुराना कुआँ था। पत्थरों से बँधा था। बड़े-बड़े पत्थरों पर निशान थे। सोचा, वह जरूर रस्सी के दाग हैं। यह कैसे ? कठोर पत्थरों पर कोमल रस्सी के दाग ! उसने समझ लिया कि कठोर, कर्कश वस्तु पर कोमल-अति कोमल वस्तु के घर्षण से भी दाग पड़ जाता है। यदि पत्थर पर रस्सी का दाग पड़ सकता है तो मेरे कोमल मस्तिष्क पर निशान क्यों नहीं पड़ेगा ?

उसने आत्महत्या नहीं की।

वोपदेव ने बड़े उत्साह से नया प्रयास शुरू किया और पढ़ाई-लिखाई में जुट गया। विद्याभ्यास में इतना तल्लीन हो गया कि अपनी सुधि ही खो दी। एक दिन की घटना है—वह पढ़ाई और विद्याभ्यास दोनों साथ-साथ चला रहा था। किताब पर दृष्टि थी और हाथ थाली और मुँह पर। जाड़े की ऋतु थी। वह चूल्हे के पास बैठकर खाना और पढ़ाई दोनों काम कर रहा था, साथ ही आग भी ताप रहा था। हाथ थाल की तरफ न बढ़कर चूल्हे की तरफ चला गया। चूल्हे के मुँह में पड़ी ठण्डी राख को मुट्ठी में दे डाला। इतने में एक महिला आई और बोली, 'राख खाने से पेट नहीं भरता, खाना खाओ।' महिला ने उसका हाथ पकड़ा और राख झारते हुए बोली, 'वोपदेव, तुम जरूर एक विख्यात पण्डित बनोगे। तुम्हारी निष्ठा तुम्हारा पुरस्कार है।' वोपदेव ने कुछ पूछना चाहा, पर तब तक वह महिला अदृश्य हो गयी।

वोपदेव की अध्ययन निष्ठा से प्रसन्न होकर सामान्य नारी के रूप में स्वयं सरस्वती आई थीं। क्योंकि माता सरस्वती परिश्रमी विद्यार्थी पर ही कृपा करती हैं।

सरस्वती माता की बात कैसे टल सकती है। उन्होंने वरदान दे दिया था। वोपदेव विश्वविख्यात पण्डित बना और उसने अनेक ग्रन्थों की रचना की। उसका यश चारों ओर फैल गया।

पण्डित वोपदेव का महान ग्रन्थ है, 'लघु सिद्धान्त कौमुदी'। यह संस्कृत का व्याकरण ग्रन्थ है। इस ग्रन्थ ने उन्हें अमर बना दिया।

वोपदेव अपने परिश्रम और धैर्य से पण्डित बने। उनकी लगन उनका पुरस्कार था। परिश्रम कभी फलहीन नहीं होता। इसीलिए तो कहते हैं—

निपट मूर्ख भी बनता है विद्वान
परिश्रमी पाता है फल महान

—✦—

साधु और साँप

डॉ० अर्जुन शतपथी

रामगिरि पहाड़ की तलहटी में एक आश्रम था। वहाँ एक साधु रहते थे। आस-पास के गाँवों में उनके अनेक भक्त थे। साधु महाराज के आशीर्वाद से सभी सुखी थे।

रोज सुबह से शाम तक आश्रम में खूब भीड़ लगती थी, मानों एक मेला लगा हो। सैकड़ों भक्त और शिष्य साधु महाराज के दर्शन के लिए आते थे। आश्रम में हमेशा भजन, कीर्तन, पूजा-पाठ होता रहता था।

एक दिन कहीं से एक जहरीला साँप आया। वह आश्रम के पास रुक गया। रास्ते के किनारे पर नीम का एक बड़ा पेड़ था। उसी के खोंखड़ में वह रहने लगा।

पूजा के समय उठने वाली महक, सुगन्धित धुआँ, भजन-कीर्तन आदि का प्रभाव साँप पर पड़ा। उसका स्वभाव धीर-धीरे बदलने लगा। कुछ दिनों बाद साँप ने साधु का शिष्य बनने का निश्चय किया। किन्तु वह उनके पास नहीं जा सकता था। उसे मार डाले जाने का डर था, इसीलिए वह प्रायः उदास रहता था।

वर्षा का मौसम था। एक दिन सुबह से शाम तक भारी वर्षा हुई। साधु जी के आश्रम को कोई आ-जा नहीं सका। चारों ओर पानी ही पानी था। साँप का बिल भी पानी से भर गया। साँप ने खोंखड़ से निकल कर देखा—रात है। सन्नाटा है। केवल मेढक और झींगुरों की आवाज सुनाई पड़ रही है। यही अपने लिए उत्तम समय है। यही सोचकर वह आश्रम के भीतर आ गया।

साधु महाराज अपने कमरे में मौन बैठे थे। साँप जाकर उनके सामने लेट गया। उसने प्रार्थना की, 'प्रभो, मैंने अपने जीवन में अनेक पाप किये हैं। आपकी महिमा से मैंने हिंसा त्याग दी है। मैं आपका शिष्य बनना चाहता हूँ। कृपया स्वीकार करें।'

साधु ने पूछा, 'क्या सचमुच तुमने हिंसा त्याग दी है ? अब किसी को नहीं काटते?'

'नहीं, गुरुजी ! मैं अब किसी को नहीं काटता और न काटूँगा। आपसे प्रभावित होकर मैंने अपना स्वभाव ही बदल डाला है।'

'तो आज से तुम हमारे शिष्यों में से एक हो।'

साँप उसी दिन से आश्रम में रहने लगा। उसके लिए एक मण्डप बना। पानी का कुण्ड भी रखा गया। वहीं वह पड़ा रहता था। कभी-कभी फन उठाकर आने जाने वालों को चकित करता था। भक्त लोग साधु जी के दर्शन के बाद 'सर्पराज' के भी दर्शन करते थे। कोई दूध का कटोरा समर्पित करता था तो कोई प्रणाम करके सुख की याचना करता था।

साँप सबका पूज्य हो गया।

एक साल उस पहाड़ी इलाके में खूब सर्दी पड़ी। पशु, पक्षी और सरीसृप सर्दी के मारे विकल हो उठे। कहीं से भटक कर रात के समय एक नागिन आश्रम में घुस आयी।

सर्पराज ने अपनी जाति की बू पाकर फन उठाया। नागिन समीप आ गयी।

'यह आश्रम है। यहाँ साधु-संत रहते हैं। यहाँ तुम कैसे घुस आयी ? भागो जल्दी।' सर्पराज कड़क कर बोले।

नागिन बोली, 'देखो, बाहर कितनी ठण्डक पड़ रही है। मैं भी तो तुम्हारी जाति की हूँ। मेरे लिए थोड़ी जगह यहाँ बना दो।'

सर्पराज नागिन के दुष्ट स्वभाव से परिचित थे। उसे मार-मार कर भगाने लगे।

सर्पराज से निराश होकर नागिन सीधे साधु जी के पास गई और आश्रम में रहने की प्रार्थना की।

साधु बड़े दयालु थे। उन्होंने उसे वहाँ रहने की अनुमति दे दी। उसके लिए भी उन्होंने एक अलग मण्डप बनवा दिया। वह दिन-रात मण्डप में रहती और सब कुछ चुपचाप देखती रहती।

हजारों भक्त रोज आया करते थे। साधु महाराज के दर्शन करते थे। नागिन के पास वाले मण्डप पर साँप को फूल चढ़ाते थे। कोई चन्दन छिटकाता था तो कोई दूध पिलाता था। किंतु नागिन की तरफ न कोई भूल से

नजर डालता था और न कोई उसके पास जाता था।

नागिन जलने लगी। उसने सोचा, 'मेरे पास क्यों कोई नहीं आता। नाग की पूजा सभी करते हैं। इसके पीछे जरूर कोई रहस्य है। शायद साधु ने मना किया है। क्या करूँ?'

नागिन के मन में नागराज के प्रति ईर्ष्या और साधु जी के प्रति क्रोध दिन-ब-दिन बढ़ने लगा। वह बदला लेने के लिए चंचल हो उठी।

पहले तो नागिन ने आश्रम से भाग जाने की सोची। परंतु वैसा करने पर वह बदला नहीं ले सकती थी। बाद में साँप को मार डालने की भी सोची। किंतु मार डालना भी आसान न था।

साधु महाराज को खत्म कर दिया जाये तो साँप पर लोग संदेह करेंगे और उसे जरूर मार डालेंगे।'न रहेगा बाँस और न बजेगी बाँसुरी।'

एक दिन रात के अंतिम प्रहर में नागिन ने बदला लेने का काम शुरू किया। अँधेरा था। सभी आश्रमवासी सो रहे थे। चहल-पहल बिलकुल न थी। नागिन धीरे-धीरे सरक कर साधु के कमरे में घुसी एवं साधु जी को डस लिया।

नित्य की तरह साधु जी नियत समय पर उस दिन भी जगे। उन्होंने स्नान, पूजा-पाठ आदि निबटाए। उस दिन भी उनके चेहरे पर प्रसन्नता थी। जैसे सब दिन प्रसन्नता रहती थी। मानो उन्हें कुछ हुआ ही न हो। उनके शरीर पर साँप के जहर का कोई असर ही नहीं हुआ।

शिष्य लोग उनका दर्शन करने आये। लोगों ने रात की सारी घटना सुनी और साधु के मंत्र के बंधन में बँधी नागिन को मार डाला।

इस घटना के बाद लोगों की साधु और सर्पराज के प्रति भक्ति और बढ़ गयी।

कुछ वर्षों के बाद साधु एकाएक एक दिन आश्रम से अदृश्य हो गये। सर्पराज भी दिखाई नहीं पड़े।

किंतु आज भी उस आश्रम में दोनों की प्रतिमा की पूजा होती है। रोज हजारों भक्त फूल, चन्दन, दिया, दूध लेकर आते हैं। रोज सुबह और शाम को दूर-दूर तक आश्रम की संध्या-आरती की घंटी सुनाई पड़ती है।

आलसी मोर

विजयलक्ष्मी महांति

यह एक बहुत पुरानी कथा है। उस जमाने में ऐसी-ऐसी घटनाएँ घटती थीं कि आज हमें बहुत आश्चर्य होता है। एक मोर और एक मुर्गे ने मिलकर एक जमीन खरीदी। आपस में दोनों ने यही तय किया कि जमीन से जो भी फसल मिलेगी, वह बराबर-बराबर बँटेगी। इसलिए खेती का काम दोनों को करना होगा।

मुर्गे ने भोर में उठकर अपना रोजाना का काम खत्म किया। तड़के जगना उसकी आदत है। उसने दातून करना, नहा-धोकर पूजा-पाठ निपटाना, नाश्ता लेना आदि काम जल्दी खत्म कर दिया और मोर को बुलाने के लिए बाँग लगायी। 'मोर भैया, मोर भैया, आओ। खेत में जाना है। आज जमीन पर हल चलाना है।'

मोर ने मुर्गे की पुकार सुनकर कुछ सोचा और बोला, 'आज तो जाने क्यों नाचने का जी चाहता है। देखो न मुर्गा भाई, मेरे नूपुर अपने आप रुनझुन-रुनझुन बज रहे हैं। तुम पहले हल लेकर जाओ और जमीन जोतो । मैं पल भर में पहुँच रहा हूँ।'

मोर की बातें सुनकर मुर्गे को बड़ा आश्चर्य हुआ। जमीन की खेती और नाचने की चाह—बड़ी अजीब-सी बात। विवश होकर वह अकेले हल चलाने खेत की ओर चल दिया। जमीन में उसने दिन भर काम किया। हल चलाया, ढेले तोड़े, घास-फूस कचरे साफ किये। खेत को धान की बुआई के लायक, शाम तक बना दिया। घर लौटकर बैलों को बाँध सानी-पानी खिलाई, और मुर्गे ने खुद खा-पीकर चैन की नींद ली।

दूसरे दिन भी तड़के से उठकर अपने काम-धाम से निपटकर मुर्गे ने मोर को बुलाया, 'मोर भैया, पौ फटने लगी है। आओ, आज बुवाई होगी। मैंने कल हल चला कर जमीन तैयार कर रखी है। जल्दी आ जाओ। धान की बुआई खत्म होते-होते साँझ हो सकती है।'

उसकी बात सुनकर मोर बोला, 'मुर्गा भैया, क्या बताऊँ जाने आज क्यों सिर्फ सोचने को दिल चाहता है। मैं केवल खाने-पीने की बात नहीं सोचता, और बहुत सारी बातें बैठे-बैठे सोचना चाहता हूँ। धान की बुआई में मैं तो आज कतई नहीं आ सकता। तुम जाकर बुआई कर दो। मुझे जरा सोचने का मौका दो।'

मुर्गा अकेले चला और बुआई का काम साँझ तक करता रहा। अकेले सब कुछ करने में उसे तकलीफ होती थी। पर वह मजबूर था। मोर का दिल आज कुछ चाहता है तो कल कुछ।

देखते-देखते एक हफ्ता निकल गया। धान के अंकुर आ गये। पानी देना जरूरी हो गया। नहीं तो पौधे सूख जाएँगे। मुर्गा मोर से बोला, 'भाई, धान के अंकुर आ गये। क्यारी में पानी देना जरूरी है। चलो मिलकर पानी चढ़ाएँगे, नहीं तो अंकुर सूख जाएँगे।

मुर्गे की बात सुनकर मोर मल्हार की राग अलापने लगा। बोला, 'मुर्गा भैया, आज तो मेरा जी गीत गाने को चाहता है। मैंने संगीत शुरू किया कि घटा उमड़ेगी और रिमझिम-रिमझिम पानी बरसेगा। खेत की अपने आप सिंचाई हो जायेगी। और फिर सिंचाई करना तो कोई कठिन काम नहीं है। तुम सिंचाई खत्म करके जल्दी घर लौट आना। मेरा संगीत सुनना।

उसने गाना शुरू कर दिया। उसका गाना सुनकर मुर्गे का कान फट गया। वह बिगड़ गया। वहाँ से उठ खड़ा हुआ और चला खेत की सिंचाई करने। सिंचाई का काम करने में उसे खुशी मिल रही थी। वह रोज खेत में जाता था और सिंचाई का काम करता था। देखते-ही-देखते धान के हरे-हरे पौधे खड़े हो गये। हरे-भरे पौधों में बालियाँ निकल आयीं। लहलहाती बालियाँ पक गयीं। पीले-पीले धान के खेत ···· झुकी-झुकी लम्बी-लम्बी बालियाँ—देखते ही बनता था। मुर्गा अपनी फसल को देख फूला नहीं समाता था। कटाई का वक्त आ गया। मुर्गे ने मोर से कहा, 'मोर भैया, धान पक चुका है। चलो, कटाई करें। नहीं तो, चोरी का डर है।'

मोर बोला, 'न, न, नहीं जा सकता। आज तो खेलने को जी चाहता है। माफ करना। आज जाना संभव नहीं है। धान काटने ऐसा कठिन काम कोई दूसरा नहीं है। तुम अकेले भी काट सकते हो। मुझे क्यों बुलाते हो। मैं आज जरा जी भर कर खेलूँगा।'

मुर्गा अकेले चला। उसने कटाई की, बीड़े बाँधे और ढो-ढोकर खलिहान में जमा भी किया। उसका मन इसलिए दुखी था कि उसका दोस्त हाथ नहीं बँटाता था।

खलिहान में धान जमा करके वह फिर मोर के पास गया और बोला, 'मोर भैया, खलिहान में धान फैला रखा है, बारिश आ सकती है। जल्दी मड़ाई कर दिया जाए। नहीं तो सब सड़कर बरबाद हो जाएगा।'

मुर्गे की बात सुनकर मोर बोला, 'आज तो मैं बेहद खुश हूँ। मैं आज अपने पंख साफ करूँगा। धान की मड़ाई ऐसा कोई कठिन काम तो है नहीं कि दो जन लगें। तुम अकेले वह काम आराम से कर सकते हो। मुझे क्यों बुलाते हो। मुझे बस एक दिन और मौका दो। मैं आज अपने पंख साफ कर देता हूँ, कल से जो कहोगे, करूँगा।'

मुर्गा क्या करता। उसने अकेले मड़ाई करके पुआल अलग किया। मोर के पास आकर वह बोला, 'मड़ाई तो हो गयी। जल्दी उड़ाई करके धान निकाल लेना चाहिए। भूसा अलग से बिकेगा। धान खाने के लिए रख लिया जाएगा। तूफान का मौसम है। कल तूफान उमड़ा कि सब मिट्टी हो जाएगा। दोनों लग गए तो उड़ाई का काम आसान हो जाएगा।'

मुर्गे की बात सुनकर मोर बोला, 'भाई, तुम ठीक ही कहते हो। पर आज तो किताब पढ़ने को मेरा जी चाहता है। मैं आज कई किताबें पढ़ डालूँगा। धान की उड़ाई करने के लिए मेरे पास वक्त कहाँ ? अरे हाँ, उड़ाई तो बड़ा आसान काम है। तुम अकेले भी कर सकते हो। मुझे क्यों बुलाते हो।'

मुर्गे ने अकेले सफाई की। धान के दाने अलग और कुट्टी अलग। इस काम निपटाने में उसे कई दिन लगे। धूप में काम करते-करते उसका माथा भी गरम हो जाता था। लेकिन वह हरेक काम यतन के करता था। कुट्टी का ऊँचा ढेर खड़ा हो गया। धान का ढेर उसके सामने लग गया था।

उसी वक्त मोर आहिस्ते-आहिस्ते खलिहान में आ पहुँचा। मुर्गे से बोला—'मुर्गा भाई, आज काम करने को मेरा जी चाहता है। मैं किसी काम से कभी जी नहीं चुराता। तुमने तो सब छोटे-मोटे काम किए जो आसान थे। अब अनाज बाँटने का काम मेरा है। यह आसान काम तो है नहीं। खैर, मैं अकेले कर लूँगा। तुम चिंता मत करो।'

मुर्गे ने सोचा यही मौका है जबकि मोर को अच्छा सबक सिखाया जा सकता है। आलसी मोर अभी पधारे हैं। अनाज का बँटवारा करने, जबकि सारा काम खत्म हो चुका है। उसे मालूम है कि मोर धान और कुट्टी का ढेर पहचानता नहीं। उसने मुस्कुराते हुए मजाक में कहा, 'भाई, मैंने तो हल चलाया, धान बोये, फसल की कटाई की, यानी सब कुछ किया इसलिए बड़ा वाला ढेर मैं ले रहा हूँ और छोटा वाला तुम लो।' मोर क्या जाने बड़े ढेर और छोटे ढेर में क्या अंतर है। किसकी कीमत ज्यादा है।

मोर ने कहा, 'क्यों, मैं तो तुमसे बड़ा हूँ। बड़ा हिस्सा मेरा होगा। मैं ही बड़ा ढेर लूँगा। यह कहकर मुर्गे को धकेल कर वह कुट्टी के ढेर पर चढ़ गया।

मुर्गे को धान ही धान मिला। धान बेचकर उसे काफी पैसे मिले। वह अमीर बन गया। सब लोग उसके पास धान खरीदने आये। कुट्टी खरीदने मोर के पास भला कौन जाता। कुट्टी बेचने वह बाजार गया तो एक बोरा दो-दो रुपये में बिका। अपना-सा मुँह लेकर वह रह गया।

आलसी और लोभी की जो दुर्गति होती है, वही गति मोर की हुई।

अंत में मोर को बुलाकर मुर्गा बोला—

मोर भाई मोर भाई
बात करूँ सही-सही
तुम्हारा दिन रोने का
मेरा दिन हँसने का

अक्लमंद बिल्ली

श्रीकांत कुमार राउतराय

किसी दिन एक बिल्ली ने खाने के लिए एक रोहू मछली की मुण्डी चोरी की। दोपहर का समय। चारों ओर सुनसान। घर वाले नींद में थे। बिल्ली यह तय नहीं कर पायी कि वह मुण्डी कहाँ ले जाए। इसलिए मुण्डी को दरवाजे के कोने में लुढ़काया और वहीं बैठकर भूनी मछली की सुगंध लेते-लेते सोचने लगी। इतनी बड़ी मुण्डी मिलना तो भाग्य की बात है। आज का दिन जरूर उसके सौभाग्य का दिन है। देर तक सोच-विचार के बाद उसने पक्का कर लिया कि किसी पेड़ की छाया में मछली का मजा लेना चाहिए। वहाँ सन्नाटा होगा और कोई संकट न होगा।

मुण्डी को खूब सावधानी से जबड़े में दबाकर आहिस्ते-आहिस्ते खिसकी। उसकी नजर चारों ओर घूमती रहती थी। कान चौकन्ने थे। वह एक बरगद के पास पहुँची। नीचे बैठकर खाना उसने पसन्द नहीं किया। सोचा, ऊपर चढ़ जाना चाहिए, ताकि किसी को डर न रहे। पत्तों की झुरमुट में छिपकर वह आराम से खा सकेगी।

अपनी योजना के अनुसार वह पेड़ के ऊपर पत्तों-डालियों की ओट में जा पहुँची। बिल्ली ने रोहू की मुण्डी रखकर गौर से निहारा। वह कितनी सुन्दर है ! एक ही रोज में क्यों खाऊँ, थोड़ा-थोड़ा करके तीन रोज खाई जा सकती है। एक तो, मछली का स्वाद तीन रोज लिया जा सकता है। दूसरे, तीन रोज खाने-पीने की चिंता रहेगी ही नहीं। मछली को दाँतों से दबाया पर उसका जी नहीं हुआ उसे तोड़ने को। वाह क्या खुशबू है ! ताजा मछली है न और फिर नदी की।

सोचते-सोचते शाम हो गयी। मछली की मुण्डी को काटकर टुकड़े-टुकड़े करना उसने नहीं चाहा। बिना पलक डुलाये मछली को इकटक ताक रही थी। वह तय नहीं कर पायी कि आज खाएगी या कल। ठीक उसी समय एक नेवला वहाँ आ पहुँचा। उसने बिल्ली से पूछा, 'अरे भाई, क्या ताक रही

हो, कुछ है क्या?'

बिल्ली ने सोचा, 'यह तो बड़ी आफत आ गयी। नेवला ने तो मुण्डी को देख लिया है। अभी वह जरूर मुझसे छीनकर सारा खा जाएगा। उसके लिए हड्डी तक नहीं बचेगी।' इसलिए सोच समझकर वह बोली, 'भाई मैं बड़े संकट में फँस गयी हूँ। मेरे सामने यह जो मछली की मुण्डी है, यह एक जादू की मुण्डी है। उसने जादू के बल से मुझे पेड़ के ऊपर घसीटा है और यहाँ बैठा रखा है। न मैं इसे खा सकती हूँ। और न यहाँ से जा सकती हूँ। यह सब उसके जादू मंतर का खेल है। मैं एक बेवकूफ निकम्मी बिल्ली बनी हुई हूँ। यहाँ से कैसे प्राण बचाऊँ, यही सोच रही हूँ, इसके जादू के प्रभाव से मेरे अंग-अंग निष्क्रिय हैं।'

बिल्ली की बात सुनकर नेवला पहले डर गया। उसके सामने एक रोहू मछली की मुण्डी है और बिल्ली का कहना है कि वह जादू की मछली है। उसे विश्वास नहीं हुआ। वह खाने को ललचाया। मुँह से लार टपकी। पर करे क्या? बिल्ली ने उसे ऐसा डरा दिया है कि वह आगे कुछ सोच ही नहीं सकता। अगर वह मछली के पास आ जाये और उसके हाथ-पैर बिल्ली की तरह निकम्मे हो जाएँ तो....? ऐसा निकम्मा बन बैठने से मछली न खाना बेहतर होगा। लेकिन क्या मछली का मोह उसे चैन से रहने देगा ? वह भी बिल्ली की तरह वहीं बैठा रहा और मुण्डी को ताकता रहा।

नेवले को एकटक मछली पर नजर गड़ाये हुए बैठा देखकर बिल्ली ने सोचा, 'शायद यह स्थान नहीं छोड़ेगा। मुण्डी के लोभ में फँस गया है।' इसलिए वह चुपचाप बैठी रही। न पलकें डोलती थीं और न कोई अंग।

नेवले ने जमकर इंतजार किया। बिल्ली न हिली न डुली, बस ध्यान से मछली ताकती रही। उसे विश्वास हो गया कि सचमुच बिल्ली पर जादू का असर हुआ है। उसी वक्त जाने कहाँ से एक गिद्ध वहाँ आ पहुँचा।

मछली की मुण्डी देखकर उसके मुँह में भी पानी आ गया। पर क्या कारण है कि ये दोनों मांसाहारी यहाँ बेवकूफ की तरह इसे ताक रहे हैं। उसने नेवले से जानना चाहा, तो उसने बताया, 'चुप....भाई साहब चुप रहो। जबान मत खोलो। यहाँ बैठना चाहते हो तो चुपचाप बैठो। वरना यहाँ से हटो।'

गिद्ध छोड़ने वाला न था। उसने पूछा, 'असल में मामला क्या है, बताओ न?' नेवला बोला, 'तुम चुपचाप बैठो। मैं तुम्हें सारी बातें बताता हूँ ।

'अरे भाई, यह मछली मुण्डी असली नहीं है। जादुई मछली है। इसने जादू-मंतर करके बिल्ली को पेड़ पर खींचा है। देखा नहीं, कैसे पत्थर की मूर्ति बन बैठी है?'

गिद्ध ने बिल्ली की तरफ देखा, 'सचमुच वह पत्थर की मूर्ति जैसी थी। जरा-सा भी हिलती-डुलती न थी। पलकें भी नहीं गिराती थी मुर्दे की तरह।

नेवले की बात पर उसे भी विश्वास हो गया और मछली को ताकते हुए बैठ गया। इतनी अच्छी और बड़ी मछली की मुण्डी। वह बिना चखे कैसे जा सकता था। बिल्ली ने मन ही मन सोचा—पहले से एक दुश्मन घात लगाए बैठा था। अब दूसरा आ गया । इनकी नजर से खिसकना मुश्किल है। क्या अशुभ घड़ी थी, वह जान नहीं पाई। जाने कितने दिनों के बाद एक मौका हाथ लगा था। इतनी बड़ी मुण्डी तो सपने में भी नहीं मिलती। तीन दिन का रईसी खाना था। लेकिन यहाँ जो स्थिति पैदा हो गयी है उससे तो लगता है और भी कोई आ सकता है। तब तो एक टुकड़ा भी उसे नहीं मिलेगा। वहाँ से खिसकने की सोचने लगी तभी जाने कहाँ से एक बाज आ गया। उसने बिल्ली और नेवला को देख गिद्ध से पूछा, 'क्या बात है? ये दोनों क्यों मछली को ताकते बैठे हैं? अरे भाई, तुम भी अजीब हो, इसे खाए बिना तुम भी बेवकूफ बने बैठे हो।'

गिद्ध बोला, 'चुप रहो, शोर मत करो। बात कहाँ से कहाँ जा पहुँची है और तुम ऐसा सवाल पूछने की हिम्मत करते हो।'

आश्चर्य से बाज बोला, 'मामला क्या है?'

गिद्ध सहमते हुए बोला, 'मामला सचमुच गंभीर है। पहले चुपचाप बैठो। मैं सुनाता हूँ।'

यह मछली की मुण्डी नहीं है। यह जादू का एक गोला है। इसने बिल्ली पर जादू किया और उसे घर से यहाँ घसीट लाई है। ऐसा मंतर किया है कि वह मछली को न खा सकती है और न हिल-डुल सकती है। वहीं की वहीं, धरी रह गई है।'

गिद्ध की बात सुनकर बाज ने मछली की ओर एक नजर डाली और बोला—'वाह, कितनी बड़ी मुण्डी है। आराम से तीन रोज का खाना मिल जाता।' उसके मन में भी लोभ पैदा हो गया। उसे खाने की लालसा से वह भी उसे ताकते हुए, वहीं बैठ गया।

बिल्ली ने मन ही मन सोचा, नेवला, गिद्ध और बाज तीनों खाने के लिए बैठ गये हैं। इसे यहाँ से पार नहीं किया तो चौथा भी आ सकता है। अगर कोई मुझसे ज्यादा होशियार जानवर आ गया तो सब चौपट हो जाएगा। उसने एक तरकीब सोची। बोली, 'भाइयो, अब यह मछली मुण्डी एक राक्षस बनेगी। उसकी आँखों में उस राक्षस की शक्ल दिखाई दे रही है। उसके दोनों हाथों में दो तलवारें हैं। तलवारें उठाकर कह रहा है कि वह हमारा वध करेगा। आप लोग यहाँ रहेंगे तो जरूर मर जाएँगे। अगर जिन्दा रहना चाहते हो तो यहाँ से फौरन भाग जाइए।'

बिल्ली की बात सुनकर गिद्ध तुरंत भाग खड़ा हुआ। बाज भी उड़ गया। लेकिन नेवला बैठा रहा। बिल्ली ने उससे कहा, 'नेवला भााई मुझे बहुत डर लग रहा है। यह मुण्डी बोल रही है कि वह हम दोनों को मार कर खाएगी। कोई उपाय सुनाओ, कैसे यहाँ से खिसकना है।'

नेवला बोला, 'आओ भागें।'

बिल्ली बोली, 'मैं कैसे जाऊँ ? मेरे हाथ पाँव तो निष्क्रिय हैं। मैं चल नहीं सकती। हिल नहीं सकती। तुम जाओ मेरी बहन को भेज दो। उसके सहारे मैं चल दूँगी। उस सामने वाले मकान में मेरी बहन रहती है।'

बिल्ली की बात पर विश्वास करके नेवला भी वहाँ से खिसक गया। सभी के चले जाने के बाद बिल्ली ने चैन की साँस ली। वह तुरंत वहाँ से भागी और एक अँधेरे कोने में बैठकर आराम से मछली खा गयी।

———◆———

उर्दू

- उर्दू का बाल-साहित्य
- चाँद बाबू
- जब वह जागा
- मेरा ईद
- असली नकली चेहरा
- मंजूर की कहानी
- बिला उनवान
- खान साहब की मोटरकार
- जीत
- मेहनत की जीत

उर्दू का बाल-साहित्य

उर्दू में बाल-साहित्य की शुरुआत जिन्न, परी, देव, राजा और राजकुमारी इत्यादि की मुश्किल से मुश्किल और भूत-प्रेत-जादूगर की कहानी से होती है—इस सिलसिले में "अलादीन का चिराग", "उड़न खटोला", "तोता मैना" और "कलीला-औ-दमना" की न भुलाए जाने वाले किस्सों ने बाल-साहित्य में स्थान पाया और उनकी जगह भी अहम है—अलादीन का चिराग तो बाल-साहित्य में सर्वोपरि है—और यह कहानी दुनिया की तमाम भाषाओं में महत्वपूर्ण है—यकीनन ऐसी तमाम कहानियों में जिन्दगी की उम्मीद मिलती है और उनको पढ़कर बच्चों में खोज की प्रवृत्ति पैदा होती है। लेकिन जमाना एक मंजिल पर तो नहीं ठहरता। वह हमेशा परिवर्तनशील है और परिवर्तन की इस प्रक्रिया में दृश्य बदलते रहते हैं, उनकी जरूरतें, उनकी दृष्टि, उनका सोच बदलता रहता है, परिपक्व होता रहता है। जाहिर है ऐसी सूरत में शुरुआती साहित्य बहुत दूर तक बच्चों की समझ और सोच में विकास लाता है लिहाजा—लेखकों और कवियों ने जिन्न, परी, देव की कहानी से हटकर सोद्देश्य तथा जीवन के रंगों को साहित्य में सजाया और बच्चों के लिए बड़े दिलचस्प और खोजपूर्ण अन्दाज में प्रस्तुत किया। बच्चे हातिमताई को अब भी पढ़ते हैं तथा दानी व इंसानियत के प्रति दर्द का सबक लेते हैं। लेकिन "अब्बू खाँ की बकरी", "उल्टा दरख्त" और "अब रहमत खुश था" जैसी सोद्देश्य कहानियों में ज्यादा दिलचस्पी लेते हैं और उनमें जीवन तथा अपने परिवेश की जीती-जागती तस्वीरें पाते हैं और ये तस्वीरें उनकी जिन्दगी को सँवारने में ज्यादा मददगार साबित होती हैं। उनकी अक्ल और समझ को रोशन करती हैं।

बच्चों की ऐसी कहानियों में जहाँ देशभक्ति, भाईचारगी, बड़ों का आदर, दोस्ती व मेलजोल को खूबसूरत चरित्रों-पात्रों के जरिये उभारा गया है वहीं जानवरों से हमदर्दी, समाजसेवियों से मोहब्बत और पेड़-पौधों की अहमियत और उनके बारे में जानकारी दी गई है, साथ ही बुरे कामों से नफरत तथा बुरे साथ से दूर रहने की नसीहत दी गई है। इसके अलावा बाल-साहित्य में ऐसी कहानियों की कमी नहीं है जिनमें खुदापरस्ती तथा दूसरे धर्म सुधारकों के प्रति आदर भाव दर्शाया गया है और यह सब सहज भाषा तथा दिलचस्प ढंग से तराश कर प्रस्तुत किया गया है।

इसमें लिखने वालों में ख्वाजा हसन निज़ामी, इम्तियाम अली ताज, डिप्टी नजीर अहमद, सज्जाद हैदर येल्दरम, हसरत मोहानी, अख्तर शीरानी, अंजुम मानपुरी और शाद अजीमाबादी, शिबली नोमानी और उर्दू के सैकड़ों अन्य महत्वपूर्ण लेखक थे। उसके बरसों बाद जब जामिया मिलिया इस्लामिया की स्थापना हुई और डॉ० जाकिर हुसैन उसके अध्यक्ष बने तो उन्होंने बच्चों के चरित्र-निर्माण के लिए दूसरों से कहानियाँ लिखवाईं और खुद भी लिखीं। 'अब्बू खाँ की बकरी' इन्हीं की कहानी है जिसे बच्चे आज भी दिलचस्पी से पढ़ते हैं और सबक हासिल करते हैं।

उर्दू के कवियों ने भी बाल-साहित्य में महत्वपूर्ण योगदान दिया। बच्चों के मनपसंद विषयों पर उन्होंने बेशुमार कविताएँ, गीत, लोरी लिखी और उर्दू में जिन कवियों ने इस

आन्दोलन को जारी रखा उसमें मौलवी इस्माइल मेरठी, मौलाना हाली, अफसर मेरठी, अल्लामा इकबाल, तिरलोक चन्द महरूम, शफीउद्दीन नैयर, जमील मजहरी, मौलाना मुहम्मद हुसैन, आजाद वगैरह उल्लेखनीय हैं। आज उर्दू कवियों की एक बड़ी तायदाद है जो बाल-साहित्य को अपनी रचनाओं से समृद्ध करने में लगे हैं उनमें अलकमा शिबली, शफी तमन्ना, हशमत कमाल पाशा आदि को याद किया जाता है। बच्चों तक नित नई और ताजा से ताजा चीजें पहुँचाने के लिए खूबसूरत और रंगीन पत्रिकाएँ प्रकाशित की गई हैं उनमें "गुंचा" (बिजनौर), कनियाँ, फुलवारी (लखनऊ), नूर (रामपुर), पयामेतालीम (दिल्ली) उल्लेखनीय है। खिलौना, उमंग (दिल्ली उर्दू अकादमी) भी इन दिनों कारवाँ में शामिल है। नेशनल बुक ट्रस्ट, साहित्य अकादमी, तरक्की उर्दू ब्यूरो और तरक्की उर्दू बोर्ड ने भी बच्चों के लिए सचित्र रंगीन किताबें प्रकाशित की हैं। उनके अलावा दूसरे संगठन भी विज्ञान, इतिहास, भूगोल आदि पर पुस्तकें प्रकाशित करते रहते हैं जो बच्चों के लिए दिलचस्प और ज्ञान वृद्धिकारी होती है और यह सिलसिला आज भी जारी है।

आज से कुछ पहले और आज के दिन कवियों-कथाकारों ने बच्चों के उर्दू साहित्य में हिस्सा लिया और ले रहे हैं, जिन्होंने बाल-साहित्य को प्रभावित किया है उनमें कृश्न चन्दर, राजेन्द्र सिंह बेदी, मिर्जा अदीब, रामलाल, जकी अनवर, सिराज अनवर, मायल मलीहाबादी, खुसरो मतीन, निशातुल ईमान, अतिया परवीन, सलाम बिन रज्जाक, तस्कीन जैदी और शौकत थानवी जैसे सैकड़ों उर्दू के रचनाकारों ने कहानियाँ और कविताएँ लिखीं जो उर्दू के बाल-साहित्याकाश में चाँद-सितारों की तरह जगमगाते हैं।

बच्चों के साहित्य में उपन्यासों, नाटकों का भी विशिष्ट स्थान है और इस सिलसिले में बहुत सारे उपन्यास व नाटक उर्दू में मिलते हैं। उनके लेखकों ने बच्चों के मनोविज्ञान को समझा है किन्तु इस सिलसिले में वही कथाकार ज्यादा लोकप्रिय और कामयाब हैं जो अपने तजुर्बों को दिलचस्प अन्दाज में बयां करते हैं। बच्चों को समझना, उनसे उन्हीं के अंदाज में बातें करना यह फन जिन्हें आता है वही बच्चों से राब्ता कायम कर सकता है और जो ऐसा नहीं कर पाते वे बच्चों में लोकप्रिय नहीं होते। बच्चे अपनी पसंद की वस्तुओं, जैसे—जानवर, पेड़-पौधे और ऐसी ही दूसरी चीजों के बारे में जानना ज्यादा पसंद करते हैं।

बच्चों के लिए जन-साहित्य के अंतर्गत जो कुछ लिखा गया है वह आसान और आम भाषा तथा दिलकश अंदाज में लिखा गया है और ऐसी चीजें बच्चों में लोकप्रिय हैं। बच्चों के लिए दुनिया की तमाम भाषाओं में अलग-अलग अंदाज के रचनाकारों ने जो कहानियाँ, जासूसी कहानियाँ, कविताएँ, लोरियाँ और गीत लिखे हैं वह इस बात की ताईद करते हैं कि सभी ने इस बात का ख्याल रखा है। आज से हजारों साल पहले वस्लीला-ओ-दमना नाम से फारसी में बच्चों की पहली किताब लिखी गयी जिसका दुनिया की तमाम भाषाओं में अनुवाद हुआ। उर्दू में बच्चों के साहित्य पर "अमीर खुसरो" ने भी बहुत काम किया और उसके बाद से आज तक लिखा जा रहा है। इस तरह उर्दू में बच्चों का साहित्य बाकायदा तौर पर डेढ़ सौ साल माना जाता है।

—ताबिश अजीमाबादी

चाँद बाबू

अतया परवीन

उसके साथ के बच्चे तालियाँ बजा बजाकर उसका मजाक उड़ाते, 'आहा—यह देखो, यह है, चाँद बाबू । काला-काला चाँद बाबू.... '

कोई कहता, 'इसको तो कहना चाहिए भालू बाबू ।' कोई कहता इसका नाम होना चाहिए था, 'कालू बाबू।' कोई कहता, 'इसे पुकारो कोलतार का डब्बा। कोई कुछ कहता तो कोई कुछ। इस कदर मजाक उड़ाते सब बच्चे कि वह रो-रो देता। कभी-कभी तो तंग आकर वह स्कूल से भाग निकलता। मास्टर साहब से शिकायत करते-करते वह थक चुका था। शुरू में मास्टर साहब बच्चों को डाँटते, उनको सजा भी देते। मगर वह चाँद बाबू को सताने का सिलसिला चलता ही रहा और वह रोज का किस्सा हो गया तो उलटे उसी को डाँट देते और कहते अल्लाह मियाँ से शिकायत करो, क्यों काला बना के पैदा किया है।

यह कहते-कहते मास्टर साहब भी मुस्कुरा देते तो उसका दिल और भी टूट जाता। बेचारा नौशाद अली उर्फ चाँद बाबू—अम्मा ने कितने प्यार से उसको पुकारना शुरू किया था, चाँद बाबू ! फिर यह उसका नाम हो गया। सभी उसे चाँद बाबू पुकारने लगे। मगर मजाक उड़ाने से भी न चूकते—भई, रंग तो काले कल्वे जैसा और नाम चाँद बाबू—वाह!'

अब यह तो कोई अम्मा के दिल से पूछता कि उनको अपने दिल का यह काला-काला टुकड़ा कितना प्यारा था। वह जब लाड में आती तो उसके हजारों नाम दे डालती, 'मेरा चाँद, मेरा चाँद, मेरे घर का उजाला ....। और वह अम्मा के मुँह से वह नाम सुन-सुनकर फूला न समाता, मगर जब आईना देखता तो लगता दूसरे लोग जो कहते हैं—कालू भालू, काला कव्वा, काला भुजंग वह सच है और अम्मा जो कहती हैं, चाँद और सूरज वह गलत है। गौर से वह खुद को देखता तो रोना आ जाता—काला रंग, हल्के-हल्के चेचक के दाग, छोटी-छोटी आँखें, चपटी नाक, मोटे-मोटे होंठ, सीधे-सीधे ताँत जैसे बाल। वह किसी तरफ से चाँद न लगता। गुस्सा आ जाता उसको। अम्मा से कहता, 'अम्मा, आप गलत कहती हैं। मैं चाँद नहीं

हूँ। मैं काला हूँ—काला भालू । काला कव्वा···· ।' और वह रोने लगता तो अम्मा उसको बाँहों में भरकर अपने ममता भरे सीने से लगा लेती और चूम-चूम कर उसके काले गाल भिगो देतीं।

'बकने दो, सबके सब अंधे हैं। कोई मेरी नजर से देखे कि तू कैसा चाँद है, कोई मेरे दिल से पूछे तू कितना खूबसूरत है।' सचमुच वही सब कुछ था, अम्मा के लिए। छोटा-सा था जब अब्बा उसे और अम्मा को छोड़कर अल्लाह मियाँ के यहाँ चले गये थे। यह तो अम्मा की हिम्मत थी कि अब्बा के जाने के बाद उसने अपने को, घर को और उसको संभाला। अब्बा की पेन्शन मिलती थी। छोटा सा घर था। ज्यादा खर्चा भी न था। बस चाँद बाबू और अम्मा। अम्मा ने बड़ी समझदारी और बड़े सबर के साथ अपने आपको चाँद बाबू के पालने-पोसने में लगा दिया। सारा गम भुला दिया। अब उनको बस यही फिकर थी, यही ख्वाहिश और यही तमन्ना कि चाँद बाबू पढ़-लिखकर किसी अच्छी जगह पर नौकर हो जाये। वह उसकी शादी कर दें, घर बसा दें फिर आराम से बैठकर अल्लाह-अल्लाह करें। अब अगर वह काला पैदा हुआ तो उसकी क्या गलती थी। जैसा अल्लाह ने बनाया बन गया। मगर इसके साथ के बच्चे, मुहल्ले के बच्चे और उन सबके साथ मिलकर दूसरी जगह के बच्चे भी उसका मजाक उड़ाते। उस पर हँसते, उसको अपने साथ यह कहकर न खिलाते, 'भई हम सब गोरे-गोरे, साफ रंग के बच्चे, अगर तुम्हारी कालिख हमारे लग गयी तो हम भी काले हो जाएँगे।'

वह बेचारा न किसी के साथ खेल पाता, न किसी के साथ हँस बोल पाता। बस घर में या तो अम्मा से बातें करता या फिर अपने मिठ्ठों मियाँ से जो उसको बड़े प्यार से पुकारते, चाँद बाबू। एक मिठ्ठू पुकारते बड़ी ललक से, 'चाँद बाबू, एक अम्मा पुकारतीं बड़े प्यार से, चाँद बाबू, चन्दा बेटे········ ।' वरना और तो सब—रो-रो देता वह। कभी-कभी जी चाहता किसी कुएँ में कूद पड़े, मर जाये कि यह सब सुनने को न मिले। मगर अम्मा का ख्याल आ जाता, मिठ्ठू का ख्याल आ जाता, और वह मरे-मरे कदमों से घर की तरफ चल पड़ता।

एक दिन स्कूल में लड़कों ने उसको इतना सताया, इतना मजाक उड़ाया कि वह अपना बस्ता वहीं छोड़कर भाग निकला। घर नहीं गया कि अम्मा पूछती,—इतनी जल्दी क्यों वापस आ गया। और जब वह बताता तो उसको समझाने बैठ जाती। इसी डर से वह घर नहीं गया। चलता रहा, चलता रहा, यहाँ तक कि स्कूल से बहुत दूर आ गया। यह कोई कालोनी थी, क्योंकि

बड़ा सकून और सन्नाटा था। बराबर-बराबर बने खूबसूरत मकान और चौड़ी-चौड़ी सड़कें थीं। वह एक फाटक के पास जहाँ गुलमुहर का पेड़ लगा था और खूब फूल खिले थे, बैठ गया और दरख्त की शाखों पर फुदकती, उड़ती, चहकती चिड़ियों को देखने लगा। यहाँ तक कि उस जगह की ठंडी-ठंडी हवा और गुलमुहर की प्यारी-प्यारी छावों में उसको नींद आने लगी। उसने दरख्त के तने के पास कुछ जमीन साफ की और तने के करीब जड़ पर सर रखकर लेट गया। फौरन ही नींद की परी छम से उतरी और उसको अपने खूबसूरत परों पर उड़ाकर परिन्दों के देश ले गयी। अब वहाँ उस वन्या में चाँद बाबू को न कोई चिढ़ाने वाला था, न सताने वाला। उसके आस-पास परियों के प्यारे-प्यारे बच्चे खेल रहे थे, हँस रहे थे, दौड़ रहे थे, उनके नरम-नरम चमकीले पर, हवा में फरफरा रहे थे। वह चाँदी की तरह चमक रहे थे। प्यारे-प्यारे बच्चे। उन्होंने चाँद बाबू को भी अपने साथ खेलने के लिए बुलाया। चाँद बाबू ने झेंप कर कहा, मैं-मैं-मैं तो बहुत काला हूँ, तुम्हारे साथ अच्छा नहीं लगूँगा। सारे बच्चों ने उसको घेर लिया और प्यार से कहने लगे, 'अरे वाह, कौन कहता है तुम काले हो। इतने प्यारे तो हो तुम। आओ चलो हम सब मिलकर खेलें।' चाँद बाबू कुछ देर तो जरा डरा-डरा रहा मगर जब उसने देखा कि वह सब बच्चे बहुत प्यार से उसको बुला रहे हैं और कोई उसका हाथ पकड़ लेता है, कोई गले में बाँहें डाल देता है, कोई उसकी पीठ थपकता है तो उसकी सारी झिझक और डर दूर हो गया। वह उन सबके साथ दौड़ने लगा, खेलने लगा, हँसने लगा, उछलने-कूदने लगा। इतना अच्छा लग रहा था, मजा आ रहा था कि बस रे बस।

जब सब खेलते-दौड़ते थक गये तो साथ बैठकर सबने खाना खाया। मेवे खाये, फल खाये। इतने मजे के मेवे और फल थे कि चाँद बाबू कभी न खायें होंगे। खा-पीकर सब बातें करने लगे। एक बच्चे ने पूछा, 'चाँद बाबू तुम तो पढ़ते होगे?' चाँद बाबू ने कहा, 'हाँ पढ़ता हूँ।'

फिर उसने अपनी अम्मा की खूब बातें कीं। अपने घर का सारा हाल बताया और उन सब बच्चों की बातें भी बताईं जो उसको सताते और चिढ़ाते थे—भालू और कालू कहते थे।

एक प्यारा-सा बच्चा कहने लगा, 'चाँद बाबू, तुम उन बच्चों की बात का बिलकुल बुरा न माना करो, न रंज किया करो। तुम इतना असर लेते हो

इसलिए वे लोग और शेर हो गये हैं। तुम बिलकुल बेपरवा हो जाओ, किसी बात का बुरा न मानो वे जो कहें कहने दो, हँसें, हँसने दो। पढ़ने-लिखने में दिल लगाओ, बजाये इसके कि इन बातों के बारे में सोचो कुढ़ो। देखो चाँद बाबू, तुम तो अपनी माँ के अकेले सहारे हो, उनकी तमन्ना हो, उनका ढाढ़स हो। वह तुमको पढ़ा-लिखा कर अच्छा और बड़ा आदमी बनाना चाहती हैं। अब अगर तुम इन सब बेकार बातों में पड़े रहे तो तुम्हारी माँ का दिल तो टूट जायेगा। चाँद बाबू तुम सब कुछ भूल जाओ और पढ़ने लिखने में लग जाओ। खूब मेहनत करो, घर का काम करो, अपनी माँ का हाथ बटाओ, अपनी माँ की खिदमत करो, उनको खुश करो। वह दुआयें देंगी और उनकी दुआएँ जिन्दगी के हर कदम पर तुम्हारा साथ देंगी, चाँद बाबू। वह एकदम चौंक उठा। शाम हो गयी थी और उसकी अम्मा उसके पास घबराई-घबराई खड़ी उसको पुकार रही थीं। 'मेरा चाँद, मेरा लाल, मेरा शाहजादा !'

चाँद बाबू उठा और अम्मा से लिपट गया। कितनी अच्छी, कितनी प्यारी थी उसकी अम्मा। वह स्कूल से घर न पहुँचा तो घबराकर उसको ढूँढने निकल पड़ी, जाने कहाँ-कहाँ ठोकरें खाती फिरी, पुकारती फिरी—'चाँद बाबू, चाँद बाबू।' आखिर एक खोमचे वाले ने बताया कि चाँद बाबू को उसने बड़ा उदास-उदास, खोया-खोया-सा कालोनी वाले रास्ते पर जाते देखा है। अम्मा उसी रास्ते पर हो लीं। दुआयें माँगती हुई, रोती बिलखती हुई। जब चाँद बाबू उनको एक पेड़ के नीचे सोता दिखाई दिया तब उनकी जान में जान आई। उनको मालूम था कि वह स्कूल से क्यों भागा है। वह उस दुख के बारे में जानती थीं जो उनके छोटे से बेटे के दिल में पल रहा था। चाँद बाबू को साथ लेकर वह घर आयी। उसका मुँह-हाथ धुलाया। खाना खिलाया गरम-गरम दूध पिलाया उसके सर में तेल लगाया और उसको बड़े प्यार से समझाती रहीं, बिलकुल वही बातें जो ख्वाब वाले बच्चे ने समझाई थीं। चाँद बाबू ने अम्मा को ख्वाब के बारे में बताया तो वह बोलीं, 'देखो चाँद बाबू, यह अल्लाह ने तुमको इशारा दिया है, अब तुम ऐसा ही करो !'

चाँद बाबू का दिल बड़ा हल्का-फुलका-सा हो गया था उसने अम्मा से वायदा किया कि अब वह ऐसा ही करेगा। न किसी से डरेगा, न किसी के मजाक का बुरा मानेगा, न रोयेगा, न अपनी जान कुढ़ायेगा, बल्कि खूब पढ़ेगा। अपना सारा ध्यान पढ़ने में लगायेगा। साथ के लड़के उसको नहीं

खेलाते, न खेलायें, खेलने के बजाये अगर वह इतना वक्त अपना सबक याद करने में लगा दे, सवाल हल करने में लगा दे या किसी अच्छी-सी किताब को पढ़ डाले तो उसको कितना फायदा होगा। बस दिल में वह यही ठान कर सो गया।

सुबह उठा तो जैसे वह दूसरा ही चाँद बाबू था। खा पीकर, नहा धोकर तैयार होकर स्कूल आया। बच्चों ने मजाक उड़ाया, उसके कार्टून बना-बना कर हवा में उड़ाये, उसको भालू कहा, खूब कहकहे लगाये, मगर उसके कान पर जूँ न रेंगी। वह मुस्कुराता रहा और पढ़ता रहा। इन्टरवल में भी वह बाहर न निकला। अम्मा का दिया हुआ एक स्लाइस और थोड़े-से अंगूर खाकर उसने अपने थरमस से पानी पिया और पढ़ने में लग गया। शाम को वह बहुत खुश-खुश घर आया। अम्मा भी खुश थी। फिर दूसरे दिन, फिर तीसरे दिन, फिर चौथे दिन—ढेर सारे दिन गुजर गये। स्कूल के बच्चे और दूसरे वे शैतान बच्चे जो उसको सता कर मजा लेते थे उसका यह अन्दाज देखकर अपना-अपना मुँह लेकर रह गये। मजा तो तब आता था जब वह रोता था। स्कूल से भागता था। मास्टर साहब से शिकायत करता था। अब क्या मजा आये कि जिसने जो कहा ऐसा लगा उसने सुना ही न हो। पढ़ना और पढ़ते रहना, मास्टर साहब के हर सवाल का सही जवाब देना, हर सबक को फर-फर सुना देना, सारा होम वर्क पूरा करके लाना, मास्टर साहब भी उससे खुश रहने लगे। बड़े प्यार से उसको पुकारते, 'चाँद बाबू!'

अब उनके चाँद बाबू पुकारने पर लड़के हँस न पाते। फिर उसे ऐसा लगा जैसे वक्त पर लगाकर उड़ने लगा हो। वह अच्छे नम्बरों से क्लास पर क्लास पास करता गया। सारे लड़के पीछे रह गये, वह आगे बढ़ गया। बढ़ता चला गया। स्कूल से कालेज, कालेज से यूनिवर्सिटी। तालीम पूरी करके उसने मुकाबले के इम्तिहान में बैठना शुरू किया और एक दिन उसको मुकाबले के इम्तिहान में कामयाबी मिल गई। अब वह एक क्लास वन आफिसर था—शानदार बँगला, गाड़ी, अरदली, चपरासी, इज्जत, दौलत, नाम—वह सब कुछ था जिसकी तमन्ना उसकी अम्मा ने की थी।

———✦———

जब वह जागा

खुसरू मतीन

स्कूल से घर आते ही असलम ने बस्ते को एक तरफ जोर से उछाला, टाँगों को झटका देकर जूते उतारे, एक जूता मेज पर रखे गुलदान से टकराया और नतीजे में गुलदान जमीन पर आ रहा। दूसरा जूता कमरे से बाहर क्यारी में औंधे मुँह जा गिरा। स्कूल की यूनीफार्म बदले बगैर ही वह बावरची खाने में घुस गया। जल्दी-जल्दी खाना निगलने के बाद वह खेलने के लिए तेजी से बाहर निकल गया।

यह असलम की रोज की आदत थी। मम्मी लाख समझाती कि इनसानों की तरह आराम से बैठकर खाया करो, किताबों और जूतों को ठीक से रखा करो, मगर वह कब उनकी सुनने वाला था। बचपन में आमतौर पर सभी बच्चे शरारती होते हैं, लेकिन असलम का तो बाबा आदम ही निराला था। सुबह-शाम घर स्कूल-जब देखो असलम खेल रहा है—न खाने का होश, न कपड़ों का ख्याल। पढ़ने के नाम से उसकी जान निकलती थी। सुबह डैडी डाँट-डपट कर स्कूल भेजते। क्लास में टीचर की नजर हटी कि असलम गायब—मालूम होता, किसी छत पर चढ़ा पतंग उड़ा रहा है या अपने ही जैसे चन्द शरारती लड़कों के साथ किसी बाग में अमरूद तोड़ रहा है।

गरज घर और स्कूल दोनों ही जगह के लोग असलम की इन आदतों से परेशान थे—शुरू-शुरू में प्यार मुहब्बत से समझाया गया फिर बाद में सख्ती भी की गयी, लेकिन नतीजा कुछ नहीं निकला। आखिर उसको उसकी किस्मत पर छोड़ दिया गया।

स्कूल में सालाना खेल शुरू हुए असलम की तो जैसे ईद ही आ गयी। उसने बढ़-चढ़ कर हर मुकाबले में हिस्सा लिया। कई मुकाबलों में उसने पहला इनाम भी पाया। इन दिनों स्कूल उसके ख्याल का जन्नत बना हुआ था—खेल के बाद इनामात तकसीम हुए यह इनामात एक मिनिस्टर के हाथों तकसीम हुए।

सारा स्कूल बिजली के बल्बों से जगमगा रहा था। स्कूल के बाहर बड़ी चहल-पहल थी। टीचर, छात्र और मेहमान साफ-सुथरे कपड़े पहने अंदर जा रहे थे। फाटक पर एक दरबान खड़ा था जो लोगों को रास्ता बता रहा था।

असलम सारा दिन गली के आवारा लड़कों के साथ गुल्ली-डण्डा और कंचे खेलता रहा। जब सूरज डूबने लगा तो होश आया कि आज तो स्कूल में इनाम बटने का जलसा है, वह सीधा घर गया और मैले जूतों को पैरों में डाला, यूनीफार्म वह पहने ही हुए था जो दिन भर खेलने की वजह से मिट्टी और धूल से मैली हो रही थी। गंदे और उलझे बालों को उँगलियों से ठीक करता हुआ वह घर से बाहर निकल गया।

असलम जब स्कूल पहुँचा तो जलसा शुरू हो चुका था और स्कूल का फाटक बंद हो चुका था। उसने दरबान से फाटक खोलने के लिये कहा। दरबान ने एक नजर उसके हुलिये पर डाली और डाँट कर भगा दिया। असलम को दरबान की इस हरकत पर बहुत गुस्सा आया। कोई और मौका होता तो वह दरबान की खूब खबर लेता, मगर इस वक्त उसने अपने गुस्से को पीते हुए दरबान की खुशामद की।

'दरबान जी, मैं-मैं असलम हूँ और इसी स्कूल में पढ़ता हूँ। आप यकीन मानिए मुझे इनाम लेने हैं।'

'मगर—तुम्हारा हुलिया तो यह नहीं बताता कि तुम इस स्कूल में पढ़ते हो।'

अब असलम ने अपनी हालत का जायजा लिया। गंदे और मिट्टी में सने हुए जूते, धूल से अटी हुई यूनीफार्म और उलझे हुए बाल—सचमुच दरबान ठीक ही तो कहता है। क्या स्कूल में पढ़ने वाले बच्चों का यही हुलिया होता है। लेकिन अब इतना वक्त नहीं था कि वह घर जाकर कपड़े बदल कर दुबारा स्कूल आ सके। इसलिये असलम ने दरबान की फिर खुशामद की। दरबान को उस पर रहम आ गया और उसने यह कहते हुए फाटक खोल दिया, 'देखो, एक तरफ कोने में खड़े हो जाना। वहाँ साहब लोग आये बैठे हैं—किसी की नजर पड़ गयी तो मेरी भी छुट्टी हो जायेगी।'

फाटक से गुजर कर असलम उस जगह पहुँचा जहाँ जलसा हो रहा था। वह एक कोने में खड़ा हो गया और अपने साथियों को तलाश करने लगा। उसके कई साथी दामी और अच्छे कपड़ों में सजे बजे मंच के करीब बैठे

हुए थे। असलम ने इशारे से उनका अपनी तरफ ध्यान दिलाना चाहा। मगर उन्होंने उसकी कोई नोटिस न ली जैसे असलम उनके लिए बिलकुल अजनबी हो।

इसी दौरान इनामात देने शुरू हो गये। एक-एक लड़के का नाम पुकारा जाता। लड़का अपनी जगह से उठता, स्टेज पर पहुँचता, मिनिस्टर साहब से इनाम लेकर हाथ मिलाता और मुस्कुराता हुआ अपनी जगह पर वापस आकर बैठ जाता कुछ देर के बाद असलम का भी नाम पुकारा गया।

'असलम खाँ! फर्स्ट प्राइज—लाँगजम्प ।'

अपना नाम सुनकर असलम खुशी से बल्लियों उछलने लगा। उसने इनाम लेने के लिये आगे बढ़ना चाहा, फिर अपनी हालत देख कर उसकी हिम्मत न हुई और वह वहीं ठिठक कर रह गया। क्षण भर बाद एनाउन्सर ने फिर उसका नाम पुकारा, असलम खाँ, फर्स्ट प्राइज—लाँगजम्प।'

इस बार असलम कोशिश के बावजूद अपने कदमों को न रोक सका और भीड़ को चीरता हुआ आगे बढ़ने लगा। एकाएक पास खड़े हुए एक चपरासी की नजर असलम पर पड़ी। उसने जब एक गंदे लड़के को स्टेज की तरफ बढ़ते हुए देखा तो उसे दौड़ कर पकड़ लिया और धक्का देकर बाहर निकालने लगा। असलम ने मचल कर उसकी पकड़ से निकलना चाहा, मगर पकड़ बहुत मजबूत थी—वह जोर से चीखा, 'मुझे छोड़ दो, मैं असलम हूँ, असलम खाँ।

अचानक असलम की आँख खुल गयी। वह अपने बिस्तर पर लेटा हुआ था और सूरज सर पर चढ़ आया था। उसके दोनों बाजू जकड़े हुए थे और हल्की सी चीख निकल रही थी। एक क्षण में ही असलम सारी बात समझ गया। वह कितना भयानक सपना था। वह इसके ख्याल से ही काँप उठा।

सुबह उठ कर मम्मी डैडी ने जो कुछ देखा वह उनके लिये अनहोनी से कम नहीं था। असलम की तमाम कापियाँ और किताबें मेज पर करीने से सजी हुई थीं। मेज के नीचे जूतों का जोड़ा भी चमचमा रहा था और मम्मी से कह रहा था, 'मम्मी, यह यूनीफार्म बहुत मैली हो गयी है। आज इसे धो दीजियेगा।'

मेरा ईद

सलाम बिन रज्जाक

ईद के मायने हैं खुशी। ईद के दिन हर व्यक्ति अपने-अपने गम, दु:ख और परेशानियों को भुला कर ईद की खुशियाँ मनाता है। उस रोज सब लोग अपनी पुरानी दुश्मनियों और अदावटों को भूल कर एक-दूसरे को गले लगाते हैं, ईद की मुबारकबाद देते हैं। ईद मुसलमानों का सबसे बड़ा त्योहार है, इसे सारे मुसलमान बड़ी धूमधाम से मनाते हैं।

मेरी उम्र इस वक्त तो दस वर्ष की है—इस हिसाब से मैं नौ-दस ईद देख चुकी हूँ। मगर मुझे अपनी पिछली तीन-चार ईद ही याद रह गयी है। बाकी ईदें माजी के धुँधलके में डूब गयी हैं।

यूँ तो मैं भी हर बच्चे की तरह ईद के आने पर बहुत खुश होती हूँ। नये-नये कपड़े सिलवाती हूँ। जूते-गहना और चूड़ियों के लिए जिद्द करती हूँ और अपनी सहेलियों और भाई-बहनों के साथ ईद से पहले ही ईद के सपने देखने लगती हूँ जब ईद का चाँद दिखाई देता है तो सबके साथ मिलकर खूब उछलती कूदती हूँ, तालियाँ बजाती हूँ, नाचती-गाती हूँ और भाई-बहनों के साथ मिलकर घर में खूब ऊधम मचाती हूँ। सेवइयाँ भूनने, मेवा साफ करने और मसाला तैयार करने में अम्मी का हाथ बटाती हूँ। जब घर के सारे काम निबट जाते हैं तब अपनी सहेलियों के साथ बैठकर हाथों में मेंहदी लगाती हूँ। हमारे पड़ोस में एक फत्तो खाला रहती हैं, वह मेंहदी लगाने में बड़ी माहिर हैं। ऐसे-ऐसे गुल-गुटे बनाती हैं कि हथेली पर चमन खिल उठता है। हम सब सहेलियाँ उनको घेर कर बैठ जाती हैं और वह बेचारी सुबह की अजान तक सबकी हथेलियों पर फूल-पत्ते बनाती रहती हैं। मेंहदी से फारिग हो कर जरा झपकी नहीं ले पाते कि सुबह हो जाती है। अब्बा और भइया भी ईदगाह से लौट आते हैं तो मैं अब्बा को सलाम करती हूँ और अब्बा मुझे प्यार करते हैं और दुआयें देते हैं। उस रोज भइया भी मुझे गले लगाते हैं फिर अब्बा हमें ईदी देते हैं। इतने में मेरी सहेलियाँ आ जाती हैं, भइया के दोस्त भी आ जाते हैं।

ईद के रोज सब उजले-उजले साफ-सुथरे दिखाई देते हैं। हम एक-दूसरे के कपड़ों, गहनों और चूड़ियों के संबंध में बातें करने लगते हैं। अम्मी सबको सेवइयाँ और शीर, कोरमा देती हैं। फिर मैं अपनी सहेलियों के साथ उनके घर उनके माता-पिता को सलाम करने जाती हूँ। उस रोज इतना आशीर्वाद मिलता है कि मैं सिर से पैर तक इनमें डूब जाती हूँ। मगर मुझे आशीर्वादों से ज्यादा इस बात की खुशी होती है कि मेरी जेब ईदी से भरती जा रही है। सबसे मिल-मिलाकर और घूम फिर कर मैं वापस घर आ जाती हूँ। अब थकान धीरे-धीरे मुझ पर दिखाई देने लगती है और दिल पर एक अजीब उदासी छाने लगती है। बाहर फकीरों और भिखमंगों का ताँता लगा रहता है। इनकी हालत देखकर और इनकी दु:खभरी आवाजें सुनकर दिल और भी उदास हो जाता है। शायद सिद्धार्थ की भी यही कैफियत हुई होगी जब उसने दु:खी और बीमार लोगों को देखा होगा। मगर मैं सिद्धार्थ तो नहीं हूँ कि अपने आप में डूब कर निर्वाण हासिल करूँ।

मैं चुपके से आकर दरवाजे पर खड़ी हो जाती हूँ और मेरी जेब में जितनी ईदी होती है, सब उन भूखे, फटेहाल और मजबूर फकीरों में बाँट देती हूँ। वे सब मुझे आशीर्वाद देते चले जाते हैं। उनके आशीर्वाद से मेरे दिल पर छाये उदासी के बादल छटने लगते हैं और मेरी आँखों में खुशी के आँसू जारी हो जाते हैं। उस वक्त मुझे एहसास होता है कि ईद की सच्ची खुशी क्या है। मेरी हर ईद ऐसी ही गुजरती है। पता नहीं आप लोगों की ईद कैसे गुजरती है।

असली नकली चेहरा

शकील अनवर सिद्दीकी

ग्यारह-बारह वर्ष की आठवीं कक्षा में पढ़ने वाली कौसर को मेरी कोई कहानी पसंद नहीं थी। जब भी मासिक 'खेल' में मेरी कोई कहानी छपती वह दौड़ी आती।

'भाई साहब! आपने बर्तन बनाने का कारखाना देखा है?' आते ही सवाल करती है।

'अपने जाहिद खालू का ही कारखाना है।'

'तो आपने उस कारखाने के मुंशी जी को भी देखा होगा!'

'हाँ भई, ये पड़ोस में मुंशी मुजी साहब ही रहते हैं।'

'तो बस—आप मेरी बात मानिए और यह कहानियाँ-वहानियाँ लिखना छोड़कर बर्तन के कारखाने की मुंशीगिरी शुरू कर दीजिए।'

'क्यों भाई ?' मैं उसे गौर से देखता हूँ।

'देखिए न भाई साहब, कहानियों से तो हमें तालीम मिलती है। हमारे कोर्स की किताब में भी कई कहानियाँ हैं।'

वो कहत्ती हैं, 'किसी कहानी से सबक मिलता है। चोरी मत करो!' किसी से हम सीखते हैं कि, 'दूसरों को मत सताओ, मगर आपकी कहानियाँ? किसी में शरारतें, किसी में मिठाई की चोरी, किसी में भाई-बहन की लड़ाई। आखिर आप क्या लिखते हैं!'

'आजकल बच्चे ऐसी ही कहानियाँ पसंद करते हैं, भई।' मैं मुस्कुराकर उसके गाल पर हल्की सी चपत लगाता हूँ। 'खेल' के सम्पादकों को क्या जरूरत है, इन कहानियों को छापने की।'

'भाई साहब, इन पत्रिका वालों को तो अपनी पत्रिका बिक्री करनी होती है।'

'अच्छा बड़ी बी, आपकी नसीहत सर-आँखों पर, अब ऐसी ही कहानियाँ लिखूँगा जिनसे तुम कुछ अच्छी बातें सीख सको। बस अब तो खुश!'

'वैसे···· आप कहानियाँ बहुत अच्छी लिखते हैं, ·····'

वह हँस कर कहती 'खुशामद नहीं····· ।' मैं भी हँस पड़ता और कोई पत्रिका उठाकर उसे दे देता। 'लो चलो भागो।' उसके जाने के बाद मैं काफी देर तक उसके बारे में सोचता रहता। जहीन बच्ची है। जरूर अपने वर्ग में प्रथम आएगी। कितनी समझदारी की बातें करती है। फिर मैंने निश्चय किया कि अब जो कुछ लिखूँगा उसमें कोई सीख होगी।

अचानक कौसर कई दिन हमारे यहाँ नहीं आयी। व्यस्तता के साथ मैंने ध्यान नहीं दिया। आज ख्याल आया तो मैंने अपनी छोटी बहन रजिया से

मालूम किया,

'अरे भई रज्जी आजकल तुम्हारी सहेली कौसर कहाँ गायब है !'

'एक दिन स्टूल से गिर पड़ी, काफी चोट आयी है। स्कूल भी नहीं आ रही है।' रजिया ने बताया, 'आज मैं उधर जाऊँगी।' 'अरे हमें तो खबर ही नहीं, बड़ी अच्छी लड़की है।'

शाम को मैं भी रजिया के साथ कौसर को देखने चला गया। कौसर की माँ को हम सब खालाजान कहते हैं। वे हम दोनों को देखकर बहुत खुश हुईं। खालाजान उस वक्त कौसर को दवा पिला रही थीं। उसके एक हाथ पर प्लास्टर चढ़ा हुआ था।

'क्यों बड़ी बी, तुम्हें तो काफी चोट लगी है, भई।' मैंने कहा।

'हरकतें ही ऐसी करती है।' खालाजान कौसर को घूरकर बोलीं।

'जी' मैंने एक बार कौसर को और एक बार खालाजान को देखा, 'क्या बताऊँ बेटे, यह लड़की इतनी नटखट है कि मेरे नाक में दम कर दिया है।'

'अम्मी ···· !' कौसर कमजोर आवाज में मचल कर बोली।

'क्यों, बताऊँ नहीं!' खालाजान ने आहिस्ता से झिड़का।

'हुआ यह बेटे, राशिद के ताया मियाँ ने दिल्ली से सोहन हलुवा भिजवाया था। मैंने दोनों को बराबर-बराबर दे दिया। राशिद मियाँ मचल गये और लगे रोने कि उनका हिस्सा कम है। 'हमें कम, आपने दिदिया को ज्यादा दिया।' पास खड़ा हुआ राशिद बोल पड़ा।

'कम था तुम्हारा सर, कहीं अच्छे बच्चे ऐसी बातें करते हैं।'

खालाजान ने राशिद मियाँ को झिड़क दिया। मैंने कौसर से कहा, 'तुम बड़ी हो अपने हिस्से में से उन्हें दे दो।'

'थोड़ा सा, सब तो ले लिया था।'

लेटे-लेटे कौसर ने कहा, 'बड़ा एहसान किया, शर्म नहीं आती ···· ।'

खालाजान ने उसे डाँटा।

'जी फिर ···· ।' मैंने मुस्कुराकर कौसर की तरफ देखा खालाजान आगे सुनाने लगीं।

'कौसर ने अपना हलुआ बराबर कर लिया, राशिद मियाँ जरा कंजूस ठहरे। एक-एक दाना सम्हालकर रखा। रात को बिस्तर पर डिब्बा लेकर सो

गये। मैंने उठाकर उसे ताखा पर रख दिया। मुझे क्या मालूम ये जाग रही हैं। मैं समझी सो गयी। बत्ती बंद करके मैं अपने बिस्तर पर आ गयी।

अब ये उठीं और स्टूल पर चढ़ी हाथ ताखा तक नहीं गया तो स्टूल पर कुर्सी रखी और बस गिर पड़ी।'

'ओह, चोरी कर रही थी, मासा-अल्लाह।' मैंने मुस्कुराकर कौसर को देखा।

कौसर ने जल्दी से खुद को चादर में छिपा लिया। खालाजान हम लोगों के लिए चाय बनाने चली गयीं।

लाख कहने पर भी उसने अपना मुँह चादर से नहीं निकाला। और अब यह कहानी लिखने के बाद मैं सोच रहा हूँ कि देखूँ वह इस कहानी से क्या सीख लेती है। हालाँकि ये उसकी अपनी कहानी है और बिलकुल सच्ची है।

मंजूर की कहानी

निशात-उल-ईमान

'अच्छे बेटे, अब उठो, अड्डा पर जाने का वक्त हो गया।'

मंजूर ने फटी-चिटी मैली रजाई से मुँह निकाल कर अपनी माँ को देखा लेकिन झोपड़ी में अँधेरा होने की वजह से वह अपनी माँ को साफ-साफ न देख सका और जाड़ा भी तो बहुत था जिससे उसकी माँ गठरी-सी बनी हुई बैठी थी।

'अम्मा, अब मैं भीख नहीं माँगूँगा।''

'क्या कहा !' उसकी माँ इस तरह बोली जैसे उसे बिजली का झटका लग गया हो।

'यही कि मेरा भीख माँगना हमेशा के लिए बन्द।'

'तो हम खायेंगे क्या ?' उसकी माँ डूबती हुई अन्दाज में बोली।

'खाने पीने के लिये क्या और कोई रास्ते नहीं हैं जिससे कि हम इस जलील और नीच काम से अपने खाने-पीने का सामान इकट्ठा करते रहें?'

'मेरे बेटे, तू तो आज बड़ों जैसी बातें कर रहे हो।'

'अम्मा क्या तुम नहीं चाहती कि तुम्हारा बेटा कोई इल्म और हुनर सीख कर नेकी वाला धन्धा करे और हम दोनों हलाल मेहनत की रोटी खायें। हम हाथ-पाँव से माजूर और मजबूर तो नहीं हैं।'

'बेटा, यह दुनिया सपनों की नहीं है। गरीबों और बेसहारों का यहाँ कोई मददगार नहीं। हम खान्दानी भिखमँगे नहीं हैं बेटे ! मगर तुम्हारे अब्बा की मौत और कोई सहारा न पाकर हमको हाथ फैलाना पड़ा।'

इसलिए तो बार-बार मेरा मन इस जलील पेशे से उचाट हो जाता है—लेकिन सिर्फ तुम्हारा मुँह देखकर चुप रहता था और उखड़े दिल से तुम्हारे साथ चला जाया करता था। मगर खुदा भला करे उस इन्सान का जो पुल पार वाले मुहल्ले में नया-नया आया है। उसके पास एक दिन भीख माँगने गया तो उसने मुझे अपने पास बैठा लिया। उसने मेरे गन्दे कपड़ों और मैले हाथ-पैरों का भी ख्याल नहीं किया।'

'तो वही इन्सान है जिसने तुझे भीख माँगने से मना किया है?'

'हाँ, लेकिन अम्मा, यह एक दिन की बात नहीं है। मैं जब भी उधर गया, वह नेक आदमी मुझे बुला कर अपने पास बैठा लेता। मुझे खिलाता और अल्लाह और नबी साहब की अच्छी-अच्छी बातें सुनाता और आखिर में मुझे भीख माँगने से मना करता और पढ़ने-लिखने की हिदायत करता।'

माँ-बेटे की इस बातचीत के साथ ही अँधेरा दूर होता जा रहा था और उजाले फैलते जा रहे थे। मगर सर्दी वैसी ही थी—खूब कड़ाके की। वह रोजाना इसी वक्त भीख माँगने के लिये चन्द मुहल्लों की तरफ जाया करते थे।

'अच्छे बेटे ! उस इन्सान को कहने दो, अब हमारे नसीब में यही है।'

'बिलकुल नहीं माँ, अगर हम उस खुदा वाले इन्सान के कहे पर चलें तो हम अपना नसीब भी बदल सकते हैं।'

माँ उसकी बात सुनकर समझ गयी कि अब मंजूर अड्डा पर नहीं जायेगा और जब वह नहीं जायेगा तो वह भी कैसे जायेगी । ज्यादहतर दोनों माँ-बेटा एक ही साथ भीख माँगा करते थे—बस जरूरत पर ही या किसी और वजह से मंजूर अकेला किसी दूसरी तरफ निकल जाता था, मगर वक्त पर अपनी माँ से आ मिलता था। वह अपनी उदास और कमजोर माँ का बहुत ख्याल रखता था।

उसकी माँ ने फिर उससे कुछ नहीं कहा और चुप-चाप झोपड़ी से बाहर जाने लगी।

'अम्मा, कहाँ जा रही हो!'

'कही नहीं बेटे! आज का दिन अकारथ जायेगा।'

'ऐसा मत कहो अम्मा।' मंजूर ने कहा, 'अल्लाह चाहेगा तो अब हम दोबारा किसी के सामने हाथ नहीं पसारेंगे।'

'सोच लो बेटे! यह दुनिया मतलब परस्त है। कहीं दूसरा रास्ता हम लोगों को भयानक खड्ड की तरफ न ले जाए।'

'नहीं, ऐसा नहीं होगा। मैं एकदम बच्चा तो नहीं हूँ। मैंने उस नेक आदमी को अच्छी तरह पढ़ लिया है। बिलकुल वैसे ही जैसे हम किसी की शकल-सूरत को देख कर समझ लेते हैं कि वह हमें भीख देगा या नहीं। वह हमें गलत रास्ते पर तो नहीं डालेगा। वह सचमुच बड़ा ऊँचा इन्सान है। बैठो अम्माँ, खड़ी क्यों हो अब सुन लो कल से मैं एक मदरसे के पास एक दुकान में काम करूँगा और रोजाना दो घंटा उसी मदरसे में पढ़ने के लिये मुझे वक्त दिया जायेगा।'

माँ की आँखों से झरझर आँसू गिरने लगे। 'रोने क्यों लगी अम्मा। रो मत, उस भले आदमी ने तुम्हारे लिये भी एक बैग के कारखाने में काम का बन्दोबस्त कर दिया है। उन कारखानों में सिर्फ लड़कियाँ और औरतें ही काम करती हैं। वहाँ बेत और नाईलोन की टोकरियाँ और बैग बनते हैं और वहाँ एक विभाग सीना-काढ़ना सिखाने का भी है। मैंने तुमको वहाँ टोकरी और बैग वाले विभाग में रखने के लिये चुना है। यह काम ज्यादा मुश्किल नहीं है। चन्द रोज में वहाँ की मास्टरनी तुम्हें बैग और टोकरी बनाना सिखा देंगी। फिर तुम वहीं जाकर बनाओ या जितनी टोकरी और बैग बना सको उतने का सामान लेकर अपनी झोपड़ी में बनाओ—दोनो सुविधाएँ हैं और उन्हें जमा करने के वक्त ही मजदूरी भी मिल जायेगी।'

माँ की आँखों में अब भी आँसू गिर रहे थे—

'अरी अम्मा ! आज तुम्हें क्या हो गया है जो इस तरह रोये जा रही हो। अब हम अच्छी जिन्दगी गुजारने जा रहे हैं और तुम हो कि रोती जा रही हो!'

अब अंधेरा एकदम दूर हो गया था और सुबह की रोशनी झोपड़ी में छन-छन कर आ रही थी। माँ ने अपना सर उठाकर मंजूर को देखा, वह बड़ा मुतमईन और खुश नजर आ रहा था। इससे पहले उसने अपने जहीन

और खूबसूरत बेटे को इस रूप-रंग में नहीं देखा था। अगर उसके कपड़े-लत्ते साफ-सुथरे होते और उसके गोरे चेहरे पर भीख के दाग-धब्बे न होते तो वह सचमुच उस घराने का लड़का नजर आता जिसमें उसकी चहकार गूँजी थी और जो गरीब होने के बावजूद अच्छा घराना था। मगर बुरा हो फसाद का कि जिसके सैलाब में उसका घर उजड़ गया। मंजूर के वालिद ने अपनी जिन्दगी को उठाने की कोशिश की, लेकिन वह बीमारी का शिकार होकर वक्त से पहले कबर में चला गया। और कोई सहारा और अच्छा रास्ता न पाकर मंजूर की माँ ने अपने वतन को त्याग दिया और इस शहर में आकर पहले किसी नौकरी की तलाश में इधर-उधर दौड़ी, मगर उसे नौकरी क्या मिलती। इस दौरान उसकी रही-सही पूँजी भी खत्म हो गयी और उसके कपड़े-लत्ते भी फटने लगे तब आखिर में हार कर उसने भीख का सहारा लिया। इस तरह वह अपना और अपने बच्चे का पेट पालने और अपनी जिन्दगी को एक तालाब के पानी की तरह गुजारने लगी।

मगर आज उसके बेटे ने उसकी जिन्दगी में तूफान की वर्षा कर दिया था और उसके पोखर के ठहरे हुए पानी में हिलकोरों की बाढ़ आ गयी थी। यह तेरह-चौदह साल का मंजूर कैसी बड़ों जैसी बातें करने लगा। खुदावाले इन्सान ने उसे कौन सा अमरित पिला दिया है। उसने मस्जिद के इमामों को देखा था, नमाज पढ़ने वालों पर निगाह पड़ी थी और उनसे भीख भी मिल जाती थी, लेकिन इससे पहले किसी ने न उसे और न उसके बेटे को इस जलील काम से बाज रहने के लिए कहा। मगर यह खुदा वाला इन्सान !

'क्या सोचने लगी अम्मा !' उसने अपनी माँ से पूछा जिसने अब रोना बन्द कर दिया था।

'अच्छे बेटे, मुझे उस खुदावाले इन्सान के पास ले चलो। मैं उनसे बातें करके इत्मीनान कर लूँ।'

'जरूर चलो। मगर तुमको उनके पास परदे में चलना होगा। वह बेपरदगी से नफरत करते हैं।'

'क्यों ?'

'वह कहते हैं कि बेपरद औरत उसी पेड़ की तरह है, जिसमें एक भी पत्ता न हो और सोचो पत्ता के बगैर वह पेड़ कैसा उजाड़ लगता है। मैंने भी ऐसे पेड़ देखे हैं। ऐसा पेड़ कैसा उजाड़ लगता है। मैंने सभी ऐसे पेड़ देखे हैं।'

'लेकिन मेरे पास ऐसी चादर कहाँ जिसे परदा बना सकूँ। यह एक धूसा है, मगर देखो कितना मैला है।'

'मैं तुम्हारे लिए आज एक चादर ला दूँगा।'

'कहाँ से, इतने पैसे तो नहीं हैं।'

'उसी खुदा वाले इन्सान के यहाँ से।'

'फिर तो यह पैसा भीख ही हुआ।'

'नहीं कर्ज के तौर पर। उनसे असल बात कहकर पैसे लूँगा। दुकान से तनख्वाह मिलेगी तो उनको दे दूँगा। जरूरत पर तो अल्लाह के आखिरी रसूल ने भी कर्ज लिया है और हम तो उनके पाक पाँवों की धूल भी नहीं।'

माँ अल्लाह रसूल की बात सुन फिर रो पड़ी। 'लो फिर रोने लगी—तुम भी अजीब माँ हो।'

माँ ने आँसू बहाते हुए कहा, 'बेटे, तू आज बड़ी अच्छी-अच्छी और ढाँढस बँधाने वाली बातें कह रहा है। पहले तो तू ऐसा नहीं कहता था।'

'पहले तो मुझे सिर्फ दुत्कार, नफरत और गाली मिलती थी मगर ऐसी अच्छी बातें पहली मरतबा उस खुदावाले इन्सान से सुनी जिसने तुम्हारे बाद प्यार और मुहब्बत दी और खुदा के रास्ते पर चलने का गुर बताया। उसी ने बताया, 'खुदा के आखिरी नबी ने कहा है कि हलाल-मेहनत की सूखी रोटी हराम के पोलाओ-कोरमा से अच्छी और खुशबूदार होती है और फिर कहा था उसने एक दिन कि जो आदमी हाथ-पाँवों और आँख से लाचार न हो तो उसका भीख माँगना गुनाहों में शामिल होगा।'

अब सूरज की रोशनी में गर्मी आ गयी थी और जाड़े की ठिठुरन कम हो गयी थी। मंजूर ने फटी रजाई से अपने बदन को अलग किया। उसके बदन पर नीले रंग की कमीज और कमर के नीचे एक नेकर था।

'अच्छा अम्मा ! अब कुछ खाने-पीने का इन्तजाम करो, तब तक मैं मुँह-हाथ धो लूँ। और लो ये पैसे, कल मैं दिन भर उसी नेक इंसान का एक काम करता रहा। दिन को उसने अपने साथ खाना खिलाया और शाम को चलते वक्त उसने ये पाँच रुपया दिया। तुम जो माँग-वाँग कर लाई हो, वह जुम्मन दादा को दे आओ। वह बूढ़े, मजबूर और लाचार आदमी हैं।'

'लेकिन?'

'लेकिन-वेकिन नहीं अम्मा, खुदा पर भरोसा करो, आज मैं फिर कुछ कमा कर लाऊँगा। और कह दिया है न, कल से मैं एक दुकान में काम करना शुरू करूँगा। दिन का खाना तो वहीं मिलेगा, लेकिन रात के लिए दुकान से रोजाना मुझे पैसा मिलेगा। वह हम दोनों के लिए काफी होगा। उसी पैसा से हम इधर खोराकी चलायेंगे। फिर जब तुम टोकरी और बैग बनाकर पैसे हासिल करने लगोगी तब हम रहने-सहने और खाने-पीने के लिए अच्छा रास्ता अपनायेंगे।'

'अल्लाह उस भले आदमी को खूब बड़ा बनाये, उसने तुम्हें चन्द ही दिनों में कैसा बना दिया है।'

'हाँ अम्मा, अल्लाह उसे और बड़ा दरजा दे। हम अँधेरे में थे, वह हमें उजाले में ले आया। हम जिल्लत और हकारत की जिन्दगी गुजारते थे, उसने हमें इज्जत की जिन्दगी बसर करने का रास्ता बताया।'

'जुग-जुग जिये वह इन्सान!'

मंजूर अपनी माँ की इस प्रार्थना से फूला नहीं समाया।

बिला उनवान

तस्कीन जैदी

शरीफ के आ जाने से हमारे घर में बहुत चहल-पहल हो गयी थी। और वह हमारे मनोरंजन का एक साधन भी बन गया था। घर का हर व्यक्ति उसे छेड़ता रहता था, क्योंकि वह अपनी देहाती जुबान में बातें करता था तो सबको बड़ा आनन्द आता था। वह घबड़ाकर पूछता, 'तुम लोगन का बोलत हो, हमारा दिमाग में नहीं आवत है।' हम सब जवाब देने के बजाए हँसते-हँसते लोट-पोट हो जाते थे।

मम्मी ने शरीफ को दूर के एक गाँव से बुलवाया था। ऊपर का सौदा लाने और घर का छोटा-मोटा काम करने के लिए, क्योंकि हमारा पुराना नौकर भाग गया था। हम लोग दिन भर स्कूल, कालेज में रहते थे और पापा दफ्तर में। मम्मी बिलकुल अकेली रह जाती थीं। बस उनका साथ नन्हीं सना

ही देती थी, जो पाँच वर्ष की थी। बड़ी चंचल, पलक झपकते ही गायब हो जाती और मम्मी जरा-सी देर में उसके लिए परेशान हो जातीं। शरीफ को इसलिए रखा गया था कि वह सना की देखभाल करे और ऊपर का सौदा ले आया करे।

शरीफ जब हमारे यहाँ आया तो उसके कपड़े मैले-कुचैले थे और उसके पैर में चप्पलें नहीं थीं। वह आते ही जमीन पर बैठ गया और घर की एक-एक वस्तु को बड़ी हैरत से देखने लगा। कभी उसकी नजर टीवी पर पड़ती, कभी फ्रीज पर, कभी कपड़े धोने वाली मशीन को गौर से देखता और मुझसे पूछता, 'भैया ! ई का है ?'

मैं उसको समझाकर एक-एक बात बताता।

शरीफ ने बताया था कि उसके बाप खेती-बाड़ी करते हैं। कर्ज के बोझ से दबकर उनकी हालत काफी खराब हो गयी। अभी दूसरी लड़की की शादी करनी है। पड़ोसन का नौकर जब गाँव गया तो वह शरीफ को साथ ले आया और मम्मी ने उसे पचास रुपये महीना और खाने पर नौकर रख लिया। जैसा उसका नाम था, वैसी ही उसकी खूबियाँ भी थीं। वह काम में बड़ा तेज था। झाड़ू-पोंछा सफाई से करता था और मम्मी की एक आवाज पर दौड़ा चला आता था। वे उससे बहुत खुश रहती थीं। उन्होंने मेरे कपड़े उसे पहनने को दिये थे और देखने में वह बड़ा भला लग रहा था। पतलून पहनने का उसका अंदाज ऐसा था जैसे उसने पहली बार पतलून पहनी हो।

पढ़ाई में भी वह दिलचस्पी रखता था। हिन्दी की पत्र-पत्रिकाओं को बड़ी दिलचस्पी से पढ़ता। एक दिन होमवर्क करने बैठा तो मेरी हिन्दी की कापी देखकर बोला, 'असद भैया ! ई लाइन तुम गलत लिखे हो। एका ऐसन होएके चाही।'

मैंने उसका मजाक उड़ाते हुए कहा, 'तू क्या जाने!'

'भैया, हमहू पाँचवाँ दर्जा मा पढ़ित है।' उसने सादगी से कहा।

बड़े भैया बोले, 'यह ठीक कह रहा है। तुम्हारा वाक्य गलत है।' यह सुनकर मैं झेंप गया।

एक दिन बड़े भैया ने हम दोनों को डिक्टेशन दिया। मेरी तीन गलतियाँ निकलीं और उसकी केवल एक। उस दिन से मैंने उसका मजाक उड़ाना बंद कर दिया और वह मेरे होमवर्क में मदद करने लगा। गणित भी उसका

अच्छा था। गुणा–भाग के प्रश्न वह मिनटों में हल कर लेता। मम्मी कहतीं, 'अगर उसे पढ़ाया जाए तो हर क्लास में प्रथम आये।'

मम्मी अब उसे और ज्यादा चाहने लगी थीं, क्योंकि उनका बहुत कहना मानता था। हर काम वक्त से पहले कर देता था। उसके मुँह से माँ शब्द बड़ा अच्छा लगता था। उसके लिए अम्मी की इस हमदर्दी से मुझे उससे जलन महसूस होने लगी थी और मैं खुद को कुछ नजर–अंदाज किया गया–सा महसूस करने लगा था। एक दिन मैंने मम्मी से पूछ ही लिया, 'ये आपको माँ क्यों कहता है ! आप तो हमारी मम्मी हैं, उसकी मम्मी तो गाँव में हैं।' मम्मी कुछ सोचकर मुस्कुराईं और मुझे समझाते हुए बोलीं, 'इसमें क्या हर्ज है। मैं इसकी माँ की जगह हूँ।' वह डैडी को भी 'पापा' कहने लगा था। उसका पापा पुकारना मुझे बुरा लगने लगा था। एक दिन डैडी से मिलने उनके कुछ दोस्त घर आये थे। वह बाहर बैठक में बैठे थे। मम्मी ने शरीफ से कहा, 'जाओ, जाकर चाय बाहर दे आओ !' शरीफ चाय की ट्रे लेकर कमरे में गया। चाय मेज पर रखते ही वह डैडी से बोला, 'पापा और क्या लाऊँ !'

डैडी ने उसे यूँ घूरा जैसे कह रहे हों, 'भाग जाओ, यहाँ से।'

उनके एक दोस्त ने हँसकर पूछा, 'क्या यह भी आपका लड़का है?'

'नहीं यार, मेरा नौकर है। गाँव से नया–नया आया है। बेगम साहिबा ने जरा ज्यादा ही सिर चढ़ा लिया है।'

शरीफ अपने बारे में यह सुनकर बहुत उदास हुआ और बाहर आकर फूट–फूट कर रोने लगा, फिर मम्मी के पास आकर बोला, 'माँ, अब हम यहाँ नहीं रहिब, पापा हमको नौकर समझति हैं। आज मेहमान के सामने हमारा बेइज्जती कर दिहेन।' मम्म्मी ने उसके आँसू पोछते हुए, उसे गले से लगाकर प्यार किया और बोलीं, 'मैं तो तुझे अपना बेटा समझती हूँ। तू दूसरों की क्यों परवाह करता है। मैं तुझे अपने पास से कहीं जाने नहीं दूँगी।' उस दिन से वह उदास और गुमसुम रहने लगा और एक दिन उसने अपने अब्बा को एक खत लिखकर किसी के हाथ भिजवा दिया।

फिर एक दिन उसके अब्बा आ गये, वह उन्हें देखकर बहुत खुश हो गया। उसके अब्बा मम्मी से बोले, 'बेगम साहिबा, मैं इसे लेने आया हूँ। उसकी परीक्षा करीब है। पाँचवीं कक्षा पास कर लेगा तो कुछ काम आएगा। मास्टर कह रहा था, बहुत गैरहाजिरी हो गयी।'

'परीक्षा जरूर दिला दो, लड़का पढ़ने में तेज़ है।' मम्मी ने उससे पूछा, 'शरीफ, क्या तू घर जाना चाहता है?'

'हाँ माँ, परीक्षा देइके चाहत रहीं। इम्तेहान के बाद हम आ जाइब, जरूर आ जाइब।'

मम्मी ने भींगी पलकों से उसे विदा किया और जाते समय उसे मेरा एक जोड़ा और बीस रुपये का एक नोट देते हुए कहा, 'देखो आना जरूर। मैं तुम्हारा छठवीं क्लास में दाखिला करा दूँगी।'

काफी दिन हो गये हैं। शरीफ नहीं आया। उसके जाने से मैं उदास रहने लगा हूँ। क्योंकि मेरे साथ खेलने वाला चला गया है। मम्मी शायद यूँ उदास रहती हैं कि उनके कानों में अब भी 'माँ' शब्द की प्यार भरी आवाज गूँजती रहती है।

खान साहब की मोटरकार

मिम-मिम राजेन्द्र

कोई नहीं जानता था कि खान साहब उनका असली नाम था या लोगों पर रोब जमाने के लिए उन्होंने अपना नाम मशहूर कर दिया था। बहरहाल उनकी मूँछें जरूर खानसाहबी थीं। मगर बाकी हुलिया खानसामानी था। कुछ लोग कहते थे कि यह कभी बैरा रहे थे। मगर हकीकत क्या थी, इसका इल्म किसी को न था। एक छोटे से कमरे में दिन भर पड़े चाय और बीड़ी पीते रहते थे। एक बूढ़ा देसी कुत्ता पाला हुआ था, जिसके साथ हवाखोरी को निकलते तो पुराने साहब लोगों वाले एक पाइप में तम्बाकू रख कर बड़ी शान से इठलाते हुए चलते। आमदनी का क्या जरिया था, यह खुदा जानता था। मगर लोगों पर यह रोब बैठा रखा था कि अफगानिस्तान की हुकूमत से पेन्शन मिलती है। चन्द लोग यह भी खबर लाए थे कि खान साहब मिस्त्री हैं और जब कभी काम मिल जाता है तो लोगों के घर पर ही जाकर उनकी गाड़ियाँ और मोटरगाड़ियाँ ठीक कर आते हैं। मगर वह वाकई गाड़ियों के मिस्त्री थे तो गजब की हस्ती थे। क्योंकि उनके कपड़ों पर कभी तेल और

मैल का एक छींटा तक नहीं देखा गया। जब घर से जाते बर्राक रेशमी कपड़े पहन कर जाते और उन्हीं कपड़ों में लौटते। दुश्मनों ने यहाँ तक उड़ा दी थी कि जिस की गाड़ी ठीक करते हैं, उसी के घर पर स्नान करना और कपड़े धोना तय कर लेते हैं। अपने साथ मिस्त्री के कपड़े थैले में डाल कर ले जाते हैं। काम करके उसी में डालकर ले आते हैं। खुदा जाने हकीकत क्या थी। मगर एक थैला अकसर उनके हाथ में देखा गया था। एक खबर यह भी थी कि खान साहब रेस के शौकीन थे।

आयु लगभग पचास होगी। जिसमें शरीर के कद और मूँछों की लम्बाई में दो हाथ कम का ही फरक होगा। बाल काफी सफेद हो गये थे। मगर मजाल है कि किसी को कभी सफेदी का निशान भी नजर आया हो। फुरतीलेपन में सिर्फ नट या मोहल्ले के शरारती लौंडे ही उनका मुकाबला कर सकते थे। कपड़े हमेशा रंगीन और रेशमी ही पहनते थे। मोहल्ले के लड़कों में बड़े मकबूल थे, और उन्हें अपनी आयु पच्चीस की बताया करते थे। खान साहब का कमरा मुहल्ले के तकरीबन सभी शरारती लड़कों का अड्डा था। हामिद-रजाक-शकूर-बन्नी और मोटा केशु तो जैसे ही खान साहब का दरवाजा खुला देखते, आ धमकते। लालच सबको था चाय की चुस्की का। मगर खान साहब की शख्सियत में भी ऐसी कशिश थी कि लड़के धूप और लू में भी उनके काम के लिए पागलों कि तरह दौड़ते फिरते रहते। किसी को उन्होंने कहा कि एक रुपया की चीनी ले आओ तो वह दौड़ गया। पानी खौल गया और रजाक ने चाय की पत्ती डालने का डब्बा खोला तो चाय पत्ती नदारत। खान साहब ने कहा कि तकिए के नीचे अठन्नी है, निकाल कर बनिये की दुकान से चाय्य का चूरा ले आओ तो रजाक हिरन की टाँगों से दौड़ पड़ा। कम चीनी और दूध की चन्द बूँदों से बनी मगर नमक की चुटकी पड़ी यह चाय लड़के इतने मजे ले ले कर पीते कि अपने घरों में दूध भी इस तरह न पीते होंगे। एक रोज मोहल्ले वाले क्या देखते हैं कि खान साहब एक देचों-देचों करती हुई गाड़ी लिए चले आ रहे हैं। सचमुच की मोटरकार और खान साहब उसे खुद चला कर ला रहे थे। गाड़ी के आने का लड़कों को पता लग गया, क्योंकि वह तो बाहर ही खड़ी थी। मगर उन सबके अब्बा भी जान गये क्योंकि खान साहब ने अपने घर के सामने गाड़ी रोकी तो इंजन को कुछ ऐसे दम दिया कि सारे मोहल्ले में तोप-सी छूट गयी थी और सफेद और काले धुएँ के बादल ऐसे निकले कि शायद रेल के इंजन से भी न निकलते होंगे। जब धुआँ साफ हुआ और इंजन खामोश हुआ तो लड़के

आगे बढ़े और खान साहब से सवाल पर सवाल करने लगे। किसकी गाड़ी है? कौन-सा मोहल्ला है? एक लीटर में कितने मील चलती है! इसमें कितनी सवारियाँ बैठ सकती हैं? क्या इससे कलकत्ता और बम्बई जा सकते हैं? इसकी कीमत क्या होगी? खान साहब बिलकुल ऐसा महसूस कर रहे थे जैसे रेस में कोई घोड़ा जीतकर आये हों। जहाँ तक माडल का तालुक था यह जाहिर था कि अगर दुनिया में बनने वाली यह पहली गाड़ी नहीं थी तो दूसरी या तीसरी जरूर होगी। बाकी सवाल का जवाब खान ने इस तरह दिया।

मुझे अपनी गाड़ी बेचे हुए दस-पन्द्रह वर्ष हो गये हैं। तब से सोच रहा था कि कोई अच्छी-सी गाड़ी लें। इस गाड़ी पर बहुत से लोगों की आँख लगी थी, मगर यह मालिक को इतनी प्यारी थी कि वह किसी कीमत पर भी देने को तैयार नहीं था। खुदा शक्कर खोर को शक्कर देता है। हालात ने ऐसी करवट ली कि आज मेरी उम्मीद पूरी हो गयी और वह इस गाड़ी से जुदा होने पर तैयार हो गया। तो दोस्तों यह गाड़ी तुम्हारे खान साहब की है और इन्सा अल्लाह इस मुहल्ले की शान बढ़ाएगी। इस पर लड़कों ने खुद तालियाँ बजाईं—खान साहब उचककर बोनेट यानी इंजन पर बैठ गये। गाड़ी की छत काफी नीची थी। हामिद और रजाक को पता लगा कि गाड़ी तो खान साहब की है तो वह भी खिड़कियों पर जिनमें शीशे नहीं थे, पाँव रख कर छत पर चढ़ गये। मोटे केशु ने पूछा, 'इससे बम्बई जा सकते हैं!'

'क्यों नहीं, बम्बई और कलकत्ता तो क्या, कसम खुदा की मैं इसे विलायत तक ले जा सकता हूँ।

'पाकिस्तान, पेशावर और काबुल जाने का इरादा तो मैं अगले माह ही रखता हूँ,' खान साहब सीना फुला कर बोले। अब क्या था लड़कों के लिए तो जैसे सर्कस ही मोहल्ले में आ गया था जब देखो गाड़ी से चिमटे हुए हैं। चूँकि गाड़ी का आगे का दरवाजा बन्द नहीं होता था इसलिए मोटा केशु तो अन्दर सीट पर ही बैठा रहता था। गाड़ी का पूँ-पूँ अन्दर नहीं बाहर छत पर लगा हुआ था। और लड़के उचक-उचक कर चौबीसों घण्टे बजाते रहते थे। खान साहब तो वाकई छुपे रुस्तम निकले। गाड़ी के बारे में एक-एक चीज जानते थे और तीन-चार दिन गाड़ी पर यूँ पिले कि उसका पुरजा-पुरजा खोलकर रख दिया। मोहल्ले के लड़के भी आधे मिस्त्री बन गए। आज चार दिन की मेहनत के बाद गाड़ी की शकल ही कुछ और निकल आई थी। शकूर और बन्नी बाल्टी और कपड़ा लिये हुए सारी गाड़ी को साबुन और

पानी से धो रहे थे। इसके बाद हामिद और केशु ने खुश्क कपड़े और मोम से रगड़-रगड़ कर उसे चमकाया। आखिर में खान साहब कमरे से पेट्रोल का टीन लाये और पेट्रोल डालकर बड़ी देर तक इंजन को फुट-फुट करते रहे, आखिरकार एक बहुत ही करखत आवाज और धुआँ के साथ इंजन किसी ईंट तोड़ने वाली मशीन की तरह कड़का और खान साहब बोले—

'लो भाई मेहनत कामयाब हो गई, अब दस वर्ष तक गाड़ी पर हाथ भी नहीं लगेगा। अब जिसे भगाना है अपनी नई गाड़ी मेरे साथ भगा ले और हाँ हामिद कल रविवार है न, चलो पिकनिक पर सब-के-सब। बोलो सुबह सवेरे चलें।'

'हाँ सुबह ठंड में छः बजे चल दो' सब लड़के बोले। 'किधर चलें' खान साहब ने पूछा। 'उखला' केशु बोला। 'कुतुब चलो यार' रजाब ने कहा। खान साहब बोले, 'भई अपने पास गाड़ी है उखले चलो चाहे कुतुब चलो; मगर मैं सोच रहा था कि आज हम लोग थक गये हैं कल कहीं पास ही चलो और फिर अगले रविवार को आगरे चलेंगे।' यह बात सबको पसन्द आई और पिकनिक की तैयारी जोर-शोर से शुरू हो गई। फैसला यह हुआ कि ढाई मिल पर जो नया पार्क बना था वहाँ चलेंगे। लड़कों ने घर से पैसे लेकर चीजें खरीदनी शुरू कर दीं। केशु की माँ ने सुबह अँधेरे ही उठकर ढेर सारी पूड़ियाँ भी बना दीं, केशु तू भी खाइयो और तेरे दोस्त भी खाएँ।

खान साहब पाँच बजे ही तैयार होकर बाहर आ गये और आते ही पुन-पुन करना शुरू कर दिया। आवाज सुनते ही लड़के एक-एक कर के अपनी-अपनी टोकरी उठाकर बाहर आ गये। हामिद, रजाक, शकूर और बन्नी पीछे बैठे और खान साहब उनका टाइगर और केशु सामने सीट पर आराम से आ गए। खान साहब ने मोटर स्टार्ट की। पाँव का पड़ना था कि गाड़ी स्टार्ट हो गई और एक अजीब शान से इठलाती हुई सबके घरों के आगे से चक्कर लगाती हुई बाहर निकलने लगी। खान साहब बड़ी शान से लड़कों के माँ-बाप की तरफ जो बाहर निकल आये थे देखकर मुस्कुरा रहे थे और लड़के तो खिड़कियों में से सर निकालकर और हाथ हिला-हिलाकर टा-टा कर रहे थे।

बाहर बड़ी खुशगवार हवा चल रही थी। गाड़ी में चूँकि शीशा नहीं थे बारहदारी बनी हुई थी और हवा के झोंकों का मजा आ रहा था। गाड़ी पानी की तरह चल रही थी, खान साहब बोले—

'पुरानी चीज फिर बढ़िया होती है। अब करे इसका मुकाबला कौन सी गाड़ी करती है।' और वाकई एक टैक्सी जो बराबर से गुजरी तो खान साहब ने भी तैश में आकर अपनी गाड़ी तेज कर दी। लड़कों ने तालियाँ बजानी शुरू कर दीं। चन्द मिनट में खान साहब ने टैक्सी को जान लिया और 'अबे जा साले' कहते हुए उसे पीछे छोड़ दिया, मगर हुआ यह था कि टैक्सी खुद अहिस्ता हो गई थी क्योंकि उसे बायें तरफ मुड़ना था बहरहाल खान साहब की गाड़ी फर्राटे मारती हुई जा रही थी।

पिकनिक खूब रही, बाग में चार पाँच घंटे खूब लुत्फ रहा। यूँ तो ढेर सारी चीजें थीं मगर केशु की लायी हुई पूड़ियाँ और मीठे अचार ने सबका पेट खूब भर दिया। लड़कों ने कव्वालियाँ गाईं और मोटे केशु ठुमक-ठुमककर नाचा—खान साहब ने इस मौके पर यह भी बताया कि उनके दादा जान हिन्दुस्तान के मशहूर कव्वाल गुजरे हैं।

कोई साढ़े ग्यारह बजे जब गरमी बहुत बढ़ गई तो खान साहब ने लौटने का फैसला किया। केशु को तो नींद ही आने लगी थी—सब दौड़कर गाड़ी में भर गये, खान साहब बैठे, गाड़ी स्टार्ट की मगर स्टार्ट नहीं हुई और तीन-चार दफा फुर-फुर करके रह गयी दो-चार पाँव और मारे तो फुर-फुर भी बन्द हो गई। खान साहब ने उतरकर पीछे की सीट के नीचे से स्टार्ट करने वाला लोहे का डंडा निकाला—डंडा घुमा-घुमाकर खान साहब को पसीना छूट गया, मगर गाड़ी आतीश फेशन पहाड़ की तरह लावा खारिज करके खामोश हो गई। खान साहब थककर बैठ गये। इंजन पर इधर-उधर हाथ मारा मगर बेसुरा पसीना पोंछते हुए बोले—

'कोई बड़ी खराबी हो गई है ऐसा करो सब उतरकर थोड़ा धक्का दो—एक मिनट में चल पड़ेगी।'

सबने उतरकर पूरे जोश से धक्का दिया, लेकिन गाड़ी में 'सर' की आवाज भी पैदा न हुई—एक दफा शुभा हुआ कि गाड़ी शायद स्टार्ट हो गई है मगर फिर पता लगा कि वह तो टाइगर की आवाज थी जो गरमी से घबराकर ऐसे बोला था। धक्का कई दफा दिया गया मगर गाड़ी नहीं चली—हाँ इतना फायदा हुआ कि गाड़ी पार्क में से निकलकर बाहर सड़क पर आ गई थी। इस सड़क पर दरख्त का नाम व निशान नहीं था और ऊपर से चिलचिलाती धूप पड़ रही थी। लड़के धूप से बचने के लिए गाड़ी की सीटों पर बैठने लगे तो खान साहब बोले—

'इस तरह तो यहाँ शाम हो जायेगी। मुसीबत यह है कि यहाँ से घर तक कोई गैरेज वगैरा भी नहीं है जो ठीक कर लें। गाड़ी सड़क पर छोड़ना भी ठीक नहीं। धक्का देकर घर ले चलते हैं।'

'बाप रे बाप' केशु बोला,'मेरा तो अभी से दम निकल गया दो ढाई मील तक धक्का कौन देगा।'

'भाई इसके सिवा चारा भी क्या है',खान साहब बोले'और गाड़ी तो बिलकुल फुल है बस जरा इशारे की जरूरत पड़ेगी।'

चार ना चार लड़के फिर जुटे और खान साहब पहिये पर बैठे। सबकी वह खिंचाई हुई कि कभी कोल्हू के बैल की भी नहीं हुई होगी। मोटा केशु तो बेहाल हो गया और वह बीसों मरतबा साँस लेने के लिए रुका होगा। सब पसीने में बुरी तरह तर हो रहे थे। सारे रास्ते में सिर्फ एक पियौ पड़ा और लड़कों ने दो-दो तीन-तीन गिलास पानी पिया। एक जगह जब लड़के मोटर को धक्का दे रहे थे तो पास से तेजी से गुजरते हुए एक घोड़ा रेढ़ेह में बैठे हुए एक शरारती लड़के ने जिसके पास एक बाल्टी में कुछ पानी था बाल्टी का पानी केशु पर फेंक दिया और खूब हँसा।

गरज यह कि सब लड़के हवास बाखता थके हारे घर लौटे। खान साहब ने लाख कहा कि रुको चाय बनाते हैं, मगर सब लड़के अपना-अपना सामान लेकर मुँह लटकाये हाँफते-काँपते सीधे अपने-अपने घर पहुँचे। कोई तीन बजे केशु बाहर निकला और हामिद को बुलाया। उसके बाद दोनों ने शकूर, रजाक और बन्नी को आवाज दे ली। पाँचों को बड़ा तैश आ रहा था और वह सब केशु की देड़ीह में बैठ गये। उस वक्त सारे मोहल्ले में लू का आलम था। इस चिलचिलाती धूप में लड़कों के और कौन निकलता भी। सब अपने-अपने दरवाजे बन्द किये अन्दर लेटे थे। केशु ने कहा,'अबे हामिद मैं तो गुस्से से पागल हो रहा हूँ। मेरी जो इतनी बेइज्जती आज हुई है कभी नहीं हुई।' 'कसम खुदा की अपने साथ भी बड़ा बुरा हुआ।' हामिद बोला। 'मगर करें क्या?' 'मैं बताऊँ।' केशु बोला। 'खान साब से तो अपना लेन-देन खतम। बदला लो और मेरा कहा मानों इस खाली गाड़ी को धक्का देकर नाला में गिरा दो और ऊपर से पत्थर मारो।' बन्नी बोला।

'चलो खान साहब तो दरवाजा बन्द करके सो रहा है', केशु बोला, 'आओ चलो,पहले सब ये रेवड़ी खाओ।'

आस्तीन चढ़ाकर सब आगे बढ़े, मोटे केशु ने पूरी ताकत से धक्का लगाया और दूसरे लड़के भी जुट गये। नाला कोई बीस गज के फासले पर था। गाड़ी धड़ाम से गिरी और चकनाचूर हो गई। एक दफा तो सब लड़के भागकर केशु की देड़ीह में छुप गये, मगर जब उन्होंने देखा कि इस धमाका ने किसी को नहीं जगाया तो फिर बाहर निकल आये और गाड़ी पर बड़े-बड़े पत्थर मारकर रही सही कसर भी पूरी कर दिया। शायद ही गाड़ी की कोई चीज सलामत रही हो और फिर पाँचों ने मिलकर कोई एक मन का बड़ा पत्थर जो वह दूर से खिसका कर लाये थे गाड़ी पर गिराया ही था कि खान साहब हवास बाखता भागते हुए आये और नाले में गाड़ी को गिरा हुआ देखकर सर पीट-पीटकर बोले,'अरे कमबख्तों यह गाड़ी मेरी नहीं थी। मैं तो इसे मरम्मत करने के लिये लाया था, अब मालिक को क्या जवाब दूँगा। अबे ओ हामिद के बच्चे—अबे ओ केशु के बच्चे।" मगर अब न हामिद का पता था, न केशु का और न किसी और का। सब ने केशु के देड़ीह में घुसकर अंदर से कुण्डी लगा ली थी और हर एक के हाथ में एक-एक पत्थर भी था।

जीत

मु० मोजीब मुहम्मद

दिनेश खामोशी से अपने कमरे में चला गया। उसे बदहवासी के आलम में देखकर माँ पूछने लगी, 'क्यों बेटे, आज खेल में मजा नहीं आया। प्रैक्टिस हुई या नहीं।'

'हाँ प्रैक्टिस तो हुई है, मम्मी।' वह मायूसी से बोला। 'इतने बुझे दिल से क्यों कह रहे हो बेटे।' माँ ने उसे कुरेदते हुए पूछा। 'नहीं तो ऐसी कोई बात नहीं है।' उसने रुकते हुए कहा। 'साफ-साफ कह दो कि आखिर बात क्या है। उठो पहले यूनीफार्म बदल लो फिर नहा कर चाय पी लेना।' माँ उसे सवालिया नजरों से देखते हुए कहने लगी। जवाब में दिनेश ने सर झुका लिया और उसकी आँखें भर आईं।

'लगता है कि आज तुम बहुत खेले हो, तभी इतने थके दिखाई देते हो। नहा लोगे तो सारी थकान दूर हो जायेगी।' माँ प्यार से उसके सिर पर हाथ फेरते हुए बोली।

'मम्मी, आज से मैं प्रैक्टिस के लिए नहीं जाऊँगा।' दिनेश बहुत रुआँसा होकर कहने लगा।

'क्यों बेटे, इसलिए कि तुम्हारे डैडी यह 'टूर्नामेंट' नहीं देख सकेंगे। जब वह टूर से लौटेंगे तो तुम्हें शाबाशी देंगे। तुम्हारी टीम की कामयाबी की खबर पाकर वह और भी खुश होंगे।' माँ ने उसका हौसला बढ़ाते हुए कहा।

'नहीं मम्मी, यह बात नहीं।'

'तो फिर तुम क्या कर रहे हो। इस टूर्नामेंट में अच्छा खेल कर तुम अपनी टीम का नाम ऊँचा कर सकते हो। देखो न, परसों ही तुम्हारे डैडी कह रहे थे कि हमारे खानदान में कोई तो खिलाड़ी पैदा हुआ। उन्होंने तुम से कितनी उम्मीदें लगा रखी हैं। क्या तुम्हें इसका अहसास नहीं!' माँ ने कहा।

'मम्मी, मैं इस काबिल ही नहीं कि अच्छी बोलिंग कर सकूँ। हमारे कोच मिस्टर शर्मा का कहना है कि फराज मुझसे तेज और अच्छी बोलिंग कर सकता है। इसलिए टीम की कप्तानी भी वही करेगा।' दिनेश रुआँसी आवाज में बोला।

माँ ने दाँतों तले जबान दबाकर कहा, 'तो क्या हुआ बेटे, मुझे यकीन है कि मिस्टर शर्मा ने यह बात इसलिए कही होगी कि तुम और मेहनत से खेलोगे।'

'जी नहीं, वह मुझसे कह रहे थे कि तुम बहुत मोटे हो गये हो। क्रिकेट जैसे खेल के लिए बिलकुल नामौजू हो और उन्हीं ने यह भी कहा कि अगर उनका बस चले तो मुझे कभी खेलने की इजाजत न दें।' यह कहते हुए वह सिसकने लगा। माँ ने उसकी परेशानी की तरफ से बात बदलने की कोशिश की तो उसने गुस्से में अपनी माँ का हाथ झिटक दिया। 'मेरे अच्छे बेटे, तुम्हें कभी भी ऐसा नहीं सोचना चाहिए। अपनी टीम के लिये तुम्हें हर मुमकिन कोशिश करनी चाहिये।' मगर दिनेश रोता रहा।

'आखिर इन खेलों का मकसद क्या है। यही न कि हम दूसरों के खेल की तारीफ करना सीखें। दूसरों के साथ मिल-जुलकर काम करें। ईमानदारी

का सबक सीखें।'

'मुझे इससे कोई मतलब नहीं है।' वह चीखने लगा। 'मेरी दुआ है कि फराज मर जाये, मर जाये, मर जाये।'

'दिनेश, मुझे बहुत अफसोस है कि तुम इतने खुदगर्ज हो रहे हो कि अपनी कामयाबी के लिये दूसरे की मौत चाहते हो। अगर तुम्हारे डैडी को मालूम होगा तो उनको भी तुम पर शर्म आयेगी। हमें तुमसे बहुत-सी उम्मीदें थीं, मगर तुमने बहुत सदमा पहुँचाया है। माँ की बात को नजर अन्दाज करते हुए उसने मुँह फेर लिया।

'बेटे, खुदा भी ऐसे लोगों से सख्त नाराज होता है जो दूसरों की कामयाबी से जलते हैं। फौरन तोबा कर लो। फिर कभी ऐसी बात नहीं कहोगे।' माँ ने आँचल से उसके आँसू पोछते हुए कहा।

दिनेश ने नजरें उठाकर देखा कि माँ की आँखों से आँसू बह रहे हैं। 'वायदा करता हूँ माँ फिर कभी खुदगर्जी से काम नहीं लूँगा। पहले टीम को फिर बाद में अपनी जीत को देखूँगा।' दिनेश नियामत भरे लहजे में कहने लगा।

'तो फिर जाओ, पहले फराज को कप्तान बनने पर मुबारकबाद दो और यकीन दिलाओ कि तुम उसका भरपूर साथ दोगे। और हाँ फराज और मिस्टर शर्मा को आज डिनर पर बुला लो।'

'ओके मम्मी, अगर आप यही चाहती हैं तो ठीक है।' दिनेश ने सिर हिलाते हुए कहा। 'तुम्हारे डैडी को जब यह मालूम होगा तो वह ज्यादा फख्र महसूस करेंगे जितना कि वह तुम्हारे अच्छा खेलने से महसूस करते हैं। वह समझ जायेंगे कि उनके लाडले बेटे ने जिन्दगी का सबसे अहम सबक सीख लिया है और यही सबसे बड़ी जीत होती है।' माँ ने नसीहत करते हुए कहा।

दिनेश आहिस्ता से उठा फराज और मिस्टर शर्मा को फोन करने लगा। उसने देखा कि अब वह काफी सुकून महसूस कर रहा है।

मेहनत की जीत

जमील अरशद

एक होटल में चार छोटे-छोटे लड़के काम करते थे। चारों आपस में बराबर झगड़ते रहते। काम के बँटवारे पर चारों में रोज लड़ाई होती। वे सब एक-दूसरे पर इलजाम लगाते कि वह मुझसे कम काम करता है। जब वह मार-पीट करने लगते तो होटल में काम करने वाले दूसरे लोग भी उन्हें मारते, होटल का मालिक भी उन्हें बुरी तरह पीटता और गालियाँ देता। चारों मार खाकर रोने लगते फिर रोते-रोते खुद ही चुप हो जाते। उनका रोज का यही मामला था।

होटल के सामने वाली इमारत में शाहिद नाम का एक नौजवान रहता था। वह भी रोज इसी होटल में खाना खाता था। जब वह चारों को मार-पीट करते देखता तो बहुत अफसोस करता। कभी-कभी चारों टी० वी० देखने उसके घर जाते थे, चारों उसे अच्छी तरह जानते थे और उसकी इज्जत भी करते थे।

एक दिन वे टी० वी० देखने आये तो शाहिद ने उन्हें समझाया कि तुम लोग आपस में क्यों झगड़ते रहते हो। तुम लोगों की मार-पीट से तंग आकर दूसरे लोग भी तुम्हें मारते हैं। क्या तुम लोगों को मार खाना अच्छा लगता है।

किसी ने उसकी बात का जवाब नहीं दिया और खामोशी से वापस चले गये। एक दिन फिर शाहिद ने चारों से कहा कि अगर तुम लोग आपस में छोटी-छोटी बातों के लिये लड़ना-भिड़ना बन्द कर दो तो मैं तुम लोगों के फायदे के लिए कुछ कर सकता हूँ। फिर उसने चारों को समझाते हुए कहा कि देखो, तुम्हारे माँ-बाप जरूर गरीब होंगे तभी तो इस छोटी-सी उंमर में तुम्हें काम करना पड़ रहा है। क्या तुम लोग चाहते हो कि जिन्दगी भर इसी तरह होटलों में काम करते रहो। दूसरों की गालियाँ और मार खाते रहो। क्या तुम लोग तरक्की करना नहीं चाहते। क्या तुम्हारे दिलों में ख्वाहिश नहीं होती कि हमारी तरह तुम लोगों का भी घर हो। क्या तुम लोग अपने

घरवालों को खुशी देना नहीं चाहते। जरा सोचो कि क्या तुम लोग इस छोटी-सी उमर में अपने घरवालों से सैकड़ों मील दूर इसलिए आये हो कि रोज मार खाओ, गालियाँ सुनो। अगर मेरी बात समझ में आ रही है तो आज से चारों मिल-जुल कर रहो।

'अच्छा यह बताओ कि तुम लोग अपनी तन्ख्वाह का पैसा क्या करते हो।'

'आधा घर भेज देते हैं।' एक ने कहा।

'और आधा।'

'फिल्म देखते हैं और घूमने-फिरने में खर्च हो जाता है।' 'आज से तुम लोग फिल्म देखना और घूमना-फिरना बन्द कर दो। मेरे घर आकर टी० वी० प्रोग्राम देख लेना। और भेजने के बाद जो पैसा बचेगा वह मुझे दे देना। मैं तुम लोगों के नाम से बैंक में एकाउन्ट खोलवा दूँगा। तुम लोग अपने पास पैसा नहीं रखोगे। सब पैसा बैंक में जमा होगा और जब बहुत पैसा जमा हो जायेगा तब तुम लोग कोई कारोबार करना, कोई होटल ही खोल लेना। चारों मिलकर खूब मेहनत करना, ऊपर वाला तुम्हें जरूर कामयाब करेगा।'

चारों शाहिद की बातें सुनकर बहुत खुश हुए और शाहिद के बताये हुए रास्ते पर चलने के लिए राजी भी हो गये। फिर शाहिद ने चारों से पूछा कि तुम लोग पढ़ना-लिखना तो नहीं जानते होगे।

मैंने उर्दू का कायदा खतम किया है—एक ने कहा। मैं हिन्दी में नाम और पता लिखना जानता हूँ—दूसरे ने कहा। ठीक है काम खतम करके तुम चारों मेरे पास आ जाओगे। मैं तुम लोगों को उर्दू और अंग्रेजी पढ़ाऊँगा। मेरे पास बहुत सारे लड़के पढ़ने आते हैं। तुम लोग भी आकर पढ़ लेना। अगर मेहनत करके तुम लोग थोड़ा पढ़ना-लिखना सीख जाओगे तो बहुत फायदे में रहोगे। क्यों अपना वक्त फिल्म देखने या इधर-उधर घूमने में बरबाद करते हो। कुछ पढ़ना-लिखना जानोगे तो कारोबार करने में आसानी रहेगी। लेकिन इसके लिये तुम्हें सख्त मेहनत करनी होगी और आपस में मेल-जोल बनाये रखना होगा।

उस दिन के बाद चारों के रुख में कुछ तबदीली हुई। अब वह बाकाइदगी से शाहिद के पास जाकर पढ़ते। होटल का मालिक भी कुछ नहीं बोलता। पढ़ाई-लिखाई के मामले में भला कौन बोलेगा। शाहिद ने चारों के नाम से बैंक में एकाउन्ट खोलवा दिया। उनकी मेहनत और लगन

देखकर शाहिद भी उनमें खूब दिलचस्पी ले रहा था। अब वह धीरे-धीरे बहुत समझदार हो गये थे। पैसा जमा होते देखकर चारों बहुत खुश थे। चन्द साल इसी तरह गुजर गये। अब वे चारों कुछ बड़े भी हो गये थे। और उनके एकाउन्ट में इतना पैसा जमा हो गया था कि अब वे कोई कारोबार कर सकते थे। एक दिन शाहिद ने चारों से कहा कि इसी मोहल्ले में एक होटल है। होटल का मालिक होटल चलाने में नाकाम हो गया है। इसलिए वह पाँच सालों के लिए अपना होटल किसी को देना चाहता है। अगर तुम लोग मेहनत करने के लिये तैयार हो तो फिर मैं बात-चीत करूँ।

चारों यह सुनकर बहुत खुश हुए और जल्दी से हामी भर दी। शाहिद ने होटल के मालिक से बात पक्की कर ली।

पाँच-दस दिनों के अन्दर ही उन्हें होटल मिल गया। होटल में काम करने का उन्हें अच्छा-खासा तजुरबा था, इसलिए उन्हें ज्यादह परेशानी नहीं हुई।

चारों दिन-रात मेहनत कर रहे थे और ईमानदारी से होटल चला रहे थे। उनकी आमदनी खूब बढ़ गयी। होटल बहुत अच्छी जगह पर था, और खूब चल रहा था।

शाहिद उनकी तरक्की से बहुत खुश था और सोच रहा था कि इन्सान अगर मेहनत और हिम्मत करे तो कोई काम मुश्किल नहीं।

कन्नड़

कन्नड़ बाल-साहित्य : एक संक्षिप्त परिचय

१८४० ई० से १९९१ तक, करीब डेढ़ सौ वर्षों की अवधि का, कन्नड़ भाषा का बाल-साहित्य अध्ययन की सुविधा के लिए विकास काल माना जाता है, हम यहाँ उसका संक्षिप्त परिचय दे रहे हैं।

संख्या की दृष्टि से देखा जाये, तो अब तक करीब ५००० से कुछ अधिक शीर्षक इस साहित्य के अंतर्गत गिने जाएँगे जिन्हें वैज्ञानिक दृष्टि से शिशु, बाल एवं किशोर साहित्य मान सकते हैं। शिशु साहित्य के अंतर्गत पाँच वर्ष की अवधि तक के बच्चों के लिए रचित वाचन एवं पठनीय साहित्य, विशेष रूप से शिशु गीत प्राप्त होते हैं। बाल-साहित्य के अंतर्गत कुछ विकसित, नीति परक, ज्ञान वर्धक, कुतूहल जनक सामग्री तथा किशोर साहित्य के अंतर्गत ज्ञान-जिज्ञासा की पूर्ति और विश्व के नाना क्षेत्रों का परिचय कराने वाली सामग्री देने का अनोखा प्रयत्न दिखाई देता है। इधर कुछ वर्षों से विशेष रूप से विज्ञान सम्बन्धी विषय भी बाल-साहित्य के रूप में प्रकाशित हो रहे हैं जो विशेष उल्लेखनीय हैं।

ऐतिहासिक दृष्टि से ११३० ई० में दुर्गसिंह के पञ्चतंत्र के कन्नड़ अनुवाद से बाल-साहित्य का आरम्भ माना जाता है। १९वीं सदी के मध्यभाग (१८४० ई०) में मद्रास से प्रकाशित ईसप की कहानियों का कन्नड़ अनुवाद विकासकाल की प्रथम रचना मानी जाती है।

तदनंतर, स्कूली विद्यार्थियों के लिए पाठ्य विधि के अनुसार रचित पाठ्य पुस्तकों के प्रकाशन से बाल-साहित्य के व्यवस्थित प्रादुर्भाव को पहचान सकते हैं।

श्री च० वासुदेवय्या द्वारा रचित 'बाल बोधे', तथा पाँचवीं कक्षा की पाठ्य पुस्तक इस दिशा की पहली शुरुआत है जिनमें बाल-मनोविज्ञान का सूक्ष्म अध्ययन प्राप्त होता है। बच्चों के मानसिक स्तर को समझकर, उनके लिए इतनी सुन्दर एवं सरल सामग्री का चयन यहाँ पर हुआ था कि उनके अत्यंत प्रिय लगने वाले शब्द, जैसे कि माता के हाथ से बच्चे को दिया जाने वाला अन्न का 'कौर', 'माता-पिता बाघ', 'चूहा' आदि शब्दों को पाठ का विषय बना लिया गया। छोटे-छोटे बाल-गीत रचे गये। ये बाल-गीत इतने आकर्षक थे कि आज तक माताएँ बच्चों को झुलाते समय उन्हें लोरी के रूप में गाती हैं। उदाहरण के लिए—

'रोता क्यों है तू मुन्नू, दूँगी तुझे मैं माँगी हर चीज,
चार भैसों का दुहा ताजा झाग भरा दूध।'

'छत्रपति शिवाणी', और 'सरला रोग्य' भी च० वासुदेवय्या की इस साहित्य को उल्लेखनीय देन थी।

इसी प्रकार श्री गंगाधर मडिवालेश्वर तुरमरि (१८२७-१८७७) और श्री वेंकटरंगो कट्टी इस दिशा के प्रमुख साहित्यकार माने जाते हैं। इन दोनों ने बच्चों के लिए पाठ्य पुस्तकों की रचना की थी। तुरमरी ने अपनी 'पाँचवीं कक्षा की पाठ्य पुस्तक' में आकर्षक पाठ्य सामग्री

के साथ कन्नड़ की कुछ कहावतों का समावेश किया, तो कट्टि जी ने अपनी छठीं कक्षा की पाठ्य पुस्तक में विज्ञान, साहित्य, तत्त्व शास्त्र, शरीर शास्त्र आदि ज्ञान सम्बन्धी विषय जोड़ दिए तथा बच्चों के लिए बोध प्रद 'सुरस कथाएँ' लिखीं।

इसी संदर्भ में 'गौरीश' नाम से प्रसिद्ध श्री शिवरुद्रप्पा सोमप्पा कुलकर्णी भी उल्लेखनीय व्यक्ति हैं जिन्होंने सभी कक्षाओं के लिए सुन्दर कविताओं की रचना की थी।

पाठ्य पुस्तकों के अलावा बाल-साहित्य का सीधा एवं विस्तृत विकास भी कन्नड़ की एक अन्यतम उपलब्धि है। बच्चों को ही विशेष रूप से दृष्टि में रखकर, उनके चरित्र-गठन और मानसिक विकास के लिए इस अवधि का साहित्य अविस्मरणीय है। ऐसे लेखकों में, श्री एस० एस० पुट्टण्णा, (१८५६-१९३०), पंजे मंगेश राव (१८७५-१९३७), एम० एन० कामत (१८८३-१८४०), सुबोध राम राव (१८९०-१९७०), होयसल (१८९३-१९५९), शिवराम कारंत, जी० पी० राजरत्नम् (१९६८-१९७९), टी० एम० आर० स्वामी (१९११-१९४७), श्री बी० एन० पाण्डुरंगराव (जन्म १९१३) आदि अन्य कई लेखकों की देन महत्वपूर्ण है।

एम० एस० पुट्टण्णा की 'नीति चिंतामणि' के पन्द्रह भाग, अज्ञात नामा रचित 'नीति बोधे' के छः भाग बाल-साहित्य की आरम्भिक दशा की उल्लेखनीय रचनाएँ हैं जिनमें उपनिषद् पुराण, रामायण एवं महाभारत की उपकथाओं के माध्यम से बच्चों को साहसी, कर्त्तव्यनिष्ठ, दानी, प्रामाणिक एवं सत्यवान बनाने की कोशिश की गई थी। 'नीति चिंतामणि' में कई बार विषय नीरस होने पर भी, सरस भाषा शैली ने उसे ग्राह्य बना दिया है। इसमें संन्यासी और व्यापारी की कहानियाँ सहज रूप से आकर्षक हैं।

मंगलूर में 'बाल-साहित्य मण्डल' के संस्थापक, श्रेष्ठ लेखक पंजे मंगेशराव की रचना से आज तक कर्नाटक का बच्चा-बच्चा परिचित है। हर माँ अपने बच्चे को तीन महीने का होते ही 'तारम्मय्य' गाकर उससे खेलती है; पहली कक्षा में प्रविष्ट होते ही बच्चा 'नागर हावे हाओलु हुवे' कूद-कूदकर गाता है, जरूरी नहीं, कि हर कोई रचयिता का नाम जाने ही, उसकी रचना जब लाखों, करोड़ों की सम्पत्ति बनी हो। पंजे जी का चिंतन इस दिशा में स्पष्ट था, उन्हीं के शब्दों में, 'मानसिक और आंतरिक क्रियाओं से आगे बढ़कर बच्चों की कहानियों में कर्म और वाचन का चित्रण होना चाहिए। विवरण से अधिक संभाषण अपनाना चाहिए।' उन्होंने शिशु गीत, कहानियाँ, निबन्ध आदि सभी विधाओं में आकर्षक बाल-साहित्य की रचना की थी।

बाल-साहित्य के प्रचार में १९०९ की 'नवनिधि साहित्य-माले' में प्रकाशित 'ओंदाणे माले' (एक आने में एक पुस्तक) की देन तक ऐतिहासिक उल्लेख होगा जिसमें मोटे टाइप में मुद्रित १६ पृष्ठों की पुस्तकों में जानवर पक्षी, विभिन्न प्रदेश में रहने वाले लोगों की कहानियाँ सुलभ थीं। 'कन्नड़ कंद' माला में प्रकाशित पुस्तकें इसी प्रकार थीं, लेकिन उनमें किशोरों की कहानियाँ दी गई थीं।

स्वातंत्र्योत्तर काल में, बाल-साहित्य का उत्तरोत्तर विकास होता रहा है। श्री बी० एन० पाण्डुरंग राव द्वारा स्थापित मक्कल कूट-शिशु पाठशाला अभी कुछ वर्ष पूर्व भी अस्तित्व में थीं, जिन्होंने बाल मनोविकास में सहायक विपुल सामग्री की रचना की। जी० पी० राजरत्नम्

की कविताएँ और कहानियाँ बच्चों के लिए मिठाइयाँ बन गयी थीं। इसी प्रकार डॉ० सिद्ध पुराणिक के शिशु गीत भी बच्चों के लिए बहुत प्रिय थे।

विविधता एवं ज्ञान-प्रसार की दृष्टि से डॉ० शिवराम कारंत रचित बच्चों के लिए 'विज्ञान विश्व कोश', कर्नाटक सहकारी प्रकाशन संस्था से प्रकाशित 'ज्ञान गंगोत्री (बालकों का विश्वकोश), कन्नड़ विज्ञान परिषद् से प्रकाशित विज्ञान विषय सम्बन्धी पुस्तकें, इण्डिया बुक हाउस से प्रकाशित सचित्र बाल-कहानियाँ तथा कई अन्य विषयों से सम्बन्धित पुस्तकें, सोवियत रूस से प्रकाशित बाल-साहित्य, बेंगलूर के राष्ट्रोत्थान परिषद् के ५०१ शीर्षक में महापुरुषों की जीवनियाँ, इंद्रजाल कामिक्ष के कन्नड़ अनुवाद, दिल्ली के नेशनल बुक ट्रस्ट और चिल्डर्न बुक ट्रस्ट से प्रकाशित पुस्तकें उल्लेखनीय हैं।

कन्नड़ साहित्य परिषद् ने भी 'नम्म सूर्य' आदि शीर्षक से पुस्तकें प्रकाशित कर बाल-साहित्य की वृद्धि में सहायता की है।

इस संदर्भ में बाल-साहित्य का एक विशेष इतिहास उल्लेखनीय है। श्री एच० वी० श्रीनिवासराव रचित 'मक्कले इक्रन्नु नीउबल्लिरा? (बच्चों, क्या तुम इनसे परिचित हो?) में ७० बाल-साहित्यकारों को परिचित कराने का यह प्रयत्न नवीनता से युक्त तथा आकर्षक है।

शिशु साहित्य के विकास में सहायक आज की कुछ पत्रिकाओं का यहाँ उल्लेख मात्र किया जा रहा है। बेंगलूर से प्रकाशित 'पापच्ची', शिशु संगमेश से प्रकाशित 'बाल भारती', भारतीय विज्ञान संस्था से प्रकाशित 'बाल विज्ञान', ऐसे तीन मासिक पत्र हैं जिनका उल्लेख जरूरी है।

नाटकों की रचना अत्यंत कम होने पर भी 'प्रभात कलाविदरू' द्वारा प्रदर्शित एवं प्रदर्शन के लिए रचित 'सिण्ड्रेला' आदि नाटक निःसंदेह महत्वपूर्ण हैं।

आने वाले दिनों में कन्नड़ के बाल-साहित्यकारों से बड़ी आशाएँ हैं, जिसकी हम प्रतीक्षा करते रहेंगे।

स्थानाभाव से कई प्रमुख बाल-साहित्यकार एवं उनकी रचनाओं का उल्लेख संभव नहीं हो पाया जिसके लिए लेखिका क्षमा प्रार्थी है।

—भा० य० ललिताम्बा

स्वतंत्रता का जीवन जीने वाले चूहे

गणेश वी० भरतनहल्ली

एक गाँव में एक घर की एक बिल में कई चूहे एक साथ रहते थे। वे अपना आहार पाकर आराम से रहते थे। एक दिन रात को एक बिल्ली ने उस बिल पर अपना धावा बोल दिया। सब चूहे इधर-उधर भाग गए। लेकिन एक चूहा बिल्ली के हाथ लगा। उसको उठाकर बिल्ली भाग गई। अगले दिन भी ठीक वही हुआ।

सभी चूहे चिन्ता करने लगे। उनकी एक सभा बैठी। विचार-विमर्श हुआ।तभी एक चूहे ने सुझाया, 'हम सबको जीने की स्वतन्त्रता है, इसलिए दुश्मन से बचने के लिए हम सबका एकजुट होना जरूरी है। कल जब बिल्ली आएगी, तब हम सब मिलकर उस पर आक्रमण करेंगे और उसे मार डालेंगे।' सभी चूहों ने यह सलाह मानी। निश्चय हुआ कि अगले दिन उसी तरह किया जाएगा।

अगले दिन जैसे ही बिल्ली ने बिल में प्रवेश किया, तुरन्त ही सारे चूहों ने मिलकर उसको खरोंचा, और तीखे दाँतों से काटकर उसे मार डाला। बिल्ली की मौत से सारे चूहे खुश हो गये। तभी एक चूहे ने कहा कि उसी ने बिल्ली की जान ली। जिस चूहे ने सलाह दी थी, उसने कहा, 'अगर मैंने सलाह न दी होती, तो तुम सब मिलकर उसे कैसे मारते ? मैंने ही उसको मारा है, सारे चूहे, 'मैंने मारा, मैं वीर हूँ', कहते हुए चिल्ला-चिल्लाकर लड़ने लगे। झगड़ा दुश्मनी में बदल गया। सब चूहे अलग-अलग हो गए। वे अकेले ही घूमने लगे।

तभी एक दूसरी बिल्ली घर में आई। अकेले-अकेले चूहों को आराम से मार कर खा गई। इस तरह सभी चूहे मर गए।

सीगड़ी मछली सूखी क्यों नहीं ?

पंजे मंगेशराव

एक गाँव में समुद्र के किनारे एक झोपड़ी थी। उसमें एक मछुआरा, उसकी बीवी, उसका बच्चा, उसकी दादी—ये चार लोग रहते थे। समुद्र में जाकर मछुआरा मछली पकड़ता था। उसकी बीवी उसे बाजार ले जाकर बेचती थी। बेचने के बाद जितनी मछलियाँ बच जाती थीं, उन्हें दादी धूप में सुखाती थी। बच्चा रोता रहता था।

एक दिन मछुआरा जाल लेकर नाव में बैठा और मछली पकड़ने के लिए समुद्र में गया। उसकी बीवी मछली बेचने के लिए बाजार गई; घर में दादी माँ मछलियों को धूप में फैलाकर सुखा रही थी। मछुआरे का बच्चा एक चटाई पर रो रहा था। बूढ़ी चबूतरे पर बैठकर एक हाथ से बच्चे को सहला रही थी, दूसरे से कौओं को भगा रही थी।

शाम हुई। समुद्र से मछुआरा और बाजार से उसकी बीवी किसी भी मिनट लौटने वाले थे। बुढ़िया ने सोचा, 'शाम हुई, अब मैं सीगड़ी मछलियों का ढेर बनाकर अन्दर उठा लाऊँ।' कहकर बरामदे में सीगड़ी मछलियों को छूकर देखा। सीगड़ी अभी नहीं सूखी थी।

तब बुढ़िया बोली, 'सीगड़ी, सीगड़ी तुम क्यों नहीं सूखी?'

सीगड़ी ने कहा, 'दादी माँ, दादी माँ, घास बढ़ गई है, उससे धूप ही नहीं मिली तो मैं कैसे सूखूँ? मुझसे क्यों पूछती है, घास से पूछो।'

तब बुढ़िया घास के पास गई, 'घास, हे घास, बता न, तू धूप के बीच क्यों आड़े आई ?'

उस पर घास ने जवाब दिया, 'दादी माँ, दादी माँ, बछड़े ने मुझे नहीं खाया तो मैं क्या करूँ? मुझसे क्यों पूछती है, बछड़े से पूछ!'

फिर दादी माँ बछड़े के पास गई, उससे पूछा, 'बछड़े, हे बछड़े, तुमने घास क्यों नहीं खायी?'

बछड़े ने कहा, 'दादी माँ, दादी माँ, घर की औरत ने मुझे रस्सी से नहीं खोला, तो मैं क्या करूँ, तू औरत से पूछ।'

तब तक मछुआरे की बीवी घर लौट आई। तब बुढ़िया औरत के पास गई और उससे पूछा, 'औरत, हे औरत, तुमने बछड़े को क्यों नहीं छोड़ा?'

उस पर मछुआरे की बीवी ने कहा, 'दादी माँ, दादी माँ, जब बच्चे ने रोना ही बंद नहीं किया तो मैं बछड़े को कैसे छोड़ती, तू मुझसे क्यों पूछती है? बच्चे से पूछ।'

तब बुढ़िया बच्चे के पास गई और पूछा, 'बच्चे, ओ बच्चे, बता तुमने रोना बन्द क्यों नहीं किया?'

उस पर बच्चे ने कहा, 'दादी माँ, दादी माँ, मुझे चींटी ने काटा था तो मैं क्या करूँ, चींटी से पूछ!'

फिर बूढ़ी चींटी के पास गई, 'चींटी, ओ चींटी, बता तुमने बच्चे को क्यों काटा!'

उस पर चींटी ने कहा, 'दादी माँ, दादी माँ, बच्चे की चटाई ने राह रोकी। तुम चटाई को बाँधकर मुझे जाने दो, मैं नहीं काटती।'

उसके बाद बुढ़िया ने बच्चे को उठाया, चटाई को मोड़ दिया। चींटी बच्चे को काटे बगैर निकल गई। बच्चे ने रोना बन्द कर दिया। बच्चे की माँ ने बछड़े को खोल दिया। बछड़े ने घास खा लिया। उसके बाद धूप में मछली सूख गयी। बुढ़िया ने सीगड़ी को संजोया और अन्दर ले गई।

हमारे बच्चे की पाठशाला

मिर्जी अण्णाराव

'बेटा अनंत, यह कैसी बात है? तू हमेशा सूत कातता रहता है, पढ़ाई-लिखाई कब करेगा ?'

मल्लण्णा ने यह बात अपने बेटे से कही थी। अनंत छठीं कक्षा में पढ़ रहा था।

'गुरुजी ने आज मुझे सूत कातने के लिए कहा है। कल हमें बुनना होगा। उसके लिए धागा तैयार रखने को कहा है।'

चरखे से सूत कातते-कातते अनंत ने यह बात पिता से कही।

'पाठशाला में सूत क्यों कातते हैं ? हमें इस सब की क्या जरूरत है। पढ़ो-लिखो, हिसाब-किताब करो, इतना ही काफी है।'

'हमारी मूल शिक्षा शाला है। ऐसी पाठशालाओं में सूत कातना, बुनना, बढ़ईगीरी, खेती बारी सब सिखाते हैं।'

अनंत ने अपने पिता को समझाना चाहा।

'ज्यादा बक-बक मत कर। मैं कल तुम्हारी पाठशाला में आकर गुरुजी से बात करूँगा।' मल्लण्णा ने कहा।

मल्लण्णा का ख्याल था कि सूत कात-बुनकर कोई हमें बुनकर बनना है!

इसी कारण अगले दिन वह अनंत की पाठशाला में गया।

अनंत की पाठशाला एक मैदान में थी। वह गाँव के बाहर थी। एक ऊँची चट्टान के ऊपर थी, चारों ओर बगीचा था, फूल, तरकारी आदि, तथा कुछ फसल भी वहाँ लगी थी।

मल्लण्णा को स्कूल देखकर खुशी हुई। वह जाकर गुरुजी से मिला।

'आओ मल्लण्णा' कहकर गुरुजी ने उसका स्वागत किया। उन्होंने कहा, 'बहुत दिन बाद आए। अपने बच्चों की पढ़ाई-लिखाई भी कभी-कभी देखनी चाहिए।'

मल्लण्णा को लगा कि अपनी बात बताने का यही सही समय है। उसने धीमे से कहा, 'सूत कातना, बुनना, बढ़ईगीरी, खेती-बारी आदि आप पाठशाला में सिखाने लगे हैं। इससे हमारे बच्चों का क्या लाभ होता होगा?'

'अच्छा! मल्लण्णा, तुम पूछ रहे हो तो अच्छा ही है। चलो, हम तुम्हें पाठशाला की सैर कराएँ। अपने बेटे की शिक्षा की रीति भी देख सकोगे। उसके बाद जो चाहे करो।' गुरुजी ने कहा।

फिर गुरुजी मल्लण्णा को साथ लेकर पाठशाला के अन्दर चले गये।

'यह हमारी पाठशाला का प्रार्थना-मन्दिर है। यहाँ पर महापुरुषों की तस्वीरें हैं। बुद्ध, बसव, ईसा, पैगम्बर, महावीर, नानक, रामकृष्ण सभी यहाँ हैं। सामने शारदा हैं। हर तस्वीर के नीचे उनकी श्रेष्ठ उक्तियाँ लिखी हैं।'

मल्लण्णा ने वह सब देखा। बसवेश्वर की तस्वीर के नीचे 'कायक (कर्म) ही कैलास है।' लिखा था। इसी तरह बुद्ध की तस्वीर के नीचे

'जियो और जीने दो' लिखा था।

गुरुजी ने आगे बढ़कर कहा, 'यहाँ हम सब बच्चों के साथ मिलकर प्रार्थना करते हैं। मल्लण्णा, यह काला फलक देख, इस पर हमारे बच्चे रोज उस दिन का पंचांग लिखते हैं। आज की ग्रह गति, दिन तिथि, सूर्योदय और सूर्य के डूबने का समय लिखते हैं। यह सब उनको मालूम रहता है, इसके साथ ही संसार की घटनाएँ बताते हैं। देश-विदेश की घटनाओं को यहाँ पर लिख रखा है। देखो, यह समाचार फलक है, इस पर रोज एक अच्छी उक्ति लिखकर उसका अर्थ समझाया जाता है। राष्ट्रगीत गाया जाता है।

'यह सब आप करते हैं ?' मल्लण्णा ने आश्चर्य से पूछा।

'नहीं। यह सब बच्चे करते हैं। हम उनका साथ देते हैं। उनका मार्ग-दर्शन करते हैं। पूर्व तैयारी में उनकी मदद करते हैं।'

फिर गुरुजी मल्लण्णा को मूल व्यवसाय विभाग में ले गए। वहाँ बच्चों द्वारा बनाये हुए कपड़े दिखाये। 'क्या हमारे बच्चे ये सब बुन सकेंगे ?' मल्लण्णा ने सोचा।

वहाँ जगह-जगह पर वैज्ञानिक विषय से सम्बन्धित तस्वीरें थीं, इतिहास की तस्वीरें, भूगोल के नक्शे आदि थे। काले फलक पर बच्चों ने गणित किया था। मल्लण्णा ने यह सब देखा।

फिर वे पाठशाला के बगीचे में आए। वहाँ पर मल्लण्णा ने देखा कि कई तरह की तरकारियाँ फली थीं, एक गुरुजी बच्चों को व्याख्या दे रहे थे कि कौन-सी फसल कैसे बोनी चाहिए, उसके लिए कैसी मिट्टी रहेगी आदि।

किसान मल्लण्णा यह सब देखकर बहुत खुश हुआ। आगे जाकर बढ़ईगिरी की शिक्षा, जो विद्यार्थियों को दी जा रही थी, देख आया।

इस समय तक उसके मन का प्रश्न वैसा ही बना रहा। बच्चों को यह व्यावसायिक शिक्षा पाठशाला में क्यों दी जाती है? पढ़ाई-लिखाई, गणित इतिहास आदि विषय कहाँ गए?

गुरुजी ने उसे समझाया। 'मल्लण्णा, पाठशाला में सिखाने के लिए हमने उद्योगों को चुना है। ये हमारे देश के मूल उद्योग हैं। इनके सहारे बच्चों को विषय का ज्ञान करा दिया जाता है। 'करो और सीखो' ही इसका प्रमुख तत्व है। बच्चों की क्रियाशीलता का उपयोग कर उन्हें कई विषयों की शिक्षा दी जाती है।'

'मैं आपकी बात समझ नहीं सका।'

'मल्लण्णा सुनो, हम बच्चों को कपास के बारे में बताते हैं। वे किस स्थान पर उगती हैं, इसके लिए कैसी हवा चाहिए, पानी कितना चाहिए, मिट्टी कैसी हो—आदि बातें समझाते हैं। साथ ही रुई को भी साफ करते हैं। इस तरह बच्चों को भूगोल की शिक्षा भी दी जाती है! उसके बाद वे पुस्तक में पढ़कर इससे अधिक बातें सीखते हैं। इसमें बच्चों की क्रियाशीलता बनी रहती है। इसी तरह बाकी विषय भी मूल उद्योगों से जोड़कर सीखते हैं। क्या यह ठीक नहीं है।'

'सही बात है। व्यवसाय के साथ उससे सम्बन्धी ज्ञान भी मिलता है।'

'मल्लण्णा सुनो, हम आँखों से देखते हैं, कानों से सुनते हैं, नाक से सूँघते हैं, हाथ से छूकर समझते हैं। जीभ स्वाद चखती है। यह इन्द्रिय ज्ञान पाने के साधन नहीं, तो और क्या हैं। इन्द्रिय ज्ञान की शक्ति को बढ़ाना ही शिक्षा है। इस शिक्षा क्रम में इन्द्रियों का उपयोग अधिक होता है।'

'ओह, पहले हम सिर्फ पढ़ते-लिखते और सुनकर सीखते थे।'

गुरुजी ने कहा, 'मल्लण्णा, इतना ही नहीं, इस क्रम से बच्चों में आत्मविश्वास भी बढ़ता है। बच्चे को लगता है—

मैंने सिर्फ लिखा ही नहीं, सीखा भी है, मैंने कुछ बनाया है, उसका भी मोल है।'

'यही सही है। जीवन में इनकी बहुत आवश्यकता है।' मल्लण्णा ने हामी भरी।

'इसी कारण इसे जीवन-शिक्षा कहते हैं।' गुरुजी ने कहा।

'अच्छा! हमारा बेटा जीवन-शिक्षाशाला में सीखता है।'

'हाँ, हाँ, यहाँ पर यों हर बच्चा अपने आगे के जीवन के लिए तैयार होता है। यहाँ पर हम पर्व-त्योहार मनाते हैं। बच्चे गाँव के सभा-समारोह में भाग लेते हैं। उनकी मदद करते हैं। श्रमदान करते हैं। छोटी-छोटी यात्राएँ करते हैं, उनके साथ जुड़कर पढ़ाई-लिखाई, गणित आदि सीखते हैं। आराम से खूब सीखते हैं। करते हैं और सीखते हैं, जीते हुए, बढ़ते हुए सीखते हैं, देश के लिए प्रकाश बनकर जीना सीखते हैं। क्या इतना काफी नहीं?'

'बस-बस इससे ज्यादा हमको और क्या चाहिए?'

मल्लण्णा ने खुश होकर गुरुजी को प्रणाम किया। अपने बेटे की पाठशाला भी देखी साथ ही खुशी भी मिली और वह घर लौट आया।

मल्लण्णा को बहुत आश्चर्य हुआ था। बच्चे सूत कातते हैं, गणित सीखते हैं, रुई-कपास को तौलते हैं, तौलने का हिसाब लगाते हैं, उसी तरह विज्ञान के प्रयोग भी करते और सीखते हैं। इन कामों से जुड़कर पढ़ाई-लिखाई, गणित आदि सब अच्छी तरह जान जाते हैं। यह एक नई रीति है। अच्छी रीति है। इन विचारों में डूबा वह घर पहुँचा। वह बहुत खुश था। बहुत ही खुश। 'मेरे बेटे की पाठशाला-जीवन शिक्षा-शाला है।' उसने अपने आपसे बार-बार कहा।

बाँसुरी

टी० एम० आर० स्वामी

आज गुड़ियों का त्योहार है। कमलू के घर गुड़ियों को खूब सजा दिया गया है। उन्हें ऊपर नीचे रख दिया गया है। कमलू ने अभी-अभी उनकी आरती उतारी है और अब पड़ोस में किसी के घर गई है। कमलू के घर पटाखा पुट्टू आया है।

'कमलू नहीं है, मैं बहुत ऊब गई थी, अच्छा हुआ जो तुम ऐसे समय पर आ गये। आओ!' कह कर बुलाया एक लकड़ी की गुड़िया ने 'कहो, क्यों बुलाया।' पूछते हुए पटाखा पुट्टू पास आया।

'मैं एक पहेली दूँगी। सुलझाओगे?'

'सुलझाने पर क्या दोगी ?'

'वह बाँसुरी दूँगी।'

'यह बाँस की बाँसुरी लेकर मैं क्या करूँगा ?'

'यह मामूली-सी बाँसुरी नहीं, इस बाँसुरी को बजाने पर कलियाँ खिलने लगेंगी! सूखे पेड़ों पर नई कोंपलें निकल आएँगी ! सभी कच्चे फल पक जाएँगे। आसमान से मोती झड़ने लगेंगे। लड्डू, चिरोट थालियों में सज

जाएँगे। जेबों में पेपरमिण्ट भर जाएँगे। कहाँ तक कहूँ, उसका कोई अंत नहीं है। जो चाहो, मिल जाएगा।'

'अच्छा! तब बता न तेरी वह पहेली?'

'दम-दम चमकता है—मोती नहीं!
आसमान पर उड़ता है—कबूतर नहीं !
छूने पर अदृश्य होता है—देव कुमारी नहीं!'

—वह क्या है?

'गोल पेपरमिण्ट।'

'नहीं, वह नहीं।'

'जामुन, आँवला, बिल्ली की आँख, मक्खन, मोगरा और जुगनू-इनमें से कोई एक होगा।'

'नहीं, इनमें से कोई भी नहीं।'

'तुम कहो तो मैं तलवार लेकर लड़ूँगा और राज्य जीत लाऊँगा। मगर और सोच नहीं सकता।'

'सिर पर गीला कपड़ा पहन ले, जा।' कहकर लकड़ी की गुड़िया खिल-खिलाकर हँस पड़ी।'

'इसे सच मानकर पटाखा पुट्टू ने सिर पर एक गीला कपड़ा लपेट लिया और एक द्रोणपुष्प के पौधे पर चढ़ गया और आँख मूँदकर बैठ गया। इस तरह वह मिनट भर बैठा रहा। फिर आँख खोलकर ऊपर देखा। वर्षा की एक बूँद उसकी नाक पर पड़ी। वह तुरंत गुड़िया के पास भागा आया।

'दम-दम चमकता है, वह मोती नहीं, वर्षा की बूँद है।' उसने कहा।

'वर्षा की बूँद आसमान से गिरती है, आसमान पर तो उड़ती नहीं।

अब दो गीले कपड़े लेकर, उन्हें सिर पर लपेटकर पटाखा पुट्टू एक मंदिर के शिखर पर चढ़कर बैठ गया। वह इसी तरह बैठे-बैठे दो मिनट तक सोचता रहा। फिर आसमान की ओर देखा। वहाँ पर एक गुब्बारा उड़ रहा था। वहाँ से दौड़कर लकड़ी की गुड़िया के पास भागता हुआ आया।

'दम-दम चमकता है—वह मोती नहीं, आसमान पर उड़ता है—वह कबूतर नहीं, गुब्बारा है।'

'वह कैसे होगा ? छूने पर गुब्बारा गायब नहीं होता।' लकड़ी की गुड़िया ने कहा।

अब उसने तीन गीले कपड़े सिर पर लपेट लिए। बच्चों के खेल के मैदान पर गया। वहाँ एक चबूतरे पर बैठकर वह तीन मिनट तक सोचता रहा। फिर आँख खोलकर देखा तो वहाँ बच्चे खेल रहे थे।

—ओह ! अब समझा, अब समझा !—कहते हुए नाचता हुआ भागा।

दम-दम चमकता है—वह मोती नहीं !
आसमान पर उड़ता है—कबूतर नहीं !
छूते ही अदृश्य होता है—देव कुमारी नहीं !
—'साबुन का बुलबुला है।'

लकड़ी की गुड़िया खुश हो गई। 'पटाखा पुट्टू, आखिर तू जीत गया। कोशिश करने पर कुछ भी मुश्किल नहीं।' उसने उसे बाँसुरी दे दी।

पुट्टू बाँसुरी बजाते हुए अपने छोटे-छोटे पाँवों से चला गया।

होनहार बालक

कृ० नारायण राव

वह एक गरीब लड़का था। एक गरीब घर में पैदा हुआ था। भर पेट खाने को भी नहीं मिलता था। बहुत मुश्किल से जिन्दगी कट रही थी, तब भी उसे पढ़ने की बहुत इच्छा थी। दु:खी लोगों की वह सदा मदद करता था।

एक बार वह स्कूल बन्द हो जाने के बाद अपने दोस्तों के साथ खेल रहा था। तभी वहाँ एक घोड़ा लँगड़ाते हुए आया। उसकी पीठ पर जीन थी, लगाम ज़मीन पर गिरी थी, उस पर कोई सवार न था।

लड़के ने यह दृश्य आश्चर्य से देखा। उसके सब साथी मिलकर चिल्लाते हुए घोड़े को भगाने लगे। तभी लड़के को एक बात सूझी। उसने घबराकर अपने दोस्तों से कहा—

'दोस्तो, इसका सवार यहीं कहीं गिरा होगा। हमें कोशिश करके उसे ढूँढ़ना होगा। पता नहीं, बेचारे को कैसी चोट लगी होगी? कराहता कहीं पड़ा होगा? हड्डी टूट गयी होगी।'

लड़के की आँखों से आँसू बहने लगे।

बाकी लड़कों ने भी घोड़े को देखा। उनमें से एक ने घोड़े को पहचान लिया। उसने कहा, 'अरे, यह तो उस शराबी का घोड़ा है। वह जो पीकर घूमता-रहता है, अण्ट-सण्ट बकता रहता है।'

'तब तो हमें उसे ढूँढ़ना ही चाहिए। हो सकता है, वह यहीं कहीं पड़ा हो, बेहोश हो गया होगा।' उस होनहार बालक ने बेचैन होकर कहा।

'तू पागल बन गया है क्या! शराबी पर दया दिखाता है?'—बाकी लड़के उस पर झल्लाने लगे।

उन सबने कहा, 'यह कुत्ते की दुम को सीधा करने की कोशिश है।'

उस होनहार गरीब बालक को यह सही नहीं लगा। उसने कहा, 'मुश्किल में फँसे हर आदमी की हमें मदद करनी चाहिए। अगर नहीं, तो वह विपत्ति में फँस जाएगा। मर जाएँ, तो क्या करेंगे!'—इतना कहकर वह तेजी से घोड़े की दिशा में भागा।

बाकी लड़के हँसते-खेलते अपने घर लौट गए। वह अकेला ही उसी दिशा में आगे बढ़ने लगा, जिधर से घोड़ा आया था। अँधेरा होने को आया लेकिन वह ढूँढ़ता ही गया। अंत में एक गटर से कराहने की आवाज सुनाई दी। वह तुरन्त उस ओर भागा। शराबी बेहोश पड़ा था। हाथ-पाँव पर चोटें लगी थीं। चेहरे के घावों से खून बह रहा था। गटर का पानी उसके ऊपर से बह रहा था।

यह देखकर उस लड़के को बहुत दुःख हुआ। उसने सोचा, हे भगवान इसे ऐसी हालत क्यों दी? फिर वह धीरे से मोरी में उतरा। उस बेहोश शराबी को मुश्किल से पीठ पर लादकर किसी तरह ऊपर ले आया। लड़खड़ाकर गिरने को हुआ, लेकिन अंततः किसी तरह अपनी टूटी-फूटी झोपड़ी तक उसे उठा लाया।

उसकी माँ अपने बेटे की प्रतीक्षा करती, चिन्तित, घर की देहली पर ही खड़ी मिली। उसने माँ को बेचैन होकर पुकारा और शराबी को धीरे से उतारा। लड़के के चेहरे से पसीना बह रहा था। हाथ-पाँव में ताकत नहीं

रह गयी थी। वह थक गया था।

'अरे! यह क्या हुआ' कह कर माँ उसके पास आयी। देखते ही वह सब समझ गई।

उसने बेटे से यह ज़रूर कहा कि यह बला सिर लेने की क्या जरूरत थी। फिर भी बदबू में डूबे उस शराबी को वह धीरे अंदर खींचकर ले गई। सावधानी और कोमलता से उसे बिस्तर पर सुलाया। बेझिझक उसकी सेवा-सुश्रूषा की। सुबह तक दोनों उसकी देखभाल करते बैठे ही रहे। बिलकुल नहीं सोये।

सुबह होते ही शराबी होश में आ गया। कराहते हुए उनकी ओर देखकर बोला, 'मैं कहाँ हूँ?' उस अपरिचित माँ-बेटे को आश्चर्य से देखा। 'अभी थोड़ी देर इसी तरह लेटे रहो। तुम्हें आराम की बहुत जरूरत है।' लड़के की माँ ने उससे कहा।

सेवा से दर्द भी कम हो गया। शराबी पूरी त्तरह चंगा हो गया। उठकर बैठ गया। दोनों की ओर कृतज्ञता भरी दृष्टि से देखा। लड़के का साहस जानकर उसे बहुत अच्छा लगा। 'भगवान तेरा भला करे।' उसने कहा।

वही लड़का बाद में चलकर अमेरिकी राष्ट्रपति 'अब्राहम लिंकन' बना था।

निश्चय

सम्वटूर विश्वनाथ

वट वृक्ष के हरे पत्तों के बीच, जहाँ से शाखाएँ निकलती हैं, उसी जगह एक गौरैया ने अपना घोंसला बनाया था। वह उसमें अपने बच्चों को पाल रही थी। गौरैया बात-बात पर गुस्सा करती रहती थी।

उसी पेड़ की दूसरी टहनी पर एक कौआ भी रहता था। उस बूढ़े कौए का स्वभाव भी कुछ उसी तरह का था। गौरैया का घोंसला गिरा देता, गौरैया अपने लिए जो कीड़े-मकोड़े चुनकर लाती, वह चुराकर खा जाता। गौरैया के बच्चों को सताता। इसी से गौरैया को वह पसंद नहीं था। कई बार इन

दोनों के बीच झगड़ा भी हुआ करता था। उस कौए को वहाँ से भगाने के लिए उसने अनेक बार कोशिश की, मगर हुआ कुछ नहीं।

एक दिन वह इसी भावना से गाँव के बढ़ई के पास गई। उससे कहा, 'बढ़ई भैया, तुम वृक्ष के ऊपर फैली वह टहनी काट दो। तब वह तंग दिल कौआ कहीं दूसरी जगह चला जाएगा।'

बढ़ई ने कहा, 'यह कैसे होगा, मैं टहनी काटूँगा तो मालिक गुस्से में आ जाएगा।'

तब गौरैया सीधे मालिक के पास गई। उससे कहा, 'मालिक, ओ मालिक, तुम उस बढ़ई को मारो, मैंने उससे पेड़ काटने को कहा तो वह मानता ही नहीं।'

'वह पेड़ काट देता तो मैं उसे जरूर मारता। हमारे राजा भी पेड़ काटने वालों को पसंद नहीं करते।'

'राजा, महाराजा ! तुम उस मालिक को दण्ड दो।' गौरैया ने जाकर राजा से कहा।

'उस मालिक को दण्ड देना ठीक न होगा। उसे दण्ड देने पर सूर्य देव गुस्से में आ जाएँगे।'

गौरैया अब भी चुप न बैठी। सूर्यदेव के पास गई। उनसे कहा, 'सूर्यदेव, उस वट वृक्ष को काट दो जिस पर वह कौआ रहता है।'

सूर्य ने कहा, 'तुम दोनों के आपसी झगड़े को देखकर वट वृक्ष को काटना अन्याय होगा। पेड़ प्रकृति की सम्पत्ति है।'

सूर्यदेव का इस तरह समस्या सुलझाना गौरैया को अच्छा न लगा। वह उड़कर बादल के पास गई। 'बादल भैया, वह सूर्यदेव मेरी बात नहीं मानता, तुम उसे छिपा दो।' उसने कहा।

बादल ने इस पर हँस कर कहा, 'क्या तुम समझती हो कि मेरे पास सूर्यदेव से भी ज्यादा ताकत है। जाते-जाते मेरे रास्ते पर पर्वत आ गया तो समझो मेरा चलना बंद। सूर्य ने जो सलाह तुम्हें दी है, वह ठीक भी तो है।'

अंत में, पर्वत से मिलकर अपनी बात कहने के लिए गौरैया निकल पड़ी। वहाँ जाकर उसने पर्वत से शिकायत की। पर्वतराज ने उससे कहा, 'देख गौरैया, तुम देखने में छोटी, और मैं आकार में बड़ा हूँ। छोटे-छोटे जीव-जंतु मुझे भी खोखला कर सकते हैं। ऐसी हालत में अच्छा तो यह होगा कि

छोटे-मोटे झगड़े और अहंकार का त्याग करो, सहकार-भावना से जीना सीखो। तब सभी सुख से रह सकेंगे। आराम से जी सकेंगे। तुम जिस वट वृक्ष पर रहती हो, उस पर हर किसी का अधिकार है। तुम उस कौए से स्नेह बढ़ा लो ।'

कौए से कैसे स्नेह बढ़ाएँ? गौरैया ने इस बारे में खूब सोचा। अंत में घर लौटते समय उसने एक-दो कीड़े उठाए और ले जाकर उन्हें कौए को दिया। इसे देखकर कौए को एक तो आश्चर्य हुआ पर साथ ही खुशी भी हुई।

अगले दिन से गौरैया और कौआ दोनों मित्र बन गये। इसे देख—बाकी जानवरों को भी आश्चर्य हुआ। आपसी मतभेद भुलाकर वह भी स्नेह भाव से रहने लगे।

अमरूद कौन खाएगा?

सिमु संगमेश

'अमरूद कौन खाएगा? कौन खाएगा अमरूद?' गौरैया ने पूछा।

किसी ने नहीं माँगा।

वह एक छोटा-सा बगीचा था। उसके पास ही एक छोटा-सा अमरूद का पेड़ था। उस पेड़ पर गौरैया रहती थी। जब वह खाना ढूँढ़ रही थी, तभी उसे पेड़ की एक डाली पर यह अमरूद दिखाई पड़ा। अमरूद अभी पक रहा था। उसने सोचा, 'यह कल तक पक जाएगा। इसे चोंच से कुरेदकर खाऊँगी।'

तभी पेड़ के नीचे घास पर एक खरगोश का मुन्ना बैठा दिखाई दिया। तुरंत गौरैया ने उससे भी पूछा, 'अमरूद कौन खाएगा?'

'मुझे चाहिए, मुझे दे दो।' चुण्टू खरगोश ने कहा।

'उधर देख, डाली पर। कल आ जा । कल तक वह पक जाएगा। तुम्हें देकर मैं भी खा लूँगी।' इतना कहकर गौरैया उड़ गई।

पेड़ पर जगह-जगह कच्चे अमरूद लगे थे। लेकिन यह एक ही अमरूद पकने को था। वह पत्ते के नीचे छिपा था। उसे किसी ने देखा न था। सोने

का रंग उस पर चढ़ रहा था। खरगोश के मुन्ने को अमरूद के मिठास की याद आई। वह फल खाने की उसे इच्छा हुई।

'मैं पेड़ पर चढ़ना नहीं जानता। अब कैसे करें?' उसने सोचा। 'रामू तोता कहीं मेरा फल न खा जाएँ। हिरन भैया से कहूँ? मगर वह पेड़ पर नहीं चढ़ सकता, क्या करूँ?' फल खाने के लोभ में उसने सब दोस्तों को याद किया। लेकिन कुछ फायदा न हुआ।

तभी काठ की चींटी दिखाई पड़ी।

'चींटी बहन, चींटी बहन, तुम अमरूद खाओगी, बहुत मीठा है।' उसने कहा।

'खाऊँगी। बता, कहाँ है?'

'देख, उधर डाली पर है। पक गया है। तू पेड़ पर चढ़, उसको तोड़, वह नीचे गिरेगा, तुम्हें भी दूँगा मैं भी खाऊँगा।'

'मुझे अभी फुरसत नहीं, कल आऊँगी।' कहकर काठ की चींटी निकल गई।

'इस पेड़ पर फलने वाला यह अमरूद बहुत मीठा होता है। इसमें बीज नहीं होते। होंठों पर से ही खा लेना, कल पर टालोगी तो वह नाटी गौरैया है न, वह उसे खा लेगी। न तुमको मिलेगा, न मुझको। मीठा फल खाना चाहो तो अभी चढ़।' उसने कहा।

काठ की चींटी का भी अमरूद खाने का मन हो गया। पेड़ पर चढ़ी और चढ़ती ही चली गई। रास्ता भूल गई, दूसरी एक डाली पर चढ़ गई। वहाँ जाकर देखती क्या है, अमरूद ही नहीं है। फिर दूसरी डाली पर गई, अमरूद वहाँ पर भी दिखाई न दिया।

छोटे-छोटे पाँव चलते चलते वह थक गई। सुस्ताने के लिए पाँव पसारा, तो नींद आ गयी।

इधर खरगोश राह देखता खड़ा रहा। काठ की चींटी की कहीं कोई खबर नहीं, पत्तों के पीछे वह कहीं छिप गई थी।

'चींटी रानी, चींटी रानी।' उसने आवाज दी। चींटी की आवाज नहीं आयी। पेड़ के चारों ओर वह प्रदक्षिणा कर आया, मगर चींटी दिखायी नहीं दी।

'अब तो देर हो गई, अगर गौरैया लौट आयी तो क्या होगा?' उसने सोचा।

अब उसे एक और बात सूझी। ऊँट भैया, नहीं तो फिर छोटे हाथी को। किसी भी तरह यहाँ लाना होगा। ऊँट भैया का गरदन थोड़ा ऊँचा रहेगा। उससे पेड़ के फल हाथ लगेंगे। हाथी भाई की सूँड़ से फल तोड़ा जा सकेगा। इस तरह सोचकर वह तेजी से भागा। सबसे पहले उसने जल क्रीड़ा करते हाथी को देखा। खरगोश को देख वह किनारे पर आ गया।

'कहो भाई खरगोश, कैसे आए? इतना उदास क्यों लग रहे हो?' उसने पूछा।

खरगोश ने अमरूद की सारी कहानी उससे कही।

'चलो देखते हैं। उसे मैं कहीं से भी ढूँढ़ दूँगा, वह जगह तो दिखा।' उसने कहा।

खरगोश छलाँग मारकर आगे बढ़ा। दोनों एक साथ पेड़ तले पहुँच गए।

हाथी ने सूँड़ उठाकर अमरूद तोड़ने की कोशिश की। अमरूद और ऊपर था। आगे की टाँग ऊपर कर उसने फिर से सूँड़ उठाई। फिर भी फल हाथ नहीं लगा!

खरगोश हाथी की सूँड़ पर चढ़ गया और उसने ऊपर हाथ बढ़ाया। अमरूद हाथ नहीं लगा। खड़े होकर देखा तो वह अमरूद को बस छू सका, लेकिन खरगोश फिसलकर नीचे गिर पड़ा। कोशिश बेकार गई। उसे फल नहीं मिला।

इससे हाथी को गुस्सा चढ़ गया।

सूँड़ से जोर लगाकर पेड़ ही को उखाड़ दिया। पेड़ गिर गया। अमरूद भी नीचे गिर गया और एक पत्थर से लड़कर मिट्टी में मिल गया।

बेचारे खरगोश की इच्छा भी आखिर में मिट्टी में मिल गई।

जानवरों का मेला

टी० एस० नागराज शेट्टी

वहाँ पर एक जंगल था, जो शहर से बहुत दूर था। वहाँ अनगिनत जानवर, पक्षी और कीड़े-मकोड़े सभी रहते थे। वह सभी परस्पर मेलजोल से जी रहे थे । एक-दूसरे की सलाह से काम करते थे। इससे वे सभी आराम की जिन्दगी जी रहे थे।

सिंह वहाँ का राजा था। बाकी सभी जानवर उसके आगे विनम्रता का व्यवहार करते थे। उसकी आज्ञा का पालन सिर-आँखों पर रखकर करते थे। उसके प्रति श्रद्धा-भक्ति प्रकट करते थे।

एक दिन सभी प्राणी सिंह राजा की गुफ़ा के सामने आकर जमा हो गये और शोर मचाने लगे। बहुत होहल्ला मच रहा था।

ढीले पेट वाला हाथी अपने सूप जैसे कान हिला रहा था। लम्बे गले का ज़िराफ़ पत्ते खा रहा था और टहनियाँ तोड़ रहा था। बंदर [illegible]या पल्टी मार कर दाँत निपोर रहे थे। भेड़िया अपनी गुच्छेदार दुम हिला-[illegible]लाकर अपने सौंदर्य का प्रदर्शन कर रहा था। धब्बेदार एक चिड़िया [illegible]क-चिक की आवाज़ से अपने पंख खोल रही थी। बालों से भरा भालू का बच्चा सिकुड़कर बैठे-बैठे आँखमिचौली का मज़ा ले रहा था। एक हरी तितली डिस्को डान्स कर रही थी। पंखोंवाली एक कोयल वाव म्यूजिक सुना रही थी।

सिंह राजा को इतने पर ही खुशी न मिली। एक बार उसने ज़ोर से गर्जन किया। उस गर्जन से सारा जंगल काँप गया। सभी जानवर अपनी जगह पर ही सिकुड़ गये। सिंह राजा ने कहा—

'यह रोज़-रोज़ देखते-देखते ऊब गया हूँ। हम लोग अब कोई नया कार्य-क्रम अपनायेंगे। इसके बारे में सब लोग अपनी-अपनी राय दीजिए।'

कुब्जा भालू अपनी पीठ कुरेदने लगी। मोटी बाघिन सिर हिला-हिलाकर चुप हो गयी। उसे कुछ सूझा ही नहीं। तभी खरगोश उचक-कर आया और दौड़ धूप की प्रतियोगिता करने की सलाह देने लगा। पेटू मज़बूत भेड़िए ने

भोजन की स्पर्धा रखने को कहा। सियार ने एक मेला करने की सलाह दी। उसने कहा, 'इससे आपकी ताकत और श्रद्धा-भक्ति बढ़ेगी।' सिंह को यह सुझाव अच्छा लगा। यह सुझाव सिंह के अलावा अन्य प्राणियों को भी अच्छा लगा। सबने ताली बजाकर इसका स्वागत किया।

फिर सबने मिलकर 'मेला सजाने' की समिति बनायी। सिंहराजा उस समिति के अध्यक्ष बने। हाथी राजा कार्याध्यक्ष। राजा ने घोषणा की कि चींटी का परिवार स्वयंसेवकों का कार्य निभाएगा। इस प्रकार सभी जानवरों के कर्तव्य निश्चित किये गए। सभी के सहयोग से मेला सजाने का निर्णय लिया गया। उसके योग्य आयोजन भी तीव्रता से हुआ।

कल-कल बहने वाली नदी के पास समतल भूमि थी। उस जगह को मेला लगाने के लिए चुन लिया गया। हाथी ने आवश्यक मात्रा में लकड़ी सप्लाई की। भालुओं ने झाड़ू से जगह साफ की। बीच-बीच में खर्राटे भरने पर भेड़िये ने झल्लाकर उसे खरोंच दिया और धमकाया। हाथी को नेता बनाकर एक लम्बा पत्थर गाड़ा गया और दो-तीन दीवारें बनाई गयीं जिससे वहाँ मंदिर और भगवान भी स्थापित हो गए। पेड़ की टहनियों को काटकर उन्हें लताओं से बाँध कर एक रथ बनाया गया।

मंदिर तैयार था। रथ भी तैयार था। पुजारी कौन होगा? कई जानवर इसके उम्मीदवार हुए। हाथी राजा की इच्छा से भेड़िया पुजारी बना। एक शुभ दिन तय कर उसके लिए सिंह राजा की स्वीकृति ली गई।

मेले का वह दिन आ पहुँचा। खरगोश ने बिल से निकलकर एक दुकान सजाई। तख्ता लगाकर, चारों ओर कपड़ा बाँध दिया। उसकी बगल में कपड़ों की दुकान; मिठाई-बतासे, फल-फूल, गाजर-मूली, तरकारी, फूलगोभी आदि की सभी दुकानें सजीं। मुर्गी ने आकर तख्ते पर अण्डे सजा दिए। पक्षी उनकी ओर लोभी आँखों से देखने लगे। तली हुई चीजों, मुरमुरा आदि की दुकान के आगे छोटे-छोटे शावक आँख फाड़कर देखते खड़े हुए।

भेड़िया भैया शुभ्र वस्त्र पहनकर भगवान को सजाने लगे। जंगल में मिलने वाले कई फूल चुनकर उसने भगवान को सजाया। सुबह पूजा हुई और मेला शुरू हुआ। सभी जानवर एक साथ घुस आए। चारों ओर उत्साह भरा वातावरण था।

सियार ने बत्तख पर पैर रख दिया। 'क्वाँक-क्वाँक' कह वह रो पड़ी। हिरन मुर्गी पर ही चढ़कर भाग गया। 'को-को' कहकर उसने हिरन को मारा। भालू का बच्चा दो हाथियों के बीच में फँस गया और 'गुर-र-गुर',

की आवाज में भी चिल्लाया। उसके पाँव तले फँस कर खरगोश ने रो दिया। किसी चोर ने सारंग के कोट की जेब से पैसे चुरा लिए! किसी बाज ने बाघिन के गले की माला चुरा ली।

पूजा समाप्त हुई। तीर्थ लेकर नैवेद्य का खाद्य खाते हुए सभी निकल पड़े। पुजारी भेड़िये ने अंत में निकली भेड़ को पकड़ कर वहीं पर खत्म किया और खा गया ! बाहर आकर देखा तो कई प्राणियों के जूते गायब हो चुके थे। चोर कौन होगा, इस बात पर काफ़ी शोर मचा। दुकानों में भी काफ़ी अव्यवस्था हुई।

मुर्गी के अण्डों को साँप खा गया। कुछ दर्शकों ने अण्डों को गिरा कर तोड़ दिया। पाने की मुर्गी की आशा खत्म हो गयी। खरीदने का बहाना बनाकर कुछ लोगों ने फल-फूल आदि अपने बैग में डाल लिये। कुछ खरीददारों ने पैसे नहीं दिए। सियार ने लाभ पाने की इच्छा से कई चीजों के दाम बढ़ा दिए। कुछ लोगों को तो इसी बात से खुशी थी कि इसी बहाने सियार को सबक मिल गया था। गौरैया ने पैसे देकर मुरमुरा खरीदा था। बहुत ज्यादा खाकर उसने उल्टी कर दी। हाथी राजा की सूँड़ से धक्का खाकर सारे बाँस नीचे धँस गये । इससे सारी वस्तुएँ नीचे गिरकर मिट्टी में मिल गईं।

सिंह राजा को इस सब की रपट मिली। उसने हाथी राजा को बुलाकर गाली दी। मेला समाप्त हो जाने के बाद एक सभा बुलाई गई। सिंह ने ऊँची आवाज से सभी को आगाह किया। उसने कहा—

'मेला अच्छा हुआ, इसकी हमें खुशी है। उस समय जो घटनाएँ घटीं, वह ठीक नहीं थीं। आपस में चोरी, धोखा आदि का त्याग करना चाहिए। जब हम लोग भी इस तरह करने लगेंगे तो हममें और मनुष्यों में अंतर ही क्या रह जाएगा? आगे से अनुशासन और व्यवस्था का पालन करना होगा। अगर ऐसा न हुआ, तो हम फिर कभी मेला नहीं लगाएँगे।'

सभी प्राणियों ने सिंह राजा को वचन दिया कि हम आगे से कभी इस तरह का बर्ताव नहीं करेंगे। पूजा के समय उपस्थित भक्त भेड़ को खाने वाले भेड़िये को और अन्य अपराधियों को दण्ड दिया गया। उन सबको लातों से मारा गया।

तब सभा समाप्त हुई। सभी प्राणी अलग-अलग चले गये।

—✦—

सोने के जूते

सरोजा नारायण राव

गोपालपुर तक एक छोटा-सा गाँव था। उस गाँव में एक चमार रहता था। वह लोगों को चप्पल बना कर देता और अपना गुजारा कर लेता था। उस गाँव में चप्पल पहनते भी कितने लोग थे। कोई-कोई ही पहनता था। औरत और बच्चे तो बिना जूते पहने खाली पाँव घूमते फिरते थे। बाकी लोगों की बात ऐसी थी कि एक बार जूता जो बनवाते लेकिन उसके फटने पर उसी में पैबंद लगवाते और फिर उसी को पहनते रहते थे। इससे उसे बहुत कम काम मिलता। वह ईमानदार बने रहना चाहता था, फिर भी ठीक तरह से काम न मिलने के कारण अपना पेट भरने के लिए भी कमाई न कर पाता था ।

गरीबी से थककर वह एक बार गाँव से बाहर एक नीम के पेड़ तले बैठ कर सोच रहा था। वहीं से थोड़ा आगे, एक गुरुजी अपने शिष्यों को पढ़ा रहे थे। चमार ने उनकी शिक्षा को ध्यान से सुना। गुरुजी अपने छात्रों को एक कहानी सुनाते और अंत में एक नीतिवाक्य भी सुना देते थे। उन्होंने उन बच्चों को बताया कि जो काम मेहनत से न सधे उसे उपाय से साध लेना चाहिए। यह बात चमार के मन में गाँठ की तरह बँध गयी। उसे लगा, जैसे वह ज्ञानोपदेश पा गया। वह खुशी से अपने घर लौट आया।

अगले दिन उसने अपनी पत्नी से कहा, 'सुन, कल रात मैंने एक सपना देखा, जिसमें मुझे एक देववाणी सुनाई दी। उसने मुझसे कहा कि अब जिन्दगी में जितने सारे जूते बनाऊँगा उसमें से कोई एक जोड़ा सोने का बन जाएगा। मगर इसकी एक शर्त है। वह यह कि तुम्हें किसी एक गाँव में एक साल के ऊपर टिके रहना नहीं चाहिए और यह बात अपने मन में रखना होगा, किसी से इसे कहना नहीं होगा।' इस अंतिम वाक्य पर चमार ने जोर दिया। उसको खूब पता था कि राज की कोई बात बीबी अपने मन में नहीं रख पाएगी इसे दुनिया भर में कहती फिरेगी। उसकी बीबी ने वही किया। पास-पड़ोस वालों से वह बात सुना आई। बात सारे गाँव में फैल गई।

बस क्या था लोग उससे जूते पर जूते सिलाने लगे। क्या औरत, क्या बच्चे—सबके सब जूते के लिए आने लगे। इससे पहले गाँव के बूढ़े एक-एक चप्पल में दस-दस पैबन्द लगाते थे, अब वे लोग भी नये जूते सिलाने लगे। माँग बढ़ी, तो मोची ने दर भी बढ़ा दी। एक साल पूरा हुआ, तब दूसरे गाँव के लिए निकल पड़ा, फिर वहाँ 'सोने के जूतों' की बात फैली और वहाँ भी भीड़ जुटने लगी। फिर वही बात। हर महीने वह नए-नए गाँव जाने लगा। कुछ ही साल बीते होंगे, उसकी गरीबी समाप्त हो गई और वह अब अमीर बनने लगा। बाल-बच्चे बड़े हुए। वे भी अच्छी जिन्दगी जीने लगे। अब उसे ज्यादा श्रम करने की जरूरत नहीं रही। गाँव-गाँव घूमकर वह भी ऊब चुका था।

लोग अब उसे चुप रहने नहीं देते थे। हर किसी को सोने के जूते पाने का लोभ था। कुछ लोग तो ज्यादा सोना पाने की इच्छा से बड़ी साइज के जूते सिलवा लेते थे। अब वह इन सबसे छुटकारा पाने का उपाय सोचने लगा। अब भी वह भूला न था कि 'मेहनत से जो-काम न बने, उसे सूझ से साधो।' इसी तरह एक साल और बीता।

चमार का बेटा, बहू और तीन साल का पोता उसके यहाँ आए हुए थे। उसने पोते के लिए एक मामूली-सा जोड़ा जूते का जोड़ा बनाया। अगले दिन उसका जन्म दिन था। गाँव के सब लोगों को न्यौता दिया गया था। रात को सब सो गए तब आधी रात के करीब चमार जागा। बच्चे के जूते ले गया फिर कुएँ के बगल में एक गहरा सा गढ्डा बनाकर उसमें उसे गाड़ दिया। उन जूतों की जगह पर उसने एक जोड़े सोने के रख दिए। ये सोने के जूते अभी उसने छः महीने पहले काशी यात्रा से लौटते समय बनवाये थे।

वह फिर तड़के ही उठा और घरवालों को जगाकर पूछने लगा, 'बच्चे के जूते कहाँ गए? उठा लाओ जरा, देववाणी से पता चला है वे अब सोने के बन गए हैं और मुझे आदेश मिला है कि मैं आगे से जूते बनाना छोड़ रहा हूँ। ले आओ जरा देखूँ तो!' घर के लोगों से भी उसने यह राज न बताया। जिसने भी देखा, दाँतों तले उँगली दबाई! गाँव-गाँव से लोगों ने आकर यह अद्भुत घटना देखी।

चमार उस दिन से आराम करने लगा। बाल-बच्चों के साथ मजे से रहने लगा।

आलसी तिम्मा

एम० आर० शिवशंकर

एक गाँव, वहाँ पर एक बूढ़ी दादी थी। उसके एक पोता था जिसक नाम तिम्मा था। वह आलसी था, बहुत आलसी। न समय पर खाता, न सोता, न कोई काम करता।

बूढ़ी दादी को हमेशा यही चिन्ता लगी रहती थी कि इसे कब समझ आएगी? दादी के घर में एक गौरैया घोंसला बनाकर रहती थी। दादी को रोज बहुत श्रम करते देखकर उसे भी बुरा लगता था।

एक दिन तिम्मा से उसने कहा, 'क्यों बे तिम्मा, इतना तगड़ा है, कुछ काम क्यों नहीं करता?

'तू कौन बहुत काम करने वाली है? बस उड़कर जाती आती है, और चली है मुझको कहने।' तिम्मा ने कहा।

'मैं सिर्फ उड़ती नहीं । अनाज, कीड़े आदि ढूँढ़कर लाती हूँ। घोंसले में बच्चों को खिलाकर मैं भी खाती हूँ। मैं और मेरी पत्नी दोनों मिलकर दिन में ७० से १०० बार खाना ढूँढ़कर लाते हैं। समझे !' गौरैया ने कहा।

'हजार बार उड़कर जाओ, उससे मुझे क्या मतलब। मेरी बातों में दखल दिया तो, मैं तेरा घोंसला तोड़कर फेंक दूँगा, समझे?' तिम्मा ने कहा। उसकी बातों से डरकर गौरैया उड़कर भाग गई।

'इस आलसी को सही राह पर लाना ही होगा।' गौरैया ने सोचा, उसे एक उपाय सूझा, वह तुरन्त दादी के पास गयी।

'दादी, तिम्भा अगर आलसी है तो इसका कारण तुम हो। उसे रोज समय पर खाना खिलाती हो, इसी कारण वह ऐसा हुआ है। मेरा कहा मानो तो वह समझदार बन जाएगा।' उसने कहा।

'तुम्हारी बात मानूँगी, किसी तरह वह समझदार बन जाए यही तो मैं चाहती हूँ। करना क्या होगा बताओ।' दादी माँ ने कहा।

गौरैया ने अपना उपाय दादी को बताया।

अगले दिन खाने के समय पर तिम्मा रसोईघर में घुसा तो उसे दादी माँ दिखाई नहीं पड़ी। कमरे में कम्बल ओढ़कर सोई रही।

'दादी माँ, मुझे भूख लगी है, आकर खाना परोसो!' उसने कहा।

'मुझे शीत ज्वर है। मैं खाना नहीं पका सकी। लकड़ी भी खत्म हो गई है। जंगल जाकर लकड़ी तो चुनकर लाओ। किसी तरह पकाकर दूँगी।' दादी ने कहा।

'जंगल जाकर लकड़ी कौन लाएगा' कहकर तिम्मा वहीं पर पड़ा रहा। जब उसकी आँखें खुलीं, उसे बहुत भूख लगी थी। रसोईघर के कोने-कोने में ढूँढ़ा । उसे खाने के लिए कुछ भी नहीं मिला। गौरैया की बात मानकर दादी माँ ने सब चीजें निकाल कर अलग रख दी थीं।

कोई और राह न सूझी तो तिम्मा कुल्हाड़ी उठाकर जंगल गया। भूख और प्यास से वह थका था। वहाँ जाकर एक पेड़ के नीचे सो गया।

'टक....टक' की आवाज सुनकर तिम्मा की आँखें खुल गईं, उसने उस ओर देखा जहाँ से आवाज आ रही थी। सोने का हल्दी और काला रंग, सिर और उसके पीछे लाल रंग, गले पर काला और सफेद —इस तरह कई रंगों से रँगी एक चिड़िया पेड़ पर चोंच से मार रही थी।

'कौन है, जो इतना शोर मचा रहा है?' तिम्मा ने आँख मलकर पूछा।

'मुझे कठफोड़वा कहते हैं। मैं ही यह आवाज कर रहा हूँ। इससे क्या लाभ?' पूछा उस पक्षी ने ।

'मेरी नींद उचट गई तुम्हारे कारण।'

'इस समय कौन सोता है? खूब मेहनत कर कमाओ, खाओ, रात को ही सोया जाता है।'

'खाओ, किसने मना किया है, लेकिन वह टक...टक आवाज कैसी?' तिम्मा ने कहा।

'देखो, पेड़ में छेद बनाकर घर बनाने वाले कीड़े-मकोड़े मेरा आहार हैं। पेड़ को मैं चोंच से मारता हूँ। कहीं ढीला-सा लगने पर वहाँ सेंध बनाता हूँ, जीभ से कीड़े पकड़कर खाता हूँ। पेड़ पर चोंच मारते समय आवाज तो होगी ही।' इतना कहकर पक्षी ने फिर से पेड़ को फोड़ना शुरू कर दिया।

'यह छोटा-सा पक्षी कितना कष्ट उठाते हैं,' कहते हुए तिम्मा आगे बढ़ा।

'चिप...चिप...चीविट' कई पक्षियों की आवाज सुनाई दी, तिम्मा ने उधर मुड़कर देखा। फूल के पौधों की झाड़ी में छोटे-छोटे पक्षी एक से दूसरे फूल पर उड़कर अपनी लम्बी झुकी चोंच से, फूलों पर झुककर पराग खींच रहे थे। लगातार आवाज करते, उड़ते उन पक्षियों को देखकर तिम्मा ने उनसे पूछा, 'आप कौन हैं, और क्या कर रहे हैं।'

'हम गाने वाले पक्षी हैं, तुम नहीं जानते, चुप बैठने से थोड़े ही पेट भरता है। हम फूलों पर उड़कर उनका पराग पी लेते हैं।' गायक पक्षी ने कहा।

'कितने छोटे आकार के पक्षी हैं, लेकिन पेट भरने के लिए कितना श्रम करते हैं!' तिम्मा ने कहा। इसे सुनकर उस गायक पक्षी ने कहा, 'श्रम से ही पेट भरता है। तुम क्या काम करते हो?'

उस छोटे पक्षी को तिम्मा कुछ उत्तर न दे सका, उसने सिर झुकाया। उसने निश्चय किया कि वह आगे से खूब काम करने के बाद ही खाना खाएगा।

'यहाँ पर पीने का पानी कहाँ मिलता होगा?' तिम्मा ने पूछा।

'यहाँ से सीधे चले जाओ, वहाँ पर एक तालाब है।' गायक पक्षी ने कहा।

तिम्मा तालाब की ओर आगे बढ़ा।

पेड़-पौधों की झाड़ी में—ऊपर हरा, नीचे सफेद, सिर पर फीके नीले रंग का , लम्बी पूँछ वाला एक पक्षी 'टुविट-टुविट' की आवाज के साथ कुछ काम कर रहा था।

तिम्मा वहीं पर खड़ा हो गया है और उस पक्षी को देखने लगा। वह पक्षी पौधे के दो पत्तों के बीच रेशों से सिलाई कर रहा था।

'तुम कौन हो, इन पत्तों को इस तरह क्यों सी रही हो?' उसने पूछा

'मैं दर्जी पक्षी हूँ। अण्डा देने के लिए मैं घोंसला बना रही हूँ।'

उसकी बात सुनकर बोला, 'वाह रे! एक मूँठ भर इसका आकार नहीं। कितनी अच्छी सिलाई कर रहा है।' उसने सोचा।

फिर वह तालाब के पास गया।

कबूतर से भी छोटा एक पक्षी वहाँ पानी पर उड़ रहा था। सफेद रंग और काले रंगों वाला यह पक्षी उड़ना छोड़कर एकदम रुक गया। दोनों पंख

बंद कर पानी में डूब गया।

वह अभी सोच ही रहा था कि यह कौन है और पानी में क्यों डूबा? तब तक वह पक्षी पानी से बाहर निकल आया। उसकी तलवार जैसी लम्बी चोंच में एक मछली थी। उड़कर वहीं एक चट्टान पर बैठकर खाने लगा। वह वक राजा था।

'संसार का हर जीव अपना पेट भरने के लिए श्रम करता है। मैं इतना बड़ा हो गया हूँ, फिर भी अब तक दादी माँ के हाथ का अन्न खा रहा हूँ। आगे से काम करके मुझे खाना चाहिए।' तिम्मा ने निश्चय किया।

तालाब का पानी भरपेट पीकर उसने काफी लकड़ियाँ काट लीं और उसे उठाकर घर ले आया।

उस दिन से वह खूब श्रम करता, दादी माँ की मदद करता और सभी से प्रशंसा पाता।

पोते को समझदार देखकर दादी माँ खुश थी। उपाय सुझाने वाली गौरैया की उसने खूब प्रशंसा की। गौरैया भी अपने उपाय का फल देखकर खुश थी।

बड़ी मकड़ी की कहानी

बी० एस० रुक्कम्मा

आज हम बड़ी मकड़ी की कहानी सुनेंगे। देखो, वह मकड़ी अपने नाम के अनुसार बड़ी है। उसका शरीर काले रंग का होता है। वह बड़े-बड़े मजबूत भौंरों को एकबारगी पकड़कर मार देती है। एक बढ़ई मक्खी नामक कीड़ा होता है, उसे भी यह मकड़ी एक ही मिनट में खत्म कर देती है। फेबर एक मकड़ी की परीक्षा करते हुए सोच रहा था, कि इस मकडी में सारे जानवरों को मार डालने की ताकत कहाँ से आती होगी? यही विचार करते, उसने इसे अपने घर में पाला था। एक छोटी-सी गौरैया को इस मकड़ी से कटवा दिया। गौरैया छोटी थी अभी पंख फैलाकर उड़ने को थी। इस

मकड़ी ने उसे जिस स्थान पर काटा था, वहाँ से खून गिर पड़ा। फिर वह जगह लाल हो गयी। उसी मिनट से गौरैया की वह टाँग दुबली पड़ गई। उससे कोई काम नहीं हो पाता था। पाँव की उँगलियाँ सिकुड़ गईं। वह चिड़िया उस घायल टाँग को खींचते हुए दूसरी टाँग के सहारे लँगड़ाते हुए चलने लगी। फिर भी वह उतनी थकी न थी। और दिनों से अब वह ज्यादा भूखी रहने लगी।

फेबर की लड़कियों ने उसे कीड़े, फल, डबल रोटी आदि कई चीजें खाने को दीं। फेबर ने सोचा, वैज्ञानिक प्रयोग के लिए शिकार बनी यह चिड़िया यह सब खाकर अब ठीक हो जाएगी। घर के सब लोगों का भी यही विश्वास था। दस-बारह घण्टों बाद उनका विश्वास और गहरा हो गया। उस लँगड़ी गौरैया ने भूख के कारण थोड़ा ज्यादा ही खाया। उसको खाना देने में थोड़ी-सी ढिलाई हुई, तो बेचारी तड़प गई। यह सब देखकर फेबर को लगा कि अब यह चिड़िया ठीक हो जाएगी।

लेकिन हुआ यह कि अगले दिन गौरैया ने कुछ नहीं खाया। पंख फैला दिया और विरागी की दशा बनाये बैठी रही। थोड़े समय के लिए शरीर को गेंद की तरह गोल बनाए बैठी रही। बीच-बीच में उसका बदन काँपता जाता था; फिर निश्चल हो जाता था।

फेबर की लड़कियाँ उस गौरैया को अपनी हथैली पर रखकर साँस भरती और गर्मी दे रही थीं। लेकिन वह दर्द से तड़पने लगी ओर मुँह खोलकर गिर पड़ी।

रात को जब सब एक साथ खाना खाने बैठे, तो सभी को बुरा लग रहा था। अपने मौन से सभी ने फेबर के इस प्रयोग पर अपना आक्षेप प्रकट किया। उनको फेबर का यह प्रयोग बहुत कठोर-सा लग रहा था। फेबर भी दुःखी था। इस एक छोटी-सी बात को जानने के लिए एक गौरैया की बलि चढ़ा दी गई। फेबर को बहुत बुरा लग रहा था।

इस प्रयोग के बिना मकड़ी को समझना भी मुश्किल था। उस मकड़ी के दंश से मनुष्य की क्या हालत हो सकती है, यह जानना भी आवश्यक था। फिर दुबारा उसने मेंढक पर भी इसी तरह का प्रयोग किया। वह भी मर गया। मतलब यह हुआ कि बड़े-बड़े जानवरों को भी इस मकड़ी से भय है।

'तब क्या बड़ी मकड़ी किसी से नहीं डरती?' बालु ने पूछा।

'क्यों नहीं, उसके भी दुश्मन हैं। जानते हो, वह कौन हैं? छोटे-छोटे गुबरैले। बड़ी मकड़ी को इन्सान से हमेशा डर रहता ही है। फेबर ने एक बार गुबरैले को मकड़ी उठाकर ले जाते देखा था। जिसे देखकर फेबर को बहुत आश्चर्य हुआ था। वह उसे अपने घर के दरवाजे तक खींच लाया फिर उसे दरवाजे पर छोड़कर खुद अंदर गया। अंदर सब ठीक-ठाक लगने के बाद मकड़ी को उठाकर अंदर ले गया। फिर बाहर आकर घर के दरवाजे पर घास-फूस बिखेरकर उसका मुँह बंद करने के बाद उड़ गया था। उस समय उसकी बीबी गुबरैली अण्डा दे रही थी । अपने बच्चों की बाम्बी में खाना भर रही थी।

फेबर बड़ी मकड़ी और गुबरैले की लड़ाई देखना चाहता था। किन्तु हुआ नहीं। उसने बड़ी मकड़ी को एक और बड़ी मकड़ी के साथ लड़ते देखा था।

'अच्छा, उनकी लड़ाई कैसी थी ?' सीनू ने पूछा

'सबसे पहले मकड़ी की बीबी दीवारों पर चलकर देखेगी, फिर वहाँ पर कोई बिल मिल जाने पर, उसके चारों ओर देखकर चिल्लाएगी, शोर मचाएगी। तब पुरुष मकड़ी बाहर आकर घर के छेद से गुबरैले को घूर कर देखेगा। गुबरैला डर से पीछे हटेगा फिर उड़ जाएगा। मकड़ा भी अपने जाले में चला आएगा। गुबरैला दुबारा आएगा। मकड़ी भी अपने जाल से बाहर आकर फिर घूरने लगेगी। गुबरैला फिर से उड़ जाएगा।

फेबर का कुतूहल जाग उठा। आगे की घटना वह देखना चाहता था। ऐसी दुष्ट मकड़ी को गुबरैला कैसे हरा पाएगा, यह देखने की इच्छा से वह टूटी दीवार के पास हफ्ते भर बैठा रहा।

फेबर ने देखा कि उसी के सामने गुबरैला मकड़ी की टाँग पकड़कर कई बार उसे बाहर खींचने की कोशिश कर रहा था, मकड़ी भी अपनी पिछली टाँगों से दीवार का किनारा जोर से पकड़कर जाले के अंदर चिपकी हुई थी। वह गुबरैला बार-बार उड़कर आता और मकड़ी पर धावा बोलता था, उसे खींचता था। मकड़ी उससे बचकर जाले के अंदर छिप जाती थी। अंत में, शांति से प्रतीक्षा करने के बाद, गुबरैला मकड़ी को खींच लेता है । कुछ ऊपर उड़कर मकड़ी को नीचे फेंकता है। मकड़ी ऐसी बुरी हालत में गेंद की तरह गोल सिकुड़ जाता है। गुबरैला तब मकड़ी की नसों के गुम्फ को काटता है। गुबरैले को इस बात का पता है कि मकड़ी घर के अंदर रहकर ही वीर

है, बाहर निकलते ही कायर है। इसीलिए गुबरैला मकड़ी को बाहर खींचकर मार देता है।

'उसके बाद क्या होता है?' सीनू ने पूछा।

उसके बाद गुबरैला मकड़ी को उसी के जाले में खींचकर ले जाता है। उसी के जाले में रखकर उस पर अपने अण्डे फैलाता है। रेशम के धागों से बने उस गरम जाले में गुबरैले के बच्चे उसे खाते हैं।

बड़ी मकड़ी की बाकी सारी, बुराइयों को भुला दो, तो उसमें माँ की ममता बहुत बड़ी चीज है। इन मकड़ियों से फेबर की खूब दोस्ती है। उसने इन्हें अपने अध्ययन के कमरे में भी जगह दी है। अक्सर उनके कुशल-समाचार की पूछ-ताछ करता रहता था।

'उसके साथ मकड़ियों की खूब बातचीत होती।' बालु ने पूछा।

'बातचीत ही नहीं उनका सारा क्रिया कलाप देख, परखकर वह मन में बात पक्की करता था।

कंकड़-पत्थरों के बीच मकड़ी के कई घर होते हैं। बड़ी मकड़ी के लिए ऐसी जगह बहुत ठीक होती है। बड़ी मकड़ी का घर छोटा नहीं होता, वह एक दुर्गम होता है। शुरू में वह एक गहरे, थोड़े से बड़े सेंध की तरह होता है। वहाँ से निचली मंजिल का रास्ता होता है। वहाँ से दाएँ-बाएँ घिरावदार रास्ता होता है। घर के अंत में एक कमरा होता है जहाँ पर मकड़ी विश्राम करती है। दीवारों पर अपने हाथ से बने रेशम के धागों का परदा टाँगता है। उससे अंदर धूल भी नहीं घुसती। पिछली मंजिल से ऊपर चढ़ने के लिए धागेदार निसेनी के रूप में भी वह उपयोगी होता है। बड़ी मकड़ी अपने घर के ऊँचे गोपुरम पर बैठकर अपने चारों ओर का संसार देखता रहता है। पत्ते, गोल कंकड़, लकड़ी के टुकड़े आदि को रेशम से बुनकर वह दीवार बनाता है।

फेबर खिड़की से मकड़ी के इस बड़े घर को देखा करता था। इस तरह वह इसे तीन साल तक देखता-समझता रहा। सच पूछो, तो मकड़ी जैसा आलसी दूसरा कोई नहीं। अपने हाथ लगने वाली हर चीज उठाकर उससे चबूतरा बनाने में ही वह समय गँवाता है। 'तुम धनी होती तो अपने लिए किस तरह का घर बनाती?' फेबर ने उससे पूछा और उसके लिए रंग-बिरंगे ऊनी धागे, गोल कंकड़, कपास आदि देकर उसे धनी बनाया। उन सब चीजों को लेकर मकडी ने एक सुंदर दुर्ग तैयार कर दिया। फेबर का यह घर

देखने की इच्छा से कई लोग आए। उन सबने इसे फेबर की अद्‌भुत करामात बताया।

बड़ी मकड़ी वहाँ की रद्दी सँजोकर उससे एक परदा बनाकर उससे अपने घर का दरवाजा ढँक देती थी। कई बार ऐसे परदे मकड़ी के आहार से बचे शेष अंश, कीड़ों के सिर आदि से बुने होते थे।

'ओह, मुझे याद आया, हमारे यहाँ शेर, चीता आदि का शिकार करने के बाद, उसका सिर दीवार पर टाँग कर रखते हैं न, ठीक वैसा ही हुआ।' बालु ने कहा।

'ठीक वैसा ही। कभी-कभी उसके घर का दरवाजा खुल जाता है। ऐसी हालत में वह हर बार अपना सिर बाहर निकाल कर घूरता रहता है। हाथ लगने वाली हर चीज उठाने को तैयार रहता है। उस रास्ते से निकलने वाले हर कीड़े की जान खत्म हुई, समझो । बड़ा मकड़ा अपनी छोटी उम्र में अन्न ढूँढ़ता रहता है रास्ते पर मिलने वाली हर चीज पर आक्रमण कर उसे पकड़ लेता है। बड़ा होने पर अपना महल बनाने में लग जाता है। उसने कैसा हथियार रखा होगा, सोचिए...दाँत! फेबर ने इसे अपनी आँखों से देखा था, फिर तो आपको इस बात पर विश्वास करना ही होगा!

मकड़ी ही नहीं, हर कीड़ों के साथ यह एक अजीब बात होती है कि वे अपनी जिन्दगी में किसी विशेष अवसर पर ही खुदाई का घर बनाने का काम करते हैं। बाकी समय वे इस तरह का काम नहीं करते। मकड़ी ने पाँव इंच जमीन खोद दी थी, जब फेबर ने दूसरी जगह खुद मिट्टी खोदकर मकड़ी को वहाँ पर स्थानांतरित कर दिया। उस मकड़ी ने उस जगह पर और जगह खोदी। फिर फेबर ने उसे खाली जगह पर ले जाकर छोड़ दिया। मकड़ी ने वहाँ जाकर कुछ भी नहीं किया और सीधे मर गई। जो काम उसने शुरू किया था उसे दुबारा वह शुरू नहीं कर सकी, डरकर मर गई। कोई भी कीड़ा नहीं जानता कि ऐसी हालत में उसे क्या करना होगा। फेबर ने बहुत सारे प्रयोग किये। एक मधुमक्खी ने अपना छत्ता तीन चौथाई भर दिया था, तब उसने उसके किनारों पर मधु भरने की कोशिश की।

मादा मकड़ी एक अच्छी रेशमी दरी बुनकर उस पर अपने अण्डे रखती है। फिर उस दरी को मोड़कर गोल मटोल बनाती है। तब फिर उसके अंदर अण्डों से भरी रेशमी गेंद बनती है।

उस थैली से उसे बहुत लगाव है। वह हर कहीं उसे अपने साथ ले जाती है। आराम करते हुए, शिकार खेलते हुए और कीड़े-मकोड़ों पर आक्रमण करते समय, हर समय वह उसे अपने पास रखती है। किसी दुर्घटना में उसके रेशे कट जाने पर वह पागल जैसी हो जाती है, वहीं बैठकर उसकी मरम्मत शुरू कर देती है। अपनी उस सम्पत्ति को वह श्रद्धा से गले लगाये रहती है और उसे छीनने की कोशिश करने वाले हर किसी को काटने के लिए उग्र रूप धारण कर लेती है। तीन हफ्तों तक वह लगातार कई घण्टे अपनी पिछली टाँगों से पकड़कर उसे गर्मी देती है। उस गेंद को घुमा-फिराकर हर भाग पर उसे सूर्य की गर्मी दिलाती है। फेबर जब उसे चिमटे से पकड़ने जाता, तब वह उसे काटने को दौड़ पड़ती थी। उसे छीनकर, उसकी जगह पर एक दूसरी मकड़ी के अण्डों की थैली उसे दी गई, तब वह चुप हुई। उसे जब एक खाली ऊनी गेंद दी गई तो वह मूर्खा उसी को सूर्य की गर्मी देने लगी।

गेंद फोड़कर जब उसके बच्चे बाहर निकलेंगे, तब मजा देखते ही बनता है। तीन चार परत भर बच्चों को बड़ी मकड़ी सात महीनों तक उठाकर घूमती है। वह बच्चे भी बहुत अच्छे स्वभाव के होते हैं। कोई भी उसे तंग नहीं करता। अड़ोस-पड़ोस में किसी को नहीं छेड़ते। सभी होशियारी से कतार बाँधकर बैठे रहते हैं। कभी-कभी उनमें से एक दो पलटी भी मारते हैं। इससे क्या होता है? उनकी ओर उनकी माँ मुड़कर नहीं देखती। वे खुद दौड़कर उसकी पीठ पर चढ़कर बैठ जाते हैं। उनके चढ़ने या न चढ़ने की माँ को कुछ फिक्र नहीं रहती। फेबर इन सब बच्चों को उठाकर उनकी जगह दूसरी मकड़ी के बच्चों को भर देता है, तब भी माँ मकड़ी तृप्त रहती है। उसे शायद अपने बच्चों से अब लगाव नहीं है। फेबर ने एक बार देखा था कि दो मकड़ियों की लड़ाई में एक दूसरे को खा गई थी। उसके बाद मुश्किल में फँसे दोनों परिवार जुड़ गए थे।

'उतने सारे बच्चों को खाना कैसे खिलाया जाता है? बाप रे!' वासंती ने अपना संदेह प्रकट किया।

'वे सूर्य की गर्मी पाकर ही जी जाते हैं। बड़े होने तक वह कुछ भी नहीं खाते। बढ़ने पर खुद शिकार करके जीते हैं।

——✦——

गुजराती

- गुजराती बाल कथा साहित्य का विकास
- सबसे भली चुप्प
- लाल गुब्बारा और हरा गुब्बारा
- बबुआ बला बन गया
- दादा का कुर्ता, दादा की पगड़ी
- चींटीघर का बंदी
- हथौड़ी लेते जाओ
- नूपुर भाई को पाँव लगे
- राक्षसमार किरात
- जूई परी और मम्मी
- हवेली की चाबी

गुजराती बाल कथा साहित्य का विकास

गुजराती भाषा में बाल कथा काप्रारम्भ कब से हुआ, इस सम्बध में कोई निश्चित समय सीमा निर्धारित नहीं की जा सकती। परन्तु अनुवाद के रूप में १९वीं शती के तीसरे चरण से उसका प्रारंभ माना जा सकता है। सन् १८३१ में प्रकाशित 'बालमित्र' सर्वप्रथम बालोपयोगी रचना मानी जाती है। जो अनुवाद के रूप में प्राप्त हुई है। परन्तु आधुनिक शिक्षा के प्रारम्भ के बाद ही, स्वतंत्र रूप से बाल-साहित्य का सृजन होना चाहिए—ऐसी अनिवार्यता महसूस हुई। फिर भी शुद्ध रूप से, आज जिसको हम बाल साहित्य कहते हैं, उसके आद्य प्रवर्तक होने का यश श्रीयुत् गिरजाशंकर भगवानजी बधेका—गिजुभाई (सन् १८८५-१९८९.)को जाता है। बच्चों का अपना स्वतंत्र व्यक्तित्व होता है उनकी अपनी संवेदनाएँ, अपेक्षाएँ, कल्पनाएँ आदि होती हैं और इसलिए बच्चों को ही केन्द्र में रखकर लिया जाने वाला साहित्य ही सही अर्थों में बाल-साहित्य होगा। ऐसा साहित्य सर्वप्रथम प्रदान करने वाले रचनाकर हैं गिजुभाई। इससे पूर्व 'बालकथा' जरूर थी; किन्तु इसका दृष्टिकोण भिन्न था।

बीसवीं शताब्दी के तीसरे एवं चौथे दशक में इस विचार के कारण, बच्चों पर केन्द्रित बालकथाएँ हमको—'दक्षिणामूर्ति', 'गांडीव', 'बालजीवन' तथा 'बालविनोद' जैसी संस्थाओं की ओर से विपुल मात्रा में प्राप्त हुई हैं। बाल मानस को अभिव्यक्त करे, बालक समझ सकें एवं उसकी अपेक्षा की पूर्ति कर सकें ऐसी कथाएँ इन संस्थाओं के माध्यम से गिजुभाई, तारा बहन, नटवर लाल मालवी, ईश्वर लाल वीमावाला, हरिप्रसाद व्यास, रमणलाल ना० शाह, नागरदास पटेल तथा सुमति पटेल आदि ने अनुवाद तथा मौलिक लेखन के द्वारा विपुल मात्रा में दी हैं। बालकहानी ने पंचतंत्र, हितोपदेश, एरेबियन नाइट्स, गुलिबर ट्रेवेल्स, ईसप की कथाएँ, हान्स एण्डरसन की परीकथाओं तथा लोकसाहित्य का प्रारंभ से लेकर आज तक भिन्न-भिन्न रूप से अपने प्रचार-प्रसार तथा विकास के लिए आधार लिया है। हरिप्रसाद व्यास ने अपने 'बकोर पटेल' के द्वारा हास्यरस का समृद्ध प्रवाह बहाया है। सन् १९२० से १९४० के दो दशकों के दरम्यान और इसके उपरांत श्रीमती हंसा मेहता, झबेरचंद मेघाणी, चन्द्रशंकर भट्ट, केशव प्रसाद देसाई, वसंत नायक, मनुभाई जोधाणी तथा जयभिक्खु आदि ने भी उच्च कोटि का, संवेदनशील तथा कलापरक सौंदर्य से युक्त बाल-साहित्य प्रदान किया है। यह दो दशक गुजराती बाल कथा साहित्य के स्वर्णयुग कहे जा सकते हैं।

सन् १९४० के बाद, इस क्षेत्र में बच्चों के प्रति विशेष प्रेम के कारण विपुल तथा संवेदनशील सृजन करने वालों में श्री रमणलाल सोनी तथा श्री जीवराम जोशी की देन बहुत ही मूल्यवान है। आज भी ये दोनों सर्जक गुजराती बाल कहानी की सेवा करते हैं। रमण लाल सोनी अपने 'गलबा सियार' तथा उसकी प्राणी-सृष्टि और जीवराम जोशी 'मियाँ झुसकी', 'छको-मको' तथा 'छेल-छबो' आदि पात्रों के कारण बच्चों में हमेशा प्रिय रहे हैं। बालकथा के क्षेत्र में पाँचवाँ दशक अशांतराजकीय परिस्थिति के कारण क्षीण रहा है। किन्तु स्वातंत्र्योत्तर काल में इस क्षीणता का मानो बदला लिया गया है। प्रांतीय तथा केन्द्र सरकार के द्वारा प्राप्त अनुदान-प्रोत्साहन, मुद्रणकला का विकास, समाज में विकासमान सूझ-बूझ, रुचि, जागृति तथा

मानसशास्त्र के विशेष ज्ञान के कारण तथा गुजराती साहित्य अकादमी, पाठ्य पुस्तक मंडल और गुजराती साहित्य परिषद् जैसी संस्थाओं के द्वारा संवर्धन-प्रोत्साहन आदि अनेक उपायों के कारण गुजराती बाल कथा-साहित्य को विकास के लिए काफी अनुकूलता मिली है। इस ज्वार के प्रवाह में भला-बुरा दोनों प्रकार का साहित्य आया है। किन्तु इसमें विषय की विविधता ध्यानाकर्षक है। इसके उपरांत 'कथामालाओं' द्वारा स्वरूपगत नवीनता भी आयी है। साथ ही उसकी बाह्य सज्जा के आकर्षण के प्रति लेखक प्रकाशक वर्ग भी जागरूक हुआ है। इस दौरान 'कथा कथक' के रूप में प्रसिद्धि प्राप्त श्री हरीश नायक, यशवंत मेहता, रतिलाल नायक, धनंजय शाह, जयमल्ल परमार, विनोदिनी नीलकंठ, विजयगुप्त मौर्य, गिरीश गणात्रा, पन्नालाल पटेल, शिवम् सुन्दरम्, मधुसूदन पारेख, श्रीकांत त्रिवेदी, जयवती काज़ी, सुभद्रा गाँधी, कुमारपाल देसाई, रमेश पारेख, सुरेश दलाल, बेप्सी इंजीनियर, एवी सरैया, धीरूबहन पटेल, सुशीला झवेरी, घनश्याम देसाई तथा श्रद्धा त्रिवेदी आदि ने इस क्षेत्र में सामाजिक, ऐतिहासिक मनोवैज्ञानिक तथा वैज्ञानिक आदि विषयगत विविधता से युक्त बाल कहानियों के अनुवाद तथा मौलिक लेखन द्वारा बाल कथा-साहित्य को समृद्ध किया है, और अब भी उस दिशा में सूझ-बूझ के साथ उद्देश्य-पूर्वक प्रयत्न किये जा रहे हैं। 'गांडीव', 'रमकडुं' आदि मासिक पत्र; 'बालवाड़ी', 'फूलवाड़ी' जैसे साप्ताहिक तथा दैनिक पत्रों के बाल विभागों द्वारा बाल-कहानी को प्रोत्साहित किया है और बाल कथा-लेखकों को बच्चों तक पहुँचाने का सेतु कर्म किया है।

इस प्रकार गुजराती बालकथा साहित्य वास्तविक, वैज्ञानिक, काल्पनिक, ऐतिहासिक तथा पौराणिक आदि अनेक विषयों तथा हास्य, साहस, रहस्य आदि अनेक रस-प्रवाहों में प्रारम्भ से ही प्रवहमान रहा है और उसमें समय-समय पर सुधार, संवर्धन, वृद्धि होती रही है।

— भोला भाई पटेल

सबसे भली चुप

गिजुभाई बधेका

एक था चाचा और एक था भतीजा। एक बार दोनों यजमानी को निकले। रामपुर जैसे गाँव में पहुँचकर, यजमान के यहाँ ठहरे। यजमान ने आदर-सम्मान दिया और पुरोहित महाराज को लड्डू बनाने को कहा।

चाचा-भतीजा ने बाटियाँ सेंककर चूरमा बनाया और उसके लड्डू बनाये, जो हुए पाँच। अब चाचा-भतीजा दोनों सोच में पड़ गये कि इसको दो के बीच बाँटें कैसे? लड्डू को तोड़कर हिस्सा करना किसी को पसंद नहीं आया। आखिर चाचा-भतीजा ने यह तय किया कि हम चुप बैठेंगे: जो पहले बोले सो दो खाये, और जो न बोले वह तीन खाये।

चाचा भतीजा दोनों बिना कुछ बोले चुपचाप लंबी तान के सो गये। यजमान आकर देखा कि कोई कुछ बोलता ही नहीं । बहुत पुकारा, पर कोई जवाब दे तब न? सब कहने लगे: 'क्या मालूम साँप-वाँप ने काट लिया हो, और मर गये हों?'

यजमान ने कहा, 'तो चलो, ब्राह्मण के बेटे हैं, सो ठिकाने तो लगाना होगा!' सब इस प्रकार बातें करने लगे और चाचा-भतीजा दोनों पड़े-पड़े यह सुनते रहे। मन ही मन कहने लगे, यह तो गजब हो गया! परंतु बोले कौन? बोलेंगे तो दो ही लड्डू मिलेंगे।

गाँव के लोग जमा हुए और अर्थी तैयार की गयी। चाचा-भतीजा को कसकर बाँधा, परंतु दोनों में से एक भी नहीं बोला जैसे वे सचमुच में दो लाशें हैं! 'राम बोलो ...' कहते हुए उन्हें श्मशान ले गये। श्मशान में चिता तैयार करके दोनों को उस पर रख दिया। सारे लोग तो नदी में नहाने चले गये, केवल पाँच लोग वहाँ खड़े रहे।

यजमान बेचारे ने घास सुलगायी और 'ओम्...ओम्...' करते हुए चिता में आग रखी। चाचा मन में सोचता है मरें तो कोई बात नहीं, मगर लड्डू दो नहीं खाने हैं। खायें तो तीन खायें, नहीं तो कुछ नहीं।

भतीजे ने सोचा—तीन लड्डू के चक्कर में मर गये तो जिंदगी से ही हाथ धो बैठेंगे। इसलिए आखिर भतीजा बोला, 'अरे भागो यहाँ से ! तीन तुम्हारे और दो ही मेरे!'

चाचा-भतीजा दोनों चिता से उठ बैठे। वहाँ खड़े पाँचों बोले, 'भागो जल्दी! ये तो भूत हो गये।' पाँचों वहाँ से भाग निकले।

चाचा-भतीजा दौड़ते हुए यजमान के बाड़े में जाकर लड्डू खाने बैठ गये—तीन चाचा ने खाये। दो भतीजे ने।

लाल गुब्बारा और हरा गुब्बारा

रमणलाल सोनी

एक था रबर का गुब्बारा। उसका नाम था लाल गुब्बारा।

दूसरा था रबर का गुब्बारा । उसका नाम था हरा गुब्बारा ।

लाल गुब्बारा और हरा गुब्बारा एक बार घूमने गये। घूमते-घूमते वे तोता बाबा के उपवन में घुसे।

उपवन में पेहटों का ढेर था।

लाल गुब्बारा बोला, 'मुझे पेहटा बहुत अच्छा लगता है। लेकिन मेरे पास पैसे नहीं हैं।'

हरा गुब्बारा बोला, 'मेरे पास पैसे हैं।'

लाल गुब्बारा बोला, 'तो पैसे तेरे पेहटे मेरे ।'

यह कह वह पलथी मारकर पेहटे खाने बैठ गया और सारे पेहटे खा गया।

हरा गुब्बारा बोला, 'लाल गुब्बारा मेरे सब पेहटे खा गया। मैं तुझे मारूँगा।'

वह गया पेड़ के पास। बोला, 'पेड़-पेड़ मुझे लकड़ी दे।'

पेड़ बोला, 'पंछी को कह कि वह गाना गाये । यदि पंछी ने गीत गाये तो मैं तुझे लकड़ी दूँ।'

हरा गुब्बारा गया पंछी के पास । बोला, 'पंछी रे पंछी, तू गीत गा। यदि तू गीत गायेगा तो पेड़ मुझे लकड़ी देगा। पेड़ मुझे लकड़ी देगा तो मैं लाल गुब्बारे को मारूँगा। क्योंकि वह मेरे सभी पेहटे खा गया है।'

पंछी बोला, 'बादल को बोल कि वह बरसे। यदि वह बरसेगा तो मैं गीत गाऊँगा।'

हरा गुब्बारा गया बादल के पास । बोला, 'बादल रे बादल, तू बरस। यदि तू बरसेगा तो पंछी गीत गायेगा। तो पेड़ मुझे लकड़ी देगा तो मैं लाल गुब्बारे को मारूँगा। क्योंकि वह मेरे सभी पेहटे खा गया है।'

बादल बोला, 'किसान को बोल कि वह खेत जोते। यदि किसान खेत जोतेगा तो मैं बरसूँगा।'

हरा गुब्बारा गया किसान के पास। बोला, 'किसान रे किसान! तू खेत जोत। यदि तू खेत जोतेगा तो बादल बरसेगा। बादल बरसेगा तो पंछी गायेगा। पंछी गायेगा तो पेड़ मुझे लकड़ी देगा। मैं उससे लाल गुब्बारे को मारूँगा। वह मेरे पेहटे खा गया है.।'

किसान बोला, 'कोठी को बोल कि वह मुझे बीज दे। यदि वह बीज देगी तो मैं खेत जोतूँगा।'

हरा गुब्बारा गया कोठी के पास। और बोला, 'कोठी रे कोठी, मुझे बीज दे। यदि तू बीज देगी तो किसान खेत जोतेगा। किसान खेत जोतेगा तो बादल बरसेगा। बादल बरसेगा तो पंछी गाएगा। पंछी गीत गाएगा तो पेड़ मुझे लकड़ी देगा तो मैं लाल गुब्बारे को मारूँगा। क्योंकि वह मेरे सभी पेहटे खा गया।'

कोठी बोली, 'माँ को बोल कि अंजुरी फैलाए।'

हरा गुब्बारा गया माँ के पास और बोला, 'माँ, माँ तू अंजुरी पसार। यदि तू अंजुरी पसारेगी तो कोठी बीज देगी। कोठी बीज देगी तो किसान खेत जोतेगा। यदि किसान खेत जोतेगा तो बादल बरसेगा। बादल बरसेगा तो पंछी गीत गाएगा। पंछी गीत गाएगा तो पेड़ मुझे लकड़ी देगा। और मैं लाल गुब्बारे को मारूँगा। क्योंकि वह मेरे सभी पेहटे खा गया है।'

माँ अंजुरी पसारती है, तो कोठी बीज देती है, तो किसान खेत जोतता है तो बादल बरसता है। बादल बरसता है तो पंछी गीत गाता है। पंछी गाता है तो वृक्ष लकड़ी दे देता है।

और तब हरा गुब्बारा लाल गुब्बारे को मारता है। और कहता जाता, कि ले खा! तुझे तो पेहटे अच्छे लगते हैं न!

लकड़ी ने गुब्बारे को छुआ ही था कि लाल गुब्बारा फटाक् से फूट गया। उसका पेट फट गया और सभी पेहटे बाहर निकल आए।

दादा का कुर्ता दादा की पगड़ी

रतिलाल सा० नायक

दादा पहनें कुर्ता। दादा पहनें पगड़ी। दादा पहनें चश्मा। दादा रखें लकड़ी।

दादा कहानी कहें। दादा काजू, बादाम और रेवड़ी दें।

दादा की बात। बात जैसे मीठी शहद।

लेकिन आज तो दादा के कुर्ते की बात। दादा की पगड़ी की बात।

दादा आए बाहर से । पगड़ी उतारी। खूँटी पर लटकाई। कुर्ता उतारा। खूँटी पर लटकाया।

पलँग पर जाकर लेटे। लेटते ही सो गये। नसकोरा बोलने लगा, 'घरर...घर, घरर...घर'

बाहर से भौंरा आया। बोला, 'गुन-गुन-गुन....गुन-गुन-गुन...

देखा तो दादा घरर घर...घरर घर... पगड़ी देखकर अन्दर गया। सरर सर...सरर सर...

तभी मक्खी आकर बोली,'भिन्-भिन्-भिन् ...भिन्-भिन...भिन...' पगड़ी देख अन्दर जाने का मन हुआ। पूछा, 'पगड़ी! पगड़ी! आऊँ इसी घड़ी?'

अन्दर से भौंरा बोला, 'कौन तू?'

मक्खी बोली,

उड़ती उड़ती थकी
मैं हूँ भिन-भिन मक्खी।'

भौंरे ने कहा,

'पगड़ी में छुपाया
मैं चालाक सयाना
मैं गुन गुन भौंरा।
नहीं एकान्तप्रिय
भले! तू आ!'

मक्खी पगड़ी में घुसी।

तभी चूहा आया। बोला, 'चूँ-चूँ-चूँ ....चूँ-चूँ-चूँ ...' पगड़ी देखकर अन्दर जाने की इच्छा हुई। पूछा, 'पगड़ी ! पगड़ी! आऊँ इसी घड़ी?'

अन्दर से उत्तर मिला,

'आओ आओ! पर पहले अपनी जाति बताओ।'

चूहा बोला,

'सुन्दर दौड़कर थक रहा
मैं हूँ चूँ चूँ चूहा।'

भौंरे और मक्खी ने चूहे को अन्दर बुला लिया।

तभी मेंढक आया। बोला, 'टर्र -टर्र-टर्र...टर्र -टर्र-टर्र ...' पगड़ी देखकर अन्दर जाने की इच्छा हुई। पूछा, 'पगड़ी ! पगड़ी! आऊँ इसी घड़ी?'

अन्दर से उत्तर मिला,

'आओ आओ! पर पहले अपनी जाति बताओ।'

मेंढक बोला,

'दौड़ के मारूँ कुदका
मैं हूँ टर्र टर्र मेसुका!'

भौंरा, मक्खी और चूहे ने मेंढक को अन्दर ले लिया।

तभी गौरैया आई। चकचक...चीं-चीं-चीं... पगड़ी उसे अच्छी लगी। अन्दर जाने की इच्छा हुई। पूछा, 'पगड़ी! पगड़ी! आऊँ इसी घड़ी?'

अन्दर से उत्तर मिला,

'आओ आओ! पर पहले अपनी जाति बताओ?'

गौरैया बोली:

'घूम घूम सब जगह थकी
मैं गौरैया चीं-चीं-चीं!

भौंरा, मक्खी, चूहा और मेंढक ने गौरैया को अन्दर ले लिया।

तभी बिल्ली आई। बोली, 'मियाऊँ-मियाऊँ, म्याऊँ-म्याऊँ ...'

पगड़ी की जगह उसे पसन्द आई। अन्दर आने के लिए उसने पूछा, 'पगड़ी! पगड़ी! आऊँ इसी घड़ी?'

अन्दर से उत्तर मिला,

'आओ आओ! पहले अपनी जाति बताओ।'

बिल्ली बोली:

'देखते चूहा मारूँ
म्याऊँ म्याऊँ बोलूँ।'

भौंरा, मक्खी, मेंढक और गौरैया ने कहा,

'देखते ही चूहा मारे
हमको यह न भाए।'

बिल्ली बोली:

मुझे चाहिए दर
बताओ दूसरा घर।'

चूहे ने कहा:

उस कुर्ते को देखो
जेब में उसके बैठो।'

बिल्ली दादा के कुर्ते की जेब में घुस गई।

तभी चितकबरा कुत्ता आया, बोला 'हाऊँ-वाऊँ, हाऊँ-वाऊँ...'

दादा के कुर्ते की जेब में बिल्ली को बैठे देखा। उसे भी जेब में बैठने की इच्छा हुई। पूछा:

'कुर्ता! कुर्ता!
आऊँ मैं भीतर।'

अन्दर से बिल्ली बोली:

'आओ आओ! पर पहले अपनी जाति बताओ'।

कुत्ता बोला, 'मैं बिल्ली को खाऊँ करूँ हाऊँ-वाऊँ।'

बिल्ली बोली: 'तू बिल्ली को मारे
मुझे यह न भाए।
फिर भी अन्दर पैठ
पर दूसरी जेब में बैठ।'

कुत्ता दादा के कुर्ते की दूसरी जेब में घुसा।

तभी बन्दर आया। बोला, 'हूपाहुप-हूपाहुप'।

दादा को सोये देखा, घरर घर...घरर घर। पगड़ी देखी। कुर्ता देखा। चश्मा देखा। आँख पर पहना। लकड़ी देखी। हाथ में लेकर देखा। पगड़ी देखी। सिर पर रखी। कुर्ता देखा। शरीर पर पहना। और डाला जेब में हाथ। डर के मारे बिल्ली भागी—म्याऊँ म्याऊँ ।

डाला दूसरी जेब में हाथ। डर के मारे कुत्ता भागा—हाऊँ-वाऊँ-हाऊँ-वाऊँ।

सामने शीशा देखा। उसमें खुद का प्रतिबिम्ब देखा। नाचने का मन हुआ ठूमक-ठुम ठूमक-ठुम।

नाचने के लिए पगड़ी पर हाथ रखा। अन्दर के प्राणी घबरा गए।

—गुन गुन करता भँवरा भागा।

—भिन भिन करती मक्खी भागी।

—चूँ चूँ करता चूहा भागा ।

—टर्र टर्र करता मेंढक कूदा।

और चीं चीं करती गौरैया उड़ी, फुरुर ...फुर। तभी दादा का नसकोरा बोला—घरर-घर। कुर्ता और पगड़ी रखकर बन्दर भागा सरर-सर।

—✦—

बबुआ बला बन गया

हरिप्रसाद व्यास

एक दिन रसिकभाई सपरिवार शादी में गये और घर की चौकीदारी भगाभाई को सौंप गये।

भगाभाई अकेले बैठे-बैठे कुछ खटर-पटर कर रहे थे कि ऐसे में पड़ोस वाली तनमन बहन उनके पास आ पहुँचीं। उनके साथ चार-पाँच और युवतियाँ थीं ।

तनमन बहन बोलीं, 'भगाभाई! मेरा एक काम करेंगे?'

भगाभाई ने कहा, 'तनमन बहन आपका काम तो करूँ, परन्तु यहाँ पर मैं अकेला ही हूँ। मुझे घर सौंपकर सब लोग बाहर गये हैं, इसलिए घर छोड़कर मैं कहीं नहीं जा सकता।'

'आपको घर छोड़कर कहीं जाना नहीं है। हम सब 'महिला शो' में 'जनम जनम के फेरे' फिल्म देखने जा रहे हैं। मेरा मुन्ना (बबुआ) घर पर पालने में सोया हुआ है, आपको उसे सम्हालना है। तीन घंटे में तो हम वापस आ जायेंगे। उसे पलना चाहिए, इसलिए उसको सिनेमा हाल नहीं ले जा सकते; तब तक आप इसे सम्हालेंगे!'

भगाभाई सोच में पड़ गये। उन्होंने पूछा, 'मुन्ने का पलना यहाँ रसिकभाई के घर लायेंगी क्या?'

'जैसा आप कहें ! फिर भी अगर आप यहाँ ताला लगाकर मेरे घर बैठो तो भी चलेगा; घर तो पास ही में है। वहाँ बबुआ(मुन्ना) के लिए पलना, दूध आदि की सुविधा भी है।'

भगाभाई को यह व्यवस्था पसन्द आई। उन्होंने अपने हाथ से ही हार्डबोर्ड पर लिखा—

'भगाभाई पड़ोस के मकान में हैं।'

यह हार्डबोर्ड उन्होंने रसिकभाई के घर के दरवाजे पर लटकाया; और वहाँ ताला लगाकर वे तनमन बहन के घर जाकर बैठ गये।

तनमन बहन अपने पड़ोसियों के साथ सिनेमा देखने चली गयीं। जाने से पहले उन्होंने बबुआ के लिए रखा हुआ दूध, ग्लास, चम्मच आदि भगाभाई को दिखा दिया।

तनमन बहन को गये कुछ ही देर हुई होगी कि बबुआ जाग गया। भगाभाई अखबार पढ़ने में लीन हो गये थे; पर बबुआ के जगने से वे सावधान हो गये।

पलने के पास आकर उसे झुलाने लगे। परन्तु बबुआ जिसका नाम! वह ऐसे-वैसे कैसे चुप हो सकता है! उसने रोना शुरू कर दिया।

भगाभाई ने सोचा, उसे दूध पिलाया जाये! उन्हें लगा कि बबुआ ठंडा दूध नहीं पीता होगा, इसलिए दूध गरमाने को स्टोव जलाने की तैयारी की।

रसोई में जाकर उन्होंने स्टोव जलाने का तार ढूँढ़ निकाला। फिर स्पिरिट की बोतल में उसे डुबोया और तभी स्टोव लेने उठते समय स्पिरिट की बोतल को उनकी ठोकर लगी! बोतल टूट गयी और रसोई में चारों ओर स्पिरिट फैल गया।

भगाभाई घबरा गये। उन्हें पता था कि स्पिरिट जल्दी आग पकड़ता है; इसलिए उन्होंने स्टोव को बाहर के कमरे में लाकर सुलगाया।

उन्होंने दूध गरम किया। इस दौरान बबुआ लगातार चीख कर रो रहा था।

दूध को पीने लायक ठंडा करके भगाभाई ने बबुआ को पालने से बाहर निकाला। फिर उसे चम्मच से दूध पिलाने लगे।

बबुआ ने आराम से दूध पिया, किन्तु दूध पी लेने के बाद फिर से उसने रोना शुरू कर दिया।

अब क्या किया जाये?

भगाभाई ने फिर उसे पलने में सुला दिया। फिर भी वह तो रो ही रहा था। भगाभाई को लगा कि शायद लोरी गाने से वह चुप हो जायेगा।

उन्होंने कभी लोरी नहीं गाया था, किन्तु आज उन्होंने तय किया कि गाने की कोशिश की जाये! यहाँ कौन देखने-सुनने वाला है? कैसा भी गाऊँ, तो भी क्या? और जोर से गाना शुरू किया।

किन्तु मुन्नाभाई तो हँसने के बजाए दुगुनी आवाज से रोने लगे। भगाभाई के भैंसा सुर से बबुआ और ज्यादा बिगड़ा।

भगाभाई ने गाना बन्द किया। उन्हें लगा, 'बबुआ को पेट में दर्द भी तो हो सकता है? कई बार तनमन बहन मुन्ने को ग्राइप वाटर पिलाती हैं। एक चम्मच ग्राइप वाटर पिला के देखूँ?'

भगाभाई झट से खड़े होकर छज्जे पर, जहाँ दवाइयों की बोतलें आदि रखी हुई थीं देखने लगे। एक छोटी-सी बोतल 'रोज वाटर' यानी गुलाबजल की थी। उसके ऊपर लेबल था, परन्तु लेबल का 'रोज' शब्द धुँधला पड़ गया था। सिर्फ 'वाटर' शब्द पढ़ा जा सकता था।

भगाभाई समझे कि यही 'ग्राइप वाटर' की शीशी है। उन्होंने उस गुलाबजल वाली शीशी को उठाया, और एक चम्मच गुलाबजल निकाल कर बबुआ को पिला दिया।

गुलाबजल को बाहर निकाला, उस समय भगाभाई को गुलाब की खुशबू आयी। गुलाबजल पिलाने के बाद, उन्होंने शीशी को सूँघा और बोले, 'वाह! ग्राइप वाटर की पूरी शीशी गुलाब की खुशबू से महकती है। अब नयी-नयी खोजें होती रहती हैं। दवाइयाँ वाले 'ग्राइप वाटर' को भी खुशबूदार बनाने लगे।'

इतने प्रयत्नों के बाद भी बबुआ चुप नहीं हुआ। अब भगाभाई नये-नये तरीके आजमाने लगे। अब वे दो हाथों से तालियाँ बजाते हुए कूदने लगे।

'देख, बबुआ! धम धम ! धम धम! धम धम!' परन्तु बबुआ कुछ देर खेल नया लगने तक चुप हो गया, लेकिन फिर चीखना शुरू कर दिया।

रोते हुए बबुआ के सामने भगाभाई ने आईना धर दिया। 'देख बबुआ, अन्दर बबुआ रो रहा है!' परन्तु बबुआ आईने में देखते ही, अन्दर चौड़े मुँह वाले मुन्ने को देखकर डर गया।

उसने जोरों से रोना शुरू कर दिया।

भगाभाई की नजर टेबल के ऊपर रखी हुई टार्च पर पड़ी। भगाभाई ने स्विच दबाकर टार्च को चालू करके बबुआ के हाथ में दिया।

बबुआ ने टार्च हाथ में ली। उसे इधर-उधर फेरकर देखा; फिर जोर से उसे दूर फेंका!

टार्च का काँच और बल्ब चूर चूर हो गये।

समय बीतता जा रहा था और भगाभाई परेशान हो रहे थे। बबुआ को चुप करने की नयी-नयी तरकीबें आजमाने पर बबुआ कुछ देर चुप हो

जाता; फिर रोना शुरू कर देता!

बबुआ ने फिर से रोना शुरू कर दिया, इसलिए भगाभाई ने इधर-उधर नजर घुमायी। सामने वाली दीवार पर बिल्ली के चित्र वाले एक कैलेण्डर पर उनकी निगाह पड़ी। उन्हें तुरन्त नया विचार सूझा। बिल्ली के मुखौटे के रूप में उन्होंने कैलेण्डर को अपने मुँह के ऊपर रखा, और फिर बबुआ की ओर देखकर कहने लगे, 'देख बबुआ, म्याऊँ आयी...' कहकर वो ऊँची आवाज से 'मियाऊँ ! मियाऊँ ...मियाऊँ ...' करने लगे।

भगाभाई का 'मियाऊँ...मियाऊँ...' चल रहा था। तभी तनमन बहन अपनी सहेलियों के साथ आ पहुँचीं, और भगाभाई का हाल देखकर सब ठहाका मारकर हँसने लगीं।

भगाभाई ने मुँह के ऊपर से बिल्ली का मुखौटा हटा लिया। उनके जी को चैन आ गया।

कुछ देर बाद उन्होंने बबुआ के और अपने पराक्रम सबको कह सुनाये, और सब हँस-हँसकर लोट-पोट हो गये।

चींटीघर का बंदी

हरीश नायक

लालू बहुत शैतान था। उसकी शैतानियाँ नादानियत से भरपूर होतीं। वह शैतानी में पशु-पक्षियों को दुःख देता। छोटे-छोटे जीव-जन्तुओं को मारता, चींटे को पकड़ लेता। इल्लियों के साथ खेलता। बरसात में जो छोटे-छोटे केचुए निकलते, उनकी तो वह हालत ही बना देता। खूब धीमी चलती गुवालिनों को अँगूठे के सहारे वह तेजी से चलाने के प्रयास करता। यह तो फिर भी ठीक है। पर उसे तो मौसम का भी ध्यान नहीं रहता था। सर्दियों में खुले शरीर सो जाता और बरसात में सारे दिन भींगता रहता। कौन माता-पिता ऐसी शैतानी सहन करेंगे? उसके पिता तो उससे त्रस्त हो जाते और गुस्से में कहते, 'मैं, इस लड़के को मार-मार कर सीधा कर दूँगा।'

पर लालू की माँ समझदार थीं, शांत थीं। वह कहतीं, 'लालू अभी छोटा है। वह समझेगा तो उसकी बुद्धि अपने आप ठिकाने आ जाएगी।'

गुस्सा होकर पिता कहते, 'उसकी बुद्धि क्या खाक ठीक हो जाएगी? कब का बरसात में घूम रहा है। उसको सर्दी नहीं होगी क्या? और बीमार होगा तो उसकी सेवा कौन करेगा?'

पिता तो लालू को मारने ही जा रहे थे। वह बोले, 'मैं नौकरी करूँ या इस लड़के का ध्यान रखूँ?'

माँ कहती, 'नहीं ! उसको मारना नहीं। उसको यदि मारो तो मेरी कसम।'

पिताजी कहते, 'मारूँ नहीं तो क्या उसकी पूजा करूँ? अब वह पानी-कीचड़ में ऐसा लथपथ आएगा कि देखना। आज तो मैं इसे मजा चखा कर रहूँगा।'

माँ कहती, 'फिर कहती हूँ ऐसा न करना। शिक्षण-शास्त्रियों ने बच्चों को मारने से मना किया है। सभी कहते हैं कि मार से बच्चे हठीले हो जाते हैं, जिद्दी बन जाते हैं।'

हाथ में छाता लेकर लालू के पिता लालू को खोजने निकल पड़े, वह मन में ही बड़बड़ाते जा रहे थे कि, लालू को देखने के बाद शायद ही कोई ऐसा कहे। वह तो मार खाने लायक ही है।

लालू को खोजने में बहुत तकलीफ हुई। वह एक गड्ढे के किनारे मेंढकों को पत्थर मारने में तल्लीन था।

वर्षा हो रही थी। लालू भींग रहा था। फिर भी उसे कुछ भी पड़ी न थी।

गुस्सा होने के बावजूद पिताजी ने उसे मारा नहीं, लेकिन कान तो मरोड़े ही। उसको छाता के नीचे कान पकड़ कर जब वह घर ले आ रहे थे, तब बोले, 'मैं तुझे नहीं मारूँगा। पर डॉक्टर तुझे इन्जेक्शन जरूर लगायेगा।

हुआ भी ऐसा ही। उसी शाम लालू बीमार पड़ा, माँ ने खूब बाम लगाया। दवा पिलाई। डॉक्टर को बुलाना पड़ा। जब इन्जेक्शन देने का समय आया तब लालू चिल्ला उठा, 'नहीं, मैं इन्जेक्शन नहीं लूँगा।'

उसको जबर्दस्ती पकड़कर इंजेक्शन दिया गया। वह खूब चिल्लाने लगा।

रात को उसे नींद आ गई।

दूसरे दिन वह ठीक तो नहीं ही हुआ। पर बीमारी में उसकी जिद्द बढ़ती गई।

लालू को ठीक करने के लिए पिता भी कोई उपाय खोज रहे थे। वह सोच रहे थे कि इस लड़के के लिए जरूर कुछ करना चाहिए।

घूमते-घूमते वह एक खिलौने की दुकान पर पहुँचे। यह दुकान नये ढंग की थी। बच्चों के लिए यहाँ सजीव खिलौने बिकते थे। मछलियाँ थीं, छोटे खरगोश तथा कछुए थे।

सबसे ज्यादा आकर्षक जो एक वस्तु थी, वह थी काँच के एक शोकेस में जीवित चींटियाँ । जो भाग-दौड़ कर रही थीं।

'यह क्या है?'

'चींटीघर'

'इसका उपयोग क्या?'

'बच्चे इसके द्वारा चींटी के जीवन के बारे में सीखते हैं। इस चींटीघर में असंख्य चींटियाँ हैं। उनके लिए भरपूर भोजन है। तथा उनको जीना अच्छा लगे ऐसा वातावरण भी है।'

न जाने पिताजी को क्या सूझी कि उन्होंने काँच का वह चींटीघर खरीद ही लिया।

घर जाकर बीमार लालू के सामने चींटीघर रखकर उन्होंने कहा, 'तुझे जीवजन्तु बहुत ही अच्छे लगते हैं न? तो ले यह चींटीघर देख, चींटियाँ कैसे अपना जीवन व्यतीत करती हैं।'

उस छोटे से चींटीघर में चींटियों की विचित्र दुनिया थी। उनकी बाँबियाँ थीं। उसमें जाने के लिए बिल थे, चिमनियाँ थीं, पुल थे। छोटे-छोटे रास्ते भी थे।

चींटियाँ भाग-दौड़ कर रही थीं। आश्चर्य की बात तो यह थी कि प्रत्येक चींटी अपने से बहुत अधिक भार उठाकर ले जा रही थी। किसी चींटी को मानो आराम न हो। दौड़-दौड़ कर सभी चींटियाँ काम कर रही थीं।

देखते ही देखते चींटियाँ अपना नया घर बनाने लगीं। बाँबी ऊँची होने लगी।

पर लालू का ऐसी बातों में मन क्यों लगे? उसने चींटियों की उस दुनिया में अँगुली डाल कर एक बड़ा गड्ढा खोद दिया। उनकी दुनिया बिखेर दी।

इस प्रकार चींटियों को परेशान करके वह बोला, 'अब देखता हूँ कि चींटियाँ किस प्रकार अपना नया घर बनाती हैं।'

चींटियों की दुनिया में उल्कापात हो गया। सभी इधर-उधर दौड़ रही थीं लेकिन थोड़ी ही देर में फिर से सभी चींटियाँ शांत हो गईं, स्वस्थ हो गईं। फिर से अपने काम में लग गईं। नुकसान होने के बाद बैठे रहने की या रोने की उनकी आदत न थी।

लालू को चींटियों की यह बात भी अच्छी नहीं लगी। माता-पिता कोई नहीं हैं, यह देखकर बहुत-सा पानी उसने बाँबी में डाल दिया।

बेचारी चींटियाँ डूबने लगीं। उनकी जमीन भींग गई। उनकी दुनिया में तो बड़ी बाढ़ सी आ गई।

चींटियों को तड़फड़ाते देख लालू खुश हुआ। वह बहुत देर तक चींटियों का भागना देखता रहा।

प्रलय आता है, तब जैसी दशा होती है। वैसी ही स्थिति चींटियों की हो गई थी।

लालू सोते-सोते बहुत देर तक यह दृश्य देखता रहा। वह कब सो गया इसकी भी उसे कोई खबर नहीं।

एकाएक कोई उसे खींचने लगा। सामने ही दो बड़ी चींटियाँ थीं। मनुष्य से भी बड़ी और बड़ी होने के साथ वे भयंकर भी लगती थीं। उन चीटियों के सामने लालू बहुत छोटा लगता था। दोनों चींटियाँ लालू को खींचकर कहने लगीं, 'चलो!'

लालू ने डरकर पूछा, 'कहाँ?'

चींटियाँ कहने लगीं, 'तू हमारा अपराधी है, हम तुम्हें अपनी रानी के सामने ले जायेंगे, वहाँ तेरा न्याय होगा।'

लालू डर गया था। चिल्ला कर कहने लगा, 'नहीं, मुझे नहीं जाना है, मुझे बचाओ!'

पर चींटियों की लाइन की लाइन लग गई। वे राक्षसी चींटियाँ उसे ले गई। चींटी के सिर पर छोटे चावल के दाने की स्थिति लालू की हो गयी।

चींटियों की बाँबी में से होकर टनल तथा चिमनी में होकर सैनिक चींटियाँ लालू को एकदम अंदर के भाग में ले गईं।

वहाँ एक विशाल खंड था। मगरूर और गर्व से साथ वहाँ चींटियों की रानी विराजमान थी। उसका ठाठ कुछ अलग ही था। उस चींटी रानी को सभी चींटियाँ प्रणाम करने लगीं। चींटियों ने लालू का सिर भी झुका दिया।

चींटियों की रानी खतरनाक लगती थी। उसने धूर्तता भरी आवाज में अपने सैनिकों से पूछा, 'यह मकोड़ा कौन है?'

सैनिक चींटियों ने उत्तर दिया, 'यह मनुष्य नाम का जीव है।'

'इसको किसलिए यहाँ लाया गया है?'

'इसने हमारी दुनिया उथल-पुथल कर दी है। पहले अपने पर्वत और महल बिखेर दिये। फिर बाढ़ से हमारे नगरों को बहा दिया। हमारे जानमाल की बहुत हानि हुई है।'

चींटीरानी ने तुरंत ही अपना निर्णय सुनाया, 'इसको कैद कर लो। और जब तक वह फिर से हमारी दुनिया बसा न दे तब तक उसे कदापि जाने न दो। आज से वह भी यहीं रहेगा और एक मजदूर चींटी जैसा जीवन व्यतीत करेगा।

न्याय हो चुका था। सैनिक चींटियाँ उसे पकड़कर ले जाने लगीं।

लालू चिल्लाने लगा। 'छोड़ दो, मुझे जाने दो, मुझे यहाँ नहीं रहना।' लेकिन चींटियों ने कोई दया नहीं की। कुछ सफेद पत्थर के टुकड़े पड़े थे उसे दिखाकर एक कप्तान चींटी बोली, 'उठा, यह ले और ले चल इसे अंदर।'

उस भारी वजनदार पत्थर को बड़ी मुश्किल से उठाते हुए लालू बोला, 'इतने बड़े पत्थर को तुम क्या करते हो?'

कप्तान चींटी बोली, 'मूर्ख यह पत्थर नहीं है। यह तो चावल का दाना है और इसे इतना बड़ा क्यों कहता है? हमारी मजदूर चींटियाँ इतने बड़े दाने नहीं उठातीं क्या?'

लालू ने देखा तो वह चावल के दाने से भी अधिक छोटा हो चुका था। उससे यह पहाड़ जैसा दाना उठता भी न था। जब की दूसरी चींटियाँ बड़ी आसानी से उतना वजन उठा कर दौड़ जाती थीं।

यह काम पूरा होने के बाद लालू को साफ-सफाई का काम सौंपा गया। कौन जाने बड़े-बड़े वृक्ष कहाँ से आये थे।

लालू बोल उठा, 'इतना बड़ा वृक्ष मुझसे नहीं उठाया जाएगा।'

कप्तान चींटी बोली, 'यह वृक्ष नहीं, मूर्ख! यह तो छोटा सा तिनका है।'

लालू इतना छोटा बन चुका था कि उससे यह तिनका भी न उठता था।

उसने अभी ही चावल का गोदाम भरा था , अब वह तिनका दूर करने लगा।

इतने में वह थक गया, बैठ गया, तभी उसे एक गहरा डंक लगा।

वह रोने लगा। चिल्लाकर कहने लगा। 'मुझे किसलिए काटते हो। किसलिए मुझे डंक मारते हो?'

कप्तान चींटी बोली, 'यहाँ चींटियों की दुनिया में आराम नहीं। थकने का कोई नाम लेता है? एक भी चींटी आराम करती है?'

लालू को डंक इन्जेक्शान अत्यन्त तीक्ष्ण लगा। पर दूसरा डंक तैयार खड़ा था। वह तेजी से काम करने लगा।

कप्तान चींटी बोली, 'यह खाड़ी तुझे साफ करनी है।'

लालू बोला, 'यह खाड़ी कहाँ है? यह तो बड़ा सागर है।'

कप्तान बोला, 'तूने ही अँगुलियों से यह खाड़ी बनायी है और उसमें पानी डाला है। अब तुझे यह सागर क्यों लगता है।'

लालू को जब ख्याल आया कि उसके मन में जो खेल था, वह दूसरे के लिए जानलेवा सजा थी। वह जब चींटी जैसा बना तभी ही उसे पता चला कि जीवन क्या चीज है?

पर इन सभी कठिनाइयों और विडंबनाओं के बीच में से भी उसने देखा तो चींटियाँ दौड़ धूप कर रही थीं। असंभव अथवा अनिश्चितता का तो नामोनिशान न था। कुछ काम 'नहीं होगा' या 'बाद में करेंगे' जैसी कोई बात तो इन चींटियों की दुनिया में थी ही नहीं।

वह अब खुद मेहनत करने लगा था। चींटियों के डंक का उसे डर था। जरा-सी देर हुई तो चींटी के डंक का इन्जेक्शन मिला ही समझो।

भय के मारे वह जल्दी-जल्दी पानी निकालने लगा, तब उसे पता चला कि उसने कितना पानी डाला था।

पर अब जब वह काम करने लगा तो उसे भी काम में आनंद आने लगा।

उसने कप्तान से पूछा, 'यह सब भागा-भागी किसलिए कर रहे हैं?'

कप्तान चींटी बोली, 'हमारी काम करने की यही रीति है। हम हमेशा जल्दी-जल्दी काम करते हैं। धीरे-धीरे काम करना हमें पसंद नहीं। तेरे द्वारा की गयी प्रलय के बाद हमारा अनाज धूल में मिल गया था। भींग गया था। सभी जगह पानी-पानी हो गया है। जब ऐसी विकट परिस्थिति खड़ी हो तब तो हमें काम जल्दी करना ही पड़ेगा!'

लालू ने देखा कि संकट होने के बावजूद भी चींटियाँ गाती नाचती उत्साह से काम कर रही थीं। लालू को लगा कि जहाँ उत्साह है, वहाँ निराशा रह नहीं सकती।

चींटियों के साथ दौड़-दौड़ कर वह भी जल्दी-जल्दी काम करने लगा। सबको काम करते देखकर लालू को भी काम करने का मन हुआ।

देखते ही देखते चींटियों के साथ लालू ने भी अपना काम पूरा कर लिया।

सुबह जब लालू उठा तब वह मन में बड़बड़ा रहा था, 'महारानी, अब तो तुम्हारा नुकसान मैंने भर दिया है। अब तो मुझे जाने दो।'

उसके माता-पिता वहीं पर थे। माँ ने पूछा, 'किसके साथ बात कर रहे हो, लालू?'

लालू जाग गया। चारों तरफ बावला-सा देखने लगा। पिता ने पूछा, 'इस प्रकार बावला बनकर क्या देख रहा है, लालू?'

लालू बोला, 'मैं चींटियों की दुनिया में जाकर आया हूँ। मैंने सारी रात खूब काम किया है।'

पिताजी ने कहा, 'यानी कि सपना देखा है न ?'

लालू थकान के बीच में भी खड़ा होकर बोला, 'शायद सपना ही होगा पर अब मैं हमेशा ही काम करूँगा, जल्दी से काम करूँगा और कभी भी छोटे जीव-जन्तुओं को हैरान नहीं करूँगा।'

वह काँच के चींटीघर के पास पहुँचा। छोटी-छोटी चींटियाँ बड़े-बड़े काम करने के लिए दौड़-भाग कर रही थीं।

लालू ने चींटियों की ओर इशारा करके कहा, 'तुम्हारी दुनिया बसाने में मेरा भी योगदान है। है न दोस्त!'

माता-पिता लालू में आये परिवर्तन को देखकर हँसने लगे।

हथौड़ी लेते जाओ

यशवंत मेहता

बात दक्षिण भारत की है।

वहाँ एक गाँव था।

उस गाँव में एक किसान रहता था। उसका नाम गणेश था। उसकी पत्नी का नाम पद्मा था।

यह गणेश बहुत ही उदार व्यक्ति था। उसके घर जो कोई आता, वह खाली हाथ न लौटता। वह खाना माँगे तो गणेश खाना देता, कपड़ा माँगे तो कपड़ा, रुपया माँगे तो रुपया।

उदारता एक अच्छा गुण है। परन्तु वह उड़ाऊपने की हद तक तो नहीं जानी चाहिए। गणेश की उदारता धीरे-धीरे फिजूलखर्ची बन गई थी। कई बार तो ऐसा होता कि उसकी पत्नी-बच्चों के लिए खाना ही न बचता।

अब पद्मा को चिन्ता होने लगी। उसे लगा कि ऐसे तो घर भिखारी हो जाएगा।

उसने निश्चय किया कि अब यह दान-धरम थोड़ा कम होना चाहिए। बहुत बार वह गणेश से कहती कि इतनी अधिक उदारता अच्छी नहीं। परन्तु गणेश माने तब न!

इसलिए पद्मा पति की अनुपस्थिति में आने वाले बाबा-यतियों को कहने लगी, 'अरे, तुम लोग रोज-रोज क्यों दौड़े आते हो? यह कोई धर्मशाला है! मेहनत करके खाना सीखो ।'

उनमें से एक लालची ब्राह्मण तो बेहद परचा हुआ था। भोजन तो रोज खाता ही था। उसके अलावा कुछ दक्षिणा भी माँगता था।

पद्मा को लगा कि इस ब्राह्मण को ऐसा पाठ पढ़ाऊँ कि दूसरे लोग भी इस घर की तरफ आने का नाम न लें । उसने एक तरकीब खोज निकाली।

एक सुबह वह ब्राह्मण आया। और गणेश से बोला, 'आज तुम्हारे घर अच्छा-अच्छा खाने की इच्छा है।'

गणेश बोला, 'ठीक है, ठीक, ब्राह्मण देवता! आओ, बैठो, मेरी पत्नी अभी ही उत्तम मिठाइयाँ बनाकर तुमको खिलाएगी। थोड़ी देर विश्राम करो। इतने में मैं तालाब से नहाकर आता हूँ।'

गणेश तालाब की ओर गया और पद्मा ने वह तरकीब अजमानी शुरू की। उसने एक थाली तैयार की। इसमें थोड़ा भात रखा और एक हथौड़ी भी रखी। यह थाली लाकर उसने ब्राह्मण के सामने रख दी।

ब्राह्मण को आश्चर्य हुआ। उसने पूछा, 'बहन, यह हथौड़ी क्यों थाली में रखी है? मुझे इसकी जरूरत नहीं है।'

पद्मा बोली, 'तुमको इसकी जरूरत नहीं परन्तु मेरे पति को इसकी खास जरूरत है।'

'किसलिए?'

पद्मा बोली, 'देखो दस ही मिनट में मेरे पति नहाकर वापस आएँगे। तब तक तुम अपनी जिन्दगी की अंतिम प्रार्थना कर लो।'

'ऐसा क्यों?'

पद्मा बोली, 'मेरे पति की यह आदत है। वे हर सुबह एक सिर फोड़ते हैं।'

'पर, तुम्हारे पति तो उदार व्यक्ति के रूप में प्रसिद्ध हैं।'

'यह बात सही है। परन्तु यह तो प्रतिदिन व्यक्तियों को अपने घर बुलाने का नुस्खा है। इसके बगैर हर दिन सिर फोड़ने के लिए व्यक्ति मिलेगा कैसे। इसलिए वह रोज सुबह सबसे पहले आने वाले व्यक्ति के सिर को फोड़कर उस गहरे कुएँ में डाल देते हैं। आज आप ही पहले आए हो।'

यह सुनते ही बेचारे ब्राह्मण के तो श्वास ही उखड़ गए। वह हक्का-बक्का हो गया। अपनी झोली उठाकर वह एकदम खड़ा हुआ। उसने पद्मा से कहा, 'बहन, भगवान-शंकर तुम्हारा भला करें। तुमने मुझे पहले ही सचेत कर दिया। यह बहुत अच्छा किया। मेरे प्राण बच जाएँगे। अब मुझे भागने दो।'

उसके भागते ही पद्मा ने वह थाली रसोई में रखी और हथौड़ी एक खाट पर रखी।

थोड़ी ही देर में गणेश नहाकर वापस आया। उसने देखा कि कमरे में ब्राह्मण नहीं है और एक खाट पर हथौड़ी पड़ी है।

उसने पद्मा से पूछा, ''ब्राह्मण देवता कहाँ गये? यह हथौड़ी यहाँ क्यों पड़ी है?'

पद्मा ने कहा, 'यह हथौड़ी मैं अपने मायके से लायी हूँ। मेरी दादी माँ ने मेरी माता को दी और मेरी माँ ने यह मुझे दी।' उस ब्राह्मण ने इसे देखकर कहा कि, 'यह हथौड़ी मुझे दे दो।' मैंने कहा, 'यह हथौड़ी मैं नहीं दे सकती। परन्तु इसके बदले में जो कुछ माँगना हो माँग लो। परन्तु ब्राह्मण को यह बुरा लगा। वह तो बस उठकर चलते बने।'

गणेश उदास होकर बोला, 'अरे रे पगली! एक हथौड़ी के खातिर तुमने ब्राह्मण देवता का जी दुखाया। मैं तुझे एक के बदले ग्यारह हथौड़ी ला देता। परन्तु कोई बात नहीं। ब्राह्मण देवता अभी दूर नहीं गए होंगे। मैं अभी ही यह हथौड़ी देकर आता हूँ।'

यह कह कर वह जोर से दौड़ा। ब्राह्मण अभी गाँव की सीमा में ही था। उसको देखते ही गणेश चिल्लाया, 'ब्राह्मण देवता! खड़े रहिए! मैं आपको भोजन और हथौड़ी दोनों दूँगा।'

ब्राह्मण ने पीछे मुड़कर देखा कि गणेश हथौड़ी लेकर तेजी से उसकी तरफ आ रहा है। उसे लगा कि अब उसकी खैर नहीं। यह किसान तो मेरा सिर फोड़ने दौड़ता आ रहा है। ब्राह्मण बेचारा पैर की पूरी ताकत लगाकर दौड़ा।

गणेश भी उसके पीछे दौड़ा। परन्तु जो व्यक्ति प्राण बचाने के लिए दौड़ रहा हो उसे कोई पा सकता है! थोड़ी देर में गणेश हाँफ उठा और पीछे मुड़ गया।

परन्तु उस दिन से गणेश के घर आने वाले भिखारी व बाबा-यती कम हो गए। ब्राह्मण ने बात फैला दी कि यह गणेश रोज सुबह एक आदमी का सिर फोड़ता है। फिर कौन ऐसा लोभी- यती होगा जो सिर फोड़ाने जाए।

नूपुरभाई को पाँव लगे

चन्द्रकान्त सेठ

सुबह का पहर। मीठी-मीठी हवा। बेबीबहन तो सूरजमुखी की तरह जाग गयीं। जागते ही बाहर घूमने निकल पड़ीं। रास्ता रेतीला, किंतु चलने में

मजा आ लगा! बेबीबहन रेत में पदचिह्न रचती ज़ातीं और उन्हें देखकर मन में गुनगुनाती जातीं। धूल के ऊपर पदचिह्न कितने सुंदर लगते हैं, मानो पतझड़ की डाल पर हरी-हरी पत्तियाँ! बेबीबहन को धूल के ऊपर के पदचिह्न गिनने में ही बड़ा मजा आता। इतने में इनको लगा, कहीं कोई चुपके-चुपके रो रहा हो। कौन होगा वह? बेबीबहन ने चारों ओर नजर घुमायी; परन्तु रोने वाला दिखा ही नहीं। सोचा,—'मुझे यूँ ही लगा होगा। रोने वाला यहाँ कोई है ही नहीं, चलो वापस जाऊँ' कहते हुए बेबीबहन ने वापस जाने को पाँव उठाये, कि धूल में से मानो किसी ने उनके पाँव को पकड़ लिया। वे ध्यान से एक-एक पदचिह्न को देखने लगीं; तुरन्त पता चल गया कि दूर के एक पदचिह्न के पास नूपुर पड़ा हुआ था शुद्ध चाँदी का, चमकता हुआ। उसके दाने भी ओस से चमकते रुपहले। बेबीबहन ने देखा कि रोने की धीमी आवाज उस नूपुर से ही आ रही थी। बेबीबहन धीमे-धीमे उस तरफ गयीं; झुकीं और नूपुर को रोता हुआ देख कर, उसे नाजुक हथेली से सहलाते हुए कहने लगी, 'नूपुरभाई ! नूपुर भाई ! क्यों रोते हो? मत रोओ !'

नूपुरभाई रोते-रोते बोले, 'मुझे नाचना है।'

'नाचो ना! कौन रोकता है तुम्हें? देखो तो सही, वह झरना भी तो नाच रहा है!'

'वह झरना कोई यूँ ही नहीं नाच रहा, पत्थरों के बीच से बहता है, इसलिए नाचता है!'

'तो उस डाली की तरह नाचो!'

'डाली को तो वह हवा छूती है, इसलिए नाचती है!'

'तो बताऊँ, रुकिए! आप उस थनगन-थनगन करते मोर की तरह नाचिये न? बहुत मजा आयेगा।'

'वह तो ठीक, पर... पर मोर को तो पाँव हैं, इसलिए वह नाचता है!'

'तो... हाँ... ठीक है, आप ऐसा करिए कि किसी के पाँव में बँध जाइए! पाँव चलें और आप गुनगुनाओ; पाँव नाचें और आप भी नाचो!'

'वाह! वाह! बड़ी मजेदार बात! पर, ऐसे पाँव लाएँ कहाँ से?... एक बात बताऊँ बेबीबहन, मुझे अपने ही पाँव से बँधने दें तो... !'

'बिलकुल ठीक है! ये रहे मेरे पाँव!'

बेबीबहन ने अपने छोटे-छोटे नाजुक पाँव बढ़ाये; तो नूपुरभाई झट से कूदकर उनके पाँव से बँध गये।

बेबीबहन फुदकतीं जायें, नूपुर बजाती जायें और वे गाती जायें —

नूपुरभाई मेरे नूपुरभाई,
पाँवों में रुनझुन नूपुरभाई,
नूपुरभाई का ऐसा संग,
चलते ही हिय में उठे उमंग!
नूपुरभाई मेरे नूपुरभाई !
पहाड़ी पर चढ़ेंगे और उतरेंगे खाईं।
हम भेदेंगे रण और बींधेंगे वन,
नाचेंगे-कूदेंगे, खूब रहना प्रसन्न!

बेबीबहन रुनझुन-रुनझुन वहाँ से चल पड़ीं और रास्ता भी उनके पीछे-पीछे दूर तक रुनझुनाता रहा।....

जूई परी और मम्मी

रमेश पारेख

सवेरे के पहर में नीरज भाई और नेहा बहन घर के चबूतरे पर बैठे थे। हाथ में साबुन का पानी और फुँकनी। उससे दोनों भाई-बहन बुलबुले उड़ा रहे थे।

बुलबुले छोटे-छोटे और बड़े-बड़े काँच के गोले जैसे जगमग, फरफर-फरफर करते ऊपर और ऊपर चढ़ते जाते। उसे देखकर नीरज भाई और नेहा बहन को मजा आ रहा था।

इतने में नीरज भाई ने एक जोरदार फूँक मार कर एक बड़ा-सा बुलबुला बनाया। बुलबुला फरफर करता हुआ ऊपर की ओर उड़ चला। उड़ते-उड़ते खूब बड़ा हो गया।

उसे देखकर नेहा बहन ने ताली बजाई और कहा, 'आ-हा-हा कितना बड़ा बुलबुला।'

नीरज भाई हँसकर बोले, 'कितना बड़ा बुलबुला निकाला मैंने, है न?'

तभी वह बुलबुला फूटा फटाक् ...

उसकी आवाज सुनकर दोनों चौंक उठे। बुलबुले के फूटने के साथ ही उसमें से सनन···सनन···करता हुआ उजाला फैल गया। नीरज भाई और नेहा बहन आँखें फाड़कर देखते रहे। तभी उजाले में से जग-जग करती परी निकली। परी फरफर फरफर उड़ती हुई नीरजभाई और नेहा बहन के पास आई। दोनों को डर लगा उन्होंने कभी परी देखी न थी इसलिए; उन्हें हुआ कि अरे, इतनी सुंदर रूपवती पंखों वाली यह स्त्री कौन होगी? हमें डाँटेगी तो नहीं! दोनों को इतना डर लगा कि उन्होंने आँखें बंद कर लीं। नीरज भाई, नेहा बहन से चिपक गए।

परी ने दोनों के माथे पर धीरे से हाथ फेरा। और मीठी-मीठी घंटी जैसी आवाज में बोली:

'अंडरी गंडरी टीपरी टेन
आँखें खोलो नेहा बहन
अड़को दड़को दही मलाई
आँखें खोलो नीरज भाई'

नीरज भाई ने आँखें खोलीं।

नेहा बहन ने आँखें खोलीं।

देखते हैं कि सामने खड़ी-खड़ी परी मंद-मंद हँस रही है। यह देख कर नीरज भाई को थोड़ी हिम्मत आई ।

उसने पूछा, 'आप कौन हैं?'

परी ने जवाब दिया,

'अँजुरी पानी, चुटकी पानी
मैं तो हूँ बुलबुलों की रानी
आऊँ दरिया तरी-तरी
ऐसी हूँ मैं जूई परी'

नीरज भाई ने आँखें पटपटा कर पूछा, 'वाह, आपका नाम जूई परी है? कितना फाइन नाम है, आपका...'

नीरज भाई को उनकेपापा ने परी की कहानी सुनाई थी। उसमें आता था कि, परी को तो जादू भी आता है, इसलिए उसने परी से पूछा 'हे परी बहन आपको जादू मंतर आता है, क्या?'

परी बोली, 'हाँ, आता है। तुम्हें जादू का खेल देखना है?'

नेहा बहन तुरन्त बोली, 'हं-अ-अ-अ मुझे जादू का खेल बहुत अच्छा लगता है, दिखाओ न परी बहन।'

परी बोली, 'ठीक, अच्छा देखो। सामने क्या दिखाई दे रहा है?'

देखा तो वह थीं, पड़ोस वाली मंगला मामी। उनके घर में कुत्ता घुस गया था, उसे मारने के लिए छड़ी लेकर दौड़ रही थीं ।

परी बोली, 'देखो मंगला बहन पर अपना जादू चलाती हूँ।' परी ने छू-उ-उ-उ ... कहकर अपनी जादुई छड़ी घुमाई। दौड़ती हुई मंगला मामी थम गई। कुत्ते को मारने के लिए उठाई गई छड़ी फूलों का हार बन गई। मंगला मामी चौकीं। हाथ में लटकते फूल के हार को देखने और सूँघने लगीं। इसी बीच कुत्ता दुम दबाकर भाग गया।

नीरज भाई खिलखिलाकर हँस पड़ा, 'अरे, अरे, वो कुत्ता तो भाग गया। वाह परी बहन वाह, आपने मेरे भूरिया को बचा लिया।

नेहा बहनऔर परी हँस पड़े। परी बोली, 'देखो अब दूसरा जादू दिखाती हूँ। सामने कौन आ रहा है?'

नेहा बहन बोलीं, 'अरे, यह तो पापा हैं।'

परी बोली, 'अच्छा बताओ वह किस पर बैठे हैं?'

नीरज भाई बोला, साइकिल पर।'

हँसते-हँसते परी बोली, 'अब देखना, साइकिल का क्या होता है?' परी ने जादुई छड़ी घुमाई —छू-उ उ उ ...।

पापा की साइकिल गधा बन गई —चींपो, चींपो, चींपो।

नीरज भाई ताली बजाने लगा, 'अे-हे-य—अ-हें-ये...पापा गधे पर बैठे हैं।'

गधा दौड़कर चींपो चींपो करने लगा। नेहा बहन ताली बजाकर गाने लगी,

'घन्नु घतूड़ी पतूड़ी

मन्नू आरती चढ़ावे

पप्पा गदहे पर बैठे

पप्पा गदहा चलावे'

पापा चौंककर गधे पर से उतर गए। गधे की ओर देखकर माथा खुजलाने लगे। विचार करने लगे। अरे, साइकिल गधा कैसे बन गई।

नेहा बहन हँसते हुए बोली, 'हे परी बहन उन्हें जाने दीजिए, जाने दीजिए, बेचारे पापा रो पड़ेंगे।'

परी हँस दी, 'छोड़ देना है न, छोड़ दिया, बस?' ऐसा कहकर उसने जादुई छड़ी घुमाई, 'छू- उ-उ-उ....'

गधा गायब और साइकिल हाजिर। पापा डरते-डरते साइकिल पर बैठे और साइकिल दौड़ा दी।

नीरज भाई बोला, 'क्या कहना परी बहन, आपका जादू तो मानना पड़ेगा।'

नेहा बहन ने पूछा, जादू देखने में मजा आया, पर हे परी बहन, आप रहती कहाँ हैं?'

'सात समुन्दर के उस पार रहती हूँ। वहाँ तुमको आना है?' परी ने कहा।

'मुझे भी साथ ले चलना, परी बहन' इतना कहकर नीरज भाई ने परी की अँगुली पकड़ ली।

परी बोली, 'तुम दोनों को ले चलती हूँ, चलो मेरे कंधे पर बैठ जाओ। आँखें बंद रखना। नहीं तो डर लगेगा।'

दोनों झटपट परी के कंधों पर बैठ गए। आँखें बंद कर लीं । फिर परी सरसराती हुई आकाश में उड़ी। क्षणभर में तो वे कहाँ से कहाँ पहुँच गए। सात समुन्दर के उस पार, ऊपर ही ऊपर।

परी बोली, 'चलो, अब आँखें खोलो।' ऐसा कह कर दोनों को नीचे उतारा। आँखें खोलकर देखा तो परियों का देश। चारों तरफ रंग-बिरंगी तितलियाँ उड़ रही थीं, ठंडी सुगंधित हवा बह रही थी। नदी तथा झरने कलमल-कलमल बह रहे थे। चारों ओर हरी, मुलायम मुलायम घास उगी

थी। भाँति-भाँति के अलग-अलग प्रकार के रंग-रंग के छोटे-बड़े फूल खिले थे। पक्षी चहक रहे थे। वृक्ष गीत गा रहे थे, और खिलखिल-खिलखिल हँसती, गाती और नाचती छोटी-छोटी परियाँ घूम रही थीं।

नीरज भाई ने स्कूल में परियों की कविता पढ़ी थी, उन्हें याद थी, इसलिए गाने लगा,

'परियों का देश, यह तो परियों का देश
पंखी किलकिल
झरना खिलखिल
घास मुलायम
फूल मुलायम
कोई कहे नहीं, तुम खड़े हो, कोई कहे नहीं, बैठो
रंग-रंग के
सुन्दर रस्ते
सबके चेहरे
हँसते हँसते'
आँखें मूँदकर चलो, तब भी नहीं लगेगी ठेस।

परी बोली, 'वाह नीरज भाई, वाह। तुम्हें तो कितना सुंदर गाना आता है।'

परी ने नेहा बहन की ओर देखा, नेहा बहन का ध्यान तो ढेर सारे उगे हुए फूलों की ओर था। नेहा बहन को फूल बहुत अच्छे लगते हैं। वह उनके पास दौड़ गई। हाथ बढ़ाकर फूल तोड़ना चाहा, तो फूल बोल उठे :

'नेहा दीदी, नेहा दीदी
हम हैं दोस्त तुम्हारे
हँसना खेलना और कूदना
ये हमको हैं प्यारे
यदि खींचे कान तुम्हारे कोई
तो तुमको अच्छा लगे?
कोई हमको तोड़े जब
रोना आ जाता हमें।
हमको जो है रुलाता
उससे करते हम कट्टी

फिर कभी न बुच्चा करे

बारह बरस का बिट्टू'

तुरन्त ही नेहा बहन बोल पड़ी, 'नहीं फूल भाई नहीं। हमारे साथ इट्टा-किट्टा न करना। मैं तुम्हें तोड़ूँगी नहीं, अच्छा...'

फूलों को खुशी हुई। बोले, 'वेरीगुड नेहा बहन वेरीगुड।' उन्होंने नेहा बहन और नीरजभाई के साथ शेक हैंड किया, जिससे दोनों की हथेलियाँ सुगंधित-सुगंधित हो गईं।

फूलों को, 'फिर मिलेंगे कहते हुए आगे बढ़े। सब देखते घूम रहे थे। साथ में हँसते जाते, खेलते जाते, कूदते जाते, खुश होते जाते थे।

चलते-चलते साँझ होने को आई, तब परी का घर आया। कितना ब ड़ा और फाइन फाइन, ऊँचा, राजा के महल जैसा। जगमग-जगमग करे और आँखें बंद हो जाएँ ऐसा। घर के आँगन में रंग-बिरंगे पानी के फव्वारे उड़ रहे थे। हिरण इधर-उधर दौड़धूप कर रहे थे। खरगोश कूदमकूद मचाए हुए थे। कोयल तथा मैना गीत गा रही थी। शाहुड़ी आँगन बुहार रही थी, भालू और सियार शहद के घड़े भर रहे थे। परियाँ पानी भर रही थीं। सिंह बाजा बजा रहा था, बंदर तबला बजा रहा था, ऊँट और गधे सुनहरे रुपहले कपड़े पहनकर इधर-उधर घूम रहे थे। हाथी डोल रहे थे, मोर नाच रहे थे। नीरज भाई, नेहा बहन को देखने में मजा आ गया।

परी बोली, 'यह है मेरा घर, चलो अंदर चलें।'

सभी भीतर गए। भीतर भी कितना सुंदर था: सोने की दीवारें तथा चाँदी की खिड़कियाँ। चारों ओर हीरा-मोती और माणिक जड़े हुए थे। मखमल के मुलायम-मुलायम गलीचे। छत में भाँति-भाँति के हीरों के रंग-बिरंगे झूमर लटक रहे थे। बैठने के लिए सोने का सिंहासन था। दोनों को खूब अच्छा लगा, परी बहन का घर।

परी ने पूछा, 'अब तुम्हें भूख लगी होगी। खाना है न?' ऐसा कहकर उसने तीन ताली बजाई। रंग-बिरंगे कपड़े पहने गुड़िया जैसी परियाँ आईं। साथ में बड़े-बड़े थाल लाईं। उसमें लड्डू, पूरण पोली, पेड़ा, गुलाब जामुन, रबड़ी, रसमलाई, हलवा, बादामपाक, सूतफेनी घारी मेसूब, मगज, मोहनथाल, मोतीचूर, रसगुल्ला, जलेबी और आइस्क्रीम भी थी। इसी तरह, तरह-तरह की अलग अलग प्रकार की न जाने कितनी दूसरी मिठाइयाँ भी थीं।

परी बोली, 'लो, जो तुम्हें अच्छा लगे खाना शुरू करो।'

नीरज भाई ने कंधे हिलाए, बोला, 'कुछ नहीं खाना है' और रो पड़ा।

परी ने पूछा, 'क्यों, क्यों ?'

'मुझे नींद आ रही है, मुझे सो जाना है। मम्मी के बिना कहानी कौन सुनाएगा और कौन मेरी पीठ को सहलायेगा? मुझे मम्मी के पास जाना है।' नेहा बहन भी रो पड़ीं, बोली 'मुझे भी मम्मी के पास जाना है।' परी बोली, 'पहले यह सब खाओ, फिर जाना।' दोनों ने जिद पकड़ी, 'हमें कुछ भी नहीं खाना है, हमें झटपट मम्मी के पास जाना है।'

परी हँस पड़ी बोली, 'अच्छा तो चलो चलें, बैठ जाओ कंधे पर।'

दोनों झटपट बैठ गए। आँखें बंद कर लीं। परी उड़ी सररर सररर सररर और क्षणभर में तो आ गया उनका घर। परी ने कहा, 'ले आ गया तुम्हारा घर।'

दोनों झटपट नीचे उतरे। परी से बोले, 'थैंक्यू परी बहन।'

फिर नीरजभाई ने कहा, 'परी बहन, एक बात कहूँ ? आप जब दुबारा आयें तो मेरी मम्मी के लिए पंख लेते आइएगा। हम मम्मी को परी बना देंगे। कैसा मजा आयेगा?'

परी हँसते हुए बोली, 'मम्मी को जरूर परी बना दूँगी मैं अब चलूँ, टा-टा……।'

नेहा बहन और नीरज भाई ने टा-टा कहा और परी छू-उ-उ-उ कहती हुई, अदृश्य हो गई।

राक्षसमार किरात

घनश्याम देसाई

एक था राक्षस। वह जंगल में रहता था। इतना ऊँचा कि उसका सिर आकाश को अड़े।

राक्षस के हाथ में बहुत ताकत थी। पहाड़ पर जोर से मुक्का मारे तो पहाड़ कागज की थैली जैसे फूट जाये। और जोरों की आवाज हो : भस्म!

राक्षस के पैरों में बहुत ताकत थी। वह जहाँ जोर से पैर रखता गड्ढा हो जाता, और बड़ा तालाब बन जाता।

राक्षस की साँस जोरदार थी। जोर से साँस खींचता या निकालता तो बवंडर उठता और पेड़-पौधे टेढ़े हो जाते।

राक्षस जिस जंगल में रहता था, उसके पास एक गाँव था। गाँव में लोग रहते थे। राक्षस हर रोज गाँव में जाता और भेड़, बकरी, गाय, भैंस सबको खा जाता। और हर रोज एक लड़के को पकड़ कर जंगल में ले जाता और उसे गुफा में बन्द कर देता । बहुत लड़कों को इस तरह राक्षस ने गुफा में बन्द कर दिया था।

आज राक्षस किरात को पकड़ने वाला था। यह जानकर किरात के माता-पिता रोने लगे। किरात बोला, 'पापा, मम्मी आप मत रोइए। राक्षस को देख लूँगा। वह मेरा क्या कर लेगा?'

इतना कहकर किरात ने लुहार को अपने घर बुलाया और कहा, 'लुहार, लुहार मुझे दो बड़े पहिये वाले बूट बना दो'।

लुहार ने बड़े पहिये वाले बूट बना दिये। किरात ने बूट को एक लम्बी रस्सी से बाँधकर उसे दरवाजे के पास रखा।

इतने में धम् धम् करता राक्षस आया। सभी लोग डर गये और रोने लगे, 'किन्तु किरात जरा भी न घबराया।'

राक्षस ने पूछा, 'तू कौन है?'

किरात ने ऊपर देखते हुए कहा, 'मैं किरात हूँ, तू कौन है?'

'मैं राक्षस हूँ।

'नहीं , तू राक्षस नहीं है।' किरात बोला।

'मैं ही राक्षस हूँ।'

किरात हँसा और बोला, 'यह पहिये वाला बूट पहन कर देखो, यदि ये तुम्हें बराबर आते हैं तो तू राक्षस है।'

राक्षस ने कभी पहिये वाले बूट नहीं देखा था। उसे भी मजा आया। झट पट वह पहिये वाले बूट में पैर डाल कर खड़ा हो गया। राक्षस खड़ा हुआ इतने में किरात ने चुपचाप रस्सी जोर से खींच दी और पहिये वाले बूट फिसलने लगे। राक्षस धम्म से नीचे गिरा और मर गया।

फिर किरात सबको लेकर जंगल में गया। गुफा का दरवाजा खोला। उसमें बंद लड़कों को बाहर निकाला।

सभी लोग बहुत खुश हुए। और जोर-जोर से बोलने लगे:

'राक्षसमार किरात की जय।

राक्षसमार किरात की जय।

हवेली की चाबी

श्रद्धा त्रिवेदी

एक बहुत बड़ी हवेली। उसके वैभव की बात करें तो ओर-छोर न मिले। उसके अगवाड़े में बड़ा सा दरवाजा। दरवाजा खोलें तो पहुँचें सीधे बड़े से आँगन में। दरवाजे से लेकर हवेली के बड़े कमरे तक जाता एक रास्ता। उस पूरे रास्ते पर बिछा सुंदर गलीचा। दायीं ओर चंपे का पेड़। हवेली के इर्द-गिर्द तुलसी-ही-तुलसी! हवेली की दीवार से लगी जूही की बेल। इतनी अच्छी हवेली में रहे एक अकेली जमना सेठानी। वो भी एक दिन गयी भगवान के घर। सारा गाँव हवेली के पास उमड़ पड़ा। हवेली में सात कमरे। सब के सब बंद। एक कमरे के ताले के पास एक पर्ची बँधी हुई थी। गाँव का मुखिया और पंचायत के लोग इकट्ठा हुए। पर्ची पढ़ी: इस ताले की चाबी इस दरवाजे पर बने दायें आले में है। जो भी इस ताले को खोल सकेगा उसे सारी संपत्ति मिलेगी।'

वहाँ पर आये हुए सभी लोगों को लगा कि, 'यह कैसी अजीब बात है! चाबी कहाँ है, यह तो लिखा ही है, फिर ताला कैसे नहीं खुल सकता? जरूर, इसमें कोई रहस्य होगा। मुखिया ने चाबी उतारी। देखा तो चाबी सामान्य चाबी जैसी सीधी सादी थी। सबके कहने पर मुखिया ने चाबी लेकर ताला खोलने की कोशिश की। पर यह क्या? ताला तो खुला ही नहीं । फिर तो बारी-बारी से सबने कोशिश की, परन्तु किसी से भी ताला नहीं खुला।

सबने तय किया कि गाँव में सबको बतायें, जिसके नसीब में होगा उससे ताला खुलेगा। गाँव से भी कुछ लोग आये, ताला खोलने की कोशिश की

परन्तु वह नहीं खुला। लोगों का आश्चर्य दिन-ब-दिन बढ़ता गया। रोज कितने ही लोग आते, कोशिश करते और मुँह लटकाये लौट जाते। अरे, गाँव की औरतें भी आयीं, परन्तु किसी से भी ताला नहीं खुला। कुछ लोगों ने सोचा कि अगर किवाड़ ही तोड़ दें तो? रम्मा और कुदाली लेकर पिल पड़े, दो चार जन; पर किवाड़ तो जरा-सा भी हिला नहीं ! लोग आश्चर्य चकित हो गये।

उन्हीं दिनों गाँव में बड़ी तेज आँधी आयी। गाँव की सिवान पर छोटी-छोटी झोपड़ियाँ थीं, वह गिर गयीं,कितने ही लोगों के घर के छप्पर उड़ गये। उन झोपड़ी वालों के लिये कोई जगह नहीं रही। इन्हीं झोपड़ी वालों के पास में कुम्हारों की बस्ती थी। वहाँ पर मकनजी नामक एक कुम्हार रहता था। उसके एक बेटी थी, जिसका नाम था जीवी। दोनों एक कोठरी में बड़े मजे से रहते थे। इस आँधी में झोपड़ी वालों की तो शामत आ गयी। जीवी ने देखा कि नन्हें-नन्हें बच्चे बेचारे बिलख-बिलख कर रो रहे थे। अब वे सब जायें तो कहाँ जायें? जीवी ने सोचा, 'मेरा घर तो बहुत छोटा है। अगर बड़ा होता तो इन सबको अपने घर में रखती।' दूसरी ओर हवा के तेज थपेड़े चलते रहे। आखिर उससे रहा नहीं गया। वह एकदम भागकर उन सब नन्हें-मुन्नों को अपने यहाँ ले आयी। आकर मकनजी से बोली: 'बापू, इन लोगों को आज की रात अपने घर में रहने दें?'

मकनजी ने कहा,'हाँ हाँ, अच्छा किया तूने बेटा!'

जीवी बोली, 'छप्पर ही छाँह ही मिल जायेगी तो इन्हें अच्छा लगेगा।' इस तरह रात हो गयी। जीवी के पास बाप-बेटी के लिए चार दिन का ही आटा था। उसने सोचा, 'फिलहाल सबके लिये पराठे बना लूँ, पर फिर हमारा क्या होगा?' तो उसे लगा कि इन बच्चों को ऐसे भूखा ही कैसे सुला दूँ? ना, ना।' और उसने छोटे-छोटे पराठे बनाये और सबको एक साथ बिठाकर खिलाया। बच्चे ऐसे तो भूखे थे कि खाने बैठे तो सब कुछ चट कर गये! मकनजी या जीवी के लिये कुछ भी खाने को नहीं बचा। पर जीवी उन्हें खाते देखकर ही बहुत खुश हो गयी। फिर सब चैन से सो गये। मकनजी कोठरी के बाहर सोये।

सुबह हुई। मुखिया गाँव की देखभाल के लिये निकला। घूमते-घूमते सिवान पर पहुँचा। कहीं भी मानो झोंपड़ियों का निशान तक बचा नहीं था। अब इन लोगों का क्या किया जाये? उसने सोचा, 'फिलहाल तो इन्हें चलकर जमना सेठानी की हवेली के आँगन में रहने दें, फिर ये लोग अपनी

झोंपड़ियाँ तैयार होने पर लौट जायेंगे।' सबको ले कर मुखिया हवेली पर आया।

उन नन्हें बच्चों के साथ जीवी भी वहाँ गयी। जीवी हवेली देखकर बोली, 'बाप रे! इतना बड़ा घर।' सब बच्चे बड़े खुश हो गये। तालियाँ बजाते, नाचने और दौड़ने लगे।

घूमते-घूमते जीवी हवेली के मुख्य बंद दरवाजे के पास आयी। किवाड़ में पीतल की कुंडियाँ लगी थीं। पूरे पल्ले में ऐसी बढ़िया नक्काशी थी कि उस पर हाथ फेरने का जीवी को मन हो आया। उसी समय दो गौरैया लड़ती-लड़ती आयीं और किवाड़ के ऊपर दायीं ओर बने आले में बैठ गयीं। बैठते ही वे उड़ गयीं फ र र र ... और आले पर जो चाबी थी वह गिरी छ न न न् ... जीवी चौंकी। बच्चे सारे इकट्ठे हो गये। जीवी ने चाबी हाथ में ली। चाबी खूब चमक रही थी। उसे उछाला, बजाया स न् न् न की आवाज हुई। फिर तो सब खेलने लगे। कुछ देर उसे उछालते रहे। ऐसे में जीवी की निगाह ताले पर गयी और उसने चाबी को उसमें डाला।

ताले में चाबी के जाते ही मानो जादू हुआ। ताला खुल गया। सारे बच्चे हो-हल्ला करने लगे। पहले तो जीवी घबरा गयी। पर फिर उसने धीरे से कुंडी में से ताला निकाला। कुंडी खोली। सबने मिल कर हवेली के उस भारी किवाड़ को धक्का लगाया। दरवाजा खुला ही था कि सब एक साथ भीतर!

बाहर आँगन में बैठे हुए कुछ लोगों को लगा कि, ये बच्चे इतना शोर क्यों मचा रहे हैं? उन्होंने जाकर देखा तो दरवाजा खुला था और हवेली के कमरे में कुछ बच्चे उछलकूद कर रहे थे। एक आदमी भागकर मुखिया के पास पहुँचा। ताला खुल गया है—यह जानकर मुखिया भागता हुआ आया। देखा तो चौंक गया। सबसे पूछा तो पता चला कि ताला जीवी के हाथों खुला है। उसने जीवी को गोद में उठा लिया और बोला, 'बेटी, तू तो बड़ी भाग्यवान है!'

कुछ लोगों ने तालियाँ बजा-बजा कर अपनी खुशी जाहिर की। तभी दो-चार जन दौड़ते हुए कुम्हारों की बस्ती में गये और मकनजी से कहने लगे, 'अरे मकनजी, जल्दी से चलो, तुम्हारी जीवी ने तो हवेली का ताला खोल दिया। अब तो पूरी हवेली तुम्हारी! अब तो मजे ही मजे हैं! छोड़ो इस मिट्टी और चाक को।' पहले तो मकनजी को इस बात पर भरोसा नहीं हुआ पर फिर वह सबके साथ हवेली पर पहुँचा। हवेली पर लोगों की बहुत बड़ी

भीड़ जमा हो गयी थी। मुखिया जीवी को गोद में लिये खड़ा था। जैसे ही मकनजी आये, जीवी मुखिया की गोद से उतर कर मकनजी से लिपट गयी। मुखिया बोला, 'मकनजी, तुम्हारा तो भाग्य खुल गया। जीवी बड़ी पुण्यात्मा है। जमना सेठानी ने इस पर्ची में लिखा था कि जिससे यह ताला खुलेगा उसे यह हवेली मिलेगी। जीवी ने इसे खोला है इसलिये आज से यह हवेली तुम्हारी है।'

मकनजी जीवी को देखता ही रहा। फिर बोला, 'बेटा, जैसी भगवान की इच्छा। मुखिया, तुम भीतर जा कर देखो। मुझे तो कुछ सूझता नहीं।' मुखिया बोला, 'आओ, हम दोनों चलें।'

आगे मुखिया और पीछे मकनजी। दोनों भीतर गये। बड़ा-सा कमरा। कमरे के बीचोंबीच एक झूला। झूले पर एक चिट्ठी और पास में चाबी का गुच्छा। मुखिया ने चिट्ठी उठायी, खोली, पढ़ी, 'जिसने किसी भी प्रकार के स्वार्थ के बिना, लाभ के बिना परोपकार का अच्छा काम किया होगा उसी के हाथों इस कमरे का ताला खुलेगा। पास में जो चाबियों का गुच्छा है उसमें तिजोरी की और दूसरे कमरे की चाबियाँ हैं। जिससे यह कमरा खुला हो। उसे यह सब कुछ आशीर्वाद के साथ देती हूँ। —जमना सेठानी।'

आँखों में आँसू लिये मकनजी कभी चाबियों को, कभी मुखिया को, कभी सामने खड़े बच्चों को तो कभी जीवी को देखता ही रहा। फिर मुखिया के पैरों में गिरते हुए बोला, 'मुखिया यह सब हमको नहीं सुहायेगा। तुम यहाँ रहो। मेरे लिए तो अपनी कोठरी ही भली है।'

मुखिया बोला, 'मकनजी, इसमें मुझे कुछ नहीं देना है। अब तो यह सब तुम्हारा ही है और तुम्हें ही इसका उपयोग करना है। जा, कोठरी से अपना सामान यहाँ ले आ।'

इतने में जीवी बोली, 'बापू ये सब लोग अच्छी तरह यहाँ रहें। इतना बड़ा घर लेकर हमें क्या करना है।'

मुखिया जीवी को ताकता ही रह गया। फिर मकनजी बोला, हाँ बेटा, सही बात है। यही अच्छा है। इतनी बड़ी हवेली में हमें अच्छा भी नहीं लगेगा। भले ये लोग भी हमारे साथ रहें।

यह सुनकर चारों ओर खुशी छा गयी। यहाँ सब साथ मिलकर रहने लगे और मौज करने लगे।

—✦—

तमिल

तमिल बाल-साहित्य का उद्‌भव और विकास

बाल-साहित्य ही मानव जीवन में प्रथम स्थान पाता है। बच्चों को सुलाने, खेलाने और खिलाने-पिलाने के लिए मातायें चाहे शिक्षित हों या अशिक्षित गीत गाकर स्वयं प्रसन्नता का अनुभव करती हैं और बच्चों को भी प्रसन्न करती हैं। ऐसे लोक गीतों को ही साहित्य-सृजन का प्रथम सोपान कहें तो वह अत्युक्ति नहीं होगी। मनोवैज्ञानिकों ने यह भी माना है कि ऐसी लोरियों के कारण बच्चों में अनायास ही ज्ञानवर्द्धन होता है और बच्चों के मानसिक विकास के लिये ये आवश्यक है।

यदि विचार किया जाये तो मालूम होग कि प्राचीनतम कवयित्री औवैयार ही बाल-साहित्य की जन्मदात्री हैं। अकार से लेकर सभी स्वराक्षरों को क्रम से प्रथम रखकर उन्होंने नीति का पाठ भी पढ़ाया और अक्षराभ्यास भी कराया जैसे 'अरंचेय विरुम्बु' (धर्म करना चाहो) 'आरुवदु शिनं ' (गुस्सा ठंडा कर दो) 'इगववदु करवेल' (निन्दा न करना) 'ईवदु विलक्केल' (दान देना न छोड़ो) आदि आदि। उनको बालक-बालिकायें घेर लेती थीं और परस्पर सवाल-जवाब का सिलसिला चलने लगता था। ऐसे वार्तालाप में धनोपार्जन की आवश्यकता, सत्संग की महिमा, भक्तों का महत्व आदि बातें आ जाती थीं। ये बातें छोटी-छोटी सरल कविताओं के द्वारा समझायी गयीं। ये प्रश्न और उत्तर, नीति नियम से युक्त छोटी-छोटी कविताएँ तमिल में बाल-साहित्य का उद्‌भव मानी जाती हैं।

शिशुओं के भोलेपन और उनसे प्राप्त दैविक आनन्द का वर्णन तिरुवल्लुवर् जैसे कवियों ने भी किया है। बाद को भक्ति काल में 'पिल्लैत् तमिष' नाम से एक साहित्यिक विधा की ही सृष्टि हुई इसमें शिशु के तीसरे महीने से लेकर इक्कीसवें महीने तक के विकास का और उस समय की उनकी लीलाओं का वर्णन होता था। लेकिन कुछ कवियों ने कथा-पात्र लड़की हो तो उसके सयानी होने तक और लड़का हो तो उसके सोलह साल तक की उम्र की घटनाओं का वर्णन करते हुए गाया है। इनमें वात्सल्य एवं अद्‌भुत रसों की प्रधानता होती है। विघ्नेश्वर, सुब्रह्मण्य, महाविष्णु, उमा, हनुमान आदि देवी-देवताओं की बाल-लीला का वर्णन इनका मुख्य विषय रहा जो बालकों एवं वयस्कों सब के लिए पठनीय और आनन्ददायक रहा। बाद को इस विधा में प्रसिद्ध राजाओं, दानियों एवं नेताओं के जीवन पर भी लिखा जाने लगा। इनमें बाल-साहित्य की विविध झाँकी मिल जाती है। इनमें मदुरै मीनाक्षियम्मन् पिल्लैत् तमिष और कुलोत्तुंग चोल पिल्लैत् तमिष बहुत प्रसिद्ध है।

आधुनिक काल में महाकवि सुब्रह्मण्य भारती और कविमणि देशिक विनायकं पिल्लै ने बालकोपयोगी गीत गाकर बाल-साहित्य को विशेष महत्व प्रदान किया। इनमें पशु-पक्षियों के प्रति प्रेम भाव को अधिक प्रधानता दी गयी है। इस विधा में बहुत ही कीर्ति प्राप्त कवि हैं। अष वल्लियप्पा। बालकोपयोगी गीत संग्रह की पचास पुस्तकें इनकी सृष्टि हैं।

बाल-साहित्य में गद्य का उपयोग आजकल दिनोंदिन बढ़ रहा है। मद्रास विश्वविद्यालय के भूतपूर्व उपकुलपति डॉ० सुन्दर वडिवेलु ने अपने स्वर्गीय पुत्र की स्मृति में कई

बालकोपयोगी पुस्तकों की सृष्टि की है जिसमें वैज्ञानिकों के जीवन की मधुर झाँकी प्राप्त होती है। वे अत्यन्त ज्ञानवर्द्धक और प्रेरणादायक हैं।

बाल कथा-साहित्य के सृजकों में राजाजी, अखिलन, पेरियसामि तूरन जैसे अन्तर्देशीय ख्याति प्राप्त लेखक भी गणनीय हैं, इन लब्ध प्रतिष्ठ लेखकों ने गाँधी जी के रचनात्मक कार्यक्रमों को दृष्टि में रखकर कथायें लिखीं जो बालक-वयस्क सबके लिये दिशा-दर्शक बनी। न० पिच्चमूर्ति का बाल-कथा संग्रह 'कौए और तोते' सामाजिक एकता के लिए प्रेरक हैं पूवण्णन और नारा० नाच्चियप्पन् आजकल के सुप्रसिद्ध बाल-कथा सृजक है। पूवण्णन की कृतियों में आर्थिक वर्ग भेद से उत्पन्न सामाजिक कुरीतियों की ओर संकेत होता है। नारा० नाच्चियप्पन् दंडपाणि, शिवज्ञान वल्लल्, मलयालम आदि की रचनायें मानवतावाद पर आधारित होती हैं। इस विधा में स्वर्गीय नाग मुत्तैया पुरस्कृत बाल साहित्यकारों में एक हैं।

वांड-मामा सुप्रसिद्ध बाल पत्रिका गोकुलम् के संपादक हैं। पत्र पत्रिकाओं में अंबुलिमामा (चन्दामामा की तमिल अनुकृति) कण्णन्, मुथल, अणिल्, बोम्मै वंडि आदि बाल-समाज की सेवा कर रही हैं। अंबुलिमामा अन्तर्देशीय ख्याति प्राप्त पत्रिका है।

बालकोपयोगी उपन्यासों की भी कभी नहीं 'दिन मलर्' दिनमणि जैसी दैनिक पत्रिकाओं के साप्ताहिक अंकों में ऐसे उपन्यास क्रमिक रूप से निकलते हैं। बालकोपयोगी नाटकों का कुछ अभाव सा लगता है। मद्रास विश्वविद्यालय के स्वर्गीय उप-कुलपति डॉ० मु० वरदराजनार ने इस अभाव को महसूस करके कुछ बालकोपयोगी नाटक लिखे। यद्यपि स्कूलों में पौराणिक एवं ऐतिहासिक नाटकों का अभिनय बालक बालिकाओं के द्वारा होता है तो भी बाल-नाटक पर्याप्त नहीं हैं। बाल-साहित्य की श्रीवृद्धि की आशा प्रबल है।

—ह० दुरैस्वामी

ऊँचा मित्र

अखिलन

पचास वर्ष पहले मैं अपने गाँव में चौथी या पाँचवीं कक्षा में पढ़ रहा था। मेरा स्कूल बहुत छोटा था। मेरे वर्ग में सिर्फ पन्द्रह, सोलह छात्र ही थे। हमारे दर्जे में गोविन्दन नामक एक लड़का था। वह धोबी का बेटा था। हमारे मास्टर ने उसको एक कोने में अलग बैठाया था। बाकी सभी लड़के लंबी बेंच पर एक साथ बैठते थे। हमारे लिए तीन बेंचें थीं। सिर्फ गोविन्द के लिए अलग एक छोटा तख्ता रखा था।

गोविन्द का मुँह सदा उदास रहता था। वह बहुधा हँसता ही नहीं था। उस पर कोई दोष न था। वह बेचारा क्या करता? बाकी लड़के बोलते तो वह सहजता से मिलता।

अध्यापक के न रहते समय हम एक दूसरे से लड़ते-झगड़ते। एक दूसरे को चिकोटी काटते, ठोंक लेते और खेलते थे। लेकिन कोई भी गोविन्द को अपने में से एक नहीं मानता था। उससे झगड़ा भी न करता था। खुशी से भी न रहता था। हम सबने गोविन्द को नीच जाति का समझ रखा था। हमारे अध्यापक ने भी ऐसा ही समझा। हमारे माँ-बाप भी ऐसा ही मानते थे।

हमारे स्कूल में एक दिन तिरुच्चि से एक निरीक्षक आये। वे अक्सर आने वाले निरीक्षक न थे। मद्रास से तबादला होकर अभी तिरुच्चि आये थे। उनकी उम्र काफी थी। सारे बाल रुई की तरह सफेद हो गये थे। हाथ में एक सुन्दर छड़ी लिए रहते थे। लेकिन उस छड़ी से हमें मारते न थे।

आते की उन्होंने गोविन्द को घूरकर देखा। फिर पूछा, 'तुम क्यों यहाँ अकेले बैठे हो?'

'मैं धोबी का लड़का हूँ।' गोविन्द ने कहा।

'तो क्या, वहाँ जाकर दूसरों के साथ बेंच पर बैठो।' निरीक्षक ने कहा।

गोविन्द बोला, 'नहीं , वे मुझे जगह नहीं देंगे। मैं नीच जाति का हूँ।'

निरीक्षक का मुँह उदास हो गया। थोड़ी देर मेज पर हाथ टेककर उन्होंने हम सब पर आँखें फेरीं। हमारे अध्यापक से कुछ कहा। फिर गोविन्द को पास बुलाकर प्रेम से उसका सिर सहलाया।

हमें बड़ा आश्चर्य हुआ—उसको हाथ से छूकर सहलाते हैं। क्या छूत न लग जाएगी?

तब निरीक्षक बोलने लगे—जाति और पेशे में ऊँच-नीच नहीं। कपड़े का मैल धोने वाला धोबी ही तो तुम्हारे मन का मैल धोने वाले अध्यापक भी एक नजर में धोबी ही हैं। इसलिए आगे जाति भेद न मानो। इसे जगह दो।

उनकी वाणी में करुणा थी। उनका कहना हमें सच लगा। तुरंत थोड़ा हटकर मैंने गोविन्द को अपने पास जगह दी। उस दिन से मैं और गोविन्द पक्के दोस्त हो गये।

मेरी दूसरी ओर बैठे हुए रंगन को हमारी दोस्ती पसंद नहीं आई। रंगन मेरा दूर का रिश्तेदार था। उस गाँव के पटवारी का बेटा? कई साल बीत गए। हम उस गाँव से ही चले गए।

मैं तिरुच्चि और मद्रास में पढ़ा। मेरी शादी हुई, बच्चे भी पैदा हो गये। मैं मद्रास में काम करता था।

तीन-चार साल में एक बार मैं गाँव जाता। वहाँ सिर्फ एक दिन ठहर कर मंदिर जाता। भगवान के दर्शन करके लौट आता। मेरी माँ को उस मंदिर के भगवान के प्रति बड़ी भक्ति थी। मुझे भी।

कितनी ही पीढ़ियों से मेरे पूर्वजों ने यहाँ पूजा-अर्चना करवायी थी।

मेरे स्कूल के दोस्तों में सिर्फ दो लोग ही अब गाँव में थे। एक, पटवारी का बेटा रंगन और दूसरे, धोबी गोविंद। रंगन अब खुद पटवारी हो गया था। मैं उसी के घर में ठहरता था। उसके बहुत से खेत थे। धन और प्रभाव था। गाँव के अमीरों में वह भी एक था। जब कभी मैं वहाँ जाता गोविन्द मुझसे मिलने जरूर आता। उसके पिताजी मर गये थे। इसलिए वही गाँव भर का धोबी था। सब के कपड़े धोता था।

जिस दिन मैं उस गाँव में रहता सिर्फ उसी दिन वह अपने काम पर नहीं जाता था। बहुधा मेरे साथ ही रहकर मेरी और परिवार की छोटी-मोटी मदद करता था।

इस बार मैं मंदिर गया तो मुझे कुछ परेशानी हो गयी। मेरी कमीज से छोटा बटुआ एक सौ रुपये के नोट के साथ रंगन के घर के कुएँ में गिर गया। कुएँ में आदमियों को उतारकर बटुआ खोजा गया, लेकिन नहीं मिला। कुआँ बहुत गहरा था। बटुआ कहीं कोने अँतरे पड़ गया था।

गाँव से लौटते समय ऐसा हो गया था। मेरे पास और रुपया न था। दूसरे दिन सुबह ही मुझे कार्यालय में रहना था। काम पर जाना था। पर पैसे के लिए क्या करूँ ? पैसे के बिना मैं और मेरा परिवार मद्रास कैसे पहुँचते?

रंगन तो बड़ा अमीर था। इसके अलावा दूर का रिश्तेदार भी था। इसलिए सोचा कि वह मुझे कुछ रुपये दे देगा। उससे उधार माँगा और कहा कि कल शहर जाते ही लौटा दूँगा।

'रुपया! मेरे पास आज एक पैसा भी नहीं है।' रंगन ने कहा।

'मुझे शहर जाना है।' मैंने कहा।

'मेरे पास नहीं है। तुम अपनी पत्नी के गहनों में से एक माँग लो। किसी के पास बेचकर पैसे ला दूँगा।' उसने कहा।

मैंने कभी नहीं सोचा था कि वह ऐसा करेगा। पेटी भर रुपया रखकर आफत के समय क्या कोई ऐसा झूठ बोल सकता है?

'तुम बेचने जाओगे तो आधा मिलेगा। क्या करना है? तुमको तो जल्दी है और कोई चारा नहीं। गहना ला दो!' वह बोला।

मेरे संकट से वह खुद लाभ उठाना चाहता था। झूठ बोलकर मेरे गहने को आधे दाम पर खरीद लेना चाहता था।

उसे छोड़ दूँ तो और कोई उपाय नहीं। मैंने पत्नी से कहा तो बड़े प्यार से खरीदकर पहने हुए गहने देते हुए उसकी आँखें गीली हो गयीं।

गोविन्द को यह बात मालूम हुई तो उसने कहा, 'गहना उतारने के लिए न कहिए!'

'और कोई चारा नहीं।' मैंने कहा।

'एक रास्ता है। जरा सब्र कीजिए!' ऐसा कहकर वह तेजी से कहीं चला गया।

आधे घंटे में एक मिट्टी के घड़े के साथ वह मेरे पास आया। मुझे बड़ा विस्मय हुआ। उस मिट्टी के घड़े में क्या होगा? उसने घड़े को मेरे सामने औंधा दिया। उसमें से चाँदी, निक्कल और ताँबे के सिक्के निकल आये। हम दोनों ने उनको गिना। नब्बे रुपये से कुछ कम था।

'अपनी बहन की शादी के लिए इसे जमा करके रखा था। इसे इनकार किये बिना ले लीजिये। पौष महीने में ही बहन की शादी है। तब तक प्रबंध कर लूँगा।'

उसका प्रेम देख कर मेरी आँखों में आँसू उमड़ पड़े।

'नहीं गोविन्द, तुमने मेहनत करके बहुत दिनों में इसे जमा किया है। उसे मुझे देना ठीक नहीं। गहना बिक जाये तो बिक जाये। रंगन के द्वारा ही प्रबन्ध कर लूँगा।'

'नहीं। मैंने कष्ट उठाकर ही जमा किया है। इसे तुमको देने से मुझे सुख मिलेगा। इस समय तुम्हारी मदद करना ही मेरी बहन की शादी से बड़ी बात है।'

मैंने उस रुपये को ले लिया।

'तुरन्त लौटा दूँगा। बहन की शादी के समय मुझे लिखो। शादी का भोजन करने जरूर आऊँगा। भूले बिना लिखना।'

'क्या यह सच है कि तुम मेरे घर खाना खाओगे?'

'सभी घरों में मैं खाऊँगा। और, वह भी तुम्हारे घर में खाना गर्व की बात मानूँगा।'

'पैसा वापस न देना। शादी में जरूर आना!' उसने कुछ आत्मीयता से कहा।

उसी दिन मैं मद्रास के लिए रवाना हो गया। मद्रास पहुँचते ही उसका पैसा लौटा दिया। उसकी बहन की शादी की प्रतीक्षा करने लगा। जाति, धन और पद मात्र से ऊँचे लोग सचमुच ऊँचे नहीं हैं। प्रेम और सद्‌गुणों से ही लोग ऊँचे बनते हैं।

झोंपड़ी में रहकर रोज दलिया पीकर बैल की तरह मेहनत करने वाले उस गोविन्द के प्रेम की याद करते ही मुझे बड़ा सुख मिलता है। क्या कोई दोस्त उससे ऊँचा हो सकता ?

तीन वीर बालक

ति० दंडपाणि

नेयदल पाक्कम् समुद्र तट पर बसा हुआ एक छोटा गाँव है। सिर्फ पचास-साठ घरों की बस्ती है। सारे निवासी मछुए हैं। समुद्र पर जाकर मछली पकड़ना ही उनका धन्धा है। मर्द मछली पकड़कर लाते हैं और औरतें उन मछलियों को पास के बड़े नगर में बेच आती थीं। कभी-कभी नगर से आकर थोक में खरीद ले जाता था।

वहाँ नीलमेघम् को न जानने वाला कोई नहीं है। लोग आदर के कारण उनका नाम लेकर नहीं पुकारते थे। नायक जी कहकर ही उनका संबोधन करते थे। वे उस गाँव के मछुओं के लिए मुखिया जैसे थे। उनकी बात टालने वाला कोई न था। उनकी बात मानना हर कोई अपना कर्तव्य मानता था।

उस गाँव में नीलमेघम् का ऐसा बोलबाला कैसे हुआ?

उस गाँव के अधिकांश लोगों के पास अपना निजी बेड़ा न था। इने गिनों के पास ही अपना निजी बेड़ा था। दूसरों के पास जो थे वे सब पोन्नम्बलम के थे। वे उस नगर के धनी आदमी थे। उन बेड़ों के लिए मछुए किराए देते थे। किराया वसूल करके पोन्नम्बलम के पास पहुँचाना नीलमेघम् का काम था, इसलिए उनकी बड़ी धाक थी। इसके अलावा नीलमेघम् धन देकर भी उनकी सहायता करते थे। गाँव के सभी सार्वजनिक कार्यों में वे अग्रणी रहा करते थे। बेड़ों के लिए किराया वसूलने में जो कमीशन मिलता था वही उनके लिए काफी था। इसलिए वे खुद मछली पकड़ने नहीं जाते थे।

एक दिन रात!

नीलमेघम् खाने बैठे थे। उनके चारों बेटे बगल एक पाँत में बैठे थे। उनकी पत्नी परोस रही थीं। वे सब खा ही रहे थे कि एक आदमी दौड़ा-दौड़ा आया और बोला—जी, पुलिस! दूसरे क्षण नीलमेघम् गायब हो गये। हाथ भी साफ नहीं किया। खाते रहने वाले बच्चों की समझ में कुछ नहीं आया। पत्नी तो भयभीत होकर ताकती रह गयी।

थोड़ी देर बाद। घर में टार्च की रोशनी आयी। दो-तीन लोग अन्दर आये। तीनों पुलिस के सिपाही थे।

'कहाँ है नीलमेघम्?' एक ने धमकाया। नीलमेघम् की पत्नी कातर होकर बोलीं, 'वे...वे ...यहाँ नहीं हैं। अभी तक घर नहीं आये।'

'झूठ! थोड़ी देर पहले यहीं तो था।' दूसरा सिपाही ऐसा कहते-कहते घर की तलाशी लेने लगा।

बच्चे भयभीत थे। खाना पड़ा रहा। वे कातर नेत्रों से देखते रहे। सारा शरीर भय से काँपता रहा। पुलिस के सिपाही घर के एक-एक भाग की तलाशी लेते रहे। लेकिन उनकी आशा की वस्तु नहीं मिली। खाली हाथ लौट गये।

रात भर उस घर में दो लोगों को नींद नहीं आयी। एक थी नीलमेघम् की पत्नी, दूसरा था उनका बेटा नागप्पन। दोनों के मन चंचल थे। कुछ-न-कुछ होने वाला है! ऐसी शंका दोनों के मन में थी। रात भर दोनों करवटें लेते

पौ फटी। सारा गाँव स्तब्ध था। प्रत्येक के मुख पर डर की छाया थी। औरतें घरों के अन्दर काना-फूसी कर रही थीं। सारा दिन किसी ने घर का काम नहीं देखा।

शाम का समय था। गाँव से थोड़ी दूर पर एक टीले पर तीन बालक बैठे थे। तीनों की आँखें समुद्र को घूर रही थीं। लेकिन उनका मन तीव्रता से चिंतन कर रहा था। उन तीनों में से एक था नागप्पन्। बाकी दोनों के नाम थे कालिमुत्तु और मुनिसामि, तीनों नेयदल पाक्कम् गाँव के मछुओं के बेटे थे। तीनों गहरे दोस्त थे। अब वे खामोश थे। थोड़ी देर पहले वाद-विवाद में डूबे थे। वे किस बात पर बहस कर रहे थे?

पिछली रात सिर्फ नीलमेघम् ही नहीं भागे थे, बल्कि और भी कई लोग भागकर छिप गये थे। क्यों ?

मछुए सिर्फ मछलियाँ पकड़कर नहीं आते थे, बल्कि वे तस्करों की भी मदद करते थे। उसकी खबर पुलिस को मिल गयी थी। इसलिए पुलिस गाँव के प्रमुख मछुओं को पकड़कर पूछताछ करना चाहती थी। यह बात पहले ही गाँव वालों को मालूम हो गयी। इसलिए सब चंपत हो गये। नीलमेघम् पर ही पुलिस को ज्यादा शंका थी। इसलिए उनको भी भागकर छिप जाना पड़ा।

तस्करी और पुलिस के द्वारा तलाशी की खबर अखबारों में मोटे-मोटे अक्षरों में छपी थी। उसी पर तीनों बालक गरमागरम विवाद कर रहे थे। एक तो उनके बाप पकड़े जायें तो दंड के भागी होंगे, दूसरे तस्करी देश-द्रोह की बात थी। तीनों ने उसे रोकने का निश्चय किया।

वे घर में कुछ नहीं बोले। बड़ों के कार्यों पर नजर रखते रहे। दोपहर के समय मछुओं की टोली बेड़ों पर निकलती थी। बीच समुद्र के पार मोटर बोटें खड़ी रहती थीं। उनमें कलाई-घड़ियाँ, रेजर जैसी विदेशी चीजें और सोने की बिस्कुटें भरी रहती थीं। उनका मूल्य लाखों और करोड़ों में होता था। उन्हें मछुए अपने बेड़ों में लाकर रात दस बजे के बाद, दूर के किसी खंडहर में छिपाकर रख देते थे। वहाँ से वे चीज थोड़ा-थोड़ा करके दूर-दूर शहरों में बिकने के लिए पहुँचायी जाती थीं। उनकी बिक्री भी चोरी-चोरी होती थी। ऐसी तस्करी हफ्ते में सिर्फ दो दिन होती थी।

नागप्पन् अपने पिता पर निगरानी रखने लगा। एक दिन उसके पिता बिस्तर पर नहीं सोये। माँ-बाप बाहर ही कुछ फुस-फस कर रहे थे। उसके

बाद सिर्फ उसकी माँ आकर लेटी, नागप्पन से रहा नहीं गया। वह चुपके से उठा। बाहर पिताजी नहीं थे। इसलिए वह समुद्र तट की ओर तेजी से चलने लगा। एक बेड़े के पीछे छिपकर देखता रहा। अँधेरी रात थी। तारे टिमटिमा रहे थे। थोड़ी देर में दो लोग उसको पार कर गये। एक थे नीलमेघम् और दूसरे थे मुनिसामि के बाप। दोनों समुद्र के निकट जाकर बिजली की चोर बत्ती हिला हिलाकर गुप्त संकेत कर रहे थे। आधे घंटे में दो बेड़े आये। उनमें से गठरियाँ तट पर उतारी गयीं। दोनों उन्हें उठाकर चलने लगे। नागप्पन् ने साँस बाँधे छिप-छिपकर उनका पीछा किया। करीब एक मील पर केतकी के घने पेड़ों के बीच में एक पगडंडी थी। दोनों आदमी बिजली की टार्च कभी दबाये, कभी बंद किये चल रहे थे। नागप्पन् भी उस वन-प्रान्त में छिपता-छिपता चलता रहा। आखिर एक टूटा मंडप दिखायी पड़ा। वहाँ कई लोग उन दोनों का इन्तजार कर रहे थे। उनमें कई विदेशी भी थे। नागप्पन् ने देखा कि उस अँधेरे मंडप में गठरियाँ पड़ी हुई थीं ।नीलमेघम् के आदेश पर नयी आयी दो गठरियाँ खोली गयीं। बहुत-सी बहुमूल्य चीजें थीं। फिर सब लोग उन्हें छिपाकर बन्दोबस्त करने के काम में लग गये।

तब नागप्पन् ने सोचा— देर तक यहाँ रहना खतरनाक है। इसलिए वह चुपके से लौटने लगा। पगडंडी पर आधी दूर आ रहा था कि उसके मुख पर तेज रोशनी पड़ी। साथ ही आवाज आयी—नागप्पा! भयभीत होकर उसने सिर ऊँचा करके देखा तो उसके आश्चर्य का ठिकाना न था। उसके सामने उसके दोनों दोस्त कालिमुत्तु और मुनिसामि खड़े थे।

तीनों घर लौट आये। तीनों ने बहुत देर सोच-विचार करने के बाद अपनी माँ से सारी बातें बतायीं। तीनों माताओं ने सुनकर कह दिया, 'बड़ों के काम में तुम छोटे लोग दखल न दो।' तीनों निराश हुए। वे कई दिन सोच में पड़े रहे।

एक दिन अचानक एक आदमी दौड़ा-दौड़ा आया और नीलमेघम् से बोला, 'पुलिस को हमारी तस्करी का पता लग गया है। आज रात सिपाहियों का एक दल आकर हमें घेर लेगा।' यह सुनकर नीलमेघम् घबरा गये। थोड़ी देर सोचकर एक थैली उठा लाये और बोले— पुलिस के आने के रास्ते में एक पुल है। उसे बम रखकर तोड़ दें तो पुलिस जीप नाले में गिर जाएगी।

नागप्पन् सुन रहा था। उसको बड़ा धक्का लगा। उसने किसी न किसी तरह अपने पिताजी की साजिश को जाहिर कर देने का निश्चय कर लिया।

वह अपने दोस्तों को साथ लेकर पुल की ओर चला। तभी कोई आदमी पुल के नीचे कुछ रखकर छिपता-छिपता जा रहा था। तीनों बालकों को एक तार दिखायी पड़ा। तार पुल से बँधा हुआ था। उसके दूसरे छोर पर चिनगारियाँ उठ रही थीं । वह चिनगारी पुल के निकट पहुँच जाये तो विस्फोट होगा और पुल गिर जायेगा। तीनों बालक अपने प्राणों की चिन्ता किये बिना तार को पकड़कर जोर से खींचने लगे। उसी समय पुलिस जीप तेजी से आ रही थी। तब तक तीनों ने तार को पुल से निकाल दिया। उनके हाथों में चिनगारियाँ लग गयी थीं हाथ जलने लगा था। वे चीख उठे। चीखें सुनकर पुलिस कार को रोककर उतर आयी। जल्दी ही पुलिस ने तस्करों का कारनामा जान लिया। सिपाही तेजी से खंडहर-मंडप की ओर जीप दौड़ाते चले।

तस्कर लोग बम बिस्फोट एवं पुल के गिरने की आवाज सुनने को आतुर थे। लेकिन उनके कानों में पुलिस की जीप की आवाज ही पड़ी। वे भ्रमित हो गये। इतने में और भी पुलिस आ गयी। मंडप चारों ओर से घेर लिया गया। बात की बात में सभी तस्कर कैद कर लिये गये।

पुलिस ने तीनों बालकों के साहस और देश भक्ति की भूरि-भूरि प्रशंसा की और उन्हें पुरस्कृत करना चाहा। तीनों बालकों ने पुलिस के अध्यक्ष से प्रार्थना की, 'आपने जिन्हें पकड़ा है उनमें हमारे बाप भी हैं। आप उन्हें कड़ी सजा न दें: कम से कम सजा दिलायें; यही हमारे लिए पुरस्कार होगा।'

तीनों बालकों की देश-भक्ति के साथ उनकी सूझ-बूझ और पितृ-भक्ति और देश-प्रेम को देखकर पुलिस के अध्यक्ष गद्‌गद हो गये। उन्होंने उनकी प्रार्थना मान ली और मन ही मन उन्हें सार्वजनिक रूप से पुरस्कृत और सम्मानित करने का निश्चय कर लिया।

जननी जन्म भूमिश्च स्वर्गादपि गरीयसी। 'अपनी मातृभूमि के मान की रक्षा करना हर एक नागरिक का कर्तव्य है।'

सर्जन वासुकुट्टि

राजाजी

गोपालय्यर भक्त शिरोमणि थे। लेकिन एक दिन उनकी सारी भक्ति एकदम क्रोध में बदल गयी। घर में भगवान के जितने चित्र थे सब को तोड़-फोड़कर उन्होंने चकनाचूर कर दिया। उनकी पत्नी कमलम्मा चीखती रही—नहीं, नहीं, ऐसा कीजिये; बड़ा पाप होगा, लेकिन अय्यर ने कुछ नहीं सुना। पूजा के शालग्राम को भी उठाकर कुएँ में डाल दिया। उनका दुख उमड़ता ही गया। कई दिन तक वे पागल से रहे।

उनकी इस कहानी को मैं प्रारम्भ से ही कहता हूँ, सुन लीजिए। भगवान हैं या नहीं, यह चर्चा बहुत पुरानी बात है। उस चर्चा का तो कोई अन्त ही नहीं है। कोई भी सच्चाई नहीं जानता। जिसको सच्चाई मालूम नहीं होती उसकी चर्चा का अंत कैसे होगा?

गोपालय्यर के कोई बेटा नहीं हुआ। सिर्फ एक बेटी थी। उसका नाम मंगलम् रखा। वह अपने माँ-बाप की प्यारी थी, दुलारी थी। अब उसकी उम्र पन्द्रह साल की हुई तो उसकी शादी की बात उठी। उसके बाप ने जिस लडके को पसंद किया उसका नाम था स्वामिनाथन्। लेकिन उसकी माँ ने कहा, 'वह लड़का तो काला-कलूटा है। उसने इंजीनियरिंग पास किया है। सिर्फ इसी कारण से उसको चुन लिया है। मुझे तो हमारा कृष्णमूर्ति ही पसंद है। देखने में सुन्दर है। पढ़ा तो थोड़ा है, आगे और कुछ पढ़कर डाक्टर या इंजीनियर हो जायेगा। इसलिए तुम कृष्णमूर्ति से ही शादी कर लो।

मंगलम् फटे हुए कपड़ों को सी रही थी। वह बोली, 'मुझे न यह चाहिये, न वह। मुझे सताओ मत।'

इस तरह रोज-रोज बातें चलती रहीं। आखिर उसकी शादी न स्वामिनाथन से हुई, न कृष्णमूर्ति से। कमलम्मा के एक भाई था, वह भी निजी भाई नहीं, सौतेला भाई। उसका बेटा था, वासु। बचपन से ही वासु और मंगलम् एक साथ खेल-कूद किया करते थे। मंगलम् ने हठ किया कि वासु से ही शादी करूँगी। बाप ने मान लिया। ज्योतिषियों ने भी कहा—यह बहुत अच्छी जोड़ी है।

मंगलम् वासुदेव का विवाह तिरुपति में सादगी से हो गया। दोनों एक साल गोपालय्यर के घर में ही खुशी से रहे। अगले साल चैत्र महीने में मणलूर की दुर्घटना में फँसकर वासु मर गया। इसी कारण गोपालय्यर की भक्ति-भावना छूट गयी। वे एक दम नास्तिक हो गये।

'तेरा नाम मंगलम् रखा। लेकिन तू विधवा हो गयी।' ऐसा कहकर कमलम्मा अपनी बेटी को छाती से लगाकर सिसक-सिसक कर रोती रहीं।

मैंने जो पूजा की सब बेकार चली गयी, जो कपूर जलाया वह सब पिशाच हो गया। न कोई देवता है, न कोई भगवान, सब झूठ है।' गोपालय्यर ऐसा रटते रहे। तीन महीने वे बिलकुल पागल से बने रहे। विवाह के समय मंगलम् साधारण पढ़ी-लिखी थी। दुर्घटना के बाद जब गोपालय्यर का मन कुछ शांत हुआ तो उसे फिर स्कूल में भर्ती कराया। पढ़ाई में मंगलम् तेज थी। प्रतिवर्ष वह उत्तीर्ण होती रही। मेडिकल कालेज में भी भर्ती हो गयी। पच्चीस साल की उम्र में वह डाक्टरी की उच्च परीक्षा में उत्तीर्ण हो गयी। उसके साथ पढ़ने वाले कई युवक उससे शादी कर लेना चाहते थे। उसकी माँ ने भी विरोध नहीं किया। पिता गोपालय्यर तो बोले—न कोई शास्त्र है, न कोई पाप-पुण्य। सब अंध विश्वास है। इस तरह वे मंगलम् के पुनर्विवाह के लिए पहले से ही सहमत थे। लेकिन मंगलम् ने कहा, 'मुझे विवाह नहीं चाहिए। प्रसूति-चिकित्सालय खोलकर अपनी पढ़ाई को सामाजिक सेवा में लगाकर जीवन बिता दूँगी'।

'समाज सेवा! यह कैसी बेवकूफी है? पैसा कमाने की बात सोचो।' गोपालय्यर भड़क उठे । मंगलम् मुस्कुराती हुई बोली, 'हाँ, वैसा ही होगा। प्रसूति-चिकित्सालय में काफी धन भी मिलेगा।' बाप ने मान लिया और उसके लिए धन की व्यवस्था कर दिया।

अब मंगलम् प्रसूति-गृह में प्रति वर्ष सैकड़ों माताएँ, बच्चों को जन्म देती हैं। स्वस्थ होकर खुशी-खुशी घर वापस जाती हैं। अस्पताल में करीब तीस बीमार सदा बने रहते हैं। 'यही तो जीवन है।' मंगलम् अपनी माँ से बोली। 'मंगलम्मा प्रसूति-गृह' काफी प्रसिद्ध हो गया। गृह में पैदा होने वाले हर एक बच्चे को अपनी माँ को दिखाकर मंगलम् प्रसन्न होती थी। आमदनी भी आशा से अधिक होने लगी।

मंगलम् माँ से कहती, 'मेरे विधवा होने पर तुम भगवान से नाराज होती थी। अब देखो, हमारे कितने बच्चे हैं।'

कमलम्मा भी अस्पताल में छोटे-छोटे काम करती थीं। गोपालय्यर फिर से भगवान के चित्रों का संग्रह करके दीवारों पर टँगवाने लगे। प्रतिवर्ष नियम से सपत्नीक तिरुपति जाने लगे। 'हे गोविन्द, हे माधव, मैंने तुम्हारी निन्दा की। तुम्हें कुएँ में डाला । फिर भी तुमने नाराज न होकर मेरी रक्षा की।' इस तरह विलख-विलख कर कहते हुए वे मंदिर में अंग प्रदक्षिणा करते थे। सुंदरकांड का पारायण भी करने लगे।

अस्पताल में एक ऐसा बच्चा पैदा हुआ जिसके बाप का पता न था। एक अनाथ लड़की ने अस्पताल में आकर उसको जन्म दिया। वह अनाथ औरत जरा धीरज करके बोली, 'डाक्टर माँ, आप इस बच्चे को पाल लीजिये!'

बच्चा सुंदर था। मंगलम् का मुँह देखकर मुस्कुराया। मंगलम् ने अपनी माँ से पूछा, 'माँ क्या करती, तुम जैसा चाहो?'

कमलम्मा बोली, 'कौन जात है, कौन कुल है, कुछ भी जाने बिना इसे कैसे लेना है?'

गोपालय्यर तभी तिरुपति से लौटे थे, बोले, 'जात, कुल का क्या, गोविन्द के लिए सारे कुल एक ही कुल हैं। उन्होंने प्रत्यक्ष होकर मुझसे कहा है, 'तुमको एक पोता दूँगा, इसे पाल लो! उनकी बात सही हो गयी है। ऐसा कहते हुए उन्होंने बच्चे को उठाकर बेटी के हाथों में दे दिया।

'यह ब्राह्मण शिशु ही है, इसका मुँह देखो।' कमलम्मा ने कहा। 'कोई भी कुल हो। पिताजी ने उठाकर दे दिया है— यही काफी है।' मंगलम् ने कहा।

वही बच्चा आज वासुकृति नाम का विख्यात शल्य चिकित्सक है।

सहायक जहाज

नारा० नाच्चियप्पन

समुद्र तट पर एक जहाज खड़ा था। रात अँधेरी थी। जहाज का लंगर जल्दी-जल्दी उठा रहे थे, पाँच-छः लोग और पाल खोलने में मस्त थे।

'जी, ठहरिए, ठहरिए, मुझे भी चढ़ा लीजिए।' यह आवाज किनारे की ओर से सुनायी पड़ी। जहाज वाले जल्दी में थे। इसलिए नाविकों ने किनारे की ओर गुस्से से नजर दौड़ायी। दौड़ते आने वाले आदमी को ऐसा देखा मानो जला देंगे। वे उसके लिए ठहरना या उसको चढ़ा लेना नहीं चाहते थे।

'जी, जी, चल न दीजिये, मैं आ गया।' वह आदमी चीखते हुए तेजी से दौड़ आया। उसकी चीख की परवाह किये बिना जहाज वाले रस्सी की निसेनी को खींचकर, धुरी पर घुमाने लगे। लेकिन तभी ऊपर की डेक से नायक ने चिल्लाकर आज्ञा दी, 'उसे चढ़ा लो।' दूसरों ने विस्मय से सिर उठाकर देखा की क्या नायक की बुद्धि मारी गयी है।

'चढ़ा लो!' दृढ़ स्वर में नायक की आज्ञा पुनः गूँज उठी।

आज्ञानुसार वह आदमी चढ़ा लिया गया। उसके बाद एक नाविक ने कमंद को घुमा दिया, और एक नाविक ने जमीन से बँधी रस्सी को खोल दिया। जहाज रवाना हुआ। उत्तर से उड़ने वाली हवा पालों को ढकेलती हुई, जहाज को दक्षिण की ओर तेजी से चलाने लगी।

उप-नायक ने ऊपर की डेक पर चढ़कर पूछा, 'नायक! अपरिचित को चढ़ा लेने के लिए क्यों कहा? उससे कोई आफत आये तो ....!'

'उससे कोई आफत नहीं आएगी। आदमी अच्छा दीखता है। अलावा, उसके किनारे पर छोड़ रखने में ही आफत आ सकती थी। जहाज के आधी रात में चोरी-चोरी निकलने की खबर, अगर वह किसी अफसर को कर दे तो तुरन्त आफत हमारा पीछा करेगी। जब तक वह हमारे साथ रहेगा, तब तक कोई हमारी हानि नहीं कर सकता।'नायक ने समझाया।

वह माल ढोने वाला जहाज था, मुसाफिरी जहाज नहीं। उसका नायक बड़ा तस्कर था लेकिन नाविक भी यह बात नहीं जानते थे। सिर्फ उपनायक और एक दो मजदूरों को ही मालूम था, उस रात उन लोगों ने तस्करी की चीजों को भी चढ़ा लिया था। चुंगी के अफसरों को यह मालूम न हो जाये, इसी डर से सुबह तक न ठहरकर रातोरात रवाना हो गये। उसने यह भी सोच लिया था कि अगर बाद को सवाल उठेगा तो यह जवाब दे देंगे कि हवा अनुकूल थी, इसलिए आधी रात ही रवाना हो गये थे।

कोई भी नाविक नहीं जानता था कि जहाज पर चढ़ा आदमी कौन है। नाविक स्थानीय नहीं थे। इसलिए उन लोगों ने समझा कि कोई साधारण आदमी है, लेकिन वह असाधारण व्यक्ति था।

वे अरुलवण्णर थे। बहुत बड़े मेधावी विद्वान थे। यद्यपि वे देखने में साधारण लगते थे तो भी तमिलनाडु भर में विख्यात थे। उनकी कविताओं को सुनकर चेर, चोल पांडिय आदि तीनों राजाओं ने उनको जो पुरस्कार दिये थे, उससे अरुलवण्णर सात पीढ़ी तक धनवान बने रह सकते थे। वे एक कुशल एवं विद्वान व्यक्ति थे। उनको न जानने वाला तमिलभाषी कोई नहीं था।

कुमरी टापू में उनके एक मित्र बीमार थे। उनको देखने के लिए अरुलवण्णर अधीर हो रहे थे। कुमरी टापू के लिए जहाज के रवाना होने की प्रतीक्षा में थे। जहाज के प्रस्थान के समय के बारे में दर्याफ्त कर रहे, तभी माल चढ़ाने वाले मजदूरों से मालूम हुआ कि सुबह निकलने वाला जहाज आधी रात में ही निकल जायेगा। यह जानकर ही वे भागते आ रहे थे।

नाविक जहाज चलाने के काम में दत्तचित थे। अरुलवण्णर कुछ कविताएँ गुनगुनाते हुए समय काट रहे थे। रात भर जहाज ठीक से चलता रहा। सुबह एक नाविक ऊपरी डेक पर दौड़कर आया और कहा कि डेक में नीचे एक जगह पानी रिस रहा है। जब तक नायक नीचे उतरकर देखने गया तब तक छेद बड़ा हो गया था। बहुत कोशिश करने पर भी छेद बन्द न हुआ। पानी के बढ़ने से जहाज डूबने को आ गया।

कुछ नाविक पानी उलीचकर बाहर करने में लगे रहे। कुछ लदे हुए माल को पानी में फेंककर भार कम करने का प्रयत्न कर रहे थे। नायक ने ऐलान कर दिया कि जान बचाने का उपाय कर लीजिये।

समय के बीतने के साथ जहाज गहरे डूबता रहा। सारे लोग इस निर्णय पर पहुँचे कि जान बचा लेना संभव नहीं है।

तभी एक नाविक खुशी से चिल्लाया—देखो, वहाँ सामने एक जहाज है। सबने उस दिशा की ओर देखा। क्षितिज पर पोत का झण्डा दिखायी पड़ा थोड़ी देर में पालें दिखाई दीं। फिर सारा जहाज ही दिखाई पड़ा। वह इस जहाज के निकट पहुँच गया।

नाविक चिल्लाये, मदद करो, मदद करो, वह जहाज डूबने वाले जहाज के पास आ गया। वह माल ढोने वाला जहाज नहीं था मुसाफिर जहाज था। उस पर कई लोग थे। डूबने वाले जहाज के पास आते ही दूसरे जहाज के

नायक और उस पर सवार मुसाफिरों ने पहले जहाज के लोगों को गौर से देखा।

माल जहाज और मुसाफिर जहाज के नायकों में बहुत दिनों से वैर था। इसलिए मुसाफिर जहाज के नायक ने माल जहाज के नायक को देखते ही उसकी मदद करने से इनकार कर दिया। लेकिन माल जहाज पर खड़े अरुलवण्णर को मुसाफ़िर जहाज के लोगों ने पहचान लिया। उनमें से कुछ लोगों ने डेक पर जाकर नायक से बिनती की कि अरुलवण्णर की रक्षा करनी चाहिये।

नायक ने सिर्फ अरुलवण्णर को अपने जहाज में चढ़ा लेने की स्वीकृति दी। श्रद्धालु लोगों ने खड़ा होकर अरुलवण्णर को मुसाफिरी जहाज पर आ जाने के लिए बुलाया, लेकिन वे हिले नहीं। उन्होंने सब कुछ देख और समझ लिया था। इसलिए दृढ़ता से कहा कि इस जहाज के सभी लोगों को उस जहाज पर चढ़ा लें तभी मैं आऊँगा, अकेले जान बचाने के लिए उसमें नहीं आऊँगा।

मुसाफिर जहाज के नायक ने यह नहीं सोचा कि आफत के समय वैर नहीं मानना चाहिए। वह अरुलवण्णर को भी डूबने के लिए छोड़कर अपना जहाज चलाते जाना चाहता था, लेकिन श्रद्धालु मुसाफिर अरुलवण्णर को डूबने देना नहीं चाहते थे। वे उनकी रक्षा करने के लिए तड़प उठे। वे अपने नायक से आग्रह करने लगे कि अरुलवण्णर की रक्षा की खातिर सब की रक्षा कर लो।

उनकी बात मानने को नायक तैयार न था। उसमें वैर भाव भरा हुआ था। तब कुछ प्रतिष्ठित मुसाफिरों ने नायक को चेतावनी दी कि अगर तुम उस जहाज के नाविकों की रक्षा करने से इनकार करोगे तो हम सरकार को रिपोर्ट कर ऐसा कर देंगे कि तुम्हें आगे जहाज चलाने का अवसर ही नहीं मिलेगा।

लाचार होकर उसने सबको बचा लेना स्वीकार कर लिया। मुसाफिर जहाज का कमंद उतारा गया। माल जहाज के नाविक एक-एक करके समुद्र में कूदकर सीढ़ी को पकड़कर चढ़ आये। अन्त में माल जहाज का नायक और अरुलवण्णर भी दूसरे जहाज में आ गये। नये जहाज के उस स्थान से निकलते-निकलते दूसरा जहाज बिलकुल डूब गया।

सब कुमरी टापू पर सकुशल पहुँच गये। माल जहाज के नायक ने मुसाफिर जहाज के नायक को धन्यवाद दिया और अरुलवण्णर के हाथों को अपनी आँखों पर रखकर गदगद् हो उठा। खेतों में धान उगाने के लिए जाने वाला पानी घास को भी सींचकर हरा कर देता है, वैसे ही एक गुणवान पुरुष के कारण सब का भला होता है। माल जहाज के नाविकों ने अपने नायक की तारीफ़ की कि उन्होंने एक अपरिचित को जहाज पर चढ़ा लेने की आज्ञा देकर अच्छा ही किया था। सबने अरुलवण्णर के ऊँचे मनोभाव की तारीफ की। वे खुद बच जाने से इनकार करके सब को बचाने पर तुले रहे। महापुरुष अपने प्राणों को जोखिम में डालकर भी परोपकार करते हैं।

आनन्द

न० पिच्चमूर्ति

किसी एक नगर में एक राजा था। उसके एक इकलौती बेटी थी। उसका नाम था, चित्रांगी।

वह खेलने के लिए हिरण, खरगोश, कबूतर, तोता, मैना आदि पाले हुए थी। चित्रांगी उन सबको बहुत प्यार करती थी। लेकिन सबसे ज्यादा एक पंच वर्ण तोते पर वह जान देती थी। उस तोते का नाम था आनंद। वह उस तोते को हमेशा अपने पास रखती थी। वह स्वयं खाते समय उसको भी सामने बिठा लेती थी और उसको सोने की प्याली में केले के टुकड़े खाने को देती थी।

इसी तरह कुछ बरस बीते। लेकिन चित्रांगी ऐसे जीवन से ऊब गयी थी। हमेशा महल के अंदर ही पड़े रहना उसको असह्य लगा। राजा ने उसको बाहर जाने से मना कर दिया था। तोते आनंद की दोस्ती से भी वह उचट गयी थी। आसमान पर बादलों को उड़ते देखकर उसकी आँखें गीली हो जाती थीं। एक दिन उसने खिड़की के पास एक गौरैया को देखा। वह गौरैया धान चुग रही थी। राजकुमारी को वह बहुत प्यारी लगी।

चित्रांगी ने उससे पूछा, 'तू इधर कहाँ से आयी?'

गौरैया ने उस दर्द भरी, मीठी आवाज को सुन कर सिर उठाकर देख और बड़े स्नेह भाव से कहा, 'वाँ, उधर काजू का बाग है न, उसके पा झोंपड़ियाँ हैं। उनमें से एक झोंपड़ी के अंदर ऊँचाई पर एक घोंसला बनाक रहती हूँ। धान वगैरह चुगकर भूख मिटा लेती हूँ। आराम से दुनिया भर घूम आती हूँ। कभी-कभी तुम्हारे इस महल में भी आया करती हूँ। जह चाहूँ, वहाँ चली जाऊँगी। मुझे कोई चिन्ता नहीं है। अंत में लौटकर अप घोंसले में चली जाती हूँ। क्या तुम भी चलोगी?' गौरैया ने पूछा।

राजकुमारी ने सोचा—काश! मैं भी गौरैया बन जाती। गौरैया की तर उड़ जाने की इच्छा उसमें तीव्र हो गयी।

आनन्द की दशा भी कुछ भिन्न नहीं थी। वह यह सोच सोचकर दुख होता था कि कितने दिन इस महल, चित्रांगी और सोने के प्याले के साथ दि बिताता रहूँगा। और कहीं चले जाने की उत्कंठा उसमें जाग गयी थी।

एक दिन जब चित्रांगी खाते-खाते कुछ सोंच में पड़ी थी तभी आनं चुपके से उड़कर निकल गया। राजकुमारी का गला भर आया। उस राजमहल के बगीचों में उसे इधर-उधर खोजने के लिए नौकरों से कह लेकिन तोता कहीं दिखायी न दिया।

महल से उड़कर तोता सीधे काजू के बाग में गया। बाग के पास ए झोंपड़ी के दरवाजे पर एक छोटी लड़की मिट्टी का घरौंदा बनाकर खेल रह थी। उसका नाम था वल्लि। उसका बाप एक मजदूर था। जब वल्लि अकेल बैठी रहती तब उसको लगता कि दूर-दूर के गगन चुंबी राजमहल, गोपु और घंटा-घर उसको वहाँ आने के लिए बुला रहे हैं। वह वहाँ ले जाने लिए अपने बाप से विनती करती, लेकिन उसका बाप दिवाली पर चलेंग पोंगल पर चलेंगे, कहकर टाल दिया करता था।

उस दिन भी वल्लि मिट्टी का घरौंदा बनाती हुई खेल में मग्न थी। त तोता आनंद एकाएक उसके सामने थोड़ी दूर पर आ बैठा था। उसकी ला लाल चोंच, बलखाती चाल और टिमटिमाती आँखें सुन्दरता बिखरने लगी उसको देखकर वल्लि का मन प्रेम से भर आया। उसने उसे पकड़ लेने क विनती की तो उसकी माँ ने उसे पकड़कर उसके हाथों में रख दिया। व फूली न समायी। उसने प्रेम से तोते को सहलाया और पूछा, 'रे पंचवर्ण रंगी तोता! तू कहाँ रहता है? कहाँ से आया है।'

तोता बोला—'मैं राजकुमारी चित्रांगी के महल में रहता हूँ। आज जरा ाहर टहल आने की इच्छा हुई तो उड़कर यहाँ आया हूँ।'

वल्लि ने पूछा—'राजकुमारी कैसी होगी?'

तोते ने कहा—'वह सुन्दर गुलाब की फूल की तरह है। बहुत अच्छी । तुम भी चलोगी? हम सब वहाँ जाकर खेलेंगे।'

—'दिवाली को जाएँगे; पोंगल को जाएँगे,—कहकर मेरे पिताजी टालते हते हैं। हम अभी चलें! राजकुमारी मुझसे बोलेगी?'

वल्लि को दूसरे दिन राजमहल में ले जाने का वायदा करके आनंद जाने ो तैयार हुआ। वल्लि ने राजकुमारी के लिए शैवाल की बनी माला और ारियल के छिलके की अँगूठी दी। तोता आनन्द दोनों को चोंच से पकड़कर ड़ता चला और शाम होते-होते राजमहल में पहुँच गया।

आनंद को वापस आया देखकर चित्रांगी की खुशी का ठिकाना न रहा। सने तोते को छाती से लगाकर पचास बार चुंबन लिया और पूछा—'रे दमाश तू कहाँ चला गया था?' तोते ने जवाब नहीं दिया। सिर्फ आँखें फराता रहा। शायद उसको भूख लगी होगी—ऐसा सोचकर राजकुमारी ने क आम का फल लाकर उसके सामने रखा। तोते ने उसे छुआ भी नहीं; ाँखें बंद कर लीं।

'आनंद! मेरे प्यारे आनंद! खाओ न! थकावट दूर हो जायेगी।' ाजकुमारी ने पुचकारा।

तोते ने अपने मुँह से माला और अँगूठी गिरा दिया।

उनको देखकर राजकुमारी की आँखें खिल गयीं। पूछा, 'ये सब कहाँ मले, आनंद?'

'वहाँ, उधर, काजू का बाग दिखायी देता है न? वहाँ गौरैया की तरह क लड़की खेल रही है। उसका नाम है वल्लि। उसी ने ये सब दिये। तुम ाहो तो और भी माँग लाऊँगा।

'तो क्या अभी जाओगे।'

'नहीं। अब रात हो गयी है। कल जाएँगे।' तोते ने आम का फल ाटना शुरू कर दिया। चित्रांगी खुश हो गयी। लेकिन उसको रात भर नींद हीं आयी। वल्लि के बारे में ही सोचती रही।

दूसरे दिन दोपहर खाने के बाद महल के सेवक कड़ी मेहनत के बाद आराम कर रहे थे। तब राजकुमारी और आनंद चुपके से महल से निकल गये। तोता आगे मार्ग दिखाता उड़ता चला। चित्रांगी ने उसका पीछा किया।

धीरे-धीरे दोनों काजू के बाग के पास की झोंपड़ी में गये। ताड़ के पत्तों का फड़फड़ाना, रंग-बिरंगी तितलियों का उड़ना, कुमुद के तालाब में स्त्रियों का नहाना, मिट्टी पर बच्चों का लोटना आदि राजकुमारी को विनोद से लगे। उसको बड़ा आनंद आया।

इस सब दृश्यों को देखते रहने में ही दिन बीत गया। तब वल्लि कहीं से लकड़ियों की एक गठरी ढोती हुई लौटी। उसके हाथ में केले के छिलके थे। उसने लकड़ियों का बंडल झोंपड़ी के अंदर उतारकर रख दिया और बाहर आकर नीम के पेड़ की छाया में बैठकर केले के छिलके चबाने लगी।

—'देखो! यही वल्लि है।'—तोते ने परिचय कराया। फिर काजू की डाल पर बैठकर चोंच से पंखों को सँवारने लगा। चित्रांगी ने वल्लि का हाथ थामकर पूछा, 'वल्लि केले के छिलके क्यों चबाती हो?'

'मुझे फल कौन देगा।'—वल्लि ने पूछा।

राजकुमारी ने फिर पूछा, 'तुम सिर पर लकड़ी लादकर आ रही थी न? क्या तुम्हारे घर का रसोइया लकड़ी नहीं लाता।'

वल्लि ने जवाब दिया, 'मेरी माँ ही रसोइया है। उसके धान कूटकर चावल निकालते-निकालते मैं लकड़ी चुन लाती हूँ। फिर माँ खाना पकाने लगती है तो मैं यहाँ बैठकर खेलती रहती हूँ।'

राजकुमारी को अनायास भारी वेदना हुई। उसने रेशम के अपने राजसी कपड़े उतारकर फेंक दिये और वल्लि के साथ बैठकर खेलने लगी। इस तरह बहुत देर हो गयी।

—'अब राजमहल चलें।' —तोते ने बुलाया।

पर राजकुमारी नहीं मानी। तोते को अब डर लगने लगा। वह सीधे उड़कर राजमहल गया।

महल में खलबली मची थी। बेटी और तोते को लापता देखकर राजा नौकरों को डाँट रहा था। कई लोग किंकर्तव्यविमूढ़ होकर राजकुमारी को इधर-उधर खोजते हुए, भटक रहे थे।

आनंद को देखते ही राजा ने तनकर पूछा, 'चित्रांगी कहाँ है?' तोते ने जवाब नहीं दिया। धीरे-धीरे एक पेड़ से दूसरे पेड़ की ओर फुदकते हुए उड़ता चला गया। तोते की यह करतूत देखकर सबको ताज्जुब हुआ। राजा, मंत्री और नौकरों ने उसका पीछा किया। आखिर तोता काजू के बाग में चित्रांगी के सामने जाकर खड़ा हो गया।

राजा और मंत्री ने एक पेड़ के पीछे छिपकर देखा। वल्लि नाले में नहाते-नहाते राजकुमारी को नारियल के छिलके से अँगूठी बनाने की कला सिखा रही थी। वल्लि के नहाकर किनारे पर आ जाने के बाद राजकुमारी ने पानी में उतरकर खेलने का प्रयास किया।

राजा अपने छिपने की जगह से बाहर आया। बेटी से बिगड़कर बोला, 'यहाँ, क्या कर रही है! चल, राजमहल चलें!' चित्रांगी ने हठ किया, 'वल्लि के बिना मैं नहीं जाऊँगी। उसको भी साथ लेते चलें।'

राजा का मन प्रेम से गद्‌गद हो गया। तोता आनंद उड़ते-उड़ते रास्ता दिखाता चला। राजा वल्लि और चित्रांगी दोनों को साथ लिए महल की ओर चलने लगा।

—✦—

पीला अंडा

पेरियसामि तूरन्

किसी जंगल में पेड़ों के बीच में कुछ खाली जगह थी। वहाँ न पेड़ था न पौधा। घास भी न उगती थी। वह सिर्फ खाली समतल भूमि थी।

नाना प्रकार के पक्षी उस जगह के चारों ओर के पेड़ों में घोंसले बनाकर रहते और कलरव किया करते थे। सुबह वे चहचहाने लगते और शाम को अन्धेरा होने तक चहचहाते, चीं-चीं करते रहते थे।

एक दिन सुबह जागते ही उन पक्षियों ने अद्‌भुत दृश्य देखा।

उस खुले मैदान में एक बड़ा अंडा दिखायी पड़ा। इतना बड़ा अण्डा उन पक्षियों ने पहले कभी नहीं देखा था। वह अंडा सिर्फ बड़ा ही नहीं पीले रंग का था। यह भी एक आश्चर्य की बात थी।

उन सब पक्षियों ने एक उल्लू के पास जाकर अंडे के बारे में बताया। उल्लू ही उन पक्षियों का नेता था। उसको अपने से ज्यादा अक्लमंद समझकर सभी पक्षियों ने उसे अपना नेता मान लिया था।

उल्लू अपने रेशम से भी मुलायम पंखों से बिना किसी रव के उड़कर आया और उसने पीले अंडे को देखा। उसके भी आश्चर्य का ठिकाना न रहा।

उसने तुरन्त कोयल से पूछा, 'अरी कोकिला, तुमको भी घोंसला बनाना नहीं आता, क्या यह तुम्हारा ही अंडा है?'

कोयल ने कू कू करके मधुर गीत गाते हुए कहा, 'यह मेरा नहीं है। मेरा अंडा सफेद होता है। यह तो पीला अंडा है।'

फिर उल्लू ने कौए को बुलाया, 'अरी कोई, गौर से देख, तुम्हारे अंडे को ही कोयल ने तुम्हें धोखा देकर चालाकी से तो यहाँ नहीं डाल दिया है?'

मादा कौए ने भी नेता की आज्ञानुसार अंडे के पास जाकर ध्यान से उसे देखा और काँव-काँव करती हुई बोली, 'यह मेरा नहीं है। मेरा अंडा सफेद होता है। यह तो पीला है। यह मेरा नहीं है।'

उसी समय पास की तलैया में तैरती हुई बत्तख ने अंडे के बारे में सुना और उसे देखने आयी। उसे देखकर उल्लू ने पूछा, 'अरी नाटी बतख, क्या यह अंडा तुम्हारा है? तुमको भी सेना नहीं आता। क्या तुम्हीं ने यह अंडा दिया है।'

बत्तख ने क्वाक क्वाक करते हुए बताया, 'यह मेरा नहीं है। मेरा अंडा सफेद होता है। यह तो पीला है। यह मेरा नहीं है।' कहते हुए उसने जोर से गरदन हिलायी।

इसी तरह उल्लू ने वहाँ बैठे हुए, हरी तोती, कबूतर, मैना आदि कितने ही पक्षियों से पूछताछ की।

किसी भी पक्षी ने नहीं बताया कि वह मेरा है। लेकिन सभी पक्षियों ने उस पीले अंडे को प्यार किया। हर एक ने सेने की चाह से उस पर बैठने का प्रयास किया। चूँकि वह अंडा बहुत बड़ा था, इसलिए कोई भी पक्षी उसको अपने पंखों में समा नहीं सका। इसलिए सभी पक्षियों ने मिलजुल कर उस अंडे के ऊपर बैठकर उसे गरम करने का प्रयास किया। वे अपने लिए आहार खोजने भी न निकले।

उस पीले अंडे से उनको इतना प्यार हो गया था कि दिन-रात चार दिन तक सभी पक्षी आपस में होड़ करके, उस अंडे को घेर कर बैठे रहे।

पाँचवें दिन सुबह-सुबह उन पक्षियों के प्यार से मुग्ध होकर उस अंडे से एक देवता निकल आया। पहले देवता छोटा था। फिर वह कुछ बड़ा हुआ। उसके चारों तरफ स्वर्णिम आभा फैली। उस देवता ने मधुर गीत गाते हुए नृत्य किया—

मैं आया तुम सब के सहयोग से।
नाचते गाते जाओ एक स्वर से।

सभी पक्षी बेहद खुश हो गये। वे एक स्वर से गाने लगे—

मिल जुलकर मेहनत करें
मजा करोड़ों पायें।

मयूर ने गाने के अनुसार नृत्य किया।

इस तरह बहुत समय तक सारे पक्षियों के आनन्द से गान और नृत्य के मन्द होते ही देवता गायब हो गया। पीला अंडा भी गुम हो गया।

पक्षी भी सहयोग से प्राप्त आनन्द का अनुभव करने के बाद आहार की खोज में उड़ चले। वे रोज-रोज प्रतीक्षा करते कि वह पीला अंडा दिखायी पड़े। लेकिन उसके बाद वैसा पीला अंडा कभी भी दिखाई नहीं पड़ा।

—◆—

जीत का गुर

वांडु मामा

बहुत बरस पहले कात्तान् नाम का एक किसान था। वह बिलकुल भोला-भाला था। खूब मेहनती था। उसके पास थोड़ी-सी जमीन थी। कबीरदास की तरह उसकी इच्छा थी कि मैं भी भूखा न रहूँ, साधु न भूखा जाए। लेकिन उसकी इच्छा पूरी न होती थी। वह सपना मात्र बनकर रह जाती थी। क्योंकि उसको कुछ दिन भूखा रह जाना पड़ता था। एक वर्ष पानी नहीं

बरसा। कात्तान् के खेत में कुछ भी पैदा नहीं हुआ। उसको और उसकी स्त्री करुप्पाई को बड़ी चिंता हुई कि इस वर्ष पोंगल कैसे मनायेंगे । कात्तान ने सोचा, चाहे मैं खुद भूखा रह जाऊँ, लेकिन त्योहार के दिन सूर्य भगवान को पोंगल का नैवेद्य चढ़ाये बिना कैसे चलेगा? उसका मालिक था मिरासक्षर परमशिवं। परमशिवं बड़ा अमीर था। कात्तान् जैसे कुछ किसान उसके खेतों में काम करते थे। कात्तान् ने मालिक के पास जा, हाथ बाँधकर बड़ी विनम्रता से अपनी हालत बतायी। उस दिन परमशिवं बड़े मौज में थे। क्योंकि बारिश न होने के कारण सारा गाँव अकाल पीड़ित और भूखा था। लेकिन उनकी जमीन पर फसल खूब अच्छी थी। कभी न सूखने वाला कुआँ उनकी जमीन में होने से उनके ऊपर सूखे का असर नहीं था। उसी खुशी में उन्होंने कात्तान् को एक गठरी चावल देकर आशीर्वाद दिया कि जाकर पोंगल मनाओ, खुशी से खाओ।

कात्तान् ने उनको धन्यवाद देते हुए कहा कि अगली फसल में इसे लौटा दूँगा। वह धान की गठरी के साथ घर आया तो उसकी पत्नी करुप्पाई खुश हुई। क्योंकि इस साल पोंगल चढ़ाना उनके लिए असंभव हो गया।

दिन बीत गये और अगले साल खूब बारिश हुई। कात्तान् के खेतों में भी अच्छी फसल हुई। वचन का पालन करने वाला सच्चा आदमी था कात्तान्। इसलिए कर्ज का धान वापस करने के लिए वह गठरी लेकर मालिक परमशिवं के घर गया। समय ठीक नहीं था। वे बड़े गुस्से में थे। दूसरे लोग खुश रहें तो कुछ लोगों को अच्छा नहीं लगता। ऐसे ही लोगों में एक थे परमशिवं। सबके खेतों में अच्छी फसल देखकर वे जल रहे थे। कात्तान् कर्ज वापस देने आया तो न जाने क्यों वे चिल्ला उठे, 'जा रे जा। धान ले जाकर संगलियांडि के किले में डाल दे। बड़ा सत्य हरिश्चन्द बना है। कर्ज के धान वापस देने आ गया।

कात्तान् बेचारा था। सद्गुणी लोग बहुधा भोले-भाले ही होते हैं। उसने समझा कि मालिक ने सचमुच ही कहा है। इसलिए वह गठरी उठाकर संगलियांडि के किले की ओर चल पड़ा।

उस गाँव की सीमा पर एक घना जंगल है। उसके बीच में एक बड़ा पहाड़ है। उस पर एक टूटा किला है। लोगों का विश्वास है कि कई पुराने राजा वहाँ प्रेतों के रूप में रहते हैं। इसलिए कोई भी उस जंगल या पहाड़ की तरफ नहीं जाता। संगलियांडि के किले और वहाँ रहने वाले भूत-प्रेतों के बारे में अनेक कहानियाँ प्रचलित हैं।

कात्तान् मालिक की बात सिर आँखों पर लेकर धान की गठरी ढोता हुआ किले में रहने वाले प्रेत-राजा को समर्पित करने जा रहा था। वह बहुत दूर का सफर था । रास्ते में जिस किसी से मिला उसने उससे पूछा, 'इधर कहाँ जा रहे हो?'

कात्तान् ने जवाब दिया , 'मेरे मालिक ने संगलियांडि किले में रहने वाले राजा के पास इस धान की गठरी को पहुँचाने के लिए कहा है। मेरा रास्ता ठीक है न? अगर आपको उस किले का रास्ता मालूम हो तो बताइये।'

मुसाफिरों ने कहा, 'हाँ ! इसी पगडंडी पर जाओ तो सीधे किले के सामने पहुँच जाओगे।'

टेढ़ी-मेढ़ी पगडंडी पर कात्तान् चलता रहा। कई कोस चलने के बाद किले की चहारदीवारी दिखाई पड़ी। किले के फाटक पर कोई पहरेदार न था।

किले के अन्दर, महल के फाटक के आगे हाथ में वेल (एक प्रकार का अस्त्र) पकड़े आजानुबाहु दरबान खड़ा था। उस दानव पहरेदार ने मेघ-गर्जन जैसी आवाज में पूछा, 'तू कौन है, इधर क्यों आया है?'

कात्तान् ने सारी बातें बतायीं । उसके भोलेपन और हिम्मत को देखकर पहरेदार बोला, 'ठीक, तू अन्दर जा। तेरी भेंट से खुश होकर राजा तुमसे कुछ माँगने के लिए कहें तो उनसे माया-मापक माँग लेना।'

कात्तान् महल में घुसकर कई बरामदे पार कर गया। आखिरकार एक बड़े बरामदे के छोर पर एक सिंहासन पर संगलियांडि बैठे थे। उनको देखते ही कात्तान् के हाथ-पाँव फूल गये। उनको सिर उठाकर देखने की भी हिम्मत उसमें न थी। उसने घुटने टेककर नमस्कार किया और गठरी को उनके सामने रखकर अपने आने का कारण बताया।

उसके भोलेपन को देखकर संगलियांडि को दया आयी। वे बोले, 'तेरे मालिक की भेंट से खुश हूँ। मेरे लिए तू इतनी दूर गठरी उठाकर लाया। तू जो चाहे मुझसे माँग ले।'

कात्तान् ने कहा, 'आप इतने प्रेम से कहते हैं तो माँगता हूँ। आप अपना माया-मापक मुझे देने की कृपा करें।'

माया, राजा संगलियांडि ने खाली हाथ बढ़ाया तो टन की ध्वनि के साथ एक मापक उस पर आ गया। राजा ने उसे कात्तान् को दे दिया। उसने खुश

होकर बड़ी विनम्रता से उसे लिया और विदा लेकर घर की ओर चल पड़ा। दरबान ने कहा, 'इसमें बड़ी मंत्र शक्ति है, घुटने टेककर माँगने पर मन में जो चाहो वह इस मापक से प्रवाहित होगा। जहाँ यह माया-मापक होगा वहाँ अकाल ही नहीं रहेगा।' कात्तान् ने दरबान को धन्यवाद दिया और मापक लेकर चलता रहा। रास्ते में एक झोंपड़ी थी। उसमें एक बूढ़ी रहती थी। कात्तान् बहुत थक गया था। इसलिए उसने रात भर उस झोंपड़ी में ठहरने के लिए अनुमति माँगी।

बूढ़ी बोली, 'ठहर जाओ। लेकिन खाने के लिए कुछ नहीं मिलेगा। यहाँ आजकल अकाल पड़ा है। हम कई दिनों से भूखे हैं।'

कात्तान् ने उत्साह से कहा, 'नानी, चिंता मत करो। तुम चूल्हा जलाओ, पानी गरम करो। तुम जितना चावल चाहो, उतना दूँगा। बूढ़ी ने चूल्हा जलाकर पानी रख दिया। कात्तान् ने माया-मापक उठाया, घुटने टेककर ढेर सा चावल माँगा। बस, क्या था, सचमुच ही वहाँ चावल का ढेर लग गया।

'नानी, काफी है न!' कात्तान् ने पूछा। बूढ़ी अचंभे में पड़ गयी।

फिर कात्तान् ने वैसे ही गेहूँ का भी ढेर लगा दिया। बूढ़ी ने उस रात उसे बड़ा भोज दिया। पेट भर खाकर कात्तान् खर्राटे लेता हुआ सो गया। बूढ़ी ने माया-मापक उठाकर छिपा दिया और साधारण मापक लाकर उसकी बगल में रख दिया।

सुबह उठकर कात्तान् घर की ओर चला तो उसे धोखा खा जाने का पता ही नहीं था।

कात्तान् ने घर आकर बताया—करुप्पाई दौड़ी आओ। आगे हमें खाने की चिन्ता नहीं रहेगी। करुप्पाई आयी तो कात्तान् ने घुटने टेककर मापक से माँपा। लेकिन चावल नहीं आया। करुप्पाई हँस पड़ी। अपने पति को सब लोगों द्वारा बेचारा कहे जाने पर बड़ी वेदना होती थी। आज उसनें उसे सचमुच का बेचारा पाया। उसने सवाल किया, 'यह कैसा पागलपन है?'

कात्तान् ने मुँह लटकाकर कहा—'उस संगलियांडि राजा ने मुझे धोखा दिया है। मैं उन्हीं के पास जाकर इस मापक को वापस दे आऊँगा।'

पहरेदार ने बेचारे कात्तान् को देखा तो सब कुछ समझ गया। वह बोला, 'राजा से मिलेगा तो वे तेरा सिर काट देंगे। अगर तेगी किस्मत से तुझ पर दया करके और कुछ माँगने के लिए कहें तो उनसे मन्त्र-मेज-पोश माँग लेना'।

कात्तान् डरते-डरते अन्दर गया। राजा के सामने घुटने टेककर आने का कारण बताया।

राजा ने कहा, 'अच्छा! इस मापक के बदले जो चाहो माँग लो।'

कात्तान् ने गद्‌गद स्वर से विनती की,'मुझे मेज-पोश देने की कृपा कीजिए।'

'अच्छा, यह ले मेज-पोश और तुरन्त यहाँ से चला जा।' संगलियांडि राजा गरज उठे।

भयभीत कात्तान् मेजपोश लेकर काँपते-काँपते बाहर आया तो दरबान ने कहा, 'इस मेज-पोश को फैलाकर तू मन में जो कुछ चाहेगा, वह तुझे तुरन्त मिल जायेगा।'

कात्तान् फिर उस बूढ़ी की झोंपड़ी में गया। बूढ़ी ने कहा—ठहर जाओ लेकिन चावल पकाने के लिए मेरे शरीर में उत्साह नहीं है।

कात्तान् ने उसे उत्साहित करके मेज-पोश फैला दिया और नाना प्रकार के पकवानों की याद की । बूढ़ी ने ऐसे पकवान कभी नहीं देखे थे। दोनों ने पेट भर खाया। कात्तान् सो गया तो बूढ़ी ने माया-मेज-पोश छिपाकर रखदिया और साधारण मेज-पोश उसके पास रख दिया।

दूसरे दिन सुबह कात्तान् घर पहुँचा तो क्या हुआ होगा इसे कहने की भी जरूरत है क्या!

कात्तान् ने उदास होकर कहा, 'करुप्पाई, मुझे कोई धोखा दे रहा है। मुझे बेवकूफ बना रहा! इसका मुझे उतना दुख नहीं है, लेकिन तुम भी मुझे बेवकूफ समझ रही हो। इसी से मुझे बड़ा दुख होता है। मैं फिर उसी राजा के पास जाऊँगा।' ऐसा कहकर वह सरोष चल पड़ा।

दरबान के सामने जाते-जाते उसके पैर लड़खड़ाने लगे। लेकिन दरबान ने उस पर दया करके कहा, 'अगर तेरी किस्मत अच्छी है और राजा तुझसे कुछ माँगने के लिए कहें तो मन्त्र-थैली माँग ले।'

कात्तान् ने संगलियांडि राजा के सामने जाकर साष्टांग नमस्कार किया और कहा, 'इस मेज-पोश में भी मुझे धोखा हो गया। मेरी बीवी मुझे झूठा और पागल समझती है। वह आगे ऐसा न समझे, इसका कोई उपाय करना आप ही के हाथ में है।

संगलियांडि ठठाकर हँस पड़े। पत्नी के सामने अच्छा बनना चाहता है। उन्होंने उसके लिए पश्चात्ताप करके कहा, 'मूर्ख आदमी है, यह आखिरी बार है। अगली बार इस तरह आये तो तेरा सिर काट दिया जायेगा। बोल, क्या चाहता है?'

कात्तान् ने घुटने टेककर प्रार्थना के स्वर में कहा, 'आप मुझे मन्त्र-थैली दीजिये।' राजा ने हाथ बढ़ाया। उनके हाथ में एक थैली आकर लटक गयी। कात्तान् ने काँपते हुए हाथों से इसे लिया और कहा, 'फिर आपको कष्ट नहीं दूँगा।' उनसे विदा लेकर दरवाजे पर आया तो दरबान ने कहा, 'तेरा भाग्य खुल गया है। यह महत्वपूर्ण थैली है। इसमें से युद्ध-वीर कूदकर आयेंगे। उनको सदा काम देते रहो।'

कात्तान् तीसरी बार बूढ़ी की झोंपड़ी में गया। बूढ़ी ने कहा, 'आज मैं बहुत थकी हुई हूँ। मुझसे कुछ भी परोसा नहीं जायेगा।'

कात्तान् ने थैली को आज्ञा दी। उसमें से दो जवान बाहर आये। विविध पकवान लाकर दोनों ने परोस दिये।

बीच रात में बूढ़ी के चीखने और जोर-जोर से रोने की आवाज आयी तो कात्तान् ने जागकर देखा कि उसकी थैली के युद्ध वीर उस बूढ़ी को खूब मार रहे हैं। बूढ़ी ने मापक और मेज-पोश लाकर उसके सामने रख दिये और कहा, 'मुझे माफ करो। मेरी रक्षा करो।' कात्तान् ने सोने के पहले वीरों को पहरा देने का काम दिया था। बूढ़ी ने थैली चुराने के लिए हाथ बढ़ाया, उसमें से वीर आकर उसे मारने लग गये थे। अब कात्तान् को मालूम हुआ कि इस संगलियांडि राजा ने धोखा नहीं दिया। सारी करतूत इस बूढ़ी की है। उसने वीरों को आज्ञा दी—इस बूढ़ी को उठा ले जाओ और समुद्र में डुबो दो। वीर वैसा ही करके लौटे तो कात्तान् में बड़ा तेज आ गया! वह थैली मापक और मेजपोश लेकर घर लौटा।

उसकी पत्नी ने हमेशा की तरह परिहास किया, 'आज और क्या पागलपन करने वाले हो।'

कुछ भी जवाब दिये बिना मापक लेकर मापने का अभिनय किया तो कई प्रकार के अनाज—चावल, गेहूँ आदि प्रवाहित होते चले आये। उनके अलग-अलग ढेर लग गये।

मेज-पोश बिछाकर कुछ याद किया तो कई प्रकार के पकवान, जेवर, साड़ियाँ आदि आकर अलग-अलग जमा हो गयीं।

फिर उसने थैली उठाकर आज्ञा दी तो कई जवान कूदकर आये। उसने कहा—'मेरी बीवी की रानी की तरह सेवा करो।'

करुप्पाई यह सब देखकर बेहद खुश हुई। उसने अपने पति को झुककर प्रणाम किया। उसके पैरों को छूकर आँखों में लगा लिया और बड़े प्रेम से उसे सहलाने लगी।

क्या यह भी बताना होगा कि कात्तान् और करुप्पाई ने राजा रानी की तरह, पुत्र-पौत्रों के साथ बहुत दिन आनन्द से जीवन बिताया।

जीत का गुर सच्चाई और परिश्रम में ही है। हार से निराश न हो, जीत तुम्हारी मुट्ठी में है।

विपरीत इच्छा

पुलवर कोवेन्दन

कोई मक्खी किसी आदमी के पास गयी। उसकी चापलूसी की और कहा, 'पूँछ वाले जानवर सुन्दर होते हैं। मुझे भी एक पूँछ चाहिए। किसी जानवर से मँगाकर मुझे दे दीजिए।'

आदमी ने बहुत समझाया कि भगवान ने जरूरत के अनुसार अंग भी दिये हैं। भगवान ने जो नहीं दिया है उसकी इच्छा करना अनुचित है। लेकिन मक्खी ने उसकी एक न सुनी और उसे बार-बार तंग करती रही कि मुझे पूँछ लाकर दीजिए। आदमी हताश हो गया। बोला, 'ठीक है, जंगल, नदी, खेत सभी जगह उड़कर जा। जलचर, नभचर, थलचर सबको देख। अगर उनमें से कोई सिर्फ सुन्दरता के लिए पूँछ रखता हो तो मेरे पास वापस आना और उसका पता देना। मैं उसके पास जाकर, उनसे तेरे वास्ते एक पूँछ माँग लाऊँगा।'

पहले मक्खी नदी की ओर गयी। उसमें तैरकर चलने वाली मछली से पूछा, 'अरी मछली, तुम जरा अपनी पूँछ मुझे दे दो। उसे सिर्फ सुन्दरता के लिए ही तुमने रखा है न?'

'नहीं, नहीं, मुझे बगल में मुड़ना हो तो पूँछ की मदद से ही मुड़ सकती हूँ। पूँछ मेरे लिए बिलकुल जरूरी है। उसे मैं तुझे नहीं दे सकूँगी।' मछली ने कहा।

फिर मक्खी जंगल की ओर उड़ी। वहाँ एक कठफोड़वा को देखा जो एक पेड़ पर बैठा था। मक्खी ने उससे पूछा, 'तुमने सुन्दरता के लिए ही पूँछ रखी है न। उसे मुझे दे सकोगे!'

'तू क्या बोलता है? तेरी बात बेवकूफी से भरी है। मुझे पेड़ पर चोंच मारते देख! ऐसा कहकर कठफोड़वा ने अपनी पूँछ को लकड़ी पर टेककर रखा, फिर अपना सारा शरीर झुकाकर डाल पर जोर से चोंच मारा। तब पेड़ से लकड़ी के छोटे-छोटे कण छितरे। इसे देखकर मक्खी ने महसूस किया कि पूँछ के बिना कठफोड़वा जी नहीं सकता। वहाँ से वह आगे बढ़ गयी।

जंगल में एक झाड़ी के बीच में एक हरिणी अपनी सुन्दर, कोमल, सफेद, छोटी-सी पूँछ के साथ खड़ी थी। मक्खी ने उसकी पूँछ माँगी तो वह भयभीत होकर बोली, 'तू मेरी पूँछ कैसे माँगती है? अगर मैं अपनी पूँछ दे दूँ तो मेरा शावक मर जायेगा।'

मक्खी ने विस्मित होकर पूछा, 'तुम्हारी पूँछ और तुम्हारे शावक का क्या सम्बन्ध है?'

हरिणी ने उसे समझाया, 'देखो, जैसे एक भेड़िया मुझे भगाता आ रहा है। मैं तुरन्त दौड़कर घने पेड़ों के बीच में घुसकर अपने को छिपा लूँगी। पेड़ों के बीच मुझे कोई पहचान नहीं सकेगा। मैं अपनी छोटी-सी पूँछ को रूमाल की तरह हिला-हिलाकर संकेत करूँगी। मेरा शावक उसे पहचान कर मेरे पास आ जायेगा। इसी तरह हम भेड़िये से अपनी रक्षा कर लेते हैं।'

वहाँ से उड़कर जाते हुए मक्खी ने एक सियार को देखा । उसकी सुन्दर पूँछ को देखकर उसने उससे पूँछ माँगी। 'सियार बाबू जरा अपनी पूँछ मुझे दे दीजियेगा।'

'अरे नहीं, नहीं। मैं पूँछ कैसे दे सकता हूँ मक्खी रानी! पूँछ न हो तो हम शिकारी कुत्तों से बच ही नहीं सकेंगे। वे हमको आसानी से पकड़ लेंगे।' सियार बोल उठा।

'वह कैसे?' मक्खी ने पूछा।

'कुत्ता मुझे पकड़ने आये तो मैं अपने बदन को एक तरफ और पूँछ को दूसरी तरफ मोड़ता हूँ। कुत्ता मेरी पूँछ को देखकर उस दिशा में मेरा पीछा

करने के लिए दौड़ जाता है तो मैं दूसरी तरफ भाग जाता हूँ। इस तरह पूँछ की मदद से ही मैं शिकारी कुत्तों से बच पाता हूँ। मैं उसे कैसे दे सकता हूँ।'

मक्खी ने महसूस किया कि सभी जानवरों को पूँछ की जरूरत है। फिर भी उसने घर आकर पूँछ के बारे में सोचा। उसने तय किया कि उस आदमी को तंग करके किसी न किसी तरह उससे पूँछ मँगा लूँगी।

वह आदमी अपने घर की खिड़की के पास बैठकर बाहर कुछ देख रहा था। मक्खी खिड़की के रास्ते सीधे जाकर उसकी नाक पर बैठी। आदमी ने नाक पर हाथ लगाया तो वह उछलकर उसकी भौंह पर जा बैठी। आदमी ने भौंह पर हाथ मारा तो मक्खी फिर नाक पर आ गयी।

आदमी ने चिढ़कर कहा, 'तुम्हारा भला हो मुझे अकेले रहने दो। क्या तू मुझे तंग किये बिना नहीं रह सकती?'

'नहीं, मैं शान्त नहीं रहूँगी। तुमने मुझे हँसी की चीज बना दी। पूँछ खोज लाने के लिए क्यों भेजा? मैंने सभी जानवरों, पक्षियों और मछलियों से याचना की। सबने मेरी हँसी उड़ाते हुए कह दिया कि पूँछ उनके लिए बहुत जरूरी है।'

'इस मक्खी से आसानी से बच नहीं सकता। इसका दिमाग ठीक करना है'—ऐसा सोचकर आदमी ने बताया, 'उधर एक गाय खड़ी घास चर रही है न? उसके पास जाकर पूछ आ कि उसने पूँछ क्यों रख ली है।'

मक्खी बोली, 'मैं जाकर पूछूँगी। अगर गाय अपनी पूँछ न देगी तो मैं तुम्हें चैन से न रहने दूँगी।'

वह तुरन्त खिड़की के जरिये उड़कर गयी और गाय पर जा बैठी। उसने पूछा, 'अरी गाय, तुम्हारे पास पूँछ क्यों है, इसे मुझे दे दो।'

गाय ने कुछ जवाब न दिया। उल्टा अपनी पूँछ से मक्खी पर एक प्रहार किया। मक्खी जमीन पर गिर पड़ी और पीड़ा से तड़प उठी।

इसे देखकर आदमी ने कहा, 'तुझे जो चाहिए था वह मिल गया। आगे लोगों को तंग करना छोड़ दे।'

क्षमा सज्जनस्य भूषणम्

मलैयमान

'अय्या सामि, जरा पानी दीजिये'—यह आवाज उस कुएँ के एक छोर से सुनायी पड़ी।

लेकिन वह किसी के कानों में मानो पड़ी ही नहीं, किसी ने उस आवाज पर ध्यान नहीं दिया। 'सामि, थोड़ा पानी इस मटके में डाल दीजिए।' गिड़गिड़ाती हुई यह आवाज बेकार चली गयी। पानी के लिए गिड़गिड़ाने वाली थी एक लड़की। उसकी उम्र पन्द्रह सोलह साल की थी। उसके केश हवा में उड़ रहे थे। सिर पर तेल पड़े कई महीने बीते होंगे। केश का रंग लाल हो चला था। उसका शरीर भी काला था जो यह कह रहा था कि वह मेहनत-मजदूरी के ही लायक है। उसके कपड़े फटे हुए थे जो उसकी गरीबी का ऐलान कर रहे थे। उसकी पोशाक पर मैल जम गयी थी जो उसके सुविधाहीन जीवन का परिचय दे रही थी। वह कुएँ के पास नहीं आयी। थोड़ी दूर पर ही खड़ी थी। वहीं से वह पानी के लिए घिघिया रही थी। युग-युग से उसके दिल में जमा हुआ डर उस आवाज में प्रत्यक्ष हो रहा था।

मंगा।....यही उसका नाम था। वह फिर पानी के लिए याचना करने लगी, 'सामि, पीने के लिए थोड़ा पानी दीजिये सामि!'

यह आवाज फिसल कर अंध कूप में गिरे हुए बकरी के बच्चे की दयनीय आवाज की तरह हवा में फैल रही थी।

'कौन है री तू ? कहाँ से आयी है!' उस दिशा की ओर मुँह करके एक युवक ने धमकाने के कठोर स्वर में पूछा।

'घर में पानी की एक बूँद भी नहीं सामि जी! थोड़ा पानी इस मटके में उँड़ेल दीजिये!' मंगा फिर घिघियायी।

'कौन री तू? क्या माँगती है?' उस कर्कश आवाज ने उसको फिर

'सामि, मेरी माँ प्यास से तड़प रही है। घर में एक बूँद भी पानी नहीं है। थोड़ा पानी दीजिये सामि! बड़ा पुण्य होगा।' मंगा ने फिर विनती की और अपनी कमर पर रखे छोटे से घड़े की ओर संकेत किया, उसकी आँखों में आँसू आ गये।

'तू कहाँ से आयी है?' उस युवक ने फिर धमकी के स्वर में पूछा।

'वहाँ से आती हूँ।' पश्चिम की ओर मंगा ने संकेत किया।

'किधर से, किधर से?' कठोर युवक की कर्कश आवाज गले की गहराई से निकली।

'वाँ, उस तरफ से।' अपने निवास स्थान की ओर मंगा ने उँगली दिखायी।

'क्या इसे नहीं जानते? वलैयाम्पट्टि की अछूत लड़की है।' किसी ने यह खबर दी।

'क्या, अछूत लड़की?' कई लोगों के मुँह से आश्चर्य और रोष का यह वाक्य एक साथ निकला।

'इस लड़की की इतनी हिम्मत?' मंगा के लिए संकट की आवाज थी यह।

'ऊँची जाति वालों के कुएँ के पास नीच जाति की लड़की आयी ही कैसे?' मंगा के ऊपर मार पड़ने की शुरुआत हो गयी।

गुस्ताख लड़का उछल पड़ा। एक छड़ी खोज लाया। मंगा की पीठ पर सटासट मारने लगा।

अगर कोई नीचे गिर जाए तो उसे हाथ बढ़ाकर उठाने कोई भी आगे नहीं आता। उस लड़के की देखा देखी दूसरे लोगों ने भी मंगा पर हाथ उठाया। बारी-बारी से मंगा को मारते रहे मानो कौओं का झुंड मुर्गी के बच्चे को घेर कर नोच रहा हो। उसका सारा शरीर चोटों से भर गया। उसका घड़ा तोड़कर फेंक दिया गया।

उसको वहाँ से भगा दिया गया। कुचले हुए कीड़े की भाँति मंगा धीरे-धीरे रेंगती चल पड़ी। आँसू की धार उसकी छाती छूकर बहती रही। रास्ते भर वह रोती रही। घर तक पहुँचते-पहुँचते बेहोश होकर गिर पड़ी । बीमारी के कारण आँखें मूँदकर पड़ी हुई उसकी माँ बेटी की हालत के कारण छटपटा रही थी।

कटी लता की भाँति जमीन पर पड़ी हुई मंगा को सामने के घर की बूढ़ी ने देखा। उसे धीरे से उठाकर अन्दर ले गयी। चटाई पर लिटाया। कारण जाना। ग्रामीण ढंग का इलाज किया! मंगा की माँ को सारी बातें समझाकर वह बाहर चली गयी।

शाम को मंगा के बाप मायांडी घर आये। लेटी हुई बेटी का बदन छूकर देखा तो उसका शरीर तपते पानी की तरह गरम था। जिस जगह पर उसका हाथ पड़ा था वहाँ बहुत दर्द था। इसलिए मंगा के मुँह से 'हाय! माँ!' की दर्द भरी चीख निकली।

'क्या हुआ? शरीर क्यों ऐसा जलता है?'

शिथिल डोरी को खींचने पर जैसे वह टुकड़े-टुकड़े होकर गिरती है वैसे ही बीती हुई बातों को मंगा ने रुक-रुक कर कहा। इतने में बूढ़ी ने गाँव के वैद्य को बुला लाने की सलाह दी। मायांडी दौड़े-दौड़े गये, वैद्य को बुला लाए। बेटी को दिखाया।—वैद्य ने दवा-दारू देकर आश्वासन दिया।

'तू क्यों ऊँची जाति वालों के कुएँ के पास गयी? क्या वहाँ जाकर पानी माँगना ठीक था? उस पानी को तेरे छूने पर छूत न लग जायेगी? बाप ने बेटी से सवाल पर सवाल किया। बेटी ने मुँह खोलकर कुछ जवाब न दिया। वह बोल ही नहीं पाती थी।

मायांडी बाहर गये। दोस्तों से सारी बातें बतायीं। कुछ दोस्तों ने घर आकर मंगा को देखा और कहा कि पुलिस में इसकी रिपोर्ट करो। पुलिस में रिपोर्ट करने से होने वाले हानि लाभ पर चर्चा हुई। आखिर दारोगा से कहने की बात तय हुई।

मंगा को खाट पर लिटाकर लोग थाने ले गये। मंगा दर्द के मारे कराह रही थी। दारोगा ने सारी बातों को लिखकर देने के लिए कहा, मायांडी को लिखना नहीं आता था। किसी से लिखवाकर दिया गया, सब लोग घर लौट आये।

दो सप्ताह बीते। मायांडी थाने पर गये। जवाब मिला, 'तुमने किसी का नाम नहीं बताया। पूछताछ कर रहे हैं। जरूरत पड़ने पर तुम्हें बुला भेजेंगे।'

धीरे-धीरे मंगा चंगा होने लगी। उठकर चलने-फिरने लगी। उसने एक दिन मायांडी से सवाल किया, 'पिताजी, जहाँ ऊँची जाति वाले रहते हैं वहाँ कुआँ किसने खोदा?'

'क्यों पूछती है? तेरा काका, चाचा, मामा और मैं—सबने मिलकर खोदा।'

'तब कुएँ में पानी आया न?'

'आया ही था। तभी तो अब भी पानी है।'

'तब तो उसमें आपके पैर लगे ही होंगे। पानी की बूँदे आपके शरीर पर लगकर कुएँ में गिरी होंगी।'

'हाँ, खोदते समय खोदने वाले के शरीर पर पानी पड़ेगा ही।'

'तब तो उस पानी में छूत लगी ही होगी। उसी पानी को तो वे पीते हैं। फिर सिर्फ मुझसे छूत कैसे लगती?'

मायांडी मंगा के सवाल का जवाब नहीं दे सके। यह सवाल उसके मन में रह रहकर उठता रहा। दोस्तों से कहा। सब ने महसूस किया कि मंगा ने ठीक ही सवाल किया है।

और कुछ दिन बीते। मायांडी आँगन में आराम से बैठे थे। मंगा ने फिर कुएँ की बात उठायी तो वे झुंझला पड़े। बोले—तू यह बात भूल जा।

बेटी ने कहा—गुस्सा न करना। आपके खोदने से ही तो उनको पानी मिलता है। यहाँ कोई कुआँ नहीं है। आप सब मिलकर इस अछूत बस्ती में कुआँ खोद दें तो अच्छा होगा न?

मायांडी ने पूछा, 'यहाँ कौन मजदूरी देगा?'

मंगा ने कहा, 'ऊँची जाति वालों के लिए मजदूरी लेकर कुआँ खोदा, अपनी जाति वालों के लिए मजदूरी के बिना कुआँ खोद दें तो उनके पास जाकर मार खानी न पड़ेगी न?'

बेटी की बात बाप को ठीक लगी। उन्होंने निकट के मित्रों से सलाह की। कइयों को यह बात ठीक लगी। सबने श्रमदान करने का वायदा किया। मायांडी पानी के स्रोत का पता लग सकने वाले वृद्ध सज्जन को बुला लाये। वृद्ध ने एक जगह दिखाकर कहा, यहाँ पानी निकलेगा।

उसी स्थान पर सारे अछूतों ने श्रमदान कर दो दिन काम किया। तीसरे दिन पानी का स्रोत दिखाई दिया। जैसे ज्ञानी पंडित का ज्ञान प्रयोग में आते-आते बढ़ता जाता है वैसे ही वहाँ पानी आता रहा। सब लोग वहाँ पानी लेने लगे। बाहर के लोगों को वहाँ आने से मना कर दिया गया।

अगले साल गरमी का मौसम आया। सभी कुएँ सूख गये। लेकिन अछूत बस्ती का नया कुआँ नहीं सूखा। एक दिन सुबह मंगा और उसकी सखी नागम्माल कुएँ की ओर गयीं। वहाँ एक आदमी मुँह को कपड़े से ढँककर चोरी-चोरी पानी खींच रहा था। मंगा ने दौड़कर उसका घड़ा पकड़ लिया और चीख-चीखकर बस्ती वालों को बुलाया। बस्ती के कुछ युवक दौड़े आये। पानी खींचने वाले के मुँह से कपड़ा हटाया गया। वह ऊँची जाति का था। वह और कोई नहीं वही गुस्ताख युवक था जिसने मंगा को मारा था। मंगा ने उसको पहचान लिया। उसकी आँखें क्रोध से फड़क उठीं। बदला लेने के लिए उसका मन तड़प उठा। अपने हाथ से मार मारकर उसे भगाने का नशा छा गया।

उस गुस्ताख युवक को मारने के लिए बस्ती के अछूत युवकों ने हाथ बढ़ाया। लेकिन मंगा के मन की पशुता न जाने कैसे समाप्त हो गयी। उसमें ऊँची मनुष्यता जाग उठी। उसने युवकों को रोककर कहा, 'मत मारो। इसे दो घड़े पानी ले जाने दो।'

ऊँची जाति के युवक ने मंगा को पहचाना। उसने कातर दृष्टि से मंगा को देखा। उसकी आँखें उससे क्षमा याचना कर रही थीं। मंगा देवी थी! उसने क्षमा कर दिया।

कौन कारण है?

शिवज्ञान वललल्

अरिवषगन् को बड़ा सन्तोष हुआ। उसका बनाया हुआ चित्र इतना बढ़िया निकला। उसके पास थोड़ी दूर पर एक दूसरा चित्र था। उसको देखकर अरिवषगन् के चित्र का अन्तर कर पाना संभव नहीं था। दोनों में ऐसी तद्रूपता थी।

वह मूल चित्र मेधावी चित्रकार रवि वर्मा का बनाया हुआ सरस्वती का था। उसके बनाये चित्र के नीचे भी 'रवि वर्मा' लिख दें तो कोई भी शक नहीं करेगा। सब लोग मान लेंगे कि यह सचमुच रवि वर्मा का ही बनाया

हुआ है। इसलिए अरिवषगन् के प्रसन्न होने में कोई आश्चर्य नहीं।

दूसरे दिन—अरिवषगन् अपने बनाये हुए चित्र को लेकर स्कूल गया। अपने सभी सहपाठियों और मित्रों को चित्र दिखाया। सभी ने उसके चित्र-कला-कौशल की भूरि-भूरि प्रशंसा की। सबने कहा, 'इस साल जो चित्र प्रतियोगिता होगी उसमें तुमको ही प्रथम पुरस्कार प्राप्त होगा। ऐसा बनाना यहाँ और किसी को नहीं आता।' ऐसा कहकर लोगों ने तहेदिल से तारीफ की। अरिवषगन् की खुशी का ठिकाना न रहा।

उसके साथ पढ़ने वाले आनंदन ने कहा, 'अरिवषगु! तुम चित्र तो अच्छा खींचते हो। मैं तुम्हारी तारीफ करता हूँ। लेकिन...' आनंदन रुक गया। वह तो अरिवषगन् का पक्का दोस्त था। इसलिए सभी छात्रों को विस्मय हुआ। वे चुप रहे।

अरिवषगन् ने पूछा, 'लेकिन...क्या है? पूरा कहो।' वह अपने क्रोध को दबाये हुए था।

'और किसी के बनाये चित्र को देखकर वैसा ही खींचने में कौन-सी कुशलता है। यह मैं नहीं समझता।'—ऐसा कहते हुए आनंदन को नारायणन् ने आगे बोलने से रोका।

'तुम यह कैसी बात करते हो, क्या इसमें कोई कुशलता नहीं? क्या तुम ऐसा बना सकोगे? हो सके तो जरा बनाकर दिखाओ। नारायणन की बात में काफी गरमी थी।

लेकिन आनंदन नाराज नहीं हुआ। वह शांति से बोला, 'मुझे चित्र बनाना नहीं आता। उसमें मुझे रुचि भी नहीं है। ऐसा कहने में मुझे कोई लज्जा नहीं। लेकिन अरिवषगन् वैसा नहीं। चित्र कौशल अभ्यास का फल है। लेकिन सिर्फ अभ्यास का ही फल नहीं है, वरन् जन्म-जात प्रसाद भी है। इसलिए मैं कहता हूँ कि दूसरों का बनाया चित्र देखकर न बनाओ। स्वयं अपने चिन्तन से बनाओ तो बढ़िया होगा।'

सब चुप थे। अरिवषगन् ने भी क्रोध न करके बुद्धिपूर्वक सोचा। आनंदन ही आगे बोला, 'एक मुर्गी को देखो। उसको कूड़ा छितराते हुए या अपने बच्चों को प्रेम से सहलाते हुए या पंख फैलाकर दौड़ते हुए, गौर से देखो। उन दृश्यों को पहले मन में खींचकर फिर कागज पर उतारकर देखो। दोस्तों को हँसाओ, रुलाओ, क्रोधित करो और उनके चेहरे के भावों का अध्ययन करो तथा उनके चित्र बनाने की कोशिश करो। तब तुम्हारा महत्व इससे

ज्यादा होगा जितना आज पा रहे हो।' अरिवषगन् ने स्वीकार में सिर हिलाया।

स्कूल की घंटी बजी। पेड़ की छाया में जमे हुए छात्र कक्षा में चले गये।

शाम का समय था। अरिवषगन् घर की ऊपरी मंजिल पर टहल रहा था। उसकी दृष्टि पश्चिम की तरफ डूबते हुए सूरज पर लगी थी। प्रकाश मंद हो रहा था। एक बकुल उत्तर से दक्षिण की ओर उड़ रहा था। यह दृश्य उसकी आँखों में समाकर मन पर जम गया। दूसरे दिन इतवार था।

अरिवषगन् चित्र खींचने के ख्याल से रंग और ब्रुश लेकर बैठा तो उसको पिछली शाम का दृश्य याद हो आया। उसी को बनाने का मन बनाया और प्रयत्न में लग गया। बस क्या था एक सुन्दर प्राकृतिक दृश्य का बढ़िया चित्र बन गया। इतने दिन दूसरों के बनाये चित्रों को देखकर बनाने से जो संतोष होता था, उससे अधिक सन्तोष अपने ही देखे दृश्य को बनाने और उसके बढ़िया बन जाने से हुआ।

मित्रों ने खूब वाहवाही की। चित्र शिक्षक ने भी खुले मन से प्रशंसा की, 'अरिवषगु तुम बड़े चित्रकार बनोगे।'

उस दिन से अरिवषगन् अपने मन को मोहने वाले दृश्यों , साहित्यकारों द्वारा वर्णित घटनाओं तथा मित्रों के मुख-भावों के चित्र बनाने लगा। वह एक कुशल चित्रकार के रूप में उभर कर सामने आ रहा था।

उस दिन छुट्टी थी। अरिवषगन् और आनंदन बाजार में मिले। दोस्तों और कक्षा की घटनाओं पर बातें करते रहे। उनके सामने ही कोई बहुत देर से खड़े-खड़े आने जाने वालों को घूर रहा था। यद्यपि अरिवषगन् आनंदन से बातें कर रहा था तो बीच-बीच में उस आदमी पर भी नजर डालता रहा था। उस आदमी की चेष्टाएँ और दृष्टि ने उसकी ओर देखने के लिए उसे प्रेरित किया।

तभी सामने की गहने की दुकान से कोई बहुमूल्य गहना खरीदकर पेटी के साथ पास खड़ी हुई मोटरकार की ओर आया। पास आकर कार का दरवाजा खोला।

बहुत देर से खड़ा हुआ वह आदमी उनसे गहने की पेटी छीनकर बात की बात में हवा हो गया।

वह 'चोर चोर' कहकर चिल्लाया। कुछ लोगों ने चोर को पकड़ने की कोशिश की पर चोर पकड़ में नहीं आया।

गहना खो देनेवाले ने पुलिस स्टेशन जाकर शिकायत लिखाई। अरिवषगन् और आनंदन भी उनके साथ पुलिस स्टेशन तक गये। अरिवषगन् ने दारोगा से कहा, जी इनका गहना छीनकर भागने वाले को मैंने बड़ी देर से खड़े देखा था। उसका वैसा ही हू-ब-हू चित्र खींचकर मैं दे सकता हूँ। दारोगा ने उसको आश्चर्य से देखा, फिर पुलिस अधीक्षक के पास ले जाकर उसकी बातें बतायीं।

गहना खोनेवाले ने कातर स्वर में कहा, 'जी गहना लाख रुपये मूल्य का था। हीरे जड़ाऊ नेकलेस था। जैसे भी हो चोर का पता लगाइए।

अधीक्षक ने चोर का चित्र खींच देने की सुविधाएँ अरिवषगन् को प्रदान कीं। एक घंटे में उसने चित्र बनाकर दे दिया। उसे देखकर पुलिस दंग रह गई। उस चित्र में वह पुराना बदमाश था जो दो दिन पहले जेल से छूटकर आया था। पुलिस ने गहना खोने वाले को तसल्ली दी, 'आपका गहना मिल गया ही समझिये। धीरज से घर जाइये। ऐसा कहकर इत्मीनान से उन्हें विदा किया। अरिवषगन् की बहुत तारीफ की।' दोनों दोस्त प्रसन्नता से घर लौटे।

दो दिन बाद अरिवषगन् दर्जे में बैठा था। स्कूल के चपरासी ने आकर कहा कि प्रधानाध्यापक उसे बुला रहे हैं। जब अरिवषगन् प्रधानाध्यापक के कमरे में घुसा तो देखा दारोगा वहाँ बैठा हुआ था।

प्रधानाध्यापक साभिमान बोले, 'आओ , अरिवषगु। तुम्हारे बनाये चित्र की मदद से पुलिस ने चोर को पकड़कर गहना प्राप्त कर लिया है। पुलिस अधीक्षक तुम्हें पुरस्कृत करने वाले हैं। गहने वाले भी तुम्हें एक हजार रुपये का नकद पुरस्कार देने वाले हैं। स्कूल में एक जलसा होगा और वहीं तुम्हें पुरस्कार दिया जायेगा। तुम्हारे कारण स्कूल का सम्मान बढ़ा है।

तेलुगु

- तेलुगु बाल-साहित्य का विकास
- फूलमाला
- सोने का खरगोश
- सब का है यह बगीचा
- पेड़ पर चिड़िया
- जीने की चतुराई
- कंजूस पेरय्या
- यथा राजा तथा प्रजा
- निराशा की जड़ दुराशा
- स्वामिभक्त तोता
- नया दोस्त
- ज्ञानोदय

तेलुगु बाल-साहित्य का विकास

बाल-साहित्य की रचनाएँ, नवनीत की तरह, सुकोमल बाल-हृदयों में भावी ज्ञान-विज्ञान रूपी वृक्षों को पल्लवित, पुष्पित एवं फलवान बनाने वाले बीज की तरह होती हैं। जाति एवं राष्ट्र के उज्ज्वल भविष्य की ओर बालक-बालिकाओं को उत्प्रेरित करना ही बाल-साहित्य का मुख्य लक्ष्य होता है। वास्तव में बाल-साहित्य राष्ट्रीय अभ्युत्थान के नींव का पत्थर होता है। चौदह वर्ष तक की सुकोमल अवस्था वाले बालक-बालिकाओं के मानसिक विकास, उनकी कल्पना प्रवणता, सौन्दर्यानुभूति एवं सृजनशील प्रतिभा को जाग्रत करने वाला साहित्य, बाल-साहित्य कहलाता है। इस बात को नजर अन्दाज नहीं किया जा सकता है कि आज के बालक, कल के सुनागरिक एवं राष्ट्र के भावी कर्णधार होते हैं।

प्रसन्नता का विषय है कि तेलुगु बाल-साहित्य विविध रूपों में अत्यन्त समृद्धशाली है। असंख्य बाल-साहित्य के रचनाकारों ने अपनी समय-सापेक्ष्य रचनाओं द्वारा बालकों में सामाजिक एवं राष्ट्रीय चेतना जाग्रत कर, राष्ट्र के पुनर्निर्माण में अपना बहुमूल्य योगदान दिया है। स्वतंत्रता से पूर्व ही सन् १९४७ तक तेलुगु बाल-साहित्य सम्बन्धी दो हजार से भी अधिक पुस्तकें प्रकाशित हो चुकी थीं।

तेलुगु बाल-कथा का विकास संस्कृत के 'पंचतंत्र' से माना जाता है। पंचतंत्र की सारी कथाएँ बालोपयोगी नैतिक कथाएँ हैं। वास्तव में बालमन को ध्यान में रखकर कही गई कथाएँ हैं। बालकों को शिक्षा देने की रीति को पं० विष्णु शर्मा बखूबी जानते थे। 'ईसप-कथलु', 'विक्रामार्क-कथलु', 'बताक-कथलु', 'भोज राज कथलु', आदि सरल भाषा में प्रेषणीय शैली के अतिरिक्त सुललित, सुकोमल, सुमधुर भावाभिव्यक्ति की तेलुगु की अच्छी कहानियाँ हैं।

तेलुगु में आधुनिक बाल-साहित्य का आरंभ १९वीं शती के उत्तरार्द्ध से माना जाता है। उस समय के साहित्यकारों ने बालक बालिकाओं एवं स्त्रियों के लिए आवश्यक रचनाएँ प्रस्तुत करने का प्रयत्न किया है। जिस प्रकार साहित्य का आरंभ पद्य या छंद के रूप में प्रकट होता है उसी प्रकार तेलुगु बाल-सहित्य भी पहले छन्दोबद्ध कविता के रूप में, पर सरल एवं बाल-ग्राह्य शब्दों में अवतरित हुआ है।

कंदुकूरि वीरेशलिंगम पंतुलु अपने समय के महान समाज-सुधारक ही नहीं, तेलुगु भाषा तथा साहित्य की आधुनिक युग को अनुरूप ढालने में भी सफल हुए हैं। तेलुगु बाल-साहित्य के बीज पहले पहल इन्हीं के द्वारा डाले गये थे। आपके द्वारा बच्चों के लिए लिखित 'नीति दीपिका' सन् १८७२ में प्रकाशित हुई थी। छंदोबद्ध पद्यों में लिखित इस पुस्तक का १७वाँ मुद्रण सन् १९१३ में हुआ था। इस पुस्तक की लोक-प्रियता एवं उपयोगिता का इससे अधिक और क्या प्रमाण मिल सकता है। ईसप की कहानियों का 'नीति कथा मंजरी' नाम से पहला तेलुगु रूपांतरण वीरेशलिंगम द्वारा ही हुआ था। आपके द्वारा संपादित 'सतीहितबोधिनी' और अन्य पत्र-पत्रिकाओं में बच्चों के लिए आप अनेक छोटी-छोटी कहानियाँ लिख चुके थे। वीरेशलिंगम समाज के प्रति स्वस्थ दृष्टिकोण रखते थे। इसीलिए भूत-प्रेत, परी कथाओं,

अद्‌भुत मायावी रचनाओं से हमेशा दूर ही रहे। बच्चों के मानसिक विकास के लिए आपने जन्तु-स्वभाव चरित्र नामक ज्ञान-विज्ञान संबंधी ग्रंथ की रचना की। वीरेशलिंगम की प्रेरणा एवं प्रोत्साहन से ही उस समय के नामी विद्वानों की दृष्टि बाल-साहित्य पर पड़ी।

गज्जेल रामानुजुलु रायनि ने सन् १८७४ में बालिकाओं के लिए 'सतीहित संग्रह' और बालकों के लिए 'विवेक संग्रह' पद्य-संग्रह प्रकाशित किये। सन् १८८१ में विख्यात तेलुगु शब्दकोश प्रणेता बहुजनपल्लि सीतारामाचार्य के द्वारा रामायण, महाभारत आदि पौराणिक ग्रंथों के आधार पर 'सती धर्म-संग्रहमु' नामक पद्य-काव्य लिखा था।

प्रथम चरण के बाल-साहित्य में समकालीन परिस्थितियों के प्रभाव से नीतिवाद, सुधारवाद एवं उपदेशात्मकता की मात्रा ज्यादा रही। बच्चों के लिए अलग लिखने का तरीका तो अवश्य इसी समय से अपनाया गया था। बाल-साहित्य में नवीन प्रयोग करने वाले श्री कन्दकूरि वीरेशलिंगम पन्तुलु और गुरुजाडा अप्पाराव गणनीय हैं। गुरुजाडा ने भारतीय संस्कृति और राष्ट्र-भक्ति के बीज बोये हैं।

दूसरे चरण में सर्वश्री चिंता दीक्षितुलु, गिडुबु सतापति, वाविलकोलनु सुब्बाराव, वेटरि प्रभाकरशास्त्री, काटूरि वेंकटेश्वरराव, टेकुमल्ल नागेश्वर राव, नार्ल चिरंजीवि, न्यायपति राघवराव, न्यायपति कामेश्वरी, बी० वी० नरसिंहाराव, तुरगा जानकी राणी, डॉ० रावूरि भारद्वाज, श्रीवास्तव, बाब्जी आदि लेखकों ने बाल-साहित्य की सभी विधाओं में आधुनिक पद्धति के अनुरूप रचनायें कीं। भाषा, विषय-वस्तु, शैली आदि में पूर्व लेखकों से कहीं अधिक विकासोन्मुख दिशा में ये लेखक अग्रसर हुए हैं।

अंतर्राष्ट्रीय बाल-वर्ष के संदर्भ में तेलुगु के अनेक बाल-ग्रंथ पुनर्मुद्रित हुए हैं और कई नई किताबें देखने को मिली हैं। निम्नलिखित पुस्तकों में अधिकांश सन् १९७८-७९ के आस-पास प्रकाशित या पुनर्मुद्रित हुई हैं।

गिडुगु वेंकटराममूर्ति द्वारा लिखित 'मनकु एमिकावालि' (हमें क्या चाहिए?) पुस्तक में ८-१० वर्ष के बच्चों के लिए पारिवारिक एवं सामाजिक जीवन के परिचय के साथ प्राथमिक विज्ञान सम्बन्धी विषय जैसे कि व्यायाम, धूप, सफाई, सूरज, कपड़ा-मकान, खान-पान आदि को कहानी के रूप में प्रस्तुत किया गया है।'ओकरोजु राजु' (एक दिन का राजा) नाम से लोककथा शैली में श्री सीतमराजु ने उपन्यास लिखा है। आपके अनेक उपन्यास और कहानी-संकलन प्रकाशित हुए हैं। 'रामायणम्' चित्रकथा को लेखक षमुल्लपूडि वेंकटरमण और चित्रकार बापू ने सुंदर साज-सज्जा सहित प्रस्तुत किया है। 'बंगारू तल्लि' (सोने की माई) नामक दो ऐतिहासिक कहानियों का संकलन श्री पालंकि वेंकटराम चंद्रमूर्ति ने लिखा है। पहली कहानी विश्वकवि रवीन्द्र के बारे में और दूसरी ग्रीस बादशाह अलेग्जैंडर द्वारा भारत पर किये गये अभियान से सम्बन्धित है। इसी लेखक का 'एमेस्को बोम्मल पंचतंत्रमु' ६-८ वर्ष के बच्चों के लिए उपयुक्त चित्रकथा है। एन० वी० जनार्धन राव कृत 'ना रस्या पर्यटन' (रूस की मेरी यात्रा) यात्रा सम्बन्धी रचना है।

चित्रकार बुज्जायि कृत 'पिल्ललु-पुव्वलु' (बच्चे और फूल) को बाल गद्य-शैली का अच्छा उदाहरण कह सकते हैं। श्री० के० सभा ने किशोरावस्था के बच्चों के लिए योग्य 'पिल्लल राज्यम' (बच्चों का देश) नामक उपन्यास लिखा है। लब्ध प्रतिष्ठ गीतकार करुण श्री कृत 'तेलुगु बाल' पद्य-काव्य, कवि डॉ० मिरियाल रामकृष्ण कृत 'मुल्याल गोडुगु' (मेतियों की छतरी) बाल-गीत ६-८ वर्ष के बच्चों के लिए योग्य है। 'रंग बाला' ५ बाल-एकांकियों का

संग्रह है जिसे एडिद कामेश्वर राव ने लिखा था। आप लम्बी अवधि तक आकाशवाणी विजय वाड़ा केन्द्र में बच्चों के कार्यक्रम संभालते रहे। आप बच्चों के लिए काफी गीत, कहानियाँ, एकांकी आदि लिख चुके हैं।

नृत्य कला में निष्णात श्री नटराज रामकृष्ण ने बच्चों में नृत्य एवं संगीत के प्रति रुचि उत्पन्न करने के लिए गद्य-शैली में चित्र-सहित 'नर्तन सीमा, नर्तन बाला, और नर्तन कथा' की रचना की। वैसे तेलुगु में ज्ञान-विज्ञान सम्बन्धी ग्रंथ बहुत कम प्रकाशित हुए हैं। फिर भी इस दिशा में अनेक लेखकों ने प्रयास किया है। सर्वश्री एस० एल० नरसिंहाराव, विस्सा अप्पाराव, वसंतराव वेंकटराव, ए० वी० एस० रामाराव, कोडवटिगंटि कुटुंबराव आदि विज्ञान ग्रंथ लेखक स्मरणीय है।

तेलुगु बाल-साहित्य के विकास की आरंभिक दशा में भारतीय भाषाओं से अधिक अंग्रेजी में प्रकाशित बाल-उपन्यास एवं कहानियों का तेलुगु में अनुवाद हुआ है। 'ईसप फेबल्स' तेलुगु बाल-साहित्य के अंतर्गत किसी विदेशी भाषा का पहला तेलुगु अनुवाद कहा जा सकता है, जिसे वीरेशलिंगम ने करीब सन् १८७० के आस-पास ही अनूदित किया था।

लोक-कथायें या दंत-कथायें भी तेलुगु में बाल-साहित्य के रूप में प्रकट हुई हैं। तेनालि रामकृष्ण, मर्यादा रामन्न कथलु, हास्य-पूर्ण परमानंदय्या के शिष्य, मिडतम्बोटलु की काशीमजलीकथलु आदि सैकड़ों रचनाएँ प्रकाशित हुई हैं। मध्यकालीन राजाओं की साहस-गाथाएँ और महापुरुषों के जीवन-चरित भी बाल-साहित्य के रूप में पल्नाटि युद्ध, बोब्बिलि-युद्ध मंत्री तिम्मरुसु, राणी रुद्रमांबा, सर्वाधि पापडु, भक्तरामदास, संत वेमना' आदि पुस्तकें प्रकाशित हुई हैं। तेलुगु में चंदामामा, बालज्योति, चित्रारिलोकम, बोम्मरिल्लु 'बालचन्द्रिका' आदि अनेक बाल-पत्रिकाएँ प्रकाशित होती हैं।

आन्ध्र प्रदेश में बाल-साहित्य की स्थिति सुदृढ़ है। तेलुगु साहित्य में बाल-साहित्य के अवदान एवं बालकों के लिए सरकारी संस्थाओं ने प्रशंसनीय कार्य किया है। आजादी के बाद भारत सरकार ने बाल-साहित्य के महत्व को समझा और सभी राज्य सरकारों को यह निर्देश दिया कि अपने-अपने राज्य के बाल साहित्य सम्बन्धी सूची को समीक्षात्मक टिप्पणी के साथ प्रकाशित किया जाए और बाल साहित्य को पर्याप्त प्रोत्साहन दिया जाए। भारत सरकार ने स्वयं सूचना एवं प्रकाशन मंत्रालय द्वारा भारतीय भाषाओं के महत्वपूर्ण साहित्य को हिन्दी में रूपान्तरण करवा कर प्रकाशित किया है। आज भी यह प्रयास जारी है। अभी हाल में दिसम्बर १९९० को एक दर्जन से भी अधिक तेलुगु बाल-पुस्तकों को हिन्दी में प्रकाशित कर उनका लोकार्पण हैदराबाद में करवाया गया और मूल लेखकों को सम्मानित किया गया, जिनमें तुरगा जानकी राणी, डॉ० रावूरि भारद्वाज आदि उल्लेखनीय हैं।

भारत सरकार के निर्देशानुसार आन्ध्र प्रदेश सरकार ने सन् १९६३ में 'बाल-साहित्य माला' के नाम से विस्तृत सूची, समीक्षा-टिप्पणी सहित प्रकाशित की जिसमें मौलिक साहित्य के अतिरिक्त अनूदित साहित्य का उल्लेख है। ललित-कथाओं सम्बन्धी बाल-साहित्य की सूची भी प्रकाशित की गयी।

बालकों की बहुमुखी प्रतिभा के विकास हेतु राज्य सरकार ने विशेष रूप से 'बाल भवन' का निर्माण करवाया जिसमें 'बाल-साहित्य अकादमी' की भी स्थापना की गई। इस अकादमी द्वारा अब तक हजारों सुरुचिपूर्ण पुस्तकें प्रकाशित की गईं। पुस्तकों के अतिरिक्त अकादमी द्वारा मासिक पत्र-पत्रिकाएँ भी प्रकाशित की जाती हैं जिनमें 'बाल चन्द्रिका' अत्यन्त लोकप्रिय है।

संक्षेप में, तेलुगु बाल-साहित्य की अन्य विधाओं की अपेक्षा कथा-साहित्य अपनी इन्द्रधनुषी शैलियों में अत्यधिक समृद्ध एवं लोकप्रिय है। तेलुगु का बाल कथा-साहित्य, वस्तु-विधान और शिल्प की उत्तमता के कारण भारतीय साहित्य में उत्कृष्ट स्थान का अधिकारी बना हुआ है। उसका भविष्य निश्चय ही उज्ज्वल है।

—शीलम् वेंकटेश्वर राव

फूलमाला

श्रीमती तुरगा जानकी राणी

उस दिन स्वतंत्रता-दिवस था। सिरिपुरम नामक ग्राम में भी झण्डन-वन्दन जोश-खरोश के साथ मनाया जा रहा था। ग्राम के मध्य में स्थित पाठशाला को साफ-सुथरा किया गया और रंग-बिरंगे कागज के तोरण बाँधे गए। नगर से लाउडस्पीकर और माइक मँगवाये गये। माइक से राष्ट्रीय गीतों का प्रसारण हो रहा था। पाठशाला के बच्चों में उत्साह और उमंगों की लहर व्याप्त थी। वे कार्यक्रम की तैयारी में जुए गए।

पाठशाला के प्रधानाध्यापक श्री ईश्वर राव ने एक दिन पूर्व बच्चों को यह बताया था कि नगर से एक महिला आफिसर झण्डा फहराएँगी। वह महिला आफिसर विदुषी हैं। बच्चों को संबोधित करेंगी। मुख्य कार्यक्रम बड़े हाल में होने वाला था। हाल के फर्श को रंगोली से सजाया गया था। मंच के समीप एक टेबुल पर भारतमाता और महात्मा गाँधी जी के बड़े चित्र लगाए गए थे। ये चित्र बहुत सुन्दर थे और बच्चों को आशीर्वाद देते हुए दिखाई दे रहे थे।

प्रधानाध्यापक ने एक दिन पूर्व बच्चों को यह भी बताया था कि हर बच्चा अपने-अपने घर के पौधों से फूल तोड़कर ले आयेगा। उनकी माला बनाकर 'भारतमाता' और 'गाँधी जी' के चित्रों पर पहनायी जायेंगी और कुछ फूल झण्डे में बाँधे जायेंगे। जब झण्डा फहराया जायेगा तो उसके अन्दर से फूल हवा में उड़कर धरती पर गिरेंगे। यह दृश्य बड़ा ही मनोहर होगा।

प्रधानाध्यापक के कहे अनुसार बच्चे उत्साह के साथ अपने-अपने घर से फूल तोड़कर ले आए। छात्र-नेता वनजा ने लालमंदारा, सरोजा ने सफेद नन्दी वर्द्धन, फातिमा ने चामन्ती, रवि ने गन्नेर, लिल्ली ने कंकाम्बरम् और सुमन ने सुन्दर रंग-बिरंगे गुलाब के फूल ले आये थे जो सब कें दिलों को अपनी ओर आकर्षित कर रहे थे।

प्रधानाध्यापक ने छात्र-नेता वनजा को समीप बुलाकर जल्दी से फूलमालाएँ गूँथने और उन मालाओं को भारतमाता और बापूजी के चित्रों

पर डालने के लिए कहा। वे स्वयं नगर से पधारने वाली महिला आफिसर के स्वागत की तैयारी में जुट गए।

वनजा ने बहुत ही प्रसन्नता के साथ अपने लाये लालमंदारों की माला गूँथना शुरू कर दिया। सरोजा को यह देखकर दुःख हुआ कि उसके लाये हुए नन्दी वर्द्धनों को माला में गूँथा नहीं जा रहा है। उसने अपने फूलों की माला पिरोने के लिए वनजा से थोड़ा-सा धागा माँगा। फातिमा ने अपनी चामन्ती की माला गूँथने की जल्दबाजी की। 'मैं इन चामंतियों की माला धागे में पिरोती हूँ।' फातिमा ने कहा। रवि ने कहा, 'मुझे भी माला गूँथना आता है। मैं भी अपने गन्नेर फूलों की माला तैयार कर देता हूँ। सुमन ने रवि से कहा, 'मेरे गुलाब के फूलों की माला भी सुन्दर ढंग से पिरोकर देखो न!' रवि ने साफ इनकार कर दिया, 'मैं माला बनाकर नहीं दूँगा। उन गुलाब के फूलों को अगर मैं गूँथूँगा तो मेरे गन्नेर फूलों को कौन देखेगा?' इस पर फातिमा ने जोर देकर कहा, 'असल में गन्नेर फूल कौन से अच्छे होते हैं? उनमें तो कड़वी बू रहती है। उनसे तो मेरी चामन्ती ही सुन्दर होती है।' वनजा ने प्रतिवाद किया, 'चामन्ती फूल तो छोटे-छोटे होते हैं। लेकिन मंदारा चार फूल हो तो बस। लालरंग के कारण बहुत दूर-दूर तक दिखाई पड़ते हैं। इस तरह बच्चों के बीच विवाद खड़ा हो गया। इस विषम स्थिति को देखकर अध्यापक ने किसी की भी बात नहीं सुनी। उनसे फूलों की माला पिरोना छुड़वा दिया और मंच को सजाना शुरू कर दिया।

इसी बीच नगर से मुख्य अतिथि महिला आफिसर आ गईं। इधर बच्चे अपने-अपने फूलों को चटाई पर डालकर सभी प्रांगण की ओर भागे। मुख्य अतिथि के कर-कमलों से झण्डा फहराया गया। बच्चों ने 'वन्देमातरम्' और 'जनगणमन' राष्ट्रीय गीतों को श्रद्धा के साथ आलाप किया। इसके बाद प्रधानाध्यापक ईश्वर राव जी ने बच्चों से कहा, 'अब भाषण का कार्यक्रम शुरू होगा। तुम लोग बड़े हाल में जाकर शान्ति पूर्वक बैठो।'

महिला आफिसर के साथ जब हॉल में ईश्वर राव आये तो उन्हें यह देखकर दुःख हुआ कि चित्रों पर फूलमाला नहीं डाली गयी थी। चटाई पर पड़े हुए फूलों को देखकर वे समझ गए। मारे गुस्से के उनका मुख लाल हो गया। उन्होंने अध्यापक को फूलमाला बनवाने के लिए आँखों से संकेत किया। उनकी इस परेशानी को देखकर महिला आफिसर चकित थीं। उन्होंने पास में खड़े अध्यापक से पूछा, 'बात क्या है?' अध्यापक ने सारी स्थिति उन्हें बता दी।

सारे बच्चे हॉल में शान्ति पूर्वक बैठ गये थे। महिला आफिसर ने अपने भाषण में इस प्रकार कहा—'भारतमाता हम सब की माता हैं। महात्मा गाँधी जी बच्चों के दादा हैं। उन्हें जो भी फूलमाला पहनाई जायेगी, उसे वे पसन्द करेंगे। मुझे मालूम पड़ा कि तुम लोग अपने-अपने फूल मालाओं को लेकर आपस में झगड़ पड़े थे। इसका परिणाम यह हुआ कि चित्रों पर फूलमालाएँ नहीं डाली जा सकीं। मैं यह चाहती हूँ कि तुम्हारी नेता वनजा मंच के पास आएँ।' वनजा के पास आने पर उन्होंने कुछेक फूलों को उठाकर दिया और आदेश दिया—'सभी फूलों को मिलाकर मालाएँ बनाई जाएँ।'

वनजा ने अपने अध्यापकों की सहायता से झटपट पाँच मिनट में मालाएँ तैयार कर लीं। मालाओं के मध्य में, गुलाब के फूलों को गूँथा गया था। मालाएँ सुन्दर बन गई थीं। श्री ईश्वर राव और मुख्य अतिथि मिलकर उन मालाओं को चित्रों पर डाल दिये। मुख्य अतिथि ने बच्चों से पूछा, 'अब बताओ बच्चो! कौन-सा फूल सुन्दर है?' 'सभी फूल सुन्दर हैं।' सभी बच्चों ने एक स्वर में कहा। इसके बाद मुख्य अतिथि ने अपने सन्देश में कहा, 'सुन्दरता सभी के मेल-मिलाप में ही है। भारतमाता को भी यही अभीष्ट है। सभी फूलों के मेल से बनी ये मालाएँ भारतमाता के चित्र की किस प्रकार शोभा बढ़ा रही हैं! उसी प्रकार हम देशवासी भी हैं। कोई भी धर्म-सम्प्रदाय या फिर भाषा-जाति क्यों न हो, सभी के मेल-मिलाप में ही सुन्दरता और आनन्द है।'

यह सुनकर सभी बच्चों ने मारे खुशी के एक साथ तालियाँ बजाईं। सारा हॉल तालियों से गूँज उठा।

—✦—

सोने का खरगोश

डॉ॰ रावूरि भारद्वाज

प्राचीन काल में सुनन्द नाम का एक राजा रहता था। उस राजा की पत्नी का नाम कांचना था। इस महारानी को सोना बहुत पसन्द था। इसलिए उस रानी ने अपने अन्तःपुर में सुसज्जित सभी वस्तुओं को सोने से बनवा दिया

था। अन्त में उसने राजमहल की दीवारों को भी सोने से मँढ़वा दिया था।

उस महारानी को चिड़िया, कबूतर, मयूर, तोता आदि छोटे-छोटे पक्षी और पालतू जानवर बहुत मन-पसन्द थे। राजा सुनन्द ने सुदूर प्रदेशों के रंग-बिरंगे सुन्दर पक्षी और जानवरों का संग्रह करके महारानी को पुरस्कार स्वरूप भेंट में दिया। अपार धन खर्च करके महारानी ने उन पक्षियों और जानवरों को बहुमूल्य सोने के वस्त्रों से सुशोभित करवाया।

एक दिन की बात है। राजा और रानी अपने कुछ सेवकों के साथ समीप के एक जंगल में शिकार खेलने गये। भोजन के समय तक उन्हें जो भी पक्षी और जानवर दिखाई पड़े, उनका शिकार किया। ये लोग जब भोजन के लिए अपने शिविर को लौटने लगे, तभी कुछ दूर पर झुरमुट के पीछे से आँखों को चौंधिया देने वाली एक चमक दिखाई पड़ी।

'वह चमक क्या है, देखो!' महारानी ने कहा।

सेवक दौड़कर देखकर लौट आये और उन्होंने बताया, 'महारानी, वह एक खरगोश है।'

'यदि खरगोश है तो ऐसी चमक क्यों? मैंने अनेकों खरगोशों को देखा है। वे सुन्दर-रंग-बिरंगे होते हैं—यह बात तो सच है, लेकिन इस प्रकार उनमें चमक-दमक नहीं होता।' आश्चर्य के साथ महारानी ने कहा।

'महारानी जी, यह कोई मामूली खरगोश नहीं, यह तो सोने का खरगोश है।' सेवकों ने बताया।

महारानी यह सुनकर दंग रह गईं। रानी ने पहली बार सोने का खरगोश होने की बात सुनी थी।

'तब तुम लोगों ने उसे क्यों नहीं पकड़ा?' महारानी ने पूछा।

सेवक निरुत्तर हो गये।

सोने के खरगोश को पकड़ने की सोच सेवकों में से किसी एक में भी न आने के कारण महारानी ने उन सबको गुस्से से फटकारा, 'तुम सब के सब मूर्ख हो। मुझे सोने की चीजें बेहद पसन्द हैं—यह मालूम होने पर भी तुम लोग निश्चेष्ट बने रहे, इस अपराध के कारण यदि तुम्हें फाँसी भी दी जाए तो इसमें कुछ भी पाप नहीं।'

सभी सेवकों ने महारानी के चरणों पर गिरकर अपने प्राणों की प्रार्थना की। सारे सेवकों के अपने प्राण-रक्षा के लिये एक साथ चरणों पर गिर पड़ने

पर महारानी के हृदय में करुणा पैदा हुई और उनका सारा गुस्सा शान्त हो गया।

'इस बार तुम्हें क्षमा कर देती हूँ। फिर कभी ऐसी गलती की तो तुम सबको खौलते हुए तेल में मैं स्वयं डुबो दूँगी, सावधान!' रानी कांचना ने चेतावनी दी।

महारानी के इस दयाभाव के अनेक तरह से सेवकों ने स्तुति की। यह बात राजा सुनन्द को मालूम हुई तो उन्होंने भी महारानी के दयाभाव का अभिनन्दन किया।

'प्रभु, मुझे अभिनन्दनों की आवश्यकता नहीं! बस सोने का खरगोश ही मुझे ला दीजिए। यह अरण्य तो अपने ही राज्य में है न! सोने का खरगोश इसी अरण्य में दिखाई पड़ा था न! वह खरगोश मुझे इसी समय चाहिए। इसके लिये तुम क्या करोगे, मुझे नहीं मालूम।' महारानी ने कहा।

राजा को अपनी महारानी के हठीले स्वभाव का पता था। इसीलिए गम्भीरतापूर्वक विचार करके उन्होंने एक परिष्कार का मार्ग ढूँढ़ निकाला—

'महारानी, तुम जो कुछ कह रही हो, वह सब कुछ सच है, लेकिन...वह खरगोश इस समय अपने राज्य के अरण्य में है, यह बात भी सच है, लेकिन जब हम उसे पकड़ने का यत्न करेंगे तो उस समय वह अपने राज्य के अरण्य में ही रहेगा—ऐसा विश्वास नहीं कर सकते। इसलिए उस खरगोश के लिये तुम ज्यादा जिद मत करो।' महारानी को समझाने के अभिप्राय से राजा ने कहा।

महारानी कांचना ने इस बात को नहीं माना। 'आप जो कुछ भी कह रहे हैं, वे सारी बातें सच हैं। वह खरगोश कहीं भी जा सकता है—इसलिये ऐसा अवसर न देते हुए, तत्काल उसे पकड़वाने की कोशिश होनी चाहिए। अगर वह खरगोश पड़ोसी देश के अरण्य में चला गया तो उस देश पर चढ़ाई करके उस राजा को पराजित करके उस खरगोश को मुझे लाकर दीजिए, नहीं तो ...मैं अपने प्राण दे दूँगी।' महारानी ने कहा।

राजा सुनन्द को ऐसी स्थिति में क्या करना चाहिए यह उनकी समझ में कुछ भी नहीं आ रहा था। महारानी की जिद उन्हें मालूम थी ही। इसी कारण महा सौन्दर्यवती महारानी को किसी भी सूरत में खो देना, उन्हें बिलकुल ही पसन्द नहीं था। इसलिए अपनी मंत्रि परिषद् को बुलाकर उन्होंने विचार-विमर्श किया।

मंत्रि परिषद आपस में विचार-विमर्श करके एक निर्णय पर पहुँच गया। अपने निर्णय को राजा के सामने इस प्रकार पेश किया—

'प्रभु ! यह एक विकट समस्या है। इस समस्या का निवारण करने के लिए हमें जो कुछ सूझ पड़ा , उसे आपके सामने पेश कर रहे हैं। इस पर आप स्वयं भी विचार करके उचित निर्णय लेने के लिए हम आपसे प्रार्थना करते हैं।' इस प्रकार मंत्रि परिषद के सदस्यों ने राजा से निवेदन किया।

'तुम्हारी सलाह क्या है?' राजा ने पूछा।

'वह मामूली खरगोश नहीं है, सोने का खरगोश है अर्थात उस खरगोश में और भी अनेक विशेषताएँ हो सकती हैं, जिनका हमें पता नहीं है। इस काम को साधारण शिकारी नहीं कर सकता। विशेष नैपुण्य सम्पन्न शिकारी ही इसे कर सकता है। इस सम्बन्ध में हमें जो बात सूझी है, वह यह है कि उस खरगोश को जीवित पकड़ कर लाने वाले को उसके वजन से दस गुणा ज्यादा सोना पुरस्कार के रूप में देने की घोषणा करना अच्छा रहेगा। ऐसा अगर हुआ तो काम बन सकता है।' उन्होंने राजा से निवेदन किया।

मंत्रि परिषद की इस सलाह को सुनते ही महाराजा को एक संदेह पैदा हो गया।

'मन्त्रिगण! खरगोश को पकड़कर लाने वाले को खरगोश के वजन के बराबर सोना देना तो उचित रहेगा, लेकिन दस गुणा ज्यादा क्यों देना चाहिए।' राजा ने कहा।

राजा कहाँ गलती कर रहे हैं, यह मन्त्रियों को पता चल गया। उन्हें हँसी भी आ गई, पर वे हँसे नहीं।

'महाराज, आपने जो कहा, वह ठीक है, परन्तु ऐसी हालत में सोने का खरगोश पकड़ने वाला शिकारी, उस खरगोश को अपने पास ही रख ले सकता है? हमें खरगोश देने से उसे अतिरिक्त क्या लाभ हो सकता है? अगर कुछ भी पाने की आशा न होगी तो उस मायावी खरगोश को पकड़ने के लिए वह क्यों कर प्रयत्न करेगा?' मन्त्रियों ने बताया।

राजा ने इस बात से अपनी सहमति व्यक्त की और उसी प्रकार सारे राज्य में घोषणा कर दी गयी।

दस गुणा सोना पाने की आशा में अनेक शिकारी अपने-अपने जाल लेकर जंगलों में घुस गए। फसलों और खलिहानों को छान मारा। वह खरगोश क्षण भर दिखाई देकर, फिर क्षण में गायब होने के सिवाय किसी के

भी हाथ नहीं लगा।

यह देखकर राजा को गुस्सा आया। एक छोटे से खरगोश को न पकड़ पाने के कारण राजा ने अपमान का अनुभव किया। उसके बाद उन्होंने इस सम्बन्ध में एक नयी घोषणा करवा दी—

'जंगल में जो भी खरगोश मिले, उसे बन्दी बना लिया जाए। जाल में फँसने से बचने वाले खरगोशों की निर्दयतापूर्वक हत्या कर दी जाए। सारे जंगलों और फसलों को छान मारा जाए। जरूरत पड़ने पर उन्हें आग भी लगा दी जाए।' राजा ने आदेश दिया।

इक बारगी पूरे जोश-खरोश के साथ शिकारी उस मायावी खरगोश को पकड़ने निकले। राज्य के अन्तर्गत आने वाले सभी जंगलों और फसलों को जब आग लगाने का यत्न करने लगे तो वह सोने का खरगोश स्वयं राजा के दरबार में उपस्थित हो गया। सभी दरबारी उस निराले खरगोश को आश्चर्यचकित होकर एकटक देखने लगे।

इसी बीच कुछ लोग उसे पकड़ लेने के लिए जाल लेकर आगे बढ़े, तब उस खरगोश ने उन्हें ऐसा करने से मना कर दिया।

'महाराज, प्रजा भोली-भाली है। उन्हें अपनी सन्तान के बराबर देखने की जिम्मेदारी राजा की होती है। अपने शासन-काल में स्वर्ण युग की स्थापना आप करेंगे, ऐसी आशा लिये प्रजा आपकी पूजा कर रही है। परन्तु आप कर क्या रहे हैं? उनकी फसलों को नष्ट करवाने के लिये आप तैयार हो गये हैं। उनके पशु चरे नहीं, इसलिये सारे जंगलों को भी नष्ट कराने के लिये आपने कमर कस ली है। यह न्याय नहीं है। अपनी पत्नी की गलत इच्छा की पूर्ति के लिये, इतने सारे बुरे काम करने की सलाह आपको किसने दी है? धर्म की रक्षा करने की जिस राजा पर जिम्मेदारी हो, अगर वही अधर्म के हवाले हो जाए तो फिर उनकी रक्षा कौन करेगा? एक सोने के खरगोश के लिए, हमारी सारी जाति की हत्या करवाना आपने न्याय क्यों समझ लिया? आपको भगवान भी क्षमा नहीं करेगा।'

'तुम्हारे सारे महापाप मय कर्मों के लिये मैं स्वयं कारण समझता हूँ, इसलिए मैं अपने आपको दण्ड दे रहा हूँ।' उस सोने के खरगोश ने कहा और अपनी आँखें बन्द कर लीं। दूसरे ही क्षण उस सोने के खरगोश ने अपने प्राण त्याग दिये, साथ ही वह साधारण खरगोश में बदल गया।

उपस्थित सभी दरबारियों ने अपने सिर झुका लिये।

सबका है यह बगीचा

मद्दलूरि रामकृष्ण

सुबह का समय था। आकाश लाल हो चला था। पक्षीगण अपने-अपने घोंसलों से आहार की तलाश में बाहर उड़ चले थे। एक काले रंग की मुर्गी दीनता के साथ बैठी हुई थी। कारण यह था कि उसके मालिक लंगड़े गोपय्या ने उसके खाने के लिए जो कनकी के दाने डाले, उनसे उसकी भूख नहीं मिटी थी।

घर के प्रांगण में मोरियों और नालों में उसने कीड़ों-मकोड़ों की तलाश की। वहाँ उसे कुछ भी नहीं मिला। पेट भर खाना खाये बगैर मालिक के लिए अण्डा देना उसके लिए सम्भव नहीं था। अण्डे के बगैर गोपय्या के गले में खाने का निवाला नहीं उतरता था। खाने के बगैर वह काम नहीं कर सकता था।

'साँये-साँये' करती हुई सुबह की हवा जोरों से बह रही थी। हवा के झोंकों से पशुशाला का दरवाजा एकदम खुल गया। मुर्गी खुश होकर झटपट गली में भाग गई।

इतने में हवा के झोंकों से एक सूखा पत्ता उड़कर मुर्गी के सामने आ गिरा। उस पत्ते ने मुर्गी से इस प्रकार कहा, 'चल, मेरे साथ चल! सीतम्मा नामक उस बगीचे में असंख्य फूलों के कोमल पौधे हैं। रंग-बिरंगे फूलों के पौधे और फूलों के पेड़ हैं। उस बगीचे में मधुर और सुवासित पत्तों से लदे हुए अनेकों पेड़ हैं। देख तो सही! धरती पर अनेक शाक-भाजियों के पौधे और कन्दमूल हैं। जगह-जगह मीठे पानी के सरोवर हैं। कितना सुन्दर है यह बगीचा! वहाँ तुझे पेटभर खाना मिलेगा। अच्छा खाना खाकर अपने मालिक के लिए अच्छे अण्डे देना।'

मुर्गी सितम्मा के बगीचे में गयी। बगीचे में पैर रखते ही एक खरगोश ने मुर्गी से कहा, 'यह मेरा बगीचा है। कोई भी इसमें पैर नहीं रख सकता। यहाँ से तू चली जा!'

उस बेचारी भोली-भाली मुर्गी ने कहा, 'हे खरगोश! तेरा बगीचा है, यह जाने बगैर मैं यहाँ आ गई हूँ। मुझे भूखी देखकर उस पत्ते ने आने के लिए कहा तो मैं आ गई हूँ।'

उसी समय पेड़ पर बैठी हुई मैना ने गुस्से के साथ कहा, 'उस मुर्गी को निकाल बाहर कर दो। किससे पूछकर इस बगीचे में आ गई!'

कीड़ों-मकोड़ों को खूब खा-खाकर एक चिड़िया मोटी हो गई थी। उसने बड़े घमण्ड के साथ पूछा, 'तू कौन है, इस बगीचे में कदम रखने की हिम्मत तेरी कैसे हुई! निकल जा, बाहर चली जा!'

उन तीनों के इस प्रकार डाँटने से वह बेचारी मुर्गी मारे भय के काँप गई। उसकी आँखों में आँसू छलक आये।—'जहाँ मुझे आना नहीं चाहिए था, वहाँ मैं आ गई हूँ।' मुर्गी पछताने लगी। उसने पूछा 'लेकिन मैंने कुछ भी तो नहीं छुआ न! फिर मुझ पर तुमको इतना गुस्सा क्यों है? अच्छा, अब मैं यहाँ से चली जाती हूँ।'

खरगोश, मैना और चिड़िया को इस प्रकार उस बेचारी मुर्गी को डाँटते हुए देखकर तालाब के किनारे रहने वाले एक मेंढक ने उनसे इस प्रकार पूछा, 'तुम लोगों की भी अजीब जोर जबर्दस्ती है। मैं तुमसे यह पूछना चाहता हूँ कि यह बगीचा तुम तीनों में से किसका है?'

इस सवाल को सुनकर खरगोश, मैना, चिड़िया तीनों परेशान हो गये। मुर्गी की ओर मुड़कर मेंढक ने उससे पूछा, 'असल में बात क्या है?'

'कुछ भी नहीं । मैं भूख से सूख गयी थी। पेट भर भोजन किये बगैर मैं अपने मालिक के लिए अण्डा नहीं दे सकती थी। मुझे भूखी देखकर उस सूखे पत्ते को दया आ गई। अपने साथ वह मुझे इस बगीचे में ले आया कि यहाँ खाने के लिए बहुत से कीड़े-मकोड़े मिल जाएँगे। पर मैंने यहाँ आकर कुछ भी नहीं खाया है। इस पर भी ये तीनों मुझे डाँटते हुए यहाँ से चले जाने के लिए कह रहे हैं।' मुर्गी ने अपना दुखड़ा सुनाया।

सारा किस्सा सुनकर मेंढक ने उनसे बारी-बारी से इस प्रकार पूछना शुरू किया।

'खरगोश , यह किसका बगीचा है?'

'सीतम्मा का बगीचा है।' खरगोश ने बताया।

'हे मैना, यह बगीचा किसका है?'

'सीतम्मा का बगीचा है।' मैना ने कहा।

'तू बोल चिड़िया,बगीचा किसका है?'

'सीतम्मा का है।' चिड़िया ने बताया।

क्या तुम तीनों इस बगीचे में सीतम्मा की इजाजत से ही पौधे, कन्दमूल, कोंपलें आदि खा रहे हो? सीतम्मा के बगीचे को अपना कहकर उस बेचारी मुर्गी को बाहर चले जाने के लिए क्यों धमका रहे हो? बन्द करो अपनी चाल! सीतम्मा तो कितनी महान दयावती माता है। हर किसी को अपने पास स्नेह के साथ बुलाती है। आदर देती है। इस बगीचे को हम सबको रहने के लिए उस ममतामयी माता ने दिया है और हम सबको हिलमिलकर सुख के साथ रहने के लिए कहा है। 'इसलिए तुम लोग आपस में झगड़ा मत करो।' इस प्रकार मेंढक ने अपना फैसला सुनाया।

मेंढक की इन बातों को सुनकर तीनों ने मारे शर्म के, अपना सर झुका लिया। कुछ देर तक वे बात नहीं कर सके। बाद में पछताते हुए खरगोश ने कहा, 'ना समझी के कारण मैं मुर्गी को धमका रहा था,अब मैं उससे स्नेह के साथ रहूँगा। हिल-मिलकर खेलूँगा और गाऊँगा। उसके मालिक को सन्तुष्ट करूँगा।

मैना ने इस प्रकार कहा, 'मैं भी गीत गाकर लँगड़े गोपय्या को सन्तुष्ट करूँगी और मुर्गी के साथ हँसी-खुशी के साथ रहूँगी।'

चिड़िया ने वायदा किया 'तरह-तरह के बीज लाकर मैं मालिक गोपय्या के घर के आँगन में डाल दूँगी। अच्छा बगीचा उगाने में उनकी सहायता करूँगी। मुर्गी के साथ प्रेम के साथ रहूँगी।

उन सबकी बातों को सुनकर मुर्गी ने प्रसन्नता के साथ कहा, 'तुम्हारे इस स्नेह के लिए मैं आभारी हूँ। इस मेंढक ने मुझ पर जो उपकार किया है, उसे मैं कभी भी भूल नहीं सकूँगी। सूखे पत्ते को भी मैं जीवन भर नहीं भूल सकूँगी। इस प्रकार कहती हुई उत्साह के साथ उसने एक गीत गाया:—

'हम सब हिल मिलकर सुख-सन्तोष से यहाँ जियेंगे।
आपसी झगड़ों को मिटाकर शान्ति के साथ यहाँ रहेंगे।'

उन सभी ने मिलकर समवेत स्वर में इस गीत को गाया।

—✦—

पेड़ पर चिड़िया

चोक्कापु वेंकटरमण

उस दिन रविवार था। गिरि अपने मित्र रवि से खेलने आया था। रवि अपने घर के आँगन में बागबानी कर रहा था। छोटे-छोटे गढ़े खोदकर उनमें पौधों को रोपकर उन्हें पानी से सींच रहा था।

यह देखकर गिरि को आश्चर्य हुआ। उसने पूछा, 'क्या तुम्हें पौधों से इतना प्रेम है?'

'हाँ! मेरे चाचा ने एक कहानी सुनाई थी। पौधों से मानव जाति को बहुत से लाभ होते हैं, यह मैंने इस कहानी से जाना। इसीलिए मैं पौधों को रोप रहा हूँ।' रवि ने जवाब दिया।

'तुम तो हमेशा पौधों को पैरों से कुचला करते और हाथों से उखाड़ फेंका करते थे। चाचा से कहानी सुनकर क्या तुम अब इतना बदल गये हो!' ऐसा कहते हुए गिरि हँस पड़ा।

रवि ने बताया, 'पौधों के सम्बन्ध में मैं ही नहीं, बल्कि उस कहानी में जिद्दी राजा भी बदल गया था, 'क्या तुम्हें मालूम है?'

'इतनी अच्छी कहानी मुझे भी तो सुनाओ न!' गिरि ने अनुरोध किया।

रवि अपने हाथों को धोकर एक पत्थर पर बैठ गया। गिरि को वह कहानी सुनाने लगा।

पुराने जमाने में एक राजा था। वह बड़ा जिद्दी स्वभाव का था। उसका शासन बड़ा कठोर था। वह किसी की भी बात नहीं सुनता था। मनमानी किया करता था।

एक दिन राजा रथ पर चढ़कर नगर दर्शन के लिए निकला। रास्ते में जोरों का तूफान आया । जोरों की वर्षा होने लगी। मार्ग में पेड़ उखड़ कर गिर पड़े। आगे जाने के लिए रास्ता नहीं था। राजा रथ पर से नीचे उतर गया। राजा पैदल चलते हुए आगे बढ़ा। एक वृक्ष के नीचे वह खड़ा हो गया। उस पेड़ पर एक चिड़िया बैठी हुई थी। उसने राजा के सर पर मल-

मूत्र गिरा दिया। उसका सर और कपड़े गन्दे हो गये। राजा को बहुत गुस्सा आया और उसने अपना अपमान अनुभव किया और निश्चय किया कि 'इस देश का राजा मैं हूँ। मेरे ऊपर मल-मूत्र गिराने वाली चिड़िया-जाति का मैं सर्वनाश कर दूँगा और रास्ते में मेरे रथ को रोकने वाले वृक्षों को कटवा दूँगा।'

दूसरे दिन राजा ने अपने दरबार में सभा-सदस्यों को आदेश दिया, 'देश के सभी वृक्षों को काट दिया जाए, जंगलों को जला दिया जाए और पक्षियों को देश से निकाल दिया जाए!'

मंत्रियों ने राजा को ऐसा न करने की सलाह दी। परन्तु राजा ने कुछ भी नहीं माना। उसने अपने आदेश के कारणों को स्पष्ट करते हुए कहा, 'आँधी-तूफानों में वृक्ष उखड़कर रास्तों के बीच में गिर पड़ते हैं। वृक्षों के घरों पर गिरने से अनेक दुर्घटनाएँ होती हैं। इन वृक्षों की आड़ में शत्रु सैनिकों को छिपने का अवसर मिलता है। वृक्षों की डालियों पर पक्षी अपने घोंसले बनाते हैं और वृक्ष के नीचे खड़े हुए मुसाफिरों पर मल-मूत्र गिराते हैं। इस लिए शीघ्र ही वृक्षों और पक्षियों को समूल नष्ट कर दिया जाए।'

राजा की आज्ञा का पालन किया गया। देश के सभी वृक्षों को नष्ट कर दिया गया और जंगलों में आग लगा दी गयी। वृक्षों के न होने से पक्षी-जातियों ने अन्य देशों में शरण ले ली। इस कारण देश में कीड़े-मकोड़ों की संख्या बढ़ गई। प्रकृति के स्वस्थ वातावरण में काफी बदलाव आ गया। सारा वातावरण कलुषित हो गया। अनेक बीमारियाँ फैल गयीं। रोगों से प्रजा उत्पीड़ित हो गई।

राजा के मन में यह विचार आया कि प्रजा उसके बारे में क्या सोच रही है, इसे मालूम कर लिया जाए। इसके लिए वह राजा गुप्त वेश में बाहर निकला। एक गाँव में अपने खेतों के समीप एक किसान मिला। राजा ने उस किसान से पूछा, 'इस वर्ष धान की फसल कैसी है!'

गुप्त वेशी राजा को देखकर किसान ने बहुत ही उदासी के साथ कहा, 'फसल की बात क्या पूछ रहे हो! राजा के उल्टे-सीधे कार्यों के कारण देश में मेघों को रोक सकने वाले वृक्ष ही नहीं रह गए हैं। देखते-देखते सारे मेघ अपने राज्य की सीमाओं को लाँघ कर दूसरे देशों में जा रहे हैं। अगर वे मेघ रुक भी जाएँ तो उन्हें शीतल करके पानी में बदलने वाले ऋतुपवनों की कमी इसलिए हो गई है कि हमारे यहाँ वृक्ष-सन्तति नहीं रह गई है।

'राजा के द्वारा किये गये कार्यों से तुम्हारा क्या नुकसान हुआ है!' राजा ने पूछा।

किसान ने गुस्से के साथ उसे देखकर कहा, 'यह नुकसान नहीं तो और क्या है? वर्षाकाल में महीने में तीन-चार बार वर्षा हुआ करती थी, परन्तु अब देश में साल में एक बार भी वर्षा नहीं होती। वर्षा न होने के कारण ही सारी फसलें नष्ट हो जाती हैं। खाने को अनाज नहीं मिल रहा है। देश में अकाल पड़ गया है। व्यापारी वर्ग ने जरूरी खाद्य वस्तुओं के दाम बढ़ा दिये हैं। भूख-प्यास से प्रजा तड़प रही है। पेट भरने के लिए लोग एक-दूसरे को लूट रहे हैं। इन दिनों डाकुओं का उत्पात बढ़ गया है। आपसी झगड़ों के कारण सारा देश अस्त-व्यस्त हो गया है।' किसान ने बहुत ही वेदना के साथ कहा।

राजा कुछ और आगे बढ़ गया। उसने झुण्ड में जाने वाले लोगों को देखा। एक युवक को रोककर राजा ने पूछा, 'क्या बात है, तुम कहाँ जा रहे हो!'

'हम लोग इस देश को ही छोड़कर जा रहे हैं।' उस नवयुवक ने जवाब दिया।

'यहाँ तुम्हें क्या तकलीफ है?' राजा ने पूछा। राजा के अविवेक पूर्ण कार्यों से देश के सारे जंगल नष्ट हो गये हैं। रोगियों के इलाज के लिए जिन जड़ी बूटियों की जरूरत होती है, अब वे नहीं मिल रही हैं। बिना इलाज के लोग मर रहे हैं। रसोई के लिए लकड़ी और कोयला नहीं मिल रहा है। प्रजा अनेक संकटों का सामना कर रही है। घरों के निर्माण के लिए लकड़ी और स्वास्थ्य वृद्धि करने वाले फलों का अभाव हो गया है। इस देश में रहने के लिए हमारे लिये अब क्या रह गया है? इसीलिए हम इस देश को छोड़कर दूसरे देश को जा रहे हैं।' उस नवयुवक ने जवाब दिया।

यह सुनकर राजा को बहुत दुख हुआ। कड़ी धूप में राजा आगे बढ़ गया। वह चलते-चलते थक गया था। रास्ते में वृक्षों के न होने से वह आराम नहीं कर सका। इतने में एक डरा हुआ व्यक्ति राजा के पास आकर कहने लगा, 'ओ यात्री, जरा सुनो, तुम यहाँ से जल्दी भाग जाओ!'

'क्यों ?' राजा ने पूछा।

'जंगलों को नष्ट कर देने से शाकाहारी जानवर भूख के कारण मर गये। आहार की खोज में क्रूर जन्तु आबादी वाली बस्तियों में घुस आये हैं। शेर-

चीते लोगों को मार कर खा रहे हैं। मेरी बात मानकर तुम यहाँ से भाग जाओ!' उस अजनबी ने राजा से कहा।

राजा का सर चकरा गया। आज उसे अपनी भूल महसूस हुई। वृक्षों को कटवाकर उसने कितनी बड़ी बेवकूफी की है।

राजा तुरन्त अपने किले को लौट आया। मंत्रि परिषद की बैठक बुलाई और उसने पछताते हुए बताया, 'मैंने देश में सारे वृक्षों को कटवाकर और जंगलों में आग लगवा कर कितनी बड़ी भूल की है। अब मैं जान गया हूँ। हम लोग आज वृक्ष सम्पदा से वंचित हो गए हैं। इस वजह से जंगलों के जन्तु और पक्षी-जातियाँ नष्ट हो गई हैं। प्रकृति में अनेक विपरीत परिणाम उत्पन्न हो गए हैं। मैंने न केवल वृक्षों को कटवाया, बल्कि देश और उसके भविष्य को ही नष्ट कर दिया है।'

राजा ने मंत्रि परिषद के सदस्यों की ओर गौर से एक बार देखा। सभी मंत्री उसकी सारी बातों को ध्यान से सुन रहे थे। राजा ने आगे कहा,'आप लोगों की अच्छी बातों को तब मैंने अनसुनी कर दिया था। लेकिन इस कटु अनुभव ने मुझे एक नया पाठ पढ़ाया है। हमारे पूर्वजों का विचार था कि वृक्षों से जंगल, जंगलों से मेघ, मेघों से पानी, पानी से जीवन और जीवन से परिपूर्ण चैतन्य है—इस सत्य को मैंने जान लिया है।'

राजा के स्वभाव में इस बदलाव को देखकर मंत्रि परिषद चकित था।

'अब मुझे अपनी गलती को सुधारकर प्रजा की भलाई करनी है। इसलिए प्रत्येक घर में फिर पौधे लगवाओ। जंगलों में फिर पेड़ों को पनपाओ। वन्य मृगों और पक्षी जातियों को संरक्षण प्रदान करो।' इस प्रकार राजा ने नया आदेश दिया।

वैसे राजा यदि चाहें तो वृक्षों की क्या कमी हो सकती है। पेड़-पौधों को लगाने का अभियान तेजी के साथ शुरू किया गया। उस देश को फिर से वृक्ष-सम्पदा से सुशोभित होने में दस साल का समय लग गया। देश में फिर से खुशहाली आ गयी।

इस प्रकार रवि ने कहानी को समाप्त कर दिया। तब गिरि ने कहा, 'पेड़ प्रगति के सोपान हैं!' गुरुजी की कही हुई यह बात अक्षरशः सत्य है—रवि!'

रवि ने कहा, 'हर पौधा एक संजीवनी है जो प्रकृति की गंदगी का निवारण करता है, ऐसा मेरे चाचा ने बताया है, गिरि!'

'तूने आज एक अच्छी कहानी सुनाई रवि! अब आगे से हर रविवार को हम लोग पौधे लगायेंगे। हर रविवार को प्रत्येक घर में बारी-बारी से पौधे लगाने के कार्यक्रम को हम अपने हाथ में लेंगे।' गिरि ने कहा।

इतने में रवि के चाचा वहाँ आये और उन्होंने पूछा, 'क्या बात है गिरि? रविवार के लिए कौन-सी योजना बना रहे हो?'

वृक्षों को कटवाने वाले राजा की कहानी अभी-अभी रवि ने मुझे सुनाई। मुझे बहुत अच्छी लगी। पेड़ यदि न हों तो मनुष्य का जीवन ही नहीं है, यह बात मैं अब जान गया हूँ।' गिरि ने कहा।

'शाबाश! अब तुम बहुत कुछ जान गये हो। पूर्वकाल में सम्राट अशोक ने सड़कों के दोनों ओर पेड़ लगवाये थे और सरोवरों का निर्माण करवाया था। इस पाठ को पढ़कर, तूने मुझसे एक बार यह पूछा था कि इसमें क्या बड़प्पन है?' चाचा ने याद दिलाया।

'सही है, अशोक के वे कितने महान कार्य थे, अब मुझे मालूम पड़ा!' गिरि ने कहा।

'हमारे पूर्वज बिना सोचे-समझे कोई भी कार्य नहीं किया करते थे। पेड़ो से होने वाले लाभों से वे पूरी तरह परिचित थे। ग्राम-देवताओं के मंदिरों के पास नीम के पेड़ों को पाला करते थे। सड़क के दोनों ओर छायादार वृक्षों को लगाया करते थे। वृक्षों को देवताओं के समान समझकर उनकी पूजा किया करते थे।' चाचा ने बताया।

'सच है, इन सारी बातों को मैं घर लौटकर अपनी माताजी को बताऊँगा' यह कहते हुए गिरि उठकर अपने घर की ओर चला गया।

इधर अपने चाचा के साथ मिलकर रवि आँगन में रोपे गये पौधों को देखने चला गया।

जीने की चतुराई

श्रीमती सी० वेदवती

एक गाँव में वेंकन्ना नाम का एक किसान रहता था। उसके दो लड़के थे। बड़े का नाम भीम और छोटे का नाम राम था। वे अपने पिता की खेती-बाड़ी के काम में मदद किया करते थे। उनके पास छोटी सी खेती थी। उसमें खेती किया करते थे।

दिन भर अपने खेत में कड़ी मेहनत करके शाम को किसान और उसके दोनों लड़के थक कर घर लौटा करते थे। किसान की पत्नी उनके लिए एक-एक घड़ा पानी गरम करके रखा करती थी। उसके लिए गरम-गरम रोटियाँ खाना और साग बनाकर रखती थी। स्नान करने के बाद सभी मिलकर एक साथ बैठकर बातें करते हुए भोजन किया करते थे। अनावश्यक खर्चों और आडम्बरों से बचते हुए उनकी जितनी आमदनी थी, उसी में अपनी जिन्दगी हँसी-खुशी के साथ गुजारते जा रहे थे।

एक दिन वेंकन्ना ने अपने मन में इस प्रकार सोचा,—अब मैं बूढ़ा हो गया हूँ। बच्चे खेती-बाड़ी करने योग्य बन गए हैं। कठोर परिश्रम करके खेती करके जीने की ताकत अब उनमें आ गई है। अच्छे संबंधों को खोजकर उनका विवाह कर देना चाहिए। वेंकन्ना की पत्नी के विचार भी इस प्रकार के थे, 'घर में यदि बहू रानियाँ आ जाएँ तो घर के कामों में सहायक रहेंगी। चार-पाँच दुधारू भैंसें यदि खरीद लें तो हम तीनों मिलकर दूध-दही बेचकर कुछ पैसा जमा कर सकेंगी।'

उस साल फसल बहुत अच्छी हुई थी। एक हफ्ते में फसल कटने वाली थी। वेंकन्ना अपने खेत को देखने गया। वहाँ उसने जो कुछ भी देखा, वह स्तम्भित हो गया। खेत के एक भाग में फसल पूरी नष्ट हो गयी थी। किसी ने हरी भरी फसल को पैरों से रौंद दिया था। यह देखकर वेंकन्ना का हृदय आन्दोलित हो गया।

उस दिन रात में भोजन के बाद वेंकन्ना ने अपने बड़े लड़के को बुलाकर इस प्रकार कहा, 'बाबू भीमा! आज रात में तुम जाकर अपने खेत की

रखवाली करो और जिसने अपने खेत को नष्ट कर दिया है, उसे पकड़ ले आओ।'

अपने पिता की आज्ञानुसार भीम ने रात में खेत की रखवाली की। पर खेत में किसी चोर के आने की आहट सुनाई नहीं दी। लेकिन सवेरे देखने पर खेत का दूसरा हिस्सा भी नष्ट हो गया। दूसरे दिन वेंकन्ना ने अपने छोटे लड़के राम को रात में खेती की रखवाली करने की जिम्मेदारी सौंपी। राम ने भी अच्छी तरह निगरानी की, परन्तु सुबह होने तक खेत के कुछ हिस्से की फसल नष्ट हो गयी थी।

तीसरे दिन स्वयं वेंकन्ना निगरानी करने के लिए खेत में गया। बहुत सावधानी के साथ निगरानी करने पर भी खेत का और कुछ हिस्सा नष्ट हो गया था। इस प्रकार फसल नष्ट हो जाने से वेंकन्ना बहुत दुखी हुआ। हाथ आई फसल इस प्रकार नष्ट हो गई । वह चिंता करने लगा। उसने सोचा यदि बची हुई फसल न बचाई गई तो परिवार को भूखों मरना पड़ेगा । फसल नष्ट करने वाले को पकड़ने के लिए वेंकन्ना ने एक नया उपाय सोचा। फसल के हर तरफ उसने इस तरह जाल बाँध दिया कि चोरी-छिपे खेत में घुसने वाला उसमें फँस जाए। उस रात भी वेंकन्ना ने खेत की चौकसी की थी।

वह रात भी बिना किसी शोर के बीत गई थी। सुबह होते ही वेंकन्ना ने जाकर देखा तो आश्चर्यचकित रह गया। जाल में एक चीता फँसकर तड़प रहा था।

चीते को देखने के बाद वेंकन्ना का चेहरा गुस्से से लाल हो गया। उसने कहा, 'इतने दिन हम लोगों ने अपना खून-पसीना एक करके जिस फसल को तैयार किया था, उसे तूने नष्ट कर दिया, ठहर जा, अब तुझे मजा चखाता हूँ।' यह कहकर वेंकन्ना ने उस जाल को गाड़ी के पीछे बाँध दिया जिसमें चीता फँसा हुआ था। वह गाड़ी में सवार होकर बैलों को आगे हाँकने लगा। गाड़ी के पीछे-पीछे जाल के साथ-साथ चीता भी घसीटा जाने लगा।

वेंकन्ना अपनी सूझ-बूझ की सफलता को देखकर खुश होने लगा। उस खुशी में वह अपने आपको भूल गया था। परन्तु, उसी समय यकायक वेंकन्ना चौंक पड़ा। चीता उछल कर उसके कन्धों पर बैठ गया था। चीता उस जाल से, कब और कैसे बाहर निकल आया, वेंकन्ना को पता नहीं चल सका।

वेंकन्ना भयभीत होकर गिड़गिड़ाने लगा, 'तू मुझे मत मार। जो कुछ तू चाहेगा, वह मैं तुझे दे दूँगा। तू अगर चाहे तो बची हुई सारी फसल भी तू ही

ले ले।'

यह सुनकर चीता हँसा, उसने कहा, 'तू ही अपने आपको चतुर और बुद्धिमान समझता होगा। तेरे खेत में बची हुई फसल को लेकर मैं क्या करूँगा।'

'तब मुझे क्या देने के लिए तू कहता है!' डरते-डरते वेंकन्ना ने पूछा।

चीता ने कहा, 'आज से लेकर आगे तीन साल तक मेरी इच्छा के अनुसार खेत की सारी फसल मुझे देनी होगी।'

'अच्छा' कहने के सिवा वेंकन्ना के पास उस समय और कोई चारा नहीं था। 'नहीं' कहने पर उसे अपने प्राणों से हाथ धोना पड़ता।

पहले वर्ष में चीते ने जमीन के भीतर की पैदावार को उसे देने के लिए भी कहा था। उस साल वेंकन्ना ने धान और गेहूँ की फसल बोयी।

फसल काटने का जब समय आया तो वेंकन्ना ने जमीन के ऊपर की सारी फसल काट ली और जमीन के अन्दर जो जड़गूल बच गये थे, उन्हें चीते की माँग के अनुसार छोड़ दिया।

दूसरे वर्ष में चीते ने जमीन के ऊपर की फसल देने की माँग की। वेंकन्ना ने उस वर्ष मूँगफली की फसल बो दी थी। जब फसल कटने का समय आया तो उसने जमीन में पकी फली को खुद ले लेकर ऊपर के पौधे डंठल चीते के लिए छोड़ दिया। वेंकन्ना की इस चालाकी को देखकर चीता गुस्से से आग बबूला हो गया।

तीसरे साल चीते ने जमीन के भीतर और ऊपर दोनों फसलों की माँग की।

'ठीक है' कुछ विचार करते हुए वेंकन्ना ने कहा।

उस वर्ष वेंकन्ना ने अपना पैतरा बदलकर खेत में मक्के की फसल बो दी। फसल तैयार हो जाने पर उसने सारे भुट्टे तोड़कर जमीन के ऊपर और नीचे के पौधों और उसकी जड़ों को चीते के लिए छोड़ दिया।

उस साल भी चीते के मुँह में मिट्टी पड़ गयी। चीते को अब समझ आ गयी। जंगलों में शिकार खेलकर जीवन गुजारना छोड़कर गाँवों और खेतों पर टूट पड़ना और मनुष्यों को उत्पीड़न करना उसकी भूल है।

वेंकन्ना ने दीनता के साथ चीते से निवेदन किया, 'हमारे दोनों के बीच जो समझौता हुआ था, उसके अनुसार तीन साल तक तूने जो कछ माँगा, मैंने

सारी फसल तुझे अर्पित कर दी। मैंने अपना वचन निभाया। अब दया करके तू मुझे छोड़ दे।'

'हाँ, ठीक है। तूने अपना वचन निभाया है। तेरी सूझबूझ और चतुराई को देखकर मुझे प्रसन्नता हुई। जीने के लिए तेरे पास चतुर बुद्धि है। तू अपने परिवार के साथ सदा सुखी रहे। इस प्रकार अपनी शुभकामना प्रकट करते हुए चीता चुपचाप जंगल की ओर चला गया।

—✦—

कंजूस पेरय्या

कवि राव

रामपुर नाम का एक छोटा-सा गाँव था। उस गाँव में अधिकतर लोग किसान थे। उसी गाँव में पेरय्या नाम का एक व्यापारी रहता था। वह बहुत कंजूस था। इसीलिए गाँव के लोग उसे कंजूस पेरय्या नाम से पुकारा करते थे। वह उनकी परवाह नहीं करता था। उसका यह विश्वास था, 'कोई कुछ भी कहे,, इससे क्या बनता और बिगड़ता है? असल में जिसके पास चार पैसे होते हैं, वही तो बड़ा आदमी समझा जाता है। दरिद्र आदमी, दमड़ी के काम का भी नहीं होता है।'

पेरय्या व्यापार में धन कमाने और पैसे जोड़ने में बहुत निपुण था। किस मौसम में कौन-सा व्यापार करने से अधिक लाभ हो सकता है—वह यह अच्छी तरह जानता था। इसीलिए उसने अपनी सूझ-बूझ से व्यापार में अपार धन-दौलत और जायदाद कमाया था।

पेरय्या को एक दस वर्ष का लड़का था। उस लड़के को अपने साथ व्यापार में लगा लिया था। इस कारण उसने अपने पास के नौकर को भी हटा दिया था।

इस प्रकार कुछ दिन बीत गये। एक दिन पेरय्या यह सोचने लगा कि आने वाले महाशिवरात्रि पर्व पर 'कोटप्पाकोण्डा' की तीर्थयात्रा में लाखों

भक्तजन आयेंगे। यहाँ एक बड़ा मेला लगेगा। इस अवसर पर कौन-सा व्यापार करने पर अधिक लाभ होगा?'

जैसा कि पहले ही बताया जा चुका कि व्यापार करने में वह बहुत चतुर था। अपने इरादों में वह बहुत पक्का था। शिवरात्रि पर्व पर व्यापार के सम्बन्ध में उसने खूब सोचा और आखिर में इस निर्णय पर पहुँचा कि उस समय धूप का मौसम रहेगा। यात्री लोग अपनी प्यास बुझाने के लिए नारियल का ठण्डा पानी पीना बहुत पसन्द करेंगे, इसलिए यदि नारियल का व्यापार किया जाए तो बहुत अधिक धन कमाया जा सकता है।

इस निर्णय के बाद पेरय्या ने पर्व के समय एक दूर के गाँव से सस्ते दामों पर नारियल खरीद लिये। नारियलों को तीर्थ स्थान तक पहुँचाने के लिए यदि किसी बैलगाड़ी को किराये पर या फिर किसी कुली को लगा लिया जाता है तो अधिक धन खर्च होगा—यह सोचकर वह खुद अपने लड़के के साथ उन नारियलों को सर पर उठाकर, ले जाने लगा।

दोपहर का समय हो गया था और सूरज सर पर आ गया था। धूप तेज हो गयी थी। धूप से धरती तप रही थी। पैर जल रहे थे। उन परिस्थितियों में भी बाप और बेटा नारियलों के बोझ को अपने सर पर ढो रहे थे। कम उम्र का होने से लड़का भूख से कमजोर हो गया था। उसकी प्यास बढ़ गयी थी। किन्तु अपने पिता के डर से वह चुपचाप चलने लगा। जब भूख और प्यास बर्दाश्त के बाहर हो गयी तो उसने अपने पिता से कहा। पिता ने उसे डाँटते हुए कहा, 'अभी दोपहर भी नहीं हुई, तुझे अभी से भूख लग रही है क्या! तू तो बड़ा भुख्खड़ है।'

कुछ दूर चलने के बाद लड़के ने फिर कहा, 'पिताजी! मुझे बहुत प्यास लगी है। पीने के लिए पानी चाहिए।'

'वह देख सामने ठण्डे पानी का तालाब है! हम लोग उसके बहुत करीब पहुँच गये हैं।' यह कहकर कंजूस पेरय्या ने चमकीले रेतीले मैदान को दिखाया। वास्तव में वह मृगतृष्णा थी।

चमकती रेत को असली पानी समझकर लड़के ने थोड़ी देर सहन किया। उस चिलचिलाती धूप में भी वह चलता गया।

चलते-चलते थककर लड़का रुक गया। उसने बहुत ही दीनता के स्वर में कहा, 'अब और भूख प्यास बर्दाश्त नहीं हो सकती। जीभ सूखी जा रही है। इसलिए एक नारियल फोड़कर मुझे पानी दो!'

लेकिन उस कंजूस पेरय्या का दिल नहीं पिघला। अरे बाप रे, तुझे नारियल चाहिए! बेवकूफ कहीं का। इस प्रकार पेरय्या अपने लड़के पर गरज पड़ा।

वह लड़का चुपचाप थोड़ी दूर चलकर फिर रुक गया, 'पिताजी, मेरा गला मारे प्यास के सूख गया है, मैं और बर्दाश्त नहीं कर सकता और आगे भी नहीं चल सकता। सर चकरा रहा है। आँखों में अँधियारी छा रही है। एक नारियल मुझे दो।' यह कहते हुए लड़का नीचे गिर पड़ा। पेरय्या परेशान होकर इधर-उधर हकीम ढूँढ़ने लगा। इसी बीच वह लड़का भूख-प्यास से तड़प-तड़प कर मर गया।

यह देखकर कंजूस पेरय्या पछताते हुए रोने लगा, 'सोने जैसे लड़के को कंजूसी के कारण मैंने खो दिया है।'

इस समाचार को सुनकर गाँव के सारे लोग कंजूस पेरय्या को कोसने लगे, 'कंजूसी के कारण ही इसने अपने इकलौते लड़के को खो दिया था। यह पुत्रहन्ता है।' ऐसा कहते हुए लोग उसे धिक्कारने लगे।

यथा राजा तथा प्रजा

गंगीशेट्टी शिवकुमार

पूर्वकाल में विजयपुरी नामक राज्य का शासक विक्रम सिंह था। वह शासन करने में बहुत समर्थ था। उसके दरबार में बुद्धिमान मन्त्री थे। उसके राज्य में सर्वत्र सुख-शान्ति थी।

एक दिन राजा अपने राज्य की यात्रा करने निकला। एक सुदूर ग्राम में उसे एक बहुत पुराना मंदिर खण्डहर के रूप में दिखाई पड़ा।

उस मंदिर की बुरी हालत को देखकर राजा को बहुत दुख हुआ। किसी समय यह मन्दिर अपनी महिमा के लिए कितना प्रसिद्ध था, परन्तु आज इसकी दशा कितनी बिगड़ गई है। राजा ने निश्चय किया कि मंदिर का पुनर्निर्माण करके फिर से पूर्व प्रतिष्ठा उपलब्ध करा दी जाए।

इस विषय पर अपनी मंत्रि परिषद से सलाह लेने पर मंत्रि परिषद ने बताया, 'मंदिर के पुनर्निर्माण के कार्य में अधिक धन खर्च होगा। मन्दिर के पुनर्निर्माण से साथ-साथ हमें उसकी उचित देखभाल के लिए अचल सम्पत्ति और खेती-बाड़ी की व्यवस्था करनी होगी। उस गाँव की अभिवृद्धि करनी होगी। यात्रियों के लिए धर्मशालाएँ आदि सुविधाएँ जुटानी होंगी। इस समय राज्य के खजाने में उतना धन नहीं है। इसलिए फिलहाल कुछ समय तक के लिए इस प्रश्न को टाल देना ही उचित होगा। इस प्रकार मन्त्रियों ने अपनी सलाह दी।

राजा ने कहा, 'जब हम किसी काम को करने की बात सोचते हैं और उस काम को यदि उसी समय नहीं किया जाता तो वह काम कभी भी नहीं हो सकता। मन्दिर पुनर्निर्माण के आवश्यक खर्चों के लिये नये टैक्स लगाने की व्यवस्था की जानी चाहिए। ध्यान रहे नये टैक्स का भार सामान्य जनता पर न पड़े। यदि यह टैक्स राज्य के धनिक वर्ग और व्यापारी वर्ग पर लगा दिया जाता है तो वे लोग आसानी से देने की स्थिति में रहेंगे।'

मन्त्रियों ने राजा के इस निर्णय को पसन्द किया। दूसरे ही दिन नये टैक्स की घोषणा कर दी गई।

राज्य में जब कभी कोई नया कानून लागू किया जाता था तो राजा अपनी प्रजा के विचारों को जानने के लिए अकसर गुप्त वेश में राज्य में घूमा करता था। इस बार भी नये टैक्स की घोषणा के दूसरे ही दिन गुप्त वेश में राजा नगरों, बाजारों और गलियों में पैदल घूमने लगा। एक दिन मध्याह्न के समय, एक नवयुवक, एक दुकान के पास दुकान के मालिक से झगड़ते हुए दिखाई पड़ा। उन दोनों की तकरार से राजा को यह मालूम पड़ा कि वह नवयुवक किसी धनवान के पास नौकर था, लेकिन राजा ने जो नया टैक्स लगा दिया था, उसके कारण मालिक ने उसके वेतन में कटौती कर दी थी। व्यापारियों ने खाद्य पदार्थों के दाम बढ़ा दिये थे। वह नवयुवक बड़ा परेशान था। इन कारणों से अपनी जरूरत की चीजों को वह आधी मात्रा में ही खरीद कर ले जा सका।

राजा की योजना विफल हो गई थी। टैक्स लगाते समय राजा ने यह सोचा था कि नया टैक्स केवल धनिक वर्ग पर लगाया जा रहा है, जिसका प्रभाव जन सामान्य पर नहीं पड़ेगा, परन्तु स्थिति उल्टी हो गई थी। धनिक वर्ग ने उस नये टैक्स के भार को स्वयं वहन न करके सामान्य जनता के सर पर धकेल दिया था।

राजा ने राजभवन लौटकर मंत्रियों को पुनः इस प्रकार घोषणा करने का आदेश दिया, 'नये टैक्स को सरकार ने रद्द कर दिया है। और दाम बढ़ाने वाले व्यापारियों को कठोर दण्ड दिया जाएगा।'

राजा ने नगर में जो कुछ देखा था, अपने मंत्रियों को बता दिया। मंत्रियों ने राजा से पूछा, 'यदि ऐसा हुआ है तो क्या मंदिर पुनर्निर्माण के विचार को स्थगित कर दिया गया!

नहीं, नहीं, मंदिर बनवाने के कार्य को कभी भी नहीं रोका जाएगा। उसका सारा खर्च मैं स्वयं वहन करूँगा। यह कैसे होगा, तुम पूछोगे? राजभवन में हर रोज बेशुमार अनावश्यक खर्च होता है। शिकार और मनोरंजन के नाम पर अपार धन खर्च होता है। राज परिवार भी यदि सामान्य जनता की तरह ही जीवन बितायेंगे तो मंदिर का पुनर्निर्माण कार्य सम्भव हो सकता है। इसलिए मंदिर-निर्माण का कार्य पूर्ण होने तक मैं इस व्रत का कठोरता के साथ पालन करूँगा।' राजा ने दृढ़ता के साथ अपना निर्णय सुनाया।

मंत्रियों ने राजा की इस प्रतिज्ञा को सुनकर कहा, 'महाराज, हम भी दावतें करना और मनोरंजन के कार्यक्रमों को त्यागकर अपने खर्चों को बचाकर आपके इस कार्यक्रम में सहयोगी बनेंगे।'

अपने मन्त्रियों की इन बातों को सुनकर राजा बहुत प्रसन्न हुआ। मन्त्रियों ने स्वेच्छा से अपने वेतन के आधे भाग को मन्दिर निर्माण की निधि में दान में दिया। सरकारी कर्मचारियों ने भी उसी मार्ग का अनुसरण किया। यह सारा समाचार राज्य भर में फैल गया।

जनता में एक नया जोश पैदा हो गया। जनता ने नगर के मुख्य-मुख्य चौराहों पर 'हुण्डियाँ' स्थापित कर दीं। प्रजा अपनी इच्छा से हुण्डियों में धन डालने लगी।

यह सब देखकर धनिक वर्ग और व्यापारी वर्ग बहुत लज्जित हुआ। इन दोनों वर्गों ने आगे बढ़कर 'मन्दिर निर्माण निधि' में एक से बढ़कर एक धनराशि देना शुरू कर दिया। दोनों वर्गों में प्रतिस्पर्द्धा पैदा हो गई थी।

इस प्रकार देखते ही देखते मन्दिर निर्माण निधि में अपार धनराशि जमा हो गयी। मन्दिर पहले से भी अधिक भव्य रूप में तैयार हो गया। भक्तों का ताँता लग गया। बहुत जल्दी ही वह मन्दिर फिर पवित्र-तीर्थ स्थान में बदल गया।

निराशा की जड़ दुराशा

बें० साम्बशिवराव

मुर्गे की बाँग के साथ ही धर्मन्ना सुबह नींद से जाग उठा। हमेशा की तरह वह अपने खेत की ओर जा रहा था कि रास्ते में एक बड़े काशीफल को देखकर वह एकदम रुक गया।

'क्या इतना बड़ा काशीफल दुनिया में कहीं हो सकता है! माँ या पिता, दादी या दादा या फिर आस-पड़ोस के किसी भी व्यक्ति ने कभी भी बताया है!' ऐसा सोचकर वह आश्चर्य चकित हो गया।

उस काशीफल को अपने सर पर रख, वह उत्साह के साथ अपने घर लौटने लगा। रास्ते में, पता नहीं, उसमें कौन-से विचार पैदा हुए। उसने सोचा, 'इतना बड़ा काशीफल ले जाकर मैं क्या करूँगा। रसोई बना कर खा लेना ही है न। परन्तु मेरा मन वैसा करने के लिए तैयार नहीं! तो फिर क्या करना चाहिए!' धर्मन्ना ने अपने आप से प्रश्न पूछा।

उसी दिन देश के महाराजा के जन्म-दिन होने की बात उसे यकायक याद आई। वह पीछे मुड़ कर राजभवन की ओर चल पड़ा। राज दरबार में पहुँचकर धर्मन्ना ने राजा को श्रद्धा -भक्ति के साथ नमस्कार किया। उसने अपनी ओर से जन्मदिवस के उपलक्ष्य में राजा को भेंट स्वरूप उस काशीफल को समर्पित कर दिया।

धर्मन्ना के द्वारा समर्पित उस काशीफल को देखकर राजा बहुत ही प्रसन्न हुआ। इससे भी बढ़कर धर्मन्ना की राजभक्ति को देखकर राजा अत्यन्त सन्तुष्ट हुआ। इसीलिए राजा ने अपनी ओर से धर्मन्ना को तीन सोने के सिक्के इनाम में दिये। राजा द्वारा अपने प्रति प्रदर्शित स्नेह और आदर भावना को देखकर धर्मन्ना बहुत प्रसन्न हुआ। राजा को फिर एक बार भक्ति के साथ प्रणाम किया। राजा की आज्ञा लेकर वह अपने घर लौटते हुए, उत्साहपूर्वक इस प्रकार गीत गाने लगा:

अम्मा! अम्मा ! है बड़ कद्दू !
राजा को प्रसन्नता पहुँचाया

मुझे सोने के सिक्के दिलवाया
हे कद्दू ! तुझे मेरा नमस्कार !
हे राजा ! तेरी जय-जयकार!

धर्मन्ना इस प्रकार अपने भाग्य पर गर्व करते हुए स्वर्ण मुद्राओं की पोटली को बार-बार देखते हुए घर पहुँच गया।

'धर्मन्ना का भाग्य चमक गया है।' यह समाचार गाँव में फैल गया। उसी गाँव में एक धनवान रहता था। वह बहुत लोभी था। इस समाचार को सुनकर उसके मन में ईर्ष्या पैदा हुई। उसने एक योजना बनाई। वह अपने पास के बहुमूल्य हीरों की माला राजा को भेंट देकर उससे भी अधिक मूल्यवान् धन राजा से प्राप्त करेगा। तत्काल वह राज दरबार में पहुँच गया, राजा के दर्शन कर उसने अपनी हीरों की माला, राजा को समर्पित कर दी।

उस बहुमूल्य हीरों की माला को देखकर राजा ने जी-भरकर उसकी प्रशंसा की। महाराजा ने धनवान से इस प्रकार कहा, 'मुझ पर तुम्हारी श्रद्धा-भक्ति कितनी अधिक है, इसे कहने के लिए तुम्हारे द्वारा अर्पित हीरों का माला स्वयं ही इसका प्रमाण है। तुम्हारी इस अनुपम श्रद्धा-भक्ति की तुलना अनमोल रत्नों या मोतियों से नहीं की जा सकती। इसीलिए संसार में जो दुर्लभ और अद्‌भुत काशीफल है, उसे मैं तुम्हें अपनी ओर से इनाम में देता हूँ इसे तुम ले लो!'

इसके बाद राजा ने धर्मन्ना द्वारा अर्पित उस काशीफल को अपने राज महल से मँगवाया और उसे लोभी धनवान के हाथों पर रख दिया।

यह देखकर उस लोभी धनवान के मुँह से कोई बात नहीं निकल सकी। वह निस्तेज हो गया।

'दुराशा के पीछे जाकर आखिर मैंने दुःख को मोल लिया है।' ऐसा महसूस करते हुए वह दुखी मन से अपने घर लौट गया।

स्वामिभक्त तोता

डॉ० शीलम् वेंकटेश्वर राव

पुराने जमाने की बात है। शिवपुरी में एक न्याय प्रिय राजा रहता था। उसके राज्य में प्रजा बहुत सुखी थी, किन्तु राजा को कोई संतान नहीं थी। इसलिए उसने एक सुन्दर तोता पाल रखा था। उसे अपनी संतान की तरह प्यार करता था। उस तोते के लिए राजा ने एक सोने का पिंजरा बनवाया था। तोता भी राजा को बहुत प्यार करता था। अपनी मीठी बोली से राजा का मन बहलाया करता था। फिर यह कैसे सम्भव था कि राजा उसे पल भर के लिए भी अपने से दूर होने देता! राजा दरबार में जाते समय उसे अपने साथ ही ले जाता था। उनके साथ ही वह राज-सिंहासन पर बैठा करता था और प्रजा के सुख-दुखों को सुना करता था। कभी-कभी तोता राजा को सलाह भी देता था। दरबारियों को इन दोनों के अथाह प्रेम को देखकर ईर्ष्या होती थी।

दिन बीतते गये। एक दिन समुद्र के किनारे पशु-पक्षियों की एक महासभा हो रही थी। उस सभा में संसार भर के पशु-पक्षी उपस्थित होने वाले थे। तोते को भी इसका निमन्त्रण मिला तो वह बेचैन हो उठा। डरते डरते उसने राजा से निवेदन किया, 'राजन, जाति-बिरादरी की बात है, यदि आपकी आज्ञा हो तो उस सभा में भाग लेने मैं जाऊँ । आप विश्वास रखें कि मैं बहुत जल्दी ही लौटकर आ जाऊँगा। पहले तो राजा उससे बिछड़ने के दुःख के कारण तैयार नहीं हुआ, लेकिन उसके आग्रह को वह टाल नहीं सका। राजा ने तोते को महासभा में जाने की अनुमति दे दी।

समुद्र तट पर असंख्य प्राणियों का जमघट था। जलचर, थलचर तथा नभचर सभी वहाँ जमा हो रहे थे। वहाँ एक विशाल मेला लगा हुआ था। बहुत कोलाहल मचा हुआ था। सभी प्राणी आपस में मिलकर अपने सुख-दुःख की कहानी सुना रहे थे। एक दूसरे से कुशल समाचार पूछ रहे थे। तोता भी अपने संगी-साथियों से गले मिल रहा था। वह महासभा क्या थी—एक पंचायत थी। एक ऊँचा मंच बनाया गया था।

समुद्र के तट पर गरुड़ पक्षियों का एक जोड़ा रहता था। उनके दो बच्चे थे। उसी समुद्र में एक राक्षस रहता था। पक्षियों की अनुपस्थिति में राक्षस उनके बच्चों को उठा ले गया था। इससे पहले भी कई बार उसने गरुड़ के अण्डे चुरा लिये थे। इसलिए यह पंचायत बुलाई गयी थी। उपस्थित प्राणियों ने जब गरुड़ की यह दर्द भरी कहानी सुनी तो उन्हें बहुत दुःख हुआ। उस राक्षस के इस अन्याय पर सबको गुस्सा आया। सर्वसम्मति से निश्चय किया गया, 'आज गरुड़ के साथ यह अन्याय हुआ है तो कल हमारे साथ भी हो सकता है। अन्याय को सहना भी एक प्रकार का पाप है। इस अन्याय का अवश्य बदला लिया जाना चाहिए।'

प्राणियों की एकता और उनके मनोबल को देखकर वह राक्षस कहीं जाकर छिप गया था। फिर क्या था कि प्राणियों ने मिलकर समुद्र पर धावा बोल दिया। समुद्र का कोना-कोना छान मारा। कुछ ही देर में समुद्र के अन्दर छिपाये गये उन बच्चों का पता लगा लिया गया और उन्हें बाहर निकाल लिया गया। अपने बच्चों को पाकर गरुड़ बहुत प्रसन्न हुए। उसी खुशी में एक शानदार दावत हुई। दूसरे दिन सब प्राणी अपने-अपने ठिकानों को लौटने लगे। तोता भी अपने साथियों से विदा लेकर राजभवन को खुशी-खुशी लौट रहा था।

तोता जिस मार्ग से उड़ता हुआ आ रहा था, उस मार्ग में बड़े-बड़े घने जंगल थे। एक घने जंगल में एक ब्रह्मर्षि अनेक वर्षों से कठिन तपस्या कर रहे थे, परन्तु उन्हें अब तक मोक्ष नहीं मिल सका था। वे बहुत दुःखी थे। उन्होंने अपने तपोबल से एक आम का पेड़ रोपा था। बड़े परिश्रम के साथ सींच-सींचकर उसे बड़ा किया था। पर उसमें एक भी फल नहीं लगा। ब्रह्मर्षि ने फिर बारह वर्षों तक कठोरतम तप किया तो उसमें एक फल लगा। ब्रह्मर्षि उसके पकने की बहुत ही आतुरता से प्रतीक्षा कर रहे थे। बहुत दिनों के बाद वह आम पक गया। ऋषि को अन्यन्त प्रसन्नता हुई और गर्व भी। उनकी तपस्या आज सफल हो गई। यह सोचकर वे फूले नहीं समाते थे। वे उस आम को खाकर अजर-अमर हो जाना चाहते थे। उन्होंने सोचा इस दिव्य फल को मैं स्नान करके शान्ति से खाऊँगा। झट उठकर वे स्नान के लिये नदी की ओर चले गये।

इधर तोता घने जंगलों को पार करता हुआ, अपनी धुन में उड़ता हुआ आ रहा था। ऊँचे-ऊँचे पर्वत, झरने,प्रशान्त सरोवर, धरती की हरीतिमा तोते

को बरबस अपनी ओर आकर्षित करने लगी थी। कुछ समय के लिये उसे प्रकृति की गोद में फुदकने और कुछ देर विश्राम करने की प्रबल इच्छा हुई। तोता खुले वातावरण में अपने आपको स्वच्छन्द पा रहा था, जिसके सम्मुख, वैभव और ऐश्वर्य सब कुछ तुच्छ था। कुछ ही दूर पर उसे वह आम का वृक्ष दिखाई दिया। उसके नीचे उसने एक पका हुआ दिव्य फल पड़ा हुआ पाया। उसे देखकर उसका मन ललचा गया। फिर उसने सोचा, 'अहा, कितना सुगन्धित और स्वादिष्ट फल है। यदि मैं इसे ले जाकर राजा को दे दूँगा तो वे बहुत प्रसन्न होंगे। यह सोचकर उसने फल ले जाकर राजा को दे दिया और निवेदन किया, 'राजन्, यह दिव्य फल है। इसे आप जल्दी से खा लीजिए।'

राजा उस अनमोल उपहार को पाकर बहुत हर्षित हुआ। यह सोचकर कि जल्दी क्या है, जरा ठहर कर खा लूँगा। उसे एक तरफ रख दिया और तोते से महासभा का हाल सुनने लगा। तोते ने सारी कहानी सुनाई। इस बातचीत में राजा उस फल को खाना भूल गया।

दूसरे दिन जब राजा दरबार में बैठा हुआ था, तब उसे यकायक उस दिव्य फल की याद आयी। सेवकों को भेजकर फल मँगवाया गया। उस दिव्य फल को देखकर दरबारी चकित रह गए। उसका सुवास दरबार में फैल गया। राजा ने जैसे ही उसे खाने के लिये उठाया, तो महामंत्री ने निवेदन किया, 'महाराज, फल को खाने से पहले किसी अन्य प्राणी को खिलाकर देख लेना चाहिए। पता नहीं इस फल को तोता कहाँ से उठा लाया है।'

महामन्त्री की यह बात राजा को बहुत बुरी लगी। प्राण प्रिय तोते पर यह कैसा सन्देह? परन्तु मन्त्रि परिषद की भी राय यही थी। राजा ने फल को काटकर पहले कुत्ते को और फिर कुछ बूढ़ों को खिलाया। देखते-देखते सब के सब चक्कर खाकर नीचे गिर गये। उनके मुँह से फेन निकलने लगा। आँखें पथरा गयीं। लक्षण स्पष्ट थे—फल में विष था। राजा यह सब देखकर स्तम्भित हो गया। उसके विश्वास को बहुत बड़ा आघात लगा। कितना बड़ा छल! तोते के इस विश्वासघात को देखकर राजा क्रोध से आग बबूला हो गया। उसने सोचा तोता कितना बेईमान निकला। उसे मैंने अपने प्राणों से भी बढ़कर प्यार किया था। शायद मुझे विष खिलाकर स्वयं जंगल में अपनी जाति बिरादरी के साथ सुख से रहना चाहता होगा। इसीलिए शायद उसने यह योजना रची होगी। आगे-पीछे कुछ भी न सोचकर क्रोध के आवेश में उसने तोते को पकड़कर अपनी कटार भोंक दिया। तोता तड़प-तड़पकर वहीं

मर गया। राजा को शान्ति मिली। आदेश हुआ कि तोते के शव को और इस विषफल को जलाकर नगर के बाहर भूमि में गाड़ दिया जाए। सेवकों ने वैसा ही किया।

बात यह हुई थी कि ब्रह्मर्षि जब नदी से स्नान करके लौटे तो उन्हें वहाँ वह दिव्य फल दिखाई नहीं दिया। ऋषि ने इधर-उधर फल की खोज की। कहीं भी पता नहीं चल सका। ब्रह्मर्षि बहुत दुखी हो गये। उन्होंने अपनी दिव्य दृष्टि से देखा तो मालूम हुआ कि वह अमृत फल राजभवन में रखा हुआ है। राजा पर उन्हें बहुत क्रोध आया। उसी समय एक सर्प बनकर वे रात में राजमहल गये। चुपचाप फल के सारे रस को चूसकर सर्प ने उसमें विष भर दिया। फल को इस प्रकार रख दिया कि किसी को भी किसी प्रकार का सन्देह न हो सके। सर्प वहाँ से चुपचाप चला गया।

जिस स्थान पर तोते का शव और विषफल गाड़ा गया था। कुछ दिनों के बाद उसी स्थान पर एक कोमल पौधा अंकुरित हो उठा। देखते-देखते वह पौधा बड़ा हो गया। हरा-भरा होकर फूल उठा। उसमें फूल-फल लग गये। फलों की सुगन्ध दूर-दूर तक फैलने लगी। वहाँ के चरवाहे इस वृक्ष को देखकर चकित हो गए। झट जाकर उन्होंने राजा को इसकी सूचना दे दी। समाचार राज्य भर में आग की तरह फैल गया। लोगों को आश्चर्य और भय हुआ। राजा ने उस फूलते-फलते वृक्ष को कटवा देना उचित नहीं समझा, कहीं राज्य के लिए अमंगल न हो जाए। राजा ने आदेश दिया, 'उस वृक्ष को चारों ओर काँटों की बाड़ लगवा दी जाये जिससे कोई भी उसके फल को न खा सके।' उसका पालन किया गया।

उसी वृक्ष से कुछ ही दूरी पर एक गाँव में एक साधारण परिवार रहता था। सास-बहू में नहीं बनती थी। आये दिन उनमें झगड़ा हुआ करता था। बहू के कटु वचन सास को तीर की तरह चुभते थे। बहू से तंग आकर एक दिन रात में सास आत्महत्या के लिये घर छोड़कर बाहर निकल आयी। वह सीधे उस विष वृक्ष के पास पहुँच गयी। काँटों की बाड़ को हटाकर उसने फल वृक्ष से तोड़कर ख़ा लिया। चमत्कार यह हुआ कि इससे उसकी मौत नहीं हुई, बल्कि वह एक नवयुवती बन गई। अपने शरीर की कायापलट देखकर वह दंग रह गयी।

यह समाचार राजा को मालूम हुआ। राजा को विश्वास नहीं हुआ। राजा स्वयं अपने मन्त्रियों के साथ उस वृक्ष के पास पहुँच गया। राजा ने

अपने सामने उस वृक्ष के फल को काटकर बूढ़ों को खिलाया। सब के सब जवान हो गए। इस चमत्कार को देखकर राजा चकित हो गया। तब उसे अपने प्रिय तोते की याद हो आयी। राजा को अपनी भूल मालूम हुई। सारी बात उसे समझ में आ गयी। तोता राजा को खाने के लिये जो फल लाया था, वह अवश्य ही अमृत फल था। इसीलिए उसने बिना देर किये फल को खाने का आग्रह किया था। वह खिलाकर मुझे अमर बना देना चाहता था। मेरी लापरवाही के कारण ही किसी ने मेरी हत्या के लिए उसमें विष भर दिया। बेचारे उस तोते का इसमें क्या दोष था? उसको मैंने पहचानने में बहुत बड़ी भूल की। आह! कैसी अद्‌भुत थी उसकी स्वामिभक्ति। कितना मूर्ख हूँ जो मैंने जल्दबाजी में उसे मार दिया। मुझ पापी को जीने का अब कोई अधिकार नहीं। इस आत्म-ग्लानि के आवेश में राजा ने झट अपनी कटार निकालकर आत्महत्या कर ली। राजा की समाधि भी वहीं बना दी गयी।

तोता और राजा के इस त्याग और बलिदान का समाचार बिजली की तरह चारों ओर फैल गया। वहाँ लोगों की भीड़ लग गयी। अब न तोता रहा और न राजा ही, परन्तु वह स्थान पुण्यतीर्थ बन गया था। तोता और राजा को अपनी परोपकारी भावना के कारण उसी समय मोक्ष मिल गया, परन्तु आश्चर्य यह हुआ कि अमृत फल खाने पर भी ब्रह्मर्षि को मोक्ष नहीं मिला। उसकी सारी साधना अपने सुख के लिए थी। वह स्वार्थी था।

तोता और राजा के त्याग और बलिदान से आम जनता को अमरता मिल गयी। वह अमरता, मानव की परम्परा और उसके अस्तित्व के रूप में आज भी मौजूद है और आगे भी यह अमरता बनी रहेगी।

नया दोस्त

डॉ० पी० वी० नरसारेड्डी

[हितोपदेश में एक कहानी है बूढ़े और अंधे जरद्‌गव गीध और बिलाव की। गीध ने बिना सोचे-समझे बिलाव को अपने घर में रख लिया था और मारा गया था। इसीलिए कहते हैं कि किसी का स्वभाव जाने-परखे बिना उसे घर में नहीं रख लेना चाहिए।]

एक राजा की खाट में एक खटमल रहता था। जब राजा सो जाता, तो खटमल चुपचाप आता और राजा का खून पीता।

एक दिन कहीं से एक नया खटमल आ पहुँचा। वह पहले खटमल की बड़ाई करने लगा, बोला , 'तुम कितने भाग्यवान हो! तुम तो खटमलों के राजा बनने लायक हो। तुमने पिछले जन्म में बहुत अच्छे काम किए हैं। तभी तो तुम्हें राजा की खाट मिली है।'

पहला खटमल बोला, 'राजा की खाट में रहना कोई बड़ी बात नहीं है। राजा भी तो एक इन्सान ही है।'

नए खटमल ने कहा, 'क्या कहते हो? इससे बड़ी बात और क्या हो सकती है! राजा तो सबका मालिक है। वह तरह-तरह के पकवान, मीठे-मीठे फल खाता है। इसलिए उसका खून भी बड़ा मीठा होता होगा। सचमुच तुम बड़े भाग्यवान हो।'

पहले खटमल ने उसकी बात हँसी में उड़ाते हुए कहा, 'अरे तुम तो पागल हो। मुझे हर आदमी का खून एक जैसा लगता है।'

पर नए खटमल ने उसकी इतनी प्रशंसा की कि वह उसकी बातों में आ गया। आखिर, नए खटमल ने अपने मन की बात कही, 'मेहरबानी करके मुझे एक रात राजा के खून का स्वाद लेने दो। मैं जीवन-भर तुम्हारा ऋणी रहूँगा।'

पहला खटमल मान गया। पर उसने एक शर्त रखी, 'तुम उसका खून तभी चूसोगे जब वह गहरी नींद में सो रहा होगा।'

नए खटमल ने कहा, 'तुम किसी तरह की चिन्ता न करो। मेरे कारण तुम्हें कोई कष्ट नहीं होगा।'

बात करते-करते रात घिर आई। नया खटमल राजा की खाट देखने लगा कि कब वह आए और कब मैं उसका मीठा-मीठा खून पिऊँ। काफी रात गए पैरों की आहट सुनाई पड़ी। राजा सोने के लिए आ रहा था। राजा को देखते ही नया खटमल तकिए के नीचे छिप गया।

राजा खाट पर लेट गया। उसके शरीर की सुगन्ध पाते ही नए खटमल का धीरज टूटने लगा। उसने इतना भी न देखा कि राजा अभी सोया नहीं है। खाट से बाहर निकलकर वह राजा का खून चूसने लगा।

खटमल ने जब काटा, तो राजा उछलकर उठ बैठा। जोर से बोला, 'अरे दिया तो लाओ इधर। खोजो, कहीं खटमल तो नहीं आ गए।'

नया खटमल चालाक था। वह जल्दी से खाट से निकलकर पास वाली दीवार के कोने में छिप गया।

राजा की आवाज सुनते ही सेवक दौड़े आए। बिस्तर झाड़ा गया। एक कोने में पहला खटमल छिपकर बैठा था। देखते ही सेवकों ने उसे कुचलकर मार डाला।

इसलिए कहते हैं, कि सोच-विचार करके नए दोस्त बनाने चाहिए।

ज्ञानोदय

त्रिपुराननी सुब्बाराव

आन्ध्र प्रदेश के तेनाली मण्डल में पाँच किलोमीटर दूर पर एक कूचिपुड़ी नामक गाँव था। उस गाँव में कोटय्या नाम का एक किसान रहता था। उसकी पत्नी का नाम वेंकम्मा और माता का नाम गंगम्मा था। गंगम्मा लड़ाकू स्वभाव की थी। उसकी जबान कड़वी थी, इसलिए सब लोग उससे डरते थे। कुछ भी सूझने पर वह अपनी बहू को किसी न किसी बहाने गालियाँ दिया करती थी। हर काम में किसी न किसी गलती को ढूँढ़कर वह बहू को तंग किया करती थी। उन सब गालियों को वेंकम्मा चुपचाप सह लिया करती थी। कितना भी उसे सतायें और मारें तो भी वेंकम्मा कभी भी अपनी सास को पलटकर जवाब नहीं देती थी। बहू वेंकम्मा अपने शान्त स्वभाव से गृहस्थी चलाती जा रही थी।

एक दिन सवेरे-सवेरे गंगम्मा को अपनी नींद में एक सपना आया। उसने सपने में बहू को अपने विरुद्ध खड़ा हुआ देखा और इतना ही नहीं उसने उस पर हाथ भी उठाया। गंगम्मा को कुछ हलकी-सी चोटें भी आईं। बहू ने गुस्से में उसे झाड़ू से भी बुरी तरह पीटा। यह एक सपने का किस्सा था।

गंगम्मा नींद से चौंककर उठ बैठी। सवेरे के सपने सही हुआ करते हैं—ऐसा विश्वास किया जाता है। गंगम्मा ने उठते ही बहू को गालियाँ देना

आरम्भ किया, 'सपने में तू मुझे मारती है क्या? क्या तेरी इतनी हिम्मत?' यह कहती हुई गंगम्मा ने बहू के सर पर जोर से ठोंगा मारा। लेकिन वेंकम्मा ने इसका कोई जवाब नहीं दिया। कोटय्या यह सब कुछ देख रहा था।

कोटय्या अपनी माँ को कुछ भी नहीं कह सकता था। वह अपनी माँ की बहुत इज्जत करता था। दूसरी बात यह थी कि वह अपनी माँ से डरता भी था।

इधर बहू को उत्पीड़ित करने की हरकतें दिन-पर-दिन अपनी सीमा लाँघती जा रही थीं। गंगम्मा को बराबर उसी प्रकार के सपने नींद में आते जा रहे थे। इस कारण वह अपनी बहू को तरह-तरह से सताती जा रही थी।

कोटय्या अपनी माँ से तंग आ चुका था। दिन-पर-दिन बढ़ते हुए माँ के अत्याचारों को देखकर उसे घर से निकाल देने की बात उसके मन में आई। पर दूसरे ही क्षण उसने सोचा यदि माँ को उसका सगा बेटा ही घर से निकाल दे तो उसे कौन सहारा देगा। ऐसा सोचकर उसे इस विचार को छोड़ दिया।

कोटय्या एक दिन सुबह नींद में से उठते ही अपनी माँ के पास गया। उसने माँ को नमस्कार किया और कहा, 'माँ, प्रतिदिन तुझे कुछ न कुछ धन देने के लिए मुझे नींद में सपना आता है। आज तू ये दस रुपये ले।' ऐसा कहकर उसने दस रुपये की नोट माँ के हाथ में रख दी।

'मेरा सोने-सा प्यारा बेटा!' कह कर गंगम्मा मारे खुशी के फूल उठी। यह सब देखकर बहू वेंकम्मा को आश्चर्य हुआ। उसने मौका देखकर अपने पति से एकान्त में पूछा, 'यह सब क्या है!' कोटय्या ने जवाब दिया, 'यह सब नाटक है। अपनी माँ को अच्छा सबक सिखाना चाहता हूँ।'

इस प्रकार कुछ दिन बीत गए। एक दिन कोटय्या सुबह-सुबह अपनी माँ के पास जाकर विषाद के साथ बोला, 'माँ, हमें पुलिस स्टेशन चलना है, चलो!'

गंगम्मा ने यह सुनकर दिग्भ्रान्त होकर पूछा, 'क्यों चलना रे!'

रात में मैंने एक बुरा सपना देखा, 'दहेज अपने साथ नहीं लाने के कारण तूने अपनी बहू पर मिट्टी का तेल छिड़क कर उसे आग लगा दी और वह जल मरी। मैंने तुझे पुलिस स्टेशन ले जाकर पुलिस के हवाले कर दिया है—मुझे ऐसा ही सपना आया है। अब देर मत कर पुलिस स्टेशन चल।'

गंगम्मा ने चिल्लाकर उसे डाँटते हुए कहा, 'अरे मूर्ख, क्या तुझे ऐसा सपना आया कि तेरी पत्नी पर मिट्टी का तेल छिड़ककर मैंने उसे जला दिया। सपने में होने वाली बातें सच भी होती हैं क्या रे! सपनों को सही समझकर क्या तू मुझे जेल में डलवायेगा। ऐसी बेवकूफी करेगा।'

इन बातों को सुनकर कोटय्या ने कहा, 'तेरी बहू ने सपने में तुझे झाड़ू से मारा कहकर तू इतने दिनों से लेकर आज तक उसे पीड़ित करती आ रही है माँ! क्या वह सब कुछ झूठ है! तुझे देखकर मैं भी सपनों पर विश्वास करने लगा था।'

इन बातों को सुनकर बहू वेंकम्मा अपने मन ही मन खुश होने लगी। इस घटना सें गंगम्मा को एक नया ज्ञानोदय हुआ। उसने अपनी अज्ञानता के लिए बहू से क्षमा माँगी।

उस दिन से गंगम्मा को सपने आने बन्द हो गये थे।

पंजाबी

- पंजाबी बाल कहानी का विकास
- अनजान ड्राइवर
- बंटी सुधर गया
- सरकस
- प्रेरणा
- सुनहरी मछली
- देवताओं की सभा में लेखक
- जहाँ सूर्य सोता है
- आत्म विश्वास की ज्योति
- छलावा
- धन की गागर

पंजाबी बाल कहानी का विकास

पंचतंत्र, हितोपदेश, कथासरित्सागर आदि भारतीय वाङ्मय की महान एवं पुरातन कृतियाँ भारतीय बाल-साहित्य में ही नहीं अपितु विश्व साहित्य में अपना अन्यतम स्थान रखती हैं। युग-युगान्तरों के पश्चात वे कृतियाँ पूर्ववत् बच्चों के जीवन-पथ को ज्योतिर्मय कर रही हैं। 'पंचतंत्र' के लेखक विष्णु शर्मा ने अपनी कथाओं द्वारा बच्चों के संस्कारों को नवीन पात्र तुल्य मानते हुए उन्हें नीति के संस्कार भी कथाओं द्वारा ही बताने पर बल दिया है।

यन्नवे भाजने लग्नः संस्कारो नान्यथा भवेत।

कथाच्छलेन बालानां नीतिस्तपिह कथ्यते॥

वस्तुतः बाल-साहित्य एक कुम्हार की भाँति बच्चों के संस्कारों की संपुष्टता प्रदान करता है, एक स्वप्न देता है। यदि बच्चों को स्वस्थ मानसिकता वाले विचारवान व्यक्ति का रूप देना है तो मनोवैज्ञानिक ढंग अथवा नियमों पर आधारित बाल साहित्य द्वारा ही ऐसा सम्भव है। आज इस तथ्य को सभी बुद्धिजीवी अथवा बाल-साहित्य के रचनाकार स्वीकार करते हैं कि स्वस्थ मानसिकता से सम्पन्न बालक ही प्रत्येक अर्थ को निपुणता सहित कार्यान्वित कर सकने में सक्षम हो सकता है।

विशेष रूप से उन्नीसवीं शताब्दी के उत्तरार्द्ध को बाल-साहित्य के उन्नयन अथवा उसके जागरण का युग समझना चाहिए। द्विवेदी युग में बाल-साहित्य के विशेष महत्व को स्वीकारते हुए अन्यान्य भारतीय भाषाओं में बाल-साहित्य रचा जाने लगा था। बंगला भाषा में तो बाल साहित्य को विशिष्ट स्थान प्राप्त हो चुका था। गुरुदेव रवीन्द्रनाथ ठाकुर के बाल-साहित्य की विशिष्टता एवं उपयोगिता को ध्यान में रखते हुए निम्न कथन द्रष्टव्य है—

'ठीक देखने पर बच्चे जैसा पुराना और कुछ भी नहीं है। देश-काल, शिक्षा, प्रथा के अनुसार वयस्क मनुष्यों में कितने परिवर्तन हुए हैं, लेकिन बच्चा हजारों साल पहले जैसे था, आज भी वैसा ही है। वही अपरिवर्तनीय पुरातन बारम्बार आदमी के घर में बच्चे का रूप धर कर जन्म लेता है, लेकिन तो भी सबसे पहले दिन जैसा नया था, जैसा सुकुमार था, जैसा भोला था, मीठा था, आज भी ठीक वैसा ही है। इस नवीन चिरंतनता का कारण यह है कि शिशु प्रकृति की सृष्टि है, जब कि वयस्क आदमी बहुत अंशों में आदमी की अपने हाथ की रचना है। उसी तरह बच्चों को बहलाने के लिए लोक गीत भी शिशु साहित्य है, गीत लोरियाँ भी....'' इससे यह स्पष्ट हो जाता है कि बाल-साहित्य चाहे किसी विधा में रचा गया हो उसके महत्व एवं उपयोगिता को, बच्चों के भविष्य को विकसित एवं आलोकित करने का आधार मानकर आँका जाना चाहिए।

अंग्रेजी शासन काल में जब स्कूलों में बच्चों को पठन-पाठन के लिए पंजाबी भाषा में पुस्तकों की आवश्यकता अनुभव हुई तो 'अलिफ लैला' अथवा 'पंचतंत्र' आदि पुरातन कथाओं का आधार लेकर पुस्तकें रची जाने लगीं। परन्तु बच्चों की रुचि और मनोरंजन का ध्यान रखते हुए बाल-साहित्य की रचना करने वालों में मास्टी करनसिंह गंगावाला का नाम अग्रणी है।

बच्चों की रुचि को सुसंस्कृत स्वरूप प्रदान करने वाले पंजाबी बाल-साहित्य की रचना उन्होंने की। तत्पश्चात् सन् १९३४ में ज्ञानी लालसिंह ने 'बालक' नाम से एक मासिक पत्र का प्रकाशन प्रारम्भ किया। धार्मिक, पौराणिक एवं ऐतिहासिक कथाओं का आकर्षक चित्रों सहित प्रकाशन कर उन्होंने बड़े ही मनमोहक ढंग से उनके अपने साहित्य के प्रति बच्चों की रुचि जाग्रत की।

तत्पश्चात् सन् १९४२ में गुरुबख्श सिंह द्वारा प्रकाशित 'बाल सन्देश' ने बच्चों की शैली में ही बच्चों के मनोरंजन एवं बाल सुलभ जिज्ञासाओं को रोचक कथानकों में ढालकर मूर्त रूप प्रदान किया। धनीराम चात्रिक, विधालसिंह तीर आदि लेखकों ने पौराणिक एवं ऐतिहासिक जीवन कथाओं द्वारा बाल-साहित्य को समृद्ध करने के साथ बच्चों को भारतीय संस्कृति के मूल्यों की पहचान से अवगत कराया।

पंजाबी बाल-साहित्य का विकसित स्वरूप स्वतंत्रता के पश्चात उभर कर सामने आया। पुस्तकों के साथ-साथ गुरुवचन सिंह साखी द्वारा प्रकाशित 'बालक' और 'स्कूल' नामक दो मासिक निकाले। इससे पंजाबी बाल-साहित्य के पल्लवित होने के लिए ठोस धरातल प्राप्त हुआ। धनवन्त सिंह शीतल ने बाल-साहित्य के अध्याय में अनेक आयाम दिये। साहित्य की प्रत्येक विधा में बाल-साहित्य की १५० पुस्तकें रखकर बाल-साहित्य संसार में एक नया कीर्तिमान स्थापित किया। आगे चलकर गुरुदयाल सिंह फुल्ल ने इस दिशा में नवीन विचारधाराओं से मंडित अपनी बाल कथाओं द्वारा बच्चों की मानसिकता में सामयिक परिवर्तन लाने का स्तुत्य कार्य किया।

वर्तमान बाल-साहित्य रचनाकारों में करतार सिंह दुग्गल, गुरुवचन सिंह, गुरुबख्श सिंह, प्रीतलड़ी के साथ-साथ अमृता प्रीतम, अवतार सिंह, रजिन्दरसिंह अविश, प्रीतम सिंह राही, जसवंत सिंह बिरदी, अमरगिरि, हरनाम दास सहराई, दर्शन सिंह आशट आदि के नाम उल्लेखनीय हैं।

प्रस्तुत बाल कथाएँ पंजाबी बाल-साहित्य की दस श्रेष्ठ कथाएँ हैं जिनके रचनाकार आधुनिक पंजाबी बाल-साहित्य में अपना विशिष्ट स्थान रखते हैं। इन कथाओं के प्रणयन से यह स्पष्ट हो जाता है कि बाल-साहित्य तथा स्कूली साहित्य में मौलिक भेद क्या है। वस्तुतः स्कूली साहित्य यदि बच्चों को प्रारम्भिक शिक्षा सिखाकर उन्हें जीवन पथ पर पाँव रखने के योग्य बनाता है तो बाल-साहित्य उन्हें अपने असीमित ज्ञान भंडार द्वारा उनके अन्तर को आभामय करता हुआ एक विशालतम प्रकाशपुंज में परिवर्तन कर देता है और बच्चे निर्भीक, सुदृढ़ एवं आत्मनिष्ठ पगों से प्रगति के अमान्य पथों को स्वयंमेव पार करते चले जाते हैं। इस प्रकार बच्चों की विश्लेषणवादी प्रवृत्ति संपुष्ट होती चली जाती है और वे जीवन का प्रत्येक कार्य संकल्पपूर्वक निपटा देने की क्षमता प्राप्त कर लेते हैं।

प्रसिद्ध विचारक एवं कवि खलील जिब्रान के कथनानुसार:—

'तुम उसे अपना प्यार दे सकते हो, लेकिन विचार नहीं क्योंकि उसके पास अपने विचार होते हैं। तुम उनका शरीर बन्द कर सकते हो, लेकिन आत्मा नहीं क्योंकि उनकी आत्मा आने वाले कल में निवास करती है। तुम उसे नहीं देख सकते हो, सपनों में भी नहीं देख सकते। तुम उनकी तरह बनने का प्रयत्न कर सकते हो, लेकिन उन्हें अपनी तरह बनाने की इच्छा मत करना। क्योंकि जीवन पीछे की ओर नहीं जाता और न बीते हुए कल के साथ रुकता ही है।'

—लखबीर सिंह 'निर्दोष'

अनजान ड्राइवर

गुरदयाल सिंह फुल्ल

तीन बच्चे खेल में मग्न थे। उनमें से एक का नाम प्रताप था। प्रताप ने कमीज पहनी हुई थी। ये तीनों बच्चे एक बरसाती नाले के किनारे खेल रहे थे। नाला उस समय सूखा हुआ था। इस बरसाती नाले के ऊपर रेल का पुल था। परन्तु यह पुल उस समय टूटा हुआ था।

प्रताप की दृष्टि उस टूटे हुए पुल पर पड़ी। पुल का लगभग दो मीटर का भाग बिलकुल टूट चुका था। न तो वहाँ पटरियाँ थीं और न ही कोई लाइन। तीनों बच्चे रेतीली धरती पर दौड़-दौड़कर आनन्दित हो रहे थे।

इतने में रेलगाड़ी के इंजन की आवाज सुनाई दी। तीनों बच्चे उस सूखे बरसाती नाले की रेती से बाहर निकल आये। प्रताप एकदम सोच में डूब गया तथा बार-बार उस टूटे हुए पुल की ओर देखने लगा। उसके पास खड़े साथी ने उसे बाँह से पकड़ कर कहा, 'किस सोच में डूबे हो। आओ घर चलें।' प्रताप ने उत्तर देते हुए कहा, 'देखो, पुल टूटा हुआ है। गाड़ी आ रही है। यदि गाड़ी को रोका नहीं गया तो वह टूटे हुए पुल पर से नीचे गिर जाएगी। इसके सभी यात्री मृत्यु की गोद में समा जाएँगे।' उसके साथी ने उत्तर दिया, 'हम लोग क्या कर सकते हैं। हमारे कहने से क्या तेज गति से आ रही गाड़ी रुक जायेगी। आओ हम चलें। हमें गाड़ी को पुल पर से नीचे गिरते हुए नहीं देखना।' इतना कहते हुए वह अपने दूसरे साथी को साथ लेकर चला गया।

गाड़ी तेज गति से निरन्तर समीप आती जा रही थी। प्रताप असमंजस में विह्वल हो रहा था। उसे गाड़ी को रोकने का कोई मार्ग नहीं सूझ रहा था। अन्ततः उसे स्मरण आया कि लाल झण्डी दिखाने से गाड़ी रुक जाती है। तभी उसकी दृष्टि अपनी कमीज की ओर गयी। उसकी कमीज का रंग भी लाल था। उसने एक पल विलम्ब किये बिना अपनी लाल कमीज उतार ली। तत्क्षण पास पड़ी एक लकड़ी को उठाकर उसके एक कोने पर टाँग दिया। इस प्रकार लाल झण्डी बन गयी। वह झण्डी पकड़ कर रेलवे लाइन पर जा खड़ा हुआ। उसके सामने तेज गति से रेलगाड़ी आ रही थी और पीछे टूटा

हुआ पुल था। प्रताप इस विचित्र पटरी के मध्य खड़ा था। उसने अपनी लाल झंडी ऊपर उठा ली।

बड़ी ही विचित्र एवं भयावह झाँकी थी। प्रताप लगातार अपनी लाल कमीज रूपी झण्डी को हिलाये जा रहा था। सामने से गाड़ी अपनी पूर्व गति से दौड़ती चली आ रही थी। रेलगाड़ी के ड्राइवर ने दूर से प्रताप तथा उसकी लहराती हुई झंडी को देख लिया था। परन्तु उसके मन्तव्य को भाँप न सका! ड्राइवर उसे वहाँ से हटाने के लिए निरन्तर सीटी पर सीटी बजाये जा रहा था परन्तु प्रताप अपने स्थान पर स्थिर खड़ा था। वह लाइन के बीच में से बिलकुल नहीं हटा। ड्राइवर ने जब देखा कि लड़का हट नहीं रहा है तो वह खीझ उठा। उसे लगा कि यह मूर्ख लड़का लाइन के बीच में से हट क्यों नहीं रहा। यह कैसा विनोद कर रहा है। क्या गाड़ी रोककर वह मुझे बुद्धू बनाना चाहता है। इस ऊहापोह में गाड़ी प्रताप के समीप पहुँचती जा रही थी।

उधर प्रताप सोच रहा था कि ड्राइवर उसकी झण्डी का संकेत क्यों नहीं समझ रहा है। गाड़ी क्यों नहीं रोक रहा है। उसे इस विचार मात्र से ही झुरझुरी आ रही थी कि यदि गाड़ी खड़ी न हुई तो सारी गाड़ी बरसाती नाले में गिर पड़ेगी। वह अत्यन्त भयभीत हो उठा।

इंजन की सीटी निरन्तर बज रही थी। साथ ही गाड़ी तीव्र गति से प्रताप की ओर बढ़ती चली आ रही थी। प्रताप भी अपनी झण्डी को पूर्ववत लहराये चला जा रहा था। वह अपने होंठों में दृढ़तापूर्वक दुहराता चला जा रहा था, 'मैं गाड़ी अवश्य रोकूँगा। मैं स्वयं मर जाऊँगा, परन्तु लाइन से परे नहीं हटूँगा···परे नहीं हटूँगा।'

ड्राइवर उसकी इस विचित्र क्रिया पर गहराई से सोच नहीं पाया। बच्चे की दिलेरी को हास्यास्पद समझते हुए उसने गाड़ी की गति को कम नहीं किया और न गाड़ी रोकने का प्रयास किया। उधर प्रताप दृढ़तापूर्वक लाइन पर पूर्ववत अटल खड़ा रहा। देखते ही देखते गाड़ी के राक्षसी चक्कों ने प्रताप को कुचल दिया। ड्राइवर को विवश होकर गाड़ी रोकनी पड़ी, क्योंकि इंजन के चक्कों में प्रताप की हड्डियाँ फँस गयी थीं। बड़ी संख्या में यात्री मृत प्रताप को देखने के लिए नीचे उतर आये। जब ड्राइवर ने आगे टूटा हुआ पुल देखा तब उसकी मन्दबुद्धि में यह बात आई कि किस कारण लड़का लाल कमीज हिला रहा था। वह भाव विह्वल हो उठा और स्वयं को प्रताप का हत्यारा

समझने लगा। उसका अन्तर पश्चात्ताप से भर गया। उसके संतप्त हृदय में बार-बार एक ही बात गूँज रही थी उसने समय पर, सही ढंग से विचार क्यों नहीं किया।

बंटी सुधर गया

दर्शन सिंह आशट

बंटी दिन-प्रतिदिन शरारती होता जा रहा था। वह स्कूल से लौटते ही अपनी पुस्तकों का थैला फेंकता और अपने कंचे उठाकर साथियों के साथ खेलने के लिए दौड़ जाता। उसकी माँ पीछे से आवाजें लगाती रह जातीं, परन्तु बंटी एक न सुनता। बंटी की माँ उसे समझाती कि माता-पिता की आज्ञा का पालन न करने वाले बच्चे सदैव कष्ट उठाते हैं, परन्तु माँ की किसी प्रकार की शिक्षा का प्रभाव बंटी पर न पड़ा।

बंटी की माँ अपने बेटे के भविष्य के प्रति बहुत चिन्तित थी। उसके पिता किसी दूसरे नगर में नौकरी करते थे।

कल शाम भी बंटी ने स्कूल से घर आते ही अपना बैग नीचे फेंका और कंचे उठाकर अपने साथियों के संग खेलने के लिए दौड़ गया। माँ उसे कपड़े बदलने के लिए आवाजें लगाती ही रह गयीं, परन्तु बंटी के कानों में जूँ तक नहीं रेंगी। बंटी कंचे खेल रहे निक्कू और दीपू के पास पहुँच गया। वह उनके साथ खेलना चाहता था। परन्तु उससे एक वर्ष बड़े निक्कू ने उसे यह कह कर टाल दिया कि हम तुम्हें अपने साथ इसलिए नहीं खिलाएँगे कि तुम अपने कंचे हार जाने के पश्चात रोना शुरू कर देते हो।

इतना सुनते ही बंटी का पारा सातवें आसमान पर चढ़ गया। उसने निक्कू के कंचे को ठोकर मारकर नाली में गिरा दिया। निक्कू ने क्रोधित होकर बंटी को धरती पर गिरा दिया और उसे पीटने लगा।

चीख-पुकार सुनकर वहाँ काफी लोग एकत्र हो चुके थे। बड़ी कठिनाई से दोनों बच्चों को एक दूसरे से पृथक किया गया। इतने में बंटी की माँ भी वहाँ पहुँच गयी। वह भलीभाँति जानती थी कि शरारत किसकी होगी।

उसने बंटी को पकड़कर पीटना आरम्भ कर दिया और पीटते-पीटते उसे घर ले आयी।

बंटी का रोना थम नहीं रहा था। अन्ततः वह भूखा-प्यासा ही सो गया। क्षणों में ही वह गहरी नींद की गोद में चला गया। नींद में वह परियों के देश में विचरण करने लगा। वह नहीं जानता था कि वह स्वप्न देख रहा है।

परियों के देश में सैर करते हुए वह भिन्न-भिन्न प्रकार के फूलों और फलों को देख-देख कर विस्मित हो रहा था। अनेक प्रकार के पके हुए फलों को देखते ही उसके मुँह में पानी भर आया। उसके मन में आया कि वह शीघ्र ही एक बड़ा लाल सेब तोड़ कर खा ले। यह सोचकर वह सेब के वृक्ष पर चढ़ने लगा। अभी वह मध्य में ही पहुँचा था कि उसे एक गरजती हुई आवाज सुनाई दी, 'ठहरो, ऊपर मत चढ़ो, नीचे उतर जाओ।' बंटी ने गर्दन घुमाकर पीछे देखा तो उसे एक विशालकाय राक्षस दिखाई दिया जो उसी की ओर आ रहा था। उसे देखते ही बंटी की चीख निकल गयी और वह धड़ाम से वृक्ष के नीचे आ गिरा।

'घबराओ नहीं बेटे। मैं तुझे कुछ नहीं कहूँगा।' इतना कहकर राक्षस ने बंटी को अपनी गोद में उठा लिया। बंटी ने चैन की साँस ली।

'बेटा ! तुम कहाँ से और यहाँ क्या करने आये हो....?' राक्षस ने उसे चूमते हुए पूछा। उसने राक्षस से सब कुछ बता दिया। वह उसे परियों के पास ले गया। वहाँ अनेक परियाँ थीं, सफेद-सफेद, सुन्दर-सुन्दर। उन्हें देखते ही बंटी प्रसन्नता से झूम उठा।

एक परी ने बंटी को गोद में उठा लिया। परन्तु फिर शीघ्र ही नीचे उतारते हुए बोली, 'मैं तुम्हें गोद में नहीं उठाऊँगी, तुम्हारे बदन पर तो मैल ही मैल है। तुम्हारे कपड़े भी बहुत गन्दे हैं, तुम्हारे नाखून भी इतने बढ़े हुए और मैल से भरे हुए हैं—'

बंटी लाज से रुआँसा हो गया। बंटी को उसने पुनः उठाया और जिधर से आया था, उधर ही चल दिया। बंटी को निर्मल जल के एक तालाब में नहलाया। फिर बंटी के बढ़े हुए नाखून काटे। उसके लिये मोतियों से जड़ी एक कमीज ले आयी। बंटी वह कमीज पहनकर राजकुमार-सा लगने लगा।

देव ने बंटी को गोद में उठाया और परियों के पास ले गया। जिस परी ने पहले उसे अपनी गोद से उतार दिया था, भागकर उसे अपनी गोद में ले लिया। वह सभी परियों की रानी थी और उसका नाम ही 'परी रानी' था।

परी रानी ने उससे एक एक करके सभी बातें पूछ लीं। तब परी रानी ने उससे पूछा, 'बंटी, क्या तुम प्रतिदिन स्नान करते हो !'

बंटी ने कहा, 'नहीं।' उसने सिर हिला दिया।

परी रानी ने फिर पूछा, 'क्या तुम अपने मम्मी-डैडी का कहना मानते हो?'

बंटी ने पुनः इंकार में सिर हिला दिया।

तब परी रानी उसे समझाते हुए कहने लगी, 'देखो बंटी! तुम प्रतिदिन नहाते नहीं हो, जो बच्चे साफ सुथरे कपड़े नहीं पहनते और साफ-सुन्दर नहीं रहते, लोग उनके पास भी बैठना पसन्द नहीं करते। ऐसे बच्चों को 'गंदे बच्चे' कहकर पुकारा जाता है। तुम्हारे नाखूनों में पहले कितनी मैल भरी हुई थी, इस प्रकार तुम रोगी हो सकते थे। क्योंकि तुम जब भी भोजन करते, सारी मैल तुम्हारे भीतर चली जाती जिसके कारण तुम्हारा बीमार होना निश्चित था। तुम्हें अपने माता-पिता की आज्ञा सदैव माननी चाहिए। आज्ञा न मानने वाले बच्चों को एक दिन पछताना पड़ता है।'

परी रानी की सभी बातें सुनकर बंटी के आँखों में आँसू भर आये। वह परी रानी के समक्ष दोनों हाथ जोड़कर खड़ा हो गया और कहने लगा, 'परी रानी, मुझे क्षमा कर दीजिए, अब मैं अपने माता-पिता की प्रत्येक आज्ञा का पालन करूँगा, साफ-सुन्दर रहा करूँगा, किसी के साथ झगड़ा नहीं करूँगा तथा दिल लगाकर पढ़ाई करूँगा।'

इतना कहते-कहते बंटी जैसे ही चुप हुआ, परी रानी ने प्रसन्न होते हुए उसे चूम लिया। तत्पश्चात उसकी झोली पके हुए फलों से भर दी।

सवेरा हो चुका था। बंटी जागा। वह जागते ही माँ से कहने लगा, 'माँ-माँ, अब मैं एक समझदार बालक बनूँगा और आपकी हर आज्ञा का पालन करूँगा।'

ऐसा सुनते ही उसकी माँ ने अपने लाडले बेटे का मुँह चूम लिया।

सरकस

गुल चौहान

नगर में जब भी कोई सरकस आता है, बच्चों में बड़ा उत्साह भर जाता है। वह अपने माता-पिता से सरकस देखने की जिद करने लगते हैं, ताकि वे सरकस में प्रदर्शन करने वाले लड़के-लड़कियों के खेल देख सकें। शेर, रीक्ष तथा हाथियों के भाँति-भाँति के खेलों को देखकर आनन्दित हो सकें। लड़के-लड़कियाँ कितनी चुस्ती एवं होशियारी के साथ अपने करतबों का प्रदर्शन करते हैं। कितने जोखिमों से भरा होता है उनका खेल। इतना ही नहीं, इस बात का पूरा ध्यान रखना पड़ता है कि एक क्षण की लापरवाही अत्यन्त महँगी पड़ सकती है।

इस बार सरकस आया तो नगर में स्थान-स्थान पर सरकस के इश्तिहार लग गये। स्कूल जाते हुए अथवा लौटते हुए बच्चे इन इश्तिहारों को ध्यानपूर्वक देखते। आकाशवाणी से भी सरकस के बारे में बताया जाता। दूसरे खेल-तमाशों के साथ-साथ एक विशेष चित्ताकर्षक बात यह थी कि सरकस में एक हाथी का बच्चा भोला क्रिकेट खेलता है। बच्चों ने कपिल देव, सुनील गावसकर, नवतेज सिद्धू को तो क्रिकेट खेलते हुए देखा था, परन्तु एक हाथी का बच्चा क्रिकेट खेलता है—यह बात नयी थी। बच्चे सोचते—भोला अपनी सूँड़ के साथ बल्ला कैसे पकड़ता होगा तथा आती हुई गेंद को मारते हुए दूर दर्शक दीर्घा में कैसे फेंक देता होगा! दर्शक गेंद को लौटा देते। रिंग मास्टर पुनः गेंद को भोला की ओर फेंकता, भोला अपनी सूँड़ से पकड़े हुए बड़े से बल्ले के द्वारा गेंद को दूर फेंक देता। दर्शक छक्का-छक्का का शोर मचाने लगते।

रविवार का दिन था। सरकस का खेल चल रहा था। लड़के और लड़कियाँ बहुत ऊपर हवा में लटकते हुए झूलों पर झूल रहे थे। झूलते-झूलते एक झूला छोड़ देते तथा दूसरा थाम लेते थे। जोकर अपने मूर्खतापूर्ण हाव-भाव से दर्शकों को हँसा रहे थे। झूलों के खेल के पश्चात् रीक्ष ने एक चक्केवाला साइकिल चलाया। रीक्ष के बाद शेरों की बारी आई। बबर शेर ने कुर्सी पर

बैठकर अपना खेल दिखाया। फिर एक शेर आग में घिरे हुए एक गोले चक्कर के बीच से छलाँग लगाकर दूसरी ओर निकल गया।

और भी अनेक प्रकार के खेल हुए परन्तु दर्शकों को तो भोला की प्रतीक्षा थी कि कब भोला आये और क्रिकेट खेले।

अन्ततः भोला आया और खड़ा हो गया। रिंग मास्टर ने उसे बल्ला दिया परन्तु भोला ने पकड़ा नहीं। उसने सिर हिलाकर इनकार कर दिया। मास्टर ने उसे प्यार किया, परन्तु भोले ने इस पर भी अपनी सूँड़ से बल्ला न पकड़ा। जोकर ने कहा, 'आज भोले शाह का मूड ठीक नहीं।' मैदान में पाँच-छः हाथी और खड़े थे जो क्षेत्र रक्षण (फील्डिंग) के लिये थे। वे भी इस खेल में भाग लेते थे ताकि भोला रन न बना सके। जब भोले ने किसी प्रकार भी बल्ला न पकड़ा तो रिंग मास्टर ने सोचा कि इस प्रकार तो सारा खेल ही बिगड़ जायेगा। उसने चाबुक लहराई तो भोला ने बेमन से बल्ला पकड़ लिया।

जोकर ने अपनी परों वाली टोपी उतार कर भोले का स्वागत करते हुए कहा, 'आ गया है, भोला बल्लेबाजी करने के लिये।' शेष हाथी भी गेंद पकड़ने के लिये सतर्क हो गये। अब रिंग मास्टर ने गेंद भोले की ओर फेंकी। परन्तु भोले ने गेंद को मारा नहीं। गेंद कुछ दूर जा गिरी। एक हाथी गेंद को खिसकाते रिंग मास्टर के पास ले आया।

वास्तव में भोला कुछ दिनों से क्रोधित था। सरकस में एक नया हाथी का बच्चा आया हुआ था, जिसका नाम बीरू था। पिछले कुछ दिनों से बीरू भी गेंद बल्ला खेलना सीख गया था। जब भी रिंग मास्टर उसे सिखलाता तो बीरू बड़े परिश्रम के साथ उसे सीखता। यहाँ तक कि कल उसने बड़ी सफलतापूर्वक खेल दिखाकर दर्शकों का मनोरंजन किया था। भोला को इसी बात पर गुस्सा था कि कल उसके स्थान पर रिंग मास्टर ने बीरू को क्यों खिलाया और यदि बीरू खेला भी तो उसने गेंद को ठीक ढंग से क्यों फेंक पाया। यदि बीरू ने बार-बार गेंद दूर-दूर फेंकी तो दर्शकों ने इस पर जोर-जोर से तालियाँ बजा कर अपनी प्रसन्नता क्यों प्रकट की। क्रोध में भोला रात से ही निरन्तर सोच रहा था। कभी वह एक बात सोचता, कभी दूसरी बात। उसकी समझ में नहीं आ रहा था कि वह रिंग मास्टर से इसका प्रतिशोध ले तो किस प्रकार। आवेश में वह इस सत्य को भुला बैठा कि रिंग मास्टर उसे और दूसरे सरकस के जानवरों से कितना स्नेह करता है। उन्हें शिक्षित करते हुए वह कितने संयम से काम लेता है और भाँति-भाँति के स्वादिष्ट व्यंजन

एवं नये-नये पकवान खाने को देता है।

इस समय वह रिंग मास्टर की आज्ञा का पालन नहीं कर रहा था। उसने अपनी सूँड़ में बल्ला थाम तो रखा था, परन्तु गेंद की ओर दृष्टि तक नहीं उठा रहा था। दर्शक शोर मचा रहे थे। इस पर रिंग मास्टर ने अपनी चाबुक को पुनः हवा में लहराया।

भोला ने क्रोध में आकर बल्ला उछालकर दूर फेंक दिया और रिंग मास्टर को उसकी कमर में सूँड़ लपेट कर ऊपर उठा लिया फिर उसे धरती पर पटक दिया। वह नीचे पड़े हुए रिंग मास्टर के ऊपर अपना पाँव रखने को तत्पर हुआ ही था कि दूसरे हाथियों ने आगे बढ़कर रिंग मास्टर की रक्षा की। रिंग मास्टर के सिर से रक्त की धार बह रही थी। वह मूर्च्छित हो चुका था।

रिंग मास्टर की शोचनीय अवस्था देखकर दूसरे हाथी क्रोधित हो उठे और भोला को मारने के लिये आगे बढ़े। परन्तु एक बुद्धिमान हाथी ने उन्हें आगे बढ़ने से रोक लिया। जो होना था वो तो हो चुका; अब भोला को मारने से क्या लाभ ?

उसकी बात सभी हाथियों ने मान ली। परन्तु उन्होंने भोला से बातचीत करना बंद कर दी। आजकल रिंग मास्टर का अस्पताल में उपचार हो रहा है, वह स्वास्थ्य लाभ कर रहा है।

अब भोला भी भली प्रकार समझ चुका है कि क्रोध बहुत बुरा होता है। सचमुच उस दिन उससे एक भयंकर भूल होने जा रही थी। उसने अपने दूसरे साथी हाथियों से क्षमा माँग ली। आजकल सभी जानवर रिंग मास्टर की प्रतीक्षा कर रहे हैं।

—✦—

प्रेरणा

जसवन्त सिंह विरदी

डब्बू उस समय छोटे बच्चे सिप्पी की कुर्सी पर बैठा था। छोटा बच्चा, उसके मम्मी और डैडी शापिंग के लिये बाजार गये हुए थे। घर में केवल

बेबी ही थी जो अपनी किसी सखी से मिलने के बाद मम्मी-डैडी की अनुपस्थिति में घर लौटी थी। अब वह अपने कमरे में बैठी पढ़ रही थी अथवा टी0 वी0 देख रही थी। डब्बू के मन में यह ख्याल आता रहा—मैं बड़े घर में जन्म लेता तो मेरे पास भी ऐसी ही कुर्सी होती।

यह सोचकर उसके मुँह से आह निकल गयी। उसने चाहा कि वह जी भरके रोये। परन्तु मैं रोकर किसे सुनाऊँगा ! उसके भीतर से जैसे किसी ने कहा और वह गुमसुम, मौन बैठा रहा।

कोठियों वाले मुहल्ले में संध्या का झुटपुटा गहरा होता जा रहा था। खिड़कियों में से रोशनी निकल कर नाम मात्र रोशनी करने का यत्न कर रही थी।

दिन भर की सफाई के बाद घर का नौकर डब्बू उदास बैठा सोच में डूबा हुआ था। परन्तु वह यह पूरी तरह समझ नहीं पा रहा था कि वह क्या सोच रहा है। क्योंकि जब भी वह कुछ सोचता तो उसे सबसे पहले अपनी माँ का स्मरण हो आता जो अपने उपचार के लिये उसे इस कोठी में नौकर रखवा गई थी और उसके तीन माह के वेतन के छः सौ रुपये अग्रिम ले गई थी।

कोठी की स्वामिनी को एक नौकर की अत्यन्त आवश्यकता थी, इसलिए उसे तीन माह के छः सौ रुपये देने चुभे नहीं थे।

वास्तव में, यह डब्बू की अपनी माता नहीं थी। उसकी अपनी माँ तो उसे जन्म देकर स्वर्ग सिधार गयी थी। इसलिए वह एक माँ की ममता से पूर्णतया वंचित था। यह उसकी विमाता थी जिसने उसकी तीसरी कक्षा की पढ़ाई बन्द करवाकर उसे नौकरी पर लगवा दिया था। जाते हुए वह डब्बू की पीठ को सहलाते हुए कह गई थी, 'और दो कक्षाएँ पढ़कर भी तो तुम्हें यही कार्य करना था।' उसके उत्तर में डब्बू को कहने को कुछ भी नहीं सूझा। उसे इतनी समझ ही नहीं थी कि क्या कहना चाहिए।

अपनी दिवंगत माँ को ध्यान आते ही डब्बू की आँखों से बरबस आँसू लुढ़ककर छोटे बच्चे की कुर्सी पर गिर पड़े। एक आँसू मेज पर पड़े हुए पेपरवेट पर भी गिरा।

छोटे बच्चे की यह कुर्सी एक छोटे मेज के साथ रखी हुई थी। मेज पर छोटे बच्चे की पुस्तकों और कापियों के साथ एक पेपरवेट भी पड़ा हुआ था। बेबी सोलह वर्ष की हो चुकी थी, परन्तु छोटे ने अभी चौदहवें वर्ष में ही

कदम रखा था। उसे परी-कथाएँ बहुत पसंद थीं। इसलिए उसने अपनी मेज पर एक ऐसा पेपरवेट रखा हुआ था जिसमें एक रंगीन परी की तसवीर थी। वह तसवीर अत्यन्त सुन्दर एवं मनमोहक थी। उस रंगीन परी के प्रभाव से पेपरवेट आकर्षक हो गया था।

जिस समय डब्बू की आँखें अश्रुपूरित थीं, उस समय वह पेपरवेट की ओर ही उन्मुख था। वह भी छोटे की भाँति पेपरवेट की परी को निहार रहा था। उसे ऐसा आभास हुआ कि परी इतनी सुन्दर है कि अभी बोलना शुरू कर देगी। अकस्मात डब्बू को ऐसा लगा कि पेपरवेट पर गिरे उसके अश्रु के प्रभाव से पेपरवेट के भीतर की परी सजीव हो उठी है, जिस कारण पेपरवेट हिलने लगा था। 'अरे, यह क्या हो गया?' इसका ध्यान आते वह टकटकी लगाकर पेपरवेट की ओर देखने लगा।

तभी डब्बू ने अनुभव किया कि जैसे उस परी के होंठ थिरके और उसने जोर से कहा, 'मुझे बाहर निकालो!'

'अरे!' परी की इस बात को सुनकर डब्बू आश्चर्यचकित हो उठा, 'क्या परी की तसवीर भी बोल सकती है ?'

'हाँ, मैं बोल सकती हूँ।' परी ने डब्बू को सम्बोधित करते हुए कहा,'मैं बोल सकती हूँ।'

'परन्तु कैसे!' डब्बू के पूछने पर परी ने कहा, 'देखो मेरी साँस चल पड़ी है।'

'तुम्हारी साँस क्या पहले नहीं चलती थी?' डब्बू ने विस्मित होकर पूछा तो परी ने उत्तर दिया, 'नहीं।'

'क्यों ?'

'मुझे शाप मिला हुआ था।'

'वह क्या होता है?'

'तुम शाप नहीं समझते।'

'नहीं।'

'क्यों ?'

'मैं तीसरी कक्षा तक ही पढ़ा हुआ हूँ।'

'परी ने उदासी के साथ कहा, 'फिर तुम भी शापित हो।'

'किस प्रकार !' डब्बू की घबराहट का उत्तर देते हुए परी ने कहा, 'कुछ भी न समझ पाने का शाप।'

'ऐसा क्यों ?' डब्बू का स्वर आश्चर्य में डूबा हुआ था।

'क्योंकि तुम शिक्षित नहीं हो।' परी ने कहा। डब्बू ने बिलखते हुए कहा, 'परन्तु मुझे तो किसी ने पढ़ाया ही नहीं।'

'क्यों।'

'मैं गरीब जो हूँ।'

'तुम फिर भी पढ़ने का यत्न करो।' परी ने उत्तेजित होकर कहा, 'नहीं तो तुम इस नासमझी के शाप से मुक्त नहीं हो पाओगे।'

'आह, शाप नहीं टूटेगा ?' डब्बू को बिलखते देखकर परी ने कहा, 'हाँ।'

डब्बू को तो यह पता नहीं था कि शाप क्या होता है। फिर भी वह शाप के प्रभाव से रोने लगा। जैसे उसका बहुत कुछ खो गया हो।

'रोओ नहीं।' परी ने डब्बू को हाथ से संकेत करते हुए कहा, 'तुम मुझे बाहर निकालो। मैं तुम्हें पढ़ा दूँगी।'

डब्बू ने उससे पूछा, 'परन्तु तुम इस पेपरवेट के भीतर कैसे चली गई थी। शाप के कारण ?' परी ने कहा, 'मैंने तुम्हें बताया नहीं, मैं सबको सोच और विचार बाँट रही थी।'

'इसलिए शाप !'

'हाँ।'

'तुम हो कौन?' डब्बू ने उसे घूरते हुए पूछा तो परी ने उत्तर दिया, 'मैं विद्या की देवी सरस्वती हूँ। परन्तु इन भवनों वालों ने मुझे यहाँ इसलिए कैद किया हुआ है, ताकि मैं केवल इनके लिए ही रह जाऊँ।'

डब्बू ने पूछा 'तो क्या तुम इनके लिए ही रहना नहीं चाहती ?'

'नहीं।' विद्या की देवी ने कहा, 'तभी तो मैं तुम्हें कहती हूँ कि तुम मुझे बाहर निकालो। यहाँ तो मुझे साँस लेने में भी कठिनाई हो रही है तथा मेरा विवेक सुन्न होता जा रहा है।

'परन्तु तुम्हें इसमें से कैसे मुक्त करूँ?'

'यत्न करो।'

'परन्तु कैसे ? मैं तो नितान्त निरीह हूँ। मैं कैसे यत्न कर सकता हूँ।'

'तो मुझे तुमसे कोई आशा नहीं रखनी चाहिए?'

'परन्तु मैं तो?' डब्बू छटपटाने-सा लगा।

पेपरवेट के भीतर की परी मौन हो गई। इससे डब्बू बहुत घबरा उठा। 'यह तो जीवित हो उठी थी। फिर कैसे चुप हो गई?'

'तुम चुप क्यों हो गई हो?' डब्बू ने उससे कहा।

'और कहो, क्या कहना चाहते हो।' परी ने तेज स्वर में कहा, 'फिर यहाँ से मुझे निकाल लो।'

'तुम स्वयं बाहर आ जाओ।' डब्बू ने परी से कहा तो परी ने उदास होते हुए उत्तर दिया, 'तुम्हारे आँसुओं की आँच के साथ मेरी सुन्न हो चुकी देह में स्पन्दन होने लगा था, जिस कारण आधे शाप से मुझे मुक्ति मिल गई है। शेष आधा टूटने में समय लगेगा।'

'क्यों?' डब्बू बेचैन हो उठा। पेपरवेट की परी ने कहा, 'लोग पढ़ लिख कर मुझे मुक्त करवा सकते हैं। तभी मेरा बाकी का शाप टूट सकता है। परन्तु अभी इस बात पर विचार नहीं कर रहे···· मैं क्या करूँ। वह केवल परस्पर लड़ते जा रहे हैं।'

'तो यह बात है।' इतना कहते हुए डब्बू उसे ध्यानपूर्वक देखने लगा। डब्बू ने देखा कि पेपरवेट के भीतर की परी ने बड़ी सुन्दर साड़ी पहनी हुई थी। उसके सिर पर एक ताज भी था। उसके एक हाथ में कमल का फूल तथा दूसरे हाथ में एक पुस्तक थी। पेपरवेट के भीतर खड़ी वह बहुत परेशान लग रही थी। उसकी वीणा उससे दूर पड़ी हुई थी। ऐसा लगता था जैसे उसकी वीणा उससे छीन ली गई हो।

डब्बू उस परी के प्रति अत्यन्त स्नेहाकुल हो उठा। उसका मन किया कि तुरन्त उसे पेपरवेट के बाहर निकालकर अपने कलेजे से लगा ले। ऐसी परियाँ क्या पेपरवेट के भीतर कैद करने के लिए होती हैं। परन्तु वह कैद थी, और यह एक अटल सत्य था।

डब्बू ने पेपरवेट के ऊपर से ही उस परी को सहलाया तो उसे आभास हुआ जैसे वह बड़ी बेचैनी का अनुभव कर रही हो। इस पर डब्बू ने सोचा, 'इसे मुक्ति अवश्य मिलनी चाहिए।'

कुछ सोचते हुए डब्बू ने कहा, 'तुम कहाँ जाना चाहती हो।'

'साधारण लोगों के पास।' उस परी ने कहा, 'परन्तु मैं तो यहाँ कैद में हूँ, विवश हूँ।'

डब्बू ने सहानुभूतिपूर्वक कहा, 'मैं कुछ कर सकता हूँ।'

'हाँ, तुम पढ़-लिख कर मुझे इस कारावास में से मुक्ति दिला सकते हो।'

'ठीक है, मैं तुझे मुक्त करूँगा।' डब्बू ने सहज भाव से उसे कहा और उसके चेहरे के साथ अपनी आँखें लगा लीं। वह चेहरा फूलों के समान कोमल था।

'तुम चिन्ता न करो मेरी परी।' डब्बू ने अपने शब्दों पर बल देते हुए कहा। इतना कहते हुए वह स्वयं में शक्ति का संचार अनुभव करने लगा, 'मैं अपनी पूरी शक्ति लगा दूँगा।'

उसी समय उसने देखा कि बेबी अपने कमरे में से निकलकर झपटकर उसके समीप आकर खड़ी हो गई थी तथा विस्मयपूर्वक उससे पूछ रही थी, 'डब्बू तुम किसके साथ बातें कर रहे थे ?'

'इस परी।' बेबी की ओर देखते हुए डब्बू ने कहा, 'पेपरवेट के भीतर कितनी सुन्दर परी है।' वह अपने खुरदरे हाथ से पेपरवेट को सहलाने लगा।

'हाँ',बेबी ने उससे पेपरवेट लेकर छोटे लड़के की पुस्तकों के ऊपर रखते हुए बड़े गौरव के साथ कहा, 'इस परी के कारण ही तो हमने पेपरवेट को भारी मूल्य देकर खरीदा था। परन्तु तुम यहाँ बैठे क्या कर रहे हो? और नहीं तो मेरे लिए कॉफी ही बनाकर ले आओ।'

'अच्छा' कहते हुए डब्बू उठ खड़ा हुआ, परन्तु पेपरवेट वाली परी उसके हृदय में उतर गई थी, जिस कारण बेबी उसे शंकालु दृष्टि से देखने लग गई थी। उस समय डब्बू के निराश नयनों में चमक भर उठी थी और बेबी शंकित होकर सोच रही थी, 'यह भी हमारे यहाँ कहाँ टिकेगा।'

सुनहरी मछली

करतार सिंह

मछेरा जाना नहीं चाहता था, परन्तु उसकी पत्नी ने उसकी नाक में दम कर दिया। मछेरा उसे बहुत समझाता रहा, पर सब व्यर्थ। सवेरे से वह दो चक्कर लगा आया था। अन्ततः उसे तीसरी बार भी जाना पड़ा।

आयु तो उसकी पचास से कम थी, परन्तु दारिद्र्य एवं चिन्ता ने उसे समय से पहले ही बूढ़ा कर दिया था। वह निःसन्तान था। केवल दो ही प्राणी, पति और पत्नी। सागर तट पर ही उनकी झुग्गी थी। बेचारा बूढ़ा मुँह अँधेरे ही सागर के किनारे बैठ जाता। सारा दिन जाल बिछाए रखता। कुछ मछलियाँ फँस जातीं। वह उन्हें बेचकर अपने जीवन की गाड़ी को खींचे लिये जा रहा था। परन्तु इसी में प्रसन्न था। 'परमात्मा दोनों समय खाने को दे देता है, और क्या चाहिए?' वह सोचता। उसकी पत्नी बहुत ही लोभी प्रवृत्ति की थी। बूढ़ा चाहे टोकरी भरकर मछलियाँ ले आये, परन्तु वह कभी प्रसन्न नहीं होती थी।

बेचारा बूढ़ा पूर्णतया शिथिल पड़ चुका था। प्रतिदिन की भाँति आज भी जाल लेकर निकल गया। सारा दिन सागर तट पर बैठने पर भी, जाल बिछाने पर भी कोई मछली न फँसी। निराश होकर वह जाल खींचने लगा तो उसे वह कुछ भारी-सा लगा। उसने शीघ्रता से जाल खींच लिया। आज उसमें एक प्यारी-सी सुनहरी मछली थी। मछेरे ने उसे हाथ में पकड़ लिया और प्रेमपूर्वक उसकी पीठ पर हाथ फेरने लगा। वह सुनहरी मछली सजीव होकर बोली, 'हे बूढ़े, मछेरे। मुझे छोड़ दे। मैं इस सागर की रानी हूँ। यदि तू मुझे मुक्त कर देगा तो मैं तुम्हारी हर इच्छा पूरी किया करूँगी।'

बूढ़े मछेरे को मछली पर तरस आ गया। उसने उसे पुनः सागर में फेंक दिया तथा स्वयं खाली हाथ घर लौट आया। टोकरी खाली देखकर मछेरे की पत्नी उसे काट खाने को दौड़ी। बूढ़े ने उसे धीरज बँधाया और सुनहरी मछली की कथा सुना डाली।

बूढ़ी ने यह सुनकर मछेरे को कोसना शुरू कर दिया, 'तुमने मछली से कुछ माँगा क्यों नहीं! जाओ, अभी तुरन्त जाकर मछली से कुछ खाने के लिए माँग लाओ।' बूढ़ा मछेरा उल्टे पाँव मुड़ गया। सागर तट पर पहुँच कर उसने कहा, 'हे सागर की रानी मछली, तनिक तट पर आओ और मेरी विनती सुनो।'

क्षण भर में ही लहरों के संग खेलती बलखाती हुई सुनहरी मछली तट पर आ पहुँची। बूढ़े मछेरे ने उसे प्रणाम करते हुए कहा, 'हे मछली रानी! मेरे घर में खाने के लिए कुछ नहीं। कृपया भोजन के लिए कुछ सामान दो।'

'तुम घर जाओ। मैं वहीं भिजवा दूँगी।' इतना कहकर मछली पुनः सागर में जा घुसी। मछेरा जब घर पहुँचा तो आटा, दाल, घी, चीनी, दाना एवं सब्जियों आदि के ढेर लगे हुए थे। उसने पत्नी को बुलाया। दोनों ने मिलकर सभी वस्तुएँ झुग्गी के भीतर रखीं। बूढ़ा इस कार्य से अभी निवृत्त ही हो पाया था कि बूढ़ी फिर कहने लगी, 'केवल खाने की वस्तुओं से क्या होगा जाओ उससे वस्त्र, आभूषण आदि भी माँग कर लाओ।'

बूढ़ा उसे समझाने लगा, 'देखो, अभी तो इतनी ढेर सारी वस्तुएँ माँगकर लाया हूँ। बारबार माँगना मनुष्य को शोभा नहीं देता। कल जाकर वस्त्रादि भी माँग लूँगा!'

परन्तु बूढ़ी ने उसकी एक न सुनी। अन्ततः हार मानकर मछेरे को जाना ही पड़ा। सागर तट पर खड़े होकर मछेरे ने पुनः प्रार्थना की, 'हे सागर की रानी सुनहरी मछली। तनिक तट पर आओ और मेरी विनती सुनो।'

पहले की भाँति लहरों से किलोलें करती हुई सुनहरी मछली सागर तट पर आ गई। मछेरे ने उसे प्रणाम करने के पश्चात अपनी पत्नी की इच्छा उसके सामने रखी। सुनहरी मछली बोली, 'उसकी इच्छा पूर्ण हो जायेगी।'

मछेरा जब घर लौटा तो क्या देखता है क़ि उसकी बूढ़ी मछेरिन सुन्दर वस्त्राभूषण पहनकर दुल्हन बनी बैठी थी। मछेरे को देखते ही बोली, 'यह वस्त्र और आभूषण पहनकर मैं इस झुग्गी में रहती हुई अच्छी नहीं लगती। तुम कल मछली से अपने निवास के लिये एक महल के लिए कहना।'

बूढ़ा चुपचाप सब सुनता रहा। दिन निकलते ही बूढ़ी ने उसे बिना कुछ खिलाये-पिलाये सागर की ओर भेज दिया। मछेरे ने पुनः सुनहरी मछली का स्मरण किया। जब वह उपस्थित हुई तो बूढ़ा बोला, 'हे सागर की रानी! मेरी पत्नी झुग्गी में रहते हुए बहुत कष्ट झेल रही है, इसलिए उसके रहने के

लिए एक महल की आवश्यकता है।'

'उसकी यह इच्छा भी पूर्ण हो जायेगी।' इतना कहते हुए सुनहरी-मछली पुनः सागर में डुबकी लगा गई। घर लौटकर बूढ़े ने देखा कि झुग्गी के स्थान पर एक सुन्दर महल खड़ा था। उसकी पत्नी सुन्दर-सुन्दर वस्त्राभूषण पहने सजी बैठी थी। बूढ़ी बड़ी प्रसन्नचित दिखाई दे रही थी।

कुछ दिन इसी प्रकार सुखपूर्वक व्यतीत हो गये। परन्तु लोभी बुढ़िया का लोभ पुनः सिर उठाने लगा। एक दिन उसने मछेरे से कहा, 'मैं दिन रात काम करते हुए अपनी समस्त आयु व्यतीत की। मैं अब ऐसे जीवन से तंग आ चुकी हूँ। तुम सुनहरी मछली के पास जाकर उसे हमें नौकर-चाकर एवं दूसरे सुख आराम के सामान देने के लिए कहो।'

बूढ़े ने उसे समझाने का प्रयास किया,'अधिक लालच नहीं करना चाहिए। हम केवल दो ही तो प्राणी हैं। घर का काम काज है ही कितना?' परन्तु बूढ़ी के विवेक को लोभ ने ऐसा ढक दिया था कि उसने उसकी एक न सुनी।

विवश होकर मछेरा सागर की ओर चल पड़ा। वहाँ पहुँचकर उसने सुनहरी मछली के समक्ष अपनी पत्नी की इच्छा प्रकट की। सुनहरी मछली मुस्कुराई और दृष्टि से ओझल हो गई। लौटकर मछेरे ने देखा कि उसकी पत्नी महारानी के समान सज-धज कर बैठी हुई है। उसके चारों ओर नौकर-चाकर, दास-दासियाँ हाथ बाँधे खड़े हैं।

एक दिन बुढ़िया का पति से तकरार हो गया। वह लोभी बुढ़िया फिर उसे अपनी कोई इच्छा पूर्ण करवाने के लिए सुनहरी मछली के पास भेजना चाहती थी। अब उसका लोभ पूरे यौवन पर था। वह अब सारी धरती की महारानी बनने के सपने देखने लगी थी। परन्तु मछेरा इसको अस्वीकार कर रहा था। बूढ़ी क्रोध में अपना आपा खो बैठी और अपने नौकरों को आज्ञा दी कि बूढ़े की पिटाई करके उसे महल से बाहर निकाल दिया जाये।

नौकरों ने ऐसा ही किया। बेचारा बूढ़ा पुनः किसी-न-किसी तरह सागर तट पहुँचा। उसने सुनहरी मछली का स्मरण किया। तट पर आते ही सुनहरी मछली ने पूछा, 'कहो, अब तुम्हारी मछेरिन को और किस वस्तु की इच्छा है?'

मछेरा बोला, 'पहले तो सब कुछ अपनी पत्नी के कहने से ही सब कुछ माँगता रहा हूँ। अब मेरी भी एक इच्छा है।'

मछली मुस्कुराई और बोली, 'कहो बाबा, वह भी पूर्ण होगी।'

बूढ़ा मछेरा बोला, 'बस इतना ही। तुम यह अपना धन-दौलत, दास-दासियाँ एवं महल आदि सभी कुछ वापस ले लो। मुझे मेरी झुग्गी और जाल लौटा दो। धन के लालच ने मेरी पत्नी की बुद्धि नष्ट कर दी है। मेरा सुख-चैन सब छीन लिया है।' मछली ने उत्तर में कहा, 'ऐसा ही होगा।'

अब महल के स्थान पर हां पुरानी झुग्गी और टूटा फूटा सामान पड़ा था। बुढ़िया सोई पड़ी थी। मछेरे ने उसे जगाया। वह आँखें मलती हुई उठ बैठी और अपने चारों ओर का परिवर्तित वातावरण देख, वह सकते में आ गई।

जिस प्राणी को संतुष्टि नहीं वह कभी सुखी नहीं रह सकता। बूढ़े की प्रेम भरी बातों ने बूढ़ी मछेरिन की आँखों से लोभ का पर्दा हटा दिया। उसने अपनी भूल को समझ लिया और अपने पति से क्षमा माँगने लगी। इसके पश्चात दोनों प्राणी सुखपूर्वक जीवन व्यतीत करने लगे।

देवताओं की सभा में लेखक

अमृता प्रीतम

एक बार ईश्वर बहुत उदास था। उसने विष्णु को बुलाया और कहने लगा, 'एक दिन मैंने ब्रह्मा को सृष्टि रचने का आदेश दिया था, उसने आदेश का पालन करते हुए सृष्टि की रचना कर दी, परन्तु उसके पालन-पोषण का भार तुम्हें सौंपा था, विष्णु! तनिक देखो, बीसवीं सदी के लोगों की क्या दशा हो गई है।'

विष्णु ने अपने चारों हाथों में पकड़े हुए—शंख, सुदर्शन चक्र, गदा और कमल ईश्वर के चरणों में रख दिये तथा चारों हाथ जोड़ते हुए कहने लगे, 'मेरे ईश्वर, सृष्टि के लोगों को जब-जब मेरी आवश्यकता अनुभव हुई, उन्होंने मुझे स्मरण किया, मैं अविलम्ब उनके पास पहुँचा। मैंने मनुष्यों के अभावों की पूर्ति के लिये एक नहीं, अपितु बारह अवतार लिये, परन्तु अब

धरती के लोगों ने मुझे स्मरण करना छोड़ दिया है। आप ही बताएँ, मैं क्या करूँ?

ईश्वर ने कहा, 'अच्छा, सभी देवी-देवताओं को बुलाओ। उनसे भी पूछ लिया जाए कि हमारे ही रचे हुए जीव क्या सचमुच हमें भूल चुके हैं?' सभी देवी-देवता ईश्वर के दरबार में उपस्थित हो गये।

सबसे प्रथम वरुण देवता उठे और कहने लगे, 'ईश्वर, आपकी चिंता उचित है। धरती और अम्बर के मध्य मेरा एक सहस्र द्वारों वाला घर है। मैंने हर द्वार से धरती की अवस्था की झाँकी देखी है। सचमुच लोग हमें विस्मृत कर चुके हैं। अंतरिक्ष की शक्तियों के रहस्य मेरे से अधिक कोई नहीं जान सकता। मेरा साथी मित्र देवता दिन के समय में मेरे कार्यों में मेरा हाथ बँटाता है, परन्तु रात को मैं अकेला ही धरती और अम्बर पर दृष्टि रखता हूँ। धरती को जल की आवश्यकता थी, मैंने अम्बर से जल लेकर नदियों के रूप में उसे प्रदान किया। जल लोगों की रक्षा करे, उन्हें प्रकोप से सुरक्षित रखे, इसलिए वे मेरी उपासना करते थे। परन्तु अब भले ही घर-बार, खेत-खलिहान बह जाये, वे मुझे कभी भी स्मरण नहीं करते।'

इसके पश्चात् वायुदेव उठे और कहने लगे, 'मेरी साँस लोगों को जीवनदान देती है, परन्तु वे अपनी किसी भी साँस के साथ मेरा स्मरण नहीं करते।' इसी प्रकार अग्निदेवता ने कहा, 'ईश्वर, तुम्हारी सृष्टि की रक्षा के लिये मैं आकाश में सूर्य के रूप में जन्म लेता हूँ, बादलों में विद्युत के रूप में, धरती पर अग्नि के रूप में, परन्तु जिन लोगों के जीवन के लिए मैं इतना कुछ करता हूँ, वे मुझे पूर्णतया भुला चुके हैं।'

ईश्वर की उदासी और भी गहरी हो गई तो देवताओं ने परामर्श दिया, 'क्यों न धरती से कुछ लोगों को बुलाकर पूछा जाए कि वे अपने कष्टों की निवृत्ति के लिये हमें स्मरण क्यों नहीं करते !'

'तुम लोग ही बताओ कि किस-किस को बुलाया जाए! ईश्वर ने पूछा। यह सुनते ही सभी देवी-देवता विचारमग्न हो गये। फिर कहने लगे, 'यदि समय के राजनीतिज्ञ लोगों को बुलाया जाए तो वे सत्य नहीं बतलायेंगे, क्योंकि राजनीति में रहकर उनको सत्य बोलने का अभ्यास नहीं रहा और यदि साधारण लोगों में से किसी को बुलाया जाये तो वह किसी भी दलील के साथ बात नहीं कर पायेंगे क्योंकि हड्डियों को चूर कर देने वाले कड़े परिश्रम के कारण उनके सोचने की शक्ति ही समाप्त हो चुकी है।'

बड़ी देर तक विचार-विनिमय करने के पश्चात् सभी देवी-देवताओं ने देवी सरस्वती को कहा, 'कि तुम्हारी उपासना करने वाले निश्चय ही सच्चे एवं विवेकी होंगे। क्यों न धरती से किसी लेखक को बुलाकर संसार के इस रहस्य के बारे में पूछताछ की जाये।' सरस्वती ने स्वीकृति में सिर हिलाया, परन्तु कहने लगीं, 'अब तो किसी को मेरा नाम तक स्मरण नहीं होगा। अब वे मेरी पूजा आराधना नहीं करते।'

सरस्वती की दलील से सभी सहमत थे, परन्तु धरती से किसी को बुलाने का निर्णय तो करना था। इसलिए यही निर्णय लिया गया कि किसी लेखक को बुलाकर इस भेद को जाना जाये—

इस प्रकार धरती से एक लेखक को बुलाया गया। सरस्वती उसे अपने समक्ष बिठाकर उससे वार्तालाप करने लगीं।

'सुना है, मानव जाति आजकल बहुत बड़े-बड़े व्यापार कर रही है। परन्तु तुमने सभी व्यापार छोड़कर एक लेखक बनने का निर्णय कैसे कर लिया ?'

'मेरे पिता के पास थोड़ी-सी भूमि थी, परन्तु खेती का काम तो हड्डियाँ तोड़कर रख देता है, वह सब मेरे से सम्भव नहीं था। बड़ी-बड़ी नौकरियाँ तो उच्च सम्पर्कों द्वारा ही प्राप्त होती हैं, मेरा किसी से सम्पर्क नहीं था। इसलिये दुखी होकर मैंने कहानियाँ लिखनी शुरू कर दीं।'

'तो क्या फिर किसी प्रकार की मानसिक शांति प्राप्त हो सकी!'

'वह तो लोगों की प्रशंसा से प्राप्त होती है और शांति तो तभी मिलती है जब रचना प्रकाशित हो जाये!'

'तुम्हारी रचना प्रकाशित नहीं होती!'

'मैं जान नहीं पाया कि सम्पादक कैसे लेखकों की रचना प्रकाशित करते हैं। न तो मेरी रचना कोई सम्पादक छापता है, न कोई प्रकाशक मेरी पुस्तक ही प्रकाशित करता है। मैं खाने के लिए भी तरस रहा हूँ। इस निकम्मे काम में से मैं दो समय के भोजन की भी व्यवस्था नहीं कर पाता।'

'हो सकता है कि तुमने अपनी देवी की आराधना न की हो और तुम्हारी लेखनी अभी तक इतनी सशक्त न हो पाई हो।'

लेखक क्रोधित हो उठा और कहने लगा, 'मैं उसकी आराधना किस लिये करूँ! उसने मुझे क्या दिया है, किस कारण मैं उसकी उपासना करूँ।

मैंने अनेक लड़कियों से प्यार किया, पर उनमें से किसी एक ने भी मेरी ओर ध्यान नहीं दिया !'

सरस्वती ने धैर्यपूर्वक कहा, 'तुम्हारी आराध्य देवी तुम्हारी लेखनी को शक्ति प्रदान कर सकती है।'

'अच्छा, किस प्रकार की शक्ति?'

'ऐसी शक्ति कि जिससे लोग तुम्हारी लेखनी से निकलते हुए शब्दों की प्रतीक्षा करने लगें। प्रत्येक सम्पादक तुम्हें पत्र लिखकर तुमसे नई कहानी के लिए आग्रह करे तथा उनके प्रकाशक आगे-पीछे चक्कर काटते रहें।'

'अच्छा, इतनी शक्ति।'

'यदि कोई देवी तुझे इतनी शक्ति दे दे तो क्या फिर तुम उसकी उपासना करोगे !'

लेखक अट्टहास करने लगा। फिर कहने लगा, 'यदि मेरे पास इतनी शक्ति आ जाये तो फिर दूसरे लोग मुझे पूजने लगेंगे, तब मैं किसी की पूजा क्यों करने लगा !'

जहाँ सूर्य सोता है

गुरबख्श सिंह प्रीतलड़ी

पम्मी कमरे की खिड़की में खड़ी सूर्यास्त होते देख रही थी। उसकी माँ उसके नन्हें भाई मप्पू को सुलाने के लिये वस्त्र पहना रही थी। पम्मी के साथ खेलने वाला कोई नहीं था।

'हाँ सूर्य कहाँ जा रहा है?' पम्मी ने पूछा, 'वह पहाड़ी के पीछे उतरता जा रहा है।'

'हाँ!' माँ ने नन्हें का मुखड़ा चूमते हुए कहा, 'वह सोने जा रहा है—मेरे मप्पू की भाँति-मीठे, अच्छे, सोने के ढेले, मेरे मप्पू की भाँति।'

'यह तो कभी नहीं हो सकता न कि सूर्य सोता ही रहे और फिर कभी लौटकर ही न आये?'

‘यदि वह न लौटे’, माँ ने कहा, ‘तब बिना धूप के हम क्या करेंगे? न तो नदी में हम नहा सकेंगे, न बाहर जाकर चाय पी सकेंगे।...... और न ही कोई प्यारा फल ही पकेगा।’

माँ ने शीघ्रता से मप्पू को गोद में उठाया और उसे गुनगुने जल में नहलाने के लिये स्नानघर में ले गईं।

‘यदि भला,’ पम्मी सोचने लगी, ‘मैं कल सवेरे जागूँ और सूर्य लौटकर न आया हुआ हो तो।’

यह एक बहुत भयानक विचार था। सदैव कड़ाके की सर्दी रहेगी और लोग लगेंगे काँपने। एकदम सुन्न हुए हाथ, सूजे हुए पाँव, लाल भभूका हुई नाक तथा खाँसी से बेहाल। सदैव सर्दी—सदैव शीत ऋतु।

नीचे बैठक में चाची गा रही थीं। पम्मी का मन उसके पास जाने को करने लगा। परन्तु अभी नीचे जाने के लिये पम्मी का समय नहीं हुआ था। इस समय बड़ों के पास कोई न कोई आता-जाता रहता था। वह गलियारे में जाकर चाची का गीत सुनने लगी। परन्तु स्नानघर में माँ मप्पू को टब्ब में नहला रही थी। पानी की ‘धप्प धप्प’ में चाची का गीत सुनना कठिन लग रहा था, माँ की आवाज ही सुनाई दे रही थी, ‘अब यह हाथ, मेरे माखन-स्पंज को दूसरे हाथ में लो—अरे यह क्या किया तूने, साबुन को पानी में फेंक दिया।’ परन्तु चाची सदा मीठा गीत गुनगुनाती रहती थीं। सीढ़ी के चार डंडे नीचे उतर कर गीत सुनने से पम्मी स्वयं को रोक न सकीं। उसे स्पष्ट सुनाई दिया, चाची गा रही थीं :

जब हम बड़े होंगे, जोगा और मैं,
हम एक साथ जायेंगे।
उस स्थान का पता लगायेंगे
जहाँ यह बड़ा सूर्य जाकर,
बड़ी नर्म नर्म घास में सो जाता है।
हमने कई बार उसे जाते हुए देखा है,
गर्माहट भरे मीठे, सुनहरी मौसम में
कैसे धीमे से यह उतर जाता, नीचे ही नीचे
नर्म लम्बी घास के बीच सोने के लिये।

‘कोमल लम्बी घास में सोने के लिये’ पम्मी फुसफुसाई।

मुझे पता है कोमल लम्बी घास कहाँ उगती है—पहाड़ी के शिखर पर। मैं समझती थी कि सूर्य पहाड़ी के पीछे कहीं जाकर सोता था परन्तु अब मुझे पता चल गया है, वह पहाड़ी के ऊपर घास में सोता है—किसी दिन शायद.....।'

'आ जाओ नीचे, आ जाओ।' माँ ने आवाज दी, 'नन्हें की बहन कहाँ हो ?'

सीढ़ियाँ उतर कर पम्मी माँ के पास चली गयी।

दूसरे दिन सवेरे बहुत ठण्ड थी, 'कितना भयानक दिन है। सूर्य आज दिखाई ही नहीं दिया। परन्तु हँसता-हँसता आयेगा अवश्य।' माँ ने कहा।

परन्तु वह बिलकुल ही नहीं आया। पम्मी अत्यंत चिंतित हो उठी—चाची का गीत सुनकर उसके मन में आया था—'यदि कोमल घास में सोये हुए की नींद ही न टूटे तो !'

दूसरे, तीसरे, चौथे दिन भी सूर्य के दर्शन नहीं हुए। पम्मी का मन विचलित हो उठा, उसे लगा जैसे वह न तो सो सकेगी और न ही खा सकेगी—यदि सूर्य शीघ्र ही न लौटा तो, उसने सोचा और सोचती गई। अन्ततः कहने लगी :

'मैं अच्छी तरह जानती हूँ। सूर्य गहरी नींद में है। घास बहुत नर्म थी और गर्म भी हो गया होगा। ऐसा करूँ कि उसे स्वयं जाकर जगाऊँ। प्रातः बिस्तर से उठते ही मैं नहा-धोकर कपड़े पहनूँगी, फिर मैं समय पर पहाड़ी पर चढ़कर उसे घास में से ढूँढ़ कर जगा आऊँगी।'

अभी भोर ही हुई थी, एक छोटी-सी लड़की चुपके से घर से निकल पड़ी। यह छोटी पम्मी थी। पहिले वह तेज-तेज दौड़ी, फिर और तेज, फिर उससे भी तेज। वह पहाड़ी के ऊपर चढ़ गई—यह पहाड़ी उनके घर से न तो बहुत दूर थी और न ही बहुत ऊँची। यह सुबह भी तो कल जैसी कँपा देने वाली नहीं थी। बादलों के ऊपर लालिमा थी, आकाश भी नीला था और इसमें न जाने कितने मीठे रंग भरे हुए थे। पम्मी के छोटे-छोटे पाँवों की आवाज सुनकर वृक्षों में से पक्षियों ने सिर उठाये और पम्मी को कहते हुए सुना :

'सूर्य-सूर्य—ओह प्यारे सूर्य—तुम कहाँ हो? जागो—उठ खड़े हो जाओ। तुम्हारे बिना हमारा घर हँसता नहीं—हम तुम्हें बहुत याद करते हैं।'

पम्मी ने हर कोना छान डाला। प्रत्येक वृक्ष के नीचे, प्रत्येक झाड़ी के नीचे। आखिर मेमनी बनकर घास के भीतर झाँका—दायें, बायें, ऊपर, नीचे भली प्रकार ढूँढ़ा। कितनी देर वह उसे ढूँढ़ते-ढूँढ़ते थक गई—उसके हाथ-पाँव दुखने लगे थे। अन्ततः वह हार कर उठ खड़ी हुई। पर आह···उसके सामने आकाश में क्या था ? सूर्य। पूर्ण आलोक से भरा हुआ सूर्य।

'आह मिल गया।' वह सटका बोल उठी, 'तूने मुझे सुन लिया था न, तो तुम अब जाग ही उठे, परन्तु ओह !' वह मुँह बनाकर अफसोस करने लगी, 'मैं तुझे क्यों न ढूँढ़ सकी? आगे के लिये मुझे सब पता चल गया है। मैं ठीक यहीं से तुझे जगा लिया करूँगी, कितना सुन्दर है, तुम्हारा बिछौना।' पम्मी ने नर्म, लम्बी, घास को अपने आलिंगन में भर लिया।

—✦—

आत्म विश्वास की ज्योति

डॉ० जसवंत गिल

कूदती-फुदकती-सी प्रीति ने सीढ़ियाँ पार की। ऊपर पहुँच कर उसने गहरी साँस भरते हुए खम्बे की ओर देखा और मुस्कुरा पड़ी। यदि माँ को पता चल जाता कि परीक्षा के पहले दिन ही मैंने चक्कर खाकर इस खम्बे का सहारा लिया था तो वह पागल हो जाती। वह आँगन की बुहारी मिट्टी और लाल मिर्च मेरे ऊपर से वारते हुए अग्नि में डाल कर फुसफुसाती, 'तुझे नजर लग गयी है।'

'माँ नजर जैसी कोई वस्तु नहीं होती।' प्रीति खीझती और चिल्लाती रहती। परन्तु माँ एक विश्वास के साथ अपने कार्य में जुटी रहती, 'ठीक है, नजर न सही फिर भी धूप जलाने में क्या हानि है ! तुम्हारी यह मिर्चें, माँ! इसका धुआँ सिर को पकड़ता है।' बेटी उत्तर देती।

इसी कारण माँ पुनः चुटकी भर हरमल के साथ प्रीति पर से नजर की परछाई उतारती और कहती, 'इसकी सुगंध कितनी मोहक है। इससे मक्खी और मच्छर भी मर जाते हैं।' इस समस्त आडम्बर के विरुद्ध प्रीति के भीतर

जैसे क्रोध धुआँ बनकर उठता। परन्तु वह विरोध में पाँव पटक कर रह जाती।

'इस अंधविश्वास को तुम ऐसे नहीं छोड़ सकती।' प्रीति को उसके पिता समझाते हुए कहते, 'पहले अपने अन्तर में ज्ञान का दीपक जलाओ, तभी तुम लोगों का मार्ग दर्शन कर सकती हो। तुम्हारी पीढ़ी ही तुम्हारी बात सुनेगी।'

'हे राम!' प्रीति एक आह-सी भरती, 'मेरी सहपाठिनें भी पास होने के लिए व्रत रखती हैं। भले ही वे तृतीय श्रेणी ही क्यों न पायें।'

प्रीति इन्टर साइंस की परीक्षा दे रही थी। प्रथम पत्र गणित का था। उस दिन वह भागते हुए सीढ़ियाँ चढ़ी और उसकी साँस फूल गयी। वह इस खम्बे के समीप ढेर हो गयी थी। पल भर के लिये उसके चारों ओर अँधेरा छा गया। जब उसने आँखें खोलीं तो प्रभु को धन्यवाद दिया कि उसे किसी ने नहीं देखा।

पहले दिन माँ ने खिचड़ी बनाई थी और साथ में दही। परन्तु प्रीति दो ग्रास से अधिक नहीं खा सकी। 'शायद मुझे पित्त हो गया है। थोड़ी दही यदि और खा लेती !' उसने विचार किया। 'मुझे भूख नहीं थी। अभी भी मुझे उबकाई-सी आ रही है।' प्रीति ने स्वयं को सत्य सिद्ध करने का प्रयास किया।

उसने पर्स में से छोटी इलायची और मिशरी निकालकर मुँह में डाली। इसे भी माँ ने उसे देते हुए कहा था, 'यदि मन खराब हुआ तो इसे चूस लेना।' माँ ने स्वयं तो कभी भी परीक्षा नहीं दी थी, परन्तु उसके कष्टों से वह अनभिज्ञ न थी।

रात को जब प्रीति अध्ययन करने बैठती तो माँ अपने कमरे मे चर्खा कातने लगती। चर्खे की आवाज उसके लिये लोरी के समान थी। यह ध्वनि उसे सुलाने की बजाए निरन्तर गतिशील बने रहने की प्रेरणा देती थी।

एक बार माँ बहुत बीमार हो गयी थी। उस समय नन्हीं प्रीति ने चूल्हा-चौका सम्भाला था। उसके पिता बुझ रही आग को हवा देते रहते थे और उसकी पकाई हुई टेढ़ी-मेढ़ी रोटियों की मुक्त कंठ से प्रशंसा करते, 'बेटी, तुम दाल में अपने लिये और नमक डाल लेना। मेरे लिये यह ठीक है।' इस शिक्षा के साथ पिताजी ने सदैव उसका नेतृत्व किया था।

एक डाक्टर माँ को देखने के लिये प्रतिदिन घर आता था। लम्बा, गोरा, भूरी आँखों वाला, उसका व्यक्तित्व अत्यंत आकर्षक था। उस समय प्रीति रसोई का काम छोड़कर माँ के कमरे में आ जाती। वह डाक्टर की ओर बड़े चाव से देखती और ध्यान से उसकी बातें सुनती। वह माँ के कष्ट का भी वर्णन कर देती। आज रात माँ को नींद नहीं आयी। कल संध्या १०३ डिग्री ज्वर हो गया था।

डाक्टर इस लड़की की सूझ-बूझ और सेवा से प्रसन्न था, 'प्रीति, तुम बढ़िया नर्स बन सकती हो।' डाक्टर उसे प्रोत्साहित करता।

'मैं, मैं डाक्टर बनूँगी।' प्रीति के संकल्प ने अँगड़ाई ली और वह स्वयं अपने इन शब्दों पर प्रफुल्लित हो उठी। उसके पाँव के समक्ष जैसे एक लक्ष्य पसरता चला गया।

घर के कार्यों में माँ का हाथ बँटाते हुए भी उसका ध्यान पढ़ाई पर ही केन्द्रित रहता। अपने घर के समीप के पुस्तकालय की अनेक पुस्तकों का उसने अध्ययन किया था। इससे अध्ययन के प्रति उसकी लालसा निरन्तर तीव्र होती गयी। वह अपने पिता से हर समय नई पुस्तक की फरमाइश करती रहती।

उसकी सहेलियाँ समय-असमय उसके घर आ जातीं तो वे प्रीति को अधिकतर कैमिस्ट्री के फारमूले करते हुए अथवा फिजिक्स के प्रश्नों का समाधान करने में डूबी हुई पातीं। 'प्रीति अपनी श्रेणी में कैसे प्रथम आती है?' उसकी सखी कुन्ती स्वयं से पूछती। उसने इन दो विषयों के लिये ट्यूशन रखी हुई थी।

इन्टर साइंस की परीक्षा कालेज की दूसरी मंजिल के हाल में होती थी। तीसरे दिन प्रीति सहज भाव से सीढ़ियाँ चढ़ी। फिजिक्स का प्रश्न-पत्र पढ़कर उसे बड़ा संतोष हुआ। 'सत्तर अस्सी प्रतिशत अंक अब कहीं नहीं जाते।' परीक्षा हाल से निकलते हुए उसने पलकें झपकाईं। अभी तो नाव है सागर में! उसके विचार ने उसे संयत करना चाहा। यह सागर भी पार करेंगे। उसने दृढ़ विश्वास के साथ सिर उठाया।

उह, कल तो जसपाल की कैमिस्ट्री की परीक्षा है। स्मरण आते ही वह तीव्र गति से घर की ओर चल पड़ी। जसपाल उसकी मामी का लड़का है और उसने उसकी सहायता करने का निश्चय किया था।

अपनी सखी के विवाहोत्सव में नृत्य करती हुई प्रीति फिर गिर पड़ी। सभी ने यही सोचा कि शायद उसका पाँव फिसल गया है। यह रहस्य तो स्वयं वह ही जानती थी कि चक्कर आने से ही वह बेसुध हुई थी। मूर्च्छा टूटने के पश्चात उसका हृदय धड़क रहा था। उसने अपने दुपट्टे से वक्ष को कस लिया।

ज्यों-ज्यों समय बीतता गया प्रीति परीक्षाफल की चिंता में ग्रस्त होती गई—'मेरे पेपर अच्छे नहीं हुए। शायद प्रथम श्रेणी न आये.... फिर मेडिकल में प्रवेश ?' यह विचार आते ही उसके हृदय में पीड़ा की लहर-सी उठती। परीक्षा फल को विस्मृत करने के लिये वह स्वयं को किसी-न-किसी कार्य में व्यस्त रखती। इसी बीच उसने कपड़ों की सिलाई की और उन पर फूल-बूटे काढ़े।

अन्ततः परीक्षा के परिणाम की वह घड़ी भी आ गई। प्रीति के प्रथम आने का समाचार प्रिंसिपल ने सुनाया तो चारों ओर से बधाइयों का ताँता लग गया।

प्रीति की प्रसन्नता की कोई सीमा नहीं थी, परन्तु हाल से लौटते हुए उसकी आँखों में वह खम्भा खटका, जिसका सहारा लेकर वह परीक्षा के प्रथम दिन बैठी थी।

प्रीति ने प्रवेश-पत्र भेजे। सबसे बढ़िया मेडिकल कालेज से उसे इन्टरव्यू के लिये बुलाया गया। लड़के और लड़कियों के इस कालेज के प्रिंसिपल डॉ0 प्रीतम सिंह हैं। वे चुनाव कमेटी के प्रधान थे। भूरी आँखें, चौड़ा माथा, पगड़ी भी उसके अनुपात से बँधी हुई.... प्रीति को स्मरण हुआ, यह तो वही डाक्टर हैं, जिन्होंने माँ का उपचार किया था। वह जैसे गर्व से फूल उठी। चुनाव कमेटी के सभी सदस्य उसके उत्तरों से प्रसन्न थे।

'आप अपनी मेडिकल जाँच करवा लें !' प्रीति को चुनाव-कार्ड दिया गया। चुने हुए विद्यार्थी टोलियाँ बना कर इधर-उधर घूम रहे थे। प्रीति एक बेंच पर बैठ गई। उसका हृदय तीव्र गति से धड़क रहा था। उसने अपने होंठों पर जीभ फेरी और अपने सामने टोली में खड़ी लड़की की ओर निहारने लगी, 'कितनी सुन्दर। ऊँची सैंडल, बाँहों के बिना, नीचे गले का ब्लाउज।' सभी लड़कियों के वस्त्र ऐसे ही थे। प्रीति को विचार आया, 'मेरे कपड़े इस फैशन से मेल नहीं खाते। पर मुझे ऐसे फैशन नहीं करने, मुझे तो अपने को पूर्णतया पढ़ाई से जोड़ना है।

जाँच के लिये प्रीति को बुलाया गया। उसका भार ठीक था। मुख पर कुछ पीलापन है। डाक्टर ने सोचा—शायद घबराहट के कारण हो।—परन्तु रक्त दबाव के आँकड़े? कहीं कुछ गड़बड़ है। 'आप यहीं लेटी रहें।' उसे समझाते हुए डाक्टर एक दूसरे विद्यार्थी का निरीक्षण करने लगा।

'आप पानी पीयेंगी?' लौटकर डाक्टर ने पूछा।

'जी हाँ।' प्रीति का गला शुष्क पड़ा हुआ था, उसने अनुभव किया कि हृदय की जाँच करते समय डाक्टर के माथे पर बल पड़ गये थे। उसका दिल और भी तीव्रता से धड़कने लगा।

स्टैथेस्कोप अपने कानों से उतार कर डाक्टर उसकी नाड़ी पर हाथ रखते हुए पूछा, 'आपको बचपन में कभी लम्बा ज्वर हुआ था?'

ज्वर तो कई बार चढ़ता था। निश्चयपूर्वक कुछ नहीं कह सकती, परन्तु मेरा गला खराब रहता था।

'कोई और रोग?' डाक्टर ने उसके पेट को टटोला।

'कोकली पाते हुए एक बार मूर्च्छाआ गई थी।' प्रीति ने सोचते हुए उत्तर दिया।

'कब की बात है?'

'उस समय मैं दसवीं कक्षा में पढ़ती थी।'

'उसके पश्चात भी क्या कभी गिरीं अथवा बेहोश हुईं?'

'एक बार सीढ़ियाँ चढ़ते-चढ़ते तथा एक बार और।' प्रीति उत्तर देती रही।

उसकी मेडिकल रिपोर्ट बनाकर डाक्टर उसे चुनाव कमेटी के पास ले गया। सभी ने उसे ध्यानपूर्वक पढ़ा। चारों ओर एक मौन-सा छा गया। फिर प्रधान के शब्द वर्षाकणों की भाँति बरसने लगे, 'कमन्द टूटी तो आखिर कहाँ आकर। इस लड़की ने डाक्टर बनने के लिये न जाने कितना घोर परिश्रम किया होगा।'

प्रीति के चेहरे पर हवाइयाँ उड़ने लगीं। जैसे एक बिजली-सी गिर पड़ी थी, उसकी आशाओं के घोंसले पर। प्रसन्नता रूपी नन्हें पंछी झुलस गये थे। काँपती टाँगों द्वारा वह उस वार्ड में पहुँची जहाँ उसे प्रविष्ट किया गया था। अस्पताल की चारपाई पर बैठकर वह दूर होती हुई अपनी मंजिल की ओर देखने लगी।

'धीरज रखो बेटी! दुख-सुख शरीर के साथ-साथ चलते हैं। रात होती है तो सवेरा भी होता है।' उसके पिता ने अपना दृढ़ता भरा हाथ प्रीति के माथे पर रखा। माँ ने उसे अपने आलिंगन में बाँधते हुए कहा, 'बेटी, हम तुम्हारे साथ हैं। मेरी बिटिया अवश्य डाक्टर बनेगी।'

माता-पिता के स्नेह ने प्रीति के अश्रुओं को सुखा दिया। 'मैं इन्हें दुखी नहीं करूँगी।' उसने दृढ़ निश्चय किया, 'आज तक मैं इनसे लेती ही आई हूँ। अपने ऊपर चढ़े हुए ऋण से तो अभी मुझे उऋण होना है।'

प्रीति के रोग के बारे में डॉ0 प्रीतम सिंह ने उसके पिताजी को विवरण देते हुए कहा कि इसे बचपन में रोमैटिक ज्वर हुआ था। तब उसकी जाँच नहीं हुई। रोग ने इसके हृदय की माईट्रल नली को सँकरी कर दिया है। समय बीतने पर यह नली और भी सँकरी होती गई। दौड़ते समय तथा सीढ़ियाँ चढ़ते हुए शरीर को अधिक रक्त की आवश्यकता पड़ती है, उस समय यदि सँकरे मार्ग में से आवश्यकतानुसार रक्त प्रवाहित न हो पाये तो उस पल मस्तिष्क का रक्त प्रवाह रुकने लगता है, तब चेतना अँधेरे में डूब जाती है।

'इस रोग का उपचार क्या ओषधि द्वारा सम्भव है?' यह प्रश्न पूछते हुए पिता के हाथ विनीत भाव में जुड़ गये।

'केवल ओषधि से कुछ न सुधरेगा। आपरेशन के साथ हृदय मार्ग को खोलना पड़ेगा।'

'तो फिर?'

'आप इस आपरेशन की आज्ञा प्रदान करें।'

'दिल का आपरेशन? यह तो बड़े खतरे का कार्य होगा?' माँ की आँखें छलक उठीं।

'आधुनिक शल्य चिकित्सा के समक्ष यह कोई बड़ा खतरा नहीं।' डाक्टर ने सहज भाव से समझाने का प्रयत्न किया।

'मैं तैयार हूँ माँ। मुझे कुछ नहीं होगा।' प्रीति ने माँ को बाँहों में समेट लिया। 'शाबाश!' डाक्टरों की टोली ने प्रीति की मुक्त कंठ से सराहना की।

सभी प्रकार की जाँच करने के पश्चात प्रीति के दिल का आपरेशन हुआ। आपरेशन थियेटर से बाहर आकर स्वयं सर्जन ने बताया कि आपरेशन सफल हुआ है। माता-पिता को जैसे नवजीवन मिल गया हो। दोनों ने उठकर नतमस्तक होते हुए हाथ जोड़कर धन्यवाद किया। 'क्या मैं उसे देख सकती हूँ!' माँ ने विह्वल होते हुए कहा।

इस समय वह रिकवरी रूम में है, केवल पल दो पल के लिये आप उसे देख लें। परन्तु अभी वह होश में नहीं है। विशिष्ट डाक्टर की देख-रेख में वह अभी यहीं रहेगी, संध्या तक हो सकता है रात भी।'

अगली सवेरे प्रीति ने आँखें खोलीं और वह मुस्कुराई। माँ ने अपनी बेटी के माथे को चूमा। धीरे-धीरे प्रीति स्वस्थ होती गई। उसके वक्ष में से नली को निकाला गया। घाव भरने लगा। उसकी सिलाई खोली गई। रोगी को उठने-बैठने की आज्ञा मिल गई।

'मेरा प्रवेश?' यह प्रश्न प्रीति के मस्तिष्क में बार-बार उभर आता था। वह बड़े धीरज के साथ उसे सहन करती रही। सातवें दिन उसने यही प्रश्न अपने चिकित्सक के आगे रख ही दिया। सर्जन की गहरी भूरी आँखें प्रीति के चेहरे पर टिक गईं तथा उसने मुस्कुराते हुए कहा, 'इसका उत्तर फिजीशियन की सलाह लेकर अगले सप्ताह दिया जाएगा।'

अंतिम दिन डाक्टरों के विशिष्ट मण्डल ने प्रीति के हृदय की पूरी तरह जाँच की। आपरेशन के नोट विस्तार सहित पढ़े गये। प्रत्येक बिंदु को विज्ञान की चलनी से पार होना पड़ा। अन्ततः कड़े परीक्षण के पश्चात हरी झंडी दिखा दी गयी और लाल झण्डी को एक कोने में दुबकना पड़ा।

'हम तुम्हारे अदम्य साहस की प्रशंसा करते हैं।' डॉ0 प्रीतम सिंह ने उसकी चारपाई के समीप आकर कहा। इस कालेज में तुम्हारा स्थान सुरक्षित है। अगले माह पढ़ाई आरम्भ होगी। मुझे पूर्ण भरोसा है कि तब तक तुम पूर्ण स्वस्थ हो जाओगी।'

यह शुभ समाचार सुनते ही प्रीति उठकर बैठ गई। उसके नयन प्रसन्नता से अश्रुपूरित हो उठे। उसने आदरपूर्वक सिर झुकाते हुए कहा, 'बहुत-बहुत धन्यवाद, डाक्टर साहब। आपने एक बार मेरी माताजी को भी जीवनदान दिया था।

'ओह, अच्छा, तो तुम वही लड़की हो, छोटी-सी, समझदार, गुलाबी दुपट्टे वाली। तुम्हारे माथे की वह दृढ़ता मुझे याद आ रही है।' प्रसन्नता के अतिरेक से डाक्टर का चेहरा भी गुलाबी हो गया जिसकी चमक सभी डाक्टरों की मुस्कान पर खेलने लगी।

उसी समय प्रीति के माथे पर आत्म-विश्वास की ज्योति प्रज्वलित हो उठी। ऐसा लगने लगा, जैसे उसके चारों ओर एक प्रकाश फैल गया हो।

———♦———

छलावा

अमर गिरी

कहते हैं जब दो भाई परस्पर लड़ते हैं तो परमात्मा नाराज होता है। उन्हें लड़ता हुआ देखकर वह अत्यन्त दुखी होता है। वह इस बात का पश्चात्ताप करता है कि उसने धरती के लोगों की रक्षार्थ इन्हें व्यर्थ ही बुलाया। यदि दो भाई परस्पर मिलकर नहीं रह सकते तो इससे बढ़कर बुरी बात और कोई नहीं हो सकती।

एक समय की बात है कि एक सड़क ऐसी थी कि जिससे कोई भी यात्री गुजरता तो वह मृत्यु को प्राप्त हो जाता। किसी को भी इस रहस्य का पता न चलता कि यह कैसे होता है। धीरे-धीरे लोगों ने उस सड़क को हत्यारिन सड़क के नाम से पुकारना शुरू कर दिया।

उस सड़क की एक दिशा में नदी बहती थी। लोग नौका द्वारा उस नदी को पार किया करते थे। परन्तु जैसे ही नौका नदी के बीच पहुँचती तो डूब जाती और अनेक यात्री अपने प्राणों से हाथ धो बैठते। बहुत दिनों से यह विचित्र घटना घट रही थी। लोगों ने नदी की ओर जाना ही छोड़ दिया। नदी को भी हत्यारिन नदी कहा जाने लगा।

सड़क की दूसरी दिशा में एक विशाल जंगल था। लोग उस जंगल में लकड़ियाँ लेने जाया करते थे। परन्तु इधर कई दिनों से जो व्यक्ति भी जंगल में गया लौटकर नहीं आया। लोगों ने जंगल में जाना बन्द कर दिया। जंगल को हत्यारा जंगल कहा जाने लगा।

लोगों का सारा काम-काज ठप्प हो गया। वे न तो जंगल में से लकड़ियाँ ला सकते थे, न ही सड़क पर चलकर नगर जा सकते थे तथा न ही नदी पारकर अपने खेतों में कार्य करने के लिए जा सकते थे। कोई भी ऐसा करने का साहस करता तो वह लौटकर न आता। धीरे-धीरे लोग समाप्त होते जा रहे थे। चारों ओर हाहाकार मचा हुआ था। कोई भी जान नहीं पाया कि यह सब कैसे घटित हो रहा है। इन घटनाओं के पीछे किसका हाथ है। वह कौन है जो नौका पलट देता है, जंगल में घुसने नहीं देता, सड़क पर चलने

नहीं देता। लोगों के लिये सभी मार्ग बन्द हो गये थे। लोग घरों में ही भूखे-प्यासे मरने लगे।

परमात्मा को यह बहुत बुरा लगा कि लोग व्यर्थ ही मरते जा रहे हैं। परमात्मा ने एक छोटे-से बालक का रूप धारण किया और धरती पर आ गया। सभी उसे बच्चा ही समझते थे किसी को भी उसके परमात्मा होने का संदेह न हुआ। एक बार जब वह सड़क पर चला जा रहा था कि लोगों ने उसे पुकारना शुरू कर दिया, 'शीघ्र लौट आओ, मर जाओगे, वापस आ जाओ, बच्चे!' परन्तु बालक ने किसी की एक न सुनी। उसने सड़क पर एक मोर देखा। वह मोर को देख बहुत प्रसन्न हुआ वाह कितना सुन्दर मोर है उसने मोर को पकड़ना चाहा। उसे पकड़ने के लिए वह उसके पीछे-पीछे भागा। जब वह मोर के समीप पहुँचा तो उसने देखा कि मोर अदृश्य हो चुका था और अब उसके स्थान पर वहाँ एक सर्प था। सर्प को देखकर बच्चा भयभीत हो उठा। तत्पश्चात् साहस जुटाकर जैसे ही सर्प की ओर बढ़ा ही था कि वह भी दृष्टि से ओझल हो गया। इस पर वह शंकित हो उठा कि शायद यही सर्प लोगों की मृत्यु का कारण हो।

जब बच्चा सड़क पर चल रहा था तो नदी की ओर चीखने की आवाजें सुनाई देने लगीं। वह नदी पर पहुँचा तो जंगल की ओर से चीख-पुकार की आवाजें आने लगीं।

अकेले बच्चे के लिए सर्प को मारना बहुत कठिन कार्य था। सर्प कभी मोर का रूप धारण कर लेता तो कभी नारी का। यदि वह उसे पकड़ने के लिये जंगल की ओर जाता तो वह सड़क पर पहुँचकर हानि पहुँचाने लगता। यदि वह बच्चा सड़क पर आता तो वह नदी के बीच चला जाता। यदि वह नदी पर जाता तो वह जंगल के भीतर भाग जाता। बच्चे को कुछ भी सुझायी नहीं दे रहा था कि क्या उपाय किया जाये। उसने एक दिन धरती पर अपनी सहायता के लिए दो सगे भाइयों को बुला लिया। एक को रक्षार्थ नदी के किनारे खड़ा कर दिया तथा दूसरे को जंगल में। वह स्वयं सड़क पर पहरा देने लगा। वे तीनों सम्मिलित रूप से लोगों की रक्षा करने लगे। उस छलावे ने भी यह सब देखकर जान लिया कि अब वह निर्दोष लोगों पर प्रहार नहीं कर सकता। परमात्मा ने भी चैन की साँस ली कि अब वह सर्प किसी के प्राण नहीं ले सकता।

एक दिन नदी किनारे पहरा दे रहे रक्षक ने देखा कि परी उसकी ओर आ रही है। वह उस पर मोहित हो गया। उसने भी परी की ओर बढ़ना शुरू

कर दिया, परन्तु परी पलटकर जंगल की ओर मुड़ गई। परी उस ओर बढ़ने लगी जिस ओर दूसरा रक्षक पहरा दे रहा था। दूसरे भाई ने भी जब परी को अपनी ओर आते हुए देखा तो वह भी बहुत प्रसन्न हुआ। परी दूसरे भाई के पास जाकर ठहर गई। तब तक पहला भाई भी उसके पास पहुँच गया। परी ने कहा वह बहुत प्यासी है। जो भी उसे जल लाकर देगा वह उसके साथ विवाह कर लेगी। एक भाई नदी पर जल लेने चला गया। पीछे से परी दूसरे भाई से कहने लगी कि मैंने तो यूँ ही उसे जल लेने के लिए भेजा है। मैं तो तुमसे विवाह करना चाहती हूँ। दूसरे भाई ने कहा, 'मैं यह बिलकुल नहीं करूँगा, क्योंकि मेरा भाई जल लेने गया हुआ है, जब वह लौट आये तो तुम उसी से विवाह कर लेना।' जब पहला भाई जल लेकर आया तो परी फूट-फूटकर रोने लगी और कहने लगी, तुम्हारे भाई ने मुझसे छेड़छाड़ की।' इस प्रकार परी ने दोनों भाइयों में परस्पर फूट डलवा दी। दोनों भाई पहरा छोड़कर आपस में लड़ने लगे। परमात्मा ने जब देखा कि कोई भी पहरेदार नदी और जंगल में पहरा नहीं दे रहा है तो वह बहुत दुखी हुआ। उसे पता लग गया कि दोनों भाई परस्पर लड़ रहे हैं। वह इस बात पर पश्चाताप करने लगा कि उसने इन्हें यहाँ क्यों बुलाया। यदि रक्षक ही आपस में लड़ना शुरू कर दें तो वह लोगों की रक्षा कैसे करेंगे। जो अपनी रक्षा स्वयं नहीं कर सकते, वह दूसरों की रक्षा कैसे कर सकते हैं।

बच्चे ने अकेले ही इधर-उधर घूमना शुरू कर दिया। जब लोगों ने देखा कि यह बच्चा अकेला ही घूमता रहता है और इसे किसी ने मारा भी नहीं तो हमें भी इसके साथ मिल जाना चाहिए। सोचकर लोग धीरे-धीरे उस बच्चे के समीप आने लगे।

एक ओर लोग कंधे से कंधा मिलाकर उस छलावे को ढूँढ़ने में बच्चे की सहायता कर रहे थे तो दूसरी ओर दोनों भाई परस्पर लड़ाई में जूझे हुए थे। एक दिन बच्चे की सहायता से लोगों ने उस छलावे को ढूँढ़ ही निकाला और उसे जान से मार डाला। वह छलावा कभी सर्प बन जाता था, कभी मोर और कभी परी का रूप धारण कर लेता था। उसका प्राणान्त होने के साथ-साथ सब विपदाओं का अन्त हो गया। लोगों ने बच्चे को बहुत-बहुत धन्यवाद दिया। बच्चे ने तत्काल अपना परमात्मा रूप धारण करके सभी को विस्मित कर दिया। परमात्मा ने सभी लोगों को एकत्र करके कहा कि यदि आप लोग उन भाइयों की भाँति आपस में लड़ते-झगड़ते रहे तो यहाँ कोई और छलावा जन्म ले लेगा फिर उसके साथ ही पुनः मौत का तांडव नृत्य

शुरू हो जायेगा। यदि आप सब एकमेक अथवा परस्पर मिल-जुल कर रहेंगे तो प्रत्येक कठिनाई का एक साथ सामना कर सकेंगे। इसलिए सभी को अभी से मेल-मिलाप एवं प्रेम सहित रहना चाहिए।

लोगों ने परमात्मा के सन्देश को बड़ी तन्मयता से सुना। अचानक ही परमात्मा अदृश्य हो गया। तत्पश्चात् सभी लोग पहले की भाँति मिल जुलकर रहने लगे। वे एक साथ जंगल से लकड़ियाँ लेकर आते, एक साथ सड़क पर चलते, एक साथ नौका पर बैठकर नदी पार करते उन्हें एकता तथा प्रेमपूर्वक रहते हुए देखकर फिर किसी छलावे ने उन्हें हानि नहीं पहुँचाई। इस प्रकार एक साथ मिलजुल कर रहने से बड़े से बड़ा कष्ट भी दूर हो जाता है।

धन की गागर

हरनाम दास सहराई

तीन पठान गजनी से भारत की ओर चल पड़े। इससे पहले भी पौ फटते ही पठान भारत की ओर जाते थे। उनके कंधों पर बन्दूकें होतीं, हाथों में रक्त के पिपासु भाले, आँखें मांस के लोथड़ों की भाँति रक्त रंजित, देव जैसे डरावने तथा भयंकर चेहरे, टेढ़ी-मेढ़ी तहमद बाँधे, पाँव में दो-दो सेर की चप्पलें पहने हुए, काली मटमैली सलवारें तथा साँप के केंचुलों के समान बल खाए हुए तंग पाऊँचे, घोड़ों पर सवार, खैबर तथा बुलान के फाटकों पर पहुँच कर छिप जाते। समय पाकर भारत पर टूट पड़ते। लुटेरे लूट-पाट करने के पश्चात लौट जाते, दस्सुओं की भाँति। गजनी की माटी में से ही लोभी, लालची तथा लुटेरों का जन्म होता है। परन्तु यह पठान उनमें से नहीं थे।

इनके कंधों पर बन्दूकें नहीं थीं, भाले नहीं थे, घोड़ों की बात तो दूर इनके समीप से गधों की परछाई भी कभी नहीं गुजरी। इतना होने पर भी उनके कन्धे खाली नहीं थे। बेलचे तथा कच्ची दीवारों को बनाने वाला सामान तथा खुरपी आदि बाँधे, वे फाटकों पर आकर रुक गये। भारत की

धरती पर पाँव रखते हुए, भले ही उनके पास कुछ नहीं था, वह अपनी समस्त पूँजी एवं जायदाद गजनी छोड़ आये थे, परन्तु वे अपने पूर्वजों की आदतें अपने साथ बाँध कर ले आये थे।

जेलहम पार किया, चनाब दरिया और रावी को लाँघते हुए, बरेते को अपने पीछे छोड़ते हुए, काहियों के मध्य में से होते हुए, वे मैदानों में आ पहुँचे।

गाँव-गाँव, गली-गली हर कूचे—दीवारें बनवा लो—की पुकार लगाते हुए वे आगे बढ़ते जाते। किसी गाँव में से खाने भर के लिए पैसे मिल जाते तो किसी गाँव से खाली हाथ ही आगे निकल जाते। परिवार को दाल-रोटी के लिए कुछ भेजने के पश्चात्, बड़ी कठिनाई से गुजर-बसर के लिये तीनों कुछ बचा पाते। विवशतः वे ऐसी स्थिति में भी प्रसन्न थे।

अनेक आषाढ़ तथा सावन बीत गये। आँधियाँ और तूफान आये। मेघ घिरे और दामिनी दमकी। इसी प्रकार ऋतुएँ आतीं और चली जातीं, परन्तु उनके भाग्य ने पलटा नहीं खाया। वे अब भी वैसे ही थे जैसे उस पार से चले थे। भले ही उनके रंग रूप में परिवर्तन आ गया था, लेकिन दिल नहीं बदले थे।

वे पुनः पगडंडी-पगडंडी चल पड़े। जाने कितने मार्ग बदले तथा कितने राजदरबार पीछे छोड़ दिये। किसी महल और अट्टालिका की ओर नजर उठाकर नहीं देखा। किसी नागरिक और दरबारी आकर्षण से वे आकर्षित न हुए। अर्थात जो कुछ भी उनके मार्ग में आता गया वे उसे अपने पीछे छोड़ते चले गये। निरन्तर अग्रसर होते गये। वे मार्ग में बूढ़े-बुजुर्गों से अपने भाइयों की कहानियाँ सुनते। परन्तु वे भी तो उनके ही भाई बंधु थे। समय आने पर वे उनसे किस बात में कम थे। कभी उनके पूर्वज इन महलों और अट्टालिकाओं के निवासी थे।

एक दिन चलते-चलते वे थककर इतना चूर हो गये कि कहीं बैठने का स्थान ढूँढ़ने लगे। अन्ततः एक खण्डहर पर आकर उन्होंने अपने थैले रख दिये।

इस खण्डहर को सरदारों का खण्डहर कहते थे। टूटे हुए महल-भवनों का खण्डहर था। इस खण्डहर के पास से लोग कम ही आया-जाया करते थे। अधिकांश लोगों का कथन है कि, 'इसके भीतर एक देव निवास करता है। कुछ कहते हैं कि उन्होंने अपनी आँखों से भूतों को नाचते हुए देखा है।

परन्तु ऐसा कुछ भी नहीं, वस्तुतः यह खण्डहर कभी सरदारों के महल थे। भाग्य के चक्र ने महलों को खण्डहर बना दिया। सरदारों का चिह्न भी शेष नहीं रहा। उनका शौर्य अभिमान तथा दबदबा सभी कुछ माटी में मिल गया।

भूख से बिलबिलाते हुए वे खण्डहर के ऊपर बैठे परमात्मा के रंग देख रहे थे। एक पठान बोलने लगा।

उसने लाहौर की ओर संकेत करते हुए कहना प्रारम्भ किया, इसका राज-दरबार हमारे भाइयों के हाथ में था। हम शासकों के पुत्र और पोते हैं। परन्तु आज काल-चक्र ने हमारे कंधों पर बेलचे रख दिये हैं। कल के राजे आज अपनी प्रजा के लिये, उनके रहने के लिये दीवारें निर्मित करते हैं। परन्तु अरे पठान के बेटे हम अभी भी पठान हैं।

पठान के पुत्र, यहाँ तो हमारे पेट में इस समय चूहे उछल-कूद मचा रहे हैं। किसी आहार का प्रबंध करना है कि नहीं अथवा इस बात के स्वप्न ही देखते रहेंगे कि हमारे पिता बादशाह थे।

तीसरा पठान बोला कि, 'वह पथिक आ रहा है। मैं उससे जाकर पूछता हूँ कि यहाँ से गाँव कितनी दूर है।' ऐसा क़रते हुए उसने उस पथिक को आवाज लगाई। फिर एक-एक करके तीनों ने उसे आवाजें दीं ! जाते हुए पथिक की गति थम गयी और वह जैसे जड़-सा हो गया।

पथिक को पुनः आवाज सुनाई दी, 'यहाँ से आबादी कितनी दूर है।'

'वो वृक्षों के पीछे सरदारों की अट्टालिका है। पूर्ण हँसता-बसता नगर है।' उसने हाथ से एक ओर संकेत करते हुए कहा। फिर बिना विलम्ब किये वह अपने गन्तव्य की ओर अग्रसर हो गया।

'अरे देखो! वह क्या चमक रहा है?' पहले ने दूसरे से कहा।

'चमक तो बहुत है पर रब्ब जाने।' तीसरे ने उत्तर दिया।

'मैं देखता हूँ।'

'नहीं मैं देखता हूँ।'

'तुम्हारा दिल कमजोर है, तुम ठहरो !'

'चलो तीनों ही चलते हैं।' तीसरे ने कहा।

तीसरे की बात स्वीकृत हो गयी। जब उन्होंने समीप जाकर देखा तो उनकी आँखें खुली की खुली रह गयीं। हृदय नाच उठे। वह मोहरों से भरा कलश था। अब उन्हें आगे जाने की आवश्यकता नहीं थी। अब वे आगे नहीं जाएँगे। पूरी शक्ति लगाकर उन्होंने कलश उखाड़ लिया। तीनों की प्रसन्नता का पारावार न था।

अब तो जीवन भर की कमाई कर ली है। परन्तु इन रुपयों-मोहरों के साथ पेट तो नहीं भर सकता। रोटियों का प्रबंध करो। पहले से तीसरे ने कहा।

तीसरे का नाम गुल मुहम्मद था। पहले का नाम रहमान खाँ तथा दूसरे का मुस्तफा था।

'गुल मुहम्मद तू ही रोटियों का प्रबंध कर।'

'ठीक है, जैसे आपकी इच्छा।'

अटारी की ओर जाते हुए गुल मुहम्मद के दिल में कितने ही विचारों ने कलाबाजियाँ लीं, 'यदि सारा कलश मुझे मिल जाये तो जीवन भर के लिये पर्याप्त है। गजनी में मैं सरदार बनकर जीवन व्यतीत कर सकता हूँ।'इसी नशे में वह अटारी के समीप पहुँच गया।

'कहो मुस्तफा, अब क्या विचार है? इस कलश के तीन भाग कर लें कि दो भागों में बाँट लें।' रहमान खाँ बोला।

'समय के साथ चलना चाहिए। समय बराबर हाथ में नहीं आता।' मुस्तफा कह रहा था।

'चलो, फिर भाग चलें।' रहमान ने कहा।

वाह मेरे डरपोक, बड़े पौरुष की बात कही है। पठान ऐसा नहीं करते। कटार तुम्हारे पास है। खाना खाकर जब गुल मोहम्मद विश्राम करने लगे तो उसका अन्त कर दो। बस, फिर क्या। समस्त धन-दौलत अपना ही है।' इसी निर्णय पर वे मस्त थे।

इधर गुल मुहम्मद ने अटारी पहुँच कर बाजार से विष मोल ले लिया तथा उसे आटे में मिला दिया। एक तन्दूर से रोटियाँ लगवाकर वह खण्डहर लौट आया।

तीनों अपने-अपने भीतर प्रसन्न थे। दोनों ने पेट भर कर भोजन किया। जब वे विश्राम कर रहे थे तो मुस्तफा ने कटार से गुल मुहम्मद का पेट चीर

दिया। एक ही वार ने गुल मुहम्मद की आँतें बाहर निकाल दीं। तब वह चुपचाप सो गया।

मुस्तफा और रहमान को चक्कर आने लगे। उनकी आँखों में नींद की खुमारी-सी झलकने लगी। अब वे आराम से सो गये। वे सोये तो घड़ी भर के लिये, परंतु ऐसे सोये कि फिर कभी न जगे। इन तीनों की मृत देह के मध्य मोहरों का कलश पड़ा हुआ था जिसकी रक्षा उनके ही बेलचे कर रहे थे। तीनों लोभी एवं लालची निष्प्राण खंडहर की छाती पर पड़े थे और धन का कलश उनके बीच में से उभरता हुआ जगमगा रहा था।

बँगला

- बँगला शिशु साहित्य
- तपन का दुख
- कंजूस मालिक
- जन्म-दिन
- कथा पहेली
- तपु और वह आदमी
- सोता राजमहल
- चालीस मोहर एक चोर
- डकैत के घर चोरी
- दो माताएँ

बँगला शिशु साहित्य

बँगला भाषा में लिखा गया शिशु-साहित्य रवीन्द्र काल में ही बड़ा समृद्ध रहा है। स्वयं रवीन्द्रनाथ ने शिशु मानसिकता से ओत-प्रोत ढेर कविताएँ लिखी हैं। कथा साहित्य में भी 'काबुली वाला' से लेकर 'खोका बाबू का प्रत्यावर्तन' जैसी कहानियाँ उन्होंने दी हैं। उसके बाद से यह सिलसिला जारी रहा। सुकुमार राय ने अनेकानेक कविताओं में शिशुमन को छुआ है और परम्परा का निर्वाह आधुनिक काल में विश्वविख्यात सत्यजित राय ने भी 'शंकु' व 'फेलूदा' जैसे चरित्रों के माध्यम से किशोर साहित्य में अपना योगदान देकर किया है।

बँगला शिशु साहित्य की खासियत रही है कि बड़े दिग्गज कथाकार से लेकर कवियों ने भी बच्चों के लिए ढेरों कहानियाँ व कविताएँ लिखी हैं। दूसरी भाषाओं में ऐसा लगभग नहीं है। बच्चों पर लिखने वाले लेखक अलग से पहचाने जाते रहे हैं। उनका लेखन इसी दिशा में अग्रसर रहा है, ऐसा नहीं है कि बड़ों पर लिखने वाले लेखकों ने बच्चों पर अपनी कलम चलायी हो।

बँगला में कितने नाम गिनाये जायें, थोड़ा होगा। इस संकलन में सम्मिलित कथाकारों के नामों से पता चल जायेगा कि उन्होंने बड़ों के साथ-साथ बच्चों पर भी उसी रफ्तार से रचनाएँ दी हैं। उपन्यास हों, छोटी कहानियाँ हों या कविताएँ, इन्हें अलग से पहचाना नहीं जाता।

यह समृद्धि साहित्य को बड़े व्यापक पैमाने पर ला खड़ा करती है। यह सौभाग्य बँगला साहित्य को प्राप्त है।

—सिद्धेश

तपन का दुख

सुनील गंगोपाध्याय

तपन को आजकल कुछ अच्छा नहीं लगता है। खिड़की के पास प्रायः अकेला खड़ा रहता है, या फिर छत पर जाकर इधर-उधर ताकता-झाँकता रहता है। उसे लगता है, संसार में उसे कोई नहीं चाहता।

जबकि यह सच नहीं है, पिता-माता उसे खूब प्यार करते हैं और छोटी मौसी तो आते ही उसे खूब प्यार करती हैं। भैया कभी-कभी डाँटते जरूर हैं—अपनी किताबें छूते ही बिगड़ उठते हैं, लेकिन भैया तो उसके लिए चाकलेट खरीद देते हैं, चना-चबैना खरीदने के लिए पैसा देते हैं और घर का काम-धाम करने वाले बूढ़े बेचाराम तो उसका ही कहना मानते हैं। तब भी तपन को क्यों लगता है कि उसे कोई नहीं चाहता।

पिछले महीने तपन ने तेरह साल पार कर चौदहवें में पैर रखा है। अचानक किस तरह वह लम्बा होता जा रहा है, अभी वह अपनी माँ से भी लम्बा है। पिछली पूजा में खरीदे गये सारे कपड़े अब छोटे पड़ गये हैं। आवाज भी किस तरह भारी-भरकम हो गयी है। वह अपनी आवाज खुद भी नहीं पहचान पाता है।

अब वह माता-पिता के साथ एक ही बिस्तर पर नहीं सोता। माँ ने भैया के साथ सोने के लिए कहा था, लेकिन वही नहीं मानता। भैया नींद में किस तरह पैर चलाते हैं। तब से तपन अलग खाट पर सोता है। किसी-किसी दिन रात में हठात् नींद टूट जाने पर तपन को बड़ा डर लगता है। तपन को भूत का डर नहीं है। विज्ञान की पुस्तक में उसने पढ़ा है, भूत नाम की कोई वस्तु नहीं है। लेकिन नींद टूट जाने पर लगता है, सारी पृथ्वी एकदम से चुपचाप है, दूर पर केवल कुत्ते रोने की आवाज में भूँक रहे हैं और कुछ भी नहीं। तब तपन को लगता है, वह कितना अकेला है, उसे कोई नहीं चाहता इस दुनिया में।

× × ×

दोपहर से बारिश हो रही है, तपन स्कूल से भीगकर घर लौटा था। आज तो विवेकानन्द पार्क में खेल नहीं पायेगा। पतंग भी उड़ा नहीं सकेगा

तपन, तब अभी क्या करे? कहानी की कोई किताब भी नहीं। सब पढ़ ली है—और भैया की पुस्तक तो छूते ही वे बोलेंगे, 'सयाने लोगों की किताबें नहीं पढ़नी चाहिए।' क्या होगा भला, अगर ऐसी किताबें पढ़ी जायें ? तपन ने लुकछिप कर भैया की आलमारी से किताबें निकालकर पढ़ी हैं, कुछ भी तो नहीं हुआ, लेकिन सब किताबें बड़ी बेकार की हैं, केवल बातें और बातें।

माँ पड़ोसी की शान्ति बुआ से बातें कर रही थीं, तपन के वहाँ पहुँचते ही वे चुप हो गयीं। तपन अब समझने लगा है कि, चुप हो जाने के मायने है कि वे उसके सामने बातें करना नहीं चाहतीं। तपन वहाँ से चला आया। भैया अपने कमरे में दोस्तों के साथ बैठकी जमाये हुए हैं और छुपकर सिगरेट पी रहे हैं। वहाँ जाते ही, भैया बिगड़ उठे, 'तुम जाओ अभी यहाँ से।'

लेकिन तपन जाये तो कहाँ? आगे सामने वाले मकान में वह टुलटुल के साथ कैरम खेलता था। अब जब से टुलटुल साड़ी पहनने लगी है, तब से बदल गयी है। अब वह सब समय लड़कियों के साथ खेलती है। बीच-बीच में फिस-फिस करके अपने से बातें करती है और हँसी से लोट-पोट होती है। लड़कियाँ सब हँसती रहती हैं। इसीलिए तपन को वे अच्छी नहीं लगती हैं। टुलटुल अब उसकी दोस्त नहीं है। तब भी वह खिड़की से झाँककर बुलाने लगा, 'ये टुलटुल, आओ कैरम खेलें।' लेकिन टुलटुल तो आईने के सामने बाल सँवारने में ही व्यस्त है। तपन का जवाब बड़े तंग मिजाज से दिया, 'नहीं, मैं दीदी के साथ सिनेमा जा रही हूँ।'

तपन अकेला ही सीढ़ी से छत पर चढ़ आया। बारिश की तरफ एकटक देखता रहा। उसका मन बड़ा उदास था। उसे कोई भी नहीं चाहता।

× × ×

इसके दो दिन बाद तपन रास्ते पर अन्यमनस्क होकर जा रहा था, आँखें आकाश की तरफ थीं, वह पतंगबाजी देख रहा था। कौन पतंग काटता है, जब तक न कट जाये, तब तक वह नजर लगाये था। काले रंग का पतंग डोलता आ रहा है। कुछ लड़के-बच्चे उसे पकड़ने के लिए आ रहे थे। पतंग पेड़ पर जा अटका, फिर अचानक चक्कर मारकर वह रास्ते की तरफ गिरने लगा, और एक बच्चा तीर की तरह तेजी से भागा उस ओर।

तपन चीख पड़ा, 'ऐ, गाड़ी, गाड़ी!' गाड़ी नजदीक आ गयी थी, इसे वह देख नहीं पाया था। तपन से नहीं रहा गया, उसने दौड़कर बच्चे को दूसरी तरफ ठेल दिया। उसके बाद क्या हुआ, तपन को ख्याल नहीं।

नजदीक ही तपन का मकान। मोहल्ले के लोग उसे पहचान गये थे। मोटर गाड़ी से धक्का खाया था तपन। विशेष कोई खतरा नहीं था। उस गाड़ी का ड्राइवर एवं दूसरे लोग उसे उठाकर घर पर ले आये थे।

'ये तपु ! ये तपु !'

मानो खूब दूर से किसी की पुकार सुनी जा रही है। तपन ने आहिस्ते से आँखें खोलीं। आँखों के सामने उसकी माँ का चेहरा झलका। चेहरे पर आँसू की अविरल धारा बह रही थी। पिता के चेहरे पर पीड़ा व उत्सुकता के भाव झलक रहे थे। भैया कभी भी इस वक्त घर पर नहीं रहते—लेकिन भैया भी उसकी ओर व्यग्रता से ताक रहे हैं, बुलाते हैं, 'ये तपु !'

बेचाराम का मुँह उदासी से लटक आया है। टुलटुल भी आयी है, उसका चेहरा देखकर लगता है, अभी-अभी वह रो देगी।

तपन को अब कोई तकलीफ नहीं है। उसे अच्छा लग रहा है। घर के सारे लोगों को देखकर लगता है, सारे के सारे लोग उसकी तकलीफ में शामिल हैं, उसके लिए व्यग्र हैं। तपन की समझ में आ गया कि सभी उसे चाहते हैं। प्यार करते हैं।

कंजूस मालिक

महाश्वेता देवी

एक समय की बात है, एक बेहद कंजूस टाइप का जमीन का मालिक था। वह खेत जोतने के काम में जिसको रखता था, वह एक साल भी टिकता नहीं था। जमीन जोतना, बीज बोना, पानी देना, इन सब कामों के लिए खाने भर को देता था। फसल कट जाने पर खाने को भी नहीं देता था।

पेट भरने के लिए तो ये सब खटते थे। यदि पेट ही न भरे तो, खटेंगे कैसे? इस कंजूस के बारे में सबको पता चल गया। एक समय ऐसा आया कि उसे खटने वाला आदमी मिलना मुश्किल हो गया। जिसे भी काम पर लगाना चाहता, वही डबल मजदूरी माँगने लगता।

कोरा नाम का एक बुद्धिमान संथाली था। उसने एक आदमी को कहा, 'मुझे उस कंजूस के पास ले चलो। उसको सबक सिखाना जरूरी है। उसे उसकी चालाकी से ही पछाड़ूँगा।'

उस आदमी के साथ कोरा उस कंजूस के सामने हाजिर हुआ। उस कंजूस ने उसे खाने-पीने को दिया और बैठने को कहा। उसके बाद कहा, 'ऐ सुनो, पूरे साल काम करोगे तो ? न कि बीच में ही भागोगे?'

'क्या देंगे, तब बताऊँगा।'

'काम देखकर तय करूँगा। यदि अच्छा काम करोगे तो साल में बारह पसेरी चावल दूँगा। अगर नहीं तो, नौ-दस पसेरी। और कपड़े लत्ते भी मिलेंगे ही।'

कोरा ने कहा, 'अब मेरी शर्त है, उसे सुन रखिये। मुझे पता है कि खेतिहरों को कम खाना देते हैं आप, वे काम छोड़कर भाग जाते हैं। साल में मुझे एक बीज धान का देना, नीची जमीन में खुद लगाऊँगा। और एक बीज गेहूँ का, ऊँची जमीन में लगाऊँगा। कमीज-धोती गमछा देना। रोज भरपूर एक पत्तल भात खाने को। दोबारा नहीं माँगूँगा। तब अगर मैं दम-भर काम न करूँ तो मेरा अँगूठा काट लेना। और यदि आप शर्त के खिलाफ काम करेंगे, तो आपकी उँगली काट लूँगा, मंजूर है?'

जो आदमी साथ में आया था, उसे कोरा ने कहा, 'तुम साक्षी रहो। शर्त हो गयी है। मैं शर्त के खिलाफ करता हूँ या ये, तुम इसका सबूत देना।'

कोरा ने मजदूरी करनी शुरू की। पहले दिन एक शाल के पत्ते में भरकर भात मिला। दूसरे दिन वह हाजिर हुआ एक केले का पत्ता लेकर। लम्बा-चौड़ा केला का पत्ता।

मालिक तो गुस्से से लाल। उसने कहा, 'केले के पत्ते में भात खाओगे? समझ क्या रखा है ?'

'शर्त तो यही थी।'

'हाँ, थी तो।'

अब रोज केले के पत्ते में वह भात खाता। रसोइये ने कहा, 'यह तो अजीब बात है, भात बनाते-बनाते तो हालत खराब है। यह किस तरह के आदमी को पकड़ लाये हुजूर, दस आदमियों का भात अकेला गड़प जाता है?'

'अरे, उतना काम भी तो करता है, देखते नहीं?'

कोरा काम में कोई गफलत नहीं करता। उस कंजूस की जमीन जोतना, गाय को सम्भालना, सब तरह का काम अपने हाथों पूरा करता।

मजदूरी में एक बीज गेहूँ का।

कोरा ने मालिक से कहा, 'देखें, इस गोबर के ढेर में बीज बो दिया है।'

धान का बीज उसने नीची जमीन में बो दिया। गेहूँ के पौधे में अनेक दाने पैदा हुए। उसी तरह धान के पौधे में अनेक धान लगे।

कोरा ने उन सबको बीज के रूप में रख छोड़ा।

दूसरे साल भी धान व गेहूँ के पौधे हुए। तिस पर उसे अलग से शर्त के अनुसार बीज एक-एक कर मिले। उन बीजों को भी अगले साल के लिये रख छोड़ा। धान बोने के लिए नीची जमीन और गेहूँ के लिये ऊँची जमीन मिली, यही तो शर्त थी ही।

इस तरह से छह साल में देखा गया कि मालिक के हाथ से सारी जमीन निकल गयी है। कोरा उनकी ही जमीन पर अपने धान के पौधे लगा रहा है। ऊँची जमीन पर गेहूँ लगा रहा है। बल्कि मालिक ही अब उसके खेत में मजदूरी कर रहा है।

अन्त में मालिक ने गाँव के लोगों के पास जाकर शिकायत की, रोना-धोना शुरू किया। कोरा भी वहीं हाजिर हुआ।

गाँव के लोगों ने कहा, 'मालिक को खूब दण्ड मिला है। इस बार उन पर दया करो।'

कोरा ने कहा, 'दण्ड मिलना ही था। दोष किया था, गरीब मजदूरों को भरपेट खाना नहीं देता था। अब वह खुद भुगते।'

'अरे नहीं, उसको थोड़ी-सी जमीन दो। वह चला जाये।'

'तो फिर, वह अपने दाहिने हाथ की उँगली काट दे। जितने को इसने खटाया है, उन्हें बुलाओ। मैं उन्हें धान दूँगा, चावल दूँगा। सबको उनका प्राप्य मिलना चाहिए।'

'बाप रे, मैं उँगली नहीं काटूँगा।'

'इसी तरह की तो शर्त थी। ठीक है, दया चाहते हो, तो छोड़ देता हूँ। आधी जमीन छोड़ देता हूँ। तुम अपने हिस्से धान व गेहूँ से उन सब मजदूरों को उनका हिस्सा दो।'

सबको बुलाया गया। बातें न बनाकर मालिक ने इस बार उन सबको धान-गेहूँ बाँट दिये। उसके बाद बोला, 'अगर उन दिनों तुम सबको न ठगता, तो आज मुझे दण्ड नहीं भुगतना पड़ता। कोरा ने मुझे जिस तरह लज्जित किया है मैं लोगों को अपना मुँह दिखाने के काबिल न रहा।'

इस लज्जा से बचने के लिए मालिक ने अपनी बेटी से कोरा की शादी कर दी।

तब से उस कंजूस मालिक को मजदूरों की दिक्कत नहीं होती। जो काम पर आते हैं, वे केले के पत्ते में भरपेट भात खाते हैं। साल खत्म होते ही वे ढेर सारे धान और गेहूँ भर-भरकर ले जाते हैं।

और कोरा को अपना आभार प्रकट करते हैं।

कोरा अपनी सफलता पर हँसता है।

जन्म-दिन

कल्याण गंगोपाध्याय

'बीस रुपये में मेरा जन्म-दिन नहीं मनेगा?' टुआ की इस बात पर सभी हँस पड़े। 'सच कह रहा हूँ, मेरे पास बीस रुपये जमा हैं।' टुआ ने अपने पिता की तरफ ताककर कहा, 'पिताजी, इस बार तुम कुछ भी खर्च मत करना। मेरे बीस रुपयों से खर्चा होगा।'

माँ, दादी और पिताजी एक दूसरे की तरफ ताक कर हँसे। उन सबकी हँसी से टुआ चुप हो गयी।

ठीक उसी समय दरवाजे का बेल बज उठने से टुआ दौड़कर बाहर आयी, छोटी मौसी और मौसा को देखकर बड़ी खुश हुई। वहीं से चिल्लाकर जोर से बोली, 'दादी, माँ, देखो कौन आया है?'

तब तक छोटी मौसी व मौसा घर के भीतर आ गये थे। उनके बैठते ही टुआ मौसा के निकट आकर खड़ी हुई। पिताजी ने कहा, 'टुआ, क्या बोल रही है, सुनेंगे?' पिताजी यह कहकर फिर से हँसने लगे।

टुआ ने नाराज होकर कहा, 'इसमें हँसने की क्या बात है! मौसा, मैंने इस बार ठीक किया है न कि अपना जन्म-दिन, बीस रुपये जो मेरे पास जमा हैं, उसी से मनाऊँगी। उसी में मैं सभी को खिलाऊँगी। तुम ही बताओ क्या नहीं होगा इससे ?'

मौसा बोले, 'बिलकुल होगा। तुम खाने में क्या-क्या दोगी?'

'फ्राइड राइस, गोश्त, दही और मिठाई।'

'वाह, खूब। इसके बाद भी तो तुम्हारे रुपये बचेंगे। उन बचे हुए रुपयों से क्या करोगी?'

टुआ ने कुछ सोचा। उसके बाद बोली, 'मौसा, तुम तो आइसक्रीम पसन्द करते हो, आइसक्रीम खिलाऊँगी।'

'ठीक है, तब तो बड़ा मजा आयेगा।'

टुआ ताली बजाते हुए नाचने लगी, 'मजा आएगा, कितना मजा आएगा। है न मौसा।'

इसीलिए छोटे मौसा खूब अच्छे लगते हैं, टुआ को। उनसे बात करके मन में खुशी होती है। कितनी अच्छी कहानी सुनाते हैं। उनकी कहानी को क्लास में सुनाकर वह सबको अवाक् कर देती है। सभी साथी बोलते हैं, 'अरे टुआ, तेरे साथ तो हम भी पाँचवें क्लास में पढ़ते हैं, लेकिन इतनी अच्छी कहानी तो हम नहीं जानते।' टुआ उनकी बातों पर हँसती है और सोचती है कि मेरी तरह तुम सबों के मौसा थोड़े ही हैं।

छोटे मौसा बोले, 'तुम इस बार जन्म-दिन पर क्या लोगी?'

टुआ बोली, 'तुम मुझे सिर्फ किताब देना। मजेदार कहानी वाली किताब। और कुछ नहीं चाहिए।'

मौसा हँसकर बोले, 'ठीक है, किताब ही दूँगा।'

'तो अगले रविवार को मेरा जन्म-दिन है, तुम और मौसी जरूर आना।' यह बोलकर टुआ ने माँ, दादी व पिताजी की तरफ देखा, वे अब भी हँस रहे थे। वह लज्जित होकर मौसी व मौसा के बीच में आ बैठी।

टुआ अन्त में उठकर अपने जमा किये बीस रुपए ले आयी और पिताजी के हाथ में दे दिया। इसके अलावा और क्या कर सकती है टुआ। वह क्या बड़ों की तरह बाजार-दुकानों में जाकर सामान वगैरह खरीदने वाला झमेला उठा सकती है भला? बाद में तय हुआ कि फ्राइड राइस की जगह भात

होगा। अब चाहे जो हो, टुआ इसमें नहीं पड़ने वाली। खीर बनेगी। जन्म-दिन पर खीर बननी चाहिए, यह तो टुआ को ख्याल ही नहीं था। अच्छा हुआ मौसा खीर खूब पसंद करते हैं।

× × ×

बड़े मौसा व मौसी भी चले आये हैं। आफिस वाली गाड़ी भी लाये हैं। सबने मिलकर तय किया है कि शाम को सभी घूमने जायेंगे। लेकिन टुआ को कहीं जाने का मन नहीं है। बड़े मौसा जिस दिन साथ में गाड़ी लाते हैं, उस दिन बड़े लोगों में किस तरह लालच पैदा होती है। मौसा भी गाड़ी दिखाने के लिए सबको बैठाकर घुमाने ले जाते हैं। इतने लोगों की गहमागहमी में टुआ की साँस फूलने लगती है। इससे तो अच्छा है, छोटे मौसा के साथ बैठकर कहानी सुनना।

छोटे वाले कमरे में पंतु, मीमी, जूना, अर्घ्य सभी हो-हल्ला कर रहे हैं। टुआ भी जय को साथ लेकर साथियों के बीच चली गयी। हरेक तरह की कहानी, खेल। उसके बाद जितने सारे लोग आए थे, सभी 'हैपी बर्थ डे' बोलकर टुआ के हाथ में तोहफा देने लगे हैं। इस तरह इतने आनन्द और मौज के बीच समय गुजर रहा है। टुआ का कान दरवाजे की तरफ लगा है। कोई आवाज होते ही दौड़ जाती है। देखा, मँझले चाचा व चाची आए हैं साथ में लारा। लारा का हाथ पकड़कर टुआ अपने छोटे घर में साथियों के बीच चली गयी है।

छोटी मौसी कुछ देर बाद आयी।

टुआ उनकी तरफ अवाक् होकर ताक रही है। कुछ देर बाद बोली, 'मौसी, मौसा कहाँ हैं? अभी भी नहीं आये ?'

'आयेंगे। एक जरूरी काम में फँस गए हैं। आते ही होंगे।'

टुआ को रोने का मन हुआ। उसका लटका मुँह देखकर मौसी उसे अपने निकट खींच लाईं और माथे पर हाथ फेरते हुए बोली, 'आयेंगे बेटी, आयेंगे। लेकिन आकर देखेंगे कि अपनी टुआ के इतने सुन्दर मुँह पर आषाढ़ के बादल छाये हैं, तो क्या और अच्छा लगेगा?'

टुआ यह सुनकर हँस पड़ी।

वाणी को देखकर दौड़ी आयी और हाथ पकड़ लिया। बोली, 'वाणी दीदी, कोई मुझे सजा नहीं रहा है। तुम काम में इतना व्यस्त हो कि मैं कुछ बोल भी नहीं सकती। चलो, मुझे सजा दो।'

उसके बाद साथियों की तरफ देखकर कहा, 'तुम सब थोड़ी देर बैठो। मैं अभी आ रही हूँ।'

वाणी दीदी बड़ी मौसी के घर में काम करती हैं। बँगला देश के युद्ध के समय जब सभी भाग रहे थे, तभी घर के सारे लोगों को खोकर वाणी अकेली पड़ गयी थी। बड़ी मौसी उसे वहाँ से उठा लायी थीं, आश्रय दिया था। तभी से वह यहीं है। बड़े मौसा और मौसी दोनों नौकरी करते हैं। पूरे घर की तथा जय की जिम्मेदारी उस पर है।

टुआ से वाणी बोली, 'कैसे सजोगी टुआ, बोलो तो?'

टुआ बोली, 'मैं कुछ नहीं कहूँगी। तुम जैसा चाहो, वैसा कर दो।'

वाणी हँसी। सजने-सँवरने के बीच खुशी एक गिलास दूध लेकर और बिस्कुट लेकर आयी। बोली, 'टुआ, इसे भली बच्ची की तरह पी लो तो देखूँ।'

खुशी टुआ के घर में काम करती है। कैनिंग इलाके की तरफ रहती है। साल में दो बार वहाँ जाती है। टुआ की माँ भी तो स्कूल में काम करती हैं। दादी के साथ-साथ वह भी सारा दिन घर और टुआ की जरूरतों को पूरा करती रहती है। देख-भाल करती है।

दूध पीकर गिलास खुशी के हाथ में थमाते हुए टुआ बोली, 'खुशी दीदी, वाणी दीदी, आज तुम सब भी सजोगी न।'

वाणी बोली, 'पगली कहीं की, हम कैसे सजेंगी भला। कितना काम पड़ा है। हम सबको सजने का समय कहाँ है?'

'तब मैं अपना सब शृंगार बिगाड़ दूँगी। तुम लोगों के साथ बात नहीं करूँगी।'

वाणी, खुशी दोनों चुप रह गयीं।

टुआ बोली, 'तुम दोनों के पास सुन्दर कपड़े हैं न। उन्हें सन्दूक में तह करके क्यों रखे हुई हो। आज मेरे जन्म-दिन पर तुम सबों को सजने की इच्छा क्यों नहीं होती।'

वाणी और खुशी की आँखें छलछला आयीं।

थोड़ी देर बाद ही वे दोनों भी सज-सँवर कर आ गयीं।

टुआ उन्हें देखकर बोली, 'तुम दोनों को देखकर कितना अच्छा लग रहा है। एकदम फूल की तरह।'

वाणी बोली, 'टुआ देखो, कौन आया?'

टुआ ने देखा, छोटे मौसा हाथ में पुस्तक लेकर आये हैं। वह दौड़ गयी उनकी तरफ।

× × ×

टुआ के सारे साथी खा भी चुके थे। बड़े लोग खाने पर बैठे थे। भात खत्म हो गया था। रसोइये को फिर से भात बनाने के लिए कहा गया। लगभग तैयार होने को आया था। टुआ ने देखा, वाणी और खुशी दोनों एक कोने में खड़ी हैं। उन दोनों को खाने के लिए किसी ने नहीं कहा है।

टुआ माँ को बोली, 'माँ, वाणी दीदी और खुशी दीदी तो खाने पर बैठी नहीं, कब खायेंगी?'

माँ ने कहा, 'उनका भात तो अब भी शायद बना नहीं है।'

टुआ के घर में काम करने वालों के लिए कम दाम का चावल खरीदा जाता है। बरामदे में पंखा रहते हुए उनको गरमी में ही सोना पड़ता है। बड़ी मौसी के घर में भी ऐसा ही होता है। टुआ के मन में बड़ा दुख होता है। उनके घरों में जिस किसी आयोजन, उत्सव में जिस तरह से अन्न की बरबादी होती है, बड़े लोग बेहिसाब खर्च-वर्च करते हैं, यह सब जरा समझदारी से काम लिया जाता, तो इन काम करने वाले लोगों को कभी कम दाम का चावल खाने को नहीं दिया जाता।

आज टुआ का जन्म-दिन है। आज के दिन उन सबों के लिए भी अगर एक साथ भात बनता, तो कौन-सा खर्च बढ़ जाता। सभी लोग बड़ी-बड़ी चिन्ता करते हैं, देश के बारे में, गरीब के बारे में। जबकि यहाँ बड़े लोग इस तरह का बचपना करते हैं। टुआ को लगा कि उसके जमा किये हुए बीस रुपयों में इतना सारा कुछ हो गया, इन दोनों भी को आज यही दाल-भात नहीं खिलाया जा सकता था ?

माँ ने कहा, 'क्यों रे खुशी, खड़ी क्यों है? अपना भात चूल्हे पर चढ़ा दे। खायेगी कब?

टुआ ने देखा, वाणी दीदी स्टोव जलाकर भात बनाने के लिए अपने हिस्से का चावल चढ़ा रही है। यह चावल खुशी अलग से थाली में धोकर ले आयी थी।

घर के सब बड़े लोग खा रहे हैं। सबकी थाली में सफेद फूल की तरह के भात के दाने पड़े हैं। यह दो, वह दो, सभी मजे में माँग-माँग कर खा रहे हैं।

स्टोव पर चढ़ाया हुआ चावल पक रहा है। उस तरफ वाणी और खुशी दोनों ताक रही हैं। जो चेहरे, आज टुआ को फूल की तरह थोड़ी देर पहले थे। वे दोनों चेहरे दुख व कातरता से मानो मुरझा गये हैं।

कथा पहेली

हिमानीश गोस्वामी

धीरे-धीरे चल रहे थे बिरंची बाबू। चल रहे थे और अपने आप में बिड़-बिड़ कर रहे थे। पता नहीं चल रहा था कि क्या बोल रहे हैं।

'क्या बोल रहे हैं बिरंची चाचा? कुछ बोल रहे हैं?' पार्क की रेलिंग के पास आकर हमने पूछा उनसे।

बिरंची चाचा हम सबको बड़े अच्छे लगते हैं। पार्क के सामने ही उनका मकान है। वे हर साल हमारे क्लब को दो-दो फुटबाल और छह-छह क्रिकेट बॉल दान में देते हैं। इसके अलावा साल में एक बार पिकनिक का सारा खर्चा वही वहन करते हैं। बड़े सम्माननीय व सज्जन व्यक्ति हैं। हम लोग उनका सम्मान करते हैं।

बिरंची चाचा हम सब के प्रश्न को सुनकर ठिठक गये। बोले, 'अब क्या है भाया ? आखिरी समय है। कुछ दिनों से तबीयत ठीक नहीं चल रही है।'

'क्यों, आप तो भले-चंगे लग रहे हैं।' मैं बोला।

तुषार बोला, 'आपको देखकर तो पता ही नहीं चलता कि आपकी ज्यादा उम्र हुई है।'

बिरंची चाचा इस बात पर बिगड़ उठे। बोले, 'मुझको देखकर नहीं लगता कि मैं बूढ़ा हुआ हूँ। मैं क्या अभी भी चार साल का बच्चा हूँ मेरी उम्र सत्तर साल की है, समझे।'

अनमित्र ने कहा, 'सत्तर साल। काफी उम्र हुई, कई लोग तो इस उम्र में ही टें बोल जाते हैं।' वह थोड़ा रुककर बोला, 'टें बोलना माने ऊपर—'

इसके आगे वह कुछ नहीं कह पाया।

बिरंची चाचा बोले, 'मैं भी जल्दी ही टें--माने ऊपर।'

मैं बोला, 'लेकिन आपको हुआ क्या है ? देखकर तो पता नहीं चलता कि कुछ हुआ है।'

'नहीं', बिरंची चाचा बोलने लगे, 'देखने से क्या पता चलेगा। आज कल तो रोग का पता ही नहीं चलता है। छाती में थोड़ा दर्द, उसके बाद ही बेहोशी, फिर ढेर होना और तब मौत।'

'लेकिन आपकी छाती में कैसा दर्द होता है?'

'नहीं, ऐसा कुछ नहीं।' बिरंची चाचा ने बतलाया। 'वैसा हो तो सब समाप्त समझो। लेकिन मेरे दिन निकट आ रहे हैं, इसका आभास होने लगा है।'

'कैसे पता चला आपको?' अनमित्र ने पूछा।

'रोज—' बिरंची चाचा बोले, 'यह जो बड़ा पार्क देख रहे हो न, मैं अपने घर से सुबह निकल कर चारों तरफ चक्कर लगाता हूँ। कितने साल हुए, रोज चारों तरफ का एक बार पैदल चलकर चक्कर मारता हूँ। किसी दिन असुविधा नहीं हुई। लेकिन आजकल देख रहा हूँ, पूरा नहीं चल पाता।'

'किस तरह?'

बिरंची चाचा बोले, 'आजकल पूरा पार्क चलकर पार नहीं कर पाता, आधे पार्क से ही लौट आता हूँ।'

इस बात पर हम सब ने अफसोस प्रकट किया और उनकी बढ़ती हुई उम्र पर चिन्ता प्रकट की। सहानुभूति दिखायी उसके बाद बिरंची चाचा के चले जाने के बाद अनमित्र अचानक बोल उठा, 'बिरंची चाचा की बुद्धि मारी गयी है, या चरने गयी है।'

अनमित्र की इन बातों से हम सभी अवाक् हुए। लेकिन सोचने पर पता चला कि बिरंची चाचा पार्क के आधे हिस्से का चक्कर मारकर फिर उसी जगह पर लौट आते हैं जहाँ से चले थे। इस तरह से तो वे पूरे पार्क का चक्कर जितना ही रास्ता तय करते हैं। वे बेकार ही दुश्चिन्ता में मरे जा रहे हैं।

तपु और वह आदमी

वाणीव्रत चक्रवर्ती

वह आदमी सरकार बाबू के मकान वाले चबूतरे पर बैठा था। उसके काले कोट पर अनगिनत पेबन्द लगे थे, कोट में कई 'मेडेल' अँटकाया हुआ था। धारीदार पैंट और रबड़ का जूता पहने था। बाल खूब छोटे-छोटे छाँटे गए थे और छाती तक झूल रही लम्बी दाढ़ी थी। तपु ने इससे आगे कभी इस विचित्र आदमी को नहीं देखा था। दोपहर का वक्त; एकदम से एकान्त, गली निर्जन, चारों तरफ निस्तब्धता। सब मकानों की खिड़कियाँ-दरवाजे बन्द पड़े थे। खिड़की की फाँक से तपु ने उस आदमी को देखा था। कौन है इस विचित्र पोशाक में, अजीब चेहरे वाला आदमी? वह कोई पागल-वागल या कोई मैजिशियन तो नहीं? चबूतरे पर बैठे-बैठे उसने एक सिगरेट जलाई।

गर्मी की छुट्टी में, दोपहर को इसी एकान्त कमरे में तपु को होमटास्क करने के लिए कहा गया है। लेकिन भात खाने पर तो दोपहर में नींद आ जाती है। थोड़ी देर तक तपु कुर्सी पर बैठा रहा। टेबल पर पुस्तक-कापी बिखरी पड़ी थी। तपु की आँखें नींद से झपक रही थीं। सुराही से एक गिलास पानी लेकर मुँह धो लेने के बाद वह खिड़की खोलकर झाँक रहा था। निर्जन रास्ता। तभी उसकी नजर पड़ी थी चबूतरे पर बैठे उस आदमी पर। अभी वह आदमी सिगरेट पीते हुए अपने-आप हँस रहा था। लगता है, वह कोई पागल-वागल है। खिड़की से हटकर तपु फिर कुर्सी पर आ बैठा। लेकिन पढ़ने का मन नहीं कर रहा था। बैठे-बैठे वह उसे अजीब-आदमी के बारे में सोचने लगा था। कुछ देर बाद फिर उस आदमी को देखना है।

तभी दरवाजे के पास खड़ा कोई जोर से हँसा। तपु कुर्सी छोड़कर उठ खड़ा हुआ। वह उसे दरवाजे के पास देखकर अवाक् रह गया। वह आदमी बड़े मजे में भीतर चला आया। तपु को डर लगने लगा था। उस आदमी ने हँसते हुए पूछा, 'क्या हुआ, मुझसे डर गये?' इस बार वह घर के भीतर तक आ गया। जिस कुर्सी पर मास्टर साहब बैठते हैं, उसी कुर्सी पर वह आकर बैठ गया और जोर-जोर से हँसने लगा। तपु को प्यास लग आयी, शायद डर

के कारण उसका गला सूख रहा था। आवाज नहीं निकल रही थी। उस आदमी ने कहा, 'डरो नहीं तपु, बैठो।'

तपु चौंक पड़ा। अरे, वह तो उसका नाम भी जानता है।

उस आदमी ने पहने अद्‌भुत कोट के भीतर से हाथ डालकर दो रंगीन पानी भरी बोतलें निकालीं। तपु की तरफ देखकर कहा, 'तुमको जरूर प्यास लगी होगी। आओ, लो लेमनेड पीओ।'

तपु की इच्छा हुई कि वह जोर से चिल्लाकर घर के सारे लोगों को बुला ले। छोटे भैया तो घर पर ही हैं। ऐसा सबक सिखाएँगे कि छठी का दूध याद आ जायेगा। इस बार उस आदमी ने कहा, 'ठीक है, तुम जब नहीं पिओगे तो मैं ही पीता हूँ।' फिर झट से दोनों बोतल रंगीन पानी गटक कर कोट के कपड़े से मुँह पोंछते हुए बोला, 'तुम्हारे घर के सभी मुझे पहचानते हैं, तुम्हारे छोटे भैया भी। मुझको देखकर सभी खुश होंगे। लेकिन उनके साथ नहीं, अभी तुमसे मेरी जरूरत है। इस तरह खड़े क्यों हो, कुर्सी पर बैठो।'

चाबी वाले खिलौने की तरह तपु कुर्सी पर आ बैठा। वह आदमी पाकेट से एक हरे रंग की कंघी निकालकर दाढ़ी सँवारने लगा। फिर बोला, 'तुम बहुत झूठ बोलते हो, जो झूठ बोलते हैं वे जीवन में कुछ नहीं कर सकते। डिटेक्टिव पुस्तक का अन्तिम पन्ना देख लेने की हड़बड़ी तुमको बराबर रहती है। लेकिन हिसाब शुरू करने के पहले ही पन्ना उलटकर उसका उत्तर क्यों देखते हो? तुम अपने क्लास में गोपाल की तरफ आँखें तिरछी करके क्यों देखते हो? क्योंकि वह टेढ़ी नजर से देखता है इसलिए रचना लिखते समय पाँच-पाँच किताबों से नकल मारते हो। 'जीवन का उद्देश्य' रचना लिखते समय तुम बताते हो कि तुम बड़े फुटबॉलर बनना चाहते हो।' बात समाप्त कर वह आदमी पागल की तरह हो-होकर हँसने लगा।

उस आदमी को देख कर तपु को अपने मास्टर साहब की याद आ गयी। फिर भी मास्टर साहब नवारुण बाबू के साथ इसकी कोई तुलना नहीं हो सकती। नवारुण बाबू कितने सहज-सरल और सुन्दर हैं। उनको तपु बेहद पसंद करता है। लेकिन इतनी देर तक उस आदमी ने जो कुछ कहा, वह सब सही है। फिर नवारुण बाबू उसकी इस चोरी को तो जानते भी नहीं। वह आदमी फिर उसकी तरफ ताकते हुए मुस्कुराने लगा था। बोला, 'तुम्हारी सारी बातें जानता हूँ, क्या समझे।'

तपु भीतर-ही-भीतर गुस्से से लाल हो रहा था। टेबल पर पड़ी डिक्शनरी उठाकर उसकी तरफ फेंकते हुए तपु चिल्लाया, 'अभी निकल जाओ, नहीं तो खत्म कर डालूँगा।' उस आदमी की देह पर डिक्शनरी गिरी। फिर भी वह कुर्सी पर बैठा-बैठा अट्टहास कर रहा था। पुस्तक के नीचे गिरने की आवाज सुनकर छोटे भैया दौड़े-दौड़े आये, 'क्या टूटा रे, तपु?'

तपु के चेहरे पर पसीना चुहचुहा आया है। पूरे शरीर में रोमांच हो आया है। रोंगटे खड़े हो गये हैं और कपड़े पसीने से भीगते जा रहे हैं। नीचे से भागकर आये बड़े भैया उसकी ओर अवाक् होकर ताक रहे हैं। पर कहाँ गया वह आदमी ? दौड़कर खिड़कियाँ खोल दी भैया ने। दोपहर बीत गयी है, सरकार बाबू के मकान का चबूतरा खाली पड़ा है। छोटे भैया तपु की यह दशा देखकर हँस पड़े। बोले, 'वाह, सो रहे थे क्या, सोते-सोते होमटास्क कर रहे थे?'

× × ×

शाम को नवारुण बाबू पढ़ाने आये तो तपु के भीतर मानो घबराहट में रुलाई आ रही थी। तपु हठात् अजीब प्रश्न कर बैठा, 'अच्छा मास्टर साहब, आपने कभी स्टेज पर अभिनय किया है?'

नवारुण बाबू इस प्रश्न से विचलित नहीं हुए और न गुस्सा ही हुए। पूछा भी नहीं कि इस तरह का अद्भुत प्रश्न तपु ने क्यों किया, बल्कि खुशी हुई। सोचने लगे। उसके बाद खुश होकर प्रसन्नता जाहिर की, 'एक बार कालेज में नाटक हुआ था, उसमें पागल का अभिनय किया था। कुछ दिनों पूर्व ही रोग से यानी लम्बी बीमारी से उठा था, इसलिए बाल छोटे-छोटे करवा लिये थे। नकली दाढ़ी और पेबन्द लगा कोट पहनकर स्टेज पर उतरा था। उसका चरित्र बड़ा अद्भुत था। मन के भीतर के सत्य को खींच-तानकर बाहर निकलवा लेता था। अभिनय करके ढेर सारे पुरस्कार और मेडेल भी पाये थे।' यह कहते हुए नवारुण बाबू गरदन हिला रहे थे और हँस रहे थे।

सोता राजमहल

आशिष सान्याल

वह बड़ा गरीब आदमी था। गाँव के पूर्व दिशा की तरफ जो पहाड़ी नदी कल-कल करके तेजी से बह रही थी, उसी के किनारे एक छोटी झोपड़ी में वह रहता था। पूरे दिन भर खटने के बाद जो मिलता था, उसी रोजी-रोटी से किसी प्रकार दिन बीत रहा था।

उसका एक बेटा था। छरहरा, गोरा-चिट्टा चेहरा। जब वह आठ साल का हुआ, तभी उसकी माँ चल बसी। तब उसका बाप मुसीबत में आ फँसा। अब क्या करे वह? घर में बेटे की देखभाल करे, न कि बाहर खटने, मजदूरी करने जाये! सबने उसे समझाया, 'फिर से शादी करो। नहीं तो दोनों तरफ कैसे सँभालोगे।'

सोच-विचार करने के बाद उसने शादी कर ली। उसने सोचा था कि नयी औरत उसके बेटे की देख-भाल करेगी, प्यार करेगी, जबकि हुआ इसका उलटा। लड़का जितना ही 'माँ-माँ' कहकर नजदीक जाना चाहता, उतना ही वह नयी माँ उसे दूर भगा देती। रोज-रोज उलटा-सीधा बोलकर बेटे के प्रति उस आदमी के दिल में विष घोल दिया। अन्त में, नयी औरत के परामर्श से वह अपने बेटे को लेकर एक दिन घने जंगल में रवाना हुआ। लड़के की समझ में कुछ नहीं आया था, अतः उसने पूछा, 'कहाँ जा रहे हैं हम, बापू?'

'तेरे मामा के घर।'

'मामा के घर? मेरे मामा हैं, यह तो पहले आपने कभी बताया नहीं ?'

'तो क्या हुआ? ज्यादा बक-बक मत करो, सीधे चलो।'

चलते-चलते वे दोनों एक घने जंगल में आ गये। जंगल इतना लम्बा और घना था कि दिन की रोशनी भी नहीं आ पा रही थी। लड़के ने फिर पूछा, 'यह कहाँ ले आये बापू?'

'अरे हाँ।' उस आदमी ने कहा, 'रास्ता लगता है, भूल आया पीछे। तुम जरा ठहरो। मैं तुरन्त आता हूँ, रास्ता खोजकर।'

यह कहकर वह आदमी चला गया। फिर दोबारा नहीं आया। इस तरफ जंगल में अँधेरा छाता जा रहा था। एकदम से अन्धेरा गहरा जाने के बाद कहीं से बाघ के दहाड़ने की आवाज सुनाई पड़ी। डर के मारे वह लड़का चीख मारकर रोने लगा। हाय रे, वह भला क्या जानता था कि जानबूझकर उससे धोखा किया गया है, उसे यहीं छोड़ दिया गया है अकेला। अबोध वह 'बापू-बापू' पुकारता हुआ बहुत देर तक रोता रहा। रोते-रोते वह अनजाने ही नींद में सो गया।

रात के प्रहर में इस जंगल के देवी-देवता धरती पर उतर आते हैं। लड़के को इस तरह सोया देखकर, उनके मन में दया आ गयी। एक देवी तो बोल ही पड़ीं, 'जो हो, इसकी रक्षा करनी होगी।' तभी सारे देवता बोल उठे, 'ठीक है, हम सब मिलकर उसे वरदान देते हैं कि वह जीवन में सुखी हो।'

× × ×

दूसरे दिन सुबह नींद टूटने पर वह लड़का कुछ न समझकर सामने की तरफ चलने लगा। कुछ दूर तक चलने पर उसकी नजर एक विराट् राजमहल पर पड़ी। वह उसी तरफ गया। नजदीक पहुँचने पर उसे सब कुछ अजीब-सा लगने लगा। कहीं कोई नहीं। वह राजमहल के सदर दरवाजे से भीतर घुसा। अंदर महल में वजीर, प्यादा, नौकर-नौकरानी सभी हैं, लेकिन सभी सोये पड़े हैं। पिंजरे में पक्षी हैं, लेकिन चुपचाप। हाथी-घोड़े सभी मरे हुए सो रहे हैं।

वह लड़का इधर-उधर चलता फिरता रहा। फिर वह एक छोटे से कमरे में घुसा। घुसते ही एक राजकुमारी को सोने की खाट पर सोयी हुई देखकर वह अवाक् रह गया। गोरा और गुलाबी चेहरा। आँखों में काजल, बड़ी-बड़ी कजरारी आँखें। वह आश्चर्य से राजकुमारी की तरफ ताकता रह गया।

ठीक उसी वक्त चारों तरफ से हो-हल्ले की आवाज सुनाई पड़ी। कोई भारी कदमों से इसी तरफ आ रहा था। यह देखने के लिए कि वह कौन है, वह एक जगह पर छिप गया। छिपकर उसने देखा, एक विराट दैत्य उस कमरे में आकर खड़ा है। उसके बाद धीरे-धीरे चलकर वह राजकुमारी के बिस्तर तक पहुँचा फिर बिस्तर के नीचे से कोई वस्तु निकाली। उसे राजकुमारी के शरीर से छुआते ही राजकुमारी उठ बैठी। साथ-ही-साथ पूरा राजमहल जग पड़ा। वह दैत्य भारी आवाज में बोला, 'बोलो, शादी करोगी कि नहीं? नहीं तो तुझे कभी छुटकारा नहीं मिलेगा।'

राजकुमारी गुस्से में भरकर बोली, 'मर भले ही जाऊँ, लेकिन तुम जैसे दैत्य से शादी नहीं करूँगी। नहीं जानते कि मैं किस राजा की बेटी हूँ?'

'इतना साहस हो गया है। ठीक है, तब इसी तरह पड़ी रहो। देखता हूँ, कितने दिन तक इस तरह रहती हो।' यह कह कर दैत्य ने उसी वस्तु से दूसरी तरफ छुआया। राजकुमारी फिर सो पड़ी। उसके साथ विराट् राजमहल के सारे लोग सो गये। उंसके बाद दैत्य वहाँ से भारी कदमों से चला गया।

वह लड़का बाहर निकल आया। छिपकर उसने सब कुछ देखा था। अतः उसने राजकुमारी के बिस्तर के नीचे से वस्तु निकालकर उसे राजकुमारी के शरीर से छुआया। छुआते ही राजकुमारी उठ बैठी। उस लड़के ने राजकुमारी को विश्वास दिलाते हुए कहा, 'डरो नहीं। जिस चीज से दैत्य ने तुम्हें सुला रखा था, उसे हमेशा के लिए नष्ट कर देता हूँ।' यह कह कर उसने उस वस्तु के टुकड़े-टुकड़े कर दिये। राजकुमारी बोली, 'यदि दैत्य फिर से चला आये ?'

'आने दो, यही तो चाहता हूँ।'

'क्या करोगे तुम?'

'देखना, क्या करता हूँ।'

कुछ समय बाद ही दैत्य फिर लौट आया। वह लड़का मन-ही-मन सोच रहा था, क्या करे वह। तभी उसके कानों में सुनाई पड़ा, 'हम सभी तुम्हारे साथ हैं। सामने ही खड़े हैं ढेरसारे सैन्य, लश्कर। आदेश दो, हम उस पर टूट पड़ेंगे।'

उसके बाद जमकर लड़ाई हुई। अपने दल-बल के साथ वह दैत्य मारा गया। राजमहल में खुशियों की लहर दौड़ गयी। राजकुमारी ने लड़के से कहा, 'नहीं जानती कि तुम कौन हो। फिर भी तुमने हम सब की रक्षा की है। इसी दैत्य ने मेरे पिता की हत्या की थी। हम सबको भी सुला रखा था। अब तुम ही हमारे राजा बनो।'

यह सुनकर सारी प्रजा खुशी से झूम उठी। उनको राज्य की रक्षा करने वाला एक राजा मिल गया था। लड़के ने भी अपना सारा जीवन राज्य में प्रजा की भलाई में बिता दिया।

चालीस मोहर एक चोर

निहाररंजन गुप्त

यह कहानी बहुत पुरानी है। बहुत लोगों के मुँह से कई बार सुनी है।

बनगाँव की तरफ तीन पुश्तों से पुराना एक मकान था। मितुल बाबू अब उसमें नहीं रहते। यह घटना भी बहुत पुरानी है। यह तब की बात है, जब बनगाँव जाने के लिए एक ही ट्रेन चलती थी सियालदह स्टेशन से। सुबह चलती तो वहाँ दस बजे के लगभग पहुँचती, फिर वहाँ से वही ट्रेन शाम को साढ़े तीन बजे लौटती।

मितुल बाबू के परदादा अँगरेजों के अधीन किसी पलटन में काम करते थे, मगर हठात् बीच में ही छोड़छाड़ कर वे इस तरफ चले आये और बनगाँव में मकान बनाकर रहने लगे। तब यह शहर नहीं था। बहुत दिनों के बाद यह कुछ बदला। आधा गाँव और आधा शहर वाली ऐसी जगह पर उन्होंने पहली बार महल जैसा मकान बनवाया था। वही जगत नारायण एक प्रकार से जमींदार के रूप में यहाँ प्रतिष्ठित हो गए। उनकी मृत्यु के बाद उनके लड़के ने उनका संदूक खोल कर देखा, मगर उसमें विशेष कुछ नहीं मिला। चाँदी के हजार रुपये, मकान और जमीन से सम्बन्धित दो कागजात तथा चन्दन की लकड़ी से बने छोटे बक्से में एक पत्र मिला। उस पत्र में लिखा था, 'जमा किये हुए चालीस सोने की मोहरें, मैं इस मकान में रखे जा रहा हूँ। खोज लेना।'

जगत नारायण के लड़के ने इन मोहरों की खोज तो की ही थी, उनके लड़कों ने की तथा मितुल बाबू के पिता ने भी की थी। लेकिन उनका पता कभी किसी दिन नहीं चला। मितुल बाबू के दादा काम-काजी आदमी थे। वे नौकरी करते थे, अतः कलकत्ता में रहने लगे थे। पुश्तैनी मकान बनगाँव में ऐसे ही पड़ा रह गया। धीरे-धीरे उस मकान के आसपास जंगल उग आये। वे कभी-कभी जाते रहते थे, लेकिन मितुल के पिता ने तो उधर पैर भी नहीं रखा।

यह कहानी बीरू मितुल के मुँह से सुनी हुई है। उसी ने चालीस बादशाही सोने के मोहर की बात उठायी थी। मितुल ने पूछा, 'यह बात आपको सच लगती है बीरू चाचा ?'

'क्यों?'

'नहीं, ऐसे ही—'

'तुमको कैसा लगता है मितुल?'

'मुझे तो सच लगता है। वे मोहरें सचमुच उसमें कहीं रखी हैं।'

'मुझे भी लगता है।'

'सच?'

'हाँ।'

'तब चलोगे उस मकान में एक बार चाचा?'

'चलो, आगामी रविवार को ही हम दोनों चलें। उस मकान में एक रखवाला रहता है। जानते हो न?'

'हाँ। भुवन माली रहता है। उम्र भी उसकी काफी हो गयी है। वह उसमें अकेला ही रहता है।'

× × ×

रविवार को सुबह ट्रेन से बीरू और मितुल बाबू बनगाँव रवाना हो गये। वह मकान शहर से लगभग एक कोस की दूरी पर था। एक विशाल मकान, जो अब ध्वस्त पड़ा था। चारों तरफ घना जंगल उग आया था। उसी के बीच से चलने भर के लिए एक पतला रास्ता उस मकान तक जाता था।

मकान के सामने आकर दोनों इधर-उधर ताकने लग गये, तभी हठात् कहीं से किसी की एक तेज कर्कश आवाज कानों से आ लगी, 'कौन है रे, तुम दोनों कौन!'

बीरू चाचा के निकट खड़े मितुल बाबू ऐसी आवाज सुनकर भीतर से सिहर गये। वे दोनों इधर-उधर ताकने लगे। तभी उनके सामने उसी जंगल के भीतर से एक आदमी निकल कर आया। दाढ़ी बढ़ी हुई, बिखरे बाल, बड़ी-बड़ी दो गोल-गोल आँखें, ठेहुने तक उठी हुई फटी-मैली धोती, हाथ में लाठी और खाली पैर।

'कौन हो तुम लोग, कहाँ से आवत हो ? क्या चाहते हो ?'

'तुम कौन हो?' बीरू ने पूछा।

'मुझे नहीं पहचानते ? मेरा नाम भुवन।' उसने कहा।

बीरू ने मितुल से परिचय कराया। वह आदमी हठात् जोर-जोर से हँसने लगा। कुछ देर तक हँसने के बाद बोला, 'समझा, मोहर की खोज में आये हो, है न, लेकिन मिलेगा नहीं, फिर भी आये हो तो देख लो, खोज कर देखो। लेकिन मिलेगा नहीं।'

मितुल बाबू ने पूछा, 'मकान के अन्दर जा सकता हूँ, भुवन !'

'तुम्हारा ही तो घर है, जा क्यों नहीं सकते। जितनी तरह से हो, देखो जाकर।'

भुवन दिखने में खूँखार क्यों न लगे, लेकिन मन का अच्छा है। उसने ही घुमा-घुमा कर सब दिखाया। सभी टूट-फूट गया है, चमगादड़ों से भर गया है घर। चारों तरफ से दुर्गन्ध आ रही है। चक्कर लगाते हुए वे दोनों एक बड़े कमरे के सामने आ गये। उस कमरे का दरवाजा बन्द था। भुवन ने दरवाजा खोला, फिर बोला, 'बस यही एक कमरा बचा है रहने लायक, इसी में रहता हूँ।'

फ्लोर सादा-काला मार्बल से बना हुआ, मगर सफाई के अभाव में वह गंदा हो गया था, पास ही एक टूटी खाट पर बिस्तर बिछा था। कुछ मिट्टी के बरतन, एक कलसी तथा एक चूल्हा मिट्टी का बना हुआ। खिड़कियाँ व दूसरे दरवाजे सभी टूटे-उखड़े हुए थे। हठात् बीरू चाचा की नजर दीवार पर टंगे दो चित्रों पर पड़ी। बड़े फ्रेम में मढ़े हुए थे। एक पुरुष का, तो दूसरा एक सजी-धजी औरत का। एक फ्रेम सुनहला, तो दूसरा रुपहला। पुरुष वाला चित्र सुनहले फ्रेम में मढ़ा हुआ था।

हठात् भुवन ने कहा, 'क्या देख रहे हो, यह जिसका चित्र है, वही चोर है।'

'चोर!' मितुल ने पूछा।

'तो और क्या कहूँ। उसे सोने का मोहर कैसे मिला। चोरी करके लाया था चोरी का माल। चोरी का माल चोर के हत्थे लगता है। हो सकता है, इसे भी किसी ने चुरा लिया हो।'

मितुल बाबू ने पुनः ऊपर की तरफ देखा।

'बीरू चाचा!'

'कुछ बोल रहे हो मितुल बाबू!'

'चित्र का फ्रेम सोने का तो नहीं है।'

बीरू ने हँसकर कहा, 'नहीं तो, तीन पुश्तों से यह दीवाल पर कैसे टँगा रह जाता?'

'हाँ, कैसा चमक रहा है। एक बार चित्र उतार कर देखें।'

'नहीं मितुल बाबू, यह बेकार का परिश्रम है। तब भी—'

'तब भी क्या बीरू चाचा।'

'मुझे अब भी पूरा विश्वास है कि सोने के मोहर इसी घर में है।'

'सचमुच?'

'हाँ मितुल बाबू, हो सकता है किसी गुप्त तहखाने में या जमीन के नीचे अथवा किसी पेड़ के नीचे—'

भुवन ने कहा, 'पूरे मकान में और आसपास सारी जगहों पर देख लिया गया है। बकवास, कुछ भी नहीं मिला।'

मितुल ने हठात् कहा, 'इस कमरे में कोई गुप्त अलमारी-टालमारी तो नहीं है न ? ऐसा हो भी सकता है बीरू चाचा?'

'नहीं हो सकता है, ऐसा तो मैं नहीं कह रहा हूँ। लेकिन क्या इसकी भी खोज नहीं हुई होगी?'

'तब और कौन-सी जगह हो सकती है बीरू चाचा?'

'मेरी समझ में ऐसी जगह पर है, जहाँ किसी का ध्यान नहीं जा सकता और मोहर भी सुरक्षित है।' बीरू चाचा ने यह बात कहते हुए अपनी दृष्टि उन्हीं चित्रों पर लगा रखी थी। मितुल के मन में बीरू चाचा की ये बातें घूम रही थीं। अनेक खोज-बीन के बाद भी मोहर का पता नहीं चला। भला कहाँ पर ये बादशाही चालीस मोहर छुपाये रखे हैं !

'भुवन।'

'हाँ जी—'

'चित्र के फ्रेम कैसे चमक रहे हैं न।'

'मैं तो रोज ही इनकी झाड़-पोंछ करता हूँ।'

'क्यों?'

'इस मकान के मालिकों की आत्मा अब भी विचरण करती हैं, उन्हीं का निर्देश है।'

'आज भी पोंछा है?'

'नहीं, देर से पोंछता हूँ रोज। यह देख रहे हैं, यह सीढ़ी है, इसे ही दीवार से लगा कर—'

सचमुच एक बाँस की बनी टूटी सीढ़ी किनारे दीवार से लगा कर रखी हुई थी।

'सीढ़ी ले आओ तो भुवन, दोनों चित्रों को जरा नजदीक से देखें।'

सीढ़ी लगा कर दोनों चित्रों को उतारने की चेष्टा करने लगे बीरू चाचा। पुरुष वाला चित्र तो उतर गया, मगर औरत वाला चित्र नहीं उतारा जा सका। वह दीवार में मढ़ दिया गया था। बीरू के मन में संदेह हुआ।

'भुवन।'

'हाँ जी।'

'एक हथौड़ा ला सकते हो!'

'क्या करेंगे, इससे?'

'लाओ न।'

भुवन हथौड़ा ले आया। हथौड़े की सहायता से चित्र खोलते समय हाथ से फिसल गया और नीचे गिर कर फ्रेम टुकड़े-टुकड़े हो गया। हठात् गोल सोने का चक्का चमक उठा। टूटे फ्रेम के गिरने से वह चक्का नीचे छिटक कर दूर जा पड़ा। 'टंक' की आवाज हुई।

मितुल दौड़ कर गये और उसे हाथ में उठाते ही आश्चर्य से चिल्ला पड़े, 'देखो-देखो बीरू चाचा, सोने का एक रुपया—'

'वह रुपया नहीं है मितुल बाबू, वह बादशाही मोहर है।'

उसी फ्रेम के भीतर से चालीस सोने के बादशाही मोहर मिल गये।

भुवन ने कहा, 'यह चित्र पहले एक दीवार के भीतर गड्ढे में रखा था, उसी गड्ढे से चित्र निकाल कर कहीं और न रख मितुल के दादा ने उसे उसी दीवार में मढ़ दिया था।'

वे सोच भी नहीं सकते थे कि इस रुपहले फ्रेम के भीतर ये मोहर रखे हुए हैं।

—✦—

डकैत के घर चोरी

शीर्षेन्दु मुखोपाध्याय

पूरे इलाके में सिधू एक चोर के नाम से प्रसिद्ध था। उसके हाथ की सफाई की लोग प्रशंसा करते थे। वह बड़े ठंडे दिमाग से कदम उठाता था। उसकी बुद्धि बड़ी तेज थी। दिन के उजाले में वह सभ्य और गृहस्थ दिखता था। सिधू लोगों के घरों में जाकर पहले खोज-खबर ले आता कि किसके घर में कौन नये लोग आये हैं, क्या-क्या नयी चीजें खरीदी गयी हैं। होली-दिवाली के वक्त किसके घर में कितना नया कपड़ा-लत्ता, बरतन खरीद कर लाया गया है। पैसों की क्या आमदनी हुई है, इत्यादि।

वह कुछ ऐसे मन्त्र भी जानता था कि जिसके बल पर वह घर के लोगों को नीम-बेहोशी की हालत में डाल देता और तब वह बड़े आराम से चोरी करता। लोगों की नींद सुबह होने पर खुलती।

वह काफी बूढ़ा हो चला था, मगर शान-शौकत वैसी ही थी। महँगी धोती, सादा कुरता, पैर में नया जूता, मुँह में पान। बड़ा शौकीन मिजाज था। उसकी चारों अँगुलियों में अँगूठियाँ रहतीं। बाजार जब कुछ खरीदने जाता, तो मोल-मोलाई नहीं करता था। चोरी करके उसने काफी पैसे इकट्ठे किये थे। घर पर दस-बारह गायें-भैंसे थीं। सात-आठ नौकर-नौकरानी। बूढ़ा होने के कारण उसकी आँखें धुँधली पड़ गयी थीं। शरीर में भी कोई न कोई रोग लगा रहता। ऐसी अवस्था में वह चोरी करना छोड़ चुका था। बहुत जरूरत पड़ने पर ही वह रात-बिरात निकलता।

उसकी लड़की बड़ी हो गयी थी। उसकी शादी करना चाहता था। उसके लायक लड़का भी उसे मिल गया था। शादी में खर्चा काफी होता, मगर उतने पैसे उसके पास नहीं रह गये थे। उसकी पत्नी बराबर उसे ताकीद करती, 'आषाढ़ के महीने में लड़की की शादी है और तुम्हें इसकी जरा-सी चिन्ता नहीं है। खर्चा करने के लिए इतना पैसा आयेगा कहाँ से? रात में तुमने निकलना ही छोड़ दिया है, ऐसे कैसे चलेगा?'

सिधू उस वक्त अपनी बीमारी की बात कहकर चुप रह जाता। बल्कि ऐसी उम्र में आकर सिधू भूत-प्रेत से भी डरने लगा था। लोगों का कहना था कि रात में निकलने का अब उसमें साहस नहीं रह गया था।

उसी महकमे में एक और आदमी काफी प्रसिद्ध था। वह था डकैत। लोग उसे हालिम अथवा हालुम मियाँ के नाम से जानते थे। जैसा ही वह चेहरे-मोहरे से भयंकर था, उतना ही अद्‌भुत साहस था उसका। जिस घर में वह डकैती करने की बात सोचता, उस घर में सात दिन पहले अपने आदमी से चिट्ठी भिजवा देता था कि अमुक दिन वह डकैती करने जाएगा। होशियार।

यह उस समय की बात है, जब महकमे में पुलिस वगैरह ज्यादा नहीं थी, बहुत सारे गाँवों को मिलाकर एक महकमा होता, जहाँ के पुलिस-थाने में एक दारोगा और कुछ सिपाही रहा करते थे। गाँव भी जंगलों से घिरे होते थे और उन रास्तों पर चलना खतरे से खाली नहीं था। उन रास्तों पर और जंगलों में राहजनी के लिए जब तब चोर-डकैतों से भिड़न्त हो जाया करती थी। उन लोगों के लिए सुविधाएँ भी ज्यादा थीं। अतः लोग भय से हालिम मियाँ का सामना करने से कतराते थे। वह पहले दरजे का लठैत था और साहसी तो था ही। मगर वह बेमतलब किसी की हत्या नहीं करता था। इसीलिए जमींदार और धनी लोग उसकी आवभगत करते थे।

सुना जाता है कि जिस घर में वह पूर्व सूचना के अनुसार डकैती करने जाता था, उस घर के लोग घर को बड़े ढंग से सजाते थे। दीवारों की रँगाई-पुताई करते, खाने-पीने का भी इन्तजाम किया जाता था उसके लिए। हालिम को आया हुआ देखकर घर का मालिक हाथ जोड़कर उसकी अगवानी करता। हालिम बड़े मजे में डकैती करके लौट जाता, बल्कि कहा जाए तो उसे डकैती की तरह कुछ करना नहीं पड़ता था। घर का मालिक ही सन्दूक की चाबी उसको सौंप देते अथवा अपने सामने ही सब कुछ गिन-गूँथ कर उसे दे देते।

लेकिन सबके दिन एक-से नहीं जाते। अतः डकैत हालिम जो कभी दन्तकथाओं के नायकों की तरह प्रसिद्ध था, वह भी बूढ़ा हो गया। गाँव के एक किनारे उसका अपना विशाल मकान था। उसके घर में भी नौकर-चाकर, धन-धान्य का भंडार, सभी कुछ थे। हालिम आँखों में सुरमा लगाकर, कान में इत्र का फाहा ठूँसकर निकलता था। उसके शरीर पर

चेकदार सिल्क की लुंगी और मलमल का कुरता रहता। वह खूब गम्भीर रहता। दोनों लाल-लाल आँखें सब समय मानो जलती रहती थीं। डकैती तो उसने छोड़ ही दी थी, मगर छोटे-मोटे डकैत उससे सलाह-मशविरा के लिए उसके पास आते रहते थे।

हाँ, तो सिधू की बात बीच में ही रह गयी। पत्नी की बार-बार चेतावनी से तंग आकर वह एक रात चोरी करने निकला। आँखों से ठीक प्रकार से न देख पाने के कारण उसने साथ में एक लालटेन भी ले ली। अकेले में भूत का भय था उसे, इसलिए एक नौकर को भी साथ ले लिया। रास्ते में साँप-बिच्छू के डर से ताली बजा-बजाकर चलता रहता। भूत-प्रेत को दूर करने के लिए उसने राम नाम का जाप भी शुरू कर दिया। हाथ की ताली और राम नाम के जाप की ध्वनि से रास्ते के दोनों तरफ वाले मकान के अन्दर सोते हुए लोग जग जा रहे थे। वे लोग ताक-झाँक कर रहे थे कि मामला क्या है? बहुत सारे लोगों को लगा कि सिधू अब उम्र बढ़ने के साथ-साथ धार्मिक हो गया है, अत: एकदम भोर में उठकर राम नाम जपते हुए गंगा स्नान करने निकला है। लेकिन सिधू तो मुश्किल में पड़ गया, वह जिस घर में घुसने जाता, उस घर के लोग उसे जगे हुए मिलते। अन्त तक चक्कर लगाते हुए थक गया, तब वह गाँव के किनारे एक जगह आकर पेड़ के नीचे सुस्ताने बैठ गया।

काफी देर तक देख लेने के बाद सिधू ने सामने एक मकान की तरफ इशारा करके पूछा, 'इतना बड़ा मकान किसका है रे?'

नौकर ने जवाब दिया, 'वह हालिम मियाँ का घर है, सरदार।'

'अच्छा-अच्छा।' खूब खुशी प्रकट करता हुआ बोला, 'तो हालिम ने खूब पैसा जमाया है, लगता है। इतने दिनों तक तो सोचा भी नहीं था इसके बारे में।'

इतना कहकर सिधू ने सेंध काटने वाला औजार बाहर किया।

× × ×

दूसरे दिन महकमे में हल्ला मच गया। हालिम मियाँ के घर भारी चोरी हो गयी है। सुबह-सुबह हालिम की बीवी ने पैर पसार कर रोना-धोना शुरू कर दिया था, 'हाय-हाय! मेरा तो सत्यानाश कर दिया नासपिटे ने, सब कुछ उठा ले गया। अरे ओ हालिम, तुम्हें शरम नहीं आती? तुम्हारे प्रताप से एक ही घाट पर बाघ और गाएँ दोनों ही एक साथ पानी पीते थे, उनका यह हाल? उसके ही घर में चोरी? अरे ओ हालिम, सुबह में गाँजा पीने बैठ

गये? पेड़ से लगाकर फाँसी पर चढ़ जा, चुल्लू भर पानी में डूब मर....

शतरंज की बाजी पर बैठे हालिम ने गाँजा पीते हुए अपनी बीवी को धमकाया, 'चुप रख, चुप रह रे बेशर्म। जिसने चोरी की है, उसकी गर्दन नहीं बचेगी, देख लेना।'

यह सुनकर बीवी और भी भोंकार मार कर रोने लगी।

हालिम ने दो काम किये। तीन कोस दूर थाने में जाकर सिधू के नाम से डायरी कर आया। दूसरे कि सिधू की बेटी की शादी के ठीक सात दिन पहले एक पत्र भिजवाया, 'तुम्हारी बेटी की शादी की रात मैं सदल-बल आ रहा हूँ। हमारी आवभगत करने के लिए तैयार रहना—'

पत्र पढ़कर सिधू ने कहा, 'धुत्त !'

उसके बाद वह तीन कोस दूर थाने पर दारोगा बाबू को मुर्गी और मछली भेंट में देकर अपनी बेटी की शादी का निमन्त्रण दे आया।

सिधू की बेटी की शादी में उस इलाके के सारे लोग, जिसको बुलाया नहीं गया था, वे भी यह जानकर कि हालिम मियाँ डकैती करने आ रहे हैं। वहाँ उपस्थित थे। भारी भीड़ लगी हुई थी। दारोगा बाबू आ गये थे। सिधू ने शादी के मंडप के पास दारोगा बाबू को बैठाया था और वहीं दूल्हा भी बैठा-बैठा गर्मी के मारे पंखा झल रहा था।

उन दिनों भोजन में तीन-चार तरह की चीजें बनी ही थीं, साथ ही साथ मांस-मछली, मिठाई और दही भी परोसे जा रहे थे। सभी तीन तरह की चीज पर हाथ फेर कर चौथे के लिए तैयार हो रहे थे कि तभी उत्तर दिशा की तरफ से जोर-जोर से चिल्लाने की आवाज उठी और मशाल की रोशनी दिखाई पड़ी। अतः पत्तल छोड़कर सभी उठ गये और हालिम मियाँ की अगवानी के लिए चल पड़े।

कितना कारुणिक दृश्य था वह। साठ-सत्तर आदमियों के साथ हालिम आ उपस्थित हुआ था। सभी के हाथ में बड़ी-बड़ी लाठी, बल्लम, गँड़ासा और भुजाली। माथे पर सिन्दूर का तिलक। खाली देह और धोती जाँघ पर से कसी हुई। लेकिन प्रायः सभी बूढ़े और अधेड़। सभी की हालत पस्त। इतनी दूर से आने और हल्ला-गुल्ला मचाने की वजह से सब पस्त हो गये थे। हालिम की तो साँस फूल आयी थी। इसीलिए सिधू ने पकड़ कर उसे बरामदे में बिठाया। कुछ डकैतों को तो खाँसी इतनी जोर की शुरू हो गई थी कि वे खाँसते-खाँसते धम्म से जमीन पर बैठ गये। एक ने तो भारी बल्लम को एक

दूसरे बाराती के हाथ में थमाया और खुद हाथ झाड़ने लग गया।

सिधू ने काफी देर तक हालिम की छाती को सहलाया, तब कहीं उसकी साँस में साँस आयी। फिर वह हाथ में गँड़ासा लेकर सिधू को बोला, 'अब बताओ क्या करना है?'

सिधू ने हाथ जोड़कर कहा, 'तुम्हारी प्रतिष्ठा अब भी मेरी नजर में है। ये लो सन्दूक की चाबी, दरवाजे खुले हैं। भीतर जा सकते हो।'

उसके बाद वही हुआ। हुँकार मारते हुए हालिम उठ खड़ा हुआ। साथ ही साथ उसके दल के लोगों ने भी हुँकार भरी। यद्यपि हुँकार भरते ही लोगों को खाँसी आ गयी, खो...... खो... करने लगे। फिर हालिम ने भीतर जाकर मजे में लूट-पाट शुरू कर दी। अपने घर से जितनी चीजें चोरी हो गयी थीं, उन्हें पहचान कर इकट्ठा करने लगा हालिम। सिधू पीछे-पीछे हाथ जोड़कर खड़ा रहा। हालिम अगर किसी चीज को लेना छोड़ दे रहा था तो सिधू ही उसे बता देता था, 'यह पीतल का बरतन तो छोड़ ही दे रहे हो। बुढ़ापे में कुछ सूझता नहीं। यह दीवाल घड़ी भी तो तुम्हारी ही है, पहचान नहीं रहे?'

इस तरह से डकैती बिना किसी झमेले के पूरी हुई। इस बीच दारोगा बाबू पैर पसारे तम्बाकू पीते रहे। सभी हाफ पैंट के नीचे उनके मोटे पैर, मोटा बेल्ट और बढ़ी हुई तोंद पर बँधा क्रॉस-बेल्ट तथा नुकीली मूँछ की तारीफ करने में लगे थे। मगर दारोगा बाबू किसी तरफ भी नहीं देख रहे थे। दुल्हा बेचारा गर्मी के मारे परेशान था। पंखा झलते-झलते ऊँघ रहा था। बारात के लोग डकैती देखने में लगे हुए थे।

अन्त में हालिम और सिधू दोनों दारोगा बाबू के सामने हाथ जोड़ कर खड़े हो गये। दारोगा बाबू ने डपटा, 'बात क्या है? इस बुढ़ापे में भी बाज नहीं आते, मरोगे !'

सिधू संकोच में बोला, 'चोरी मैं अपनी इच्छा से थोड़े ही करने गया था। पत्नी ने जबर्दस्ती की, तो जाना पड़ा। इज्जत की बात थी सरकार।'

हालिम ने कहा, 'मेरा भी बराबर का किस्सा है हुजूर।'

दारोगा बाबू इस पर खूब ठठा कर हँसे। उनकी इस हँसी की तारीफ सबों ने की।

उसके बाद खाने-पीने का दौर चला। हालिम के दल के लोगों को भोजन परोसा गया। वे सब तो मानो भुक्खड़ की तरह खाने पर टूट पड़े।

दाल और एक सब्जी के साथ ही ढेरों पूरी सफाचट कर गये। उन्हें खाते हुए देखकर और लोगों की भी याद आयी कि वे भी तो आधे भोजन से उठ गये थे। फिर क्या था। भाग-दौड़ मच गयी, सभी अपने-अपने पत्तलों की खोज में इधर-उधर होने लग गये। किसी को याद नहीं कि कौन-सा पत्तल किसका है। जैसे दायीं तरफ चाचा बैठे थे, बायीं तरफ भतीजे। पत्तल में बैगन का डेढ़ गुना अंश बचा हुआ था। चाचा ठीक उलटी तरफ वाले पंक्ति में जाकर बैठ गये। बायीं तरफ बिपिन पंडित। इस तरह सभी चिल्ल-पों मचा रहे थे।

'ऐ', मेरे पत्तल पर क्यों बैठा है, चोर कहीं का। ओ महाशय, आप तो मेरी बायीं तरफ थे—अरे, मेरी आधी पूरी क्या हुई?' इत्यादि।

उस दिन खूब जमकर लोगों ने खाया, पीया।

—✦—

दो माताएँ

लीला मजुमदार

भारत के तथ्य व बेतार विभाग के कर्मचारियों को विभिन्न व विचित्र तरह के अनुभवों से गुजरना पड़ता है। और यह स्वाभाविक भी है। वे लोग, जहाँ शिक्षित मनुष्यों का आवागमन नहीं है, घने जंगलों में, चंचल नदियों के किनारे, खड़े पहाड़ों की तलहटियों में यानी विभिन्न दुर्गम स्थलों पर रिकार्डर, कैमरा लटकाये हुए भागते-दौड़ते रहते हैं। भारत के वन्यप्राणियों व आदिवासी लोगों की जिन्दगी के बारे में नयी-नयी खोज-खबर को जुटाते फिरते हैं। यह कथा भी उसी तरह की घटना पर आधारित है।

नक्शे में भारत का उत्तर-पूर्व हिस्सा देखकर पता चलता है, मानो कोई विशाल घोड़ा हो, जो पश्चिम बंगाल के कन्धों पर सिर रखकर मजे में पड़ा है। उस जगह को असम कहा जाता था। अब तो इसके कई टुकड़े होकर विभिन्न नामों से जाने जाते हैं। इसी तरह के एक अनजान प्रदेश में पहाड़ की तलहटी में एक छोटा-सा गाँव आदिवासियों का है। बड़े-बड़े शाल के पेड़, जंगलात, बाँस के झुरमुट मानो गाँव पर पहाड़ से उतर आये हों। देखकर आँखें तृप्त होती हैं। मन करता है, यहाँ दो-तीन दिन रुक जायें। गाँव का

नाम है हतिया।

पहले कुछ दिनों तक किसी विदेशी को ये लोग गाँव में आने नहीं देते थे। उनका कहना है, इससे उनका सब कुछ खत्म हो जायेगा। आर्यों के यहाँ आने के पूर्व, इनका यहाँ डेरा था। आज तो स्थिति यह है कि बाहर के लोग भी गाँवों में आ गये हैं। भारत सरकार ने उन लोगों के लिए अस्पताल, रास्ते का निर्माण कराया है। पहाड़ के झरने से पाइप डालकर पानी की व्यवस्था करायी है। पिछली बार तथ्य व बेतार विभाग के लोगों को शीत-विदाई के मौसमी-उत्सव में शामिल होने की अनुमति दी गयी थी।

यह विचित्र उत्सव है उनका, बिलकुल अलग प्रकार का। पहाड़ के नीचे रंगीन किस्म के पत्थर से बनी एक खाईं, उसी खाईं के निकट एक सुन्दर कारुकार्य के नमूने के रूप में लकड़ी का मन्दिर। मन्दिर में कोई मूर्ति नहीं, बल्कि दीवार व छतों पर खुदाई करके बनी छोटी-छोटी मूर्तियाँ उपस्थित हैं। हथिनी माँ के निकट बच्चा हाथी। माँ की गोद में छोटा बच्चा। पूजा जैसी कोई बात नहीं, बल्कि कतारों में माताएँ,, लड़कियाँ, लड़के, बूढ़े, सभी घड़े-घड़े भरकर दूध, डलियों में फल, मिट्टी की कुप्पियों में मधु ले लेकर हाजिर हो रहे थे। बाद में घंटे की ध्वनि पर गाते-बजाते उस सबको घने जंगल में रख आया गया। लौटकर नृत्य, गाने बजाने में लोग मस्त हो गये।

तथ्य विभाग के कर्मचारियों को बड़ा दुख है कि इतनी अच्छी सामग्रियों को जंगल में फेंक दिया गया। खुद न खायें तो बाहर के लोग भी तो हैं। आदिवासी एक लड़के ने शर्म से चिढ़कर कहा, 'छिः छिः ऐसी बात करना भी पाप है। इन सब चीजों को तो हाथियों के लिए दे आया गया। वे सब ही खायेंगे।'

'अच्छा तो फिर उन सबों को पता कैसे चलेगा, यह सब रखा गया है?'

'क्यों, घंटों की आवाज। गाने-बजाने की आवाज पाते ही वे सब पहाड़ की तलहटियों से इधर निकल आयेंगे। वे सब बड़े होशियार होते हैं, इन सब मामलों में।'

'लेकिन इतने सारे जानवर हैं, फिर हाथी ही क्यों ?'

इसके जवाब में गाँव के बड़े-बूढ़े ने वह किस्सा कह सुनाया, जो यह कहानी है—

उस समय हाथियों का यहाँ ठिकाना था। मनुष्य और हाथी दोनों मिलजुल कर रहते थे। उसी समय की बात है कि विदेशी सौदागर यहाँ आकर मोहर देकर हाथी खरीद ले जाते थे। गाँव की औरतें उन मोहरों को गले में डालकर सजने लगी थीं। हाथी पकड़ने का कायदा उनको पता नहीं था, अतः जाल डालकर उन्हें पकड़ना शुरू किया। जाल भी कैसा? जमीन में मिट्टी खोदकर गड्ढा बनाया जाता था और उसे घास-फूस से ढँक दिया जाता था। हाथियों को पता नहीं चलता था। उसके ऊपर चलते ही हाथी उस गड्ढे में जा गिरते थे। बड़ी भयानक चिंघाड़ होती थी उनकी। उनकी चिंघाड़ सुनकर गाँव के लोग आकर रस्सियों में उन्हें बाँध देते थे। सौदागर लोग आकर उन्हें गड्ढों से निकाल कर ले जाते थे। जाते समय गाँव के मुखिया को मोहर दे जाते। उस झुण्ड के दूसरे हाथी दोबारा उस जंगल में दिखाई नहीं पड़ते थे। क्योंकि हाथियों को गाँव के लोगों पर भरोसा नहीं रहा।

रहता भी कैसे? आमने-सामने दुश्मन हो, तो शत्रु को माफ किया जा सकता है, लेकिन लुक-छिपकर जो गड्ढे खोदते हैं, उनको कैसे माफ किया जाये?

गाँव वालों की इतने दिनों से एकमात्र दुश्मनी बाघ से थी। अब तो दो दुश्मन हो गये। काला बाघ और जंगली हाथी। हाथी भगाने के लिए खेत पर पहरा बैठाया गया। कनस्तर व ढाक बजाकर खबर कर दी जाती थी कि हाथियों का दल आ रहा है। लोग मशाल जलाकर और बर्छा लेकर तैयार हो जाते।

लेकिन बाघ बिना किसी तैयारी के घुस आते थे। अँधेरे में चुपचाप, जंगली झाड़ों के बीच लुक-छिपकर। उन्हें कोई रोक नहीं सकता था। एक दिन की बात है, जाड़े के अन्तिम दिनों में घर के दरवाजे, खिड़कियाँ खोलकर लोग वसन्त के स्वागत के लिए बाहर निकल गये थे। ऐसे वक्त ढाक-ढोल, कनस्तर की आवाज गूँज उठी थी। लोगों को सचेत कर दिया गया कि हाथियों के दल दिखाई पड़े हैं। जहाँ कहीं भी मरद-औरत थे, सभी उस तरफ दौड़े, हाथियों का सामना करने। नहीं तो इस बार की सारी फसल नेस्तनाबूद हो जाती।

मौका देखकर काला बाघ वहाँ आ गया और मुखिया के पाँच महीने के बच्चे को मय-कपड़े समेत उठा ले गया। बच्चे की माँ की नींद वैसे भी पतली

होती है, आँखें खुलते ही बाघ को देखा, बाहर रखे मशाल को उठाकर 'लखिया रे·····' पुकारती हुई उसके पीछे-पीछे दौड़ी, घर में और कोई नहीं था। मोहल्ले की औरतों को खबर लगी, पर वे सब भय के कारण आगे नहीं आयीं।

बाघ जंगल की तरफ भाग गया। जंगल में छुपने का जो रास्ता था। वह हाथियों के चलने का था। वहाँ गड्ढे बना था, गड्ढे के ऊपर डाल-पत्ते बिछे थे और उस गड्ढे में एक बच्चा हाथी गिरा पड़ा था। बच्चा हाथी के रोने की आवाज, ठीक मनुष्य के बच्चे की तरह थी। गड्ढे के ऊपर उसकी माँ हथिनी छाया की तरह उसके चारों तरफ चक्कर मार रही थी। बाघ उसके बगल से निकल गया।

आँखों के कोर से माता हाथी ने बाघ को देखा। चील के झपट्टे की तरह तेजी से चिंघाड़ती हुई हथिनी बाघ के पीछे दौड़ी। गड्ढे में बच्चा पड़ा रहा। उसके बाद ही जंगल को कँपाने वाली भयंकर आवाज हुई। बाघ के पंजे से छुड़ाकर बच्चे को अपने सूँड़ में लपेटे हथिनी, मुखिया की औरत की गोद में रखने के बाद चुपचाप खड़ी रही। बच्चे के शरीर पर कम्बल लिपटे होने की वजह से कोई खरोंच तक नहीं आयी थी।

अपने बच्चे को चीखता-चिल्लाता छोड़कर, वह औरत ताबड़-तोड़ गड्ढे के ऊपर से झाड़ियों, कटीले पत्तों-डालों को अलग करने में लग गयी। फिर वह धीरे से गड्ढे के किनारे-किनारे पैर जमाते हुए नीचे उतर गयी। हाथी के बच्चे को कोई खास चोट नहीं आयी थी, पर डरा-सहमा हुआ था। अब उसे गड्ढे से ऊपर उठाने की समस्या थी। वह औरत फिर से ऊपर निकल आयी और पेड़ के दो डालों के टुकड़े को आड़े-तिरछे गड्ढे में डाल दिये। सीढ़ी की तरह वे टुकड़े स्थिर पड़े थे। उसके बाद औरत नीचे गड्ढे से उतर कर बच्चे को धीरे-धीरे डाल के सहारे ऊपर उठाने लगी। कई जगहों पर उसे जख्म भी हो गये, पर उसने दम साधकर किसी तरह बच्चे को ऊपर की तरफ ठेल दिया। ऊपर से हथिनी ने अपने बच्चे को सूँड़ से लपेटकर खींचा। बच्चा ऊपर आ गया।

तब तक भोर हो चुकी थी। हाथियों के दल को भगाकर मुखिया जब घर लौटा तो बाघ के पैर के दाग देखकर दंग रह गया। उसे समझने में देर नहीं लगी। डोरी, रस्सा, कुदाल, बर्छा लेकर कई आदमियों के साथ वह जंगल में घुसा। जंगल में पहुँचते ही उसकी नजर उन पर पड़ी, फिर तो वे

सब अवाक्। देखकर दंग रह गये वे सब। हाथी का बच्चा अपनी माँ हथिनी के स्तन से झूलता दूध पी रहा था, उसी जगह पर बैठी उसकी स्त्री अपने बच्चे को दूध पिला रही थी। हाथ के औजार, रस्सा सब फेंककर गाँव के लोगों ने हाथ जोड़कर जंगल के देवता को प्रणाम किया।

मुखिया की औरत बच्चे को गोद में लेकर खड़ी हुई। हथिनी अपने बच्चे के साथ जंगल की तरफ चली गयी। मुखिया ने सभी गड्ढे को भर देने का आदेश दिया। सौदागर को हमेशा के लिए गाँव से भगा दिया और तब से फिर कभी इस तरफ किसी ने हाथी पकड़ने की कोशिश नहीं की।

तभी से प्रत्येक साल जाड़े के दिनों में खेत में फसल पकने पर हाथियों को नैवेद्य दिया जाने लगा। यह क्या कोई अपराध था ?

चित्र खींचा गया, रिकार्ड बजाया गया, वे सब भी खुश थे। सभी बोले, 'नहीं, कभी नहीं।'

——✦——

मराठी

मराठी में बाल-कहानी का विकास

मराठी साहित्य में बाल-साहित्य की शाखा काफी सशक्त है। हर भाषा की तरह शुरुआत संस्कृत तथा विदेशी साहित्य से हुई। अनुवाद के माध्यम से बच्चों के हाथ में उनके पढ़ने लायक साहित्य दिये गये—पंचतंत्र, कथासरित-सागर, सिंहासन बत्तीसी रामायण, महाभारत, ईसा, अरोबियन नाइट्स आदि आदि।

बाल-साहित्य के आधुनिक युग के प्रारम्भ के लिये पूर्व लेखकों में श्री विनायक कोडदेव ओक के नाम से शुरुआत कर सकते हैं। बाद में कई लेखकों ने लिखना शुरू किया। जैसे साने गुरुजी, ना० धो० ताम्हनकर, महादेव शास्त्री जोशी, वा० गो० आपटे आदि। जो लेखक बड़ों के लिये लिखते थे, उन्हें बच्चों के लिये लिखना पसंद नहीं था जैसे की बच्चों के लिये लिखने से उनका स्तर कम हो जायेगा, वैसी ही उनकी भावना थी। अभी भी कुछ हद तक यह कायम है।

बाल-साहित्य अधिवेशन

कविगुरु रवीन्द्रनाथ टैगोर ने कहा था—साहित्य में ही जीवन का सर्वोपरि दर्शन होता है। इसी संकल्पना को लेकर श्री बाल्कनजी बारी संस्था की स्थापना हुई। इस संस्था ने बाल-साहित्य के सर्वांगीण विकास तथा उसे परिपुष्ट करने में सराहनीय कार्य किया। श्री बाल्कनजी बारी ने १९३७ में पहला बाल-साहित्य अधिवेशन संपन्न किया था। इस अधिवेशन में एक युवक उपस्थित था। उसका नाम था श्री गोपीनाथ तलवालकर, जिन्होंने अधिवेशन से प्रेरणा लेकर बाल-साहित्य के विकास का बीड़ा उठाया।

१९४४ में वीरेन्द्र आढ़िया नाम का एक युवक बाल-साहित्य की तरफ इस कदर आकर्षित हुआ कि उसने एक आंदोलन ही शुरू कर दिया और बाल-साहित्य अधिवेशन की शुरुआत हुई। उस जमाने के मूर्धन्य लेखकों ने अधिवेशन को अपना सहयोग देकर अधिवेशन को सफलता प्रदान की। १९४५ में जो दूसरा अधिवेशन बम्बई में संपन्न हुआ, उसमें एक संदेश दिया था। स्व० शाने गुरुजी की उक्ति को ही संदेश का रूप दिया गया। (करील मनोरंजन जो मुलांचें, जडेल नाते प्रभुशी तयांचे) जो बालकों का मनोरंजन करेगा, उसका रिश्ता नाता पुभु से होगा। १९४५ से बाल-साहित्य का सिलसिला चलता रहा। और बाल-साहित्यकार अच्छा लिखने लगे।

बाल-साहित्य लिखने वाले कई नये साहित्यकार उभर आये। प्रसिद्ध लेखकों में 'गोटया' लिखने वाले ना० धा० ताम्हनकर, श्यामची ताई, शाने गुरुजी, चि० वि० जोशी, नाथमाधव, गो० नी० दांडेकर, महादेव शास्त्री जोशी, भा० रा० भागवत, लीलावती भागवत, वंसत बापट—विज्ञानी तथा लेखक भालवा केलकर आदि। नामावली और भी बड़ी लम्बी है।

मराठी बाल-साहित्य में साहित्य की सभी विधाओं का लेखन हुआ जैसे कथा, उपन्यास, कविता, छंद गीत, नाटक तथा विज्ञान कथाएँ। श्री सुधाकर पुभु ने 'कादम्बरिका' नाम से छोटे उपन्यास लिखना शुरू किया और सफल रहे। मराठी में बालनाट्य बड़ा ही

समृद्ध है। शायद ही किसी अन्य भाषा में ऐसा हो। रत्नाकर मतकरी, सई परांजपे, वंदना विरणकर, सरीता पदकी माधव, चिरमुले आदि प्रतिभाशाली लेखकों ने बालनाट्य को परिपुष्ट बनाया तथा सफलता पूर्वक मंचन भी किया।

मराठी मासिक पत्रिकाएँ

मराठी में मासिक पत्रिकाएँ निकलनी कब शुरू हुईं यह कहना कठिन है। कारण की कई पत्रिकाएँ निकालीं और बंद हुईं। चालीस साल पहले हमारी पीढ़ी का मनोरंजन करने के लिए, 'आनन्द' मुलांचे मासिक तथा 'चांदोबा' अग्रणी थीं। बड़े चाव से हम पढ़ते थे। आनन्द के संस्थापक, के० वा० गो० आपटे तथा मुलांचे मासिक के के० वा० रा० माडक थे जो नागपुर से निकलती थी। दोनों बड़े जिद्दी थे। अपना नुकसान होते हुए भी पत्रिका बंद नहीं की। बाद में और भी पत्रिकाएँ निकलने लगीं। बालभारती पाठ पुस्तक महामंडल द्वारा 'किशोर' एक अच्छी पत्रिका प्रकाशित हुई। किशोर की तरह कुमार भी लक्ष्यवेधी पत्रिका है। फुलवाड़ी, अमरेन्द्र गाडगिल की गोकुल, नागपुर से 'गमुनजमन', बम्बई से चिकलेट आदि भी प्रकाशित हुई। अब चंपक मराठी में भी निकलती है। इसके अलावा प्राय: सभी दैनिक समाचार पत्रों में बाल–विभाग तथा बालकों के लिये विशेष स्तंभ लेखन का आयोजन है। दीवाली विशेषांक के रूप में और बहुत–सी पत्रिकाएँ निकलती हैं। श्री वीरेन्द्र वाडिया ने जिस आंदोलन की शुरुआत की थी, उनके दिल्ली स्थानांतर के कारण आंदोलन ठप हो गया। उसके बाद कई वर्षों तक कुछ नहीं हुआ। १९७५ में शामला शिरोलकर बाल-साहित्य परिषद की स्थापना की और बाल-साहित्य सम्मेलन का आयोजन किया। 'बाल–मित्र' के संपादक श्री भा० रा० भागवत पहले अध्यक्ष थे । सम्मेलन सफलतापूर्वक सम्पन्न हुआ। अन्य भाषिक बाल–साहित्यकारों ने अपना योगदान दिया। उनके सम्मान किये गये। अब तक १० साहित्य सम्मेलनों का सफलतापूर्वक आयोजन हो चुका है।

नयी योजनाएँ

श्री सुधाकर पुभु ने कई नयी योजनाओं की घोषणा की है। १९९० बाल–साहित्य सम्मेलन में बाल–साहित्य के लिये पुरस्कार घोषित किये गये। जैसे कि दिनकर लाखंडे स्मृति पुरस्कार, राधाबाई गाडगिल स्मृति पुरस्कार। साहित्य की सभी विधाओं के लिये पुरस्कार दिये जाते हैं। १९८७ के अधिवेशन में घर–घर में ग्रंथालय की योजना आई, जिसे श्री तुलसी दास गणांत्रा ने प्रस्तावित किया और अनुदान की एक राशि प्रदान की।

इस प्रकार साहित्य की सभी विधाओं में लेखन, नई योजनाएँ, बाल–साहित्य का विकास, नियमित तथा मासिक पत्रिकाएँ और उनका स्तर सुधारने की चेष्टा आदि कामों के लिए बाल साहित्य–प्रेमी तथा बाल-साहित्य परिषद कटिबद्ध है।

सत्य की विजय

भा० कि० खंडसे

एक गाँव में एक किसान रहता था। उसका नाम था सोनबा। सोनबा बहुत गरीब था। स्वभाव का सरल भी था। अपना काम, मुख में राम ऐसी उसकी आदत थी। राम मंदिर में भजन, श्रमदेव का पूजन और दया-मया यही उसकी दिनचर्या थी। अच्छा-सा खेत-खलिहान तथा बैलगाड़ी उसके पास थी।

उसका पड़ोसी लखोबा खोल बुधे, सोनबा से जलता था। सोनबा का सुखी जीवन लखोबा को फूटी आँख नहीं भाता। फिर लखोबा ने कुछ तय किया। सोनबा को एक दिन फँसाना ही पड़ेगा। लेकिन यह होगा कैसे? आखिरकार उसने सोच ही लिया और वैसा ही करने को मन में ठान लिया। कुछ साथी-संगियों को लेकर उसने ढोलाराम सेठ के यहाँ चोरी की। सोना, गहने, जेवरात चुराए। रात का समय था। पूरा गाँव नींद में था। चोरी का माल चुपचाप सोनबा के आँगन में गाड़ दिया और सब घर चले गये। लखोबा मन-ही-मन हँसते-हँसते सो गया। दिन निकला, सेठ जी उठे, उनको पता चल गया कि उनके घर में चोरी हुई है। उन्होंने पुलिस में जाकर रपट लिखवाई। पुलिस आई। खोज शुरू हुई। ढोलाराम को पूछा। नौकर को डरा धमका कर पूछा। पुलिस ने सेठजी से पूछा, आपको किस पर संदेह है। सेठ जी ने कहा, मैं कुछ नहीं कह सकता।

लखोबा आज बड़ा खुश था। थोड़ी देर में ही वह पंचायत के आफिस में आ पहुँचा। उसने सेठजी को इशारा किया और कान में कुछ कहा। सेठजी ने पुलिस से कहा—

पंचायत ने सोनबा को बुलावा भेजा। सोनबा के आते ही पुलिस ने पूछा। उसने कहा, भगवान कसम मैंने चोरी नहीं की। लेकिन लखोबा ने बताया कि सोनबा ने आँगन में कुछ गाड़ा है। मैंने देखा है।

पुलिस सोनबा को लेकर उसके घर आई। आँगन में खोदकर देखा तो माल मिल गया। सोनबा के समझ में कुछ नहीं आया। यह हुआ कैसे? उसकी बुद्धि काम नहीं कर रही थी। लेकिन अब करेगा क्या?

सोनबा को भगवान पर बहुत विश्वास था। सत्य पर भरोसा था। न्याय हमेशा सच के ही पक्ष में होगा, उसने यह सीखा था जरूर, लेकिन चोरी हुई थी और तोहमत उस पर आ गयी। उसे याद आया, उस रात तो वह भजन कर रहा था साथियों के साथ, राम मंदिर में। गाँव के पटेल भी साथ थे। उनके साथ ही घर लौटा था। यह जरूर किसी की साजिश है, मुझे फँसाने की। अब क्या करे? एक ईश्वर ही है गरीबों का पालन हार। उसको दया आई तो सब ठीक होगा।

सोनबा को न्यायाधीश के सामने हाजिर किया गया। सोनबा ने कहा, 'महाशय! मैंने चोरी नहीं की। मुझे फँसाया जा रहा है। उस दिन मैं घर में था ही नहीं। मंदिर में भजन कर रहा था। एकादशी थी। सवेरे घर लौटा। मेरे साथ और भी लोग थे। उनसे पूछिए। लोगों से पूछा गया उन्होंने भी जवाब दिया। सोनबा हमारे साथ था। सरकार मैं गरीब हूँ। लेकिन झूठा नहीं हूँ। भगवान का दिया सब कुछ मेरे पास है। मैं मेहनत करके ही खाता हूँ।'

न्यायाधीश को संदेह हुआ। उन्हें भी ऐसा लग रहा था कि सोनबा पर बिना वजह तोहमत लग रहा है। फिर उन्होंने लखोबा खोल बुद्धे को गवाही के पिंजड़े में खड़ा किया। पूछा, 'लखोबा जी, जिस दिन चोरी हुई उस दिन आप क्या कर रहे थे, कहाँ थे?'

'घर में ही था सरकार।'

'अच्छा, तो आपने कहा कि आपने देखा था सोनबा को माल गाड़ते हुए।'

'हाँ सरकार।'

'तब कितने बजे होंगे?'

'रात के बारह बजे होंगे।' लखोबा ने जवाब दिया।

'कल रात को गाँव में भजन हो रहा था?'

'हाँ, हो रहा था। एकादशी या अन्य कोई उत्सव पर्व पर भजन होता है?'

'रात भर भजन चलता है?'

'हाँ, महाराज!'

'भजन कौन-कौन गाता है, बता सकते हो?'

'गाँव के ही लोग गाते हैं।'

'हाँ सरकार।'

'परसों था?'

न्यायाधीश मुद्दे पर आ गये। अब लखोबा डरने लगा। उसकी समझ में आ गया। जवाब कैसा भी हो पकड़ा जायेगा। फिर भी उसने कह डाला, 'हाँ, महाशय!'

फिर न्यायाधीश महाराज ने कहा, 'अच्छा अगर वह भजन मंडली में था तो चोरी कैसे की और उस माल को गाड़ा कब और तुमने कैसे देखा? लखोबा, सच क्या है जल्दी कहो।' न्यायाधीश ने जोर से पूछा। लखोबा से डर के मारे कुछ बोला नहीं गया। न्यायाधीश समझ गये। गवाहों के बयान देखे फिर लखोबा से पूछा। उसने कबूल कर लिया कि चोरी उसने की और साथियों के नाम भी बताए। चोरी का अपराध सिद्ध हो गया। दूसरे दिन न्यायाधीश ने अपना निर्णय सुनाया। सोनबा को बरी कर दिया। लखोबा को सजा सुनाई। तीन साल की सश्रम कैद। सेठजी का माल वापस मिल गया।

सत्य की विजय हुई। सत्य को न्याय मिला। सोनबा हँसने लगा। आनन्दित होकर मंदिर गया श्रीरामजी के दर्शन करने लगा। रात को सोते समय प्रार्थना की—

भगवान, सबको सुमति दे।
सुख दे। आनन्द दे।

——✦——

गप्पीदास नन्दू

मृणालिनी केलकर

नन्दू रोज चार बजे स्कूल से घर लौटता है। इसलिए नन्दू की माँ दरवाजे पर खड़ी थी उसकी इंतजार में। लेकिन आज नंदू अभी तक लौटा नहीं था। पाँच बजने वाले थे, फिर भी। पड़ोस में रहने वाली रेखा और शुभा घर लौट आई थीं। आखिर नन्दू की माँ ने रेखा से पूछा, 'रेखा, नन्दू क्यों नहीं लौटा?'

'मौसी, नंदू को मैंने देखा था। वह रास्ते में मदारी का खेल देख रहा था।'

रेखा की बात सुनते ही नन्दू की माँ को गुस्सा आ गया।

कितनी बार कहा है कि सीधे घर लौटना, लेकिन सुने तब न, पापा का लाडला है। मन-ही-मन माँ ने उसे कोसा। नन्दू भी हमेशा माँ की डाँट-फटकार सुनता था, मगर वैसा का वैसा ही बना रहता था। माँ हर बात में उसे टोंकती थी। नन्दू ज्यादा बक-बक मत कर। नन्दू कोई कुछ दे तो बिना सोचे-समझे मत खाना । एक नहीं, इस तरह की सौ बातें। नन्दू उस समय सब कुछ कबूल करता, बाद में इस कान से सुना, उस कान से उड़ा दिया। कुछ खाने की चीजें देखी की बस नन्दू सब कुछ भूल जाता था। और बातें तो इतनी कि पूछो मत। उसके बातूनी स्वभाव के कारण ही सब उसे 'गप्पीदास नन्दू' ही बुलाते थे।

शाम ढल गई। रात होने चली। नन्दू नहीं लौटा। माँ चिंता में डूबती गयी। गुस्सा तो उतर चुका था। नन्दू के पापा के आने तक उसे रुकना पड़ा। वह अकेली कर भी क्या सकती थी?

इधर बेचारा नन्दू एक काल कोठरी में बंद पड़ा था। उसकी आँखें खुली तो आँखें मल-मलकर इधर-उधर देखने लगा। याद करने लगा कि यहाँ कैसे पहुँचा। याद आया। मोहल्ले में रहने वाले श्याम चाचा ही उसे यहाँ ले आए थे। ओह! अब सब कुछ उसे याद आने लगा। धीरे-धीरे उसने अपने आपको सम्हाल लिया और सोचने लगा।

स्कूल खत्म होते ही नन्दू घर लौट रहा था। रास्ते में एक जगह पर बहुत भीड़ जमा थी। भीड़ देखकर नन्दू रुक गया। किसी को दादा, किसी को मामा, किसी को चाचा कहते-कहते नन्दू एकदम आगे पहुँच गया। वहाँ चल रहा था साँप का खेल। सपेरा डमरू बजा-बजाकर लोगों को मोहित कर रहा था। बस, नन्दू रुक गया वहीं, खेल देखने के लिए। घर लौटना भूल कर।

नन्दू खेल देखने में मगन था कि किसी ने उसका शर्ट खींचा। उसने मुड़कर देखा, श्याम चाचा थे। उन्हें देखकर उसे अच्छा लगा। चलो घर लौटने के लिए साथ मिल गया।

लेकिन श्याम चाचा कुछ कह रहे थे। 'नन्दू जल्दी चल तेरे पापा का एक्सिडेन्ट हो गया है। मैं तुझे ही खोजने निकला था।'

'चलो-चलो जल्दी चलो', नन्दू ने रोनी सूरत बनाकर कहा। नन्दू पापा से बहुत प्यार करता था।

भीड़ से किसी तरह बाहर निकल कर दोनों रास्ते पर आये। श्याम चाचा ने कहा, 'नन्दू हम अस्पताल ही जाएँगे पहले। तुम्हारी माँ भी वहीं है और सुन, ये दूध पी ले तुम्हारी माँ ने दिया है, क्योंकि घर लौटने में देर भी हो सकती है।'

'ठीक है।' नन्दू ने कहा और थर्मस का दूध पी लिया।

यहाँ तक याद आया। लेकिन उसके बाद का कुछ भी याद नहीं आ रहा था।—फिर श्याम चाचा कहाँ गये? दूध में जरूर कुछ मिलाया होगा इसलिए नींद आ गई। यहाँ कौन लाया मुझे?—नन्दू सोच में डूब गया।

तभी किसी की आहट उसने सुनी। दो-चार आदमी बातें भी कर रहे थे आपस में। नन्दू ने आँखें बंद कर लीं और सोने का बहाना बना लिया।

कमरे का दरवाजा खुला। चार आदमी अंदर आए।

'अरे, अभी तक सोया है।'

'अरे, एक लात लगा दो और उठाओ साले को।' दूसरे ने कहा।

'हाँ, हाँ, इसको ले जा और इसे बोलने दे। साला मानता ही नहीं। लड़कों की आवाज सुनेगा तो अपने आप मान जाएगा।

तुरंत ही किसी ने उसके गाल पर थप्पड़ मार कर उसे जगाया और कंधा पकड़कर उठाया। नन्दू ने आँखें खोलीं। 'चल बे मेरे साथ।' नन्दू उसके साथ चलने लगा। नन्दू जान बूझकर इधर-उधर देख रहा था। उसने पूछा, 'चाचाजी, आपका नाम क्या है?' 'जग्गू' फिर कहा, 'ऐ छोकरे ज्यादा बातें मत कर, चुपचाप चल।' जग्गू ने उसे फोन के बूथ के पास लाकर कहा, 'चल अपने पापा से बात कर, और बता दे हमारे पैसे जल्दी देकर तुझे ले जाएँ।'

नन्दू ने घर का नंबर घुमाया। पापा ने ही फोन उठाया। नन्दू ने जोर से कहा, 'पापा इनके पैसे दे दो, जल्दी। मैं ठीक हूँ और फिर धीरे से कहा,—पापा अब मैं क्या कहता हूँ, सुनो जल्दी। नन्दू ने जल्दी जल्दी अपनी खास 'च' की भाषा में कह डाला।

नन्दू की बात सुनकर जग्गू ने पूछा, 'ऐ क्या बक रहा है?'

'कुछ नहीं, मेरे पापा हिन्दी नहीं समझते, इसलिए मैं कानडी में कह रहा था कि पुलिस को नहीं बताना।'

'अच्छा-अच्छा, चल।' उसने फिर नन्दू को कमरे में बंद कर दिया और सब चले गये।

रात चढ़ने लगी। फिर एक बार बाहर कुछ हो रहा था। नन्दू ने अपने कान लंबे किए और ध्यान से सुनने लगा। तभी जग्गू आ गया, कमरा खोलकर। उसके हाथ में कुछ खाने की चीजें थीं। नन्दू से उसने कहा, 'चल कुछ खा ले, तुझे भूख लगी होगी।' उसने मराठी में पूछा। उसकी मराठी सुनकर नन्दू आश्चर्यचकित हुआ। उसने पूछा, 'तुम मराठी हो', नन्दू ने उससे गप्पें शुरू कर दीं। उसने अपनी मीठी-मीठी बातों से जग्गू का मन जीत लिया। उसने कहा, 'हाँ, मैं मराठी हूँ। बचपन में ही घर से भागकर यहाँ आया शंकर के साथ।' नन्दू की बातें सुनकर जग्गू को अपने छोटे भाई की याद आ गई ।

'लेकिन चाचा, तुम यहाँ क्या काम करते हो?'

जग्गू ने कुछ कहा। जग्गू की बातें सुनकर नन्दू ने कहा, 'अरे वाह, बढ़िया, मुझे भी अपने साथ रखो न। मुझे पढ़ाई-वढ़ाई अच्छी नहीं लगती। तुम तो सिनेमा के हीरो लगते हो।'

'नहीं, कभी नहीं। ऐसा नहीं करना मेरे भाई, तुम्हारे जैसे बच्चों को तो पढ़ना चाहिए, बड़े घर के हो।' तभी शंकर ने आवाज दी।

'जग्गू जल्दी चल। माल आ गया।'

जग्गू ने उसे सोने के लिए कहा और चला गया। नन्दू को नींद कहाँ आने वाली। उसके मन में कुछ आशंका आ गई थी। कुछ गड़बड़ है। इधर-उधर देखने लगा। कहीं से देख सके तब तो, दरवाजा बंद था। ऊपर एक खिड़की खुली थी। वहीं दीवालों से सटाकर कुछ बक्से रखे थे। नन्दू बक्सों के ऊपर चढ़कर खिड़की से झाँकने लगा। बहुत से लोग टार्च के प्रकाश में बक्से ला रहे थे। नन्दू को याद आया । अरे हाँ 'काला पत्थर' में ऐसा ही दिखाया था। नन्दू ने मौसी के साथ देखा था। माँ कहाँ जाने देती। नंदू ने सब कुछ ध्यान से अपने मन में नोट किया। कल पापा को बताऊँगा। उसने चुटकी बजाई। फिर नीचे उतर कर धीरे-धीरे सोने की कोशिश करने लगा।

दूसरे दिन सुबह होते ही चार आदमी अंदर आए। नन्दू को नाश्ता दिया। जग्गू ने कहा, 'आज रात तुझे पहुँचा देंगे, सोना नहीं ।'

'नहीं, नहीं, मैं नहीं जाऊँगा मैं यहीं रहूँगा।' किसी तरह जग्गू ने उसे समझाया और सब चले गए। नन्दू अकेला रहा गया।

रात होते ही सब आ गए और नन्दू को ले गए। चलते-चलते नन्दू सब देख रहा था। उसने कुछ-कुछ निशान याद रखे। थोड़ा और आगे बढ़ने पर उसे याद आया, अरे, यहीं तो सर्कस देखने आये थे। दूर एक पेड़ के पास नन्दू के पापा खड़े थे। एक आदमी ने उसे पकड़ रखा था। जग्गू पेड़ के पास गया। नन्दू ने खड़े-खड़े 'च' की भाषा में पापा से कुछ कहा चिल्ला चिल्लाकर। पापा ने भी उसी प्रकार जवाब दिया तो नन्दू खुश हुआ। जग्गू अकेला ही लौट रहा था। पास आते ही उसने कहा, 'साले ने कम पैसे लाए थे। फिर मैंने भी उसे कह दिया, 'पूरा पैसा देना और बच्चे को ले जाना। कल फिर आयेगा यहीं।'

नन्दू को फिर से कमरे में बंद कर दिया गया। मन ही मन नन्दू खुश था। दूसरे दिन के इंतजार में सो गया।

सुबह होते ही सब आए तो नन्दू ने फिर एक बार कहा, 'मुझे नहीं जाना। मुझे यहीं रहने दो। नन्दू मन ही मन रात का इंतजार कर रहा था। नींद का स्वांग लेकर सो गया। आज सभी उसके साथ ही थे। दूसरे कमरे में 'माल' रखा जा रहा था। दस की घंटी बजी तभी पुलिस ने घेराव कर दिया अड्डे पर।

दूसरे दिन के समाचार पत्र में बड़े-बड़े अक्षरों में खबर छपी। साथ में नन्दू का फोटो भी। सब लोग तारीफ कर रहे थे नन्दू की, उसकी होशियारी की। नन्दू की माँ ने उसकी नजर उतारी। इन्स्पेक्टर चाचा ने नन्दू को इनाम दिया। नन्दू ने कहा, 'चाचा जी, अब मैंने भी तय किया है—मैं भी बड़ा होकर इन्स्पेक्टर ही बनूँगा। एक बात और, श्याम चाचा को छोड़ दीजिए, बेचारे गरीब हैं, इसीलिए पैसों के कारण उन्होंने····।

'अच्छा-अच्छा छोड़ दूँगा।' इन्स्पेक्टर ने कहा। पापा ने हँसते-हँसते नन्दू की माँ से कहा, 'क्यों नन्दू नटखट है, ऊधमी है, हमेशा कुश्ती लड़ता रहता है। अब देखा, हमारे गप्पीदास की करतूत!'

माँ कुछ नहीं बोली, चुपचाप नन्दू के घुँघराले बालों में उँगलियाँ फेरने लगी, प्यार से।

—♦—

कुड्डु अम्मा, फटुडी और बुड्डु स्वामी

श्रीमती गिरिजा कौर

एक गाँव था। उस गाँव में एक छोटा-सा-ठिगना-सा घर था। उसमें एक लम्बी बुड्ढी रहती थी। उसका नाम था कुड्डु अम्मा। उसका एक पोता भी था। उसका नाम बुड्डु स्वामी।

कुड्डु अम्मा बड़ी ढीठ और मुँहफट थी। सारे दिन भंडारे के पास बैठी रहती। कुटकुट दाने खाती, काम करती और जोर-जोर से गाली देती रहती।

बुड्डु स्वामी आँखें मूँदकर सुनता रहता। वो तो था मेदी। गोल-मटोल ठिंगु। रंग था काला। काला जैसी अमावस की रात। पेट जैसे ढोल। दौड़ता था तब तोंद हिलती थुल-थुल। चोटी उड़ती हवा में फुर्र-फुर्र।

बुड्डु बड़ा ही मजेदार प्राणी था। कभी किसी से झगड़ा नहीं करता। न ऊधो का लेना न माधो का देना। अपना काम बस। काम क्या करता था? दिन भर उसका नहाना चलता रहता था। नहाना और नहाना बस।

'बुड्डु रे बुड्डु!'

'पानी का गड्डु' (लोटा)

'धड़ाम से गिरे'

'जोर से रोऊँ'

दादी अम्मा का गाना सुनकर बुड्डु को बहुत गुस्सा आता था। फिर जल्दी-जल्दी अट्टाले पर चढ़कर सो जाता था। न खाना, न पीना। न हिलना-डुलना, न बोलना । रोज का एक ही खेल।

एक बार बुड्डु ने तो ऐसा तमाशा किया कि पूछो मत। ऐसा नहाना शुरू किया कि उठने का नाम नहीं। बाल्टी भर पानी खत्म। कंडाल का पानी खत्म। आखिर कुएँ का पानी खत्म होने को आया। लेकिन बुड्डु का नहाना खत्म नहीं हुआ।

बूढ़ी अम्मा हाथ में बेलना लेकर आई, बोली, 'तुम गधे हो। इस तरह नहाकर कोई गोरा चिट्टा नहीं होता समझे? अरे क्यों सताता है मुझे? मैं तो

तंग आ गयी। और लोग मेरी बक-बक से। तू अभी निकल जा। जा, हिमालय में जा। बरफ का पत्थर ले और मल-मलके नहा ले। वहाँ से जाना गंगा किनारे, मल-मलके नहाना। फटाफट निकल यहाँ से। जब तक गोरा चिट्टा नहीं बनता, पैर नहीं रखना यहाँ। मेरे घर नहीं आना। अपना काला मुँह दिखाना नहीं।'

बुडु को दुःख हुआ। बुडु ने घर छोड़ा। अँधेरे में चलता रहा। काँटे भरे रास्ते फिर भी धम्-धम् पाँव पटक कर चलता रहा। तूफान में रास्ता ढूँढ़ता रहा।

चलते-चलते बहुत आगे निकल गया। रास्ते में एक जंगल आया। जंगल में पाँव रखते ही अच्छी-सी खुशबू आई। बुडु को लगा क्यों न यहीं रह जाएँ। जाएँगे ही नहीं। खुशबू सूँघते-सूँघते चलता रहा। रास्ते में एक बड़ी जगह दिखाई दी। बुडु ने कौतूहल से देखा। चंदन, दवना, मरुआ, चम्पा, केतकी सभी मौजूद थे। और भी कई फूल के पौधे थे। सुगन्धा रानी सिंहासन पर बैठी थीं। नाच गाने चल रहे थे। दूर से बुडु देख रहा था। तभी रानी ने बुलाया, 'अरे आओ, आओ, इधर आ जाओ। देखो यहाँ कितना मजा है। मनोरंजन है। आओ खेलने के लिए।'

बुडु थोड़ा-सा घबड़ाया। फिर उसने जोर से दौड़ लगाई। दौड़ते-दौड़ते कहा, 'नहीं, मैं नहीं आऊँगा।'

'वेश मेरा बावला
मैं हूँ काला-काला
मुझे कोई बुलाता नहीं
मैं किसी को पसंद नहीं'

सुगन्धा रानी अचरज में पड़ गईं। कैसा आदमी है? उसने अपने खुशबूदार पंख बन्द कर लिए और बुडु के पीछे-पीछे दौड़ने लगीं।

बुडु आगे-आगे चला जा रहा था। फिर एक बार भीड़ देखी तो रुक गया। उसने देखा, 'वहाँ अन्नकोट था।'

बड़ी मेजबानी चल रही थी। हजारों लोग खा-पी रहे थे। लड्डू, जलेबी पर हाथ मार रहे थे। डकार रहे थे। बुडु को लगा, मैं भी क्यों न जाऊँ। खाऊँगा, पीऊँगा, मस्त। बड़ा मजा आएगा। तभी अन्नपूर्णा ने उसे देखा और बुलाया, 'अरे आओ, आओ पेट भर खाओ, तृप्त होकर आगे जाओ।'

बुड्डु ने कहा, 'नहीं, मैं नहीं आऊँगा।

'वेश मेरा बावला

रंग मेरा काला-काला

मुझे कोई बुलाता नहीं

मैं किसी को पसंद नहीं।'

बुड्डु भागने लगा। अन्नपूर्णा उठकर खड़ी हो गयीं, 'हाय रे दैया, कैसा आदमी है? चलो जरा देखूँ तो।' वह भी दौड़ने लगीं। रास्ते में मिली सुगन्धा। दोनों हाथ पकड़कर दौड़ने लगीं। उनके आगे बुड्डु स्वामी।

फिर आई सुवर्ण नगरी। चाँदी की जड़ाव बिंदी, रत्नों की, गले का हार, माणिक का। राजवर्ग की अँगूठी, कमरबंद, मयूर पंखी, पन्ने के कर्ण भूषण, वज्र के कंकण नाक में, चमकी हीरे की, बालों में लगाये मोतियों के बेल। चारों तरफ चमचम प्रकाश जैसी बिजली की सुवर्णा।

बुड्डु स्वामी बड़ी-बड़ी आँखों से देख रहा था। बाप रे बाप, यह क्या, कितना मजेदार! मुँह में उँगली दबाकर आश्चर्य से देखता रहा। तभी राजकन्या ने भी उसे देखा। अरे, कौन है यह आदमी। जैसा घने अंधकार का टुकड़ा। सिंहासन से उठकर उसे देखने के लिए सामने आई। बुड्डु ख्यालों से जागा और दौड़ भागा, भागता चला गया।

सुवर्णा ने कहा, 'अरे, अरे, रुको तो जरा।' बुड्डु ने कहा, 'नहीं, मैं नहीं रुकूँगा। नहीं, मैं नहीं आऊँगा।

'वेश मेरा बावला

रंग मेरा काला-काला

मुझे कोई बुलाता नहीं

मैं किसी को पसंद नहीं।'

बुड्डु स्वामी आगे-आगे, सुवर्णा उसके पीछे-पीछे। उसे मिलीं सुगंधा और अन्नपूर्णा। तीनों मिलकर बुड्डु का पीछा करने लगीं।

भागते-भागते बुड्डु थक गया। आँखों से आँसू टपकने लगे। रास्ते में दिखा प्रकाश नगर।

जहाँ देखो, वहीं प्रकाश ही प्रकाश। सूर्य प्रकाश, चन्द्र प्रकाश। तारा का प्रकाश, बिजली का प्रकाश सारा वातावरण प्रकाशमय। जैसी प्रकाश नगरी। वहाँ बड़ा मजा था। वहाँ नगर के बीचोबीच एक मंदिर था। मंदिर चंदन से बना था। बीच में एक हाथी दाँत का चौरंग रखा था। उस पर एक देवी की मूरत थी। उसका मंद-मंद प्रकाश पूरे गर्भालय में फैला था। बुडु को आश्चर्य हुआ। बाहर इतनी जगमग, लेकिन प्रकाश के देवता का सौम्य सुन्दर। शांत मुखश्री! बुडु ने देखा, ज्योति की देवी का मंदिर।

बुडु नीचे घुटनों के बल बैठ गया। उसने हाथ जोड़कर कहा—'देवी माँ, प्रसन्न हो जाओ!'

'वेश मेरा बावला
मैं हूँ काला-काला
मुझे कोई बुलाता नहीं
मैं किसी को पसंद नहीं।'

देवी ने बुडु की तरफ देखा। उसे दुःख हुआ, उस पर दया आई। उसने अपनी दृष्टि उस पर डाली। बस बुडु की काया पलट गयी। वेश बदला, रंग बदला, रूप बदला। प्रकाश की किरण उसके शरीर पर बरस गयी।

बुडु अब गोरा-चिट्टा दिखने लगा। कद लम्बा-चौड़ा हो गया। खासा जवान मर्द दिखने लगा। तभी सुवर्णा, सुगंधा, अन्नपूर्णा वहाँ पहुँच गईं। तीनों बहुत आनंदित हुईं। देवी का वंदन किया। देवी ने आशीर्वाद दिया।

सब बुडु को लेकर निकल पड़ीं। सुवर्णा ने सोने का रथ मँगवाया। कीमती वस्त्र मँगवाए। अन्नपूर्णा ने मेवा-मिठाई, पकवान मँगवाए। सुगंधा ने उत्तमोत्तम सुगंध मँगवाए। सुगंधित फल मँगवाए। ज्योति की देवी को रथ में बिठाया और धूम-धाम से चलने लगे।

बीच में किसी ने रथ रोक दिया। लाल-लाल फ्राक पहने फटुडी रास्ता रोककर खड़ी थी। चल बाजू हो जा। उसने माना नहीं। अन्नपूर्णा ने उसे उठाकर दूर फेंका तो सूँ-सूँ करते तीर जैसी आकाश की तरफ उड़ गई। लेकिन पाँच मिनट में ही रथ के सामने आ गिरी। फिर सुगंधा ने उसे दबोचकर जोर से नीचे फेंका। कट-कट की आवाज आई। रथ आगे चलने लगा तो फटुडी सामने खड़ी। उसे सुवर्णा ने दूर धकेल दिया तो गिर गई। रोने लगी। रोते-रोते आँसू टपकने लगे। आँसू नहीं जैसे चाँद के फूल आकाश से

टपक रहे हों। बुड्डु स्वामी का ध्यान उसकी तरफ गया। उसने रथ रोककर उसे अंदर ले लिया।

फटुडी आनन्द से विभोर हो गाने लगी। रथ और सब जन गाँव की सीमा तक पहुँच गये। पूरे गाँव में खबर फैल गई। बैंड बाजे समेत लोग आए। हर कोई आश्चर्यचकित होकर देखने लगा। बुड्डु स्वामी का जय-जयकार करने लगा। बुड्ढी कुडु अम्मा दौड़कर आ गई। उसने बुड्डु स्वामी को बड़े प्यार से गले लगाया। सुवर्णा, सुगंधा उसकी तरफ देखती रह गई। कुडु अम्मा को देखकर लोग हँसने लगे। फटुडी आनन्द विभोर गा रही थी। कुडु अम्मा को छोटी-सी प्यारी-सी फटुडी भा गई। दोनों बातें करने लगीं।

कुडू कुडू कुडू, फट फट फट।

एक दूसरे की भाषा समझना मुश्किल लेकिन बोलना बन्द नहीं हुआ।

इधर सुवर्णा, सुगंधा अन्नपूर्णा अपने-अपने घर जाने के लिए निकलीं। ज्योति देवी को सभी ने प्रणाम किया। ज्योति देवी ने आशीर्वाद देकर कहा—आज से साल में चार दिन एक साथ आओगी वायदा करो मौज करना, आनन्द लूटना और सुख चैन से लौट जाना। हर साल का आश्विन मास आनन्द से बीतेगा।

फिर बुड्डु स्वामी को आशीर्वाद देकर कहा, 'अब आज से सबके राजा बनोगे। हर साल मैं तुझे दर्शन देने आऊँगी। चार दिन तेरे राज्य में आनन्द से रहकर लौट जाऊँगी।' इतना कहकर देवी लुप्त हो गईं। बुड्डु स्वामी, फटुडी और कुडु अम्मा बैंड बजाते जयघोष करते हुए राजबाड़ी पहुँच गए और सुख आनन्द से रहने लगे।

तभी से नया दौर शुरू हुआ। हर साल ज्योति देवी गाँव में आती हैं। लोग उसका उत्सव मनाते हैं। बुड्डु स्वामी सवेरे स्नान करने जाता तो फटुडी भूपाली गाती है। सुगंधा खुशबू फैलाती है। सुवर्णा वस्त्र अलंकार देती है। साल भर कड़-कड़ करने वाली कुडु अम्मा चुप्प रहती है। अन्नपूर्णा तरह-तरह के व्यंजन बनाने में व्यस्त हो जाती हैं। फिर ज्योति देवी आती हैं। उनके स्वागत के लिए बुड्डु स्वामी बाहर आता है। लोग रंग-बिरंगी पोशाक उसे पहनाते हैं, दरवाजे सजा देते हैं। दरवाजे के पास दिवाली का आकाश-दीप लटकने लगता है तो फटुडी गाने लगती है—

'आयी-आयी दिवाली आई
अंधकार से देवी निकली

कान में कुछ कह गई
बुड्डु बुड्डु बुड्डु
आई आई दिवाली आई
सुगंध की रानी आई
सुवर्ण की देवी आई । बुड्डु बुड्डु बुड्डु। आई आई दिवाली आई।
अन्नपूर्णा घर आई।
आकाश दीप जला गई । बुड्डु बुड्डु बुड्डु । आई आई दिवाली आई।
फटुडी को बताकर चली
बुड्डु बुड्डु बुड्डु।'

सच्ची खुशी

शुभांगी भड़भड़े

नागपुर रेलवे स्टेशन के पास एक छोटे से टीले पर गणेश जी का मंदिर है। मंदिर के आस-पास खुली जगह पाकर झुग्गी-झोपड़ियों की बस्ती बस गयी है। बस्तियों में रहने वाले लोग बारिश, ठंड, तूफान का मुकाबला करते हुए जीने के आदी हो गये हैं।

ऐसी ही एक झोपड़ी में सदू रहता है। उसने पेड़ की सूखी टहनियाँ, कुछ लकड़ियाँ जमा कर, उस पर प्लास्टिक बिछाकर छप्पर बना लिया है। अन्दर खटिया पर सदू की माँ लेटी है। वह हमेशा बीमार रहती है। सदू की एक छोटी बहन है। हाल ही में वह स्कूल जाने लगी है। नाम है काशी।

आज दिवाली, आकाश के तारे जैसे घर-घर में उतर आये हैं। सूरज निकला नहीं था, फिर भी सारा शहर उजाले से भरा था। तभी पाँच बजे की मालगाड़ी धड़ाधड़ करती गुजर गयी। पटाखे और आतिशबाजी के धूम-धाम ने सारे शहर की नींद हराम कर दी थी। सदू भी जाग रहा था, लेकिन उठा नहीं। देर रात घर लौटा था, फिर भी उसे नींद नहीं आयी थी। झोपड़ी के झरोखे से एक टुकड़ा आकाश नजर आ रहा था। आकाश में लाखों सितारे

जगमगा रहे थे। उन्हें गिनने का व्यर्थ प्रयास सदू कर रहा था। ताकि नींद जल्दी आ जाये मगर व्यर्थ। सितारे घर-घर में चमकने लगे। अचानक काशी ने पुकारा, 'भैया, उठो, आज दिवाली है। मेरे लिए फ्राक, मिठाई ले आओ।'

सदू कुछ बोला नहीं। उसकी आँखों से आँसू टपकने लगे। बेचारी काशी। वह सोच रही थी भैय्या सो रहे हैं। ऐसा सोचकर वह चली गयी।

सदू ने कई दिनों से सोच रखा था। दिवाली के त्यौहार पर काशी के लिये फ्राक और मिठाई खरीदेगा। उसे खुश कर देगा। उसने सारी रात मेहनत करके कागज के पैकेट बनाये थे, करीब दो-तीन हजार। इन्हें बेचकर ही उसका गुजारा चलता था। पिताजी के गुजर जाने के बाद माँ को लकवा मार गया था और उसने खटिया पकड़ ली थी। अब घर की जिम्मेदारी उसी पर थी सो पैकेट बनाकर बेचने की तरकीब दयाराम सेठ ने ही बतायी थी। सेठ का कारोबार बहुत बड़ा था। जनरल स्टोर की दुकान थी। माल देने के लिए पैकेट लगते ही थे।

दिवाली थी, इसलिए उसने ज्यादा पैकेट बनाये थे। माल लेकर सदू दुकान पहुँचा तो था, मगर उसका काम बना नहीं। दुकान में बहुत भीड़ थी, सेठजी का चेहरा तक दिख नहीं रहा था। आखिर दुकान का नौकर छोटू ही आगे आया। उसे सदू पर दया आयी। 'सेठजी, सदू आया है पैकेट लेकर...।' 'उसे कह दो, चार दिन बाद आये।' 'लेकिन सेठजी, उसके यहाँ भी दिवाली...।'

'तो मैं क्या करूँ। मैंने उसका ठेका ले रखा है। अब मुझे फुरसत नहीं। जाओ कह दो उसे।' सेठजी अपने काम में जुट गये।

छोटू का मुँह उतर गया। सदू की आशाएँ टूट गयीं। अपना माल लेकर घर वापस आया, मुँह लटका के। अपने पास की सारी पूँजी उसने लगा दी थी माल बनाने के लिये।

शाम को छोटू आया। सदू की पीठ थपथपाते हुए उसने कहा, 'लो सदू, मालिक ने दस रुपये भेजे हैं। कहा है कि बाद में हिसाब कर लेंगे।' सदू समझ गया। यह छोटू का प्यार है। उसका मक्खीचूस सेठ क्या पैसा भेजता। अच्छी तरह पहचानता था वह अपने सेठ को। दस की नोट छोटू के पाकेट में रखते हुए उसने कहा, 'यार छोटू, मुझे सब पता है सच क्या है और एक बात तो मैं तुझे बताना ही भूल गया। मुझे एक दुकान में नौकरी मिली है। मैं

उन्हीं से ले लूँगा। मेरी तो रोज की मजूरी है। दिवाली के लिए अभी देर है।'

छोटू समझ गया, लेकिन कुछ बोला नहीं। जाते-जाते कहने लगा, 'अच्छा सदू, लेकिन दिवाली के दिन तुम मेरे यहाँ आना, दावत पर।'

छोटू के चले जाने के बाद सदू बाहर आया। सारे रास्ते भीड़ से भर गए थे। दिवाली को अब कुछ ही दिन बाकी थे। कुछ ज्यादा दुकानें भी लगी थीं। हर एक दुकान में बड़ी भीड़ थी। सदू सोचने लगा—इतने लोग आये कहाँ से? इतना पैसा भी कहाँ से आया सबके पास। एक मैं ही हूँ की फूटी कौड़ी नहीं मेरे पास—न अपनी छोटी बहन की इच्छा पूरी कर सकता हूँ, न उसके लिये मिठाई खरीद सकता हूँ—उसको बहुत गुस्सा आने लगा। अपने आप पर।

तीन दिन लगातार दर-दर भटकने के बाद भी उसे कहीं काम नहीं मिला। देर रात घर लौटा। काशी बेचारी वैसे ही सो गयी थी। लेकिन माँ चुपचाप लेटी जाग रही थी, आँसू बहाते हुए। काशी जैसा भी कच्चा-पक्का बनाती सब खा लेते थे। थोड़ा-सा खाकर तारे गिनते-गिनते नींद की प्रतीक्षा करना, यही काम था। एक दिन और बीता, बस एक ही दिन बाकी था दिवाली के लिए।

दिवाली के दिन काशी से रहा नहीं गया। उसने सदू को जगाना शुरू किया, 'भैया उठो, आज दिवाली है। मैं तुम्हें नहलाती हूँ। पानी गरम करती हूँ। पता है आज अगर भोर सवेरे नहीं नहाये तो नरक-वास मिलता है। हमारे स्कूल की मास्टरानी बता रही थीं।'

सदू मन ही मन सोच रहा था।—इससे बड़ा नरक कौन-सा होगा? चारों तरफ गंदगी कूड़ा-कचरा। माँ ने धीरे से कहा, 'काशी क्यों सताती है उसे, बेचारा थका हारा सो रहा है। तू उठ और चूल्हा सुलगा दे और पानी गरम कर, फिर उठाना।'

काशी तुरंत उठी। सामने नल से पानी लायी। झाड़ू लगाया। फिर तीन पत्थरों का चूल्हा जलाकर उस पर मटका रख दिया। आस-पास से कुछ जंगली फूल-पत्ते लाकर माला पिरोयी। तोरण बनाया, दरवाजे पर लटकाया—कुछ मालाएँ बालों में सजाईं। कानों में भी फूल डाले।

जब काफी दिन निकल आया, तब सदू उठा। काशी ने गुड़ की चाय बनायी। बिना दूध की चाय पीते-पीते उसके दिमाग में एक तरकीब आयी और वह उठकर खड़ा हो गया, 'काशी पानी गरम होने दे, मैं अभी आता

हूँ।' कहते हुए तेजी से स्टेशन की ओर भागा। प्लेटफार्म पर गाड़ियाँ आ रही थीं, जा रही थीं। सदू भाग-भाग कर हर डिब्बे के पास जाता, सामान उठाने की बात करता—काम मिलता तो रुपया आठ आने मिलते। बिल्ले वाले कुली उसे टोंकते। उसको फटकार कर हटा देते। फिर भी इधर-उधर करके वह दौड़ रहा था। टिकिट बाबू की नजर बचाकर कभी इस गेट से, कभी उस गेट से। दोपहर होते-होते सदू बहुत थक गया। पैर दुखने लगे। बोझ उठाते-उठाते सिर हाथ सब दुखने लगे। ऐसे काम की आदत नहीं थी। शाम को काम खत्म करके तेजी से घर की तरफ दौड़ पड़ा।

काशी तो इंतजार करते-करते थक गई थी।

'काशी' सदू ने पुकारा।

'माँ, भैया आ गया।'

'चल जल्दी से पानी दे स्नान करूँगा। स्नान करने के बाद उसने कहा, 'काशी, चल हम गणेश जी के मंदिर चलते हैं। दर्शन के बाद फ्राक लेने जायेंगे।'

काशी खुश हुई। सदू ने पैसे गिने। पूरे सोलह रुपये थे। उसने माँ से सब कुछ कह डाला। बेचारी लूली माँ अपने बेटे के करतूत पर आनन्द से आँसू बहाने लगी।

पिछवाड़े की पगडंडी से ऊपर मंदिर के पास पहुँचे तो दोनों का मन भर आया। बड़े ही भक्ति भाव से दोनों ने दर्शन किया। गणेशजी को हाथ जोड़कर प्रणाम किया और लौटने लगे। किसी ने कहा, 'अरे रुको जरा, जाना मत।' दयाराम सेठजी कपड़े लेकर खड़े थे। पास में उनकी लड़की मिठाई की टोकरी लेकर खड़ी थी।

सदू ने हाथ नहीं बढ़ाया। कहा, 'सेठजी मैं भिखारी नहीं हूँ, काम करके ही खाना चाहिए। मुझे मेरी माँ ने यही सिखाया है।'

'हाँ, ठीक है, लेकिन आज दिवाली की मिठाई बाँट रहा हूँ।'

'लेकिन आप भिखारियों को बाँट रहे हैं और मैं....।' 'तुम ठीक कहते हो। तुम भिखारी नहीं हो। तुम तो कामगार हो। काम करके पेट पालने वाले एक सच्चे कामगार। आज से छोटू के साथ तुम भी दुकान में काम करो! मुझे तुम्हारे जैसा ही लड़का चाहिए था, नेक लड़का।'

सदू ने सेठ के पैर पकड़ लिए। अपना सिर उनके पाँव पर रखा।

उसे पास बुलाकर सेठ ने कहा, 'सदू यह ले आज की मजूरी...'

'लेकिन सेठजी, मैं इसे काम करने के बाद ही लूँगा!'

'शाब्बास सदू, आज दिवाली के अवसर पर मुझे जैसे नवलखा हीरा मिल गया।'

'हाँ सेठजी, और मुझे मिली सच्ची खुशी और आनन्द।'

सरपत की जन्म कहानी

दुर्गा भागवत

कहानी बहुत-बहुत पुरानी है। जब सरपत के पेड़ नहीं थे, न उससे रस्सी बनाने की तरकीब। इतनी पुरानी।

एक गाँव में सात भाई रहते थे। सात भाइयों की एक छोटी बहन भीथी। उनके घर के सामने छोटा-सा आँगन था। छोटी बहन आँगन में ही कुछ साग-सब्जी उगाती थी। मरषा का साग भी बहुत निकला था। एक दिन रसोई में मरषा का साग बनाने की सोच कर बहन साग काटने बैठी। साग काटते-काटते अचानक उसकी अँगुली कट गयी, खून बहने लगा। साग लाल हो गया। बहन ने बिना कुछ सोचे साग धोया नहीं और बना डाला। सब भाई खाना खाने बैठे। बहन ने खाना परोसा। खाने में साग भी था। भाई खाने लगे। सोच रहे थे आज का साग कुछ ज्यादा ही स्वादिष्ट बना है। उनसे रहा नहीं गया और पूछ लिया, 'बहन क्या बात है, आज साग बहुत ही स्वादिष्ट बना है, क्या मसाला कुछ विशेष डाला है?

'कुछ तो नहीं, मेरी अँगुली कट गयी थी। थोड़ा-सा खून उसमें गिरा था। लेकिन मैंने साग धोया नहीं, शायद इसलिए...चटखारे लेते हुए भाई खा रहे थे। खाना खत्म हुआ तो खेत पर चले गए।

परन्तु किसी का मन काम में नहीं लग रहा था। सभी सोच रहे थे....बहन का रक्त इतना मीठा और स्वादिष्ट है तो मास कितना स्वादिष्ट

होगा। बड़े भाई ने मन की बात कही, फिर दूसरे ने। फिर मझले ने धीरे-धीरे सातों जन इस बात पर एकमत हो गए, तो बड़े को ढाँढ़स बँधा। उसने कहा, 'सुनो, अगर उसे मारकर हम खाएँ तो कैसा रहेगा?' माथा मिलाकर,सभी ने हाँ-में-हाँ मिलाई। विचार-विमर्श करने के बाद उन्होंने एक योजना बनाई!

दूसरे दिन बहन से कहा, 'छुटकी हमारे खेत में ज्वार के भुट्टे पक कर तैयार हैं। दिन भर हम रखवाली करते हैं। रात को थक जाते हैं। आज तुम खेत पर आ जाओ। रखवाली करने। मचान तैयार है।'

'ठीक है आऊँगी।' बहन ने कहा।

रात को बहन मचान पर बैठ कर पहरा देने लगी। सातों जन पास ही बैठे थे। निशाना जमा के उन्होंने लगातार तीर छोड़ना शुरू किया। सबसे छोटे भाई को बहन पर दया आई, उसने अपने बाण पीछे की ओर उल्टी दिशा में छोड़े। बड़े भाई का एक बाण बहन के कलेजे को चीरते हुए घुस गया। बहन बेचारी धड़ाम से गिरी। रक्त की नदी बहने लगी। सब भाइयों ने मिलकर उसे उठाया और नदी के पास ले गये। छोटे-छोटे टुकड़े बनाए, छोटे भाई की आँखों से आँसू टपकने लगे। उससे देखा नहीं गयां। उसने कहा, 'भैया मैं पानी पीकर आता हूँ।' वह वहाँ से चला गया। नदी के एक तरफ जाकर उसने केकड़े पकड़े और आग में भूनकर खाने लगा। वापस आया तो देखा, भाइयों ने मांस पकाया था। सात हिस्सों में बाँटकर रखा था। सभी भाइयों ने अपना-अपना हिस्सा बड़े मजे से खा लिया। छोटे भाई ने नहीं खाया। भाइयों के सामने सिर्फ खाने का नाटक किया और बाद में अपना हिस्सा एक बाँबी में फेंक दिया।

उसी दिन से भाइयों की हालत बिगड़ने लगी। वे अच्छे भले खाते-पीते सुखी थे, लेकिन अब धीरे-धीरे कंगाल होने लगे। इधर-उधर भिखारियों की तरह भटकने लगे...

आगे क्या हुआ? उस लड़की के मांस के टुकड़े से एक बाँस का अंकुर फूटा और हर दिन एक-एक हाथ बढ़ने लगा।

एक दिन वहाँ से एक सुन्दर युवक जा रहा था। अचानक उसकी नजर बाँस पर गई। उसने सोचा, 'अरे, मेरे सारंगी के लिये तो बड़ा अच्छा है। अच्छा साज बनेगा। उसने कुल्हाड़ी उठायी काटने के लिए तभी बाँस से मंजुल स्वर निकला, 'नहीं, नहीं ऊपर नहीं, नीचे जड़ से काटो!' यही तीन

बार हुआ। वही शब्द, वही मधुर वाणी, बाद में सिसकियाँ। युवक चकित होकर देखने लगा, फिर उसने धीरे से बाँस काट लिया।

उससे उसने सारंगी बनाई। सारंगी के लिए मृगाजिन से सुन्दर-सा आवरण बनाया। जब कभी वह सारंगी बजाता, बहुत मधुर सुर निकलते जैसे कोई अंदर बैठ कर गा रहा हो। यही सच था। सारंगी के अंदर सात भाइयों की बहन बैठी रहती। एकदम नन्हीं-सी।

हमेशा की तरह एक दिन युवक ने सारंगी निकाली और तार छेड़ने लगा। तभी अचानक एक लड़की उसके सामने आकर बैठ गयी। बहुत सुन्दर नन्हीं प्यारी थी। उसे देखकर युवक मुग्ध हो गया। उसने पूछा, 'तुम कौन हो?'

लड़की ने अपनी कहानी बताई। उसकी कहानी सुनकर युवक का मन व्याकुल हो गया। उसके साथ विवाह कर लिया और उसे अपने घर ले आया। उस लड़की ने उसके घर में जैसे ही पाँव रखे, उस युवक का नसीब जाग गया। उसने बहुत धन कमाया और धनवान बन गया। सारे सुख चैन की सामग्री उसे मिल गई।

इधर सातों भाइयों की जो हालत बनी थी कि पूछो मत। भटकते-भटकते एक दिन वे बहन के घर पहुँचे। हालाँकि उन्हें पता नहीं था कि घर उनकी बहन का है। मगर लड़की ने अपने भाइयों को पहचान लिया और पति से कहा, 'स्वामी, यही मेरे भाई हैं, लेकिन उन्हें भीख नहीं देना। उन्हें अंदर बुलाकर उनकी खातिरदारी करो।'

'अच्छा ठीक है, जैसा तुम कहो!

बहन ने सबको अंदर बुलाया। 'आइये, यहाँ आराम से बैठिए और खाना खाकर ही जाइए। अभी परोसती हूँ।'

'वाह, वाह, लगता है आज हमारे भाग खुल गये। चलो अच्छा भोजन भी मिलेगा।'

जीजा जी ने एक चाँदी की कटोरी में तेल दिया। लीजिए, अच्छी तरह हाथ-पाँव मलकर, मालिश कर नहा लीजिए।

बहुत दिनों से भटक रही काया रूखी हुई थी, लेकिन सातों भाई तो भूखे थे। इसलिए तेल को ही चाट गये। जीजा जी ने और तेल मँगवाया और स्वयं सबकी मालिश करने लगे। सबको नदी पर ले गये। अच्छी तरह मल-मलके

नहलाया। कपड़े पहनाए। चलो, अब भोजन करने, बहन परोस रही है। सबने भरपेट खा लिया। हाथ धोकर निकलने ही वाले थे कि बहन सामने आ गई। पूछा, 'क्या मुझे पहचाना?' 'नहीं तो, कौन हैं आप, दीदी!'

'अच्छा ठीक है, सुनो! सात भाइयों की एक छोटी-सी बहन थी। उसे सबने मिलकर मारा। उसके टुकड़े-टुकड़े किए। सबसे छोटे भाई ने बचाने की कोशिश की। केवल उसको ही मुझ पर दया आई और अपने हिस्से के टुकड़े बाँबी में फेंक दिये। उसके कारण ही मैं बच गई।'

कहानी सुनकर सभी का चेहरा उतर गया। गर्दन नीचे झुक गयी। जमीन पर पाँव पटकना शुरू किया इन सबों ने। एक गढ्ढा बनने लगा और सब उसमें घुसने लगे। सातवाँ जब जा रहा था तो बहन ने उसके बाल पकड़ कर बड़ी ताकत से खींचा। जमीन की दरार धीरे-धीरे बंद हो रही थी। लड़कों ने बड़ा जोर लगाया, लेकिन सारा शरीर अंदर धँस चुका था और दरार बंद हो गयी। बहन अपने हाथ में आए बाल इधर-उधर फेंकने लगी। उन्हीं बालों से सरपत के पौधे उग आये और तभी से सरपत के पेड़ होते हैं।

राजकन्या बनी दासी

वामन चोर घड़े

हिमाचल प्रदेश में एक पंडितजी रहते थे। बड़े विद्वान थे। पैसा उन्हें प्यारा नहीं था। न ही पैसे का लोभ। सदा अपने में मगन, न किसी से लेना, न देना।

उस देश के राजा और प्रधान उसके अच्छे मित्र थे। आपस में उनका बड़ा ही स्नेह था। वे संकट काल में सलाह-मशविरा करने के लिए उसी पंडित के घर जाते थे।

विद्वान ब्राह्मण में एक विशेष गुण था। भविष्य बताने का। उनकी भविष्यवाणी हमेशा सच होती थी। बुरा हो या भला वे कहने में झिझकते नहीं थे।

राजा की एक कन्या थी। प्रधान की भी एक कन्या थी। दोनों हमेशा साथ-साथ रहती थीं। खाना-पीना, खेलना-कूदना, पढ़ना सब एक साथ। एक बार राजा के मन में एक विचार आया। दोनों को पढ़ने के लिए एक पंडित जी के यहाँ भेजा जाए या उनको यहाँ बुलाया जाय।

बस कहने की देर थी। सब व्यवस्था हो गई। दोनों पंडितजी के यहाँ पढ़ने जाने लगीं। पढ़ाई शुरू करने से पहले दोनों पंडित जी का आशीर्वाद लेती थीं, पाँव छूकर। फिर पढ़ना शुरू करती थीं। पढ़ाई खत्म होने पर राजकन्या पंडित जी को एक सुवर्ण मुद्रा देती थी और प्रधान की कन्या चाँदी की। आशीर्वाद देते हुए पंडित जी राजकन्या से कहते, 'तुम्हारी शादी एक शव से होगी।' और प्रधान की कन्या से कहते, 'तुम्हारा विवाह राजकुमार से होगा।'

लड़कियाँ छोटी थीं, नादान थीं, तब उन्हें इस बात का कुछ खास एहसास नहीं था। किन्तु जब बड़ी हो गईं तो अर्थ समझने लगीं। भला बुरा सोचने-समझने लगीं। राजकन्या के मन में विचार आता, यह कैसा आशीर्वाद है। यह तो शाप है। मन ही मन डर जाती, लेकिन किसी से मन की बात कहती नहीं। डर के मारे उसका खाना-पीना हराम हो गया। उसे कुछ भी अच्छा नहीं लगता। न हँसना, न बोलना। मन की पीड़ा किससे कहे। माँ भी नहीं थी बेचारी की। मन का बोझ हल्का करने के लिए या तो माँ चाहिए या तो भगवान। पिता से क्या कहती? राजा के पास इतना समय भी नहीं था कि बेटी की तरफ ध्यान दे सकें। उनका सारा वक्त प्रजा की चिन्ता में ही निकल जाता। क्या करे राजा जो ठहरा। नतीजा यह निकला कि राजकन्या मन-ही-मन कुढ़ने लगी। दिन-ब-दिन उसका शरीर दुर्बल होने लगा। अचानक एक दिन राजा का ध्यान बेटी की तरफ गया तो उसे लगा राजकन्या को जरूर किसी बीमारी ने घेर लिया है। उसने फौरन राजवैद्य को बुलाया। हकीम को बुलाया। राजकन्या की इस अवस्था का कारण किसी की समझ में नहीं आया। उसकी ऐसी हालत कैसे हुई? राजा से उन्होंने कहा, 'महाराज, राजकुमारी को किसी प्रकार की शारीरिक पीड़ा नहीं है। जरूर कोई मानसिक कारण है, ऐसा हमें लगता है।'

एक दिन राजा ने राजकन्या को अपने पास बुलाकर पूछा, 'बेटी तुम्हें किस बात की चिन्ता है। हमें बताओ। क्या कोई तुम्हारी निन्दा करता है या किसी ने तुम्हारा अपमान किया है? बोलो बेटी, मैं फौरन उसे सजा दिलवाऊँगा, उसकी जीभ काट दूँगा। किसी ने बुरी नजर से देखा हो तो

उसकी आँखें फोड़ डालूँगा।'

राजकुमारी ने कहा 'पिताजी, ऐसा कुछ भी नहीं। मुझे एक ही दुख है। मैं रोज पंडितजी को एक सुवर्ण मुद्रा देती हूँ। प्रणाम करती हूँ। वे मुझे आशीर्वाद देने के बजाए कहते हैं, 'तुम्हारी शादी शव से होगी। बस यही चिन्ता मुझे है। मेरा मन जल रहा है। रात-दिन यही सोचकर नींद नहीं आती।'

राजा को बड़ा आश्चर्य हुआ। राजकन्या को सान्त्वना किस प्रकार दें समझ नहीं पा रहा था। फिर भी कुछ तो कहना ही था। उन्होंने कहा बेटी, 'तुम चिन्ता मत करो। तुम्हारा भविष्य मेरे हाथ में है।'

राजा ने पंडितजी को बुलाने की आज्ञा दी। पंडितजी पधारे। राजा ने उनसे पूछा।

'हाँ राजन यह सच है। लेकिन महाराज मैं क्या कर सकता हूँ, बताइए! राजकन्या का भाग्य ऐसा ही है। मैं उनकी ग्रह दशा रोज ही पढ़ता हूँ। आपके सारे प्रयत्न व्यर्थ होंगे। यही विधि लिखित है और अटल है।' राजा का पंडित जी पर पूरा भरोसा था। आज तक उनकी भविष्यवाणी झूठी साबित नहीं हुई थी। बेटी का दुःख देखा नहीं जा रहा था। अपनी लाडली कन्या का दुःख निवारण नहीं कर सकता तो क्या अर्थ है मेरे राजा होने का? मन ही मन सोचता था। राज्य त्याग करके कहीं निकल जाना ही उचित होगा। साधु-सन्तों की सेवा करके आशीर्वाद पाकर बाकी जिन्दगी जीने का उसने निश्चय किया। उनके आशीर्वाद से चमत्कार हो सकता है। आने वाली विपत्ति टल भी सकती है।

राजा ने तुरन्त प्रधान जी को बुलाया। अपना राज्य प्रधान को सौंप, बेटी को साथ लेकर साधु-संतों की खोज में निकल पड़े।

पैदल चलने की आदत नहीं थी। कभी दीया भी खुद नहीं जलाया था। अब जंगल का काँटों वाला रास्ता खुद चुना था। उसी रास्ते पर अब चलना होगा। चलते-चलते पाँव में छाले पड़ गए। किसी तरह रुकते चलते आगे बढ़ते रहे। जंगली जानवर कदम-कदम पर मिलते थे। न भूख का ठिकाना, न प्यास का।

चलते-चलते एक घने जंगल में पहुँच गए। बाप-बेटी प्यास से व्याकुल हो रहे थे। परन्तु आस-पास कहीं पानी नहीं था। अब एक कदम भी चलना राजकन्या के लिये मुश्किल था। थके हारे एक चट्टान पर बैठ गये। इधर-

उधर आशा से देखा। दूर कहीं झोपड़े जैसा कुछ दिख रहा था। चलो, जाकर देखते हैं। कम-से-कम पानी तो मिलेगा, प्यास बुझाने के लिए। दोनों उठकर चलने लगे। किसी तरह वहाँ पहुँचे। सामने जो देखा उससे अचम्भे में पड़ गये। दरवाजा सरे आम खुला था, भीतर कोई भी दिखाई नहीं पड़ा।

'पिताजी आप रुकिए यहाँ। मैं अन्दर देखती हूँ।'

'अच्छा जाओ।' राजा ने कहा।

उसने जैसे ही अन्दर पाँव रखा, दरवाजा अपने आप बन्द हो गया।

अब राजा अन्दर जाएँ कैसे और राजकुमारी बाहर कैसे निकले।

भूख-प्यास से व्याकुल राजा सात दिनों तक उस विचित्र घर के बाहर बैठा रहा, लेकिन दरवाजा नहीं खुला। नसीब को दोष देते हुए राजा जंगल में दर-दर भटकने लगा। अन्दर बन्द हुई राजकुमारी ने दरवाजा खोलने की बहुत कोशिश की, लेकिन बाहर निकलने का कहीं कोई रास्ता नजर नहीं आया। वहाँ सब कुछ था। भरपूर चीजें थीं—घर, आँगन, कुआँ, कई कमरे। एक-एक करके सब कमरे खोले। जैसे ही आखिरी कमरा खोला तो वह अचम्भित रह गई। अन्दर एक शव पड़ा था। उस पर घास उग आई थी। कौन जाने कितने दिनों से वहाँ पड़ा है। राजकुमारी को पंडित जी का आशीर्वाद याद आया। उसकी आँखों के सामने अँधेरा छा गया। उसके मन में विचार आया कि कहीं यही तो मेरा वर नहीं है।'

अब राजकुमारी की दिनचर्या शुरू हुई। रोज मुँह अँधेरे उठती थी। स्नान आदि समाप्त करके उस कमरे में जाती जहाँ शव था। शव से घास का तिनका निकाल कर सूर्य देवता को अर्घ्य देती। इसी तरह दिन बीत रहे थे।

एक दिन क्या हुआ कि जैसे ही राजकुमारी ने सूर्य को अर्घ्यदान दिया घर का दरवाजा अपने आप खुल गया। लेकिन उससे क्या होगा? जायेगी कहाँ?

एक दिन दोपहर की कड़ी धूप में एक थका-हारा आदमी अपनी बेटी के साथ आया। दोनों प्यासे थे। राजकुमारी उन्हें अंदर ले आयी। खाना-पीना कराया। उसे बहुत अच्छा लग रहा था। कितने दिनों बाद कोई बात करने के लिए मिला था। मनुष्य प्राणी का दर्शन हुआ था। राजकुमारी मन ही मन कुछ सोच रही थी। अगर यह लड़की मेरे साथ रहे तो कितना अच्छा होगा? मेरा अकेलापन दूर होगा। साथी मिलेगा। उसने लड़की के पिता से पूछा।

उसने कुछ धन लेकर लड़की को वहीं छोड़ दिया।

अब उसे एक संगी मिल गई। शीघ्र ही दोनों एक दूसरे की अच्छी दोस्त बन गईं। लड़की को एक दिन पता चला कि राजकुमारी रोज शव से तिनका निकालकर अर्घ्य देती है। ऐसा क्यों करती है? उसने राजकुमारी से पूछा। आखिरी तिनका अर्घ्य में चढ़ाऊँगी तब यह शव जीवित हो उठेगा और मुझसे विवाह करेगा, राजकुमारी ने कहा।

राजकुमारी का मन सरल था। उदार था। सो उसने बता दिया, लेकिन लड़की के मन में कुविचार आया। जब उसने देखा कि अब आखिरी तिनका बचा है तब वह राजकुमारी से पहले ही उस कमरे में पहुँच गयी और तिनका उखाड़ कर अर्घ्य दिया। उसी क्षण शव राम-राम कहते हुए जीवित हो उठा। उसने लड़की को पहले देखा सो उससे ही विवाह कर डाला।

राजकुमारी जब नींद से जागी। कमरे में जाकर देखा तो वहाँ कोई नहीं था। इतने दिन का नियम भंग हो गया। राजकुमारी की प्रार्थना व्यर्थ गई।

दुर्भाग्य का फेरा इसे ही कहते हैं। जो रानी बनने के काबिल थी वह अब दासी बनके रह गई। कहानी यहीं खत्म नहीं हुई। नसीब की मारी राजकुमारी को बहुत काम करना पड़ता था। दोनों के भोजन के पश्चात् जो बचा-खुचा रहता उतना ही राजकुमारी को मिलता। एक कोने में पड़ी रहती लेकिन मन की पीड़ा बताने के लिए कोई नहीं था उस जंगल में। एक दिन घर का मालिक शहर जा रहा था। उसने पत्नी से पूछा, 'भागवान तुम्हारे लिये क्या लाऊँ?'

'मेरे लिए एक लाल दुपट्टा और चूड़ियाँ लाना और खाने के लिए पेड़ा-बरफी।'

मालिक ने दासी से भी पूछा, 'तुम्हें क्या चाहिए?'

'अगर सचमुच लाना चाहते हैं तो एक मैना ले आइए।' उसने कहा। मालिक ने दोनों की पसंद की चीजें खरीदीं और वापस आया। दोनों को उनकी चीजें दे दीं। उसकी पत्नी ने अपनी चूड़ियाँ पहनी, दुपट्टा ओढ़ा और दर्पण के सामने बैठ अपना रूप देखने लगी। वह खुश थी। उसके पति ने जो मिठाई लाई थी उसे भी खाया। फिर राजकुमारी से कहा, 'देखो, देखो, मैं कितनी सुन्दर लग रही हूँ। ऐसा दुपट्टा, ऐसी चूड़ियाँ तुमने कभी देखी हैं?'

राजकुमारी क्या जवाब देती। उसने कहा, 'मालकिन सचमुच आप बड़ी सुन्दर हैं।' दासी बनी राजकुमारी ने अपनी मैना को धीरे-धीरे बोलना सिखाया धीरे-धीरे मैना बोलने लगी। राजकुमारी ने अपने मन की बातें मैना को बतायीं। पखेरू तो पखेरू ही सही। कोई तो मिला बातें करने के लिए। थोड़ा दुख हल्का हो जाएगा।

परन्तु मालकिन से दासी का सुख देखा नहीं गया। उसने पति का कान भरना शुरू कर दिया, 'देखो, दिन भर मैना से बातें करती रहती है। न काम, न काज।'

'मुझे तो बड़ी गरीब, स्वभाव की सुशील, कामकाजी लगती है। देखो भगवान ने उसे कितनी बुद्धि दी है। उसने पंछी को भी बोलना सिखला दिया। मैं जब भी पिंजड़े के पास जाता हूँ तो बोलती है राम-राम।' पति की बातें सुनकर मालकिन को गुस्सा और भी चढ़ गया। उसने निश्चय किया कि अभी उसकी बोलती बन्द किए देती हूँ।

सुन्दर, प्यारी बातें करती है, हुँह!

उसी दिन रात को उसने पति से कहा, 'आज मैना का पिंजड़ा अपने कमरे में रखो। मैं भी उसकी मीठी बातें सुनूँगी।'

पति ने वैसा ही किया। रात हुई। दोनों मैना की बातें सुनने लगे।

मालिक ने कहा, 'मैना रानी, कुछ हमें भी सुनाओ, जो तुम्हें दासी ने सिखाया है।' 'मालिक आज्ञा करो तो एक सच्ची कहानी सुनाना चाहती हूँ। सुनेंगे आप?' मैना ने कहा।

'हाँ, हाँ क्यों नहीं, जरूर सुनेंगे।'

फिर सुनिये, 'एक थी राजकुमारी और एक थी प्रधान कुमारी। दोनों अपने गुरु के पास पढ़ने जाती थीं। राजकुमारी गुरु को स्वर्ण मुद्रा देती थी तो प्रधान कुमारी चाँदी की। यहाँ से प्रारम्भ करके उसने सारी कहानी सुना दी। एक दिन जब आखिरी तिनका बचा तब—उसकी बात खत्म होती, इससे पहले ही मालकिन दौड़ी उसे चुप कराने, लेकिन मैना उसके हाथ नहीं आई। फुर्र से उड़ गयी। एक खम्भे पर जाकर बैठ गई। वहाँ बैठकर उसने कहानी समाप्त की।

अब मालिक समझ गया कि सच क्या है। उसने राजकुमारी को रानी बनाया और झूठी लड़की को दासी। दोनों सुख से रहने लगे।

मोरूक हास्योपचार पद्धति

चि० वि० जोशी

मोरू का संस्कृत कच्चा था। 'मोरू का संस्कृत' माने कोई दूसरा विषय नहीं। मतलब यही कि मोरू का संस्कृत भाषा का ज्ञान कच्चा था। उसने काणे गुरु जी से सीखी थी।

काणे गुरु जी की पत्नी और कन्या गार्गी, दोनों गुरु जी के ससुराल गयी थीं। गार्गी के ननिहाल में मंगल कार्य था। मोरू ट्यूशन के लिये आया तो उसने देखा गुरु जी करवटें बदल रहे हैं। जोर-जोर से कराह रहे हैं। मोरू की तरफ उनका ध्यान नहीं था। उनके सिरहाने बैठकर मोरू ने पुकारा, 'गुरु जी, गुरु जी!'

'कौन है।' मुँदी हुई आँखों से उन्होंने पूछा। 'मैं मोरू जोग। गुरु जी, आपकी तबीयत ठीक नहीं है क्या?'

'तो, तुम्हें क्या लगता है, स्वाँग कर रहा हूँ। अरे मूर्ख, तबीयत ठीक रहती तो क्यों कराहता। और लाभ क्या इससे। मेरी सुनने के लिए घर में है ही कौन। अब क्या करूँ इस सिर दर्द का।' गुरु जी ने कराहते-कराहते पूछा।

'अरे, उसका ही तो रोना है, माइके गयी है तेरी चाची। अगर घर में होतीं तो कम-से-कम सोंठ का लेप तो लगा देती मत्थे पे। लेकिन कहते हैं न, बुरे वक्त कोई किसी का नहीं।'

'लेकिन गुरु जी, चाची जी तो पहले ही से माइके गयी हैं। आप ही हैं कि उनके जाने के बाद बीमार पड़ गये। कहिये मैं दे दूँ सोंठ घिस के। कहाँ रखी है, सिल्ल।' मोरू ने पूछा।

'होगा कहाँ, देवघर में और सोंठ मिलेगी किसी डिब्बे में। रसोई में देख जा और सिल्ली ठीक से निकालना। भगवान् को छूना नहीं।'

'रसोई में पीतल का डिब्बा होगा—देख।' मोरू सोंठ घिसता रहा। गुरु जी का कराहना, हाथ-पाँव पटकना चल ही रहा था। मोरू ने अच्छा सा बिस्तर बनाया। गुरु जी को सुलाया, चादर ओढ़ा दिया और लेप लगा दिया। फिर स्टोव जलाकर उनके लिए काफी बनायी। थर्मामीटर लगाकर तापमान

देखा। फिर पूछा, 'गुरु जी और कुछ चाहिए।' 'हाय भगवान, अरे सिर दर्द तो ऐसा है कि लगता है सिर निकालकर रख दूँ अलग।' गुरुजी ने गुस्से से कहा।

'लेकिन गुरु जी धड़ से सिर अलग करने से भी सिर दर्द कम होने वाला नहीं। उल्टा काटने की वजह से जख्म जलने लगेगा। सोंठ के लेप से कुछ फायदा हुआ कि नहीं?' 'नहीं रे। बिंदु मात्र नहीं। वेदना वैसी की वैसी।' 'गुरु जी, एक बात कहूँ, मेरी दादी कहती हैं, अगर सिर दर्द झूठमूठ का हो तो लेप से और बढ़ता है, कम होने के बजाय।'

मोरू की बात सुनते ही गुरु जी आग बबूला हो गये, 'कहना क्या चाहता है। मेरा सिर दर्द बहाना है।' उन्होंने चिल्लाकर पूछा।

'यह तो मुसीबत है।' मोरू ने कहा, 'दादी का कहना झूठ होगा या फिर गुरु जी का। बच्चों को इससे क्या लेना देना। इनका मानो तो दादी झूठी। दादी का मानो तो गुरु जी झूठे। जाने दो।'

उसी समय मोरू का दोस्त बग्या वहाँ पहुँचा, उसे खेलने के लिए बुलाने। उसने भी गुरु जी से हाल पूछा। गुरु जी ने आवेशपूर्ण भाषा में अपने सिर दर्द का वर्णन किया। फिर कहा, 'अच्छा मोरू अब तू अपने दोस्त के साथ खेलने जा। बड़ी देर से मेरी सेवा कर रहा है। उसके पूर्व एक काम करना मेरा, भीमा बाई के यहाँ जाकर शाम को खाने के लिए ना कह देना। मेरे जाकिट से पैसे लेकर दो मौसंबी, चाय पत्ती और अद्रक लेकर दे देना, फिर खुशी से खेलना।' इतना कहकर गुरु जी फिर कराहने लगे।

थोड़ी देर में मोरू सब चीजें लेकर आया और गुरु जी को देकर निकलने लगा कि गुरु जी ने कहा, 'अब कल सवेरे जल्दी आ जाना। मेरी तबीयत ठीक रही तो पढ़ाऊँगा, ठीक नहीं रही तो जो काम बताऊँगा कर देना और अगर मेरी आँख लग गयी और मैं सो गया तो मुझे जगाना नहीं। मैं घड़ी के नीचे एक कागज पर लिखकर रख दूँगा। बस उसे लेकर सब चीजें लाकर रख देना, समझे! जाओ अब भूलना नहीं।'

दूसरे दिन सुबह उनकी आज्ञानुसार मोरू गुरु जी के घर पहुँचा। कल के सोंठ के लेप का प्रभाव अच्छा ही हुआ था। अब कराहना नहीं था तो आराम की नींद सो रहे थे। खर्राटे भरकर।

मोरू ने बग्या से कहा, 'गुरु जी सोये हैं, उन्होंने कल ही कह रखा था कि अगर मुझे नींद में देखो तो जगाना नहीं। घड़ी के नीचे रखा कागज

लेकर लिखी हुई चीजें ले आना।'

हाँ, यह देखो, घड़ी के नीचे कागज तो है। कागज पर जो लिखा था उसे बग्या ने पढ़ा—

१ धोती

२ लँगोटी

१ गमछा

२ कुडती

१ पेटीकोट लड़की का

१ चादर

यह पढ़कर बग्या भ्रम में पड़ गया। इन चीजों का बीमारी में क्या काम! गुरुजी ने बताया होगा, और यह सब कहाँ से लाना है, समझ में नहीं आया। अगर खरीद कर लायें तो बहुत पैसे चाहिए और अपने पास तो पैसे नहीं है।

मोरू बोला, 'लगता है सिर दर्द के कारण गुरु जी को भ्रम हो गया लेकिन गुरु जी की आज्ञा का पालन करना शिष्य का कर्तव्य है।'

'तुम ठीक कहते हो—तुम्हें तो मालूम ही है रामदास स्वामी के शिष्य की कहानी? शिष्य रोज पान कूटकर देता था उन्हें। एक दिन स्वामी जी ने कहा, 'भोला जिस खराज में पान कूटकर मुझे देता है उसे मेरे अधीन कर। शिष्य ने तत्काल अपना सिर तलवार से काटकर सामने रख दिया। क्योंकि वह पान खुद्द चबाकर उन्हें देता था। तो हमें भी गुरु जी को संतुष्ट करने के लिए सब चीजें लाकर देनी होंगी।'

बग्या का मकान पास में ही था। दोनों उसके घर गये और तालिकानुसार चीजें इकट्ठी कीं और पोटली बनाकर गुरु जी के घर आ गये। 'हरि, हरि, हरि, अब थोड़ा आराम लग रहा है। जरा आँख लग गयी थी। सिर दर्द था। अब कम है।' गुरु जी ने कहा, 'अरे वाह मोरया, तुम आ गये, चलो अच्छा हुआ बग्या भी आया है। मेरी चीजें लाये हो?' तालिका बनायी थी।

'हाँ', मोरू ने लम्बी हाँ भरी और कपड़े की पोटली रख दी उनके सामने। उसे खोलकर गुरु जी ने आश्चर्य से पूछा, 'अरे कपड़े क्यों लाये।'

मोरू ने कहा, 'गुरु जी आपने ही घड़ी के नीचे कागज रखा था न। उसी तालिकानुसार घर से कपड़े ले आया, यह देखिये!'

मोरू के हाथ से कागज लेकर देखा और गुरु जी जोर-जोर से हँसने लगे। कल कराहने-कूँथने वाले गुरु जी आज हँसेंगे इसका कोई विश्वास नहीं करता। गुरु जी ने अपनी भ्रमावस्था में तालिका बनायी होगी ऐसी आशंका बग्या के मन में एक बार आयी थी। मोरू से उसने कहा भी था। आज गुरु जी को ठहाके लगाते देखकर उसका विश्वास दृढ़ हो गया।

'गुरु जी आप क्यों हँस रहे हैं, मुझसे क्या गलती हुई?' मोरू ने डरते हुए पूछा।

'हँसूँगा नहीं तो क्या रोऊँ! अरे ऐसा भोलाभाला शिष्य मिला है मुझे।' गुरु जी ने अपनी हँसी रोककर कहा, 'अरे पगले, बीमार आदमी को इन कपड़ों की क्या जरूरत! धोबी आया था कपड़े लेकर, उसको मैंने अलमारी से तालिका निकालने को कहा था। उसने कपड़े रखे और तालिका यहीं घड़ी के नीचे रख दिया। अरे मोरू लेकिन कुछ बुद्धि का उपयोग भी तो करना चाहिए। तुम्हारे लिये तालिका बनाना भूल ही गया था।' इतना कहकर वे फिर हँसने लगे। हँसते-हँसते पेट में बल पड़ने लगा। बहुत देर तक हँसते रहे। फिर प्रयास से किसी प्रकार हँसी रोककर कहने लगे, 'तुमने तो अच्छी मसखरी की। लेकिन एक लाभ तो हुआ, मेरा सिरदर्द गायब। ज्वर भी गायब। हाः हाः हाः हाः हाः हाः।' फिर हँसने लगे। बग्या थोड़ा-सा हँसा, लेकिन शरम के मारे नीचे देखने लगा।

गुरु जी की हँसी सुनकर आस-पास के सब पड़ोसी जमा हो गये। उनको देखकर गुरु जी ने कहा, 'अरे सुरेश, रमेश, कुंदा मुझे देखने आये हो, मैं कभी हँसता नहीं तो आज क्यों हँस रहा हूँ, यही न।'

'हाँ', सुरेश ने कहा। गुरु जी खड़े हो गये और बोलने लगे, 'अरे कल से मैं सिरदर्द से परेशान था। ज्वर भी था। ओषधि विद्या में अनेक चिकित्सा पद्धति के बारे में बताया गया है। रंग चिकित्सा, जल-चिकित्सा वगैरह वगैरह।'

'अँग्रेजी में क्या कहते हैं?'

'अंग्रेजी के बच्चे, जैसे वह तुम्हारी मातृभाषा है। मराठी नहीं समझता क्या? अंग्रेजी नाम चाहिए—सुनो, क्रोमीपंथी, हाइड्रोपंथी, होमियोपंथी जैसी हमारे मोरू ने हास्योपंथी ढूँढ़ लिया यानी हास्य चिकित्सा—हा-हा-हा-हा। इस चिकित्सा के कारण मैं एक क्षण में चंगा-भला हो गया।' उन्होंने हे-हे-करते फिर से हँसना शुरू कर दिया।

'गुरु जी कल तो आपकी हालत खस्ता हो गयी थी फिर आज इतना आनन्द कैसे? क्या हँसी वायु है?'

'अहो, ताई हमारे इन शिष्यों ने आज एक मनोरंजक बात की। वही मुझे चाहिए थी। कल साबूदाना, दवाई, दूध की जरूरत थी और यह लाया, यह सामान, धोती, कुरता और सुनो, एक घाघरा भी। अब हम शिक्षक क्या घाघरा-चोली पहनेंगे?' कह कर वे फिर हँसने लगे।

मोरू शरमा कर भाग गया। अब गुरु जी ने इसी चिकित्सा पद्धति को अपना लिया। किसी भी रोगी को देखने जाते तो मोरू का किस्सा सुनाकर और दो-चार मनोरंजक बातें बताकर रोगी को हँसाते और उसका आधा रोग ठीक कर देते। हास्योपचार पद्धति जिंदाबाद!

मदद का हाथ—सहारा

कल्याण इनामदार

छोटे से एक गाँव में महादू नाम का एक लड़का रहता था। उमर थी लगभग दस-बारह साल। महादू अपनी माँ के साथ रहता था। पिता के देहांत के बाद अपना और माँ का पेट पालने की जिम्मेवारी उस पर आ पड़ी थी।

महादू गरीब था, मगर बहुत ही गुणी और नेक लड़का था। असली नाम महादेव था, लेकिन उसे सभी महादू ही बुलाते थे। उसके पिता उससे हमेशा ही कहते थे, 'जैसा जो भी मिले, उससे पेट भरो और सबके साथ मिलजुल के रहो। अपने से जो मदद दे सको दो, दूसरों की मदद करो।' पिता जी की इस सीख को हमेशा ध्यान में रखते हुए महादू अपनी माँ के साथ दिन गुजार रहा था। दो जून रोटी के लिए सुबह ही निकल पड़ता जंगल की ओर। दिन भर लकड़ियाँ काट कर इकट्ठा करता। शाम होने पर घर लौटता था। गाँव में लकड़ियाँ बेचकर जो पैसे मिलते, उसी से दोनों का गुजारा हो जाता था। माँ-बेटे एक दूसरे से बहुत ही प्यार करते थे।

एक दिन की बात है। रोज की तरह महादू और उसकी माँ दोनों जंगल में लकड़ियाँ काटने गये। काम करते-करते थकी हारी माँ को बड़ी जोरों की

प्यास लगी। गरमी के दिन, उस पर भरी दुपहरी की कड़ी धूप। प्यास के मारे उसका जी घबराने लगा। महादू जब जान पाया तो उसने कहा, 'माँ, अभी लाता हूँ पानी। उस पार तालाब दिख रहा है। तू बैठ, आराम कर, जाना नहीं।'

'अरे मैं यहाँ अकेली बैठे क्या करूँगी? चल साथ ही चलते हैं। वहाँ जाकर ही पानी पिऊँगी।' महादू जानता था, कहने से भी माँ मानेंगी नहीं। इसलिए उसने कहा, 'अच्छा तो चल।' दोनों तालाब की ओर चलने लगे।

धीरे-धीरे, चलते-चलते तालाब के पास पहुँचे। हाथ-पैर धोकर कुल्ला किया और अंजलि भरकर पानी पीने लगे। तभी उनकी नजर सामने से आ रहे बाघ पर पड़ी। बाघ महाराज को देखते ही महादू डर गया। डर के मारे उसकी बुरी हालत हो गयी। माँ के हाथ-पाँव काँपने लगे। यह लो एक और नई मुसीबत। दोनों मन-ही-मन ईश्वर से प्रार्थना करने लगे।

बाघ पास आकर खड़ा हुआ। तब दोनों ने हाथ जोड़कर प्रणाम किया। डर के मारे आँखों की पुतलियाँ पत्थर बन गईं।

बाघ महाराज भूखे थे। चार दिन से उन्हें खाना नसीब नहीं हुआ था। पेट की आग बुझाने के लिए व्याकुल थे और देखा सामने एक नहीं, दो आदमी के बच्चे। मनुष्य प्राणी देखते ही उनके मुँह में पानी आने लगा। अपनी लंबी जीभ दो बार बाहर निकाली और कहा, 'सुनो, मेरा पेट बहुत छोटा है, इसलिए मैं किसी एक को ही खाऊँगा। बोलो मेरा भोजन बनने के लिए कौन तैयार है?'

बाघ महाराज की कड़क आवाज सुनकर दोनों समझ गये कि संकट सामने है। इससे बच निकलने का कोई रास्ता नजर नहीं आ रहा। बच निकलें तो कैसे? एक को तो बाघ के पेट में जाना ही था।

माँ सोच रही थी—महादू अभी छोटा है उसने अभी दुनिया भी नहीं देखी। मेरा क्या, मैं बुड्ढी। एक न एक दिन मरना ही है तो क्यूँ न बाघ का भोजन मैं ही बनूँ।

इधर महादू सोच रहा था,—अगर बाघ ने माँ को खा लिया तो फिर मैं क्या करूँगा? माँ ही नहीं होगी तो जीवन का मतलब क्या? उनके सिवाय है ही कौन इस दुनिया में मेरा। अपनी आँखों के सामने उन्हें मृत्यु के मुख में फेंकना तो स्वार्थ की हद होगी। नहीं, नहीं, मैं ऐसा नहीं करूँगा। मैं ही बाघ का भोजन बनूँगा।

मृत्यु को गले लगाने की जैसे होड़ लग गई माँ-बेटे में। रोंगटे खड़े कर देने वाली यह बात एक बंदर देख रहा था। पास ही पेड़ पर बैठे बैठे वह भी कुछ तरकीब सोचने लगा। उन दोनों को बचाने की।

महादू और उसकी माँ के जीवन की डोर अभी मजबूत थी। बंदर ने कुछ सोचकर एक छलांग लगाई और जा खड़ा हुआ बाघ के सामने। 'बाघ महाराज आप तो चार दिन के भूखे हैं। मैं यह भी जानता हूँ कि आपकी पेट पूजा तुरन्त होनी चाहिए नहीं तो मुश्किल होगी। लेकिन इन्हें खाकर क्या मिलेगा आपको। इससे अच्छा तो यही होगा कि आप मेरे घर चलकर स्वादिष्ट भोजन का लाभ उठाएँ । मुझे भी अच्छा लगेगा कि मैंने जंगल के सबसे बलिष्ठ की सेवा की है। आपकी भूख मिटी तो मुझे बड़ा ही संतोष होगा।'

बंदर की विनती और आग्रह देखकर बाघ महाराज बोले, 'वाह, वाह, बंदर जी। इसे कहते हैं जाति-प्रेम और मित्र-धर्म। हम दोनों इसी जंगल के बाशिंदे हैं चलिए जल्दी चलिए और दीजिए स्वादिष्ट भोजन। 'बाघ महोदय, आप मेरे मेहमान हैं इसलिए आपको मेरे घर पधारना पड़ेगा तभी तो मेहमाननिवाजी कर सकूँ।'

'सो तो ठीक है, लेकिन मुझे पेड़ पर चढ़ना आता नहीं।' बाघ ने अपनी असमर्थता बताई।

'उसकी चिंता नहीं। आप मेरी लंबी पूँछ पकड़ लीजिए, मैं आपको खींच लूँगा।' बंदर ने सीधा उपाय बताया।

बाघ को उसकी बात भा गई। बंदर जोर-जोर से लपक-धपक करते हुए पेड़ पर चढ़ गया और लंबी पूँछ नीचे छोड़ दिया। बंदर एक-एक टहनी पर छलांग लगाता जा रहा था। और बाघ उसकी पूँछ पकड़ कर अपने पंजे के नाखून गड़ाता जा रहा था। तभी बंदर ने सोचा, 'चलो अब यही सही मौका है बाघ को सबक सिखाने का।' उसने झटके से छलांग लगाई नीचे तालाब में। अचानक ऊपर से पानी में गिरने के कारण बाघ पानी में गोते खाने लगा। नाक-मुँह में पानी घुसने लगा।

बंदर ने महादू के पास जाकर बड़े गर्व से कहा, 'देखो संकट टल गया है। अब भागो जल्दी।'

माँ सोच रही थी, जैसे स्वयं हनुमानजी ने आकर मदद की। डर के मारे पसीना छूट रहा था। अब थोड़ा ढाँढ़स आया। दोनों ने बंदर को धन्यवाद

दिया और गाँव की तरफ चलने लगे। चारों ओर अंधकार था।

माँ-बेटे दोनों बंदर को याद करते रहे। उसके उपकार के सामने उनका सिर झुक गया।

महादू और उसकी माँ के प्राण बंदर ने बचाए थे। बाघ की दुर्गति बनाकर, लेकिन बाघ का तो अपमान हुआ था। उसके मुँह का निवाला छीन लिया था बंदर ने। उसने बदला लेने की ठान ली। बाघ महाराज बंदर को रोज खोजने लगे। रोज तालाब की तरफ़ जाते थे। कब आयेगा मेरे सिकंजे में, पाजी कहीं का, बाघ सोचता था।

लेकिन बंदर क्या कम चालाक था। कुछ भी कहो, था तो मानव वंश का ही पूर्वज। उसने बाघ की चाल पहचान ली थी। इसलिए उसने पेड़ का आश्रय छोड़ दिया और शहर की तरफ भागने लगा।

जंगल से उसी गाँव में चला गया, जहाँ महादू रहता था। गाँव में कदम रखने की देर थी कि गाँव के बच्चे उसके पीछे दौड़ने लगे पत्थर मारने लगे। बंदर को चिढ़ाने के लिए गाना शुरू कर दिया—'बंदर, बंदर, तुम्हारी पूँछ को सेर भर घी।' और पत्थर मारने लगे।

बेचारा बंदर डर गया, पत्थरों की बौछार से। क्या करे कुछ समझ में नहीं आ रहा था। आखिर एक ऊँची कोठी के छप्पर पर जाकर बैठ गया।

बच्चे पत्थर मार रहे थे और बंदर परेशान होकर छप्पर पर भाग रहा था।

महादू तक खबर पहुँची, गाँव में बंदर घुसा है। बंदर! उसकी आँखों के सामने उसी बंदर का चेहरा घूम गया। चलो देखते हैं, सोचकर महादू घर से निकल पड़ा।

पत्थरों की बौछार हो रही थी। बड़ी भीड़ जमा हुई थी। अचानक तीर की भाँति भीड़ को चीरता हुआ महादू आया। सामने देखा तो, हाय राम! उसने जो सोचा था वही सही था। यह तो वही बंदर था जिसे महादू और उसकी माँ को बचाया था। महादू ने बच्चों के सामने हाथ जोड़कर पत्थर न मारने की विनती की लेकिन बच्चे अपनी मस्ती में थे। बच्चों का बर्ताव देखकर महादू झट से छप्पर पर चढ़ गया। बंदर ने महादू को देखा। वह शांति से बैठा रहा। महादू ने अपने कलेजे से लगाकर बंदर को छुपा लिया।

नीचे से पत्थर आना बंद नहीं हुआ। एक-दो तो महादू को भी लगा। महादू ने अपने उपकारकर्ता के प्राण बचाने के लिए उसे अपने आड़ में छुपा

लिया। पत्थरों के घाव अपने शरीर पर झेलता रहा। जब बच्चे थक गये तो उन्होंने पत्थर मारना बंद कर दिया। महादू नीचे उतरा, बंदर को लेकर। उसे घर ले आया। उसने बंदर के घाव धोकर मरहम पट्टी की।

बंदर की आँखें भी छलकने लगीं। उसे उपकार के बदले उपकार का ही दान मिला था। अब महादू के साथ ही रहने का उसने निश्चय कर लिया।

महादू भी बंदर को पाकर खुश था। उसने बंदर को कुछ खेल सिखाए और वह मदारी बन गया। मदारी का खेल दिखाकर पैसे कमाने लगा। अब आमदनी बढ़ने लगी। माँ-बेटे खुश हुए। दोनों को खुश देखकर बंदर भी खुश हुआ।

एक साथ उनकी जोड़ी अच्छी बनी। इसलिए तो बुजुर्ग लोग कहते आए हैं कि किसी की मदद कभी व्यर्थ नहीं जाती।

लोहित नदी के किनारे

सुधाकर प्रभु

वालांग की उत्तरी सीमा हिमालय पर्वतों से घिरी हुई है। युग-युग से नागराज हिमालय, उत्तर सीमा पर प्रबल प्रहरी बनकर हमेशा से खड़ा है। उन्नत माथा लेकर इस सीमा की रक्षा कर रहा था। उसकी तरफ देखने की जुर्रत भी सहसा कभी किसी ने नहीं की। अगर किसी ने लड़ाई का आह्वान करने का साहस दिखाया भी तो उसका जवाब देने का साहस हिमालय के गोद में पले सभी पुरुषों में था। इसमें कोई संदेह नहीं कि वहाँ ऐसा पुरुषत्व था।

केवल सिंह और उसके मुट्ठी भर साथी। मुट्ठी भर ही कहना चाहिए क्योंकि इसके केवल तीन ही साथी वालांग के उत्तरी सीमा में रहते थे। वालांग के क्षेत्र में जहाँ देखो वहीं लड़ाई की धूम थी। नागराज की युग-युग से बनी बनाई शांति विश्वासघातियों ने भंग कर दी थी। वहाँ का लोक जीवन तितर-बितर हो चुका था। हिमालय की गोद में बसे हुए छोटे-छोटे गाँव, याक समूह लेकर इधर-उधर भटकने वाले वन्य लोग, सभी का जीवन इन

विश्वासघातियों ने नष्ट करने की सोच रखा था। ऐसे विश्वासघातियों को सबक सिखाने का निश्चय किया था केवल सिंह और उसके तीन साथियों ने।

लोहित नदी के किनारे घमासान लड़ाई चल रही थी। इसलिए नदी के तट पर ही गड्ढा खोदकर केवल सिंह रात दिन पहरा दे रहा था। अपने साथियों के साथ। एकदम सामने बनी हुई खाई माने सबसे बड़ा खतरा थी। दुश्मन के साथ हाथापाई किए बिना एक क्षण गुजरना मुश्किल था। ऐसी खतरनाक जगह पर केवल सिंह अपने तीन शूर साथियों के साथ पहरा दे रहा था।

२६ अक्टूबर का दिन निकला और बाँबी से चींटियाँ बाहर निकल पड़ीं। ठीक उसी तरह चीनी सेना बाहर आयी एक साथ। लोहित भागों के सारे ठिकाने चौकन्ने हो गए और दुश्मन के हमले का जवाब देने के लिए तैयार हो गये।

चीनी सेना की खबर लेने के लिए चारों तरफ से गोलियों की बौछार शुरू हो गयी। चीनियों के सामने वही खाई थी। उसे पार किये बिना आगे जाना उनके लिए मुश्किल था। उसी खाई में एक शूर सिपाही जिसका नाम था केवल सिंह खड़ा होगा, यह बात उनके दिमाग में आई भी नहीं थी। गुरु गोविन्द सिंह का नाम लेने वाले शूर सिख उसी खाई में मृत्यु-दूत बनकर खड़े थे, चीनियों के लिये।

आक्रमण में चीनियों की पहली अगुवाई चमु ने की। निशाने की सीमा में आते ही केवल सिंह और उसके साथियों की बंदूक से आग बरसने लगी। पेड़ पर से जैसे पत्ते गिरते हैं ठीक वैसे ही चीनी सेना नीचे गिरने लगी।

चीनी सेना का उत्साह एकाएक कम हो गया। खाई में कितने लोग होंगे, इसका कोई अंदाजा उन्हें नहीं था। केवल सिंह और उसके साथी बायीं ओर खिसक गये। चीनी सेना ने धड़ाधड़ हाथ से बम फेंके और उनकी ओर दौड़ पड़े।

केवल सिंह ने फिर से गोलियों की बौछार शुरू की। खाई के दोनों तरफ से गोलियाँ चल रही थीं। दुश्मनों की दूसरी कुमुक के सिपाही लगातार नीचे धराशायी होने लगे। एक, दो, तीन—खाई से फटाफट गोलियाँ निकल रही थीं। चीनी सेना की दूसरी टोली का एक सिपाही सामने आया और खाई की तरफ बढ़ा। चारों तरफ आग फैली हुई थी।

अगर और आगे आता तो उसकी नजर केवल सिंह पर जरूर जाती और केवल सिंह और उसके मुट्ठी भर साथी उसको दिखाई पड़ जाते। फिर वो

इशारा करता, अपने साथियों को बुलाता केवल सिंह के दोस्त के ध्यान में लगा। नहीं, चीनियों को और आगे नहीं पहुँचाना चाहिए। खाई के पास नहीं आने देना चाहिए।

मन में विचार आते ही उसने खाई के बाहर छलांग लगाई और दो छलाँग में ही लपक कर चीनी सिपाही के सामने खड़ा हो गया। दूसरे ही क्षण उसने अपनी बंदूक का सिरा उसके पेट में घुसाया। फिर पलट कर पीछे मुड़ा। अब खाई में कूदने ही वाला था कि पीछे से गोली आई और उसके प्राण पखेरू उड़ गये। गले से आर-पार निकल गई गोली। खाई के मुँह पर वो गिर पड़ा। गर्दन खाई में लटक गयी और खून खाई में रिसने लगा।

केवल सिंह का एक साथी कम हो गया। उसने खाई में एक बार फिर जगह बदल ली। खाई में बम गिरने लगे। केवल सिंह के पास ही एक बम गिरकर फूटा, उसका दूसरा साथी वहीं खड़ा था। उसकी आँख चली गई। नीचे की चमड़ी झूलने लगी। खून बहने लगा, फिर भी बायाँ हाथ आँख पर रखकर, बंदूक सीने के सहारे लगाकर उसने गोली चलाना जारी रखा।

अब चीनी सेना और आगे बढ़ी। खाई तक पहुँचने का उनका भी निश्चय था। केवल सिंह और उसके साथी प्रतिकार के लिए प्राणों की बाजी लगाकर आगे बढ़े। दूसरी तरफ, बायीं ओर से उसके साथियों ने थोड़ा-सा सिर ऊँचा किया और गोलियों की बौछार शुरू की। लेकिन देखते ही देखते उसके दोनों तरफ बम गिरने लगे। शूर, वीर सिपाही लड़ते-लड़ते धराशायी हो गये।

अब सिर्फ दो बचे थे खाई की रक्षा के लिये। लेकिन दोनों का निश्चय कायम था इसलिए दृढ़ निश्चय से डटकर खड़े रहे। केवल सिंह का साथी जख्मी था। एक आँख से खून बह रहा था। इसलिए उसे सब धुँधला नजर आ रहा था फिर भी उसके थरथराते हाथ से बंदूक नहीं गिरी।

केवल सिंह सोच रहा था दोस्त को लेकर पत्थर की ओट लेकर धीरे-धीरे पीछे चला जाऊँगा, तभी दुश्मन ने बम फेंका। उसका आखिरी साथी भी खाई के दीवार पर गिर गया।

अब अकेला केवल सिंह। अकेला ही बचा था वह और सामने लंबी खाई। उसकी आँखों के सामने उसके साथी मर गये थे। लेकिन यह तो कहना ही पड़ेगा कि उनका जीवन सार्थक हो गया था। खाई की मिट्टी में उनका जीवन जैसे सोना बन गया था।

-

चीनी अब अधिक ढीठ होकर आगे बढ़ने लगे। तभी बंदूक से गोली निकलकर सामने खाई के दीवार में घुस गई। केवल सिंह ने बंदूक उठाई। अपने तीन साथियों पर नजर दौड़ाई, एक बार और, बस। सत श्री अकाल की गगन भेदी गर्जना करते हुए सामने से आने वाले चीनी सिपाहियों में घुस गया। जिस तरह चिढ़ा हुआ हाथी दौड़-दौड़ कर हमला करता है, ठीक उसी तरह उसने चीनी सिपाहियों में दहशत पैदा कर दी। उसकी कनपटी से, कंधों से गुजर कर चीनियों की गोलियाँ पार निकल जा रही थीं लेकिन उसको होश नहीं था। रक्त रंजित केवल सिंह खून से लथपथ था। और आवेश में लड़ रहा था। शरीर छलनी हो गया फिर भी पाँव गड़ाकर खड़ा था—शूर सिख योद्धा।

लेकिन अकेला कितनी देर! आखिर एक गोली आयी और उसके हृदय में आघात कर गयी। केवल सिंह को लगा, अब इसी से मेरे प्राण जायेंगे। उसकी आँखों के सामने अँधेरा छा गया। पीछे मुड़कर देखा, खाई की तरफ—वहाँ चिर निद्रा ले रहे थे उसके तीन साथी—उसके शूर दोस्त। पाँव लड़खड़ाये। खाई के मुँह में जा गिरा।

पीछे से आने वाले चीनी सिपाही सोच रहे थे, सामने जायें या न जायें फिर जोर से हमला करने के लिए वे आगे बढ़े।

देखा खाई शांत सुनसान और खाई में पड़े थे केवल चार। क्या केवल चार ही थे? केवल चार जनों ने अब तक हमें रोक रखा था? चालीस जनों को इन्हीं ने मारा था।

चीनी सेनानायक आगे जाने को था, खाई पार करके, लेकिन उन चारों को देखकर, उनकी वीरता को देखकर उनकी अलौकिक मर्दानगी याद कर वह वहीं रुक गया जैसे उसके पैरों की शक्ति ही निकल गयी हो।

लोहित नदी के किनारे उन लौह पुरुषों का यह संकल्प कि मरूँगा लेकिन झुकूँगा नहीं, देखकर वह दंग खड़ा रहा।

मुझे पंख चाहिए

आनन्द सहस्त्र बुद्धे

गरमी की छुट्टी शुरू हुई थी। निनाद अपनी माँ के साथ अपनी बुआ के घर पूना गया था। बुआ के बच्चे दिनेश और मंजू निनाद के हम उम्र थे। उनके साथ खेल-कूद करते-करते छुट्टियों के दिन बड़े मजे में कटते थे। कैसे एक सप्ताह शहर देखने में ही निकल गया, इसका उसे पता ही नहीं चला।

देर-सवेर आराम से उठना, खाना-पीना निपटाना कि घूमने चलना है। दोपहर चार बजे तक धूमधाम से वापस लौटकर थोड़ा-सा नाश्ता फिर क्रिकेट का खेल। क्रिकेट के बाद टी० वी० तो था ही। देर रात तक टी० वी० देखकर सो जाना। बस, ऐसी दिनचर्या चल रही थी। बीच में दो दिन बाहर हो आये। अष्ट विनायक के दर्शन कर लिए। एक दिन सिंहगढ़ देखने में बीता। कल शनिवार था तो 'बालगन्धर्व' में बालनाट्य देखने का कार्यक्रम बना था।

आज रविवार सुबह के टी० वी० कार्यक्रम देखते थे। तो सब जल्दी जल्दी खत्म किया। नहाना-धोना, नाश्ता सब कुछ। फिर जम गये ताश लेकर पाँच-तीन-दो के खेल पर। खेल अच्छा जम गया था। हमेशा मंजू ही जीतती थी। हमारे पास अच्छे पत्ते आने के बावजूद भी।

हर बार खेल में मंजू ने कभी पूरे हाथ नहीं बनाये इसलिए अच्छे पत्ते पाकर भी पत्ते खींचने के दौर में अच्छे पत्ते निकल जाते थे। आखिर मंजू रुआँसे स्वर में बोली, 'छोड़ो, मैं नहीं खेलती। बस करो ताश-वाश। चलो हम दूसरा कुछ खेल खेलते हैं।' 'मंजू देखो, रोना नहीं। खेल में तो ऐसा होता ही है। हार जीत तो होती ही है।' 'बस करो, बड़ा आया ज्ञान देने वाला। जब तू हारता है तब!' मंजू ने तड़ाक से कहा।

'अरे, अरे, मेरे सामने झगड़ते हो, एकाध दिन में मैं चला भी जाऊँगा।' निनाद ने कहा।

'देखो निनाद मैं कभी झगड़ती नहीं। दिव्या ही मुझसे हमेशा लड़ता है।'

'और सुनो इसकी, अच्छा है, जो कुछ हो रहा है निनाद तुम्हारे ही सामने तो कहा है। बोलो तो किसने पहले शुरुआत की!'

'छोड़ो यार, दिनेश! रहने दो, ताशों से मैं भी बोर ही गया। चलो, हम दूसरा गेम खेलते हैं।

'कागज के खिलौने बनायेंगे।' मंजू ने अपनी योजना बतायी।

'कल ही तो बनाये थे और अच्छी डाँट भी खायी थी पापा की। घर में कचरा कागज के टुकड़े।'

'फिर तुम बताओ निनाद क्या करेंगे?'

'चलो हम कुछ खोज बीन करते हैं।'

'मतलब, करना क्या होगा?'

'माने, देखो तुम तो जानते हो मेरे पापा हमेशा कुछ-न-कुछ अन्वेषण करते रहते हैं। कुछ प्रयोग करते हैं, लेबोरेटरी में। इसे ही अन्वेषण कहते हैं। अन्य शास्त्रज्ञ भी ऐसा ही कुछ-न-कुछ शोध करते हैं।'

'हाँ, हाँ, मुझे पता है—कोई गुरुत्वाकर्षण का, तो कोई अमेरिका का—' मंजू ने अपनी बात कही।

'हाँ, हाँ, वही, तो हम भी ऐसा कुछ करेंगे।'

'यह सब तो ठीक है, लेकिन उसके लिए ढेर सारा पैसा लगेगा। लेबोरेटरी चाहिए। यह सब कहाँ से जुटाएँगे?' दिनेश ने अपनी आशंका प्रकट की। 'अरे मैंने कब कहा, हम कुछ बड़ा काम करेंगे। अपनी हैसियत के मुताबिक करेंगे और क्या।' निनाद ने कहा। 'हम ऐसा पेन बनायेंगे जिसकी स्याही कभी खत्म न हो।' मंजू ने कहा।

'हाय, न बाबा!'

'दिव्या तेरे को तो मेरी बुद्धि का कुछ भी अच्छा नहीं लगता, यह मुझे मालूम है।'

'रूठो मत मंजू। मेरी सुनो, समझ लो ऐसी पेन अगर हमने बना ली तो पढ़ाई के लिए कोई बहाना नहीं चलेगा, बीच में उठना मुश्किल होगा। और फिर स्याही बनाने वाली कम्पनियाँ क्या करेंगी।'

'दिव्या की बात सही है, मंजू तो फिर।'

'तुम बताओ न!'

'हम ऐसा कपड़ा बनायेंगे जो न कभी फटेगा, न उसका रंग उतरेगा।'

'न बाबा, फिर तो नये कपड़े कभी नहीं मिलेंगे। मुझे तो जरा से पुराने कपड़े अच्छे नहीं लगते।'

'निनाद, अब तुम ही कुछ उपाय करो। अपने दिमाग से।'

'हाँ निनाद, तुम्हीं बताओ!'

'मैं, अच्छा तो सुनो। मेरे मन में कई दिनों से एक बात कुलबुला रही है। काश हम पक्षियों की तरह उड़ पाते। हम ऐसा कुछ उपाय करें जिससे हम आकाश में उड़ सकें तो बड़ा मजा आयेगा।'

'लेकिन इसकी खोज तो हो गयी है! हवाई जहाज, हेलिकाप्टर, राकेट। इसके जरिये हम हवा में उड़ सकते हैं—फिर पुराना काम दोबारा करने में क्या मजा?'

'अरे पगले। निनाद हवाई जहाज की बात थोड़े ही कर रहा है। वह तो खुद उड़ने की सोच रहा है। है न निनाद!'

'मंजू ठीक कहती है। हवाई जहाज से जाने के लिए कितना पैसा लगता है, फिर उड़ान के लिए रनवे चाहिए। फिर स्कूल, बाजार जाने के लिए हवाई जहाज का क्या उपयोग! अगर हम ऐसी कुछ तरकीब सोचें तो बड़ा मजा आयेगा। घर से बाहर निकलने की देर है, बस पहुँच गये स्कूल, बाजार, जहाँ चाहें वहाँ। रास्ते में भीड़ नहीं, गड्ढे नहीं, सभी झंझटों से छुटकारा पा सकते हैं। उड़ सकूँगा तो आकाश में बादलों को छू सकूँगा, चाँद को देख सकूँगा, ऊपर से देखने पर पृथ्वी कितनी सुन्दर लगेगी, बोलो!'

'तुमने ठीक कहा निनाद। हम यही काम करते हैं। बड़ा मजा आयेगा।'

'चलो तो फिर काम में लग जाएँ।'

'अरे हाँ, लेकिन पहले क्या करना होगा?'

'मंजू, उड़ने के लिए एक चीज तैयार करना ही पड़ेगा।

'वह क्या?'

'पंख। पंख बिना तो हम कभी उड़ नहीं सकेंगे।'

'फिर पंख तैयार करते हैं।' मंजू उठकर खड़ी हो गयी।

दिनेश ख्यालों में डूब गया। पंख बनायेंगे, लेकिन कैसे? किस चीज से बनाएँगे?'

'अर्थात् पर से। पक्षियों के पंख । हमें बहुत सारे पर जमा करने होंगे।'

'रुको, निनाद ने कहा, 'पहली बात तो यह है कि आदमी के लिये पंख बनाने के लिये ढेर सारे पर चाहिए। फिर उन्हें चिपकाना पड़ेगा। अगर पंख निकल गये तो उड़ने वाला नीचे गिरेगा धड़ाम से।'

'तो फिर क्या करें?' इस विषय पर गरमागरम चर्चा हुई, बहस हुई। सेंचुरी बोर्ड से लेकर लोहे के टीन तक—सब चीजों की कल्पना की गई। वजन से भारी हो तो कन्धे दुखेंगे। हलके हों तो उड़ते समय कुछ नीचे गिरेंगे पता ही नहीं चलेगा, इसी मुद्दे पर बच्चों का अन्वेषण ठप्प हुआ। ऐसे में ही शुभा दीदी आ गई। बाल-मंडली बड़ी गम्भीर दिखाई दे रही थी। 'माजरा क्या है?'

'कुछ तो नहीं, यूँ ही।' तीनों ने एक साथ कहा।

'जरूर कुछ पक रहा था।'

फिर मंजू ने बता ही दिया। 'किसी महत्वपूर्ण विषय पर चर्चा चल रही थी और विषय एकदम टॉप सिक्रेट।'

शुभा दीदी को बहलाने के लिए सभी ने अपनी माँग पेश की, 'दीदी कहानी सुनाओ, सुनाओ न।'

'कहानी छोड़ो। हम दूसरा कुछ करते हैं। मैं पहेलियाँ बुझाऊँगी,तुम उत्तर दो!'

'हाँ हाँ ठीक है, नया खेल है!'

'देखो, मेरे पास एक माचिस है जिसमें एक ही तीली है। एक मोमबत्ती और एक हरिकेन और एक गैस का चूल्हा है। अब कहो सबसे पहले मैं क्या जलाऊँगी?'

'मोमबत्ती।' मंजू ने कहा।

'नहीं गैस।' दिनेश ने कहा।

'मुझे तो लगता है, हरिकेन जलाना ही सबसे बेहतर रहेगा।' निनाद ने कहा।

'ऐसी हड़बड़ी में नहीं, सोच समझकर जवाब दो!' शुभा दीदी ने कहा तो तीनों आपस में झगड़ने लगे। हर कोई कह रहा था। मेरा ही जवाब सही है।

'मोमबत्ती से प्रकाश मिलेगा।'

'मोमबत्ती तो हवा से बुझेगी, गैस का चूल्हा नहीं बुझेगा।' दिनेश ने कहा।

'नहीं हरिकेन ठीक है। कभी बुझेगा नहीं लगातार प्रकाश देता रहेगा।' निनाद ने कहा।

'गलत, एकदम गलत, तीनों के जवाब।' शुभा दीदी ने मुस्कुराकर कहा।

'क्या, तीनों के जवाब गलत!' एक ही स्वर में तीनों ने पूछा।

'अरे मैंने पूछा कि सबसे पहले मैं क्या जलाऊँगी? मेरे पास एक ही तीली है। और वस्तुएँ तीन। सबसे पहले मैं क्या जलाऊँगी। माचिस की तीली है कि नहीं बोलो?'

'अरे हाँ, दीदी सच।'

'अब दूसरी पहेली पूछो।'

'दूसरी! अच्छा बोलो पृथ्वी पर सर्वश्रेष्ठ 'सजीव' कौन है?

'पक्षी।' तीनों ने एक साथ कहा।

'गलत, पक्षी कैसे हो सकता है?'

'तो फिर तुम्हीं बताओ न!

'अरे हम, यानी कि आदमी।'

'क्या, आदमी तो उड़ना भी नहीं जानता। इसलिए सर्वश्रेष्ठ नहीं।'

'हाँ दीदी, आदमी चल सकता है, तैर सकता है, लेकिन उड़ नहीं सकता।

'और पक्षी सब कुछ कर सकते हैं।'

'इसका मतलब पक्षी सर्वश्रेष्ठ, यही तुम कहना चाहते हो। तो बताओ ऐसे पक्षी का नाम।'

'बत्तख, हंस।' दिनेश ने कहा।

'और पेग्विन और कई सुन्दर-सुन्दर पक्षी।'

'अच्छा अब बताओ जो पक्षी उड़ नहीं सकते।'

'मैं बताता हूँ,—शुतुरमुर्ग—पेग्विन।'

'और मुर्गी, बतख, मोर—ये भी बहुत कम ऊँचाई तक उड़ सकते हैं।'

'अरे वाह, शाबाश। तुम्हें अच्छी जानकारी है।'

'शुभा दीदी, अब मैं बताती हूँ वह सिक्रेट।' मंजू ने कहा। हम लोग सोच रहे थे कि अगर किसी चीज से पंख बना सकें तो हम भी उड़ सकते हैं।' दिनेश ने बताया।

'अच्छा, लेकिन एक बात गाँठ बाँध लो, ऐसे पंख बना भी लें तो हम उड़ नहीं सकते।'

'क्यों ?'

'बताती हूँ, पहले मुझे बताओ, आदमी और पक्षी में फरक क्या है?'

'एक ही फरक है। हमें हाथ है तो उन्हें पंख।'

'नहीं और कुछ है। उनके शरीर पर, पर है, हमारे शरीर पर बाल।'

'उनके पास चोंच है, हमारे होंठ हैं।'

'बस हो गया।' दीदी ने पूछा।

'नहीं, नहीं और भी है। पक्षी पेड़ पर घोंसला बनाते हैं और हम घर। पक्षी कुछ भी खाते हैं—चींटी, कीड़े...।'

'तुम्हें बहुत अच्छी जानकारी है, लेकिन बहुत कम।' दीदी ने कहा।

'क्या कहा, कम।'

'हाँ, बहुत कम। अच्छा मैं समझाती हूँ। आदमी और अन्य प्राणियों के कितने पैर होते हैं?'

'आदमी के दो और अन्य प्राणियों के चार।'

'गलत भी और सही भी।'

'मतलब?'

गलत इसलिए कि आदमी समेत सभी प्राणियों के चार पैर होते हैं। पक्षी के भी । सिर्फ आदमी और चिंपाजी टाइप के बन्दर होते हैं। जिनके सामने के पैर हाथ में रूपांतरित हो जाते हैं। ठीक उसी प्रकार पक्षी के सामने वाले पैर पंख में बदल गये। इसलिए इनके दो ही पैर होते हैं, ऐसा हम कह सकते हैं। पक्षियों को गुरुत्वाकर्षण के विरुद्ध उड़ना पड़ता है। इसलिये सामने हाथ यानी पंख के स्नायु इतने विकसित होते हैं कि हल्के और शक्तिशाली बन जाते हैं। इस कारण आदमी को पंख लगाने पर भी वह उड़ नहीं सकेगा। क्योंकि उसकी बाहुओं के स्नायु बहुत भारी होते हैं इसलिए उड़ना मुश्किल

होता है। अब मुझे बताओ, पक्षी का आकार कैसा होता है?'

'कैसा, माने?'

'हर पक्षी का आकार, रंग, रूप, तो निराला ही होता है न।' मंजू ने कहा।

'हाँ, यह सच है। लेकिन सामान्य रूप से आकार होता है, वह शुण्डाकृती और बीच में फूला हुआ। बराबर पानी में चलने वाली नाव भी ऐसी ही होती है, इस कारण पानी का टकराव नाव के चलते समय नहीं होता। पक्षियों के शरीर का यह आकार ठीक ऐसे ही काम करता है। उनके शरीर की चिकनाई और हल्कापन शरीर का तापमान रोकने के लिये शरीर पर, पर लगे रहते हैं।'

'फिर उनकी तुलना में हमारा शरीर तो टेढ़ा-मेढ़ा और बेढब होता है, यह कहना होगा। है न दीदी।'

'हाँ और शारीरिक तापमान का संतुलन रखने के लिये उन्हें पर प्राप्त है। हम ऊष्ण रक्त के प्राणी जाड़े में भी थकते नहीं। लेकिन पक्षियों को बड़ी मेहनत करनी पड़ती है। उनके शरीर का तापमान एक सौ पाँच के ऊपर रहता है। पेग्विन का एक सौ दस—उनके पर, समझो उनका स्वेटर हैं।'

'और एक बांत, पक्षियों की शरीर की हड्डियाँ खोखली होती हैं।'

'ऐसा क्यों?'

'इसके कारण ही उनका वजन हल्का होता है। उनके शरीर में हवा की थैलियाँ होती हैं। उनमें हवा भर जाती है जब पक्षी उड़ान भरते हैं। इसके कारण शरीर में हल्कापन आ जाता है।'

'उफ! फिर तो आदमी का उड़ना मुश्किल है। हमारे पास वजन कम करने का कोई भी जादू नहीं है।' मंजू ने निराश होकर कहा।

'दीदी पक्षियों में और क्या विशेष गुण हैं?'

'बताती हूँ। उनके पैर और पाँवों की उँगलियाँ विशिष्ट प्रकार की होती हैं, जिसके कारण छोटी-से-छोटी टहनी या तार को वे जकड़ लेती हैं। कितना ही तेज तूफान क्यों न हो वे गिरते नहीं। बल्कि आराम की नींद सो सकते हैं।'

कुछ पक्षी अपना भक्ष्य ढूँढने के लिए बहुत ऊँचाई पर उड़ते हैं जैसे—चील, गिद्ध। लेकिन उनकी दृष्टि तीव्र होने के कारण जमीन पर भी

उनकी नजर पहुँचती है। आदमी को पंख मिल भी गये तो उसे दूरबीन का सहारा लेना पड़ेगा।

'बाप रे, इसका मतलब कि पक्षी को भगवान ने ऐसी शक्ति दी है उड़ने के लिये? फिर आदमी को हवाई जहाज का ही उपयोग करना पड़ेगा।'

'नहीं, नहीं, निराश नहीं होना है। आदमी भी उड़ सकता है। पतंग के सहारे। पक्षी की तरह।'

'वह कैसे!'

'पतंग के सहारे। बंडल नहीं मारो, दीदी। इतना छोटा-सा पतंग आदमी को हवा में कैसे ले जा सकेगा?'

'पहले मेरी पूरी बात तो सुनो। बोलो, तुम्हारे पतंग का खिंचाव कितना होता है!'

'बहुत, मेरी तो कई बार उँगली कटी है।'

'यही तो मैं कहने जा रही हूँ। मैं जिस पतंग के बारे में बता रही हूँ, वह पतंग बहुत बड़ा, यानी तीस फुट चौड़ा और उसकी बीच वाली काठी अल्युमोनियम छड़ की बनी होती है। पतले कागज की जगह उस पर मजबूत कपड़ा चढ़ा होता है। 'हेंग ग्लाइडर' ऊँची इमारत की छत से या पहाड़ के मैदान से पतंग समेत कूद पड़ता है। पतंग के निचले सिरे में आदमी को पक्का जकड़ने की सुविधा रहती है—बेल्ट जैसी। फिर क्या इससे हम पक्षी की तरह उड़ नहीं सकते।'

'हाँ, लेकिन ऊँची इमारत तो चाहिए।' दिनेश ने पूछा।

'हाँ, लेकिन मैंने पहले ही कहा था कि आदमी सबसे श्रेष्ठ, सजीव है। अब ऐसी खोज चल रही है कि ग्लायडर्स पर बैटरी या पेट्रोल से चलने वाले प्रोपेलर्स पंख फिट किये जाएँगे। फिर इसके सहारे हम जमीन पर से ही उड़ान भर सकते हैं।'

'फिर दीदी, ऐसे पतंग हमें कब मिलेंगे।' मंजू ने उत्सुकता से पूछा।

'यह बताना मुश्किल है, लेकिन मेरा ख्याल है कि अगले पच्चास वर्षों में 'हेंग ग्लायडर्स' मिल सकते हैं। लोग काम पर जाने के लिये, घूमने के लिए इसका उपयोग करेंगे। आजकल दस साढ़े दस बजे नहीं कि सड़कों पर भीड़ शुरू होती है। वैसे ही आकाश में रंग-बिरंगी पतंगों की भीड़ दिखाई देगी। आकाश में यातायात जाम भी हो सकता है। इसकी दुकानें होंगी बिक्री हेतु

और रिपेअर की दुकानें भी। फिर जैसे मोटरकार, सायकिल, स्कूटर की प्रतियोगिताएँ होती हैं वैसे इसकी भी होंगी।'

'अच्छा फिर तो बड़ा मजा आएगा। मैं भी हिस्सा लूँगी ऐसी स्पर्धा में और इन दोनों को हराऊँगी।'

'ठेंगा, मैं तुम्हें जीतने दूँगा, तब न।' दिनेश ने कहा।

'अरे अरे, अभी से लड़ाई शुरू हो गई। अभी बहुत देर है। कहते हैं न एक ख्याली पुलाव...।'

'अरे बच्चो, आज भूख नहीं लगी, चलो!' अन्दर से बुआ की आवाज आयी तब कहीं तीनों को एहसास हुआ पेट की भूख का। फिर वे सब्र नहीं कर सके। भूख लगी, भूख लगी, कहते हुए वे रसोई की ओर भाग गये।

—✦—

मलयालम

- मलयालम का बाल-साहित्य
- मूरख नीलान्डन्
- मेहमान
- हाथी-नारायण
- कंचन की करधनी
- शिक्षा
- उण्णिपरंगोडी और उसके घुँघुरू
- घंटी का चोर
- कस्तूरी मृग
- चीते की चालाकी
- हाथी के सिर बराबर मक्खन

मलयालम का बाल-साहित्य

यह एक अच्छी बात है कि मलयालम के बाल-साहित्यकारों की लेखनी से मलयालम को कुछ स्पृहणीय रचनाएँ मिली हैं। लेकिन अन्य साहित्य-शाखाओं की तुलना में मलयालम का बाल-साहित्य अब भी अविकसित ही कहा जाएगा। इसके कई कारण हैं। प्रमुख कारण यही है कि स्वतंत्रता प्राप्ति के बाद ही मलयालम में बाल-साहित्य का वास्तविक विकास हुआ है। इस कारण पाठकों का ध्यान इस ओर कम गया है। दूसरा कारण यह रहा है कि बहुत कम साहित्यकारों ने बाल-साहित्य को गम्भीरता पूर्वक लिया है। रचनाकारों और पाठकों की लापरवाही से स्वतंत्रता-प्राप्ति के पहले के बाल-साहित्य का फलक काफी धुँधला है। इसलिए कुछ उदाहरणों के होते हुए भी उन पर विचार करने की आवश्यकता नहीं है।

सन् १९५० के बाद मलयालम में बाल-साहित्य की काफी रचनाएँ प्रकाशित हुई हैं। इनमें सभी विधाओं की रचनाएँ आती हैं। यद्यपि बाल-साहित्य में कथा-साहित्य को ही अधिक स्थान प्राप्त है, फिर भी कविताओं की रचना कम नहीं हुई है। बाल-नाटकों का भी विकास इस दौर में हुआ है। चार दशकों की रचनाओं को एक साथ रखकर देखते समय कुछ महत्वपूर्ण तथ्य सामने आते हैं—बाल-साहित्य को गम्भीरतापूर्वक लेने की दृष्टि का विकास इनमें प्रमुख है। परिणामस्वरूप नए सिरे से बाल-साहित्य लेखन का एक नया दौर ही शुरू होता है। दूसरी बात यह है कि मलयालम साहित्य के प्रतिष्ठित लेखकों की कलम से बालोपयोगी रचनाएँ पाठकों को मिलने लगीं। तीसरी बात यह है कि बाल-साहित्य सम्बन्धी चर्चाएँ जोर पकड़ने लगीं और इन चर्चाओं का अच्छा खासा प्रभाव भी पड़ा। बाल-साहित्य सम्बन्धी एक सुनिश्चित अवधारणा का विकास भी हुआ। फलस्वरूप मलयालम का बाल-साहित्य अब विकास के पथ पर अग्रसर है।

प्रतिष्ठित रचनाकारों की बालोपयोगी रचनाएँ मलयालम साहित्य की मानक रचनाएँ हैं। कारूर नीलकंठ पिल्लै मलयालम कहानी के एक सशक्त हस्ताक्षर रहे हैं। उनकी बहुत सारी बाल कहानियाँ उत्तम कोटि की रचनाएँ हैं। ''अषकन और पूवाली'' शीर्षक उनकी कहानी या 'तितली' अच्छी रचनाएँ हैं। बाल-कथा होने के बावजूद इनमें प्रौढ़ साहित्य की समग्रता और गहराई उपलब्ध है। वैलोप्पिल्ली श्रीधरयेनोन आधुनिक कवियों के अग्रज कवि हैं। लेकिन उन्होंने बालोपयोगी कविताएँ भी लिखी हैं। ''हिमवान्टे पुत्तिकल'' (हिमालय की पुत्री) और एन० वि० कृष्ण वारियर की ''यंत्र विद्या'' बाल कविताओं में महत्वपूर्ण हैं। कुञ्जुण्णी आधुनिक कवि हैं। पर वे सही मायने में बाल-मन को अभिव्यक्त देने वाले भी हैं। मलयालम नाटक और रंगमंच को जी० शंकरपिल्लै ने जितना कुछ विकसित किया उतना शायद ही किसी ने किया हो। लेकिन उन्होंने एक और स्तुत्य कार्य किया और वह है बाल नाटक

और बाल मंच की अवधारणा का विकास। इस प्रकार अनेक रचनाकार आज अपनी प्रौढ़ रचनाओं के साथ बाल रचनाएँ भी प्रस्तुत करते हैं।

प्रतिष्ठित रचनाकारों के अलावा अनेक ऐसे बाल-साहित्यकार हैं जिन्होंने अपनी रचनात्मक क्षमता का उपयोग पूरी तरह से इस एक साहित्य-शाखा के लिए समर्पित किया है। अगर मलयालम बाल-साहित्य का कोई स्वत्व है तो वह इन्हीं की वजह से है।

प्रथमत: माली (वास्तविक नाम माधवन् नायर) का नाम लेना उचित लगता है। उन्होंने संभवत: सभी पौराणिक कथाओं का बालानुरूप रूपान्तरण करके बच्चों के लिए उन सबको सुलभ कराया है। पुराण कथाओं के अलावा देश-विदेश की लोक कथाओं के आधार पर बालोपयोगी रचनाएँ भी उन्होंने रची हैं। बाल-कथा-प्रस्तुति की एक नई प्रथा भी उन्होंने चलाई। पि० नरेन्द्रनाथ इस क्षेत्र का एक अन्य सार्थक नाम है। उनकी 'कुञ्ञिकूनन्', 'विकृति-रामन्' जैसी रचनाएँ मलयालम में काफी चर्चित रही हैं। केरल के सही परिवेश को अपनी रचनाओं में उतारकर नरेन्द्रनाथ ने बालकथाओं के प्रचार में स्तुत्य कार्य किया है। सुमंगला नामक लेखिका ने 'पंचतंत्र' की कथाओं को बालोपयोगी बनाकर इस दिशा में महत्वपूर्ण कार्य किया है। उनकी ही 'नेयपायसम्' और 'तंक किंकिणी' जैसी बाल रचनाओं का केरल के बच्चों ने सहर्ष स्वागत किया है। उसी प्रकार पि० ए० शंकर नारायणन् की 'ईसोपकथकल' और के० वि० रामनाथन की 'मुन्तिरिक्कुला' जैसी बाल कथाएँ अत्यधिक चर्चित रही हैं।

बाल-साहित्य के विकास का यह सद्परिणाम निकला कि विभिन्न विषयों पर—जैसे भैतिक विज्ञान, रासायनिक विज्ञान, पर्यावरण आदि पर बालोपयोगी पुस्तकें निकलने लगीं। विशिष्ट व्यक्तियों को बच्चों के लिए परिचित कराने के लिए भी बाल ग्रन्थ लिखे गए हैं। ये उदाहरण बाल-साहित्य की प्रगति के सूचक हैं। इन सबका एक और सद्परिणाम यह हुआ कि अनेक बालकोश प्रकाशित हुए, जिनमें 'बाल विज्ञान कोश' का महत्वपूर्ण स्थान है।

सन् १९७९ को बाल वर्ष के रूप में मनाया गया था और उसी वर्ष मलयालम में तीन सौ पुस्तकें प्रकाशित हुईं। इनमें सभी प्रकार की पुस्तकें हैं। साहित्य की सभी विधाओं को बच्चों के लिए चुना गया, विशेषकर उपन्यास को। इसलिए बाल उपन्यासों की संख्या आज काफी बढ़ गई है। चर्चित जीवनियों के बाल संस्करण भी मलयालम में प्राप्त हुए हैं।

बाल-साहित्यकारों की नामावली प्रस्तुत करना यद्यपि उनकी विशेषताओं को पहचानने में सहायक नहीं है फिर भी कुछ महत्वपूर्ण बाल रचनाकारों के नामों का उल्लेख करना आवश्यक है—कुञ्ञुण्णी, ए० विजयन्, सिप्पी पल्लिप्पुरम्, केशवन वेल्लिकुलंगरा, टाटापुरम सुकुमारन, मुहय्या रमणन्, हाफिस मुहम्मद, आर० सुकुमारन नायर, पि० टी० भास्करपणिकर, जस्टिन राज—यह सूची काफी बढ़ाई जा सकती है। मलयालम में करीब हजार बाल-साहित्यकार आज रचनारत हैं। उनकी विभिन्न प्रकार की बाल रचनाएँ मलयालम की अमूल्य संपत्ति हैं।

बाल-पत्रिकाओं के प्रकाशन ने भी इस क्षेत्र को विकसित करने का कार्य किया है। 'मातृभूमि' मलयालम की सबसे अधिक प्रतिष्ठित पत्रिका है। उसमें एक स्थायी स्तंभ है; बच्चों के लिए। दशकों से इस स्थायी स्तंभ के माध्यम से मलयालम के कई रचनाकारों की

विभिन्न प्रकार की रचनाएँ प्रकाशित हुई हैं। प्रसिद्ध कवयित्री श्रीमती सुगनकुमारी के सम्पादन में 'तलिर' (कोंपल) नाम से एक पत्रिका प्रकाशित होती रही है। 'पूम्पाट्टा', (तितली), 'बालरमा', 'कुट्टिकलुटे दीपिका' (बच्चों की दिपिका) आदि केरल में लाखों की तादाद में बिकने वाली पत्रिकाएँ हैं। ये पत्रिकाएँ बच्चों के बीच प्रिय भी हैं।

बाल-साहित्य परिषद और बाल-साहित्य अकादेमी जैसी स्वयंसेवी संस्थाओं के माध्यम से आज मलयालम बाल-साहित्य को काफी बढ़ावा मिल रहा है।

—ए० अरविन्दाक्षन

मूरख नीलान्डन्

माली

उसका सही नाम था नीलकंठन्। कक्षा में एक दिन एक लड़के ने क्या किया? नीलकंठन् जैसे नाम को थोड़ा संक्षिप्त किया और उसने बुलाया—'नीलान्डन्!' नीलकंठन् को यह नाम बहुत ही अच्छा लगा। उस दिन से सभी उसे नीलान्डन् कहकर पुकारने लगे।

यह बात सभी जानते हैं कि नीलान्डन् मूरख है। जब एक लड़के ने उसे मूर्ख कहा तो वह भी उसे अच्छा लगा। मालूम है कि एक दूसरे दिन किसी एक दूसरे लड़के ने क्या कहा? 'मूरखराज नीलान्डन्' अब सभी इसी नाम से उसे पुकारते हैं। उसे सचमुच अच्छा लगता है।

नीलान्डन् मूरखराज तो है ही। वह अच्छी तरह दौड़ भी सकता है। एक बार उसे काफी दूर तक दौड़ना पड़ा।

शंकर पिल्लै जी खगोल विज्ञान पढ़ा रहे थे। वे बच्चों को बता रहे थे कि धरती गोल है। लड़कों को अच्छा-खासा प्रमाण देना है। उसके लिए उन्होंने नीलान्डन् को चुना। अध्यापक नीलान्डन् को मूरखराज कहकर नहीं बुलाते थे।

शंकर पिल्लै जी ने नीलान्डन् से कहा, 'नीलान्डन्, तुम अपने घर सीधे पश्चिम की तरफ भागो। क्या तुम्हें मालूम है कि इस तरह दौड़ लगाने पर क्या होगा? तुम अपने ही घर लौट आओगे। दौड़ कर देखो तो सही। पता चल जाएगा कि धरती गोल है!''

नीलान्डन् स्कूल से सीधे घर की ओर भागा। घर से जो मिला सो खा लिया। फिर वह तुरन्त दौड़ पड़ा। पश्चिम की तरफ।

'नीलान्डन् तुम कहाँ भागे जा रहे हो?' उसकी माँ ने पूछा। दौड़ते हुए नीलान्डन् ने जवाब दिया कि 'यह देखने कि धरती गोल है या नहीं' माँ घबरा गई। भला, उसके पीछे किसे भेजे। कोई नहीं है। तभी नीलकंठन के पिताजी दफ्तर से आ रहे थे, साइकिल पर सवार होकर।

'सुनो जी, हमारा बेटा भाग गया है, जरा जाके देखो तो सही...कॉफी, बाद में पीना। उसे बुला लाना' माँ परेशान थी।

नीलान्डन् के पिताजी साइकिल से उतरे ही नहीं । धनुष से निकले तीर के समान पश्चिम की तरफ भागे। माँ फाटक पर खड़ी रही। दोनों बाप-बेटे आते दिखाई दे रहे थे। दोनों साइकिल पर सवार थे। नीलान्डन् का हाँफना बन्द हो गया था। वह साइकिल की पीछे वाली सीट पर आराम से बैठा था। पिताजी हाँफ रहे थे।

दोनों ने आराम किया। बाद में कॉफी पी! चलो, सब ठीक हुआ। पिताजी ने कहा, 'शंकर पिल्लै जी और उनका खगोल विज्ञान! वे बेसिर-पैर की बात करते हैं। खुद क्यों नहीं गए यह देखने कि धरती गोल है या नहीं?'

मजीद नीलान्डन् का जिगरी दोस्त था। एक दिन वह नीलान्डन् के यहाँ आया।

'क्यों भई मजीद, तुमने क्या यह सोचा है?' नीलान्डन् ने सवाल किया।

'यही क्यों, बहुत कुछ सोचा है।' मजीद ने जवाब दिया।

'मछली के बारे में एक खास बात तुम्हें बताना चाहता हूँ, सुनना चाहते हो?'

'सुनाओ यार' मजीद ने कहा।

'पंछी, जानवर और साँप जैसे प्राणी पानी में गिरते ही मर जाते हैं, पर मछली मरती ही नहीं। अजीब है।'

'अरे अजीब क्या ताज्जुब कहो!' मुस्कुराते हुए मजीद ने कहा।

नीलान्डन् का दूसरा मित्र था परंचु। छुट्टियों में वह नीलान्डन् के यहाँ गया। नीलान्डन् एक बहुत ही बड़े आम के पेड़ के चारों ओर फेंस लगा रहा था।

'नीलान्डन्, आम के पौधे के लिए फेंस की क्या जरूरत है। यह तो बड़ा पेड़ है। फिर तुम यह क्या कर रहे हो!' परंचु ने अपनी नासमझी व्यक्त की।

नीलान्डन् का जवाब था, 'सबसे ऊपर वाली डाली पर देख। एक तोता जो बैठा है न ! फेंस के लगाने पर वह कैसे उड़ सकेगा?'

अनन्त राम अय्यर गणित के अध्यापक थे। एक बार उन्होंने नीलान्डन् से एक सवाल किया, 'सुनो, तेईस बकरियों तथा सैंतीस गायों का मूल्य सवा सत्तानबे पैसे हैं तो एक हाथी का क्या मूल्य होगा?'

बिना किसी कठिनाई से नीलान्डन् ने जवाब दिया, साहब, यह गणित तो कुछ भी नहीं है, इसका जवाब है—'एक गधे का मूल्य है, सवा पैसे।'

—✦—

मेहमान

के० वि० रामनाथन्

अपना जाल बुनने के बाद मकड़ी प्रतीक्षा करती रही। रात भर की मेहनत के बाद ही वह यह बुन पायी है। जाल है खूबसूरत। मकड़ी को ऐसा ही लगा। सवेरा हुआ। कोई नहीं आ रहा था। उसकी परेशानी बढ़ती जा रही थी। तभी उसने देखा कि एक मक्खी उड़ती आ रही थी।

'अरे भाई मक्खी,...आओ, आओ। मेरा नया घर बना है। तुम्हारा अता-पता ही नहीं।'

मक्खी, बस मुस्कुराती रही। फिर उसने कहा, 'भैये मकड़ी। तेरी यह चाल मेरे लिए अजान नहीं है। तुम्हारे घर की धोखा-धड़ी से मैं वाकिफ हूँ।'

मक्खी चलती बनी।

मकड़ी ने फिर इन्तजार किया। कुछ देर बाद सफेद रंग की एक तितली आई। मकड़ी ने तितली को भी निमंत्रित किया, 'आ जा तितली रानी। मेरा घर जरा देख कर जाना।'

बेचारी तितली ने निमंत्रण स्वीकार किया। वह जाल में फँस गई। तड़पती तितली को मकड़ी ने कसकर बाँध लिया। वही रहने दें—मकड़ी ने सोचा, सुविधानुसार खा लूँगी।'

फिर उसी रास्ते से होकर एक बहुत बड़ा भौंरा आया।

'भौंरा भैया, आइए! मैंने तो घर बसा लिया है। पर अभी तक आप आए नहीं।'

'ठीक कहा तुमने' भौंरे ने कहा।

तीन बार भौंरे ने जाल का चक्कर लगाया। भौंरे के पंख से निकली हवा से शायद मकड़ी का जाला थोड़ा झुलस गया। मकड़ी भी विचलित हो गयी।

भौंरा जाल में घुस गया।

जाल के ताने भौंरे के पंखों में चिपक गए। पर उसके पंख इतने जोर से हिले भ्...र...र...र...

जाल एकदम गायब।

मकड़ी भागकर किसी एक पत्ते की आड़ में छिप गयी।

——✦——

हाथी-नारायण

पि० ऐ० शंकरनारायणन

बहुत पहले की बात है जब गुरुकुल शिक्षा की प्रथा थी। एक घने जंगल में एक तपस्वी रहते थे।

उस तपस्वी के कई शिष्य थे। वे भी गुरु के साथ रह रहे थे। उन दिनों बड़ी-बड़ी पोथियों की आवश्यकता न थी, जैसे आज देखने में आती है। गुरु के मुँह से निकले मंत्रों तथा उपदेशों को सुनकर वे कंठस्थ क़िया करते थे। गुरु की सेवा करते थे। उनका कहना मानते थे। जप-तप से ईश्वर के प्रति समर्पित होते थे। ऐसे ही ये शिष्य भी ज्ञानी और गुणी बन जाते थे।

गुरु जी का सर्वप्रमुख उपदेश यही था, 'हर वस्तु में नारायण अथवा ईश्वर का वास है। इसलिए हर किसी को, हर किसी से आदर प्रकट करना और नमन करना चाहिए।' अपने उपदेश के अनुरूप उन्होंने प्रह्लाद की भी कथा सुनाई।

यह तो संभव नहीं कि सभी शिष्यों की बुद्धि का स्तर एक जैसा हो। बातों को समझाने, प्रयुक्त करने और समझने की रीति अलग-अलग थी।

एक बार सभी शिष्य दूर्वादल लेने वन गए हुए थे। तभी किसी की पुकार सुनाई पड़ी, 'हट जाओ...हट...जाओ...रास्ते से हट जाओ, मदमत्त हाथी आ रहा है...हट जाओ...!'

सभी शिष्य अलग-थलग हो गए। लेकिन उनमें से एक टस से मस न हुआ। वह उसी रास्ते पर चलता रहा। वह बधिर नहीं था। वह इस तरह सोच रहा था—गुरुजी ने ही उपदेश दिया है कि प्रत्येक वस्तु में ईश्वर का वास है। हाथी में भी नारायण का वास होगा। ईश्वर तो शरणदाता है। फिर मैं क्यों भागूँ? वह दूर से आते हुए हाथी को नमस्कार करने और उसका स्तुतिगान करने लगा।

आंगिक विक्षेप में लगे ऐसे व्यक्ति को देख हाथी वाला चिल्लाया, 'भागो, भागो?' फिर भी शिष्य हिलने वाला नहीं था। वह गुरु नाम जपते हुए, नमस्कार की मुद्रा में खड़ा रहा।

पल भर में हाथी-नारायण ने भक्त को अपनी सूँड़ में ले लिया और दूर फेंक दिया। पेड़ों की शाखाओं और पौधों से टकराते हुए वह काफी दूर जा गिरा। अपने बचाव के लिए छिपे दूसरे शिष्यों ने भयभीत होकर इस दृश्य को देखा। कुछ देर बाद वे उसके निकट आये। उसका सारा शरीर बिंध गया था और वह बेहोश पड़ा था। उन शिष्यों ने गुरु जी को खबर दी।

अविलंब गुरु जी आ उपस्थित हुए। गुरु जी ने तुरन्त कुछ जड़ी-बूटी लाने को कहा। उनका रस लेकर शिष्य के जख्मों पर लगाया और कुछ का रस लेकर सुँघाया।

धीरे से शिष्य ने आँखें खोलीं। उसके एक गुरु भाई ने पूछा, 'मदमत्त हाथी के आने का समाचार सुनकर भी तुम हिले क्यों नहीं?'

'गुरुजी ने ही तो बताया था कि सब में नारायण का अंश है। हाथी-नारायण को नमस्कार करना मेरा उद्देश्य था।'

तब गुरु जी ने पूछा, 'यह तो ठीक है कि हाथी-नारायण आ रहा था। पर उसके पहले हाथी वाले नारायण की जोर की आवाज तुमने सुनी क्यों नहीं? वह रास्ते से हटने के लिये कह रहा था। अगर सब कुछ में नारायणमय दीखता है तो हाथी वाले को भी नारायण समझाना था और उसकी बात मान लेनी थी।'

शिष्य निस्सहाय बैठा रहा। एक दूसरे शिष्य ने कहा, 'पीठ के बल जो लेट गया सो अच्छा ही हुआ, नहीं तो चूर-चूर कर दिया होता हाथी ने।'

—✦—

कंचन की करधनी

सुमंगला

गुरुवायूर[1] मन्दिर के निकट दो नम्पूदिरि[2] भाई रहते थे। बड़ा भाई बुद्धिमान तथा होशियार व्यक्ति था। उसकी पत्नी भी काफी होशियार थी। बेचारा छोटा भाई, भोला और सीधा-सादा था। स्नान, भजन के अलावा अन्य किसी भी बात को लेकर चिन्तित नहीं होता था। उसे खाने पर न बुलाया जाए तो वह जाप ही करता रह जाता। उसकी भी पत्नी थी। भली और गुणी भी थी वह। बड़े भैया की लापरवाही और भाभी की ईर्ष्या-दृष्टि आदि वह सहन करती आ रही थी। अपने पति से कभी उसने शिकायत नहीं की जबकि शिकायत करने के लिए काफी बातें थीं।

दोनों भाइयों के लड़के हुए। बड़े भाई के बच्चे के लिए सोने का हार और हीरे-पन्ने से जड़े हुए आभूषण आए। छोटे भाई के लाल के लिए मामूली आभूषण आदि जो चाँदी के बने थे। छोटे की पत्नी ने ये दोनों दृश्य देखे और वह चुपके-चुपके रोती रही। फिर भी उसने कुछ कहा नहीं। छोटे भाई ने शायद इस भेदभाव को देख लिया हो। हाँ, देख लिया है तो भी ये बातें उसके हृदय को चोट करने में सक्षम नहीं थीं।

दिन गुजरते गए। दोनों बच्चे अब पाँच बरस के हो गए। दोनों साथ-साथ खेलते, खाते-पीते और सो जाते। बड़े होते-होते दोनों को यह फर्क महसूस होने लगा। बड़े भाई के बच्चे को बढ़िया चीजें खाने पर दी जाती थीं जैसे दही, मक्खन, कुरुक्कु कालन[3] पापड़ और खीर आदि। खाने के बाद बादामी दूध ऊपर से। छोटे भाई को मामूली-सी कुछ चीजें। खीर भी मामूली और खाने के बाद गरम पानी। बड़े भाई के बच्चे के लिए बढ़िया पलंग और मसनद लगा बिस्तर, जबकि छोटे भाई के लिए सिर्फ एक चटाई जिस पर माँ की धोती बिछी रहती थी। इस अन्तर ने छोटे लाल को काफी दुखाया। और

---

१. केरल का प्रसिद्ध कृष्ण का मन्दिर गुरुवायूर में स्थित है

२. केरल के ब्राह्मण

३. एक स्वादिष्ट सब्जी

छोटे बच्चे को दुख पहुँचता था।

पौष मास के चित्रा के दिन दोनों बच्चे पाँचवाँ जन्म दिन मना रहे थे। उस साल पौष मास की इकतीसवीं तारीख को उनका जन्म दिन था। जन्म दिन की सुबह ही बड़े के बच्चे के लिए खूबसूरत कंचन की करधनी आई। उसे पहनकर वह मचल कर चलता रहा। यह छोटे बच्चे से सहा नहीं गया? बचपने से वह बहुत कुछ सहता आ रहा था। उसका हृदय बिंध-सा गया, वह दौड़ता हुआ माँ के पास गया। बेचारी माँ पानी भर रही थी। जन्म दिन की दावत। सारा काम उसी एक को करना था। बड़े भाई की पत्नी जरीदार साड़ी और अच्छे आभूषण पहनकर रिश्तेदारों से गप्पें मार रही थीं। कंचन की करधनी पहने बड़े बच्चे को सब कोई उठाकर वात्सल्य प्रकट रहा था। यह सब देखकर छोटे भाई के बच्चे ने अपनी माँ से पूछा, 'माँ, मेरे लिए कंचन की करधनी क्यों नहीं बनी?'

माँ कुछ नहीं बोली। आखिर वह क्या कहती, 'मेरे लाल, तेरे पिताजी में होशियारी नहीं है।' यही एक जवाब था उसके पास। पर उस गुणी स्त्री से ऐसा भी कहा नहीं गया। वह आँसू बहाती रही और अपना काम करती रही।

लेकिन बच्चा उसे यों छोड़ने वाला नहीं था। वह बार-बार प्रश्न करता रहा। काफी देर के बाद माँ ने कहा, 'मेरे लाल, मुझे कुछ नहीं मालूम।'

उसे यह बात ठीक नहीं लगी। क्यों माँ कुछ नहीं जानती। फिर किसे मालूम होगा? उसने पूछा, 'माँ को नहीं मालूम तो फिर किसे मालूम है!'

'गुरुवायूर अप्पन[१] को और कौन जान सकता है।' संतुलन खोए बिना माँ ने जवाब दिया।

'अगर ऐसी बात है तो प्रार्थना के समय मैं गुरुवायूर अप्पन से पूछ लूँगा'। उसका स्वर दृढ़ था। माँ कुछ नहीं बोली।

रोज की तरह शाम को वह प्रार्थना करने मन्दिर गया। काफी लोग थे। नाम जप रहे थे। चन्दन और पुष्पों की सुगंध फैल रही थी।। ईश्वर के दर्शन करने लोग आगे बढ़ रहे थे। आभूषण युक्त नन्हें बच्चों को माताएँ उठाकर ईश्वर के सम्मुख नमन करा रही थीं। ये सब देख कर लाल रेशम का कौपीन धारण किये बाल कृष्ण मुस्कुरा रहे थे।

---

१. गुरुवायूर अप्पन माने गुरुवायूर का अधिष्ठाता देवता कृष्णावताररूपी विष्णु।

एड़ी के बल पर खड़े होकर छोटे भाई के बच्चे ने वन्दन किया। तभी उसने देखा कि बालकृष्ण की कटि में कंचन की करधनी है। अचानक उसके मुँह से निकल पड़ा, 'हे कृष्ण, सबके पास कंचन की करधनी है। तुम्हारे पास भी है, सिर्फ मेरे पास नहीं।' उसे लगा कि कृष्ण कह रहे थे कि लल्लू को मैं कंचन करधनी दिला दूँगा।

वह खुशी से उछल पड़ा। वह मन्दिर के भीतरी भाग की ओर लपका। लोगों ने उसे रोका, 'यह क्या खेल तमाशा है, वह भी मन्दिर के भीतर। अपने नटखटपन में तुम यह भी भूल गए।' सबने उसे भला-बुरा कहा।

छोटा बालक लज्जित हुआ। उसकी आँखों से आँसू बहने लगे। धीरे से लौटने को हुआ। एक बार पीछे मुड़कर उसने देखा। तब उसे लगा कि बालकृष्ण व्यंग्य मुद्रा में मुस्कुरा रहे थे। उसे अच्छा नहीं लगा। इल्लम्[१] पहुँचकर उसका दुख समाप्त नहीं हुआ। माँ के पूछने पर भी उसने कुछ नहीं कहा। भोजन किए बिना वह रोते-रोते सो गया।

उसने एक सपना देखा कि वह कंचन की करधनी पहने मन्दिर में वन्दन करने गया है। वह चौंक कर जाग उठा। उसे मालूम हो गया कि वह एक सपना था। उसे इतना दुख हुआ कि वह फिर लेटकर रोने लगा।

तभी उसकी कटि में बँधी करधनी झनझना उठी। उसने छूकर देखा। चाँदी की पुरानी करधनी की जगह बढ़िया कंचन की करधनी। वह विश्वास नहीं कर पा रहा था। उसे अचरज-सा हुआ। बड़े भाई के लाल की करधनी से ज्यादा सुन्दर। गुरुवायूर अप्पन ने अपने वचन का पालन किया। जल्दी ही स्नान करके उसे वन्दन करने जाना चाहिए।

उसी समय मन्दिर में होहल्ला मचा हुआ था। सुबह ही मालूम हुआ कि गुरुवायूर अप्पन की कंचन की करधनी गायब है। काफी ढूँढ़ा गया पर मिली नहीं। कौन ले सकता है? चोर कैसे घुस आया होगा? दूसरे आभूषणों पर हाथ भी नहीं लगाया, सिर्फ करधनी क्यों गायब है?' सभी आश्चर्यचकित थे।

इन बातों से अनजान बच्चा वन्दन करने पहुँच गया। सभी की नजर उसकी कटि में बँधी करधनी पर पड़ी। कल तक इसके पास ऐसी करधनी नहीं थी। फिर आज यह अचानक कहाँ से आई। उसके पिताजी या ताऊजी

---

१. केरल ब्राह्मणों की हवेलियों को इल्लम् कहते हैं।

ने बनवायी होगी। ऐसी बात नहीं । बच्चों के 'इल्लम' की बात किसी से छिपी नहीं थी। मुख्य पुरोहित ने उसके करीब जाकर देखा। 'यही गुरुवायूर अप्पन की कंचन की करधनी है' उन्होंने घोषणा की। चोर यही है।

शोर-शराबा हुआ। तरह-तरह की बातें होने लगीं। किसी ने बच्चे को कोसा। 'छोकरा इतना छोटा है, लेकिन अभी से चोरी करने लगा। कल यही मन्दिर के भीतर घुस रहा था। सबने सोचा यह उसकी नादानी है। अब तो बात खुल गई है। यह छोकरा तो बहुत बड़ा चोर बन जाएगा।'

कुछ लोग लल्लू के पिता को कोसने लगे। यह उसी का काम है। कपटी है वह। जप-तप देखो तो लगेगा कि स्वयं मुनि व्यास हैं। उसकी माँ में भी लोगों ने खोट देखी। वह नम्पूदिरि (ब्राह्मण) बेचारा है। यह उसकी बीवी की होशियारी है। उसे यह भी पता नहीं कि गुरुवायूर अप्पन का माल चुराने का फल उसी क्षण मिलता है।

यह हो हल्ला देख लल्लू चकित खड़ा था। उसने बताया कि मैंने चोरी नहीं की है। माँगने पर मिल गयी थी। सभी ठहाका मारकर हँसने लगे। 'गुरुवायूर अप्पन ने उसे दिया है।' 'और क्या दिया उन्होंने? वह नूपुर और अँगुली भी तो माँगते।'

उससे यह सब सहा नहीं गया। वह रोते-कलपते, माँ को पुकारने दौड़ पड़ा। गुरुवायूर अप्पन की करधनी, कहकर कई लोग उसके पीछे चलने लगे। उन्होंने बच्चे को पकड़ा। दुख और क्रोध से उसने बालकृष्ण को देखा। बिना करधनी बाँधे वे मुस्कुरा रहे थे। बच्चे ने करधनी निकाली और उसे एकदम फेंक दिया। 'लो करधनी। मुझे कुछ नहीं चाहिए।'

बच्चे द्वारा फेंकी हुई करधनी पास ही खड़े एक 'कोन्ना'[१] वृक्ष की डाली में लटक गई। जब लोग उसे लेने गए तो वह कंचन रंग के फूलों के गुच्छे में परिणत हो गई। लल्लू की कमर में एक और करधनी। सभी को लगा कि लल्लू ने सच ही कहा था।

इस घटना के घटने के समय 'कोन्ना' के वृक्ष फूलते नहीं थे। तब से उसे यह सौभाग्य प्राप्त हुआ कि गुरुवायूर अप्पन की करधनी धारण करने के पश्चात् उसमें लगातार करधनी के बराबर गोल-गोल गुच्छेदार फूल खिलने

---

१. एक वृक्ष विशेष का नाम जिसमें माघ महीने के आस-पास पीले रंग के गुच्छेदार फूल निकल आते हैं।

लगे।—माघ महीने की पहली तारीख को यह घटना घटी थी—विषु[1] के दिन। 'विषु' की 'कणि' के लिए तभी से कोन्ना के फूल जरूरी समझे जाने लगे। बालकृष्ण की कंचन की करधनी का 'कणि' करने (दर्शन करने) से बढ़कर शुभदायक कार्य और क्या हो सकता है?

शिक्षा

ए० विजयन्

जंगल से एक सज्जन को प्यारा-सा एक हरिण शावक मिल गया। उसकी मासूमियत देख, इच्छा हुई कि उसका पालन करें। वह उस हरिण शावक को घर ले आये।

उसके घर पर अनेक पालतू कुत्ते थे। हरिण शावक को देखकर भौंकने लगे। मालिक को देखकर वे पूँछ हिलाने लगे। उन कुत्तों ने सोचा कि उन्हें एक खूबसूरत नजराना मिल गया।

कुत्तों के घुर्राने से मालिक को क्रोध आ गया। उसने कुत्तों पर लाठी मारी। 'अगर तुमने हरिण शावक का कुछ बिगाड़ा तो तुम्हारा काम समाप्त समझो।'

कुत्तों के दिल में डर समा गया।

कभी-कभी विशेष शिक्षा देने के लिए हरिण शावक को कुत्तों के समीप छोड़ दिया जाता था। तब वे न घुर्राते थे, न लालच भरी नज़र से हरिण शावक को देखते थे। अगर ऐसा हुआ तो मार खानी पड़ती थी। मालिक की इच्छा के अनुसार कुत्तों ने अपनी इच्छा को दमित कर लिया।

क्रमशः हरिण शावक का भय भी दूर होने लगा। वह कुत्तों के साथ उछलता-कूदता-खेलता रहता। उसने कुत्तों को अपना मित्र समझ लिया।

---

१. 'विषु' केरल का एक पर्व है। उसी दिन बहुत ही सुन्दर और शुभसूचक फल फूलों को सजाक रखते हैं और उनका दर्शन करते हैं एवं यह समझा जाता है कि आगे सब कुछ शुभकारी होग उसी को 'कणि' कहते हैं।

वह यहाँ तक भूल गया कि वह एक हरिण शावक है।

मालिक काफी खुश थे। ये कितने अच्छे मित्र हैं!

एक दिन की बात है, मालिक घर पर नहीं था। हरिण शावक ने चाहा कि आस पड़ोस की जगह देख आऊँ। वह बाहर गया। दोनों तरफ सड़क, हरिण शावक उछलते हुए आगे बढ़ा।

सड़क पर भटकते कुछ कुत्ते थे। हरिण शावक को देख कर वे उसके पास आ गए। एक बढ़िया खाने की चीज उनके सामने आ पड़ी थी।

हरिण शावक ने सोचा, 'ये सब उसके मित्र हैं। इसलिए उसने उन्हें बुलाया, आ जा,...हम खेलेंगे।'

कुत्ते उस पर झपट पड़े।

तब भी, बेचारे हरिण शावक का यही विचार था कि कुत्ते उसके साथ खेल रहे हैं।

उण्णिपरंगोडी और उसके घुँघुरू

सिप्पी पल्लिप्पुरम्

उण्णिपरंगोडी एक नादान लड़की थी। उसका कोई नहीं था। न बाप, न माँ, न भैया, न दीदी। त्रिक्कोट्टूर मना[१] की गाय बकरियों को चराने का काम वह कर रही थी। वह हर रोज सुबह गाय-बकरियों को लेकर निकट के टीले पर जाती। साँझ होते ही लौट आती। बासी भात और सब्जी खाकर हवेली के किसी कोने में सो जाती थी।

एक दिन वह अपनी गाय बकरियों के साथ जंगल में घूम रही थी, तभी वहाँ काली माँ प्रकट हुई। उन्होंने उण्णिपरंगोडी को दो घुँघरू दिए जिसमें मोती जड़े थे। काली माँ ने उससे कहा, 'मेरी लाडली, उण्णिपरंगोडी, तुम ऐसी-वैसी बच्ची थोड़े ही है कि गाय-बकरी चराती फिरे। जब तुम ये घुँघुरू पहनोगी तो अच्छी तरह नाच सकोगी। इसकी सहायता से तुम इस इलाके के

१. मना—ब्राह्मणों की बड़ी हवेली को '**मना**' कहते हैं। 'इल्लम' शब्द का प्रयोग भी होता है।

राजा के अन्त:पुर की नर्तकी बन सकती हो।'

काली माँ का आशीर्वाद लेकर वह हवेली लौटी। उण्णिपरंगोडी के पैरों में बँधे खूबसूरत घुँघुरू मालिक की नजर से बच न सके। बलपूर्वक उसने उण्णिपरंगोडी के घुँघुरुओं को ले लिया और अपनी लाडली बेटी को दे दिया।

उण्णिपरंगोडी जोर से रोने लगी। जब उसका रोना जोर पकड़ने लगा तो हवेली के कर्मचारियों ने उसे उठा कर एक नाव के द्वारा एषकरा नामक जगह पर पहुँचा दिया।

उस नए इलाके के जंगली रास्ते पर बैठकर वह जोर से रोने लगी। उसका रोना सुनते ही कछुआ मामा आये।

कछुआ मामा ने उण्णिपरंगोडी से पूछा, 'क्यों रो रही हो बेटी, तुझे क्या मदद चाहिए।'

आँसू पोंछते हुए उण्णिपरंगोडी ने कहा, 'कछुआ मामा, त्रिक्कोट्टूर मना के मालिक ने मेरे घुँघुरू छीन लिए। अगर वे वापस मिल जाएँ, तो मेरी हालत सुधर सकती है।'

'अच्छा, तो तुम मेरे ऊपर चढ़ जाओ। मैं तुम्हें त्रिक्कोट्टूर मना के द्वार पर छोड़ दूँगा।' खुशी से कछुआ मामा ने.उण्णिपरंगोडी को निमंत्रित किया। वह तुरन्त कछुए के ऊपर बैठ गई।

कुछ दूर चलने पर एक नेवला मिला। उसने सवाल किया,

'ए खूबसूरत लड़की !
कछुए के ऊपर बैठ
तू किस ओर है जा रही?'

उसने बताया, 'नेवला भैया, मेरे प्रिय भैया। मैं 'त्रिक्कोट्टूर मना' जा रही हूँ। वहाँ के मालिक ने मेरे घुँघुरू जबर्दस्ती ले लिए हैं। मैं वह वापस लेने जा रही हूँ।' 'तुम्हारी मदद करने मैं भी आ रहा हूँ।'

'अच्छी बात है, तुम मेरे बालों में छिप जाओ।' तुरन्त ही वह उण्णिपरंगोडी के बालों में घुस गया।

कुछ दूर चलने पर छोटी सी सरिता ने सवाल किया,

'कछुए पर बैठ आ रही नन्हीं लड़की,
लाडली, तू कहाँ जा रही है?'

'सरिते, मैं त्रिक्कोट्टूर मना जा रही हूँ। वहाँ के मालिक ने मेरे घुंघुरू छीन लिए हैं। मोतियों का वह घुंघुरू वापस लेने जा रही हूँ।'

'तुम्हारी मदद के लिए मैं भी आ रही हूँ।' सरिता ने इच्छा व्यक्त की।

'बहुत अच्छी बात है। तुम मेरी जीभ के नीचे छिप जाओ।' वह उण्णिपरंगोडी की जीभ तले छिप बैठी।

कछुआ मामा जी उण्णिपरंगोडी को लेकर त्रिक्कोट्टूर मना के घर के सामने पहुँच गए। फाटक पर खड़ी होकर उण्णिपरंगोडी ने कहा,

'मोतियों के घुंघुरू लेने
उण्णिपरंगोडी आ गई है
छीने गए घुंघुरू दोनों
बड़े मालिक, दे दो मुझे।'

यह सुनकर मालिक क्रोधित हुए। चीखते हुए उन्होंने अपने नौकरों को बुलाया और कहा, 'जुबान चलाने वाली इस लड़की को हमारे नागमन्दिर में डाल दो। साँप उसे डँस लें।' मालिक की आज्ञा का पालन करते हुए नौकरों ने उसे नागमन्दिर के भीतर डाल दिया। जब साँप फन फैलाकर काटने आया तो उण्णिपरंगोडी ने नेवला भैया को मदद के लिए बुलाया। उसके बाल से नेवला भैया कूद पड़े और साँपों को मार डाला। यह देखकर उण्णिपरंगोडी ने कहा,

'साँप सब मारे गए
उण्णिपरंगोडी मरी नहीं,
छीने गए घुंघुरू दोनों
बड़े मालिक, दे दो मुझे।'

जब बड़े मालिक ने यह बात सुनी तो इतने क्रोधित हुए कि उसने आज्ञा दी कि हवेली के मध्य भाग में एक अग्निकुंड बनाया जाए और उसी में उसे फेंक दिया जाए। मालिक की आज्ञा के अनुसार नौकरों ने उसे आग में फेंक दिया। आग को भभकते देख उण्णिपरंगोडी ने सरिता को मदद के लिए बुलाया। सरिता उसकी जीभ के नीचे से उतर आई और आग बुझाने लगी। फिर पानी वहाँ उपस्थित सभी को डुबोने लगा। जब पानी में डूब मरने की नौबत आई तो मालिक ने उण्णिपरंगोडी से विनती की—

उण्णिपरंगोडी, मेरी लाडली बेटी
दे दूँगा मैं तेरे घुँघुरू दोनों
अभी हम डूब मरेंगे
तू ही एक है जो हमें बचाएगी

बड़े मालिक की विनती सुनकर उसने सरिता को वापस बुला लिया। जब पानी सूख गया तो मालिक ने अपनी बेटी के पैरों में बँधे घुँघुरू उतारकर उण्णिपरंगोर्डी को सौंप दिया।

हवेली के सामने उण्णिपरंगोडी नाचने लगी। ताल-लय युक्त उसके नृत्य को देखकर लोग आश्चर्यचकित हो गए।

भ्रमण पर निकले राजा ने उसके नृत्य को देखा। उण्णिपरंगोडी को वे अपने रथ पर बिठाकर अपनी हवेली ले गए।

घंटी का चोर

टाटापुरम सुकुमारन्

दोपहरी का समय—

मन्दिर बन्द था। आस पास कोई न था। चोर पीपल के चबूतरे के पास रुका, फिर मन्दिर की ओर बढ़ा। मन्दिर के दरवाजे पर उसने जोर से धक्का दिया। दरवाजा बन्द था। अगर अन्दर घुसा जा सके तो सोना-चाँदी और धन पाया जा सकता है, लेकिन मन्दिर खुल नहीं रहा है।

चोर ने चारों तरफ देखा। मन्दिर के दरवाजे पर एक घंटी लटकी थी। काँसे की घंटी, दाम अच्छा मिलेगा। चोर ने घंटी खोली, उसे कपड़े में लपेट लिया ताकि आवाज न हो और दौड़ चला।

मन्दिर के देवता ने यह देख लिया। देवता ने क्रोधित होकर उसे शाप दिया 'यह घंटी तुम्हारी मृत्यु की घंटी होगी। इसकी आवाज से ग्रामवासी भयभीत होकर काँप उठेंगे।'

चोर को शहर पहुँचने की जल्दी थी। जंगल के बीच एक छोटा-सा रास्ता था, उसी रास्ते से वह दौड़ पड़ा। जल्दीबाजी में वह रास्ता भूल गया और घने जंगल में पहुँच गया।

सामने एक चीता आ पहुँचा। चोर भय से काँप उठा। चोर घंटी छोड़ भाग खड़ा हुआ। चीते ने उसका पीछा किया। भय से काँपता चोर गिर पड़ा और चीते ने उसका काम तमाम कर डाला।

चीता भूख मिटा कर अपनी गुफा की ओर चला गया। रात को कुछ बन्दर उस ओर आ निकले। घंटी पड़ी देखकर वे उसके चारों ओर जमा हो गये। बूढ़े बन्दर ने जब घंटी हाथ में लेकर बजाई, तो वह बज उठी। उन्हें मजा आया। एक-एक कर सभी बन्दरों ने घंटी बजाई। उसकी आवाज दूर-दूर तक गूँजी। अगले दिन शहद निकालने एक ग्रामीण व्यक्ति जंगल में आया। उसने चोर की खोपड़ी और हड्डियाँ देखीं।

गाँव लौट कर उसने कहा कि जंगल में किसी ने एक आदमी को मार खाया है।

ग्रामवासी भय से काँप उठे।

अगले दिन भी बन्दर घंटी के चारों ओर जमा हो गये, उन्होंने लगातार घंटी बजानी शुरू कर दी।

गाँव के लोग आपस में कहने लगे, 'किसी राक्षस ने फिर किसी आदमी को मार खाया होगा। तभी खुशी से वह घंटी बजा रहा है। रात भर वे घर से बाहर न निकले।

लगातार रोज घंटी की वह आवाज सुनाई देने लगी। गाँव वाले घबरा उठे।

'अब इस गाँव में नहीं रहा जा सकता। हमें यहाँ से अपनी जान बचा कर भाग जाना चाहिए।'

उन्होंने तय तो कर लिया, परन्तु अपना जन्म स्थान और घर बार छोड़ कर जाने में उन्हें दुख भी हो रहा था। गिरिजा नाम की एक बुद्धिशाली बालिका उस गाँव में रहती थी, उसने कहा,

'राक्षस? ऐसा कुछ है ही नहीं।

फिर घंटी कौन बजाता है?

चल कर देखना होगा।'

इतनी हिम्मत किसी की न हुई। बाद में गिरिजा ने गाँव के मुखिया से कहा, 'राक्षस को मैं भगा सकती हूँ।'

'बहुत अच्छी बात है। पर क्या बेटी तुमसे यह हो सकता है। अगर घंटी की आवाज बन्द कर दोगी तो तुम्हें इनाम दिया जायेगा।'

'मैं कोशिश करती हूँ।'

शहर से आने वाले राजू ने गिरिजा को यह बात बताई थी कि राक्षस या शैतान इस धरती पर नहीं बसते। इसलिए उसने घंटी बजने का इन्तजार किया।

अगले दिन आधी रात को घंटी सुनाई दी।

गिरिजा ने एक मशाल हाथ में ले ली और रास्ते में खाने के लिए कुछ केले और अंगूर भी साथ में रख लिया। वह जंगल की ओर चल पड़ी।

घंटी की आवाज को लक्ष्य कर वह आगे बढ़ती गयी।

अन्ततः उसने देखा कि बन्दर घंटी बजा रहे हैं। साथ में लाये अंगूर और केले उसने बन्दरों की ओर फेंक दिये। घंटी छोड़ कर वे उन फलों की ओर भागे। मौका देखकर गिरिजा ने घंटी उठा ली और वापस लौट पड़ी।

गिरिजा ने घंटी गाँव के मुखिया के सामने पेश की और इनाम पाया।

कस्तूरी मृग

किलियानूर विश्वंभरन

काम्पिल्य नामक एक जंगली प्रदेश था। हिमालय की तलहटी में बसा हुआ वह प्रदेश जंगलों से भरा पूरा था। देवदत्त नाम का एक राजा वहाँ पर राज करता था। अक्सर वह राजा जंगल में शिकार के लिए जाता था। एक दिन राजा देवदत्त को एक कस्तूरी मृगी प्राप्त हो गयी। वह सुन्दर मृगी उसे जीवित ही मिली थी। वह गाभिन थी। महल में लाकर राजा ने उसका पालन-पोषण बड़ी रुचि के साथ किया।

राजा के बेटे सुमानस को इस गाभिन मृगी पर बड़ी दया आयी। उसे देख कर वह अक्सर कुछ न कुछ सोचा करता था। प्यार से वह उसे कस्तूरी कह कर पुकारने लगा। एक दिन सुमानस ने चुपके से पिंजरा खोल उसे जंगल में छोड़ दिया।

सवेरा होने पर यह समाचार पाकर राजा देवदत्त बहुत उदास हुआ। परन्तु जब उसे यह पता चला कि उसके पुत्र ने ही पिंजरा खोलकर मृगी को जंगल में भेज दिया तो उसकी उदासी क्रोध में बदल गयी। उसने अपने पुत्र सुमानस को तुरन्त देश निकाला दे दिया।

सुमानस पास के राज्य के एक जंगल में भटक रहा था। तभी उसने देखा, एक कस्तूरी मृगी उसकी ओर आ रही है। वह बिना किसी डर के राजकुमार के पास आ कर उसके पैरों को चाटने लगी। कुछ ही क्षणों में वह मृगी एक युवती बन गयी। चौदह साल की लगने वाली एक अतीव सुन्दर युवती। आसमानी रंग पर विशेष बूटों वाले सुन्दर वस्त्र उसने धारण किये थे। उसे देखकर लगता था मानो वह एक कुलीन राजकुमारी हो। उसकी आँखें कस्तूरी मृगी के समान ही लम्बी और फैली थी। अवयव हृष्ट पुष्ट थे और रंग कंचन-सा था। वह मृग कन्या राजकुमार से सटकर खड़ी हो गयी। सुमानस ने कहा—

'पिता द्वारा घर से निकाला गया गुनहगार हूँ मैं। अगर तुम मुझे प्यार करोगी तो राज कोप की भागीदार बनेगी।' मृग कन्या राजकुमार की आँखों में आँखें डाले काफी देर निहारती रही फिर मधुर स्वर में बोली, 'राजकुमार क्या आपको याद नहीं कि आपके पिता ने एक मृगी को पिंजरे में बन्द किया था? आपने पिंजरा खोल कर उसे बचाया था। मैं वही कस्तूरी मृगी हूँ। एक योगी के आश्रम में रहने के कारण मुझे कुछ वरदान प्राप्त है। आप पर जो संकट आ पड़ा है उससे मुक्ति मिलने तक मैं आपके साथ ही रहूँगी।'

तब सुमानस पुकार उठा, 'कस्तूरी' दोनों हाथों में हाथ डाले वन की ओर चल पड़े। सुमानस और कस्तूरी चलते-चलते हिमारण्य नामक एक दूसरे वन में पहुँचे। वहाँ से कुछ दूर और चलने पर वे उस महल के पास पहुँच गये जहाँ उस राज्य का राजा राज करता था। उन दोनों को राजा के नाई ने देख लिया। उसने तुरन्त राजा को सूचना दी, 'एक अतीव सुन्दर युवती और एक युवक नगर में आराम से घूम रहे हैं। उस युवती को अन्त:पुर में ले आइये।

यह सुनते ही राजा के मन में जिज्ञासा जगी परन्तु क्या किया जाये, साथ में एक युवक भी तो है। तब नाई ने सलाह दी, 'कुमार को उससे अलग करना होगा।'

'अलग किस प्रकार किया जा सकता है?' युवती के मोह में यदि कुछ अधर्म कर बैठे तो जनता आप से घृणा करने लगेगी। राज्य भी नष्ट हो जायेगा।

नाई दुर्निमित ने राजा को एक सुझाव दिया, 'उस कुमार को चुपके से राजमहल में बुलाया जाये और उससे कहा जाये कि घड़ा भर चीते का दूध ले आना है उसे अगर नहीं ला पाया तो उसे फाँसी दे दी जायेगी।'

राजा को नाई दुर्निमित का सुझाव अच्छा लगा। सुमानस को बुला कर उसने आज्ञा भी दे दी। सुमानस ने निवास-स्थान पहुँच कर मृग कन्या को सब कुछ बताया।

उसने कहा, 'आप उदास न हों। बचने का मार्ग मैं जानती हूँ। यहाँ से उत्तर-पूर्व की ओर एक जंगल है, वहाँ जायें तो एक बड़ी मादा चीता मिलेगी। जब वह आपकी ओर लपके तो दायें हाथ की हथेली उठा देना। फिर घबराने की बात नहीं है। मृग कुमारी ने अपने मृदुल करों से राजकुमार की हथेली सहलाई। चारों ओर कस्तूरी की सुगन्ध फैल गयी। सुमानस के कन्धे पर सिर रख कर उसने धैर्य बँधाया।

राजकुमार जंगल पहुँचा। कस्तूरी के कहे अनुसार वहाँ एक मादा चीता तथा दो बच्चे मौजूद थे। मनुष्य की गन्ध पाकर वह लपकी तो राजकुमार ने अपना दायाँ हाथ ऊपर कर दिया। मादा चीता पीछे हट गयी। वह सोचने लगी—मेरी बहन कस्तूरी ने भेजा है। उसमें स्नेह जाग उठा और सुमानस को उसने बर्तन भर दूध निकालने की अनुमति भी दे दी और दो बच्चों को भी उसके साथ महल भेज दिया। राजा को यह देखकर आश्चर्य हुआ और साथ ही साथ भय भी।

अगले दिन दुर्निमित ने पुनः सुझाव दिया। 'इतनी सुन्दर युवती को महल में ही रखना होगा। युवक को उससे अलग करने का एक और उपाय है।'

'वह उपाय क्या है?'

'उत्तर पश्चिमी पहाड़ों के अन्दर एक राक्षस रहता है। राजकुमार को आज्ञा दी जाये कि वह उस राक्षस के निवास स्थान जा कर एक बोरी गेहूँ ले

आये। अन्यथा मृत्यु दण्ड दिया जायेगा।'

राजा ने आज्ञा दे भी दी।

'ओगस' नामक राक्षस के बारे में सुमानस ने भी सुना था। वह राक्षस मनुष्य का मांस खाकर रक्त पीता है।

मनुष्यों की आँख निकाल कर वह ऐसी रुचि के साथ खाता है मानो बेर खा रहा हो। जिन मनुष्यों को वह खाता था उनकी हड्डियों की माला गले में पहनता था।

कस्तूरी ने तब भी उसे धैर्य बँधाया। एक नीम की डंठल तोड़कर, छीलकर उस पर हरे पत्तों के रस से उसने कुछ लिखा और राजकुमार को सौंप दिया और 'ओगस' के वास स्थान की ओर भेज दिया।

सुमानस वहाँ पहुँचा तो 'ओगस' की पत्नी भागती हुई उसके करीब आई। राजकुमार ने नीम की छड़ी दिखा दी। वह राक्षसी पीछे हट गयी। उसने राजकुमार के गाल सहलाये और उसे आवश्यकता से भी अधिक अनाज दिया। दो राक्षस पुत्रों को भी उसके साथ भेज दिया। उनके गले में मनुष्य की हड्डियों तथा चीते के दाँतों की माला पड़ी थी। बालों के स्थान पर काले साँप थे। राजा उन्हें देख भयभीत हो उठा।

दुनिर्मित इसे देख कर भी शान्त न हुआं। उसने राजा को पुनः सुझाव दिया।

'हम एक बार और कोशिश करते हैं। राजकुमार को आज्ञा दी जाये कि वह कल सुबह तक महल के पास एक आम का बाग लगाये जिस पर पके आम भी हों। अगर ऐसा न हुआ तो उसे मारकर गाड़ दिया जायेगा।'

राजा ने तीसरी बार भी आज्ञा दे दी। मृग कन्या ने इस बार भी उपाय ढूँढ़ निकाला। रात जब अन्धेरी हो गयी तो मृग कन्या महल के चारों ओर जहाँ-जहाँ गयी आम के पेड़ उग आये। हरी डालें लहलहाने लगीं। सोने के रंग वाले आम लग गये। अगले दिन सुबह हुई तो देखने वालों की भीड़ लग गयी। राजा आश्चर्यचकित हो गया। फिर कभी उसने नाई की बात न मानी।

कस्तूरी और राजकुमार दोनों हाथों में हाथ डाले वन की ओर चल पड़े। उस स्थान पर पहुँचे जहाँ पर वह मृग से कन्या बनी थी। उसने प्यार के साथ सुमानस से कहा, 'राजकुमार, आप मानव हैं मैं मृग हूँ। मैं अपने आश्रम को लौट रही हूँ। आपके पिता की इस बीच मृत्यु हो चुकी है। आप

जाकर राज्य सम्हालें। क्या आप शिकार पर जाने वालों को एक आज्ञा देंगे?'

'वह क्या, कस्तूरी?' राजकुमार ने जिज्ञासा और उदासी से पूछा।

'गाभिन मृगियों को न मारा जाए, न बन्दी बनाया जाये। यह महा पाप है।'

'नहीं कस्तूरी, मैं या मेरे सहचर या मेरे राज्य की जनता कभी ऐसा नहीं करेगी।'

कस्तूरी पुनः कस्तूरी मृगी बन गयी। राजकुमार के पैरों को चाट उसने अपना प्रेम प्रकट किया। वह आश्रम के शान्तिपूर्ण वातावरण में लौट गयी। राजकुमार काप्पिल्य लौट आया। शीघ्र ही वहाँ का राजा भी बन गया।

कस्तूरी हर साल चैत की पूर्णिमा के दिन राजकुमार के महल में जाकर उसका कुशल पूछती है। अपने स्नेह पात्र राजकुमार को वह कस्तूरी भेंट करती है। कस्तूरी की भावनाशीष से वहाँ हमेशा ऐश्वर्यशाली बना रहता है।

चीते की चालाकी

केशवन वेल्लिकुलंगरा

एक बार एक धनवान भालू ने अपने घर के चारों ओर अंगूर का एक बड़ा-सा बाग लगाया।

अंगूर के गुच्छे पकने लगे। भालू ने सोचा खूब पक जाने दो, तब खाया जायेगा। एक दिन जब भालू बाग में पहुँचा तो पके हुए सारे अंगूर गायब थे। जरूर कोई बाग में घुसा है। अंगूर कैसे चोरी हो गये? भालू और उसकी पत्नी ने मिलकर चोर को ढूँढ़ निकालने की भरसक कोशिश की। पर कुछ भी न हो पाया।

अन्त में दोनों ने एक निर्णय लिया, एक अच्छे कुत्ते से चौकीदारी करवाई जाये। अखबार में विज्ञापन दिया गया, 'चोर को पकड़ने में विशेष प्रशिक्षण प्राप्त एक कुत्ते की आवश्यकता है।'

एक दिन एक चीता एक शिकारी कुत्ते के साथ आ पहुँचा। देखने में भयानक। भालू और उसकी पत्नी को वह एक ही नजर में पसन्द आ गया। चीते को मुँहमाँगा दाम देकर उन्होंने उसे खरीद लिया।

कुत्ता जिसे देखता उसे भौंककर भगा देता। किसी भी जीव को उस बाग में वह घुसने न देता। भालू और उसकी पत्नी चैन से रहने लगे कि अब बाग में चोर न आयेगा, चौकीदारी के लिए कुत्ता जो है।

इस प्रकार कुछ ही दिन बीते थे कि फिर अंगूर चोरी होने लगे। भालू और उसकी पत्नी ने सोचा 'भला इस शिकारी कुत्ते से बचकर कौन अंगूरों की चोरी करता है!' क्यों न हम खुद चौकीदारी करके देखें! उस दिन वे दोनों चौकीदारी करने बाग की ओर चल पड़ें।

उस दिन पूर्णिमा थी। बाग में कुछ भी हो, देखा जा सकता था। लगभग आधी रात हो गयी तो बाग में एक आहट-सी हुई। भालू और उसकी पत्नी ने ध्यान दिया। आवाज बार-बार आ रही है। 'हमारा कुत्ता कहाँ गया? क्या वह यहाँ नहीं है?'

पत्नी ने कहा, 'आओ हम उस ओर चलें, जहाँ से आवाज आ रही है।'

दोनों ने धीरे-धीरे जाकर उस जगह देखा जहाँ से आवाज आ रही थी। तब उन्होंने देखा कि एक चीता पके अंगूर तोड़कर टोकरी में भर रहा है।

चीते ने कहा, 'भालू तुमने मुझसे बचना चाहा था। पर तुम्हें धोखा देने के लिए ही मैंने अपना पालतू कुत्ता तुम्हारे हाथ बेचा था। जिस कुत्ते को मैंने खाना खिलाया है, वह भला मुझे देखकर भौंकेगा क्या? रोज उसे खाना खिलाकर अन्दर घुसता हूँ, समझे?' चीता अंगूरों की टोकरी उठाकर चलता बना। भालू और उसकी पत्नी अपनी ही भूल पर पछताए और दुखी हुए।

हाथी के सिर बराबर मक्खन

सुकुमार कूरक्कंचेरी

तेच्ची[1] फूलों के बाग में अत्ता[2] के फूल चुनने कोच्चाटी चिड़िया जा रही थी, बाँझ गाय भी साथ हो ली। दोनों ने मिलकर ढेर सारे फूल चुन लिये। उसके बाद सारे फूलों को बाँझ गाय के ऊपर लादकर वे दोनों घर की ओर चले। थोड़ी दूर चलने के बाद वे चेत्ती नदी के किनारे पर पहुँचे। नदी का निर्मल जल देखकर कोच्चाटी चिड़िया के मन में उसमें नहाने की इच्छा जागी।

बाँझ गाय ने उसे मना किया।

'नहीं कोच्चाटी, मत उतरना तेच्ची नदी का भरोसा नहीं।'

कोच्चाटी चिड़िया को विश्वास न हुआ। गाय को किनारे खड़ी कर वह अपनी इच्छानुसार नदी में नहाने के लिए उतरी।

नदी के पास पहुँचकर कोच्चाटी चिड़िया कुछ देर तक उसके बहाव को देखती खड़ी रही।

वाह! कितना अच्छा शुद्ध जल है। इसमें डुबकी लगाकर नहाने से सारी थकान मिट जायेगी।

नदी में एक डुबकी लगाकर उसने तन सीधा किया ही था एक लहर आयी और उसे साथ में खींच ले गयी। कोच्चाटी चिड़िया लहर में पड़कर छटपटाने लगी। बचाओ! बचाओ! कहकर वह चीखने लगी। पंखों को ऊपर उठा उड़ने और बच निकलने की उसने पूरी कोशिश की पर बहाव की तेजी के कारण वह अपने को बचा नहीं पायी। डूबते-उतराते काफी दूर इस तरह बह जाने के कारण वह बुरी तरह थक गयी। अचानक कहीं से आये मगरमच्छ ने उसे मुँह के अन्दर कर लिया।

---

१. फूल विशेष।

२. ओणम के पर्व पर निकाले जाने वाले फूल।

कोच्चाटी चिड़िया को अचानक एक तरकीब सूझी। उसने मगरमच्छ से अत्यन्त विनीत स्वर में प्रार्थना की, 'मेरे मगरमच्छ भाई, मेरे इस छोटे-से शरीर से आपकी भूख कैसे मिटेगी; अगर आप मुझे छोड़ दें तो मैं निश्चय ही आपकी सहायता कर सकती हूँ। नदी किनारे मेरे इन्तजार में मेरी सहेली गाय खड़ी है, मैं किसी तरकीब से उसे तुरन्त यहाँ भेज दूँगी।'

मगरमच्छ को लगा कि यह बात ठीक है। उसने तुरन्त कोच्चाटी को छोड़ दिया। कोच्चाटी शीघ्र नदी के किनारे पहुँची। गाय जो उसके इन्तजार में खड़ी थी उससे कोच्चाटी ने सारी घटना कह सुनाई। और पूछा, 'मेरी गाय! ऐसा क्या उपाय है कि मेरे पास भी तुम्हारे समान बड़ा-सा शरीर हो। फिर तो न ये नदी मुझे हरा सकती है न मगरमच्छ हरा सकता है।'

गाय को लगा कि यह कोच्चाटी कैसी बेवकूफी की बातें कह रही है।

उसने कोच्चाटी को समझाया—'बेकार की बातों की आशा मत कर कोच्चाटी! ईश्वर ने हर किसी को अपनी-अपनी आकृति और रूप प्रदान किया है। हर किसी की अपनी-अपनी अच्छाई और बुराई होती है।'

कोच्चाटी को यह उपदेश बिलकुल अच्छा नहीं लगा।

'तू जा री।'

उसने इस अवसर का उपयोग गाय को चिढ़ाने के लिए किया। गाय के शब्द उसे स्वीकार्य न थे।

सहेली की अकल को देखकर गाय को बहुत दुख हुआ। वह क्या करे? सहेली है। उसी की इच्छानुसार चला जाये।

इस प्रकार कोच्चाटी चिड़िया की जिद मानकर गाय तुरन्त उसके साथ संन्यासी-पहाड़ी की ओर चल पड़ी।

पहाड़ी की एक ढलान पर संन्यासी का आश्रम था। गाय और कोच्चाटी चिड़िया आश्रम में पहुँचे और उन्होंने संन्यासी को प्रणाम किया।

उन्होंने उनसे वात्सल्य के साथ पूछा, 'तुम्हें क्या चाहिए बच्चो।'

कोच्चाटी चिड़िया ने संन्यासी को झुककर प्रणाम किया और अपनी अभिलाषा बताई।

'मुझे भी अपनी सहेली के समान बड़ा-सा शरीर चाहिए।'

ध्यान से सुनने के बाद, संन्यासी कुछ देर तक मौन रहे। फिर कोच्चाटी चिड़िया को पास बुलाकर मुस्कुराते हुए बोले, 'तुम्हारा यह शरीर छोटा होने

पर भी सुन्दर है। यह ईश्वर का वरदान है। केवल मृत्यु के बाद ही तुम इस शरीर को त्याग सकती हो।'

कोच्चाटी का मुख मलीन हो गया। तेच्ची फूलों के उपवन से जितने फूल चुनकर वह गाय पर लादकर लायी थी उन सभी को उसने संन्यासी के चरणों पर चढ़ा दिया और पुनः प्रार्थना की, 'मुझ नाचीज को न ठुकरायें स्वामी, मेरी अभिलाषा पूरी करें!'

संन्यासी दुविधा में पड़ गये। काफी देर तक सोचने के बाद उन्होंने पूछा, 'अच्छा बताओ, तुम किसके बराबर बड़ी होना चाहती हो?'

कोच्चाटी ने कुछ देर सोचा। वह अपनी सहेली गाय के समान ही बड़ी होना चाहती थी। जब संन्यासी पूछ रहे हैं तो क्यों इतना कम कहा जाय? अब तक उसने जितनों को देखा है, उनमें सबसे बड़ा हाथी है। तब क्यों न वही कहा जाये।

उसने संन्यासी से कहा, 'स्वामी मैं एक हाथी के समान बड़ी होना चाहती हूँ'।

संन्यासी मन ही मन हँसे और बोले, 'वह तो बड़ा मुश्किल काम है बेटी।'

कोच्चाटी संन्यासी के पैरों पर गिर पड़ी और उसके पाँवों से लिपट कर बोली, 'कोई बात नहीं श्रीमान, मैं कोई भी तकलीफ सह लूँगी। आपके द्वारा सौंपा गया कोई भी काम मैं करूँगी। आप मेरी अभिलाषा पूरी कर दें।'

संन्यासी ने पहाड़ी की सबसे ऊँची चोटी पर इशारा किया और कोच्चाटी चिड़िया से बोले, 'इस पहाड़ी के ऊपर एक हाथी के सिर के बराबर मक्खन लाकर रखो। उससे बिलकुल भी कम नहीं होना चाहिए। चाहे बहुत दिनों तक कड़ी मेहनत भी करनी पड़े। फिर भी मेरा कहा यह काम यदि तुम पूरा कर सको तो उसी क्षण तुम्हारी आशा भी पूरी हो जायेगी। अर्थात् शरीर एक हाथी के बराबर बड़ा हो जायेगा।'

कोच्चाटी के लिए इससे अधिक खुशी की बात मानो हो ही नहीं सकती थी। संन्यासी को बार-बार धन्यवाद देकर वह गाय के साथ लौट आयी।

फिर वह संन्यासी की कही बात पूरी करने के लिये कठिन परिश्रम करने लगी। जंगल के सभी गायों से कहकर गाय ने कोच्चाटी के लिए बहुत सारा मक्खन जमा कर दिया।

कोच्चाटी रोजाना संन्यासी-पहाड़ी की ओर उड़-उड़ कर जाती और सारा मक्खन वहाँ जमा करती। पर बहुत बार ऐसा करने पर भी एक हाथी के सिर के बराबर मक्खन नहीं जमा कर सकी। रोज सुबह से शाम तक कोच्चाटी चिड़िया यही काम करती रही, उत्साह के साथ। पर अगले दिन जब सूरज निकलता तो पिछले दिन जमा किया गया सारा मक्खन पिघल कर पहाड़ियों से बहने लगता। कोच्चाटी अगले दिन उसके बदले कुछ और मक्खन पहाड़ी की चोटी पर जमा करती। सूरज निकलने पर वह पुनः पिघल कर बह जाता।

इस प्रकार बाद में वह पहाड़ी जो 'संन्यासी-पहाड़ी' कहलाती थी अब 'घी की पहाड़ी' के नाम से जानी जाने लगी।

कितने दिन बीत गये पर कोच्चाटी चिड़िया की अभिलाषा पूरी नहीं हुई। उसकी उमर काफी गुजर चुकी, पर रोज वह संन्यासी का बताया काम करती। वह, उसके बच्चे, उन बच्चों के बच्चे सभी यह बात जानते हुए भी कि उसकी अभिलाषा कभी पूरी नहीं होगी, इस काम को लगातार करते आ रहे हैं।

———

हिन्दी

- हिन्दी बाल कथा साहित्य : संक्षिप्त परिचय
- मिनी महात्मा
- चींटा-चूजे भाई-भाई
- हार की जीत
- एक था राम
- कछुआ ला दो
- तितली और बाबू
- ऐसा नहीं होगा
- प्यारा दोस्त
- गोपी
- अनोखा उपहार
- परी से भेंट
- अंशू-मंशू
- वक्त की सूझ
- मन के हारे हार
- एक ही उपाय
- प्यारी बेटी अक्की
- मन की बात
- मार्च का बुखार
- अमीर गरीब
- लाल जूता
- मतलब की दुनिया

हिन्दी बाल कथा साहित्य : संक्षिप्त परिचय

संख्या की दृष्टि से हिन्दी में बाल साहित्य प्रचुर मात्रा में रचा गया है। स्तरीय बाल साहित्य का भी हिन्दी में अभाव नहीं है, किन्तु हिन्दी के शीर्षस्थ लेखकों ने इस विधा की समृद्धि में कोई विशेष अभिरुचि नहीं दिखाई। इस विधा को जिन लेखकों ने अपनाया उनमें कवियों की संख्या अधिक है। ऐसे कलाकारों में सर्वश्री सोहनलाल द्विवेदी, द्वारका प्रसाद माहेश्वरी, निरंकार देव सेवक, राष्ट्रबन्धु, चन्द्रपाल सिंह यादव, रामावतार चेतन, चिरंजीत, मनोहर वर्मा, विनोद चन्द्र पाण्डेय, बालशौरि रेड्डी, रामचन्द्र तिवारी, कपिल, धर्मपाल शास्त्री, रघुवीर शरण मित्र, रामेश्वर दयाल दुबे के नाम विशेष रूप से उल्लेखनीय हैं।

वैसे हिन्दी के यशस्वी लेखक इलाचन्द्र जोशी, वृन्दावनलाल वर्मा प्रभृति ने ऐतिहासिक कथाएँ प्रस्तुत करके हिन्दी बाल-साहित्य के एक बहुत बड़े अभाव की पूर्ति में प्रशंसनीय योगदान दिया है।

मिनी महात्मा

आलमशाह खान

बात जरा-सी थी पर मोहन था कि रोये चला जा रहा था। सब समझा-समझाकर थक गये कि बड़े छोटों को पीटते चले आये हैं, अगर 'पुलिस-अंकल' ने उसके एक चपत लगा भी दी तो क्या हो गया? कौन-सा पहाड़ टूट पड़ा उस पर? बड़े हैं, पड़ोसी हैं—प्यार भी करते हैं, अच्छे-बुरे में भी काम आते हैं, पर वह अब रोते-रोते बिसूरने लगा था, उसकी हिचकियाँ बँध गयी थीं।

'अरे भाई, बड़े हैं, जरा जल्दी होगी, किसी ने उन्हें नहीं टोका। एक तुम्हीं उनके आड़े आ गये!'

'क्योंकि उनकी गलती थी। बड़ों ने नहीं टोका उन्हें और मैंने टोक दिया, तो मुझे पीट दिया, क्यों? कोई बड़ा उन्हें रोकता-टोकता तो क्या वह उसके चाँटा जड़ देते? नहीं तो मुझे इसलिए पीट दिया कि मैं बच्चा हूँ, छोटा और कमजोर हूँ...लोग भी तरह-तरह की बातें कर रहे थे—

'लड़का जिरह किये जाता है, कूढ़ मगज है, इसे कौन समझाए?'

'रोता है, रोने दो—कब तक रोएगा?'

'अभी थककर आप चुप हो जाएगा।'

'चलो जी, चलो...सब-इंस्पेक्टर साहब आप भी चलें...सुबह ही सुबह रोती सूरत सामने पड़ी, छुट्टी का दिन न बिगड़ जाए।' इतना कह-सुनकर दूध के बूथ के आगे खड़े लोग बिखर गये। दूध खत्म होने पर दूध वाला भी बूथ बन्द कर चला गया। पर वह वहाँ खड़ा रोता रहा—रोता रहा। टस से मस न हुआ। सूरज की किरणें चमकने पर भी जब वह घर न पहुँचा तो उसकी माँ ने इधर-उधर पूछा। पड़ोस के गुल्लू ने सारी बात बतलायी। सुनकर माँ उस बूथ के पास गयी, तो वह उससे चिपट गया। हिचकियाँ भर कर रोने लगा, माँ ने भी वही कहा, जो सबने कहा था—

'अरे भले! बड़े हैं, बाप बराबर, तनि चपलिया दिया तो क्या हो गया? कौन तीर तान दिया? चुप भी हो जा अब।'

'मार दिया तो कुछ नहीं, बड़े हैं और मार दें, पर मेरा कसूर तो बतायें। बप्पा को कारखाने में यूनियन वालों ने मारा, वह अस्पताल में पड़े हैं। उनका कोई कसूर होगा, पर मुझे क्यों मारा। मेरी क्या गलती थी, क्या कसूर था?'

'अब जिद मत कर, तूने दूध भी नहीं लिया...तेरे बप्पा को अस्पताल नाश्ता देने जाना है तुझे या नहीं?'

'मैं नहीं जाऊँगा। कहीं नहीं जाऊंगा। जाऊँगा तो पुलिस अंकल के घर।'

'मान भी जा बेटे, मैं उनसे कह दूँगी कि आगे से ऐसा सुलूक न करें बच्चों के साथ।'

'पर जो दो चाँटे मुझे जड़ दिये, उनका क्या?'

'उनका क्या? अब चुप भी हो ले, नहीं तो मैं भी लगा दूँगी, चल।'

'तो तुम भी क्यों चूको, लगा दो।'

'मैं कहती हूँ घर चल। अस्पताल जाना है, अब उठ भी।'

'मैं नहीं आता, पुलिस अंकल के घर जाकर पूछूँगा उनसे कि मेरा कसूर बताओ।'

'नहीं आता ! तो जा मर कहीं।' इतना कह माँ सिर पर पल्ला ढँककर वहाँ से चल दी।

ट्रिन...ट्रिन...ट्रिन घंटी सरसराई। थोड़ी देर बाद दरवाजा खोला तो पाया भीगी आँखें लिये सामने मोहन खड़ा है। उसे देखकर शेरसिंह सकपकाये।

'अंकल आपने मुझे क्यों मारा? मेरा कसूर क्या था?' सुबकते हुए उसने वही सवाल पूछा।

'किसने मारा? किसको? मैं कुछ नहीं जानता।'

'आपने मारा मुझे। आखिर क्यों मारा?'

'जा, मारा तो मारा। दफा हो जा यहाँ से, नहीं तो और पिट जाएगा। चल खिसक।' वह गरजे।

'मारो...और मारो, पर मैं नहीं जाऊँगा, जब तक आप यह नहीं बताएँगे कि मेरा कसूर क्या था...' वह भी कड़क कर बोला। अब आसपास के घरों की मुड़ेरों से दस-पाँच चेहरे उभर आये। देखा—बरामदे के सामने बिसूरता

मोहन खड़ा है और अपने बरामदे में झल्लाये शेर सिंह।

'जाएगा भी यहाँ से, या दो-एक खाकर ही टलेगा।'

'आप जो चाहे करें। जब तक मेरा कसूर नहीं बताएँगे, मैं यहाँ से नहीं जाऊँगा।'

'अजीब उजड्ड-ढीढ लड़का है।' एक पड़ोसी ने कहा।

'देखिए , आप इसे समझाएँ...अगर यहाँ से दफा नहीं हुआ तो मैं इसे कोतवाली में बंद करवा दूँगा।' शेर सिंह गरजे।

'आप जो चाहे सो करें, पर मेरा कसूर बताएँ, जिससे मैं आगे ऐसा कुछ न करूँ कि बड़ों को मुझ पर हाथ उठाना पड़े?' मोहन बोला।

'अभी तो बस तू इतना कर कि यहाँ से दफा हो जा। नहीं तो..' वह भन्नाये, 'सच, पड़ोस का लिहाज है, वरना इस लौंडे को वह सबक सिखाता कि...' शेर सिंह कुढ़कर बोले, परसों ही वह नायक से तरक्की लेकर असिस्टेंट सब-इन्सपेक्टर पुलिस बने थे।

'मैं सबक सीखने ही आया हूँ। आप मुझे बताएँ कि कतार तोड़ने वाले को टोकना कोई पाप है?'

'यार, इस लड़के पर कौन सा भूत सवार है? किसी भी तरह नहीं मानता।' इतना कह कर शर्मा जी नीचे उतरे। वर्मा जी भी साथ आये और उसे पुचकार दिलासा देते बोले, 'बहुत हो गया, बेटे मोहन। अब छोड़ो भी और घर चले जाओ।'

आप सच मानें, मेरी हेठी नहीं हुई, अगर अंकल ने पीट दिया...और लगा दें दो-चार पर बताएँ तो कि आखिर क्यों मारा मुझे?...'

'कुत्ते की दुम, टेढ़ी की टेढ़ी! कहा न भाई बड़े हैं।'

'बड़े तो आप सब हैं। सभी पीट दें, मैं कुछ नहीं बोलूँगा। लेकिन इतना बतायें कि क्यों? सिर्फ इसलिए कि मैं छोटा हूँ, कमजोर हूँ।'

'नहीं-नहीं वह बात नहीं। तुमसे कोई बदतमीजी हुई होगी।' इसलिए, बस।

'तो यह बता दें कि क्या बदतमीजी हुई?'

'जा, जा कुछ नहीं हुआ। पीट दिया हमने, कर ले जो कुछ करना हो।' अब शेर सिंह के भीतर बैठा पुलिस वाला बोला।

'ठीक है, तो मैं यहीं बैठा हूँ। आपके फाटक के बाहर।'

'बैठ या मर हमारी बला से।' शेर सिंह ने कहा। तभी उनकी घरवाली बाहर आयी और सामने खड़े लोगों से हाथ जोड़कर वहाँ से जाने को कहा और मोहन की बाँह थाम भीतर ले गयी।

'अब बोल बेटा! क्या गजब हो गया? अगर इन्होंने एक-आध लगा भी दी, तो क्या हुआ? जैसे हमारी अमरित वैसा तू! चल मुँह धो, कुल्ला कर और नाश्ता कर ले, उठ!'

'आंटी! आपकी बात सर आँखों पर..पर अंकल बतायें तो?'

'अब क्या बतायें...समझ ले कि गुस्सा आ गया।'

'तो बस, बाहर पाँच पड़ोसियों के सामने यही कह दें।'

'भई, तू तो बहुत जिद्दी है, इससे क्या हो जाएगा?'

'मुझे तसल्ली हो जाएगी कि मैंने ठीक काम किया था।'

'मैं कहती हूँ कि तुमने गलती नहीं की, ठीक किया।'

'आपने कहा, माना...पर पीटा तो अंकल ने, सबके सामने ।'

'अजी सुनते हो, सुबह-सबेरे क्या महाभारत रचा बैठे। कह दो कि ठीक था मोहन, बस गुस्से में पीट दिया।'

'बस बस रहने दो अपनी भलमनसाहत। यह लौंडा मुझे अपने घर में, अपने बच्चों के सामने जलील करना चाहता है।' शेर सिंह गुर्राये।

'इसमें क्या हुआ जो हेठी होती है आपकी?'

'तुम रुको, मैं इसे अभी धक्के मार-मार बाहर कर देता हूँ।' इतना कहकर शेर सिंह आगे बढ़े।

'आप क्यों हलाकान होते हैं अंकल, मैं खुद ही चला जाता हूँ आपके घर से।' मोहन ने इतना कहा और हाथ जोड़कर बाहर आ गया, पर गया नहीं। फाटक पर ही घुटनों में सिर रखकर बैठ गया।

उधर वह पुलिस की नयी वर्दी पहनकर तैयार होने लगे।

'सुनिए, वह लड़का अभी तक फाटक पर डटा है, कह दो कि गुस्सा आ गया था। क्यों जगत में डंका पिटवाते हो कि बित्ते-भर का छोकरा थानेदार के दर्जे के सरकारी अफसर के दरवाजे पर सत्याग्रह किये बैठा है। कहीं अखबार वालों को जो भनक पड़ गयी तो तिल का ताड़ बनेगा। फिर

आज गाँधी जयन्ती भी है।'

'क्या कहती हो, उस लौंडे के आगे गिड़गिड़ाऊँ, कहूँ कि म्रेरे बाप बख्शो...' तभी 'सबको सन्मति दे भगवान। ईश्वर-अल्लाह-तेरे नाम' की गूँज सुनाई दी। खिड़की से झाँका, तो देखा—लड़के झंडे और तख्तियाँ उठाये प्रभात फेरी पर निकले हैं, असिस्टेंट सब-इंस्पेक्टर भीतर खड़े थे और मोहन बाहर उनके फाटक पर डटा था, तभी लड़कों की टोली आ पहुँची। वहाँ अपने साथी को गठरी बना बैठे देखा, तो सब वहीं रुक गये।'

'क्या हुआ?'

'मोहन यहाँ?'

'क्यों बैठा है?'

'चलो इसे भी साथ लो, इसे भी तो एक तख्ती बनानी थी।'

'चलो मोहन, प्रभात फेरी में। यहाँ बैठे क्या कर रहे हो।' आगे वाले बड़े लड़के ने उसे बाँह थामकर उठाया, तो देखा, उसकी आँखों सूज कर लाल हो गयी हैं और अभी भी उसकी आँखों से आँसू बह रहे हैं।

'अरे क्या हुआ इसे?' सभी के मुँह से निकला।

तभी एक लड़के ने, जो सुबह दूध लेने आया था, सारी बात बतायी और कहा कि मोहन सुबह से इस बात पर अड़ा है कि अंकल बताएँ उसने ऐसा क्या कसूर किया था, जो उसे उन्होंने पीट दिया। सब समझा कर हार गये, पर यह यहाँ से टलता ही नहीं।

'मोहन तुम्हारी तख्ती का पन्ना कहाँ है, कल तो हेकड़ी बघार रहे थे कि गांधी जी की वह बात चुनूँगा कि...'

'वह तो यह रहा, लो पढ़ो।' कहकर मोहन ने एक कागज आगे बढ़ा दिया।

'अत्याचार को सहना उसे बढ़ावा देना है।'

'ठीक है, गाँधी जयंती पर गाँधी जी की एक बात तो सही करके दिखाएँ।' इतना बोल एक बड़े लड़के ने तिरंगा ऊँचा करते हुए जोर-से कहा, 'दोस्तो अंकल को सफाई तो देनी ही होगी। हम सब यहीं रुकें। बोलो—महात्मा गांधी की जय!...अंकल, बाहर आओ।' और आस-पास ऐसे ही नारे गूँजने लगे।

अब तो मोहल्ले-भर के लोग भी वहाँ जमा हो गये। नारे गूँजते रहे। मोहन हाथ जोड़कर फाटक के आगे खड़ा रहा। थोड़ी देर बाद, बाबा फरीद फाटक खोलकर भीतर गये और शेर सिंह जी के साथ बाहर आये। फिर सबको स्नेह से देखते हुए बोले, 'प्यारे बच्चो! सुनो, अंकल तुमसे कुछ कहना चाहते हैं।' इतना कहकर वह पीछे हट गये।

अब सामने पुलिस अंकल आये और कहने लगे, 'अच्छा बच्चो! आज सुबह मुझसे एक ज्यादती हो गयी। मैं अत्याचार कर बैठा। गुस्से में मैंने मोहन पर हाथ उठा दिया। कसूर मेरा ही था। मैं शर्मिन्दा हूँ।' इतना सुनना था कि मोहन ने आगे बढ़कर अंकल के चरण छुए और जोर से नारा लगाया, 'अंकल जिन्दाबाद!'

चींटा-चूजे भाई-भाई

विष्णुकान्त पाण्डेय

पौ फटी। सूरज निकला। चिड़ियाँ चहकीं और सुबह हो गई। बड़ा सुहाना लग रहा था। इस सुहानी सुबह की ठंडी-ठंडी प्यारी-प्यारी हवा ने नन्हें चींटे को धीरे-धीरे जगाया—'ऊ हूँ,हूँ-हूँ।'

नन्हा चींटा उठा। उठते ही उसने कंधे पर हल उठाया और लम्बे-लम्बे डग बढ़ाता खेत की ओर चल पड़ा।

अभी थोड़ी ही दूर गया होगा कि बीच सड़क पर दो चूजे लड़ते दिखाई पड़े। नन्हा चींटा रुका और बोला, 'छी-छी, क्यों लड़ रहे हो, भाई?'

चूजों ने तुरन्त लड़ाई रोक दी। एक चूजा कहने लगा, 'बात यह है चींटा भाई कि हमारे जिम्मे कोई काम है नहीं। बैठे-बैठे देह दर्द करने लगी। सोचा, चलो थोड़ा लड़ ही लें कि दिल बहल जाए और लगे हाथों यह भी तय हो जाए कि हम दोनों में कौन बड़ा है और कौन छोटा।'

नन्हा चींटा बोला, 'खेल-खेल में भी लड़ाई क्यों? दिल बहलाना चाहते हो तो चलो मेरे साथ। वहीं यह भी तय हो जाएगा कि कौन बड़ा है और कौन छोटा।'

'लेकिन तुम किधर जा रहे हो चींटा भाई।' दूसरे चूजे ने सवाल किया।

'मैं तो खेत पर जा रहा हूँ। वहीं खूब खेलूँगा और खेल-खेल में कुछ काम भी कर लूँगा।' नन्हें चींटे ने बस इतना ही कहा और खेत की ओर चल पड़ा।

चूजे बोले, 'चींटा भाई, हम भी तुम्हारे साथ चलेंगे।'

'ठीक है, चलो मेरे साथ। बड़ा मजा आएगा।'

आगे-आगे कंधे पर हल लिए चींटा चला और पीछे-पीछे दोनों चूजे। अभी वे कुछ ही दूर गए होंगे कि आवाज आई, 'किधर चले चींटा भाई।'

चींटे ने पीछे मुड़कर देखा तो बत्तख की एक बच्ची खड़ी थी। 'बत्तख बहन, मैं खेत पर जा रहा हूँ। यह देखो, मेरे कंधे पर हल है। चाहो तो तुम भी चल सकती हो।'

'थोड़ी देर ठहरो, मैं अभी कुदाल लेकर आती हूँ।' इतना कहते-कहते बत्तख घर में घुसी और पलक मारते कंधे पर कुदाल डाले बाहर चली आई।

चलते-चलते चूजों ने गाना शुरू किया, 'पक-पक, पक-पक पकां-का' बत्तख ने ताल मिलाई 'ब-क-बक, बक, बक, बक बक-बक-बकां-का' चींटा ताल पर ताल लगाते हुए नाच उठा, ताता थैया, ताता थैया, तिरकिट ता, धिरकिट धा।

उधर सामने से चुहिया दौड़ी-दौड़ी आई और हँसकर बोली, 'नमस्ते, भाई-बहनो, सुबह-सुबह बड़े खुश नजर आ रहे हो तुम लोग?'

'हाँ चुहिया बहन, हम लोग खेत पर जा रहे हैं। मन में आया तो थोड़ा नाचने-गाने लगे।' चींटा बोला।

'क्या मैं भी तुम लोगों के साथ चल सकती हूँ?' चुहिया ने अपनी बात कही।

'क्यों नहीं, क्यों नहीं, तुम्हें साथ पाकर हमें बड़ी खुशी होगी।' बत्तख बोली। सबके सब नाचते-गाते बढ़े। तभी बगल से आवाज आई, 'म्याऊँ।'

चुहिया डर कर चींटे के निकट खिसक आई। चूजे थर-थर काँपने लगे और बत्तख तो बिलकुल रोने लगी—बक्-बक, बक्-बक—ऊँ-ऊँ-ऊँ।

चींटा बोला, 'डरो नहीं, बिल्ली तुम लोगों का कुछ भी बिगाड़ नहीं सकती। तन कर खड़े हो जाओ।'

चुहिया, बत्तख और चूजे एक ओर खड़े हो गए। चींटा आगे बढ़ा और बोला, 'नमस्ते मौसी। हम लोग खेत पर काम करने जा रहे हैं। तुम भी चलो ना!'

बिल्ली बोली, 'मैं क्यों काम करने जाऊँ? मुझे क्या कमी है। दूध, मलाई, दही घी।' 'और चुहिया, चूजे, चुगने क्यों मौसी?' चींटे ने मौसी से मजाक किया।

बिल्ली मौसी शरमा गई और बोली, 'तुम तो हमेशा मेरी हँसी उड़ाया करते हो। तुम्हारे चिढ़ाने से ही मैंने हाड़-मांस खाना छोड़ दिया फिर भी तुम मेरा पीछा नहीं छोड़ते। अब दूध-दही भी नहीं खाने दोगे?'

'कितनी अच्छी मेरी मौसी। अच्छा मौसी हमें आज्ञा दो, नमस्ते।' चींटे ने मौसी से विदा ली। आगे-आगे चुहिया, बत्तख और चूजे चले और पीछे-पीछे चींटा। वह मुड़-मुड़ कर मौसी को देख लिया करता। मौसी लार टपकाती घर की ओर चली गई और ये सबके सब खेत पर जा पहुँचे।

चींटे ने हल खड़ा किया। चूजे बैलों की जगह आ जुते। हल चलने लगा। बत्तख ने कुदाल उठाई और खेत के किनारे फोड़ने लगी। चुहिया ने डंडा लिया और ढेले फोड़ने लगी। बात की बात में खेत तैयार। उधर आसमान में पूरब की ओर से बादल के नन्हें-मुन्ने बच्चे खेलते-कूदते दिखाई पड़े। पुरवा हवा बह चली और बादल के बच्चों के साथ आँख मिचौली खेलने लगी। पुरवा सों-सों कर चलती और बादलों को अपने साथ उड़ाती फिरती। देखते-देखते पूरे आसमान में छा गए। बिजली कौंधी और टपाटप बूँदें पड़ने लगीं।

चींटा, बत्तख चुहिया और चूजे पास के पेड़ के नीचे जा छिपे। झमाझम पानी बरसने लगा और बड़ी देर तक बरसता रहा। ज्यों ही वर्षा कुछ थमी कि मेढक दादा कुकुरमुत्ते का छाता लगाए उसी ओर आ निकले। वे बोले, 'प्यारे बच्चो, तुम लोग यहाँ क्यों छिपे हो?'

चींटे से सारा किस्सा सुनकर मेढक दादा ने फिर पूछा, 'क्या खेत तैयार हो गया?'

'हाँ-हाँ, बिलकुल तैयार है।' चुहिया बोली।

'तो चलो उसमें बिजड़ा डाल दें। मेरे खेत में बिजड़ा तैयार है।'

मेढक दादा ने बच्चों का उत्साह बढ़ाया।

'तो फिर देर क्यों?' चूजे बोले।

'चलो भाइयो, काम पूरा करें।' इतना कहते-कहते बत्तख आगे चलने लगी और उसके पीछे मेढक दादा, चूजे और चुहिया।

मेढक दादा ने पास के अपने खेत से बिजड़ा उखाड़ा। बतख ने बोझा बाँधा, चुहिया ने बोझे को खेत में पहुँचाया और चींटा तथा चूजों ने मिलजुल कर पूरा खेत रोप डाला। काम खत्म होते ही सबके सब खुशी से नाच उठे और मेड़ों पर घूम-घूम कर बहुत देर तक नाचते-गाते रहे। जब शाम होने को आई तो कूदते फाँदते सब अपने-अपने घर लौट आए।

दूसरे दिन से सभी साथी रोज खेत पर जुटने लगे। वहीं पर खेलते कूदते और तरह-तरह के काम भी करते। खूब मेहनत करते और थक जाते तो घर चले जाते।

कभी-कभी बिल्ली मौसी उधर घूमती-घूमती पहुँच जाती तो कहती, 'क्यों तुम लोग जान दे रहे हो? कहीं शरीर को इतना कष्ट दिया जाता है। घर चलो और मेरी तरह टाँगें फैला कर सुख की नींद सोओ। समझे।'

चींटा यह कहकर मौसी की बात टाल देता, 'मौसी जो मेहनत करता है, वही मजे में खाता भी है।' बिल्ली मुँह बिचका कर चली जाती पर कभी भी वह चुहिया या चूजों पर झपटने का नाम नहीं लेती।

देखते-देखते पौधे बड़े हो गए और उनमे बालियाँ लटक आईं। बालियाँ जब हवा में झूमतीं तो देखते ही बनता था। कभी दाहिने कभी बायें-दाहिने-बायें। वाह!

चींटे ने पौधों की रखवाली का काम बाँट लिया। सुबह-सुबह चूजे, दिन में चींटा, शाम को बत्तख और रात में मेढक दादा और चुहिया।

दिन बीतते गए फसल जब पक कर तैयार हुई तो सबने मिलकर पूरा खेत काट डाला। समय पर दौनी और ओसौनी की गई। अनाज का ढेर लग गया। उसे बोरों में बन्द कर गाँव लाया गया तो देखने वालों की भीड़ जमा हो गई। आलसी बिल्ली मौसी ने तो दाँतों तले उँगलियाँ दबा लीं। कुत्ता, खरहा, लोमड़ी, हिरण और बहुत दूसरे जानवर दाँत निपोड़-निपोड़ कर थोड़ा अनाज माँगने लगे। मेढक दादा बोले, 'मैं पूरे गाँव को दावत दूँगा। परन्तु एक ही शर्त पर कि कल से पूरे गाँव को खेत पर चलना होगा और काम करना होगा।' पूरे गाँव ने हाँ-में-हाँ मिलाई।

दूसरे दिन पूरे गाँव के मुखिया गैंडा राम ने कहा, 'भाइयो हम इस गाँव के निवासी चींटा, बत्तख, मेढक, चुहिया और चूजे को बधाई देते हैं। ये देखने में छोटे हैं पर इन्होंने ऐसा काम किया है जो हम बड़े जानवर नहीं कर सके। इन लोगों ने हमारी आँखें खोल दी हैं। हमें अपनी-राहें साफ दिखाई पड़ रही हैं। आओ भाइयो हम सब प्रतिज्ञा करें कि आज से हम सभी मिलजुल कर काम करेंगे और गाँव को खुशहाल बनाएँगे। हम इतना अन्न उपजाएँगे कि न किसी को अन्न चुराने की जरूरत पड़ेगी और न किसी के सामने हाथ पसारने की। हम मिलजुल कर खुद मेहनत करेंगे और पूरे गाँव को अन्न से भर देंगे।

सारे गाँव को यह बात पसंद आई और सबने एक आवाज में प्रतिज्ञा दुहराई। उन्होंने सिर्फ प्रतिज्ञा ही नहीं की वरन् गाँव के सारे छोटे-बड़े लोग खेती में ऐसे जुटे कि सारे खेत लहलहा उठे। आज भी खेतों की हरियाली के साथ सारा गाँव झूम-झूम उठता है। नाचता जाता है और आनन्द मनाता है—अपनी मेहनत की कमाई खाता है। मिलजुल कर रहता है, आनन्द से जीता है। यहाँ सब समान है, सब एक दूसरे के मित्र हैं—चुहिया-बिल्ली एक समान, चींटा-चूजे भाई-भाई ।

——✦——

हार की जीत

शकुन्तला वर्मा

सोमा और शीला बचपन से अच्छी मित्र हैं। दोनों एक ही कक्षा में पढ़ती हैं। पड़ोसी होने के नाते दोनों का अधिकतर समय साथ ही बीतता है। जिस दिन वे आपस में मिल नहीं पातीं उस दिन उन्हें ऐसा महसूस होता है मानो कोई बड़ा काम करने से छूट गया हो।

उस दिन सोमा जैसे ही घर पहुँची। देखा तो कलकत्ते से मौसी और उनकी बेटी मधु आयी थीं। सोमा उन्हें देखते ही खिल गई। मौसी उसके लिये ढेर सारे खिलौने, चूड़ियाँ, माला और फ्राक लाई थीं। सोमा ने मधु का सामान अपने कमरे में रख लिया। उन लोगों के आने से दशहरे की छुट्टियाँ

अच्छी बीतेंगी—सोचकर सोमा बड़ी प्रसन्न थी।

तीन चार साल बाद सोमा और मधु मिली थीं। इसलिये उन लोगों की बातें थीं कि खत्म होने को ही नहीं आ रही थीं। दो-तीन दिन कैसे बीत गए पता ही नहीं चला। एक दिन शाम को मधु बोली—'भई सोमा, मेरा तो घर बैठे-बैठे मन ऊब गया। मुझे आए तीन दिन हो गए और हम लोग कहीं गए नहीं। हमारे कलकत्ते में दुर्गा पूजा के दिनों में इतनी चहल-पहल रहती है कि हम लोग एक दिन भी घर नहीं बैठते।'

मगर मधु कहीं घूमने जाने के लिए तो पापा को मनाना पड़ेगा। चलो आज तुम्हें अपनी सहेली के घर ले चलती हूँ। दो दिन से गए भी नहीं है उसके पास। मिलोगी तो मन खुश हो जायेगा। बड़े अच्छे स्वभाव की है शीला। पेंटिंग इतना बढ़िया करती है कि तुम देखोगी तो ताज्जुब करोगी।'

'अच्छा, तो फिर उसी के घर चलते हैं'—मधु चलने को तैयार हो गई।

सोमा ने घंटी बजाई तो शीला की मम्मी ने दरवाजा खोला।

सोमा ने मधु का परिचय कराते हुए कहा—'आंटी यह है मधु। मेरी मौसी की लड़की। कलकत्ते से छुट्टियाँ बिताने आई है।'

'अच्छा-अच्छा। मन्दाकिनी की लड़की है। बहुत छोटी-सी थी, तब देखा था। आओ तुम लोग भीतर आओ। शीला अपने कमरे में ही है...' कहकर आंटी फिर चौके में चली गईं।

आहट पाकर शीला ने सिर उठाया तो सोमा के साथ किसी नई लड़की को देख वह अचकचा गई। उसने झट पेंटिंग ब्रश रखकर कहा—'आओ सोमा।' फिर मधु से बोली—'आइए आप भी बैठिए।'

सोमा ने हँसते हुए कहा—'पहचाना नहीं शीला। यह मधु है। मेरी कलकत्ते वाली बहन। इसे आप नहीं, तुम कहो।'

'लेकिन तुम लोग खड़ी क्यों हो, बैठो न।' शीला ने सहज होते हुए कहा।

सोमा कुर्सी खींच कर बैठ गई। लेकिन मधु वैसी की वैसी खड़ी रही। वह शीला को आश्चर्य से देखे जा रही थी। तभी शीला बोली —'मेरे हाथ नहीं है। देखकर आपको अजीब सा लग रहा होगा।'

'नहीं तो।' कहकर मधु भी बैठ गई। ऊपर से तो उसने नहीं कह दिया था। लेकिन उसके असहज व्यवहार को सोमा और शीला दोनों ने भाँप लिया था। थोड़ी देर इधर-उधर की बातें करके ही मधु उठ गई। हार कर सोमा

को भी उठना पड़ा।

रात को अब दोनों वापिस बातें करने बैठीं तो मधु बोली—'सोमा, तुम्हारी शीला से कैसे दोस्ती है? तुम्हारी जगह मैं होती तो कभी मित्रता न करती। न खेलना, न कूदना। बस सारे वक्त बातें। इस तरह तो तुम्हारी जिन्दगी भी चौपट हो जायेगी।'

'नहीं मधु, तुम शीला को नहीं जानती। अब से चार साल पहले वह हम लोगों की तरह स्वस्थ और सुन्दर लड़की थी। एक दिन तार मिला कि नानी की हालत खराब हो गई है। आंटी और शीला तुरन्त रवाना हो गईं। जिस बस से वे लोग गईं, वह रास्ते में दुर्घटनाग्रस्त हो गई। आंटी के सिर में चोट आई। मगर शीला के दोनों हाथ की हड्डियाँ चूर-चूर हो गईं। मजबूरन डाक्टर को उसके दोनों हाथ काटने पड़े। शीला को जब होश आया तो अपने हाथ न देख वह फूट-फूट कर रोने लगी। आंटी, अंकल, डाक्टर सब समझा-समझा कर हार गए। मगर वह हर समय रोती रहती।'

अपनी अकेली संतान को यों बिलखते देख आंटी का बुरा हाल था। उन्हें यों रोता देख एक दिन डाक्टर ने समझाया कि अगर आप यों हर समय उदास रहेंगी तो शीला को कैसे धैर्य आयेगा। आप उसे खुश रखने की कोशिश करिए। तभी वह धीरे-धीरे सहज हो सकेगी।

उस दिन से आंटी ने अपने सीने पर पत्थर रख लिया। तीन-चार महीने इलाज के लिये अस्पताल में रहना था। शीला का घाव धीरे-धीरे भरने लगा। लेकिन अब वह लेटे-लेटे ऊबने लगी। अचानक एक दिन आंटी को ख्याल आया कि वह तो पढ़ने की बहुत शौकीन थी। बस फिर क्या था। आंटी उसके लिये अच्छी-अच्छी किताबें लाने लगीं।

शीला का वक्त ठीक से गुजरने लगा। तभी एक दिन शीला ने कहा—'मम्मी, आप मेरी कोर्स की किताबें ला दीजिए। मैं पढ़ती रहूँगी। नहीं तो मेरा साल बेकार हो जायेगा।'

आंटी ने सुना तो प्रसन्नता से उनकी आँखें भर आईं। उस दिन से शीला अस्पताल में कोर्स की किताबें पढ़ने लगी। समय बीतता गया और वह ठीक होकर घर आ गई। जब स्कूल पहुँची तो प्रिंसिपल ने यह कहकर उसे वापस भेज दिया कि वह अब नार्मल बच्ची तो है नहीं। इसलिये उसकी पढ़ाई यहाँ न हो सकेगी। उस दिन वह बहुत रोई। उसे लगा उसका जीना व्यर्थ हो गया।

मगर आंटी ने हिम्मत नहीं छोड़ी। उन्होंने शीला को समझाते हुए कहा—'तुम घबड़ाओ नहीं बेटी। अगर तुम्हारे मन में पढ़ने की लगन है तो तुम जरूर पढ़ सकोगी।

'कैसे मम्मी? मेरे तो हाथ ही नहीं हैं? कैसे लिखूँगी? कैसे पेंटिंग बनाऊँगी। कैसे अपना काम करूँगी? जब परीक्षा नहीं दे सकूँगी तो मेरा पढ़ना न पढ़ना सब बराबर हो जायेगा।' शीला ने बुझे स्वर में कहा।

'नहीं बेटी, मेहनत कभी बेकार नहीं जाती। तुम भी सब करोगी। वैसे ही जैसे और सब करते हैं।'

'मगर कैसे मम्मी? मैं कैसे कर पाऊँगी? मेरे तो दोनों हाथ... इससे तो मैं मर ही जाती। भगवान ने मुझे अपाहिज बनाकर क्यों छोड़ दिया।' कहकर वह रो पड़ी।

आंटी ने उसके आँसू पोछे। फिर प्यार से समझाते हुए कहा—'देखो शीला, भगवान जब किसी से कुछ छीनता है तो उसे कुछ देता भी है। नहीं तो इन्सान का जीना दूभर हो जाये। तुम भी धैर्य रखो। मैं तुम्हारा नाम विकलांग बच्चों के स्कूल में लिखवा देती हूँ। वहाँ तुम अपनी पढ़ाई पूरी कर सकोगी। हिम्मत हारने से तो कुछ भी हाथ नहीं लगेगा बेटे।'

उसके बाद शीला विकलांगों के स्कूल में जाने लगी। मगर फिर भी वह हरदम उदास रहती। एक दिन स्कूल से लौटी तो बेहद खुश थी। आंटी ने पूछा— 'आज मेरी बेटी बहुत खुश है। कोई खास बात है? मुझे नहीं बताएगी?'

शीला ने कहा—'मम्मी मेरे साथ एक लड़का पढ़ता है अनिल। वह देख नहीं सकता। वह आँखों का काम अपने हाथों से लेता है। वह छू-छू कर ब्रेल लिपि से पढ़ता है। उसके पास एक घड़ी है। उसके उठे हुए अंकों को छूकर वह एकदम सही समय बता देता है। उसे देखकर मुझे लगा कि जब वह हाथों से आँख का काम ले सकता है, तो फिर मैं अपने पैरों से हाथों का काम क्यों नहीं ले सकती।'

सुनकर आंटी के चेहरे पर प्रसन्नता की लहर दौड़ गई। उन्होंने शीला को सीने से लगाकर कहा—'बेटी तूने अपनी मंजिल पा ली है। अब तू कभी पीछे मुड़कर नहीं देखेगी।'

बस, उसी दिन से वह पैर से कलम पकड़ कर लिखने का अभ्यास करने लगी। लिखने के अलावा पेंटिंग बनाना, खाना बनाना कई काम वह एक-एक कर पैरों से करने लगी। शुरू में उसे अटपटा लगता था। दिक्कत भी आती थी। मगर आंटी ने सदा उसका मनोबल बढ़ाया। और वह कामयाब होती गई। इस साल वह सातवीं की परीक्षा दे रही है। पेंटिंग तो वह इतनी अच्छी बनाती है कि उसे इस वर्ष पेंटिंग कम्पीटीशन में फर्स्ट प्राइज मिला है। उसने भी अन्य बच्चों की तरह भाग लिया। आयोजकों के कहने पर भी उसने अधिक समय नहीं लिया। बोली, 'यह बेईमानी होगी' और सबके देखते ही देखते पैर में ब्रश पकड़कर ऐसी सुन्दर सीनरी बनाई कि देखने वाले चकित रह गये।

अब वह पढ़ने के बाद खाली समय में नए वर्ष, होली, दीवाली, ईद, क्रिसमस, जन्मदिन आदि के कार्ड्स पर सुन्दर-सुन्दर पेंटिंग बनाती है। और उन्हें दुकान पर बिकने दे आती है। हर महीने वह इससे इतना धन कमा लेती है कि उससे उसकी अपनी जरूरतें पूरी हो जाती हैं। पढ़ने के लिये उसे स्कालरशिप मिल रही है। अपने मम्मी-पापा के आगे हाथ नहीं पंसारती। सच कहूँ तो विकलांगता ने उसे अभी से आत्म निर्भर बना दिया है। उसकी हार भी जीत में बदल गई।

मधु ठगी-सी बैठी सुनती रह गई। उसे लगा अब से कुछ देर पहले जिस लड़की को देखकर उसके मन में उपेक्षा का भाव आया था। वह उससे, सभी से, कहीं अधिक महान है। मधु की नजरों में शीला ऊँची, बहुत ऊँची उठ गई थी।

——✦——

एक था राम

डॉ० श्रीप्रसाद

आपकी हिम्मत कैसे हुई मुझे नकल करते हुए पकड़ने की? राम अकेला था। अपने पढ़ने के कमरे में बैठा था। घर में माँ और बहन भी थी। वे अपने-अपने कामों में लगी थीं। पिता जी छह बजे दफ्तर से आए थे

और दो मिनट राम से बात करके कहीं चले गये थे। शायद रवि शंकर जी से माफी माँगने गये थे।

जब राम के पिता जी दफ्तर से आ रहे थे, तभी रास्ते में किसी ने उनसे सारी बात कह दी थी। आते ही वे राम के कमरे में गये और कड़ककर पूछा, 'क्या आज सवेरे परीक्षा के समय कोई बात हुई थी?'

राम चुप रहा।

राम के पिता ने फिर कड़ककर पूछा, 'क्या आज तुमको तुम्हारे गणित के अध्यापक रविशंकर जी ने नकल करते हुए पकड़ा था?'

'जी, राम ने कबूल किया।

'तुमने उनसे क्या कहा?' राम के पिता फिर बोले।

राम फिर चुप रहा।

'बोलते क्यों नहीं?' राम के पिता गरजे।

राम की माँ और बहन भी आकर सुनने लगीं।

'क्या तुमने अपने अध्यापक से यह कहा—'आपकी हिम्मत कैसे हुई मुझे नकल करते हुए पकड़ने की। आपने यह गलती क्यों की?' राम के पिता जी ने डाँटते हुए पूछा।

राम गलती तो कर ही चुका था। गणित उसका कमजोर है, इसीलिये कुछ लड़कों के बहकावे में वह भी एक चिट तैयार करके ले गया था और उससे नकल कर रहा था। तभी गणित के अध्यापक ने उसे पकड़ा और उसके मुँह से एकाएक निकल पड़ा, 'आपकी हिम्मत कैसे हुई मुझे नकल करते हुए पकड़ने की। आपने यह गलती कैसे की। इसका फल अच्छा नहीं होगा

रविशंकर जी राम के पिता को अच्छी तरह जानते हैं। राम ने नकल भी कोई खास नहीं की थी, इसलिये उन्होंने चुपके से चिट छीन ली और मसल कर फेंक दी। फिर वहाँ से हट गये। कहा कुछ भी नहीं।

नकल पकड़े जाने पर कार्यवाही होती है। छात्र से फार्म भरवाया जाता है। जिसमें वह नकल की बात लिखता है। इस कार्यवाही से छात्र का एक साल तो बर्बाद होता ही है।

रविशंकर ने शायद यह सोचकर कोई कार्यवाही नहीं की कि राम का एक साल बर्बाद हो जाएगा और आगे वह पढ़ भी न सके।

राम के पिता बहुत रईस आदमी हैं भी नहीं, फिर अत्यन्त परिचित भी हैं। किन्तु राम इस बात को नहीं जानता था कि उसके पिता गणित के अध्यापक जी से परिचित भी हैं। वह यह नहीं जानता था कि कोई इस घटना को उसके पिता से कह भी सकता है, नहीं तो वह ऐसा न कहता। ऐसा दोष उसमें कुछ ही दिनों से आया था, संग-सोबत के कारण—नहीं तो वह गलती न करता।

'तुम्हें शर्म आनी चाहिए अपने व्यवहार पर। मैं नहीं सोचता था कि तुम ऐसे हो।' दुखी होकर राम के पिता बोले और तेजी से घर के बाहर निकल गये।

उनके चले जाने के बाद माँ ने लाख पूछा, पर राम ने कुछ नहीं बताया। वह एक चुप, हजार चुप। हारकर उसकी माँ रसोई में चली गयीं। उन्हें खाना बनाना था।

बहन बहुत छोटी थी। वह पूछती भी क्या।

अब राम अकेला था और मन-ही-मन घुट रहा था। उसे आश्चर्य हो रहा था कि उसके मुँह से कैसे ऐसी बातें निकलीं। उलटा चोर कोतवाल को डाँटे। अध्यापक जी सही काम कर रहे थे और वह कह रहा था कि गलत काम कर रहे हैं।

यही सब सोचकर उसे दुख हो रहा था।

राम अपने मन में बहुत अधिक घुट रहा था। वह दुखी हो रहा था, ऐ ऐसे अध्यापक का अपमान करके, जिनका कॉलेज में सभी सम्मान करते ।

राम सोच रहा था—मैंने अपने अध्यापक का अपमान किया, पर उन्होंने नकल वाली परची अवश्य ली, किंतु मुझे निष्कासित होने से बचाया, द वे चाहते तो फार्म भरवा लेते और तब मेरा एक साल बरबाद हो जाता।

स्वार्थ में आदमी अपना विवेक खो देता है। उस समय उसे चित-अनुचित का ज्ञान नहीं रह जाता। राम के साथ यही हुआ। अब कांत में वह यही सोच रहा है कि अपने गुरु का अपमान करते समय वह वेक खो बैठा, जबकि वे अपना कर्त्तव्य पूरा कर रहे थे।

बीस दिन पहले की बात है—राम को याद आया—इन्हीं ध्यापक ने कहा था, 'राम अपनी तैयारी अच्छी रखना, तुम्हें अच्छी श्रेणी नी है। यदि गणित में कुछ पूछना हो तो घर आकर पूछ लेना, संकोच म रना।'

लेकिन राम तो यह सब भूल गया। कुसंगति ने सब भुला दिया। यह कुसंगति थी भानुशंकर की, त्रिभुवन की और मोहन की,ये तीनों वे विद्यार्थी थे, जिन्हें पढ़ने-लिखने से कुछ मतलब न था। घर से संपन्न थे। नौकरी करनी नहीं थी, इसलिये यह भी चिंता नहीं थी कि मेहनत से पढ़ें। अपनी-अपनी कार में पढ़ने आते थे, नौकर साथ में आता था और कॉलेज में भी कोई न कोई शरारत ही करते रहते थे। धनी होने के कारण प्रधानाचार्य भी इनके घर वालों से थोड़ा दबते थे और कुछ अध्यापक भी। प्रधानाचार्य के दबने का कारण तो यह था कि जब कॉलेज की इमारत बन रही थी तो इनमें से दो के दादा ने कॉलेज को काफी धन दिया था। वास्तव में वे अच्छे लोग थे, इन भानुशंकर, त्रिभुवन या मोहन की तरह के बुरे विचार वाले नहीं थे।

करीब एक घंटा बीत गया। माँ फिर आयी, 'चलो खाना खा लो, जो हुआ सो हुआ। तुमने गलती की। अपने अध्यापक का अपमान नहीं करना चाहिये।'

'मैं खाना नहीं खाऊँगा।' राम रो पड़ा, 'मैंने सचमुच बहुत बड़ी गलती की है। मैंने अपने अध्यापक का अपमान किया है। मैं मुँह दिखाने लायक नहीं रहा। मैंने कितनी भारी गलती की है।'

राम फूट-फूटकर रोये जा रहा था। बेटे को रोता देखकर माँ भी रो पड़ी। बहन की आँखों में भी आँसू आ गये।

अब तक राम के पिता भी आ चुके थे। वे जैसे ही कमरे के अन्दर आए। राम और जोर से बिलख उठा, 'पिता जी, मुझे माफ कर दीजिए। मुझसे सचमुच भारी गलती हो गयी।'

बेटे को रोता देखकर पिता का मन भी भर आया था। बेटे की आँख से निकले ये आँसू पश्चाताप के आँसू थे, ये दुख के सच्चे आँसू थे।

'रोओ मत', पिता ने दुखी होते हुए समझाया, 'कल तुम अपने अध्यापक के पास जाना। उनसे माफी माँग लेना, वे तुम्हें माफ कर देंगे, मैं उन्हीं के पास गया था।'

राम उठा, सबके कहने पर हाथ-मुँह धोया। सबने मिलकर खाना खाया। अब उसका मन कुछ हलका हो गया था।

पर पूरी तरह तो उसका मन हलका कल होगा, जब सवेरे जाकर वह अपने अध्यापक से माफी माँगेगा। उसे उसके अध्यापक माफ भी कर देंगे

क्योंकि वह जानता था कि उसके अध्यापक बहुत अच्छे हैं।

राम ने अपने अध्यापक से माफी माँगने के निश्चय के साथ ही यह भी निश्चय कर लिया कि यह भानुशंकर, त्रिभुवन और मोहन जैसे साथियों को छोड़ देगा, जिनके कारण उसके स्वभाव में दोष आ गया।

अब वह मेहनत से पढ़ेगा और अच्छे साथियों के साथ रहेगा।

कछुआ ला दो

शकुन्तला सिरोठिया

समुद्र के किनारे एक गाँव था। वहाँ एक मछुआरा अपनी पत्नी और फूल-सी प्यारी बेटी केतकी के साथ रहता था। वह बहुत रूखे और कठोर स्वभाव का था, किन्तु पत्नी बड़ी सीधी और सरल थी। केतकी जैसा नाम, वैसे ही रूप और गुण वाली थी। उसका सोने-सा सुनहरा रंग था। रेशम से सुनहरे, घुँघराले बाल थे। हँसती तो फूल झरते। जो भी उसे देखता, प्यार करने लगता। सारे गाँव वाले उसे चाहते। माँ तो उस पर अपने प्राण ही न्योछावर करने को तैयार रहती। किन्तु मछुआरा उससे कभी बात तक न करता।

एक दिन मछुआरा पत्नी के साथ समुद्र तट पर मछली पकड़ने गया। दोनों ने नाव में बैठकर पानी में कई बार जाल फेंका, किन्तु उस दिन कुछ हाथ न लगा। एक भी मछली पकड़ में नहीं आई। मछुआरा चिड़चिड़ा उठा। पत्नी भी चिन्तित थी। कुछ देर बाद मछुआरा दुखी होकर लौट गया। अकेली मछुआरिन बैठी रही। उसने जाल डाला ही था कि जोर का तूफान आ गया। जाल में बड़ी-बड़ी मछलियाँ फँस गयी थीं। मछुआरिन तूफान के कारण जल्दी घर लौटना चाहती थी, पर जाल में फँसी मछलियों को छोड़ते भी नहीं बन रहा था। उसने जोर लगाकर जाल को खींचना चाहा, पर अचानक पाँव उखड़ गए। वह समुद्र में जा गिरी। समुद्र की तेज धाराएँ उसे बहा ले गईं। फिर उसका कुछ पता नहीं चला।

कुछ दिन बाद ही मछुआरा एक और स्त्री अपने घर ले आया। उसके साथ केतकी से बड़ी एक बदसूरत और झगड़ालू लड़की भी थी। रंग तो उसका काला था ही, चेहरे पर चेचक के दाग भी थे। उसका माथा बहुत चौड़ा और भद्दा था। आँखों में शैतानी भरी थी और वह स्त्री तो बहुत कुटिल थी। पूरे मोहल्ले से उसने आते ही लड़ाई मोल ले ली। उसके कुटिल स्वभाव के कारण लोगों ने उसका नाम कुटिला रख दिया। सबसे बुरी बात यह हुई कि ये दोनों माँ और बेटी सीधी-सादी केतकी से बहुत जलतीं। उसी से घर का सारा काम करवातीं। काम करते-करते थक जाती, तो दोनों उसका मजाक उड़ातीं। उसे दिन भर डाँटती, झिड़कती और गालियाँ देतीं। खाने को बची-खुची जूठन दे देतीं। बाप तो पहले ही केतकी की चिन्ता नहीं करता था। अब तो वह उसकी तरफ आँख उठाकर भी नहीं देखता था। बेचारी केतकी अपने दुःख के दिन रो-रोकर काट रही थी।

एक दिन दोपहर को जब दोनों माँ-बेटी खूब खा-पीकर सो रही थीं, केतकी घर का सब काम समाप्त करके चुपके से समुद्र की तरफ चली गई। वहाँ किनारे पर बैठ, वह अपनी माँ को याद करके रोने लगी। उसका रोना सुनकर समुद्र में से कछुवी निकली। वह उसके पास आकर रुक गई। केतकी ने आश्चर्य से देखा कि उसकी आँखों में भी आँसुओं की धार बह रही थी। अनजाने में ही उसने उसे अपनी गोद में उठा लिया और उसे 'माँ' कहकर उसके सिर पर हाथ फेरने लगी। उसे लगा कि कछुवी भी उसके दुःख से दुःखी है। तब वह रो-रोकर अपना दुःख उसे सुनाकर मन हलका करने लगी। काफी देर उससे बातें करने के बाद केतकी बोली—'माँ, अब तुम जाओ, मैं भी घर जा रही हूँ। कल फिर आऊँगी।' यह कहकर उसने कछुवी को पानी में छोड़ दिया और घर चली आई। उसे लगा कि वह कछुवी उसकी माँ है, जो समुद्र में डूबकर मरी थी।

अब केतकी नियम से रोज समुद्र पर आने लगी। कछुवी को अपना दुःख दर्द सुनाकर उसका दुःख कम हो जाता। सारी दोपहर वह उसके साथ बातें करती और शाम होने से पहले घर लौट आती। अब उसके चेहरे की उदासी दूर हो गई थी। उसे लगता कि उसका भी कोई साथी है, किन्तु उस बेचारी को इतनी-सी खुशी भी उसकी सौतेली माँ और बहन को सहन नहीं हुई। एक दिन दोनों छिपकर केतकी के पीछे समुद्र तट पर गईं। वहाँ उन्होंने वे सब बातें सुनीं, जो उसने कछुवी से कही थी। दोनों अपनी शिकायत सुनकर खाक हो गईं। घर लौटकर कुटिला की बेटी ने रो-रोकर आसमान

सिर पर उठा लिया। बोली—'मुझे तो वही कछुवी चाहिए, जिससे केतकी बातें करती है।'

हारकर केतकी को वही कछुवी लाकर देनी पड़ी। कुटिला और उसकी बेटी ने कछुवी को मार डाला। रात को मिट्टी खोदकर वे गाड़ रही थीं, तभी केतकी वहाँ आ गई। कछुवी की ममता याद कर उसकी आँखों से झर-झर आँसू बहने लगे। कछुवी को जब गाड़ा गया, तो केतकी के वे आँसू भी मिट्टी में मिल गये।

दूसरे दिन एक आश्चर्यजनक बात हो गई। सबने देखा कि एक सुन्दर हरा-भरा वृक्ष केतकी के दरवाजे पर रात भर के अन्दर खड़ा हो गया है। उसमें सोने-चाँदी के चमकदार फल लगे हुए थे। घर का काम करने के लिये सबसे पहले केतकी ही उठती थी, इसलिये उसी ने पहले वृक्ष को देखा। उसे विश्वास हो गया कि कछुवी की हड्डियों के ऊपर उगा यह वृक्ष जरूर कछुवी ही है। वह खुशी से पेड़ के तने को बाँहों में घेरकर खड़ी हो गई। उसके मुख से अचानक निकला—'माँ, तुम फिर आ गई।'

थोड़ी देर में आस-पड़ोस के लोग भी जाग गए। उन्होंने जब चाँदी सोने के फलों वाला वृक्ष देखा तो आश्चर्य और खुशी से चीख पड़े। देखते-देखते भीड़ जमा हो गई, जिसे देखकर उधर से घोड़े पर जा रहा नौजवान राजा रुक गया। पेड़ को देखकर वह भी चकित होकर पूछने लगा—'किसका घर है यह? किसने लगाया है यह पेड़?

केतकी घर के अन्दर से सब सुन रही थी, किन्तु डर के मारे कुछ नहीं बोली। लेकिन कुटिला बाहर निकल आई और बोली 'राजा जी, यह घर हमारा है और यह पेड़ मेरी बेटी का है।'

राजा ने उसकी बेटी को बुलाया। वह अभी तक पड़ी सो रही थी। राजा की आज्ञा सुनकर बाहर आई मुँह भी उसने नहीं धोया था, आँखों में नींद भरी थी। बाल बिखरे हुए थे। उसकी शक्ल देखकर सब लोग मुस्कुराने लगे, लेकिन उसने किसी की परवाह नहीं की। सीधे राजा के पास जाकर खड़ी हो गई। राजा ने पूछा—'लड़की, क्या यह पेड़ तेरा है?'

जोर से हँसते हुए वह बोली—'जी हाँ, मेरा तो है ही। और किसका हो सकता है राजा जी।'

राजा बोला—'अच्छा, तो क्या इसके दो-चार फल मुझे भी दोगी?'

'अभी देती हूँ।' कहकर वह पेड़ पर चढ़ गई और एक फल को पकड़कर खींचने लगी। पूरी शक्ति लगाकर खींचने पर भी फल नहीं टूटा। वह थककर हाँफने लगी और झेंपकर नीचे उतर आई। केतकी खिड़की से झाँक रही थी। बाहर निकलने की हिम्मत उसकी नहीं थी। भीड़ में से किसी ने उसे देखा, तो खिड़की की तरफ अँगुली से इशारा करके चिल्ला कर बोला—'राजा जी, यह पेड़ खिड़की में खड़ी उस लड़की का है। इस लड़की का नहीं है।'

कुटिला ने क्रोध से दाँत पीसकर खिड़की की तरफ देखा। डर के मारे केतकी भीतर घुस गई। लेकिन राजा ने उसे देख लिया था। उसने आज्ञा दी कि केतकी को बाहर बुलाया जाए। केतकी सहमी, शरमाती बाहर आई। राजा के पास जाकर सिर नीचा करके खड़ी हो गई। राजा ने उससे भी कहा कि वह एक-दो फल तोड़कर उसे दे। वह पेड़ पर नहीं चढ़ी। विश्वास भरी मीठी आवाज में उसने पेड़ के नीचे खड़े होकर कहा—'यदि यह पेड़ सचमुच मेरा है, तो दो फल मेरी गोद में आ जाएँ।'

वह आँचल पसारकर खड़ी हो गई। सब लोग आश्चर्य से देखने लगे। वृक्ष केतकी की आवाज सुनकर जोर से हिला और ढेर से फल उसके आँचल और जमीन पर गिर पड़े। केतकी की आँखों से खुशी के आँसू झरने लगे। राजा की आँखें भी खुशी से चमकने लगीं। वह घोड़े से उतरकर केतकी के पास आया। उसका हाथ पकड़कर बड़े आदर और प्यार से बोला—'हे सुन्दर कन्या, क्या तुम मेरे साथ चलोगी? मैं तुम्हें अपनी रानी बनाऊँगा, तुमसे विवाह करूँगा।'

केतकी ने शरमाकर सिर नीचा कर लिया। सब खड़े हुए लोगों ने खुशी से राजा की जय बोली। राजा ने केतकी को अपने साथ घोड़े पर बैठा लिया।

कुटिला और उसकी बेटी ने केतकी को जाते हुए देखा, तो क्रोध से दाँत पीसती और पैर पटकती घर के अन्दर चली गई—पेड़ को काटने के लिए कुल्हाड़ी लेने । लेकिन एक चमत्कार हुआ। सबने आश्चर्य से देखा कि जैसे ही कुटिला कुल्हाड़ी लेकर बाहर आई, वहाँ कोई पेड़ नहीं था। यहाँ तक कि पेड़ का कोई निशान तक भी नजर नहीं आ रहा था।

—✦—

तितली और बाबू

अलका पाठक

बाबू है एक लड़का। छोटा-सा, प्यारा-सा, सुन्दर-सा, होशियार। लेकिन थोड़ा-सा नटखट। बाबू है तीसरी कक्षा में। इस बार दिल लगा कर पढ़ा। मेहनत की। कोशिश की। नम्बर आए, पूरे बटा पूरे। बाबू खुश। बाबू की टीचर भी खुश। मम्मी खुश, पापा खुश। नानी खुश, नाना खुश।

खुश होते हैं तो करते हैं क्या? खेलते हैं, कूदते हैं, नाचते-गाते हैं। दोस्तों के संग नाचते-गाते हैं। मजे उड़ाते हैं। बाबू ने भी यही किया। रिपोर्ट कार्ड दिखाया, शाबाशी मिली। प्यार मिला। दुलार मिला। 'इनाम' का वादा मिला, बाबू खुश। कूदकर बरामदे की सीढ़ियाँ उतरा, फाटक और बरामदे के बीच छोटा सा बगीचा है—बगीचे में घास है, क्यारियाँ हैं, फूल हैं, पौधे हैं, बेल हैं, पेड़ हैं, बीच में सीमेंट का बना रास्ता है, रास्ते के दोनों ओर गमलों की कतार है। गमलों में रंग-रंग के फूलों की बहार है। फूलों ने देखा, पत्तियों ने देखा, पेड़ पर बैठी चिड़िया ने देखा, कोटर में बैठे तोते ने देखा और घोंसले में बैठे-बैठे चिड़िया के नन्हें-मुन्नों ने उचक-उचक कर देखा। देखा कि श्रीमान बाबू अपने खुड्डे दाँतों को चमकाते हुए, हँसते हुए चले आ रहे हैं। भई जिसके पूरे बटा पूरे नम्बर आयेंगे वह तो हँसेगा, खिल-खिलाएगा। अगर फूलों के, पत्तियों के, पंखुड़ियों के, घास और बेल के, लता और पत्तों के, पेड़ के, गमलों के दाँत होते, अधर होते तो वह हँसते। खूब-खूब हँसते, बाबू उनका दोस्त जो ठहरा। पर उनके न दाँत, न अधर फिर कैसे हँसे-मुस्कराएँ, खिलखिलाएँ—बस फूल हिले— पत्तियाँ डोलीं। पेड़ों की शाखों ने हिल-हिल कर बाबू को शाबाशी देनी चाही पर बाबू की समझ में ही नहीं आया। उसने एक गुलाब को पकड़ कर उसको उमेठा और झट से तोड़ लिया। गुलाब का फूल कराह उठा। बाबू को सुनाई नहीं दिया। उसने गुलाब का लाल रंग देखा, खुशबू को सूँघा और अभी सूँघ ही रहा था कि क्या देखता है कि दो तितलियाँ एक गुलाबी और एक सतरंगी बगीचे के कोने में क्यारियों के फूलों पर सैर कर रही हैं—इधर से उधर, उधर से इधर। बाबू उन्हें पकड़ने को झपटा। लगभग दौड़ा। तितली तक पहुँचा। रास्ते में फूल

हाथ से गिरा। फूल की सुध ही कहाँ थी। आँख तितली पर जो लगी थी। जब तक तितली के पास पहुँचा, तितली उड़ कर दूसरी ओर। तितली की इतनी हिमाकत कि बाबू से बचे। बाबू की पकड़ से गणित के सवाल नहीं बचे। तितली समझती है कि बाबू से बच जाएगी। बाबू कितना होशियार है, और मम्मी का कहना है कि कोशिश करने से सब कुछ हो सकता है। एक बार की कोशिश नहीं। लगातार कोशिश करने से सब कुछ हो सकता है। एक बार की कोशिश नहीं। लगातार कोशिश। बाबू कोशिश और मेहनत से ही पूरे बटा पूरे नम्बर लाया है, कोशिश और मेहनत से सब कुछ हो सकता है।

बात सच है। सच निकली। तितलियाँ बाबू से आँख मिचौली खेलीं। सारे बगीचे में डोलीं—बाबू को भी कभी दौड़ाया-थकाया। छकाया और पिदाया। पिदाया मायने कि हारने वाले को खूब दौड़ाना। जान बूझ कर बाबू ने हिम्मत नहीं छोड़ी। पक्का इरादा । तितली अगर पकड़नी है तो पकड़नी ही है बीच में छोड़ना नहीं। तितली से मुँह मोड़ना नहीं। तितली बहुत अकड़ी अन्त में गई पकड़ी। गुलाबी तो उड़ गई थी। हाथ आई सतरंगी। इन्द्रधनुष के सातों रंग ऊपर छिटके हुए। रंग-रंग की धारियाँ। धारियों की कतार पर नन्हीं-नन्हीं बुंदकियाँ। रंग-रंग की। प्यारे रंग। निराले रंग-निखरे निखरे। चमके-चमके। दमके-दमके। बाबू भागा कितना दौड़ा, कितना-कितनी देर, तब गई तितली पकड़ी। बाबू की अँगुलियों में तितली कसमसाई, छटपटाई, घबराई। फूल नहीं बोलते, पौधे नहीं बोलते घास और पेड़ भी नहीं। बेचारा वह गुलाब भी नहीं जिसको बाबू ने पौधे से तोड़ा था। तितली के चक्कर में पैरों से रौंदा था वह चिल्लाया, रोया बाबू ने सुना नहीं। तितली रोई चिल्लाई, कसमसाई, घबराई। बाबू ने सुना नहीं, तितली भी बोलती नहीं, बाबू ने तितली को किताब में बंद किया। किताब बस्ते में, बस्ता बन्द।

बाबू ने स्कूल में अपने दोस्तों को बताया। कैसी सुन्दर तितली पकड़ी, कितनी मेहनत से। बस्ता खोला। किताब बस्ते से निकाली। किताब खुली। तितली न हिली न डुली। उड़ी नहीं। वैसी ही पड़ी रही। चुपचाप। पंख सुन्दर, पर उड़ते में जितनी सुन्दर लगती थी वैसी अब नहीं लगी, बस ऐसी जैसे कोई चित्र हो, दोस्तों ने कहा 'मर गई'।

अच्छा, किताब में मर गई होगी। घर जाकर बगीचे में उसी क्यारी में रख देगा तो जी उठेगी! बाबू ने तितली को सहेजा। जतन से रखा। घर

लाया। स्कूल से लौटा। बरामदे में बस्ता रखा। किताब निकाली। तितली को उठाया। क्यारी तक लाकर घार पर रखा। तितली वैसी ही पड़ी रही। हिली नहीं, डुली नहीं। मर गई थी। जब तक बाबू ने पकड़ी थी तब तक उड़ती थी। डाल-डाल डोलती थी। फूल-फूल घूमती थी। खेलती थी। बाबू के संग पकड़ा-पकड़ी। आँख मिचौली। तितली बेजान, बाबू उदास, गुलाब नाराज। कल तोडा़ था एक सुन्दर फूल। पैरों तले रौंदा था। घास रूठी थी। उस पर जूते पहने कूदा था। चिड़िया नाराज। गमलों के पौधे नाराज। पौधों के फूल नाराज। कोटर में बैठा तोता बोला—टें टें टें, घोंसलों में बैठे चिड़िया के नन्हें-नन्हें बच्चों ने उचक-उचककर बाबू को देखा बोले—चें चें चें। पेड़ नहीं बोले। पेड़ों की डालियाँ नहीं बोलीं। घास और पत्तियाँ नहीं बोलीं क्योंकि वह बोल नहीं सकते—बोलते नहीं। तोते और चिड़िया, चिड़ियों के बच्चे बोलते हैं टें टें टें, चीं चीं, चींचीं चें चें चें। वही बोलते, वही बोले। अगर हमारी तरह बोल सकते तो बोलते, शेम! शेम!! बाबू से कुट्टी। बाबू से कुट्टी तितली की। गुलाब की। फूल की। पौधे की। घास की, पेड़ की।

जब बाबू के पूरे बटा पूरे नम्बर आए तब सब कितने खुश थे। बाबू के दोस्त थे। बाबू से आज नाराज हैं: कुट्टी किये बैठे हैं।

फूल-पौधे, घास-पत्ते, बेल और पेड़ों की, तितली की कुट्टी बाबू से हुई। तुमसे तो नहीं है? अच्छे बच्चों से किसी की कुट्टी नहीं होती। तुम भी तो अच्छे बच्चे हो। हो न?

ऐसा नहीं होगा

मनोहर वर्मा

गोलू मेढक बड़बड़ाता हुआ जा रहा था। नहीं, ऐसा नहीं होने दूँगा। मैं उस टिमटिम चूहे को ऐसा नहीं करने दूँगा। हरगिज नहीं। गोलू गुस्से में था। गुस्से में वह सही ढंग से कूद भी नहीं पा रहा था। कभी किसी ढेले पर गिर पड़ता, तो कभी किसी झाड़ी से जा टकराता, पर रुका वह एक क्षण को भी नहीं। न उसका बड़बड़ाना रुका न उसका फुदकना।

वह रुका तब, जब मिनी बिल्ली के घर पहुँच गया। मिनी आँगन में झाड़ू लगा रही थी। गोलू ने मिनी के पास जाकर तुरन्त बोलना शुरू कर दिया—'मिनी मौसी, जल्दी चलो मेरे साथ। उस टिमटिम चूहे की यह मजाल कि मुझे धमकी दे। वह भी यह जानते हुए कि मेरे और तुम्हारे संबंध कितने मधुर हैं।' गोलू बुरी तरह हाँफ रहा था। 'मिनी मौसी, उसे और उसके सारे परिवार को अभी, इसी वक्त मजा चखाना होगा। तुम जल्दी चलो। वह दुष्ट टिम टिम कहीं सचमुच पानी में...।'

'चलती हूँ गोलू। तुम जरा विश्राम तो कर लो। देखो, जरा अपनी हालत तो देखो, किस कदर हाँफ रहे हो।'

'यह विश्राम का समय नहीं है मौसी...आप इस बात को समझती नहीं हैं क्या कि जो दुष्ट है वह कब दुष्टता कर बैठे कुछ कहा नहीं जा सकता।' गोलू की इस बात को सुन मिनी मौसी मुस्काई और तुरन्त गोलू के साथ चल दी। मिनी ने गोलू मेढक को अपनी पीठ पर बैठा लिया।

गोलू का घर जंगल में पोखर के पास है। भयंकर गर्मी के कारण वह छोटा सा पोखर बिलकुल सूख गया है। पोखर के बाहर एक कोने में एक छोटा सा खड्डा है। उस खड्डे में थोड़ा सा पानी है। इतना सा पानी कि एक भैंस या गाय उसमें मुँह डाल दे तो एक बार में सारा पानी पी जाए।

इसी खड्डे के पास एक ओर रहता है गोलू मेढक का छोटा सा परिवार और दूसरी ओर टिमटिम चूहा का लंबा चौड़ा परिवार।

मिनी मौसी गोलू मेढक के साथ जब वहाँ पहुँची तब टिमटिम वहाँ नहीं था। उसका सारा परिवार मिनी बिल्ली को देखते ही अपने बिल में दुबक गया। पूरा परिवार मूँछ से पूँछ तक काँप रहा था।

थोड़ी ही देर में टिमटिम आता नजर आया। वह बबरू कुत्ते की पीठ पर सवार जरूर था पर रह-रहकर उसका सारा शरीर काँप रहा था। लाख कोशिश के बावजूद आँखें बंद हुई जा रही थीं। मिनी बिल्ली को देखकर उसका सारा शरीर पसीने से तर हो गया था।

बबरू कुत्ता एक बार गुर्राया और चुपचाप खड़ा हो गया। मिनी बिल्ली ने तुरन्त गोलू मेढक को अपने पास बुलाया और उसके कान में कुछ कहा। अभी क्षण भर पहले जिस गोलू मेढक का बबरू कुत्ते को देखकर मुँह लटक गया था वह मिनी बिल्ली की बात सुनकर उछल पड़ा। उसकी गोलमाल आँखें और फैल गईं। वह तुरन्त उछलता-कूदता चल पड़ा। बबरू की पीठ

पर खड़ा भय से काँप रहा चूहा बार-बार आँखें टिमटिमा कर गोलू मेढक को जाते हुए देखता रहा। थोड़ी देर बाद गोलू लौटा पर उछलता-कूदता नहीं। भीम भेड़िया की पीठ पर सवार होकर।

अपने सामने भेड़िया भाई को आया देख बबरू कुत्ता कूँ-कूँ-कूँ करने लगा। उधर भीम भेड़िया मिनी मौसी से राम-राम करते हुए अपनी भारी-भरकम आवाज में कुशलक्षेम पूछ रहा था तब तक इधर बबरू कुत्ते ने टिमटिम चूहे के शरीर से पसीने को चाटते हुए उसके कान में कुछ कहा।

पता नहीं बबरू कुत्ते की बात से या पसीना चाट लिये जाने के कारण टिम टिम चूहे में जोश की लहर दौड़ गई। वह तुरन्त दौड़ पड़ा।

थोड़े समय बाद जब वह लौटा तो पैदल नहीं था। कालू भैंसे की पीठ पर सवार था। बड़े-बड़े तीखे सींग वाला भारी भरकम भैंसा बबरू के पास पहुँच कर जोर से डकारा। उसके फूले हुए नथुनों से तेज आवाज निकल रही थी।

भीम भेड़िया जो अभी क्षण भर पहले फैलकर खड़ा था, अब शरीर को सिकोड़े मिनी के पास बैठकर अपने ही पंजे चाटने लगा।

मिनी बिल्ली कालू भैंसे को देखकर जरा भी नहीं घबराई। उसने लालटेन की तरह मुँह लटकाये बैठे गोलू के कान में फिर कुछ कहा और बस, उसके शरीर में जान आ गई।

एक घंटा बीतते-बीतते मिनी के आसपास भीम भेड़िया, गबरू रीछ, मोटू हाथी, पवन चीता, उछलू तेंदुआ आदि कई महारथी आ खड़े हुए। इन सबके बीच नन्हा सा गोलू मेढक अपना सीना, पेट और गला गुब्बारे की तरह फुलाये खड़ा था।

उधर बार-बार अपनी पूँछ से मूँछ के बालों को सँवारते हुए टिम-टिम चूहा कमर पर दोनों हाथ रखे खड़ा था। उसके पीछे बबरू कुत्ता, पर्वत गैंडा, भोलू भालू, कानू ऊँट और शेर आ डटे। शेर के पुरखों पर चूहे के पुरखों का अहसान था, वही अहसान चुकाने आया था शेर।

सब आमने-सामने तो आ खड़े हुए पर किसी को पता नहीं था कि यहाँ क्यों खड़े हैं। यह अनुमान तो सबने लगा लिया था कि दो दल आमने-सामने खड़े हैं तो युद्ध ही होगा।

शेर युद्ध से कब डरता है। उसने ही एक जोरदार दहाड़ मारकर जैसे युद्ध का शंख बजाया। गोलू मेढक ने गोल-गोल आँखों से अपने चारों तरफ

देखा। उसकी तरफ से हाथी ने भयंकर चिंघाड़ भरी।

दोनों की आवाजों से सारा जंगल गूँज उठा। पेड़ों पर बैठे पक्षी शोर मचाते हुए उड़ गये। गिद्ध और कौए उस सूखे पोखर की धरती पर कतार बनाकर बैठ गये। वे जानते थे कि युद्ध होगा तो विनाश निश्चित है।

टिमटिम चूहा दो कदम आगे बढ़कर उस खड्डे के पास आया। गोलू मेढक को ललकारते हुए उसने कहा, 'बोल गोलू, अब बोलती बंद क्यों है? बोल... ।'

'टिमटिम, मुझे चेतावनी देने से पहले इस खड्डे के पानी में अपनी शक्ल देख ले। भय के मारे तेरी आँखें भी पूरी तरह से नहीं खुल पा रही हैं और देख तेरा सार शरीर मूँछ से पूँछ तक काँप रहा है।'

गोलू मेढक की शेखी भरी बात सुनकर बबरू कुत्ता गुर्राया। भौंका। उसकी लाल-लाल आँखें और तीखे दाँत देखकर गोलू मेढक की घिग्गी बँध गई। तभी भालू ने दो कदम बढ़कर अपनी थूथन बबरू कुत्ते की नाक के पास ले जाकर ऐसी गुर्राहट की कि चिड़ियों ने पंख समेट लिये, चोंच बंद कर ली।

एक क्षण दोनों ओर से शांति रही। इसी बीच दोनों ओर के महारथियों ने सुनी एक हल्की दबी-दबी पीड़ा से भरी आवाज। 'ठहरो। लड़ो मत। जंगल वासियों, मेरे लिये लड़ने से पहले मुझ से तो पूछ लिया होता। यह तो जान लिया होता कि आखिर बात क्या है? ...जंगल में मेरे लिये किसी तरह का खून-खराबा हो, सैकड़ों-हजारों जीव मारे जायें, मैं यह कभी सहन नहीं कर सकता।'

सभी जानवरों ने ध्यान लगाया कि यह आवाज किसकी है? कहाँ से आ रही है? कौन बोल रहा है? सब को यह जानने में अधिक समय नहीं लगा। यह आवाज उस छोटे से खड्डे की थी। उस खड्डे जिसमें थोड़ा सा पानी था। पानी में हजारों कीड़े इस युद्ध के वातावरण से बेखबर-खेल-खा रहे थे।

'मैं यह कलंक अपने ऊपर कभी नहीं लगने दूँगा कि मेरे कारण सारे जंगल में दुश्मनी की आग लगे। सब एक दूसरे की जान के दुश्मन बनें। नहीं, कभी नहीं। मैं ऐसा कभी नहीं होने दूँगा।'

जब यह खड्डा बोलता था तो वातावरण में इतनी शांति हो जाती थी कि तब पत्ता भी खड़कता तो सुनाई दे जाता। खुद हवा भी ठहर जाती थी

ताकि खड्डे की आवाज उसके कारण बिखर न जाए।

खड्डे ने बड़े दीन स्वर में प्रार्थना करते हुए कहा—'हे सूर्य देवता! मैं छोटा सा खड्डा इस थोड़े से पानी को इसलिये समेटे बैठा हूँ कि इस पानी में हजारों नन्हें कीड़े पल रहे हैं। मैं स्वयं इस पोखर की तरह पानी सोख कर यह कलंक अपने माथे नहीं लेना चाहता कि अपनी प्यास बुझाने के लिये इन हजारों कीड़ों को मर जाने दिया, इनकी जान की परवाह नहीं की।'

'हे दिनकर! मेरी प्रार्थना सुनो। मेरे आँचल में पड़ा यह सारा पानी तुम सोख डालो। हाँ प्रभो! मेरे और इन नन्हें कीड़ों के इस छोटे से बलिदान के बाद कम से कम जंगल का यह महायुद्ध तो नहीं होगा। कम से कम जंगल का भाईचारे और प्रेम का वातावरण तो दूषित होने से बच जायेगा।'

'हे सूर्य देवता! जल्दी करो। दोनों ओर से युद्ध के शंख बज चुके हैं। जंगल में होने वाले इस सर्वनाश को जल्दी रोको भगवन्।'

'नहीं नहीं। नहीं होगा, ऐसा नहीं होगा। हे सूर्य देवता! हमें क्षमा करें। यह छोटा सा खड्डा महान है। इसने हम सब की आँखें खोल दीं प्रभु। हम वचन देते हैं, हम नहीं लड़ेंगे, कभी नहीं ...हमारा यह गुनाह क्षमा कर दें।' सारे जानवर एकदम बोल पड़े।

सूर्य मुस्कुराता हुआ बादलों की ओट में चला गया।

वहाँ उपस्थित सारे जानवरों ने पूरी श्रद्धा के साथ उस छोटे से खड्डे को प्रणाम किया। सारे गिद्ध और कौए निराशा में डूबे वापस आकाश की ओर उड़ गये। समूचे जंगल में चिड़ियों की चहक गूँज रही थी। नाचती गाती हवा फूलों से खुशबू लेकर वातावरण में बिखेर रही थी।

प्यारा दोस्त

पद्मा चौगाँवकर

ताल में अचानक एक हलचल हुई। वहाँ के जलजीवों ने देखा एक नया मेहमान कछुआ। उसे सबने घेर लिया।

'भाई, तुम कौन? यहाँ कैसे और कहाँ से आये?'

'मैं चेतन कछुआ हूँ। तुम्हारे बीच कैसे और कहाँ से आया, यह जानने के लिये मेरी आपबीती सुनो...पर जरा दम तो लेने दो मुझे।'

कुछ रुककर कछुए ने कहना शुरू किया, 'मैं यहाँ से बहुत दूर बाबा की बावड़ी में रहता था। अभी कुछ दिन पहले, एक लड़का आकर बावड़ी में झाँकने लगा। मैं पानी की सतह से लगी पायदान पर सुस्ता रहा था, उस लड़के ने मुझे पुकारा और कोई चीज मुझ पर फेंकी।'

'लड़के ही तो ठहरे। अकसर ऐसी शैतानी करते हैं। मैं घबरा कर डुबकी मार गया। पर तुरंत बाद मुझे मालूम हुआ, उस लड़के ने कुछ खाने की चीज फेंकी थी। यहीं मेरी उस प्यारे दोस्त से पहली मुलाकात थी। उसी ने मेरा नाम चेतन रखा।'

'मेरा नाम 'चेतन' सुनकर तुम सबको हँसी आ रही है न? पर सचमुच ऐसा नाम पाकर मुझ जैसे सुस्त जीव में भी चेतना आ गयी। उसकी बातों से मुझे मालूम पड़ा, वह गाँव में नया आया था, कुछ ही दिन हुए—अपने नाना के यहाँ छुट्टियाँ बिताने।'

'हैलो चेतन, हैलो।' वह बावड़ी की जगत पर खड़ा मुझे पुकारता।

'मैं दौड़कर सीढ़ी पर आ जाता। वह नीचे आता। मुझे थपथपा कर कहता, 'देखो, मैं तुम्हारे लिए क्या लाया हूँ—नानी के हाथ के बने ज्वार के पूए। तुम्हें पसंद है ना पूए?'

मैं खामोश रहकर उससे कहता, 'हाँ हाँ, पसंद है, बहुत पसंद है...'

'और कैसे कहता? हम दोनों के बीच ऐसे ही बातचीत होती। बबन बोल-बोलकर और बस चुप रहकर, एक-दूसरे को सब कुछ बता देते। उसने बातों-बातों में मुझे बताया—शहर से उसके पापा आये थे और दो-तीन दिन में वह उनके साथ घर लौट जाएगा। अफसोस हुआ सुनकर बहुत।'

'उसी दिन शाम को उसने गाँव के एक लड़के जीतू से मेरा परिचय कराया। वह लड़का निरा शैतान निकला। पहली मुलाकात में ही पैर की ठोकर से उसने मेरा स्वागत किया। शायद बबन को यह बात अच्छी न लगी। वह उसे तुरंत बावड़ी से बाहर ले गया।'

'दूसरे दिन बावड़ी पर बबन की तरह किसी ने सीटी बजाई। मैं बाहर आया। मैं धोखा खा गया था। किसी ने मुझे पकड़कर कपड़े में बाँध लिया। ये हाथ मुझे प्यार से सहलाने वाले बबन के हाथ नहीं थे—मैं महसूस कर रहा था।'

'घबरा गया। हाथ पाँव समेटकर चुपचाप पड़ा रहा। बाहर लाकर उसने मुझे जमीन पर पटक दिया और लगा **जोर-जोर** से अपने दोस्तों को पुकारने। मैंने, आवाज से पहचान लिया—यह **जीतू था**। उसके दोस्त दौड़े आये। मेरा निरीक्षण करने लगे।'

'मैंने जरा-सा सिर बाहर निकाला तो किसी ने लकड़ी चुभो दी। अब अपने अंग समेटे, सख्त खोल में, दम साधे पड़े रहने में ही मेरी खैर थी, पर उन लड़कों को चैन कहाँ। उनमें से कोई मेरी पीठ पर लकड़ी टकटका रहा था, कोई लात मार कर इधर-उधर उछाल रहा था, कोई उल्टा गिराकर मेरे मुलायम अंगों को तकलीफ पहुँचाता था। मैं पीड़ा से बेहाल हो गया।

'तभी मैंने वह प्यारी आवाज सुनी-दोस्त की आवाज, 'अरे-अरे ये क्या कर रहे हो, तुम लोग?'

'देखते नहीं? खेल रहे हैं—फुटबाल, ऐसे ही खेलते हैं न?'

'रुको। रुक जाओ। इस तरह तो चेतन मर जायेगा।' बबन अधीर होकर बोला।

'पर खेल नहीं रुका। पागलों के हाथ पलीता लग गया था जैसे।'

'फिर बबन ने क्या किया?' छोटी-सी एक मछली ने व्याकुल होकर पूछा। कछुए ने कहा, 'बबन ने तब तक एक दूसरा उपाय सोच लिया था—'तो जाओ, मैं तुम्हें अपने नये खिलौने नहीं दिखाऊँगा। पापा कल लाये हैं। दूर के इशारे से चलने वाली रिमोट कंट्रोल कार...'

'सब एकदम रुक गये। हैरान होकर बोले, 'सिर्फ इशारे से चलने वाली? यानी बिना चाबी के भी?'

'हाँ,' बबन ने कहा, 'तुम सबको दिखाऊँगा, पहले इस बेकसूर बेजुबान को छोड़ दो।'

'पर एक शर्त मेरी भी सुनो—' यह आवाज जीतू की थी, 'इसे छोड़ने के बदले तुम मुझे अपनी चाबी से पटरी पर चलने वाली रेलगाड़ी दोगे। बोलो मंजूर है?'

'ठीक है' चेतन को छोड़ दो। बबन ने शर्त मंजूर कर ली।

'मेरा दिल रो उठा, बबन तूने यह क्या किया? मुझे बचाने के लिये अपना कीमती खिलौना तूने खो दिया।'

'जीतू मुझे उठाकर बावड़ी पर लाया, नीचे छोड़ आने के बजाये वहीं से बावड़ी में फेंकने का उसका इरादा मैंने भाँप लिया, मैंने उस दुष्ट को एक छोटी सी सजा देना जरूरी समझा, मेरी रिहाई के बदले मेरे भोले दोस्त से वह बेहूदा सौदा कर रहा था, सो गिरने से पहले मैंने उसकी तीन उँगलियों को काट खाया।

'ओह। यह तुमने अच्छा किया।' दूसरी मछली ने खुशी जाहिर की।

आज सुबह जब पौ फटने वाली थी। मैंने बबन की सीटी सुनी और बाहर आया तो बबन की आवाज, 'दोस्त चल, वक्त बहुत कम है, अब यहाँ तेरी जान को खतरा है। शहर जाने से पहले तुझे राम तलैया में छोड़ दूँ।'

'मैं उससे कितनी ही बातें पूछना चाहता था, पर शायद उसके पास वक्त कम था। उसने जल्दी से मुझे एक अंगोछे में लपेटा और बेतहाशा भागने लगा, क्या बताऊँ कितनी देर वह भागता रहा—मेरी खातिर मीलों दूर भागा।'

'जब हम यहाँ पहुँचे, खासा दिन निकल आया था। मुझे ताल के किनारे छोड़ कर दोस्त बोला, 'आज ही मैं जा रहा हूँ चेतन, तुम सुरक्षित हो, उस शैतान जीतू को यह ठिकाना मालूम न हो इसलिये यह काम हमें इस वक्त करना पड़ा। ताल में जाओ दोस्त, मुझे भूल न जाना, अगली छुट्टी पर तुमसे यहीं मिलने आऊँगा। जाओ...अब जाओ।'

सारी कहानी सुनकर छोटी मछली बोली, 'ओह, कैसा प्यारा दोस्त है, बबन।'

'हाँ, मैं उसे दूर तक देखता रहा और फिर पानी में उतर आया...'

गोपी

सावित्री परमार

लम्बी यात्रा से लौटी शिल्पा। पड़ोसन कान्ता ने घर की चाबी के साथ-साथ डाक भी दी। काफी सारे पत्र थे। शिल्पा धूप में कुर्सी लगाकर डाक लेकर बैठ गई। शांति से पत्र पढ़ने लगी। गुलाबी रंग का एक लिफाफा नजर को बार-बार बाँधने लगा।

हैरान मन से उन्होंने गुलाबी लिफाफा खोला। उसमें से एक शादी का निमंत्रण-पत्र निकला। साथ ही धारीदार कॉपी के कागज पर लिखा एक खत था। लिखा था—

परम आदरणीया गुरु दीदी,

गोपी का प्रणाम।

दीदीजी, जब आप पूरा पत्र पढ़ लेंगी, तब शायद आपको अपना शिष्य वह गोपी याद आ आयेगा, जिसे गले तक डूबे अभावों के दलदल से निकालकर आपने अपनी ममता की छाया दी थी। प्यार और सहारा दिया था। साहस, प्रेरणा और सही दिशा का ज्ञान कराया था। मैं जब टूटकर बिखर जाने वाला था, तब आप ही तो थीं, जिन्होंने अपना हाथ बढ़ा कर मुझे सँभाला। आपने अपने शिष्य के सिर पर इस तरह आशीर्वाद का हाथ रख दिया कि मैं आपका पुत्र जैसा हो गया था। आज मैं जो कुछ हूँ वह आपके ही कारण तो—दीदी जी! आपको मैंने जितना जाना-समझा, उस पर मुझे गर्व रहा। सदैव ही रहेगा। जहाँ एक ओर विद्यार्थियों के लिए आप अखरोट के समान कठोर थीं, वहीं दूसरी ओर ममतामयी नारी का कोमल हृदय आपके पास भरपूर था। आज मैं जीवन के संघर्षों को झेलने में थोड़ा सक्षम हो सका हूँ। आप विश्वास करेंगी कि मैंने जो भी नया कदम उठाया, पहले आपको मन ही मन प्रणाम किया।

दीदी जी, खुद पढ़ लिया बारहवीं तक, यह आपको विदित ही है। आपका तबादला हो गया, आप दूर चली गईं। मैंने एक सूत-मिल में नौकरी कर ली। छोटे भाई को दसवीं तक पढ़ाया और उसे लोहे के पुर्जे बनाने वाले वर्कशाप में काम दिला दिया। माँ तो पहले ही जर्जर हो गईं थीं। छोटे भाई की शादी के बाद वह जीवित नहीं रही सकीं, परन्तु हम दोनों भाइयों को चार पैसे कमाता देखकर वह संतुष्ट होकर गई हैं।

मैंने स्काउटिंग की ट्रेनिंग करके एक शिक्षण-संस्था में नौकरी पा ली है। मेरा विवाह है। आपके पास निमंत्रण-पत्र भेज रहा हूँ। मेरी खुशियों का कोई अंत नहीं होगा दीदी जी, आपको इस शुभ अवसर पर पाकर।

आशा करता हूँ कि आप अवश्य दर्शन देंगी और हमको आशीर्वाद।

सदैव की भाँति,

आपका, गोपी—

पत्र अँगुलियों में पत्ते सा काँपने लगा था। गोपी? अचानक शिल्पा के सामने साकार हो उठा उनका विद्यालय और बारहवीं कक्षा का बड़ा कक्ष। कक्षा में बैठे साठ छात्र। सभी स्वच्छ, सलीकेदार अनुशासित और पढ़ने में रुचि रखने वाले।

ज्यों ही प्रार्थना के पश्चात् घण्टा लगता, वह अपनी पुस्तक और कक्षा-डायरी लेकर कक्षा में पहुँच जाती। एक नजर पूरी कक्षा-पर डालकर हाजिरी लेती और तुरन्त पढ़ाई आरम्भ। खिड़की-दरवाजे बंद करा लेती, ताकि तल्लीनता भंग न हो।

उनकी कक्षा में सबसे पिछली कोने वाली सीट पर बैठता था गोपी। हजार बार टोकने पर भी वह रबर के टायर वाली चप्पलें पहनता। सफेद स्कूल पोशाक की कमीज बिना ठीक धुले, बिना प्रेस लगे एकदम पीली और चमड़े जैसी गुड़ीमुड़ी रहती थी। यही हाल खाकी पैन्ट का था। न बालों में ढंग से तेल-कंधी और न ठीक तरह से नाखूनों की सफाई। कई बार सन्देह होता कि न मालूम, यह प्रतिदिन स्नान भी करता है अथवा नहीं। रूखा, उदास चेहरा। सोई-सोई आँखें। घिसटते से कदम। पूरी कक्षा में वह दूर से ही दृष्टि में खीज और ऊब भर देता था, लेकिन आया था वह गुड सैकण्ड डिवीजन लेकर दसवीं पास करके, इसलिए उसे बैठने और पढ़ने का पूरा-पूरा अधिकार था।

बीस वर्ष से वह बारहवीं कक्षाएँ सदैव लेती आई थी । प्रतिवर्ष सैकड़ों एक से बढ़कर एक छात्र पढ़कर निकलते थे। वह कभी इतनी नहीं खीजीं किसी भी छात्र से, जितना मन ही मन गोपी को देखकर ऊब उठती थी। प्रश्न गरीब-अमीर बालकों का नहीं था, प्रश्न था गोपी के लापरवाह, बिखरे, उनीदें और कुछ-कुछ अलसाये रुख का।

कई बार अकेले में, कई बार प्रार्थना से पहले और कई बार भरी कक्षा में उसे समझा चुकी थी। उसकी ये सारी कमियाँ दिखा-दिखा कर क्रोधित भी खूब होती रही थीं। पूरी कक्षा के सामने उसे कई बार लज्जित भी किया, लेकिन वह चुपचाप सिर झुकाए बस सुनता ही रहता। न कोई सफाई देता और न आगे से ठीक रहने का प्रण करता। ज्यादा क्रोध बढ़ने पर उसे कक्षा से भी कई बार निकाला, वह चुप-चाप निकल जाता। फिर दूसरे दिन वही गंदगी और वही उनींदा सा व्यक्तित्व।

इधर कुछ दिनों से वह देर से स्कूल आने लगा था। प्रार्थना में खड़े होने का तो प्रश्न ही नहीं था, वह हाजिरी के समय भी नहीं रहता था। चूँकि

शिल्पा की वह अपनी कक्षा थी, वह क्लास टीचर थी। एक फिक्र सी भी थी कि हर दिन हाजिरी उसकी नहीं हुई तो बोर्ड का इम्तिहान कैसे देगा? एक तरकीब निकाली कि जाते ही पहले पढ़ाई और जब पाँच मिनट शेष रह जाते, तब हाजिरी। तरकीब तो काम आ गई। क्योंकि आधा कालांश बीत जाने पर वह आ ही जाता। डाँट फटकार कर बैठा दिया जाता, लेकिन ऐसा भी कब तक? कक्षा का, छात्रों का अनुशासन फिर क्या रहा? एक ही छात्र को यह लाभ क्यों? उसे यह बात भी समझाई, लेकिन वह उसी रफ्तार से आता रहा। आता अवश्य।

एक बार अचानक उन्हें लगा कि पिछले आठ दिन से वह विद्यालय ही नहीं आया। यह एक नई बात थी। ऐसा तो कभी नहीं हुआ। कोई अर्जी की नहीं। कहीं बीमार पड़ गया क्या?

सोमवार को अभ्यास के अनुसार जैसे ही उसकी कुर्सी पर दृष्टि गई कि उसे सही सलामत बैठा पाया। उसे देखते ही शिल्पा का क्रोध उमड़ पड़ा।

क्रोध के आवेग के कारण न हाजिरी के लिए उसका नाम बोला और न इतने दिन अनुपस्थित रहने का कारण पूछा। वह सदैव की तरह नीची दृष्टि किये किताब खोलकर बैठा रहा।

इसके बाद का कालांश पुस्तकालय का था। सारे छात्र चले गए। तब उसे कक्षा में ही रोक लिया और इतनी देर से जो क्रोध दिल दिमाग को मथ रहा था, वह उस पर पूरी शक्ति से बरस पड़ा—एक चाँटा कसकर मारते हुए वह बोली—'तू इतना बेशर्म भी हो सकता है। यह अभी जाना। आने पर न माफी माँगी, न अर्जी दी। ऐसे आकर बैठ गया कक्षा में जैसे तेरे घर की बैठक हो। स्कूल-पोशाक पहले ही ऐसी पहनता है, जैसे झाड़न हो, आज वह भी नहीं। हीरो बनकर आया है कक्षा में। क्यों ? और यह खिलाड़ियों की सी कैप? क्या हो गया है तुझको? अभी नाम काटती हूँ। निकल जा इसी वक्त इस मनहूस लिबास के साथ। टोप लगाएँगे लाट साहब...' कहकर झटके से उसी गुस्से वाली हालत में उसकी कैप खींच ली। ...अरे! यह क्या? उसका सिर घुटा हुआ था। बाल ही नहीं थे। ...और सदा चुपचुप सुनने वाला गोपी हिचकियाँ ले रहा था। उन्हें तो जैसे किसी ने जादू से सुन्न कर दिया था। उन्हें लगा कि जैसे कोई चाबुक उनकी आत्मा को छील गया हो।

'क्या हुआ बेटे।' मुश्किल से वह बोल पाई थी। उसके सिर पर प्यार से हाथ फिराकर फिर पूछा—'बताओ गोपी। क्या हुआ बच्चे। कुछ बताओ

तो।' गोपी ने जो यह अपनेपन की और प्यार भरे स्पर्श की गर्मी पाई, तो जाने कब-कब का रुका पानी आँखों की राह निर्बाध गति से बहा उठा।

'मैडमजी! मेरे पिता की मृत्यु हो गई है। इसलिए...' फूट-फूट कर वह बिलख उठा। शब्द नहीं निकल सके। वह क्षण भर में ही खुद की दृष्टि में अपराधिनी सी हो उठी। सुबकते हुए उन्हें वे सारे उत्तर देने लगा, जो प्रश्नों की तीखी नोकों की तरह वह उसे चुभाती थी—

'दीदी मैं बेहद गरीब घर का हूँ, पिता गाँवों में चिनाई का काम करते रहे। पिछले पाँच वर्षों से वह क्षय रोग से पीड़ित थे। अकेली माँ सड़क पर पत्थर की गिट्टियाँ तोड़ती। घास काटती। लकड़ी बीनकर बेचती और हम दो भाई, एक बहन, बीमार पिता और अपना कैसे गुजारा करते, यह हम ही जानते हैं।'

'माँ कहाँ से लाती चमड़े के जूते। दो जोड़ी स्कूल पोशाकें। बढ़िया साबुन और नील। एक सस्ती बट्टी देकर कहती कि एक महीने चलाओ। एक वक्त रोटी बन गई, तो दूसरे वक्त भूखा रहना पड़ता। कब लगाता तेल। कब नहाता? कब नाखून काटता और कैसे वक्त पर यहाँ आता? भूखी-प्यासी रहने से और पिता की देखभाल करते-करते माँ इतनी कमजोर हो गई कि उससे मजदूरी नहीं हो पाती थी। कहाँ से बनती कच्ची-पक्की रोटियाँ? इसीलिए दीदीजी, सुबह सात बजे से लेकर एक बजे तक मैं मजदूरी करता रहा। एक साहब के बगीचे में पानी देता और दस घरों में दूध की थैलियाँ और बाजार का सामान लाकर देता। तब यहाँ पागलों की तरह भागता। सरकारी दवा में क्या मिलता है। वहाँ भी पैसा तो थोड़ा लगता ही है। हाय-हाय करते पिता मर गए हैं। दीदी, नाम मत काटिए। आपके घर का काम कर दिया करूँगा। यह वर्ष निकल जाये तो कुछ बन जाऊँगा। ...जी हाँ, दीदीजी। परसों पिता की तेरहवीं है। घर में कुछ नहीं है। दो-चार सगे सम्बन्धी आये हुए हैं। एक घड़ी थी घर में टूटी-फूटी पुरानी...समय तो बता ही देती थी। उसे बेचकर आज चाय-पत्ती और दूध आलू देकर आया हूँ। मुझे क्षमा कर दें दीदी जी..'

यह सब सुनकर शिल्पा का मन हाहाकार से भर उठा था। जिन्दगी कितनी कठोर और निर्मम होती है। भीतर ही भीतर वह कह उठी, 'तुम्हें क्या क्षमा करूँ बेटे, तुम स्वयं मुझे क्षमा करना ..'

दूसरे दिन कक्षा में मेज पर पहले स्वयं मैंने सौ रुपये रखे। फिर सभी छात्रों को पूरी बात बताई। देखते ही देखते सारे बालकों ने अपनी जेबखर्ची

का ढेर लगा दिया। सारे बच्चे भावुक हो उठे थे। सभी अपनी-अपनी तरह उसे प्यार सान्त्वना और आशाजनक तसल्ली दे रहे थे। गोपी तो जैसे प्यार का अनमोल खजाना पा गया था।

अवसर की और भाग्य की बात है कि गोपी के पिता की तेरहवीं वाले दिन स्कूल में कुछ समारोह था। आधे दिन का अवकाश था। पता लगा कि पूरी कक्षा गोपी के घर पहुँच गई। हाथोहाथ सारा सामान दिला दिया। खाना-पीना, पूजा-हवन सभी कराकर और शेष बचे रुपये गोपी की माँ को देकर बालक लौटे। एक छात्र ने, जिसके पिता की घड़ियों की दुकान थी, एक सुन्दर सी घड़ी गोपी को भेंट दी थी। सभी उसकी फीस भरने, फार्म भरने और पढ़ाई की तैयारियों में ऐसे मदद करते थे प्यार से कि जैसे वह बहुत न्यारा-न्यारा मित्र हो।

वह भी उसकी पूरी मदद करती रहीं। वह अच्छे अंकों से जब पास हुआ, तब पूरी कक्षा ने उसे उपहार-बधाई-मिठाई से लाद दिया था। क्या रिश्ता है कक्षा का और स्वयं उसका गोपी से? एक गहरा रिश्ता ...भावना का। मानवता का। सहयोग का और आपसी मेल जोल का। तब वह चली गई थी दूर, प्रिंसिपल बनकर...सेवानिवृत्त भी हो गई और आज यादों की ढेरी कुरेद कर फिर आ बैठा यह गोपी सामने। लिफाफे को एक ओर रखते हुए शिल्पा बुदबुदा उठी—

'हाँ-हाँ, जरूर आऊँगी गोपी, बहू को आशीर्वाद देने...जरूर आऊँगी...' और शिल्पा ने भीगी पलकें पोंछ डालीं।

अनोखा उपहार

राष्ट्रबन्धु

'अम्मा! मेरी बर्थ-डे कब मनाई जायेगी?'

'पन्द्रह दिन बाद'

'तो साफ सुन लो—इस बार मेरी बर्थ-डे शानदार ढंग से मनाई जायेगी। साल-गिरह मनाने का तुम्हारा पुराना ढंग काम न देगा, बर्थ-डे केक मँगानी

चाहिए। आस-पास मोमबत्तियाँ जलाई जायँ, और मेरे दोस्तों को पार्टी के लिए बुलाया जाये। बड़े लोग आयें, मुझे यह पसंद नहीं कि मुझे दूध पिलाया जाये। क्या मैं दूध पीता बच्चा हूँ? ग्यारह साल का हूँ, यह क्या कि तुम कुछ औरतों को गाने-बजाने के लिए बुलाकर गुलगुले और बताशे बाँट देती हो, और ज्यादा कोई तैयारी नहीं करतीं। पुराना ढंग बदलो, देखा न था? राजेश की बर्थ-डे कितने शानदार ढंग से मनाई गई थी?'

'बेटा, राजेश की और तेरी सालगिरह में अन्तर है। मैं राजेश की आया हूँ, एक गरीब नौकरानी। मेरी इतनी सामर्थ्य कहाँ कि बड़ों की देखादेखी निभा सकूँ। सालगिरह हो या बर्थ-डे, माँ का स्नेह और आशीर्वाद बालक को बढ़ाता है। टीम-टाम और चमक-दमक नहीं।'

लेकिन रमई की समझ में बात नहीं आई, उसने ताव में प्रस्ताव रखा था और उसे मनवाने के लिए उसने आन्दोलन मचा दिया। विधवा का अकेला लाडला बेटा मनमानी करता था। जब उसे बड़ों की उतारन के कपड़े दिये जाते तो वह उन्हें पहनने में अपनी शान समझता था। साधारण ढंग का कुर्ता पायजामा जिसे माँ ने सिलाया हो, उसे अच्छा नहीं लगता था। और तो क्या उसे रमई लाल नाम से चिढ़ होने लगी। वह अपनी माँ से आग्रह करके कहता, मम्मी! मुझे आरठ लाल कहा करो।'

हर एक दिन मि० आरठ लाल अपनी अम्मी से अपनी बर्थ-डे मनाने के बारे में बातें करते, और उन्हें पुरानेपन से हटाने की कोशिश करते। उन्होंने धमकी दे रखी थी कि अगर उनकी बर्थ-डे नहीं मनाई गई तो घर से भाग जायेंगे।

रुक्मणी को इतने रुपये नहीं मिलते थे कि वह फर्माइशी ढंग से वर्षगाँठ मना सकती। अपने रमई को वह आशीर्वाद देकर पुराने ढंग से ही सालगिरह मनाती और कम खर्चे में ही अपना काम चला लेती थी। पैसों का प्रबंध कहाँ से, और कैसे करती?

खैर, जैसे तैसे उसने मि० आरठ लाल की इच्छापूर्ति की, बर्थ-डे केक मँगाई। दोस्तों को बुलाने का काम मि० आरठ लाल ने स्वयं किया। उसकी टूटी-फूटी झोपड़ी में यह आयोजन बड़ा अटपटा लग रहा था। मेज की जगह बेंच लगाई गई थी और उस पर केक रखी हुई थी। उसके पास मि० लाल के दोस्त बिछे पट्टे पर बहुत दबाव में बैठे थे। आस-पास से कप-प्लेटें मँगाई गई थीं। बर्थ-डे मनाया जा रहा था। जो बड़े लोग आये थे उनमें

से प्रजेंट कोई नहीं लाया था। वे खड़े-बैठे फुस-फुसाहट कर रहे थे। आसमान छूने चले हैं। यह मुँह और मसूर की दाल—बर्थ-डे मनाई जा रही है।

तभी राजेश का नौकर धनीराम आ गया। उसने रुक्मणी को अकेले में बुलाकर पूछा। क्यों बाबूजी की बुशर्ट से पाँच रु० का नोट तुमने लिया है। बीवीजी सारा घर सिर पर उठाये हैं।'

अब रुक्मणी के पैरों के नीचे से जमीन खिसकने लगी। दिन में ही उसे तारे नजर आने लगे। उसके मुँह से बोल न निकल सका। उसने कहा, 'मैं अपने बालक को आशीर्वाद दे दूँ, फिर बातें करूँगी।'

जब सब लोग बड़े चाव से यह समारोह देख रहे थे, तब बुझा हुआ चेहरा लिए अनमनी रुक्मणी मोमबत्तियाँ जलाने में लगी थी। उसका चेहरा उतरा हुआ था। बर्थ डे केक काटी गयी, 'हैप्पी बर्थ-डे—टू यू' कहा गया और चाय वितरित की गयी।

थोड़ी देर बाद ही रुक्मणी ने लाल को आशीर्वाद दिया और काम पर जाने को कहकर चल पड़ी। मि० लाल को यह पसंद न था कि उनकी माँ इतनी जल्दी चली गई, धनीराम उसे बुलाने आया था, इसलिए वह भी पीछे-पीछे चला गया। रास्ते में उसे राजेश मिला तो उसने पूछा, 'तुम मेरी बर्थ-डे पार्टी में क्यों नहीं आए?'

उसने कहा, 'मैं होम टास्क कर रहा था। चलो, अब तुम्हें सात हिन्दुस्तानी पिक्चर दिखाऊँ तुम्हारी बर्थ-डे पर। ठहरो।'

इतना कहकर वह भीतर गया, रमई ने सुना राजेश के पिता श्री दीनदयाल उसकी माँ को डाँट रहे थे। अगर तुम्हारी तनख्वाह वक्त पर नहीं मिली तो क्या तुम चोरी करोगी।

'मजबूरी थी साहब, मेरा लड़का बर्थ-डे मनाये जाने को मुझे मजबूर कर बैठा। क्या करती? रुपये लिए हैं, मैंने जिन्हें आप तनख्वाह में से काट लीजिए।'

'नहीं, मैं तुम जैसी बेईमान आया को काम पर नहीं रख सकता।'

रुक्मणी ज्यों ही चली बंटी रो पड़ा। राजेश तब तक आ गया। रमई वहाँ खड़ा था। रुक्मणी ने बंटी को गोद में उठा लिया। पुचकारा उसकी आँखों से आँसुओं की धारा बहने लगी। उधर राजेश के पिताजी कह रहे थे। रमई

ग्यारह साल का है छोटा नहीं। कहाँ तक उसकी जिद पूरी की जाएगी।

जल्दी ही रुक्मणी ने अपने को सँभाल लिया और बंटी को गोद से उतार कर आगे बढ़ गई।

रमई ने रोती माँ से पूछा, 'माँ, क्यों रोती हो?' उसने झिड़क दिया। बंटी रोता रहा।

रुक्मणी ने कहा 'मना ली अपनी बर्थ-डे। मेरा कहना नहीं माना।' वह सुबकती जा रही थी और अपने घर की ओर बढ़ गई। रमई को महसूस हुआ वह नादान नहीं है।

राजेश ने रमई से कहा, 'चलो पिक्चर चलें!'

'नहीं', रमई का मूड ऑफ था।

'तो भाई मैं भी नहीं जाऊँगा। मैंने अपने सेविंग बाक्स से पाँच रुपये निकाले हैं, लो यह प्रजेंट के रुपये मैं तुम्हें देता हूँ।'

'मुझे तुम्हारी प्रजेंट नहीं चाहिए। तुम्हारे पिताजी ने मेरी माँ को नौकरी से निकाल दिया है। उन्होंने मेरे कारण पाँच रुपयों की चोरी की थी। बर्थ-डे मनाने की मेरी ऐसी हठ न होती, तो माँ यह गलत काम न करती।' 'ऐसा कहकर उसने अपने को चाँटे मारना शुरू किया।

उसे रोकते हुए राजेश ने कहा, 'रमई, तुम मेरे दोस्त हो। तुम्हारी माँ ने हमें पाला-पोसा है, मैं यह सहन नहीं कर सकता। मैं सब ठीक कर लूँगा, तुम घर चलो, मैं आता हूँ।'

राजेश जब घर लौटा तो बंटी रो-रोकर कुहराम मचाये हुए था। माँ चुप करती तो वह और मचल जाता।

पिताजी कोशिश करके उसे चुप नहीं करा पाये थे। सभी परेशान थे, आया की आवश्यकता का अनुभव कर रहे थे। तभी राजेश ने कहा, 'पिताजी, मेरी गलती माफ कीजिये, मैंने आज पिक्चर देखने के लिए पाँच रुपये आपकी बुशर्ट से निकाले थे और मेरी गलती की सजा आया को मिल गई।'

राजेश के पिता ने कहा, 'मैं तुम्हें माफ करता हूँ।' धनीराम जाकर आया को बुलाओ। मैं बेकार ही उसे नौकरी से निकाल बैठा।

राजेश रमई के घर भागा। उसने जाकर रमई को बुलाया। रोकर वह अपनी माँ से कह रह था। 'अब कभी मैं हैसियत के बाहर खर्चे के लिए

तुम्हें हैरान नहीं करूँगा। कहीं मैं भी काम करूँगा।' तभी राजेश अन्दर पहुँच गया। उसने अपनी आया को सारी बात सुना दी, और कहा, 'आप चलिये। हम सब आपके बिना नहीं रह सकते। मैंने आपको या रमई को दिया तो कुछ नहीं, लेकिन अपने को दोषी बताकर मैंने अपनी बचत का उपहार रमई को नहीं, बल्कि रमई के लिए दिया है।'

आया ने गद्‌गद होकर उसे गले से लगा लिया।

परी से भेंट

अनन्त कुशवाहा

'तुम परी हो न!'

'क्यों ? परियों के तो पंख होते हैं।'

'तुमने कहीं उतार कर रख दिया होगा। जब उड़ना चाहोगी लगा लोगी।'

'ऐसे तो मेरे पंख कोई चुरा ले जाएगा। फिर मैं क्या करूँगी! मेरे पास तो एक जोड़ी ही पंख रहते हैं न!'

'तो उसे सहेज कर क्यों नहीं रखती हो? जहाँ बैठो, वहीं अपने पास रखा करो। अभी कहाँ रखे हैं? या मत बताओ। छिपाई हुई चींजें कोई बताता है भला। तुम्हारे पास चमकते तारे वाली सोने की छड़ी भी तो होनी चाहिए। उसे भी पंख के पास रख दिया होगा। सोना बहुत अनमोल होता है। तुम्हें लापरवाह नहीं होनी चाहिए।'

वह कुछ नहीं बोली।

'छड़ी घुमा-घुमाकर तुम जादू कर देती हो। सूखी डालियाँ फूल पत्तों से लद जाती हैं। अधखिली कलियाँ खिल जाती हैं और उन पर ओस के मोती झिलमिलाने लगते हैं।'

'परियाँ और क्या-क्या करती हैं?'

'रोते बच्चों को हँसा देती हैं। उन्हें खिलौने देती हैं। भटके हुओं को रास्ता दिखाती हैं। कोई कमी हो तो पूरा कर देती हैं। परियाँ अच्छी भी होती हैं, बुरी भी। मेरी दादी की कहानियों में बुरी परियाँ भी होती हैं। लेकिन तुम तो अच्छी परी हो।'

'कैसे पहचाना?'

'तुम बहुत सुन्दर हो। अच्छी परियाँ ही सुन्दर होती हैं। बदसूरत परियाँ दुष्ट होती हैं। वे परेशान करती हैं।'

'जिसका चेहरा बदसूरत हो वह दुष्ट होगी। यह कैसे कह सकते हो?'

'चेहरे और स्वभाव में कोई समानता नहीं होती। सुन्दर चेहरे वाला हृदय से कुटिल हो सकता है और कुरूप चेहरे वाला एक भला इन्सान।'

'कुछ भी हो, तुम जरूर भली परी हो। तुम्हारा देश तो पहाड़ों के पार या बादलों के पीछे कहीं होगा, मैं कभी-कभी बादलों को घंटों निहारता रहता हूँ कि उसमें से कोई परी उड़ती हुई, उतरती हुई दिखाई दे जाए, पर नहीं दिखती। पहाड़ों के पार तो मैं अभी जा नहीं पाऊँगा कैसा है तुम्हारा देश?'

'तुम्हारे देश में परियों के लिए जगह नहीं है क्या जो उनका देश अलग होगा। यह क्यों सोचते हो कि परियाँ इस देश से बाहर कहीं रहती हैं। अच्छी परी, बुरी परी सभी इसी देश में रहती हैं।'

'तुम कहाँ रहती हो?'

'अपने आसपास के जीवन को गौर से देखते रहना। तुम्हें मेरा घर मिल जाएगा।'

'मैंने पढ़ा था, परियों के वस्त्र श्वेत पंखुड़ियों से बुने जाते हैं। चाँदनी के तारों से उनमें कसीदाकारी होती है। जरी-सितारे टँगे होते हैं। तुम तो रंगीन मैली शलवार-कमीज पहने हो?'

'फिर भी मुझे परी कहती हो?'

'हाँ, तुमने किसी खास मतलब से यह वेष धारण किया होगा। किसी का भला करना चाहती होगी। कार्य पूरा करने के बाद तुम्हारे वस्त्र रुपहले और चमकदार हो जाएँगे। तब शायद तुम अपने पंख लगाकर परी लोक को उड़ जाओगी।'

'तब तुम अदृश्य हो जाओगी। एकदम से जादू की तरह गायब। मैं अपने दोस्तों को बताऊँगा कि मैंने परी को देखा। उससे बातें कीं और वह मेरे सामने लुप्त हो गई। तुम गायब हो कर दिखाओ न!'

'मेरे गायब होने का समय अभी नहीं आया है। तुम कह रहे थे न कि मैंने किसी जरूरी काम के लिए यह वेशभूषा धारण किया है। हाँ, मेरा काम अभी पूरा नहीं हुआ है।'

'तुम परियों का वास्ता हम बच्चों से ही क्यों पड़ता है? पिताजी या बाबा तो कभी परियों की बातें नहीं करते।'

'बचपन की आँखों में जो सपने पलते हैं, जो संसार झलकता है उसी से परियों को प्रेरणा मिलती है। तुम भी जब बड़े हो जाओगे तो तुम्हारी आँखों का आकाश भी बदल जाएगा। उनमें परियों की परछाई नहीं दिखेगी।'

'एक बात बताओ। सच-सच बताना। तुम सचमुच हो न? मेरा मतलब है परियाँ सचमुच होती हैं न?'

वह मुस्कुराई।

'तुम्हारे लिए तो सचमुच होती हैं। देखो, समझने की कोशिश करो। हर एक का सच अलग होता है। विश्वास कर लो। तुम जिस पर विश्वास करते हो, सच समझते हो वह दूसरों की दृष्टि में झूठ हो सकता है पर तुम्हारे लिए तो वह सच ही है न। बड़े होने के बाद तुम भी अपने कई सच को झूठ मानने लगोगे अभी तुम्हें अनगिनत सच्चाइयों से परिचित नहीं कराया जा सकता। तुम समझ भी नहीं सकोगे।'

'अब भी कहाँ पूरी तरह समझ पा रहा हूँ।'

'देखो, यह एक संसार है। जो कुछ तुम देख सुन रहे हो यह। इसके बारे में लगातार खोजबीन हो रही है और नई-नई बातें सामने आ रही हैं। दूसरा है मन। तुम्हारा, बड़े लोगों का, पढ़े-लिखे, अनपढ़ों का सबका। मन का संसार विचित्र है। मन कितना सोच सकता है। कहाँ-कहाँ की उड़ान भर सकता है यह कहना कठिन है। परियाँ उसी मन की कल्पनाएँ हैं। बच्चों के मन की। तभी तो यहाँ की परी और दूसरे देशों की परियों में अन्तर है। बड़ों के मन की कल्पनाएँ दूसरे तरह की होती हैं। इन सबको मिलाया नहीं जा सकता है। इस सामने के संसार को भी मन के संसार से मिलाओगे तो उलझन में पड़ जाओगे। दोनों सच हैं, पर इन्हें आपस में टकराया नहीं जा सकता। अच्छा तुम्हारी माँ पूजा करती है न?'

हाँ, रोज दस-पन्द्रह मिनट की पूजा। कभी उनसे पूछो तो वे तुम्हें भगवान, स्वर्ग-नरक, देवी-देवताओं के बारे में बताएँगी। यह उनका सच है। उनके मन का संसार है। उसे झूठा नहीं कहा जा सकता। तुम्हारे मन के संसार के बारे में पूछें तो बताना। कई पेड़ हैं जिन पर टाफियाँ, बिस्कुट, गुलाब जामुन लगते हैं। चालाक चूहा, मक्कार बिल्ली, दहाड़ता राजा शेर, मन्त्री , हाथी आदि तुम्हारी कल्पनाओं में बातें करते हैं। गुड़िया नाचती है, गुड्डा रूठता है। राजकुमार घोड़े पर सवार तलवार लिए राक्षस का मुकाबला करता है और स्वर्ण देश की राजकुमारी को ब्याह लाता है।'

'तो तुम परी भी हम बच्चों की कल्पना में हो। सच नहीं हो?'

'नहीं मैं सच हूँ। मैं तो इसी धरती की हूँ। तुम मुझे जिस रूप में देख रहे हो यह तुम्हारे मन की आँखें हैं। ये आँखें बदल जाएँगी तो तुम मुझे परी नहीं एक साधारण लड़की मानोगे। अपने मन की आँखों पर अपना वश रखो। अच्छा अब जाओ। तुम बहुत देर से मेरे साथ बातें कर रहे थे। तुम्हें स्कूल को देर हो रही होगी।'

मैं चला गया।

अंशू-मंशू

डॉ० कृष्णा नागर

'आम के पेड़ों पर बौर आ गए हैं। फिर छोटी-छोटी अँबियाँ लगेंगी। हम कच्ची-कच्ची अँबियाँ तोड़कर खूब खाएँगे।'

सौरभ होमवर्क कर रहा था। सुरुचि भी कुछ लिख रही थी। उसने सौरभ की बात का कोई जवाब नहीं दिया था।

'दीदी, बड़ा अच्छा हो यदि सामने वाले ज्योति और उसके मोटू भाई के अहाते में आम न फलें। हमें चिढ़ा-चिढ़ा कर अँबियाँ खाया करते थे। मैं पेड़ पर चढ़ जाया करूँगा और ऊपर से तोड़-तोड़ कर ...।'

तभी बरामदे से कमरे में आते हुए दादाजी ने हाँक लगाई। 'क्यों बच्चों, पूरा हो गया तुम्हारा होम वर्क?'

सौरभ और सुरुचि चौंक पड़े। 'जी, अभी कर रहे हैं।' दोनों ने झट किताबों में नजरें गड़ा लीं। लेकिन सौरभ की आँखों में आम के पेड़ में लगे बौर झूम रहे थे। कोयल की कूक सुनाई दे रही थी।

'देखूँ तो सौरभ, तुमने क्या-क्या लिख दिया है।' दादाजी ने सौरभ के सामने से उसकी कापी उठा ली।

'यह क्या बेटा? तुम सुलेख लिखते-लिखते, बीच-बीच में आम-आम क्या लिख गए हो?'

सौरभ चौंक पड़ा। सुरुचि ने मुस्कुराते हुए कहा—'इसके दिमाग में बौर, अँबियाँ और आम घूम रहे हैं। वही लिख दिया है।'

'बच्चों को आमों के मौसम में और कुछ सूझता ही नहीं। तुम्हारे पड़ोस के अंकल शर्मा जी इसके भुक्तभोगी हैं।'

'उन्हें क्या हुआ था? बताइए न दादाजी।'

'अच्छा बताता हूँ। पड़ोस के आशीषचन्द्र और मनीषचन्द्र शर्मा हैं न इन्हें बचपन में अंशू और मंशू कहकर बुलाया जाता था। अंशू एक नम्बर का शरारती था और मंशू बेहद सीधा। अंशू अपने भाई मंशू को डरा-धमका कर अपनी शरारतों में सम्मिलित कर लेता था।

एक बार अंशू-मंशू के पिताजी दौरे पर गए थे और उनकी माँ किसी काम से पड़ोस में गई थीं। घर पर अकेली बूढ़ी दादी थीं। सामने वाले पार्क में आम के पेड़ कच्चे आमों से लदे थे! दोपहर का समय था। करीब-करीब सन्नाटा छाया था।

अंशू-मंशू ने मौका देखा कि घर में माँ नहीं हैं। बूढ़ी दादी हैं पर उन्हें आँखों से कम दिखाई देता है। माला जपते-जपते वह सो भी गई थीं। अंशू ने भाई से कहा—'चल, पीछे के दरवाजे से निकलकर पार्क में पेड़ पर चढ़कर आम तोड़ें।'

'नहीं भैया, माँ हमसे कहकर गई हैं कि हम लोग घर में ही रहें। कहीं आएँ-जाएँ नहीं।'

'अरे माँ के आने से पहले ही हम आ जाएँगे। उन्हें पता भी नहीं चलेगा।' अंशू ने मंशू को फुसलाते हुए कहा।

'न भैया, मैं तो नहीं जाऊँगा। कहीं माँ आ गई तो हम दोनों की पिटाई हो जाएगी।'

अंशू नाराज हो गया। वह आयु में बड़ा था और तन्दुरुस्त भी। उसने एक जोरदार थप्पड़ मंशू के लगाया और बोला—'चलता है या नहीं? वर्ना और मारूँगा।'

मंशू आँसू पोंछता हुआ साथ हो लिया। दोनों पिछले दरवाजे से लुकते-छिपते पार्क में पहुँच गए। चौकीदार एक पेड़ के नीचे लेटा खर्राटे भर रहा था। दोनों बच्चे किसी तरह आम के पेड़ पर चढ़ गए। उन्होंने कई आम तोड़कर अपने नेकर और बुश्शर्ट की जेबों में भर लिये। उतरने के लिए जब मंशू ने नीचे देखा तो जमीन उसे बड़ी दूर दिखाई पड़ी । उसे डर लगने लगा कि कहीं वह गिर न पड़े। उधर अंशू मजे से एक शाख पर बैठा कच्ची अँबियाँ खा रहा था।

अंशू की नजर चिड़िया के एक घोंसले पर गई। उसमें से चिड़िया के नन्हें-नन्हें बच्चे चीं-चीं कर रहे थे। अंशू आहिस्ता-आहिस्ता घोंसले की ओर चढ़ने लगा। एक-दो बार उसकी टाँग पर किसी चींटी ने काटा भी, लेकिन उसे तो चिड़िया के बच्चे पकड़ने की धुन थी। घोंसले पर आए संकट को देखकर चिड़िया जोर से चीं-चीं करने लगी। उसकी देखा-देखी पार्क के अन्य पेड़ों पर बैठी चिड़ियाँ भी न केवल चीं-चीं करने लगीं, बल्कि उस पेड़ के ऊपर मँडराने भी लगीं जिस पर अंशू और मंशू चढ़े थे।

चिड़ियों की तेज चहचहाहट से पार्क का माली जाग गया। उसने एक जम्हाई ली और उठ बैठा। मंशू जल्दी-जल्दी नीचे उतरने लगा। उसका पैर फिसला और वह नीचे गिर पड़ा। एक पत्थर से टकराने से उसके माथे से खून निकलने लगा। चौकीदार जोर से चिल्लाया—'कौन है? क्या करता है?'

माथे की चोट और बहते खून की परवाह किए बिना मंशू सीधे घर की ओर भागा। अंशू भी हड़बड़ी में पेड़ से नीचे टपक पड़ा। अपना मोटा डंडा लिए चौकीदार उधर लपका।

'मुझे मत मारो। अब कभी चोरी नहीं करूँगा। मेरे पैर में बड़ी जोर की चोट लगी है। मुझे घर पहुँचा दो माली काका।'

माली पसीज गया। 'अच्छे घर के बच्चे कहीं ऐसा काम करते हैं। चलो उठो, कहाँ है तुम्हारा घर।'

'ओफ्! उठा नहीं जाता।'

माली झुककर अंशू को उठाया तो उसका एक पैर झूल गया। माली ने किसी तरह अंशू को उसके घर पहुँचाया। उसकी माँ मंशू के माथे पर दवा

लगा ही रही थी कि अंशू को घायल देखकर रोने लगी। अंशू के पैर पर प्लास्टर चढ़ाया गया और उसे महीने भर खाट पर लेटना पड़ा।

अंशू के पैर की हड्डी कई जगह से टूटी थी। इसी से आपरेशन करने और प्लास्टर चढ़ाने के बावजूद वह एकदम ठीक नहीं हो सका।

सौरभ और सुरुचि गौर से दादाजी की बात सुन रहे थे। बच्चो, अंशू और मंशू उस घटना के बाद एकदम बदल गए थे। उसके बाद मुहल्ले में किसी को भी उनसे कोई शिकायत नहीं रही। नहीं तो इनकी शरारतों से नाक में दम था। कभी क्रिकेट की बाल से किसी की खिड़की का शीश टूटता तो किसी के गमलों की शामत आती। किसी का गेट खोलकर आवारा पशुओं को लान की हरी घास या फूलों के पौधों को चरने के लिए छोड़ दिया जाता। इतना ही नहीं, अंशू तो बूढ़े, अपाहिज भिखारी को भी सताने से बाज नहीं आता था। अन्धे भिखारी की झोली में आटा की जगह मिट्टी डाल देता। भिखारी बड़बड़ाता गालियाँ देता तो उसका डंडा छीन कर भाग जाता । दूर से ताली बजाकर उसे चिढ़ाता। अंशू-मंशू शरारती तो थे पर उनके दिमाग तेज थे। वे हमेशा अपनी कक्षा में प्रथम आते। अब तो मंशू शहर का बड़ा डाक्टर बन गया है और अंशू की वकालत खूब चलती है। बचपन की भूल के कारण अंशू थोड़ा लँगड़ा कर चलता है।'

सौरभ व सुरुचि ने सुना, समझा। वे ऐसी शरारतें नहीं करेंगे। उन्हें लँगड़ा थोड़े ही बनना है।

वक्त की सूझ

कमला चमोला

'ले लो चने कुरमुरे मसालेदार……जो भी खाये, माँगे बार-बार ……'
तीखी सुरीली आवाज में हरखू पुकार लगा रहा था। गले में डोरी के सहारे चने का भरा टोकरा लटकाये वह एक कंपार्टमेंट से दूसरे कंपार्टमेंट में जा रहा था, 'ले लो बाबू …… सफर की थकान दूर हो जाएगी……ले लो चने कुरमुरे मसालेदार……' तेरह-चौदह वर्ष का हरखू इसी तरह सुरीली आवाज में अपने चनों का गुणगान करता जा रहा था। कहीं-कहीं कोई

मुसाफिर उसे रोककर एक रुपये के चने माँगता, तो हरखू उसे तत्परता से, किनारे से एक चौकोर कागज निकाल कर चने उसमें डालता, डिब्बे में भरी चटपटी मसालेदार बुकनी छिड़कता और ऊपर से नींबू की आठ-दस बूँदें टपका देता ....

दस बरस का था हरखू जब उसने यह धंधा शुरू किया था, बाप के मरने के बाद माँ और छोटे भाई की जिम्मेदारी असमय ही उसके छोटे-नाजुक कंधों पर पड़ी थी, उसका बाप भी इसी तरह इटारसी जबलपुर के बीच की लाइन पर रेल में चने बेचा करता था। बाप के मरने पर चने का टोकरा हरखू के गले में लटक गया। पहले पहल तो बड़ा डर लगता था उसे। चलती गाड़ी में एक डिब्बे से दूसरे डिब्बे में जाते समय वह काँप जाता था। संतुलन बिगड़ जाता था...... लेकिन धीरे-धीरे उसे आदत पड़ गयी।

सुबह की गाड़ी से वह जबलपुर से गाड़ी में चढ़ता और इटारसी तक पहुँचता है। फिर वहाँ से वापस जबलपुर की गाड़ी में बैठकर शाम तक यहाँ आ जाता है। सुबह-सुबह उसकी माँ चने भट्ठी में भून कर उसके टोकरे में भर देती है। एक डिब्बे में चटपटा मिर्च-खटाई वाला चाट मसाला और पंद्रह-बीस नींबू भी साथ रख देती है। नाश्ता करके, दो रोटी पोटली में बाँध हरखू रोजगार पर निकल जाता है। ठीक आठ बजे जबलपुर से इटारसी जाने वाली गाड़ी जबलपुर स्टेशन पर पहुँचती है।

यही समय स्कूल का भी होता है। रास्ते में उसे एक-सी वर्दी पहने, बस्ता टाँगे बच्चे स्कूल जाते व नजर आते हैं। बड़ा भला लगता है हरखू को। एक-दो पल खड़ा होकर हसरत भरी निगाहों से वह उन्हें देखता है......और फिर चल पड़ता है।

जब बापू जिंदा थे, तब वह भी स्कूल जाता था। तीन जमात तक पढ़ा भी था, पर बापू के मरने के साथ ही स्कूल भी छूट गया। अब हरखू अपने छोटे भाई के लिए बाप के कर्तव्य को निभा रहा है। उसे स्कूल में डाल दिया है। अब हरखू को यही संतोष है कि वह नहीं तो कम से कम उसका भाई तो पढ़ ही रहा है स्कूल में।

'ले लो चने कुरमुरे मसालेदार.........'हाँक लगाता हरखू आगे बढ़ गया। दोपहर ढल रही थी। हरखू सोच रहा था—आधा टोकरा चना तो बिक ही चुके हैं, बाकी आधे भी जबलपुर पहुँचने तक खत्म हो जाएँ तो अच्छा है। यह उसकी वापसी यात्रा थी। एक से दूसरे डिब्बे में होता हुआ, वह अब

पहले दर्जे वाले डिब्बे में पहुँच गया था। यहाँ अक्सर उसकी बिक्री कम होती थी। पहले दर्जे में बैठे बड़े-बड़े बाबू, धन्ना सेठ, अक्सर, व्यापारी जैसे लोग चने खाने में अपनी हेठी समझते थे। फिर भी कोई-कोई बाबू थोड़े-बहुत चने खरीद ही लेता है। एक बोगी का दरवाजा खुला देख, हरखू अंदर घुसा और उसी तीखी सुरीली आवाज में बोला, 'ले लो बाबू चने कुरमुरे।'

'भाग यहाँ से।' सीट पर पसरे एक मोटे सेठ ने उसे दुत्कारा, 'जाने कहाँ-कहाँ से भिखारी घुस आते हैं डिब्बे में।'

'मैं भिखारी नहीं हूँ चने बेचने वाला हूँ।' अपने गुस्से पर काबू पाकर हरखू बोला, 'आपको एक दोना चटपटे चने बना दूँ—मुँह का जायका बदल जायेगा।'

'नहीं बदलना हमें जायका, निकल यहाँ से, जाने कौन चढ़ने देता है इन्हें गाड़ी में' सेठ हिकारत से हरखू को देख रहा था। डिब्बे में बैठे बाकी लोग चुपचाप पत्रिकाएँ पढ़ने में मशगूल थे। यहाँ चने खरीदने वाला कोई नहीं है यह सोचता हुआ हरखू जैसे ही बोगी से बाहर निकलने को हुआ अचानक दरवाजे में एक लम्बे-तगड़े मुच्छैल आदमी को पिस्तौल हाथ में लिये देखकर चौंक पड़ा। मुच्छैल गुण्डा तेजी से डिब्बे में घुसा और पिस्तौल का निशाना सवारियों पर साध कर कड़े स्वर में बोला, 'जो कुछ जेवर-नकदी है यहाँ मेरे पास रख दो, खबरदार जो किसी ने हिलने की कोशिश की......भेजा उड़ा दूँगा।'

सेठ और बाकी सवारियाँ भय से काँप रही थीं। गुंडे ने पाँव से धक्का देकर दरवाजा बन्द कर दिया था। गाड़ी अपनी तेज गति से भाग रही थी। ऐसे में बाहर आवाज भी सुनाई देने की संभावना नहीं थी। हरखू भी सिकुड़ा-सा एक कोने में खड़ा था। सवारियाँ जेब से नकदी निकालकर बर्थ के एक कोने में रखने लगीं।

'जल्दी करो ......' गुण्डा पिस्तौल लहरा कर सेठ से बोला, 'और सेठ तू अपना ये ब्रीफकेस मेरे हवाले कर दे......अपनी सेठानी को भी बोल, गहने उतार कर धर दे यहाँ......' हरखू ने देखा सेठ की बगल में बैठी सेठानी गहनों से लदी बैठी है।

सेठ कँपकँपाते स्वर में बोला, 'जितनी नकदी मेरे पास है उतनी तो दे रहा हूँ, ब्रीफकेस में कुछ नहीं है, इसे रहने दो।'

'बको मत·····जल्दी ब्रीफकेस इधर करो वरना·······' गुण्डे की धमकी से सेठ के माथे से पसीना चुहचुहा आया। सेठ के काँपते शरीर को देखकर हरखू समझ गया कि ब्रीफकेस में जरूर कोई कीमती चीज है या फिर शायद नकदी भरी होगी। भय से सुबकते हुई सेठानी ने भी गहने उतारने शुरू कर दिये थे।

हरखू का दिमाग बिजली की तेजी से चल रहा था। अगला स्टेशन पिपरिया अभी दो घंटे से पहले नहीं आएगा। तब तक गाड़ी के रुकने की कोई संभावना नहीं है। ये गुण्डा पाँच-सात मिनट में ही नकदी-गहने समेट कर चलती गाड़ी से उतर जाएगा। हरखू की ओर से गुण्डा निश्चित-सा खड़ा था, जैसे ही सेठ कँपकँपाते हुए गुण्डे को ब्रीफकेस थमाने लगा, उसका पिस्तौल वाला हाथ कंपार्टमेंट की छत की दिशा में झुक गया। पिस्तौल की नाल अब छत की ओर थी। सही मौका देखकर अचानक हरखू ने तत्परता से चाट मसाले का डिब्बा गुण्डे की आँख की ओर उछाल दिया।

'धायँ······' साथ ही गुण्डे की पिस्तौल से गोली छूटने की आवाज आयी और गोली छत से टकरायी। सारा मिर्च-मसाला गुण्डे की आँखों में पड़ गया था और अब वह आँख मलता हुआ दर्द से बिलबिला रहा था। हरखू ने मशीन की तेजी से गुण्डे का पाँव पकड़ कर खींचा। गुण्डा संतुलन न साध सका और धड़ाम से नीचे गिर गया। अब कंपार्टमेंट में बैठे सभी मुसाफिर उस पर टूट पड़े और उन्होंने उसे बाँध दिया। एक मुसाफिर भागकर रेलवे पुलिस को बुलाने चला गया। हरखू के टोकरे के सारे चने डिब्बे में इधर-उधर बिखर गये थे। चाट-मसाला भी दूर-दूर तक छितरा गया था। सभी लोग हरखू की सूझ-बूझ और बहादुरी की भूरि-भूरि प्रशंसा कर रहे थे। सेठ हरखू के सिर पर हाथ फेर कर प्यार से बोला, 'अगर आज यह लड़का न होता तो मैं लुट गया होता। इस ब्रीफकेस में दस हजार रुपये थे·······ऊपर से सेठानी भी तीस-चालीस हजार के गहनों से हाथ धो बैठती।'

'मगर आप सफर में इतना नकदी और गहने लेकर चले क्यों हैं? आप जैसे लोगों के कारण ही चोरी डाके जैसी हरकतें होती हैं गाड़ी में, वह आदमी जरूर जानता था कि आपके पास इतनी नकदी है और वह शुरू से आपके पीछे था। अगर यह छोटा लड़का न होता, तो आपका नुकसान होता और हम रेलवे पुलिस वाले बदनाम होते·····' इंसपेक्टर बाबू हरखू की ओर प्रशंसात्मक स्वर में बोला, 'शाबाश बेटे, तुम्हें जरूर रेलवे पुलिस की ओर से पुरस्कार दिया जाएगा।'

'मैं भी इसे सौ रुपये इनाम दे रहा हूँ.' 'सेठ ने जेब से सौ रुपये का नोट निकालकर हरखू को पकड़ाने चाहे तो हरखू बोला, 'मैं भीख नहीं लेता सेठ जी··· और आपसे सौ रुपये पाने के लिये मैंने यह सब कुछ नहीं किया था, अपने पैसे अपने पास रखो।'

'वाह। कमाल का बच्चा है।' एक युवक बोला ······'कहाँ घर है तुम्हारा?'

'जबलपुर'। हरखू बोला 'बाप नहीं है, इसलिये जबलपुर-इटारसी के बीच चने बेचता हूँ। छोटे भाई को स्कूल में पढ़ा रहा हूँ।'

'तुम नहीं पढ़ते क्या?'

'पढ़ने का तो बहुत मन है, पर फिर कमाई कहाँ से होगी? हरखू की बात पर सेठ कुछ देर सोचता रहा, फिर बोला, तुम्हें मैं फैक्ट्री में काम तो दे नहीं सकता, क्योंकि तुम बच्चे हो, तुम शाम को मेरी किताबों की दुकान में जिल्द बाँधने का काम करना। दो ढाई घंटे में ही चने बेचने से ज्यादा कमा लोगे। सुबह स्कूल जाया करना। मेरा एक स्कूल भी है, जबलपुर में तुम्हारा दाखिला हो जाएगा। फीस भी माफ करवा दूँगा। किताबें-कापियाँ स्कूल के फंड से दिलवा दूँगा, ठीक है न····यह तो भीख नहीं है?'

'हाँ' हरखू खुश हो गया।

'यह कार्ड रख लो, इसमें मेरा नाम-पता है। कल सुबह आकर मिल लेना।' सेठ ने हरखू को कार्ड थमा दिया। कार्ड हाथ में थामे हरखू सोच में डूबा हुआ था। अपनी कल्पना में वह सफेद वर्दी पहने, बस्ता टाँगे स्कूल जा रहा था।

——✦——

मन के हारे हार

डॉ० आलमशाह खान

शांतनु कुमार स्कूल में भी अपने घर का प्यार का नाम शानू लेकर आया था, वह प्यारा ही नहीं परिश्रमी भी था। उसने जीवन में हर जगह, हर मोड़ पर आगे और अव्वल रहने की सीख ली थी। चाहे पढ़ाई की चढ़ाई हो या

खेल का मोर्चा, डिबेट की चुनौती हो या लेखन की ललकार—वह सबसे आगे था। पर इस नये मरियल से छोकरे अमित ने उसे पहले मासिक इम्तहान में और आज तिमाही पर्चों में नीचा दिखा दिया। गणित में उसकी मास्टरी धरी रह गयी। और तो और अंग्रेजी में भी शानू की शान धूल चाट गयी अमित के आगे।

लड़कों की आँखें तो तभी चौड़ा गयी थी, जब उस बोदी-बेदम हैसियत के न कुछ से अमित का एडमिशन इस नामी स्कूल में हो गया था और उसने पहली फीस की भारी रकम जुटायी थी? चेहरे-मोहरे, चाल-ढाल, कापी-बेग या यूनिफार्म के लिहाज से तो लगता नहीं था कि वह ठसक वाले घर के लाडलों के साथ इस स्कूल में निभ सकेगा। पर उसकी लगन, समझ-साध और सिंसियरिटी तो यही संकेत देती थी कि पढ़ाई-लिखाई में उससे बढ़त लेना कठिन है, शानू के लिए भी।

क्लास में फर्स्ट रैंक शानू के लिए शान की बात थी, पर अमित के लिए तो स्कूल में अपने होने न होने की चुनौती थी। स्कूल में परम्परा थी कि अपनी क्लास के हर टेस्ट में पहली रैंक पाने वाले की ट्यूशन फीस नहीं लगेगी। फर्स्ट रैंक के साथ साठ प्रतिशत से ऊपर अंक पाने पर तो बस फीस भी माफ और किताबों का जुगाड़ ऊपर से, फिर भला वह कब चूकने वाला था?

अमित के सामने जब शानू तिमाही टेस्ट में भी पिछड़ गया तो उसे धक्का लगा। 'बड़े घर का बेटा होकर, दो-दो ट्यूशन लेकर भी मैं इस दो कौड़ी की हैसियत के छोकरे से मात खा गया। अब आगे छमाही परीक्षा में तो जैसे भी हो इसे बीट करना ही है।' शानू ने गाँठ बाँध ली।

और दूसरे दिन 'हलो अमित' कहकर, उसे रीसेस में अपने पास बुला लिया। बोला, 'आओ यार। क्या कटे-कटे से रहते हो, आज लंच में हमारे साथ भागीदार बनो ना।'

'मैं-मैं तो घर से खाकर निकलता हूँ, भाभी सुबह ही सब......'

'क्यों माँ......'

'माँ नहीं है......पिताजी भी......यहाँ भैया-भाभी के साथ रहत हूँ......मेरा बड़ा ध्यान रखते हैं।'

पर तुम भी कभी किसी का ध्यान रखते हो? पूरे तीन महीने हो गये, कभी हेलो तक नहीं की। मैंने पहल की तो भी दूर बनाकर बैठे हो, कब से

तुम्हें फर्स्ट रैंक के लिए बधाई देने वाला था। पर तुम घास डालो तब तो न?'

'घास। घास छोड़ धूल तक तो मेरे पास नहीं। फिर कहाँ तुम और......'

'अरे भाई एक स्कूल ......एक क्लास में पढ़ते हैं। कौन राजा कौन गंगू और फिर पहला रैंक पाते हो तुम तो इसी का तो ठसका है।'

'पहला रैंक। सच शानू यह ठसका नहीं, स्कूल में बने रहने के लिए मेरा आधार है, मजबूरी समझ। पहला रैंक है तो मैं स्कूल में हूँ, नहीं तो बाहर। इससे फ्री-शिप जो मिलेगी मुझे, आगे और भी।'

'सवाल सिर्फ फ्री-शिप और कापी किताब का हो तो सब मैं जुटा दूँ। कहो तो तुम्हारी साल भर की फीस जमा करवा दूँ?'

'तुम बड़े घर के बेटे हो, सही, पर मैं भिखारी तो नहीं शानू।' अमित ने धीरे पर कहीं गहरे उतरकर कहा और खड़ा हो गया।

'अरे हत्थे से ही उखड़ गया। मैं तो तुमसे गुर जानना चाहता था कि आखिर तुम कैसे तैयारी करते हो परीक्षा की।' शानू ने नरम होकर कहा।

'अब मैं क्या बताऊँ?'

'तो न बता, मैं बताऊँगा तुझे हाफ-ईयरली में।' शानू ने जोश से कहा और मुँह फेर लिया।

और ठीक ही शानू ने छमाही परीक्षा में अमित को बीट कर दिया। शानू का रैंक पहला और अमित का दूसरा।

'कहो अमित। पिट गये न आखिर।'

'पिटा नहीं पिछड़ गया हूँ... लेकिन आगे......'

'अरे आगे भी देख लेंगे।' शानू ने सीना ताना और अमित सिर झुका कर चला गया। दो-चार दिन बाद तो उसके क्लास से गायब हो जाने की चर्चा हुई भी, पर दो एक दिन बाद सब उसे भूल गये। उसे कोई न भूल सका तो वह था शानू, अमित ने स्कूल से जाने के लिए दरख्वास्त लगायी है। पर पिछली फीस वगैरह के बाकी रहते उसे टी० सी० नहीं दिया जा सकता।

'टूट गया ना बच्चे का ठसका। रह गये ना दोयम......' पर नौबत यहाँ तक आ गयी कि अमित को स्कूल छोड़ना पड़ गया। शानू ने सोचा उसने कहा भी था कि पहला रैंक आधार है मेरा स्कूल में बने रहने का......तो मैंने उसका आधार ही उखाड़ फेंका ......पर क्या अपनी मेहनत, काबिलियत और

ईमानदारी से उस पहली रैंक से हटाया-गिराया है मैंने? शानू की सच्चाई ने सवाल किया और वह चाहकर भी अपने आपको झुठला नहीं सका।

'मैंने गणित के पर्चे में केलक्यूलेटर इस्तेमाल किया था, सबकी आँख बचाकर इंग्लिश के पर्चे में भी दस नंबर की नकल मारी थी·····' लेकिन अमित की पढ़ाई तो अटक गयी बीच में······और।

क्या मैं गर्व कर सका नकल के हथकंडे में अपनाये गये इस रैंक पर? हाँ, मैंने अमित को ईमानदारी से बीट कर दिया होता तो मुझे कोई मलाल नहीं होता पर····आज उसका स्कूल छूट गया। शानू ने सोचा और उदास हो गया।

फिर तो शानू में न उछाह रहा, न शेखी। अगले माह फिर टेस्ट हुए और वह क्लास के दूसरे होशियार लड़के से कई-कई नंबर से आगे रह कर पहला रैंक भी ले आया, पर उसमें हुलास न जागा, उसे यही लगता रहा कि अगर अमित होता तो उसे बीट कर जाता। शानू को अपने भीतर से आवाज आई। बराबरी की जोड़ हो और शानू जीत जाए तो शान है, अपने से पोंच को पछाड़कर पहला रैंक बना लिया शानू ने तो कौन तीर मार लिया? अमित के रहते सौ में से पैंसठ नंबर आते थे तब जाकर शानू का दूसरा रैंक बनता था ······और अब उसके चले जाने पर बासठ फीसदी पर पहला रैंक बन गया है·····और वह एक निश्चय के साथ उठ खड़ा हुआ।

दूसरे दिन वह अमित के दरवाजे पर दस्तक दे रहा था। वह आज कार से नहीं स्कूटर से ही उसके यहाँ पहुँचा था। दरवाजा खुला और सामने शानू को पाकर अमित चौंक पड़ा, 'तुम·····आओ, कहाँ बिठलाऊँ तुम्हें, यहीं मेरे बक्से पर बैठ जाओ।' अमित अचकचा गया।

'अमित, ऐसी क्या बात है? यहीं दरी पर बैठता हूँ तुम मुझे पानी तो पिलाओ।'

'क्यों नहीं······क्यों नहीं····अभी लाया······तुम बैठो·······' कहकर जब अमित रसोई में गया तो शानू तो चौफेर आँख डाली, गरीबी और मायूसी भरी थी उस घर में, तभी पानी लेकन अमित आया और सिमट कर खड़ा हो गया।

'लाओ, बैठ जाओ मेरे पास।' शानू ने कहा तो वह बैठ गया और बोला, 'कैसे आना हुआ शानू इधर?'

'अपनी करनी पर पछताने.....माफी चाहने आया हूँ तुम्हारे पास।'

'पछताने......माफी.....मेरे पास?'

'हाँ मैंने तिकड़म भिड़ाकर इम्तहान में टीप टॉप कर, तुम्हें बीट कर दिया और हथिया लिया पहला रैंक......' शानू कह गया।

'मैं समझा नहीं?......'

'पर मैं समझ गया हूँ अमित कि दगा-फरेब से पाया गया दर्जा बेकार है और कमजोर मुकाबले की जीत में भी वह मजा नहीं जो तगड़े चेलेंजर के सामने पिछड़ जाने में है।'

'क्या कह रहे हो तुम?' शानू की बात अमित को ठीक से पल्ले नहीं पड़ी।

'सच, अमित। तुम्हारे क्लास से चले जाने पर मुझे चुनौती देने वाला कोई दीखता ही नहीं तो मेरी स्टडी भी ढीली पड़ गयी। सच अमित, तुम वापस आ जाओ स्कूल में.....मैंने तुम्हारी पूरी फीस जमा करवा दी है।'

'पर क्यों?'

'इसलिए कि मन के हारे हार है और मन के जीते जीत। मैं तुम्हारे से जीतकर भी मन से हार गया हूँ, तुम्हें चुनौती देता हुआ मैं अपनी स्टडी में मुस्तैदी से जुटा रह सकूँगा। जो कुछ मैंने किया है वह अपने आपको मजबूत बनाने के लिए किया है। तुम कहोगे अहसान.....तो लो इस कागज पर लिखकर दस्तखत कर दो कि मेरे तुम पर सात सौ रुपये उधार रहे। अपनी सुविधा होने पर लौटा दोगे मुझे।'

'यह सब कुछ तुम्हारा मुझ पर......'

'उधार है, उपकार नहीं।' शानू ने अमित की बात पूरी कर दी।

—✦—

एक ही उपाय

मालती सिंह

सुबह का समय था। निमित और शुभा बरामदे में बैठे शतरंज खेल रहे थे, साथ ही उन्हें नाश्ते का भी इन्तजार था कि तभी रसोईघर से उनकी मम्मी की आवाज सुनाई पड़ी—'ओह। सत्यानाश कर डाला, इस मुई बिल्ली ने।'

दोनों चौंककर रसोईघर की ओर देखे तभी उनकी नजर पड़ोसन की बिल्ली पर पड़ी। जो बिजली की रफ्तार से निकली और उनके बिलकुल करीब से हवा हो गई। दोनों को समझते देर नहीं लगी कि बिल्ली ने आज फिर कुछ न कुछ नुकसान किया है। ठीक उसके पीछे ही उनकी मम्मी भी बेलन लिए रसोईघर से निकली। उनका चेहरा तमतमाया हुआ था।

'क्या हुआ माँ?' दोनों बच्चों ने एक साथ पूछा।

'पूरी की पूरी दही चट कर गई और तुम लोग पूछते हो क्या हुआ।' वे इधर-उधर नजर दौड़ाती हुई गुस्से में बोलीं, 'अब आ जाए घर में, चारों टाँगें तोड़कर रख दूँगी।' वे कहती हुई ड्राइंगरूम में चली गईं और दरवाजा बन्द कर आईं—'और तुम लोग खेल में इतना डूबे रहे कि उस पर ध्यान नहीं दिया।' उन्होंने बच्चों को भी डाँटा।

निमित और शुभा निराश हो गए। बेचारे कब से इस आस में बैठे थे कि आज नाश्ते में दही के साथ आलू पराँठे खाएँगे। लेकिन पड़ोसन की बिल्ली ने उनकी सारी उम्मीदों पर पानी फेर दिया था।

आज ऐसा पहली बार नहीं हुआ था, बल्कि आए दिन होता रहता था। बिल्ली किसी न किसी रास्ते से लुक-छिपकर आ जाती और मौका देखकर किसी न किसी चीज पर हाथ साफ कर जाती थी।

पड़ोसन के पास वे शिकायत लेकर भी नहीं जा सकते थे। ऐसा उनके पापा ने कहा था, क्योंकि वह एक नम्बर की झगड़ालू थी और सनकी भी। आए दिन मुहल्ले वालों से उसकी ठनी ही रहती थी। जब गालियाँ देना शुरू करती तो उसकी जुबान बन्द ही नहीं होती। यहाँ तक कि मारपीट पर भी उतारू हो जाती। सभी उससे भय खाते थे।

उनकी मम्मी प्लेट में उनके लिए नाश्ता ले आईं और उनके सामने रखती हुई बोली, 'लो, सिर्फ आलू परांठे ही खाओ। दही तो मुई सुड़क ही गई, साथ में थोड़ा मुरब्बा बचाकर रखा था, वह भी चट कर गई।'

दोनों बच्चे बेमन से परांठे खाने लगे।

'भैया हम कोई उपाय सोचें।'

'हाँ, एक उपाय है।' निमित आँखें नचाकर पूरी गम्भीरता से बोला—

'हम उसके गले में घंटी बाँध दें, जैसे ही वह घर में प्रवेश करेगी, हमें उसकी मौजूदगी का पता चल जाएगा।' जब उसने अपनी बात समाप्त की तो शुभा हँस पड़ी बोली, 'भैया, तुम तो मजाक करने लगे।' और सिर नीचे कर धीरे-धीरे निवाले चबाने लगी।

तभी निमित बोला, 'अच्छा सुनो, हम उसे पकड़ लें और.......'

'वह कैसे?' शुभा ने बीच में ही टोक दिया।

'अरे, यह कौन सा मुश्किल काम है। वह जैसे ही किसी कमरे में घुसे, हम किवाड़ बन्द कर देंगे ! फिर एक चौड़े मुँह का बोरा दरवाजे पर लगा देंगे और थोड़ा सा उसे खोल देंगे। इधर दरवाजा खुलेगा और वह बोरे में कूद पड़ेगी। अगर खुद नहीं कूदी तो हममें से कोई घुसकर कुदा देगा।'

'अच्छा, मान लिया वह बोरे में फँस गई।' शुभा ने आश्चर्य और उत्सुकता में भरकर पूछा, 'फिर?'

'फिर क्या, हम उसे लोगों की नजर बचाकर किसी बस या गाड़ी में बिठा आएँगे और बेचारी हमेशा-हमेशा के लिए सैर पर निकल पड़ेगी।' निमित ने जब अपनी बात समाप्त की तो शुभा सोचने वाली मुद्रा में उसकी ओर देखने लगी, फिर बोली, 'नहीं, यह तो बड़ा अन्याय होगा। बेचारी नासमझ जानवर ही तो है। उसकी छोटी सी चोरी के लिए इतनी बड़ी सजा देना सचमुच नाइंसाफी होगी।'

वे कुछ अन्य उपाय सोचें या बात आगे बढ़ाएँ कि तभी उनकी नजर ड्राइंगरूम के दरवाजे पर पड़ी। उनके पापा दोनों बाँहों में एक पिल्ले को लिए खड़े थे। दोनों बच्चों ने झटपट हाथ-मुँह धोये और पापा की ओर दौड़ पड़े, 'अहा, कितना प्यारा पिल्ला है।' दोनों ने एक साथ कहा और उस भूरे नन्हें जानवर को प्यार करने लगे।

'हाँ, यह तो है।' उनके पापा बोले, 'लेकिन तुम लोग किस समस्या पर विचार कर रहे थे ?'

दोनों बच्चों ने पूरी बात बताई। फिर निमित चौंककर बोला, 'शुभा हमारी समस्या तो हल हो ही गई।'

शुभा ने उसकी ओर ऐसे देखा, मानो कुछ समझने की कोशिश कर रही हो, फिर अगले ही पल मुस्कुरा पड़ी, बोली, 'अरे हाँ।'

उसके पापा भी मुस्कुरा दिए और बोले, 'हाँ बिल्ली को भगाने का यह एक उपाय है कि कुत्ता पाल लो।' तभी उनकी मम्मी भी रसोई घर से आ गईं। उनका तेवर अभी भी चढ़ा हुआ था। लेकिन पिल्ले को देख उनके चेहरे पर भी रौनक आ गई, पूछा, 'यह कहाँ से उठा लाए?'

'मेरे एक दोस्त ने जबर्दस्ती दे दिया।' पापा ने मुस्कुरा कर कहा और पिल्ले को बच्चों के हाथ सौंपते हुए बोले, 'अब इस नए मेहमान की जिम्मेदारी तुम्हारे ऊपर है।'

'अच्छा पापा।' बच्चों ने खुश होकर कहा और उसे लिए दूध पिलाने चले गए।

———✦———

प्यारी बेटी अक्की

हसन जमाल

अक्की दस-ग्यारह साल की लड़की थी। पतली-दुबली सींक जैसी। एक-एक पसली गिन लो ऐसी। छींट का ऊँचा फ्रॉक पहनने वाली। अपनी माँ की इकलौती संतान। माँ गोदावरी जमाने की मारी। अक्की ने जबसे होश संभाला, माँ को देखती आ रही थी। बापू को कभी देखा नहीं। न माँ ने उनके बारे में कभी कुछ बताया।

माँ घर-घर बरतन साफ करती थी। कपड़े लत्ते धोती थी। झाड़ू-बुहार करती थी। चम चम चमकते फर्श पर पोंछा लगाती थी। सुबह-शाम हाड़ तोड़ मेहनत करनी पड़ती थी उसे। अक्की माँ का हाथ बटाती थी। किसी तरह दोनों का गुजर-बसर हो रहा था।

अक्की को माँ का घर-घर काम करना पसंद न था। पर उसकी पसंद-नापसंद को कौन पूछने वाला था। काम नहीं करेंगे तो खाएँगे क्या ? माँ के पास एक ही ज़वाब होता। अक्की चुप लगा जाती। उसे खाने को बहुत चाहिए माँ से भी ज्यादा। भूख वह सहन नहीं कर सकती।

अक्की अपनी उम्र के लड़के-लड़कियों को स्कूल जाते देखती तो उसके मन में हूक उठती। काश! उसके भी बापू होते और वह भी स्कूल जाती। अपनी कमर पर मोटा सा बस्ता बांधे, जैसे जिंदलजी की बेबी जाती है। जैसे माथुर साहब का बबलू जाता है।

माँ से पढ़ाई का जिक्र करते ही वह बिदक जाती—कौन तुझे वकील डाक्टरनी बनना है पढ़ लिखकर। मेरे पास पैसा नहीं है, पढ़ाई के वास्ते। थोड़ी और बड़ी हो जाए तो तेरे हाथ पीले कर दूँ तब चैन मिले।

माँ के आगे अक्की की एक न चलती। वह भी हर घर में माँ के साथ खटती रहती। माँ को उसका बड़ा सहारा था। अकेली माँ के बस का सारा काम था भी नहीं। थोड़ी-थोड़ी देर में उसकी साँस फूल जाती थी। चक्कर आने लगते थे। जोर-ज़ोर से साँस लेते हुए माँ जब किसी कोने में चिड़िया-सी दुबक कर बैठ जाती तो अक्की को उस पर बड़ी दया आने लगती और वह तेज गति से काम निपटाने लगती। वैसे भी हर काम तेजी से करती थी ताकि जल्दी से छुट्टी मिले।

हर घर में उस पर हुक्म चलाने वाले बहुत होते। उसे समझने वाले कम। कोई उसके प्रति दया न दिखाता। हुक्म तो वह किसी तरह बर्दास्त कर लेती, पर हुक्म देने वाले की आँखें में तिरस्कार की जो भावना होती, उससे अक्की अपने को दीन-हीन महसूस करती। उसे आश्चर्य होता कि माँ ये सब कैसे बर्दास्त कर लेती है ?

उस दिन माँ को तेज बुखार था। फिर भी वह काम पर गई थी। उस दिन उस घर में कोई समारोह था। बहुत मेहमान आए हुए थे। काम की मार अधिक थी। माँ ने बुखार की वजह से जल्दी घर लौटने के लिए मालकिन से इजाजत चाही तो वह बरस पड़ी। माँ को इतनी जली-कटी सुनाई कि उसकी आँखों में आँसू आ गए। अक्की से माँ का दुख देखा न गया। वह भी रोने लगी। माँ-बेटी को रोते देखकर घर मालकिन ने मेहमानों के सामने उन्हें और अपमानित किया।

दूसरे दिन माँ को अस्पताल ले जाना पड़ा। वह मरते-मरते बची।

एक बार जिंदलजी के घर में सफाई करते समय अक्की के हाथ से एक गुलदान टूट गया। गुलदान बहुत खूबसूरत और कीमती था। जिंदलजी को इतना क्रोध आया कि उन्होंने अक्की की पिटाई कर दी। यहीं नहीं, हर्जाने के तौर पर माँ का उस महीने का वेतन काट लिया गया। माँ को अगले तीन महीनों तक बिना पगार के काम करना पड़ेगा, यह चेतावनी भी दी गई। उस दिन घर लौटने पर माँ ने उसे झाड़ू से बहुत मारा, यहाँ तक कि उसके कोमल शरीर पर नीले निशान उभर आए। बाद में माँ ने ही पीड़ानाशक तेल से मालिश की और देर तक उसे पुचकारती रही।

उस दिन से अक्की ने प्रण कर लिया कि अब वह माँ के साथ किसी घर में बरतन-पोछा करने नहीं जाएगी, चाहे माँ उसकी जान ही क्यों न ले ले। वह जिंदलजी की बेबी की तरह पढ़ाई करेगी और पढ़ लिख कर योग्य बनेगी। लेकिन ये सब इतना आसान कहाँ था कि इच्छा करते ही फल मिल जाए या चाबी भरते ही गुड़िया थिरकने लगे।

जिंदलजी की बेबी ने उस रोज उसे बुरी तरह झिड़क दिया था जब वह उसके पास बैठकर देखने लगी कि वह क्या पढ़ रही है? माथुर साहब का बबलू तो जैसे गुर्राने वाला भालू था। अक्की को देखते ही वह गुस्सा हो जाता, 'चल भाग यहाँ से गंदी, मूर्ख कहीं की,पढ़ाई करेगी? आईने में शक्ल देखी है अपनी?'

अक्की बबलू से दूर ही रहती। अलबत्ता मिसेज माथुर जरूर दयालु थीं। फौरन बबलू को डाँट देती, 'बबलू। इतने उद्दण्ड मत बनो। देखने दो बेचारी को। खा नहीं जाएगी।'

बबलू माँ का कहना मान लेता तो उसे बबलू कौन कहता। वह जुबान निकाल कर मुँह चिढ़ाने लगता।

हाँ, एक घर ऐसा था शर्मा आंटीजी का, जहाँ डर न लगता। जरा भी डाँट-फटकार नहीं। माँ उन्हीं के यहाँ ज्यादा ठहरती थी। दुख-सुख की बातें करती थी। पर वे लोग अब यहाँ कहाँ? माँ बता रही थी कि शर्माजी की दूसरे शहर में बदली हो गई।

लेकिन ये सब पहले के बातें हैं, जब अक्की माँ के साथ काम पर जाया करती थी। अब दिन भर घर में अकेली पड़ी रहती। बालहठ जो ठहरा। कई बार अपने हठ पर उसे गुस्सा भी आता। वह कितनी खराब है। माँ अकेली खटती है और वह उसकी मदद तक नहीं करती। माँ ठीक कहती है, उसे

पढ़ लिखकर वकील-डाक्टरनी थोड़े ही बनना है। फौरन वह खुद को समझाती, वकील डाक्टरनी न सही, कुछ पढ़ना-जरूरी है न। माँ की तरह वह अनपढ़ नहीं रहना चाहती। माँ को तो कोई भी बुद्धू बना सकता है। माँ को बीस के आगे गिनती नहीं आती। चालीस को वह दो बीस कहती हैं। माँ से ज्यादा वह खुद जानती है।

एक दिन माँ काम पर गई हुई थी। कह गई थी, सारे मैले कपड़े धोकर सुखा देना, इधर-उधर मत जाना। अक्की ने कपड़े धोए और सूखने के लिए फैला दिए। घर की सफाई भी कर दी। नहा धो ली। अब क्या करे? जरा बाहर घूम आए। माँ ने कहा था, इधर-उधर मत जाना। तो क्या तुम्हारे आने तक दीवारों से बातें करूँ? माँ शायद इस चेतावनी से उसे दण्ड देना चाहती है। वह माँ के साथ काम पर नहीं जाती न, इसलिए।

चलते-चलते वह एक मैदान तक पहुँच गई। वहाँ बहुत सारे बच्चे खेल रहे थे। पास में शायद कोई स्कूल था। थोड़ी देर में घंटी बजने लगी तो बच्चे दौड़ते हुए एक पोल में घुसने लगे। अक्की ने कभी अंदर से स्कूल नहीं देखा था, वह भी बच्चों के साथ पोल में घुस गई। वह दूसरों से बेमेल लग रही थी उसने पुराना फ्रॉक पहन रखा था दूसरे बच्चे चमाचम वर्दियों में थे।

थोड़ी देर में कोलाहल थम गया और पढ़ाई शुरू हो गई।

कुछ बच्चे नीम के नीचे भी बैठे थे। एक कुर्सी पर एक सुन्दर स्त्री बैठी थी। शायद मास्टरनीजी होंगी। अक्की ने सोचा।

बच्चों का ध्यान अपनी किताबों व कापियों में था, परन्तु टीचरजी का ध्यान बार-बार भंग हो रहा था। पहले टीचरजी ने सोचा—चपरासिन की लड़की होगी, पर चपरासिन तो अक्की से अनजान बनी हुई लपक-लपक काम कर रही थी, तब यह कौन है? यहाँ क्या कर रही है?

टीचरजी ने उसे उँगली के इशारे से पास बुलाया। अक्की डरी-सहमी उनके पास पहुँची।

'कौन हो तुम ? यहाँ क्यों आई हो ?'

टीचरजी का इतना पूछना था कि झर-झर उसके आँसू गिरने लगे, टीचरजी को समझते देर न लगी कि यह अभावों की मारी गरीब बच्ची है।

उन्होंने अक्की को बाँह में समेट लिया, उसके बालों में हाथ फेरने लगीं। उससे यहाँ आने का कारण पूछा, अक्की को टीचरजी बहुत भली लगीं। उसने

उनको अपनी सारी राम-कहानी सुना दी। टीचरजी उसे फौरन प्रिन्सिपल के कमरे में ले गईं।

अक्की जब प्रिन्सिपल के कमरे से निकली तो उसका चेहरा ताजा खिले गुलाब की तरह मुस्कुरा रहा था।

माँ यह देखकर हैरान व परेशान थी कि अक्की सारा-सारा दिन कहाँ घूमती रहती है? उसे मारा-डाँटा तब भी उसने कुछ नहीं बताया।

एक दिन उसने अक्की का पीछा किया। अक्की अपनी धुन में बढ़ती रही। आखिर में स्कूल आ गया, अक्की पोल में तो माँ भी पीछे।

अभी स्कूल खुलने में देर थी। अक्की फर्र-फर्र झाड़ू निकालने लगी। थोड़ी देर बाद उसके हाथों में डस्टर था, वह मेजें, कुर्सियों, बेंचों की सफाई में जुट गई। चपरासिन खाली मटकियों में पानी भर रही थी, अक्की चपरासिन की सहायक थी।

माँ ने ये सब देखा, छुप के। माँ ने यह भी देखा कि स्कूल लगने पर अक्की टीचरजी की कुर्सी के पास बैठी कुछ पढ़ रही है।

तो आखिर अक्की ने अपना हठ पूरा करके दिखा दिया। माँ की मदद के बिना, आत्मनिर्भर बन कर। वह लपक कर अक्की के पास पहुँची और उसे अपने सीने में छिपा लिया—'मेरी प्यारी बेटी अक्की।'

माँ-बेटी का मिलाप देखकर टीचरजी की आँखें भी नम हो गईं।

——✦——

मन की बात

उषा यादव

'माँ, माँ, आज स्कूल में······' कहते हुए अंकित घर में घुसा। उसकी आवाज में उत्साह छलका पड़ रहा था। पर उसने अपनी बात पूरी नहीं की। आँगन में बैठी नौकरानी राधा को मुस्कुराता पाकर वह एकदम चुप हो गया। राधा हँसकर बोली, 'मालकिन घर में नहीं हैं अंकित भैया, वे दफ्तर गई हैं।'

'जानता हूँ,' अंकित खीझ उठा, थके कदमों से वह कमरे की तरफ चल दिया।'

'तुम्हारे लिये खाना परोस दूँ? पीछे से राधा की आवाज सुनाई दी। पर अंकित ने इस बात का कोई जवाब न दिया। कमरे में जाकर पलंग पर अपना बस्ता पटका, फ्रिज से पानी की बोलत निकालकर गटागट पानी पी लिया। फिर वैसे ही स्कूल के कपड़े पहने-पहने अपने बस्ते से एक कॉमिक्स निकाली और पलंग पर लेटकर उसे पढ़ने लगा।

राधा ने अन्दर आकर यह दृश्य देखा, तनिक नाराजगी भरे स्वर में बोली वह, 'यह क्या अंकित भैया, न कपड़े बदले, न जूते-मोजे उतारे, आये और सीधे कहानी की किताब में जुट गये।'

'तुमसे मतलब ?' अंकित चिढ़ गया।

'मतलब क्यों नहीं है?' राधा ने कमर पर दोनों हाथ रख लिये, 'मालकिन तो आकर मुझे ही डाँटेंगी। समय पर तुम्हें खिलाना-पिलाना मेरी ही तो जिम्मेदारी है।'

'मैं कहे देता हूँ राधा, मेरा दिमाग मत चाटो, जाओ, हटो यहाँ से।' अंकित का पारा और चढ़ गया 'ओ......बाबा......' राधा ने डरने की एक्टिंग की 'आप तो बहुत नाराज दिखाई दे रहे हैं अंकित भैया। स्कूल में पिटाई-विटाई हुई है क्या।'

'हाँ हुई है। बता, क्या बिगाड़ लेगी तू मेरा?......' अंकित झुंझलाकर कॉमिक फेंककर उठ खड़ा हुआ, ताव में भरा हुआ वह कुर्सी पर बैठ गया और जूते-मोजे उतारने लगा। एक जूता कहीं, दूसरा कहीं फेंककर, दोनों मोजे उछालकर, दनदनाता हुआ कपड़े बदलने चल दिया। वहाँ से आकर मुँह फुलाये हुए बोला, 'लाओ, खाना दो मुझे।'

राधा ने बगैर कुछ बोले एक थाली में खाना परोसकर उसकी ओर बढ़ा दिया। अंकित चुपचाप खाना खाने लगा। कुछ देर बाद पूछा उससे, 'निधि कहाँ है ?'

'अभी-अभी सोयी है।' राधा ने बताया।

खाना खाते हुए कुछ सोचने लगा अंकित। उसके चेहरे पर कई रंग आये और गये। अचानक हाथ रोककर पूछा उसने, 'एक बात बताओगी राधा ?'

'पूछो।'

'क्या ऐसा कोई उपाय नहीं है, जिससे निधि दुबारा बीमार पड़ जाये।'

राधा यह बात सुनकर ऐसे उछल पड़ी जैसे उसे बिच्छू ने काट लिया हो। झिड़कते हुए बोली, 'छिः अंकित भैया, कितने गन्दे हो तुम। अपनी छोटी बहन की बीमारी चाहते हो। अभी तो इक्कीस दिन का टाइफाइड झेलकर उठी है वह। कितनी छोटी है। तीन साल की प्यारी-सी मासूम बच्ची है।'

'मुझे मालूम है।' अंकित धीरे से बोला।

'इस पर भी उसकी बीमारी का उपाय पूछते तुम्हें शर्म नहीं आती? पिछले महीने रक्षा बन्धन पर बेचारी ने कितने चाव से तुम्हारी कलाई पर राखी बाँधी थी। एक तुम हो, जो उसी को बीमार देखना चाहते हो।' मौका पाते ही राधा ने उपदेश देना शुरू कर दिया।

अंकित खीझ उठा, 'तू बक-बक बंद कर राधा, ज्यादा अक्लमन्दी दिखाने की जरूरत नहीं है।'

कुछ देर में खाना खत्म करके उठ खड़ा हुआ। राधा भी साथ-साथ उठ गयी। मेज से जूठे बर्तन उठाकर आँगन में चली गयी।

शाम को पापा आये, तो राधा ने नमक-मिर्च लगाकर दोपहर की घटना उन्हें सुनाई। सुनकर पापा बहुत बिगड़े। पर अंकित चुपचाप उनकी फटकार सुनता रहा। अपनी सफाई में एक शब्द भी नहीं बोला। हाँ, मुँह लटका लिया उसने।

थोड़ी देर बाद माँ भी दफ्तर से आ गयी। निधि को शान्तिपूर्वक सोता पाकर चैन की साँस ली उन्होंने। फिर अंकित के पास आकर बोली, 'क्या बात है बेटे, मुँह क्यों उतरा हुआ है, तुम्हारी तबीयत तो ठीक है न '

'मैंने डाँट दिया है, इसलिए नाराज है यह।' पापा ने गम्भीर स्वर में बताया।

'क्यों डाँटा है?' माँ ने पूछा।

'आप राधा से निधि के दुबारा बीमार पड़ने का उपाय पूछ रहे थे।' पापा व्यंग्य भरे स्वर में बोले, 'यानी छोटी बहन को स्वस्थ देखकर कष्ट हो रहा है इन्हें। महीने भर की उसकी बीमारी से अभी जी नहीं भरा है इनका।'

'यह बात सच है बेटे?' माँ ने गहरी दृष्टि से देखते हुए पूछा।

'जी हाँ' अंकित ने सिर उठाकर, निस्संकोच जवाब दिया।

माँ का चेहरा तमतमा उठा, उन्होंने आव देखा न ताव, गुस्से में पागल होकर एक जोर का तमाचा अंकित के गाल पर जड़ दिया, पाँचों उँगलियों के निशान उभर आये। पर अंकित रोया नहीं। चुपचाप माँ की तरफ देखता रहा।

माँ एक ठंडी साँस लेकर हताश स्वर में बोली, 'तुम छठीं कक्षा में पढ़ते हो। अब छोटे बच्चे नहीं रहे, अपनी बहन से इतना जलते कुढ़ते होगे, मैंने सपने में भी नहीं सोचा था।'

अंकित अवाक हो उठा। उसे आश्चर्य हुआ कि माँ ने यह बात कैसे की? वह अपनी छोटी बहन से जलेगा ? वह तो अपनी इस नन्हीं गुड़िया को जान से ज्यादा प्यार करता है। स्कूल से इसके लिये टॉफी-चाकलेट खरीदकर लाता है। अपने सारे कीमती खिलौने इसे खेलने के लिए दे देता है। चाभी वाली मोटर तोड़ देने पर भी उसने इसे डाँटा नहीं। इस पर भी माँ ने सोच कैसे लिया कि वह इससे जलता होगा?

बेटे के मन का भाव माँ से छिपा नहीं रहा। गुस्से में आकर उस पर हाथ उठा देने का उन्हें अब पछतावा भी हो रहा था। कोमल कंठ से बोली, 'सच-सच बताओ, तुम बहन को दुबारा बीमार क्यों देखना चाहते थे? जलन नहीं तो फिर क्या वज़ह थी इसकी?'

'वजह यह थी माँ,' अंकित निश्छल दृष्टि से देखते हुए बोला, 'निधि की बीमारी में तुम घर पर रहीं तो मुझे बहुत अच्छा लगता था, स्कूल से लौटते ही मैं तुम्हें सारी बातें बताता था। वे सारी बातें राधा से थोड़े ही बतायी जा सकती हैं। सिर्फ इसीलिए मैंने चाहा था निधि दुबारा बीमार पड़ जाये।'

अब माँ के अवाक् हो उठने की बारी थी, किन्तु अंकित भरी आँखें लिये बताता जा रहा था, 'आज मेरे गणित टेस्ट के नम्बर पता चले थे, पहली बार मेरे सौ में से सौ नम्बर आये थे। इसी खुश खबरी को तो मैं तुम्हें सुनाना चाहता था। निधि से भला क्यों जलूँगा? उसे तो मैं बहुत-बहुत प्यार करता हूँ। कसम से ।'

माँ का दिल भर आया। उन्होंने झुककर अंकित का आँसुओं से भीगा गाल चूम लिया। उस गाल पर उँगलियों के निशान अभी तक उभरे हुए थे। पर अंकित मार का दर्द बिलकुल भूल चुका था। देर से ही सही, माँ ने उसके मन की बात समझ जो ली थी।

———✦———

मार्च का बुखार

दामोदर अग्रवाल

मार्च के आते ही मुझे न जाने क्या हो जाता है। हाथ-पाँव फूलने लगते हैं। पसीना छूटने लगता है। भूख नहीं लगती, फिर भी घबरा-घबराकर सारा दिन खाता ही रहता हूँ। किताबें डराने लगती हैं। स्कूल से भाग जाने को मन होने लगता है। मास्टर जी से कतराने लगता हूँ। पिता जी का सामना करना मुश्किल हो जाता है। पढ़ने में तेज साथियों से जलन होने लगती है। जी चाहता है कहीं दूर निकल जाऊँ या मुँह पर थप्पड़ मार लूँ। चिड़चिड़ाहट बनी रहती है······गधा कहीं का। गधा कहीं का। गधा कहीं का······।

और मनोहर अपनी डायरी में न जाने कितनी बार 'गधा कहीं का' लिखता रहता है, अगर उसका दोस्त मुरली अचानक न आ टपका होता। कितनी बुरी आदत है मुरली की। जब भी डायरी लिखने बैठता हूँ, वह धड़धड़ाता हुआ आ जाता है और ध्यान टूट जाता है, होगा पढ़ने लिखने में तेज लेकिन कुछ दूसरों का भी तो ख्याल करना चाहिये उसे।

मनोहर अपनी कलम और डायरी एक ओर खिसकाकर मुरली के पास दीवान पर बैठ गया और बोला, 'कोर्स की किताबों के साथ झख मारते रहना मुझे अच्छा नहीं लगता। वही इतिहास-भूगोल, वही अंग्रेजी, वही गणित, वही साइंस······जी चाहता है सिर फोड़ लूँ।'

'सिर तो फोड़ ही रहा है अपना। यह डायरी लिखना आखिर क्या है? मन का गुबार निकालना ही तो है, ला देखूँ क्या लिखा है?'

और मुरली डायरी के पन्ने पढ़ने लगता है। पढ़कर बोला, 'यार तू लिखता बहुत अच्छा है, मगर कुछ इम्तहान का भी तो सोच। अगले हफ्ते से शुरू है। नंबर कम आये तो लोगों से क्या कहेगा, माँ-बाप से क्या कहेगा?'

'यही तो रोना है' मनोहर बोला, 'इम्तहान क्या इसलिए पास किये जाते हैं कि लोगों को बताया जा सके ? क्या इसलिए नहीं कि श्रम का फल मिलेगा। मन का संतोष हो, खुशी हो ? इसीलिए तो मैं घबराता हूँ उससे····'

इतना कहने के बाद मनोहर एक बार फिर सोच में डूब गया, उसे फिर लगने लगा कि उसके हाथ-पाँव फूल रहे हैं। उसे मितली भी आने लगी। उठकर बेसिन तक गया और मुँह धोकर वापस आ गया। पर पसीना और घबराहट कम नहीं हुई। बोला, 'एक बात बता मुरली, यह सब तुझे क्यों नहीं होता? तू हँसता रहता है, इम्तहान के दिनों में भी निश्चिंत रहता है, और इम्तहानों का इंतजार ऐसे करता है जैसे कोई दोस्त आने वाला हो......'

मुरली इतनी जोर से हँसा कि मनोहर को धक्का सा लगा, और उसने अपना गुस्सा बहुत मुश्किल से रोका, हँसने के बाद मुरली बोला, 'जो रोग तुझे हो रहा है, वह तुम्हें इन्हीं दिनों हर साल होता है, उसका कुछ नाम है, जो मुझे अभी याद नहीं आ रहा है। लेकिन तू शुरू से ही क्यों नहीं पढ़ता? इम्तहान धक्के देने लगते हैं तब घबरा-घबराकर इधर-उधर भागता और सिर पीटता है, या डायरी लिखने बैठ जाता है......'

मुरली की यह बात मनोहर को अच्छी नहीं लगी, बोला, 'क्या डायरी लिखना बुरी बात है? इससे मन कितना हलका हो जाता है।'

'बुरी बात नहीं है' मुरली ने कहा, 'पर इसे किताबों से मुँह चुराने का बहाना नहीं बनाना चाहिए। लोग खेलते भी हैं, स्कूल के जलसों-समारोहों में भी भाग लेते हैं, पर किताबों से नाता नहीं तोड़ते। लेकिन तुम तो किताबों को मार्च में ही छूते हो। फिर भी उन्हें पढ़ने का साहस नहीं जुटा पाते। आखिर क्यों ?'

'यही तो सवाल है कि आखिर क्यों?' मनोहर ने जैसे अपने आपसे पूछा, और जब सिर उठाकर ऊपर देखा तो मुरली दरवाजे के बाहर जा चुका था। उसे लगा जैसे वह नाराज हो गया है, और यह सोचकर उसका दुःख बढ़ गया। फिर वह उठा और एक तकिया उठाकर सोचने लगा कि क्या इसे दीवार पर दे मारूँ? क्या इसे चींथकर फेंक दूँ? क्या गुलदान तोड़ दूँ? क्या किताबों के पन्नों की धज्जियाँ उड़ाकर आजाद हो जाऊँ?

तभी उसके मन में न जाने क्या कुछ घुमड़ने सा लगा और उसकी हिम्मत टूटने सी लगी, उसने जोर-शोर से चिल्लाना चाहा, पर चिल्लाने से क्या बनता है, उसके मन ने पूछा, अम्माजी आ जाएँगी, लोग आ जाएँगे और समझने लगेंगे कि मैं बीमार हूँ। वे मुझे ग्लूकोज पिलाने लगेंगे, संतरे का जूस पिलाने लगेंगे, नींबू चटाएँगे, कितना खराब लगता यह सब। फिर कहेंगे, 'मेहनत कर बेटा, मेहनत कर। किताबें पढ़ इम्तहान में फर्स्ट आना है।

इंजीनियर बनना है, डॉक्टर बनना है। बड़ा आदमी बनना है······वगैरह, वगैरह।'

मनोहर के मन का बोझ बढ़ता गया। लगा जैसे उसके दिमाग की नसें फट जाएँगी। दाँत किटकिट करने लगे। जबान सूखने लगी। पेट में मरोड़ होने लगी और वह डायरी लेकर एक बार फिर बैठ गया।

लेकिन उसके हाथ काँप रहे थे। कलम की पकड़ ढीली हो रही थी। अक्षर भी टेढ़े-मेढ़े बन रहे थे, पर मन में विचारों का तूफान था कि रुकता ही न था। उसने लिखा—'इम्तहान····इम्तहान····इम्तहान·····' जैसे मैं इसीलिए पैदा हुआ हूँ। डॉक्टर बनो····इंजीनियर बनो····अरे, यह क्यों नहीं कहते लोग कि जहन्नुम में जाओ····वाह। क्या अच्छा आइडिया है जहन्नुम में जाने का?'

जहन्नुम के ख्याल से उसका मन हलका हो गया। आखिर कुछ लोग वहाँ भी तो जाते हैं फेल होकर। आखिर जो पास नहीं होते वे भी तो कुछ हो ही जाते हैं······और फेल होने के पक्ष में उसने न जाने कितने तर्क इकट्ठे कर लिये। तुलसीदास किस स्कूल में पढ़े? कालिदास किस स्कूल में गये? शेक्सपियर ने कौन-सा इम्तहान पास किया? क्या गौतम बुद्ध के कोई मास्टरजी थे? न्यूटन ने अपना सिद्धान्त स्वयं ढूँढ़ा····और यह सब सोचकर मनोहर का मन एक बार फिर हलका हो गया। और उसने ठान लिया कि किताबें नहीं पढ़नी हैं तो डंके की चोट पर नहीं पढ़नी हैं, और फेल होने में कोई शरम नहीं है।

फिर भी मनोहर को लग रहा था जैसे उसके तर्कों में कहीं कोई भूल हो। यह सोचकर वह एक बार फिर बहुत परेशान हो उठा। रात को खाने पर बैठा तो उससे कुछ खाया नहीं गया। उसकी माँ भाँप गयी कि कुछ गड़बड़ है। कुछ तो वह समझती थी, क्योंकि मनोहर को यह हर साल होता था इम्तहानों के आते ही। पर उसे लगा कि इस साल रोग कुछ बढ़ा ही है। अगले साल और बढ़ सकता है····फिर उसके अगले साल और। यह सोचकर वह मनोहर से बोली, 'ले यह दूध पी ले बेटे। बादाम डाले हैं इसमें। दिमाग तर रहेगा इनसे, और पढ़ाई में मन लगेगा·····'

माँ की बात सुनकर वह एक बार फिर परेशान हो उठा। 'पढ़ाई। पढ़ाई। पढ़ाई।' वह जोर से चीखता हुआ बिना खाये उठ गया। माँ बेचैन हो गयी, पर कुछ बोली नहीं। पिता भी सहमकर रह गये। घर का माहौल बिगड़ गया।

रात को कोई डेढ़ बजे उसके जोर-जोर से रोने की आवाज आने लगी। माँ-बाप जग गये। मनोहर ने बड़ी मुश्किल से दरवाजा खोला। वह हुचुक-हुचुककर रोये चला जा रहा था। उल्टियाँ भी आ रही थीं। माँ ने हाथ पकड़ा तो वह बहुत गरम था। उसे सचमुच बुखार था। बड़ी मुश्किल से उसका रोना बंद हुआ तो माँ ने पूछा, 'क्या हुआ ?'

पहले तो उसने सोचा कि चुप ही रहूँ। लेकिन फिर बोला, 'बहुत ही खराब सपना आ रहा था। देखा कि स्कूल के हॉल में बैठा हूँ। इम्तहान का पर्चा सामने है, पर मेरी आँखों की ज्योति चली गयी और मैं कुछ भी नहीं देख पाया।

फिर देखा कि ज्योति आ गई····पर सवाल समझ में नहीं आ रहे थे। फिर न जाने क्या-क्या देखा····लिखा नहीं जा रहा···· फेल हो गया हूँ····दूसरे लड़के पास हो गये हैं····हँस बोल रहे हैं···· मैं कोने में खड़ा रो रहा हूँ····फिर भागत हूँ····भागता हूँ····भागता हूँ···· और कुतुबमीनार से भी ऊँची इमारत से ······ और वह दहाड़ मारता हुआ एक बार फिर जोर जोर से रोने लगता है अपनी माँ से लिपटकर। माँ की भी आँखें भर आईं।

किसी तरह रात कटी। मनोहर को अभी भी उबकाइयाँ आ रही थीं। और बुखार था। डॉक्टर आया। डॉक्टर ने सारी बातें सुनने के बाद उसे दवा दी, और बोला, 'दो-तीन दिनों में सब ठीक हो जाएगा, उसके बाद इसके बारे में बातें करेंगे।'

दो तीन दिनों में मनोहर ठीक हो गया और अपनी डायरी में लिखा '—' मैं जानता हूँ कि यह कोई बीमारी नहीं थी, सिर्फ डर था, इम्तहान का डर, जो बीमारी बनकर मेरे तन-मन में घुस गया था। इसका इलाज डॉक्टर की दवा नहीं है, वह तो सिर्फ दर्द दूर करती है। इसका इलाज है डर को दूर भगाना····मेहनत करके, यह लिखने के बाद मनोहर उठा, जैसे उसने कोई संकल्प किया हो।

तीन दिनों बाद उसके माँ-बाप उसे डॉक्टर के पास ले गये और पूछा, 'डॉक्टर साहब, इसे क्या हुआ था?'

डॉक्टर ने जवाब दिया, 'इसको एक आम बीमारी हो गयी थी। इम्तहान के दिनों में यह स्कूली बच्चों को अक्सर हो जाती है। इसका नाम है 'एक्जामिनेशन फीवर'।

'कैसे बचा जा सकता है इससे डॉक्टर साहब?' मनोहर ने पूछा।

'एक ही तरीका है····डॉक्टर ने कहा, जुलाई में स्कूल खुलते ही पढ़ाई में नियमित हो जाओ, जो रोज पढ़ाया जाता है, उसे उसी रोज पूरा-पूरा समझ लो।'

'लेकिन इसकी कोई दवा भी होगी? पिता जी ने पूछा।

'दवा तो तब होती है जब यह रोग शरीर को पकड़ने लगे।' डॉक्टर ने कहा।

'ठीक है। मैं समझ गया। धन्यवाद डॉक्टर साहब।' इतना कहकर मनोहर अपने माँ-बाप के साथ उठकर डिस्पेंसरी से बाहर आया। घर पहुँचकर उसने सबसे पहले अपनी डायरी खोली, और उसमें लिखा—'एक बुखार और होता है, जिसे मार्च का बुखार कहते हैं। इसकी दवा मार्च में, जब बुखार बढ़ने लगता है तब नहीं होती, इसकी दवा जुलाई में ही शुरू करनी चाहिए। जब पढ़ाई शुरू होती है। उस दवा का नाम है 'पुस्तक-प्रेम'।

डायरी बंद करके वह उठा और सीधे मुरली के घर गया। वह कमरे में बैठा पढ़ रहा था। वह भी वहीं बैठकर पढ़ने लगा।

—✦—

अमीर गरीब

जयप्रकाश भारती

एक था लकड़हारा माणकदास। हर दिन जंगल में जाकर लकड़ियाँ काटता। तीन-चार दिन में गाड़ी भर लकड़ियाँ हो जातीं, तो शहर जाकर बेच आता।

एक दिन माणकदास शहर से लौट रहा था। साँझ हो रही थी। अपनी धुन में खोया था। तभी पैदल जाते एक राहगीर ने गाड़ी रोकने का इशारा किया। माणकदास रुक गया। राहगीर बोला—'भाई, मैं थक गया हूँ। मुझे भी साथ बैठा लो।'

माणकदास को भला क्या एतराज होता। राहगीर रतनलाल ने अपना परिचय दिया। दोनों बातें करते-करते गाँव पहुँच गए। उस रात रतनलाल

गाँव में ही ठहर गया। अगले दिन सवेरे ही उसने अपनी राह ली। हाँ, माणकदास से कह गया कि अब की बार शहर आओ, तो मिलना जरूर।

अब तो माणकदास जब भी शहर जाता, रतनलाल से मिलता। धीरे-धीरे दोनों में अच्छी मित्रता हो गई। कभी माणकदास रात को भी उसके घर ठहर जाता। इसी तरह एक दिन माणकदास शहर में ठहरा था। दोनों मित्रों ने शाम को साथ-साथ भोजन किया। फिर वे घूमने निकल पड़े।

चलते-चलते एक महल के पास जा पहुँचे। वहाँ काफी चहल-पहल थी। रतनलाल को याद आया कि आज पूर्णमासी है। आकाश में पूरा चाँद झिलमिल-झिलमिल कर रहा था।

रतन बोला—'मित्र, आज मैं तुम्हें ऐसा कुछ दिखाना चाहता हूँ जो तुमने पहले कभी न देखा हो।'

माणक भौचक्का-सा उसकी ओर देखते हुए बोला—'क्या कोई जादुई करिश्मा दिखाओगे?'

रतन ने कहा—'जादुई करिश्मे से भी बढ़कर। यह सामने महल देख रहे हो। इसमें राजा का खजांची रहता है। वह रात को भोजन करेगा, तो अद्‌भुत दृश्य होगा।'

माणक बोला—'भोजन तो सभी करते हैं। कोई रूखी-सूखी खाता है, तो कोई हलवा-पूरी खा लेता है। इसमें अद्‌भुत-अनोखा क्या होगा?'

रतन बताने लगा—'दोस्त, राजा का खजांची पूर्णमासी के दिन भोजन करता है, तो देखने को भीड़ जुट जाती है। वह सोने के पात्रों में भोजन करता है। जो दासियाँ भोजन परोसती हैं, वे भी सुनहरी कामदार वस्त्र पहने होती हैं। उनके पास बर्तन भी सोने के होते हैं। इतना ही नहीं, जहाँ खजांची साहब भोजन करते हैं, वहाँ फर्श और दीवारें सोने से मढ़ी हुई हैं। चाँद की किरणें जब पड़ती हैं, तो चारों तरफ ऐसी जगर-मगर हो जाती हैं मानो सपना देख रहे हों।' माणक को उसकी बात पर विश्वास नहीं हो रहा था।

रतन आगे बताने लगा—'असल में खजांचीजी बड़े ठाट-बाट से रहते हैं। राजा के खजांची ठहरे, धन की तो कमी है नहीं। खर्च भी खूब दिल खोलकर करते हैं। जब वह भोजन करते हैं तो वहाँ उपस्थित बहुत-से दर्शक उनका जय-जयकार किया करते हैं।'

इधर-उधर देखते-टहलते दोनों मित्र महल में पहुँच गए। शानदार पोशाक देखकर ही माणक ने खजांची को पहचान लिया। उसके आसपास

सेवक और दासियों का जमघट था। खजांची जी बहुत खुश नजर आ रहे थे। लगता था, जैसे उन्हें दुनिया में किसी तरह की कोई चिंता ही न हो।

तरह-तरह के व्यंजन तैयार हो गए, तो खजांचीजी भोजन करने बैठे। पूनम की चाँदनी छिटकी हुई थी। गंध से चारों ओर वातावरण महक रहा था। लगता था कि धरती पर नहीं, इन्द्रलोक में हों।

वहाँ कोई कह रहा था—'न जाने खजांची ने ऐसे कौन-से पुण्य किए हैं कि ऐसा सुख भोग रहा है।' कोई ईर्ष्या कर रहा था तो कोई मन ही मन सोच रहा था—'अगले जन्म में मुझे भी ऐसा ही सुख मिले।' लकड़हारा माणक भी एकटक खजांची को देखे जा रहा था। उसकी आँखें वह सब देख रही थीं जो न कभी देखा था, न सुना था। खजांची धीरे-धीरे भोजन कर रहे थे। भोजन में दूसरी चीजों के अलावा, एक से एक स्वादिष्ट मिठाइयाँ थीं। देखने वालों के मुँह में भी पानी भर आता था। वहाँ उपस्थित लोग जय-जयकार कर रहे थे।

भोजन खत्म हो गया, तब माणक जैसे नींद से जागा। वह अपने मित्र रतन से बोला—'मित्र, मेरी एक इच्छा है। उसे पूरी करने में तुम ही कुछ मदद कर सकते हो।'

रतन बोला—'बताओ भाई, तुम्हारी क्या इच्छा है ? मैं जो कुछ कर सकता हूँ, अवश्य करूँगा।'

माणक झिझक रहा था, रतन ने उससे कहा—'मित्रों के बीच दुराव-छिपाव कैसा?' तब माणक बोला—'मित्र मैं भी एक बार खजांची जी की तरह ऐसी स्वादिष्ट मिठाइयाँ खाना चाहता हूँ।'

रतन चौंक उठा। कहने लगा—'तुम्हारा दिमाग तो नहीं फिर गया? तुम तो ऐसी बात कह रहे हो, जो इस जन्म में हो ही नहीं सकता।'

लेकिन माणक अपनी जिद पर अड़ा हुआ था। बोला—'कैसे भी हो, सिर्फ एक बार मुझे मिठाइयाँ खाने का अवसर मिल जाए।'

रतन को याद आया कि उसका एक परिचित खजांची के महल में रसोइया है। वह माणक को उसके पास ले गया। रसोइए की उसने बहुत खुशामद की कि जैसे भी हो, वह उन दोनों को एक बार खजांची से मिलवा दे।

रसोइया खजांची का मुँहलगा था। उसने हामी भर दी। खजांची के सामने माणक और रतन हाजिर हो गए। रतन ने डरते-डरते

कहा—'महाराज, मेरा यह मित्र पगला गया है। आपसे कुछ निवेदन करना चाहता है।'

खजांची बोले—'कहो भाई, क्या कहना चाहते हो?' माणक के मुँह में बोल नहीं, फिर भी किसी तरह उसने कह ही दिया—'मैं भी एक बार आपकी तरह सोने के पात्रों में स्वादिष्ट मिठाइयाँ खाना चाहता हूँ।'

खजांची चौंक पड़े—'ऐं, क्या कहा ! अपनी शकल देखी है शीशे में। मैं आज जो कुछ हूँ, इसके लिए मैंने क्या-क्या नहीं किया। कठोर से कठोर मेहनत बरसों तक की है। यों ही इतना धन नहीं मिल गया। तुम इस फितूर को दिमाग से निकाल दो.....'

माणक खजांची के पाँवों में झुका और बोला—'जैसे भी हो, बस एक बार मुझे यह अवसर मिल जाए।'

अचानक खजांची का रुख बदला, बोले—'इसके लिए तुम्हें पाँच साल तक मेरे खेतों पर मेहनत करनी होगी, बोलो।'

माणक बोला—'पाँच साल क्या, मैं पंद्रह साल तक खेतों पर काम करने को तैयार हूँ। लेकिन एक बार मुझे वैसी मिठाइयाँ खाने को मिल जाएँ। मैं कल से काम में लग जाऊँगा।

खजांची भी अपनी तरह के एक ही थे। उन्होंने माणक को अनुमति दे दी। माणक मुँह अँधेरे खेत पर पहुँच जाता और खूब मन लगाकर काम करता। दूसरे सभी लोगों के साथ उसका व्यवहार बहुत अच्छा था।

माणक ने ऐसी लगन से काम किया कि खजांची के खेत में बढ़िया फसल हुई। वर्ष बीत गया, दूसरे साल भी खेत में दूनी पैदावार हुई। खजांची ने माणक को बुलवाया। माणक आया, तो बोले—'तुम अनोखी लगन वाले आदमी हो। तुम्हारी मेहनत से हमारी उपज दूनी हो गई है। उससे पाँच हजार स्वर्ण मुद्राएँ हमें मिली हैं। तुम परीक्षा में खरे उतरे हो।'

माणक बोला—'मालिक, आगे भी इसी तरह काम करूँगा।'

'नहीं, अब तुम्हें और काम करने की जरूरत नहीं। तीन दिन बाद पूर्णिमा पड़ रही है। उस दिन तुम मेरे महल में सोने के बर्तनों में मिठाई भी खाओगे और बढ़िया भोजन करोगे।' खजांची ने कहा।

तनिक रुककर वह फिर बोले—'एक दिन के लिए तुम इस महल के मालिक होगे। जो चाहो, कर सकते हो।'

माणक फूला नहीं समा रहा था। समय से पहले ही उसके मन की मुराद पूरी होने जा रही थी। हाथ जोड़कर वह बोला—'महाराज, मैं भला इस योग्य कहाँ। यह तो आपका बड़प्पन है कि आपने मुझे मौका दिया।'

खजांची बोले—'नहीं-नहीं, मैं ठीक कह रहा हूँ। एक दिन के लिए तुम इस महल के मालिक रहोगे।'

पूर्णिमा का दिन आया। आज खजांची के महल में हमेशा की तरह चहल-पहल थी। माणक ठाठदार पोशाक पहने वहाँ मौजूद था। उसकी अनहोनी इच्छा पूरी होने जा रही थी।

शाम हुई, तरह-तरह के पकवान और मिठाइयाँ बनीं। खजांची की जगह आज माणक था। सोने के पात्रों में वह भोजन करने बैठा। उसने पहला कौर तोड़ा ही था कि तभी वहाँ एक भिखारी आ गया। उसने भोजन माँगा। क्षण भर को माणक सोच में पड़ गया। उसे झिझक हुई। फिर उसने भोजन भिखारी को दे दिया। पानी पीकर वह खड़ा हो गया।

अचानक वहाँ खजांची तथा राजा प्रकट हुए। उन्होंने कहा—'माणक, तुम गरीब होकर भी दिल से अमीर हो। जिसके लिए तुमने दिन-रात एक कर दिया, वह अवसर मिलने पर तुमने भिखारी को भोजन दे दिया।'

राजा बोले—'खजांचीजी ने तुम्हारे बारे में मुझे बताया था। आज से तुम्हें राजमहल में द्वारपाल बनाता हूँ। तुम्हारे जैसी लगन वाले और ईमानदार आदमी की हर जगह जरूरत होती है।'

माणक के सुख के दिन आ गए थे।

लाल जूता

शम्भू प्रसाद श्रीवास्तव

लाल जूता बोलता बहुत था। जब वह चलता तो उसकी चरमराहट सुनकर लोग समझ जाते कि लाल जूता आ रहा है। शैतानी भी उसमें कूट-कूट कर भरी हुई थी। उसे किसी के पाँवों के तलुवे चाटना बिलकुल पसंद

नहीं था। जब उसने अपने मालिक के पाँवों में बार-बार दाँत गड़ाना शुरू किया तो उस बेचारे ने तंग आकर लाल जूते को अपने मकान के उस कोने में फेंक दिया, जहाँ बेकार और टूटी-फूटी चीजें रखी जाती थीं।

अब तो लाल जूते की बोलती बन्द हो गई। उसने कभी सपने में भी नहीं सोचा था कि उसे किसी कबाड़खाने में पड़े-पड़े सड़ना होगा। एक दिन वह गुमसुम होकर न जाने किन विचारों में खोया हुआ था। अचानक उसके पास पड़ी हुई टूटी कुरसी बोल उठी—

'लाल जूते। कई दिनों से सोच रही हूँ कि तुमसे बातें करूँ। आज बिना बोले नहीं रहा गया। तुम्हारा हाल देखकर मेरा कलेजा फटता है। मैं तो लँगड़ी हूँ, किसी काम के लायक नहीं रह गई हूँ, मगर हाय-हाय! तुम तो अच्छे-भले हट्टे-कट्टे और देखने में सुन्दर हो। तुम यहाँ कैसे आ गये? यह जगह तो मुझ जैसी टूटी-फूटी और बूढ़ी चीजों का आश्रम है।'

टूटी कुरसी की ढाँढ़स भरी बातें सुनकर लाल जूता बोला—'दादी, तुमने जिन्दगी भर दूसरों की सेवा की। सबको आराम पहुँचाया, मगर जब तुम्हारी टाँग टूट गई तो तुम्हें लाकर फेंक दिया गया। जब मतलबी लोगों की सेवा करने का यही इनाम मिलने वाला है तो क्यों बेकार जिन्दगी बरबाद की जाय? मैंने अक्ल से काम लिया और पहले ही बेकार चीजों में नाम लिखाकर यहाँ चला आया। मैं खानदानी जूता हूँ! मेरे बाप-दादे राजाओं और नवाबों के यहाँ बड़ी इज्जत पा चुके हैं। मेरी किस्मत खराब है जो मैं मामूली किस्म के लोगों के पल्ले पड़ गया।'

टूटी कुरसी यह सुनकर अवाक् होकर लाल जूते का मुँह ताकने लगी। उसने उस चालाक और घमण्डी से कहा—'यहाँ तुम नहीं रह सकोगे। दो-चार दिनों में ही तुम्हारा दम घुटने लगेगा।'

लाल जूता बोला—'जो होगा, देखा जायेगा। रोज की भागदौड़ और हड्डीतोड़ मेहनत से तो जान बचेगी। मुझे इसी में संतोष है।

कई सप्ताह बीत गये। एक दिन एक चुहिया कहीं से आई। लाल जूता गहरी नींद में सो रहा था। चुहिया ने डरते-डरते उसे धीरे से झकझोर कर जगाया। इससे पहले कि लाल जूता उस पर बरस पड़ता, चुहिया गिड़गिड़ा कर बोली—

'बड़े भैया, माफ करो, मैंने तुम्हारी नींद खराब कर दी। मैं तुम्हारे पास एक फरियाद लेकर आई हूँ। मैं माँ बनने वाली हूँ। एक मोटी काली बिल्ली

हाथ धोकर मेरे पीछे पड़ी है। अगर तुम कुछ दिनों तक अपनी छत्र-छाया में रहने दो तो मैं तुम्हारा उपकार कभी नहीं भूलूँगी। बच्चा पैदा होते ही मैं चली जाऊँगी।'

चुहिया की बातों का लाल जूते पर कोई असर नहीं हुआ। उसने इतनी जोर से डाँटा कि वह डर के मारे उछल पड़ी। लाल जूते ने बिगड़कर कहा—'भाग जा यहाँ से। बच्चा पैदा करना है तो कहीं और चली जा। इन फालतू झंझटों को मोल लेने के लिये मैं ही रह गया हूँ क्या ?'

चुहिया मुँह लटकाये लौट गई। टूटी कुरसी चुपचाप सारा तमाशा देख रही थी। उसे लाल जूते का यह भद्दा बरताव अच्छा नहीं लगा। वह बोली—'लाल जूते! गरीब चुहिया मुसीबत में थी। तुमने उसे डाँटकर भगा दिया। अगर उसकी मदद कर देते तो तुम्हारा क्या बिगड़ जाता?'

लाल जूते ने सफाई पेश की—'तुम तो दया-धरम के सिवा और कुछ जानती ही नहीं हो दादी!' मतलबी लोगों को देखकर मेरा खून खौल उठता है। आखिर लोग मुझे समझते क्या हैं ? आज चुहिया आई, कल कोई और आयेगा। मैंने किसी का कर्ज खाया है, जो बेगारी करता रहूँ?'

टूटी कुरसी ने आगे कुछ नहीं कहा। वह अच्छी तरह समझ गई थी कि लाल जूता निकम्मा, कठोर और घमण्डी है।

गरमी के दिन थे। जेठ का महीना अभी शुरू ही हुआ था। एक दिन दोपहर के समय घर की मालकिन ने अपने कमरे की खिड़की से देखा कि एक खोमचे वाला सड़क पर नंगे पाँवों चला जा रहा था। चिलचिलाती धूप में उसको चलने में कितनी तकलीफ हो रही होगी, यह सोचकर मालकिन को उस पर बड़ी दया आई। उसने अपने नौकर को भेजकर उसे बुलवाया।

खोमचे वाला आ गया। उसके कपड़े पसीने से लथपथ थे। मालकिन ने उससे पूछा—'तेरे पाँव इस कड़ी धूप में जलते नहीं हैं क्या?'

खोमचे वाले के सूखे चेहरे पर मुस्कुराहट आ गई। बोला—'माँ जी, दिन भर की कमाई से जब पेट ही नहीं भरता तो जूता-चप्पल कहाँ से खरीदूँ? तपती हुई सड़क पर चलने की अब तो आदत हो गई है।'

मालकिन ने कहा—'मेरे पास एक जोड़ी जूता है। मैंने सोचा, तुझे दे दूँ तो तेरे काम आयेगा। तू जरा ठहर, मैं अभी लेकर आती हूँ।'

यह कहकर मालकिन अन्दर गईं और लाल जूते को उठा लाईं। लाल जूता ताड़ गया कि जिस मुसीबत से उसका पीछा छूटा था, वही फिर उसके

गले पड़ने जा रही थी। उसका सिर चकराने लगा।

खोमचे वाला कीमती और मजबूत जूता पाकर बड़ा खुश हुआ। उसने झट उसे पहन लिया और मालकिन को बार-बार धन्यवाद देता हुआ चला गया। दिन भर लाल जूता गली-सड़कों के चक्कर लगाता रहा। वह रह-रहकर दाँत पीसता और खून के घूँट पीकर रह जाता। कई बार उसने खोमचे वाले के पाँव को काट खाने की भी कोशिश की, मगर वे इतने कड़े थे कि उसकी दाल नहीं गलने पाई।

शाम को जब खोमचे वाला फल बेचकर अपने घर लौटा तो लाल जूता अधमरा हो चुका था। उसके नये मालिक ने उसे फूस के छप्पर में टाँग दिया। सारी रात लाल जूते को नींद नहीं आई। काफी दिनों से उसके बदन में पालिश की मालिश भी नहीं हुई थी। उसका हर अंग दर्द के मारे फटा जा रहा था। अचानक किसी आवाज ने उसे चौंका दिया। उसने गर्दन घुमाकर देखा तो फूस का छप्पर बड़ी-बड़ी आँखों से उसे घूरता हुआ खिलखिला कर हँस रहा था।

फूस के छप्पर ने मुँह बनाकर कहा—'सो जाओ लाल जूते, नये घर में नींद नहीं आ रही है क्या? कहो तो लोरियाँ सुना दूँ।'

लाल जूते को फूस के छप्पर का यह मजाक बड़ा बुरा लगा। वह त्योरियाँ चढ़ाकर बोला—'खबरदार, जो मुझसे छेड़खानी की। मैं जागूँ या सोऊँ, तुझे इससे क्या मतलब? अपना काम कर।'

फूस के छप्पर ने कहा—'मैं तो चौबीस घंटे अपने काम में लगा रहता हूँ। निकम्मा तो तू है, जिसे काम करने के नाम पर बुखार चढ़ आता है। तेरी किस्मत अच्छी है कि तुझ जैसे कामचोर, लंपट और घमंडी को अब तक किसी ने रास्ते पर उठाकर फेंक नहीं दिया।'

लाल जूता आपे से बाहर हो गया। घायल साँप की तरह फुँफकारता हुआ बोला—'अरे ओ सड़े-गले खूसट फूस के छप्पर! सँभालकर बातें कर, वरना तेरी जबान खींच लूँगा। तुझे क्या मालूम कि मैं क्या चीज हूँ। मैं कोई कूड़ा-करकट नहीं हूँ, जिसे सड़क पर फेंक दिया जायेगा।'

फूस के छप्पर ने बड़ी जोर से ठहाका लगाया और कहा—'जो किसी के काम न आये उसे कोई कूड़ा-करकट नहीं तो क्या हीरा-मोती कहेगा? तूने दूसरों को कष्ट देने, शेखी बघारने और निकम्मों की जिन्दगी बिताने के सिवा और किया ही क्या है? मुझे देख! इस घर ने मुझे इसलिये सिर पर

उठा रखा है कि मैं इसमें रहने वाले को गरमो, ठंडक और बरसात से बचाने के लिये खुद कष्ट झेलता हूँ। अपनी जिन्दगी अगर दूसरों के काम न आये तो वह बेकार है।

लाल जूते को ऐसा लगा जैसे उसके मुँह पर किसी ने कसकर तमाचा जड़ दिया हो। इससे पहले उसे किसी ने ऐसी खरी बात नहीं सुनाई थी। फूस के छप्पर ने उसकी आँखें खोल दीं। उसे अपनी गलती समझ में आ गई। वह अपनी पिछली करतूतों पर मन ही मन पछताने लगा।

सवेरा होने पर जब खोमचे वाला लाल जूते को पहनकर चलने के लिये तैयार हुआ तो फूस का छप्पर उसे देखकर मुस्कुराया। वह बिलकुल बदल चुका था।

उस दिन के बाद जब तक लाल जूते में चलने-फिरने की ताकत रही, वह अपने मालिक की सेवा करता रहा। जब खोमचे वाले ने उसे बेकार समझकर सड़क पर फेंक दिया, तब उसे एक मोची उठा ले गया। मोची ने अपनी दूकान पर ले जाकर, लाल जूते के सही-सलामत अंगों को काटकर रख लिया और उनसे कई पुराने जूतों की मरम्मत की। टुकड़े-टुकड़े हो जाने पर भी लाल जूता दूसरे जूतों को वही सीख देता रहा जो उसे काफी देर से मिली थी।

मतलब की दुनिया

बालशौरि रेड्डी

किसी गाँव में एक किसान रहता था। उसके एक लड़का था। लड़के का नाम नारायण था। वह बड़े लाड़-प्यार में पाला गया। लेकिन पढ़ाई में बुद्धू निकला। वह हमेशा दोस्तों के घर जाकर खेला करता था। माँ-बाप उसे डाँटा करते, फिर भी वह सुधरने का नाम न लेता था।

एक बार पिता ने नारायण को पास बिठाकर समझाया—'बेटे, मेरे तो सिर्फ दो ही दोस्त हैं। मैं नहीं जानता कि तुम्हारे इतने सारे दोस्त कैसे हो गए। वे सब तुम्हारी पढ़ाई को बर्बाद करने वाले बदमाश लड़के हैं, लेकिन

दुख में एक भी दोस्त मदद देने वाला नहीं है। तुम इन लोगों की बातों में आकर अपने भविष्य को मत बिगाड़ो।'

अपने पिताजी की बातें सुनकर नारायण गुस्से में आ गया और बोला—'बाबूजी! आपके सिर्फ दो ही दोस्त हैं, मेरे तो पचास-साठ दोस्त हैं। जरूरत पड़ने पर वे सब मेरे वास्ते जान तक देने को तैयार हैं।'

लड़के की मूर्खता पर उसके पिता को हँसी आ गई। उन्होंने कहा—'अच्छी बात है। चलो, हम तुम्हारे और अपने दोस्तों की परीक्षा लेंगे।'

इसके बाद पिता अपने बेटे को साथ लेकर उसके दोस्तों के पास गए और उनसे बोले—'बेटे, तुम लोग मेरे बेटे के प्राण-प्रिय मित्र हो। मेरे लड़के ने आज सुबह गुस्से में आकर एक आदमी को लाठी से मार डाला है। अब उसे तुम लोगों को बचाना होगा।'

यह बात सुनकर नारायण के कुछ दोस्त बोले—'नारायण हमारा दोस्त नहीं है। थोड़ी जान-पहचान हो जाने से क्या कोई किसी का प्राण-प्रिय मित्र हो सकता है? उसने किसी को मारा, तो उसका दण्ड उसे खुद भोगना चाहिए।'

कुछ लड़कों ने कहा—'अजी, हम आपके लड़के को जानते ही नहीं।' कुछ लड़कों ने यहाँ तक कह डाला—'ऐसे लड़के को अपना दोस्त कहने में हमें शर्म लगती है।' इस तरह नारायण के सभी दोस्त कोई-न-कोई बहाना करके खिसक गए।

इसके बाद पिता नारायण को लेकर अपने एक मित्र के घर पहुँचे। उसे सारी बात सुनाई। उस मित्र ने नारायण के पिता से गले लगकर हिम्मत बँधाते हुए कहा—'मेरे प्यारे दोस्त ! तुम्हें डरने की कोई बात नहीं। मेरे पास काफी धन है। मैं अपना सारा धन खर्च करके तुम्हारे पुत्र के प्राण बचाऊँगा। तुम चिन्ता मत करो।'

इसके बाद पिता अपने पुत्र को अपने दूसरे मित्र के घर ले गए। उसे भी सारी बात सुनाकर अपने पुत्र के प्राण बचाने की प्रार्थना की। उस मित्र ने कहा—'दोस्त, यह आफत तुम्हारी नहीं, बल्कि मेरी है। तुम्हारे तो एक ही बेटा है, मेरे पाँच बेटे हैं। इसीलिए मैं अदालत में बताऊँगा कि यह अपराध मेरे एक पुत्र ने किया है, उसी को सजा दिलाऊँगा और तुम्हारे पुत्र को अपराध से बचाऊँगा। मैं तुम्हारा दोस्त हूँ। इस आफत के वक्त अगर मैं

तुम्हारी मदद न करूँ, तो हमारी दोस्ती का मतलब ही क्या रहा? तुम डरो मत। मैं देखूँगा, तुम्हारे पुत्र पर कोई आँच न आने पाए।'

इस तरह समझा कर उस मित्र ने पिता और पुत्र को घर भेज दिया।

ये बातें सुनकर नारायण अचरज में पड़ गया। उसने समझ लिया कि उसके पिता के दोस्त ही सच्चे दोस्त हैं और उसके सभी दोस्त मतलबी हैं। उस दिन से नारायण ने उनकी दोस्ती छोड़ दी और अपनी पढ़ाई में ज्यादा मन लगाने लगा।